BRUNO GMÜNDER

Gordon Merrick

Ein Fall von Liebe
Teil 2
Die Freiheit der Liebe

Aus dem Amerikanischen von Martin Rometsch

Aus dem Amerikanischen von Martin Rometsch

Originaltitel: One for the Gods

Coverfoto: »Sunday« by Steve Walker, acrylic on canvas
Covergestaltung: Print Eisenherz, Berlin
Druck: Norhaven A/S, Dänemark

ISBN 3-86187-190-4

Ein Fall von Liebe
Teil 2
Die Freiheit der Liebe

Für Jeannie Sakol

Eine Schiffssirene heulte durch die Nacht. Der blonde Amerikaner klappte sein Buch zu und blieb im sanften Licht einer Kerosinlampe sitzen. Er versuchte, sich keine Hoffnungen zu machen.

Einen Augenblick verharrte er völlig unbeweglich, dann sprang er auf und durchquerte den kahlen, weiß getünchten Raum und ging hinaus auf die Terrasse, die über dem Hafen hing. Unten auf dem Wasser tanzten Lichter auf und ab. Barkassen fuhren zwischen dem Kai und einem Dampfer hin und her, der am Hafeneingang lag. Überall gingen Leute ihren kleinen Geschäften nach. Kamen sie aus Athen? Oder waren sie auf dem Weg nach Athen? Als ob das eine Unterschied machte.

Die Terrasse war zu hoch, um einzelne Personen zu erkennen, die in der Dunkelheit ans Ufer kletterten. Darum versuchte der Amerikaner gar nicht erst, die Ankömmlinge zu mustern, obwohl er sicher war, daß er einen bestimmten Kopf, wenn er auftauchte, selbst aus dieser Entfernung erkennen würde. Er stand in göttlicher Losgelöstheit da und schaute den menschlichen Ameisen zu, die unter ihm hin und her huschten. Der Lärm aufgeregter Stimmen stieg zu ihm empor.

War die geliebte Stimme dabei? Er hätte ihren einzigartigen Klang sogar aus dieser Distanz aufgefangen. Aber das war eine absurde Hoffnung, weil keine Seele auf der Welt wußte, daß er hier auf dieser kleinen griechischen Insel war. Er allein war schuld daran, daß niemand sich die Mühe machte, ihn vom Schiffswrack zu retten, das er Leben nannte. Eine treffende Metapher, die den Tatsachen sehr nahe kam.

Er wandte sich von der malerischen Szene ab und

ging am Rande der Terrasse, die aussah, als werde sie jeden Moment einstürzen, zurück. Er warf sich in den wackeligen Stuhl mit der geraden Lehne an dem blassen Holztisch und zog die Kerosinlampe zu sich heran. Er nahm sein Buch, ohne es zu öffnen. Wann würde die unvernünftige Hoffnung wohl sterben? Gab es überhaupt eine Hoffnung? Er würde es erst wissen, wenn sie sich erfüllte. Wenn nicht – was dann? Würde er in dieser bröckelnden Ruine eines Hauses bleiben und mit ihr langsam sterben? Warum nicht? Er hatte mit dem Tod Bekanntschaft geschlossen, ob freiwillig oder nicht, schien ihm unwichtig. Es war eine neue, aber nicht unwillkommene Bekanntschaft. Der Tod hatte eine Menge Vorteile. Vielleicht fürchtete er das Risiko, gerettet zu werden, mehr als das Vergessen, das er hier gefunden hatte.

Er dachte an den Tag zurück, als er von St. Tropez nach Porquerolles gereist war. Damals hatte er zum ersten Mal erkannt, daß die Jahre des ungestörten Friedens vorbei waren, auch wenn er diesen Gedanken zu verdrängen suchte. Unendliche Qualen trennten ihn von jenem Tag, und dennoch war er seitdem nur von Frankreich nach Griechenland gesegelt. Jetzt war er kaum eine Woche hier und hatte schon das Gefühl, daß er allmählich eine neue, verschwommene Identität annahm. Einige der Ladenbesitzer hatten damit begonnen, ihn Kyrios Carlos zu nennen, da die Griechen »Charles« anscheinend nicht aussprechen konnten, und »Mills« war etwas geworden, was er dreimal am Tag aß. Kyrios Carlos, der stille Fremde, der – ein beispielloses Ereignis – ein Haus gekauft hatte. In ungefähr zwanzig Jahren würde er es zum schillernden Sonderling der Insel bringen. Dann würde sein ungeborenes Kind erwachsen und ihm völlig fremd sein. Sein Kind? Natürlich. Es gab kaum einen Zweifel, keinen Grund für ein Fragezeichen.

Wie gerne hätte er herausgefunden, wen er bestrafen

wollte. Sich selbst? Die anderen? Wenn er diese Frage beantworten könnte, wäre er imstande, einen kurzen Blick in die Zukunft zu werfen. Er wußte, daß er Strafe verdiente, aber er war sich nicht sicher, ob er schon bereit war, sie anzunehmen. War er hier, um ihr zu entkommen, oder um sie zu erdulden? Es gab keine eindeutige Antwort auf diese Frage und, wie ihm langsam klar wurde, auch nicht auf die meisten anderen Fragen im Leben. Darum war die Hoffnung so hartnäckig.

Vor seinem inneren Auge spielten sich imaginäre Szenen ab. So viele Minuten vergingen, bis jemand sich dazu aufraffte, mitten in das bebaute Gebiet am Hafen zu gehen, wo es hell beleuchtete Geschäfte und Cafés gab. Dort würde man ihn lange weiterreichen bis zu dem alten Mann, der englisch sprach. Viele Minuten würde das rituelle Fragespiel dauern, vielleicht begleitet von etwas Ouzo oder Retsina. Dann noch ein wenig Zeit, um einen Führer zu finden, und schließlich die letzten acht Minuten bis zum Haus. Es war möglich. Wenn ihn jemand wirklich finden wollte, war es möglich. Niemand konnte einfach vom Angesicht der Erde verschwinden.

Er öffnete sein Buch. Dabei fingen seine angestrengt lauschenden Ohren ein Geräusch auf. Er saß regungslos da, während das Geräusch näher kam. Dann sprang er auf und blieb wie erstarrt stehen. Sanfte Finger schienen über die Haut seines Rückens zu streichen. Die unverwechselbaren Schritte stiegen die letzten Stufen zum Haus herauf. Einen Augenblick lang verloren seine Ohren das Geräusch, oder sein Verstand traute dem Segen nicht, auf den er so lange gehofft hatte. Er hörte einen anderen Laut. Stimmen? Sein Verstand protestierte: Beides war unmöglich. Wieder das Geräusch eiliger Schritte, diesmal knapp vor dem Haus. Sein Herz blieb stehen, als jemand an die Tür klopfte.

Aber gehen wir nun einen Schritt in der Zeit zurück, um eine private Unterhaltung zu belauschen.

»Stimmt es, daß ihr zwei auf Treue und all das Zeug steht?«

»Ich weiß nichts von all dem Zeug, aber Treue, ja. Hört sich das furchtbar schrullig an?«

Die beiden jungen Männer schlenderten über den kahlen Marktplatz von Porquerolles, der auf seine französische Art elegant war, ohne ein einziges elegantes Bauwerk. Vor ihnen, außer Hörweite, ging die kleine Gruppe ihrer Urlaubsfreunde. Sie steuerten auf windzerzauste Kiefern zu, hinter denen ein Streifen weißen Sandes und das tiefe Blau des Mittelmeeres zu sehen waren. Die Sonne war heiß und grimmig; sie weichte die Farben auf, so daß die fröhlich gekleidete Gruppe vor den schwarzen Kiefern fast gespenstisch aussah. Nur das Blau des Meeres konnte bestehen.

»Mir kommt das nicht nur unwahrscheinlich vor, sondern auch verdammt beengend«, beharrte der junge Franzose. Er hieß Guy de Sainval und war sehr reich. »Ich finde, du und ich könnten etwas sehr Aufregendes miteinander erleben.«

»Daran habe ich auch schon gedacht«, log Charlie Mills, der blonde Amerikaner. Er flunkerte nicht, weil Guy reich und für ihn eine Art Mäzen war, der zwei seiner Gemälde gekauft hatte, sondern weil er dieses Thema schon auswendig kannte und sich ein paar Standardantworten zurechtgelegt hatte, um es so schnell wie möglich wechseln zu können. Seitdem er mit Peter zusammenlebte, haßte er die Annäherungsversuche anderer Leute, vor allem die anderer Männer. Die stillschweigende Andeutung, er sei zu haben, war ein Affront.

»Siehst du?« sagte Guy mit verführerischem Lächeln. Sein Gesicht war interessant, ohne daß Charlie es attraktiv fand. Es war ein aufgewecktes, intelligentes Gesicht mit zierlichen Knochen wie ein aristokratischer Vogel. »Treue ist total einengend. Vor allem für einen

Künstler. Nicht mal die normal verheirateten Paare probieren es.«

»Aber das ist es ja – wir sind kein normal verheiratetes Paar, und darum haben wir unsere eigenen Regeln. Das ist wirklich kein großes Unglück. Uns gefällt es so. Wie steht's mit dir und Harry?«

»Dieser Ganove? Nimm es mir nicht übel, wenn ich so über einen deiner Kumpel rede. Alle meine Freunde haben mich vor ihm gewarnt. Sie hatten recht. Ich würde ihn jederzeit gegen einen wie dich tauschen.«

»Nur damit wir einander untreu sein können?«

»Ja. Absurd, nicht? Aber man muß jemanden haben, dem man untreu sein kann.« Sie lachten beide, wenngleich Charlies Lachen nicht ganz spontan war. Irgend etwas stimmte nicht. Er mochte keine Scherze über Dinge, die so kostbar, so tief in ihm verwurzelt waren. Aber das war es nicht. War er zu früh um des Vergnügens willen nach Europa gereist? Der Krieg war seit fünf Jahren vorbei, aber die Zeichen dieser Katastrophe waren noch allgegenwärtig. Lag deshalb ein Schatten über dem Tag, der Fahrt von St. Tropez hierher in teuren Autos, der Reise zur Insel auf dem normalen Touristenschiff, das während dieser Fahrt – dank Guys Magie – allein für sie reserviert war – und alles nur, um das zu genießen, was Guy die einzige vollkommene Bouillabaisse der Welt nannte? Frivolität in einem Vakuum? Frohsinn im Friedhof?

Neulich, während der kurzen Panik nach dem Ausbruch des Koreakrieges, hatten sie ihren Urlaub beinahe abgebrochen. Charlie wünschte sich allmählich, sie hätten es getan. Er hatte diesen Ausflug nicht mitmachen wollen – er kostete ihn einen ganzen Arbeitstag. Er gestand sich jeden Tag eineinhalb Stunden am Strand zu, aber zu einer Zeit, die ihm genehm war, und dann allein mit Peter, so daß seine Konzentration nicht gestört wurde. Dies war eine Ausnahme, Guys Hartnäckigkeit hatte über Charlies Willen triumphiert.

Es fiel ihm schwer, sich an dieses Leben der gesellschaftlichen Promiskuität und des luxuriösen Müßiggangs zu gewöhnen. Er und Peter hatten sich für ein Leben entschieden, das vergleichsweise spartanisch erschien.

Ihr umgebautes Bauernhaus in Connecticut war bequem, aber klein. Ihre Autos waren zweckmäßig. Charlie war ganz in seine Malerei vertieft und verbrachte seine Tage damit. Peter war fasziniert vom Kunsthandel, dem Hobby, das er zu seinem Beruf gemacht hatte, aber ihm blieb genug Zeit, für sie zu kochen und das Haus zu versorgen.

Sie hatten beide nie eine homosexuelle Welt betreten. Ihre Freunde fanden sie unter Nachbarn, Akademikern, verheirateten Paaren mit Kindern und den Reichen, die Peters Kunden waren. Charlies Einkommen war unregelmäßig und oft mager, aber sie hatten nie an getrennte Konten gedacht. Peter zahlte, und war durchaus dazu in der Lage, doch er brauchte für sein Geschäft Bargeld in beträchtlicher Höhe, und sie hatten nie Sinn für Extravaganzen gehabt.

Diese üppige, laxe, azurblaue Küste war ihnen völlig fremd, aber das war nicht alles. Irgend etwas stimmte nicht. Charlie wußte, was es war, doch er war noch nicht bereit, es zu benennen.

»Ein wundervoller Ort«, sagte er, als der makellose Strand und die klare blaue Tiefe des Meeres zwischen den Bäumen deutlicher zu sehen waren.

»Oh, warte nur, bis du die Bouillabaisse schmeckst! Es kommt selten vor, daß man jemandem Vollkommenheit bieten kann. Wenn ich dich nicht verführen kann, dann schafft es vielleicht die Bouillabaisse.«

»Hört sich verrucht an.« Charlie lachte sein gezwungenes Urlaubslachen.

»Klar, ihr zwei seid die Sensation der Saison. Ihr seid beide so verdammt attraktiv und in vieler Hinsicht einander so ähnlich. Niemand glaubt auch nur eine Sekunde an diese Treue. Alle überlegen sich, wen von euch sie zuerst haben wollen. Für mich ist das keine Frage. Peter ist ausgesprochen charmant, aber alles an ihm ist augenfällig. Du hast etwas Mysteriöses an dir. Es ist faszinierend.«

»Na schön, dann bin ich also der mysteriöse Mann.« Charlies Augen wanderten über die kleine Gruppe vor ihnen und blinzelten in der grellen Sonne. Sie hatten sich weiter aufgeteilt. Anne Courtin wurde von Peter und ihrem Bruder Jean-Claude in die Mitte genommen. Sie paßten zusammen. Die beiden anderen Frauen gingen Hand in Hand. Harry drückte sich am Rand der Gruppe herum und wirbelte mit schweren Füßen Staub auf. Für Charlie stand Peter immer im Mittelpunkt jeder Gruppe, und das war auch jetzt eindeutig der Fall. Sein goldener Schopf sah unter der Sonne fast weiß aus. Irgendwie bewegte er sich mit einer flinken, munteren Anmut, obwohl er langsam ging. Er gestikulierte mit den Händen und verzauberte offensichtlich seine Gefährten. Anscheinend war er als einziger unter ihnen so lebendig, und seine unbeschwerte Vitalität riß sie alle mit. Charlies Augen verweilten kurz auf seinem unwiderstehlichen Hintern.

»Wie lange seid ihr schon zusammen? Ich glaube, zehn Jahre, hat mir jemand gesagt«, fuhr Guy fort. »Ihr müßt Kinder gewesen sein. Wollt ihr mir wirklich weismachen, daß keiner von euch in all dieser Zeit fremdgegangen ist?«

»Aber so ist es«, sagte Charlie und blieb damit der Wahrheit sehr nahe. Das Jahr, in dem der Krieg sie getrennt hatte, zählte nicht. Er wußte so sicher wie nur möglich, daß Peter ihm nie untreu gewesen war.

»Dann muß es in eurer Vergangenheit von gebrochenen Herzen wimmeln. Schau dir die Courtins an. Anne und Jean-Claude sind bis über beide Ohren in deinen Freund verliebt. Und ich weiche nicht von deiner Seite und bin allzeit bereit, deine Mußestunden zu versüßen.«

»Das ist überaus tröstlich«, versicherte Charlie ihm lachend und berührte ihn leicht an der Schulter.

»Peter war vorige Woche in Paris, nicht wahr?« fragte Guy und wechselte abrupt seinen schelmischen Ton.

»Ja. Er bemüht sich um ein Geschäft.«

»Ich habe davon gehört. Er will ein paar Sachen aus der Sammlung Belleville haben. Wenn er das schafft, ist es ein Triumph. Sie haben sich bisher nicht einmal von einem Löffel getrennt, obwohl sie das Geld weiß Gott brauchen könnten.«

»Ich hoffe, es gelingt ihm. Es ist für einen sehr wichtigen Kunden.«

»Oh, mit seinem Charme wird er ihnen bestimmt alles abknöpfen, was sie besitzen. Er ist am Donnerstag zurückgekommen, nicht wahr?«

»Wirklich? Ja, natürlich. Er hat am Mittwoch den Nachtzug genommen.«

»Findest du es nicht seltsam, daß Jean-Claude am Mittwochabend fort war? Er und Anne sollten bei uns essen, aber er sagte in letzter Minute ab. Er behauptete, er müsse ein paar Freunde in Cannes treffen.«

Charlie wurde auf einmal das Herz schwer. Seine Gesichtsmuskeln verkrampften sich, dennoch gelang ihm ein Lächeln. »Du bist wirklich ein Unruhestifter, stimmt's? Ich wüßte nicht, wie Peter in einem Zug etwas mit Jean-Claude in Cannes haben sollte.«

»Bist du sicher, daß er im Zug war?«

»Natürlich. Er hat mich am Mittwoch von Paris aus angerufen, und am Donnerstagmorgen war er zurück.« Jetzt wurde er wütend, wütend auf Guy, der so gemein war, ihm die quälenden Gedanken bewußt zu machen, die er hatte verdrängen wollen, wütend auf sich selbst, weil er sich Verdächtigungen erlaubte, die seine Nerven bloßlegten.

»Bestimmt bilde ich mir das nur ein«, sagte Guy. »Ich hätte nichts sagen sollen, aber im Krieg und in der Liebe ist alles erlaubt, *n'est-ce pas*?«

»Klar«, sagte Charlie scharf. »Das ist eine alte Geschichte. Manche Leute können es nicht ertragen, daß zwei Menschen glücklich zusammen leben. Dieses Gespräch langweilt mich.«

Die anderen hatten den Schatten der Bäume erreicht und warteten auf sie. Das bewahrte sie vor weiteren Feindseligkeiten.

»Wer uns sieht, muß an einen idyllischen Renoir denken«, rief Madeleine de Montrécy mit ihrer kichernden, rauchigen Stimme, als Charlie und Guy näherkamen. »Schaut uns an – ich glaube, wir sind zu süß, um es mit Worten zu beschreiben.«

»Keiner von uns ist auch nur annähernd rund genug«, entgegnete Peter. Sie lachten alle und machten sich wieder auf den Weg durch die verstreut stehenden Bäume. Peter löste sich von den Courtins und ging neben Charlie. Sie sahen sich tief in die Augen und versicherten einander, daß es wundervoll war, zusammen zu sein. Charlie legte eine Hand auf Peters Nacken und drückte ihn. Als er die Hand sinken ließ, streifte er absichtlich Peters Hintern. Mit dieser diskreten Liebkosung bekräftigte er, daß dieser Körper ihm gehörte. Der Blick und der Körperkontakt bestätigten ihm, daß sein Verdacht absurd war. Er und Peter waren nur füreinander da.

Nach einigen Augenblicken traten sie aus dem Wald auf den breiten Sandstreifen. Geblendet stapften sie hinüber zum Wasser. Zwei Felsvorsprünge zwängten das Meer in eine stille blaue Bucht. Das Wasser rauschte leise, während es sich über der sanft ansteigenden Küste kräuselte. Niemand sonst war zu sehen, und im Nu hatten sie den Platz ihrer Wahl in Besitz genommen. Handtücher wurden ausgebreitet, Hemden und Shorts abgelegt, und alle wimmelten durcheinander, fast nakkt, kupferbraun von der Sonne, tauschten Lotion und Öl aus, rieben sich ein, ließen sich nieder. Madeleine hatte recht – sie waren eine hübsche Gruppe, abgesehen von Harry, der stark behaart und stämmig war und ein verdrießliches, aber sinnliches Gesicht hatte, und abgesehen von Madeleine, die um die vierzig war und Mut brauchte, um sich wie die anderen zu entblößen. Aber sie trug es mit Fassung. Als einzige hatte sie diese magische Zeit hinter sich, jene Zeit zwischen Anfang zwanzig und Anfang dreißig, in der man das Alter getrost vergessen kann. Anne Courtin hatte ein niedliches, unbewegtes Kindergesicht mit starrenden, verzehrenden Augen und den Körper eines erwachsenen Kindes mit herrlichen Brüsten, die sich weich unter den schmalen Körbchen ihres Bikinis abzeichneten. Jean-Claude Courtin bot einen verblüffenden Kontrast zu seiner Schwester. Er war der größte der Gruppe. Seine dunkelbraunen Brauen waren kühn geschwungen, seine Augen sanft und feucht, sein Mund voll. Der langgliedrige Körper war geschmeidig, wenig muskulös, wohlgeformt und verlockend. Geneviève, Madeleines Freundin, hatte den strammen, eleganten Körper eines Knaben, so wie Guy. Charlie und Peter, die beiden »blonden Götter«, wie man sie peinlicherweise bisweilen nannte, waren körperlich fast Zwillinge, aber Charlie vermittelte den Eindruck sportlicher Männlichkeit, der bei Peter irgendwie in Zerbrechlichkeit und sanfte Harmonie verwandelt wurde.

Sie alle trugen nur das Allernötigste, das man in Frankreich unverblümt *cache-sexe* nennt. Es erfüllte seine Aufgabe, außer bei Charlie, dessen üppige Teile vom Tuchfetzen an seinen Lenden betont und vergrößert wurden und ihn zu sprengen schienen. Augen schweiften ab, verweilten, wurden pflichtschuldig gesenkt, kehrten zurück. Alle reagierten auf ihre Weise. Madeleine entschied nach einer langen und gründlichen Musterung, daß es vulgär und typisch amerikanisch war – alle Amerikaner neigten zu Exzessen. Guy hätte es gerne in Aktion gesehen. Anne, die den Geschmack ihres Bruders kannte, wunderte sich darüber, daß er Peter auserwählt hatte. Harry war wütend und neidisch – mit so einem Ding hätte er sich nicht länger mit Guy abgeben müssen; die ganze Welt hätte ihm gehört. Peter spürte das bekannte Aufwallen stolzer Eifersucht, Genvièveve starrte mit fasziniertem Schrecken darauf – sie sah darin alles, was sie an Männern verabscheute und fürchtete. Jean-Claude hatte bereits jede Hoffnung aufgegeben, es zu besitzen, und nahm ihm nun seine Macht über Peter übel.

Charlie war so an die Aufmerksamkeit gewöhnt, die er erregte, daß er sich ihrer kaum bewußt war und sich alsbald bäuchlings auf ein Handtuch legte. Andere ließen sich auf dem Rücken nieder. Madeleine beendete das Auseinanderfalten eines Gegenstandes, den sie mit sich herumgetragen hatte. Er entpuppte sich als Rükkenstütze, an der ein kleiner Sonnenschirm angebracht war. Jean-Claude und Anne standen einander gegenüber und rieben sich sorgfältig jeden erreichbaren Quadratzentimeter ihrer Haut mit Öl ein. Peter hob eine Muschel auf, die vor seinen Füßen lag, und studierte sie einen Augenblick, ehe er sie vor Charlie fallen ließ.

»Hübsch«, sagte er. Dann ging er weg, den Sand absuchend. Er war ein unverbesserlicher Strandräuber.

Madeleine verwickelte Charlie in ein Gespräch über Malerei. Namen flossen ihr mit eindrucksvoller Vertrautheit über die Lippen; sie kannte jeden, der irgendwann eine Spur in der Pariser Kunstwelt hinterlassen hatte, und sie deutete an, daß sie bereit war, Charlie unter ihre Fittiche zu nehmen. Er machte sich nicht die Mühe, darauf hinzuweisen, daß Peter ein vorzüglicher Händler war (sie wußte es ohnehin) und sich immer um die geschäftliche Seite seiner Arbeit gekümmert hatte. Er wollte die Grenze zwischen Arbeit und sozialen Kontakten nicht verwischen. Woher wollte Madeleine wissen, daß er den Platz unter ihren Fittichen wert war? Man hatte sie einander lediglich vorgestellt, wie es sich gehörte. Wahrscheinlich hatte sie die beiden Bilder gesehen, die Peter an Guy verkauft hatte; aber das waren im Grunde nur flüchtige Skizzen. Er nahm unter den Leuten, die er hier getroffen hatte, eine selbstgefällige Cliquenmentalität war, die ihm nicht gefiel. Wenn man die richtigen Leute kannte, wurde man gefördert. Er war stolz auf seinen einsamen Kampf; in ihm hatte er einen soliden Kern aus Selbstrespekt gefunden. Während er plauderte, wanderten seine Augen umher und beobachteten die anderen.

Harry war ins Wasser getaucht. Peter befand sich auf halbem Wege zur westlichen Klippe; er ging langsam, hockte sich häufig hin und wühlte im Sand. Jean-Claude und Anne waren in der Nähe und ölten einander immer noch ein. Er hörte sie murmeln, dann schlangen sie die Arme umeinander und gingen auf Peter zu. Wieder spürte er, wie sein Herz stockte und seine Muskeln sich anspannten. Sollte er ihnen folgen? Unsinn. Hatte Peter nicht das Recht, am Strand spazieren zu gehen, ohne daß man ihm nachspionierte? Außerdem war Anne da. Er atmete tief und entspannte sich langsam, aber er blieb wachsam, während er Madeleine höflich antwortete. Er sah, daß die Geschwister Peter allmählich einholten, der es sich aber nicht anmerken ließ, falls er sie bemerkt hatte. Als sie ihn erreichten, stellte er seine Suche kurz ein, um ihnen etwas zu zeigen, was er gefunden hatte. Sie standen eng beieinander und ließen es herumgehen. Dann löste das Grüppchen sich auf, und die Courtins gingen voraus. Sie blieben oft stehen und drehten sich um, wenn Peter etwas Neues fand. Dabei näherten sie sich dem Ende der Klippe. Bevor sie es erreichten, hielt Peter inne, streckte sich und stand einen Augenblick alleine da, bevor er ins Wasser lief. Jean-Claude und Anne drehten sich um und winkten, gingen aber weiter. Charlies Blick fiel auf eine Felsformation hinter ihnen, und einige Minuten vergaß er, die Szene zu überwachen. Er erforschte die Formen und Farben und fing im Geiste an zu malen. Als er sich einen inneren Ruck gab und in seine Umwelt zurückkehrte, ließ er die Augen sofort über das leere Meer schweifen. Draußen, wo der Strand endete und das Ufer nur noch aus Geröll bestand, verschwamm Peters auf und ab tanzender Kopf mit der Landschaft. Anne war deutlich zu sehen, sie lag ausgestreckt am äußersten Ende des Felsvorsprungs. Jean-Claude war nicht bei ihr. Mit einer flinken Bewegung sprang Charlie auf die Beine und wischte sich den Sand von den Armen. Sofort war Guy bei ihm.

»*C'est magnifique*«, sagte er und ließ Charlies Schoß nicht aus den Augen. »*Mes Hommages*. Warum ziehen wir nicht alles aus? Hier können wir nackt sein. Ich lasse meine Phantasie nicht gerne sinnlos schweifen.«

Etwas schien in Charlies Kopf zu explodieren. Er schüttelte sich vor Abscheu. All diese Leute waren widerwärtig. Er wollte Peter finden und von hier wegbringen. Wegen Jean-Claude machte er sich keine Sorgen. Seine Annäherungsversuche würden an Peter ebenso abprallen wie Guys Avancen an ihm. Aber in dieser Atmosphäre fühlte er sich schmutzig. Peter wurde beschmutzt und er ebenfalls. Sex lag in der Luft – diese Leute hatten nichts anderes im Sinn. Fast hätte er in einem Akt des Trotzes und der Herausforderung seine Badehose ausgezogen. Seine Hand näherte sich dem Verschluß, und er sah Guy mit gefährlichem Lächeln an. Doch der Gedanke an Peter hielt ihn zurück. Peter würde es hassen, wenn er sich entblößte, selbst ohne sexuellen Unterton.

»Ich glaube, ich ziehe die Phantasie vor«, sagte er.

Guy lachte. »Du führst mich an der Nase herum. Auch gut. Ich bin sehr schlau und sehr hartnäckig. Der Sommer wird aufregend sein.«

Aufregend? Dachte Charlie. Er hätte handeln sollen, als sich ihm vor ein oder zwei Wochen die Gelegenheit geboten hatte abzureisen; aber wie wäre das möglich gewesen, ohne Peters Gefühle zu verletzen? Dieser

Sommer war Peters Idee. Wenn sie früher nach Europa gereist waren, dann war es um Peters Geschäfte gegangen, und sie hatten keine Zeit gehabt, wirkliche Eindrücke zu sammeln. Peter wollte, daß Charlie in einer neuen Umwelt arbeiten konnte, umgeben von neuen Formen. Er hatte das Haus gemietet und alle Vorkehrungen getroffen. Es wäre unfreundlich gewesen, ihm so früh zu sagen, daß es schiefgegangen war. Aber er konnte die Kingsleys zum Essen einladen und sie ermuntern, mit Peter über Griechenland zu reden. Vielleicht klappte es.

Als Peter die Klippe umrundete und auf die benachbarte Bucht zuschwamm, sah er aus dem Augenwinkel, wie Jean-Claude über die Felsen kletterte und ihm folgte. Sie Herz schlug schneller, und das Schwimmen fiel ihm schwer. Er ließ die Beine sinken, legte sich auf den Rücken und wartete, bis die Erregung abflaute. Er konnte immer noch umkehren und zu den anderen zurückgehen. Ein kurzes Abenteuer mit Jean-Claude hier draußen war sinnlos; es würde nur die Last der Schuldgefühle und der Frustration vergrößern, die sich in den letzten Tagen in ihm angesammelt hatten.

Eigentlich war es mehr Frustration als ein schlechtes Gewissen, Enttäuschung darüber, daß ihm nur kurze, geheime Momente mit Jean-Claude blieben. Vermutlich hätte er sich schuldiger fühlen sollen, aber im Grunde fügte er Charlie kein Unrecht zu, wenn man die Umstände berücksichtigte. Er konnte sich sogar verteidigen, wenn das Unvorstellbare eintreten und ihm die Gelegenheit dazu geben sollte. Es hatte nichts mit ihrem gemeinsamen Leben zu tun. Er war immer noch in Charlie verliebt. Und er hatte nicht darum gebeten, daß ihn plötzlich eine wilde Leidenschaft für Jean-Claude gepackt hatte, die er nicht unterdrücken konnte. Es war eben passiert, und es war bestimmt besser, etwas dagegen zu tun und darüber hinwegzukommen, als dadurch alles zu zerstören, was ihnen beiden kostbar war. Jetzt war er so weit, daß er an Jean-Claude denken mußte, um nicht zu versagen, wenn er mit Charlie im Bett war. Hätte dieser Trick nicht funktioniert – aber daran durfte er nicht denken, es war zu abstoßend.

Gewiß, er konnte nicht erwarten, daß Charlie mit all dem einverstanden war. Auch er hätte es im umgekehrten Fall nicht akzeptiert. Wenn er Charlie bei dem erwischen würde, was er selbst tat, würde er ihn umbringen, oder sich selbst oder vermutlich sie beide. Warum also tat er es?

Früher, wenn er sich leidenschaftlich zu jemandem hingezogen fühlte, hatten die üblichen Komplikationen ihm stets soviel Zeit verschafft, daß die Vernunft siegen konnte. Man mußte Treffpunkte vorbereiten und Geschichten erfinden. Um wenn das alles getan war, merkte man, daß es die Sache nicht wert war. Aber hier lebten sie den ganzen Tag so gut wie nackt, ein Blick war beinahe so vielsagend wie eine Umarmung, und der letzte Schritt war so klein, daß es einem idiotisch vorkam, ihn nicht zu tun – man hätte sich wie ein Schwimmer gefühlt, der bis zur Gürtellinie im Wasser steht und ein großes Theater veranstaltet, bevor er ganz untertaucht. Er war mit Jean-Claude fast schon im Bett gewesen, ehe sie sich auch nur berührt hatten. Nur das hatte es möglich gemacht, den großen und schier undenkbaren Schritt zu tun und nach all den Jahren untreu zu werden. Er hatte dagegen angekämpft, und er war erschrocken, als er merkte, was es aus ihm machte. Ein Leben ohne Liebe zu Charlie war für ihn ein Widerspruch in sich selbst.

Charlie *war* sein Leben und war es immer gewesen, seitdem er ihn zum ersten Mal gesehen hatte, nicht ahnend, daß es zwischen zwei Männern Leidenschaft geben konnte. Obwohl er es ersehnt und dafür gebetet hatte, waren seine Gefühle nie abgeflaut, selbst als Charlie ihn aus seinem Leben verbannt und geheiratet hatte, selbst als er mehr oder weniger die Straßen von New York abgegrast und seine Bettgefährten jede Nacht und manchmal auch ein paarmal am Tag gewechselt hatte. Charlie brauchte nur ein Wort zu sagen, und er kam zurück. Immer Charlie ... darum war er auf das Dilemma nicht vorbereitet gewesen, in das Jean-Claude ihn gestürzt hatte.

Fast hätte er sich allem entzogen und die Pläne der Kingsleys unterstützt, die nach Griechenland wollten. Aber er fürchtete, daß Charlie Verdacht schöpfen würde, weil er sich so große Mühe gegeben hatte, um den Sommer in St. Tropez zu arrangieren. Außerdem hatte er Jean-Claude einmal zu oft in die Augen gesehen – das Band war da.

Die Alternative war sein verzweifelter Versuch gewesen, mit dem Jungen eine »therapeutische« Nacht zu verbringen, wie er es nannte. Einmal sündigen und dann nie wieder – das hatte er ehrlich gehofft und geglaubt. Wenn es nicht geklappt hatte, dann deshalb, weil Jeannot ihm eine Seite seiner Selbst gezeigt hatte, die ihm völlig unbekannt gewesen war, eine dominante, männliche Seite mit dem Verlangen zu besitzen, anstatt besessen zu werden. Total untypisch. Eine sexuelle Verirrung. Wenn er an diese Nacht dachte und an die paar anderen hastigen, ängstlichen Begegnungen, spürte er einen Aufruhr in seinem Inneren – im Herzen und in den Lenden, selbst die Hände und Beine prickelten. Es fiel ihm sogar schwer, sich über Wasser zu halten. Er wußte, daß der Junge in der Nähe war und ihn wahrscheinlich vom Ufer aus beobachtete, unschlüssig, was er tun sollte, weil er fürchtete, Peters Absichten zuwider zu handeln. Peter hatte eine gewisse Macht über ihn. Ob er es wagen würde, ihn unter den Bäumen zu treffen? Wenn ja, mußte er strikt darauf achten, daß es nur zehn Minuten dauerte, allerhöchstens.

Er hörte Wasser spritzen, und sein Herz begann wild zu pochen. Er streckte seinen schwebenden Körper und sah, wie Jeannot auf ihn zukraulte. Peters Augen suchten die Küste ab. Nur Anne war zu sehen, allein am Ende des Felsvorsprungs. Jeannot peitschte das Wasser mit den Armen und glitt mit einem letzten kräftigen Zug an seine Seite. Seine Brauen machten einen aufregenden Bogen hinauf zu den Schläfen. Die dunklen Augen strahlten Verlangen aus. Peter sehnte sich nach dem Augenblick der kommen mußte – morgen, übermorgen? –, nach dem Tag, an dem er Jeannot gleichgültig ansehen konnte. Er wußte, daß alles vorbei wäre, wenn er einen ganzen Tag ungestört mit ihm verbringen könnte. Der Junge würde ihn zu Tode langweilen.

»Hallo, Kleiner«, grüßte er ihn warm. Wie hypnotisiert erlaubte er ihm näherzukommen, und ihre Lippen trafen sich über dem Wasserspiegel zu einem salzigen Kuß. Peters Glied versteifte sich, und er zupfte an seiner Badehose, damit es sich aufrichten konnte. Er machte einen Beinschlag und zog sich zurück. »Genug davon. Man kann uns sehen.«

»Nur Anne. Mein Liebster, ich will dich so sehr. Ich hielt es nicht länger aus. Hast du nicht gemerkt, daß ich am Strand auf dich gewartet habe?«

»Doch. Ich wollte eben kommen.«

»Jetzt können wir zusammen sein. Warum nutzt du diese Gelegenheit nicht?«

»Es ist riskant für mich, in deiner Nähe zu sein.«

»Du redest, als wärst du nicht dein eigener Herr. Du bist zu jung, um dich zu binden. Ich will dich. Warum nimmst du mich nicht?«

»Hör zu, Kleiner, ich bin fast einunddreißig. Das ist verdammt viel im Vergleich zu dir. Du mußt noch viel lernen. Ich bin nicht mein eigener Herr, weil ich es nicht sein will. Mein Leben ist so, wie ich es haben will. Egal, wie sehr ich dich begehre, es gibt Wichtigeres. Ich habe es dir gesagt, und du hast behauptet, du hättest verstanden.«

»Klar habe ich es verstanden. Aber alles ändert sich.

Noch nie in meinem Leben war ich in jemanden so verliebt wie in dich. Und ich liebe dich jeden Tag mehr.«

Sie wedelten langsam mit den Armen und Beinen, um sich über Wasser zu halten, und streiften einander zärtlich. Nur weil er in Bewegung bleiben mußte, nahm Peter den Jungen nicht in die Arme. »Vergiß nicht – *ich* habe nichts von Liebe gesagt. Ich hätte alles mögliche sagen können, nur das nicht. Ich bin scharf auf dich, aber das ist Sex, Kleiner. Bring das nicht durcheinander.«

»In Ordnung, aber auch dafür müssen wir zusammen sein. Wann treffen wir uns?«

»Sobald ich es arrangieren kann, so wie gestern. Vielleicht morgen. Einkaufen ist ein guter Vorwand. Aber wir müssen verdammt vorsichtig sein.«

»Ich weiß nicht, wie lange ich noch mit dir vorsichtig sein kann.« Er holte tief Luft und ließ sich absinken. Peter spürte seine Hände, sie zogen sein Glied aus der Badehose, so daß es sich voll aufrichtete; sie streichelten es, streiften die Hose hinunter und über die Füße. Er wehrte sich nicht, aber seine Augen überwachten weiter den Strand. Es war herrlich, im Meer völlig nackt zu sein. Erstaunlich, was für einen Unterschied dieser kleine Stoffetzen machte. Jean-Claude tauchte heftig prustend auf, und warf sein dichtes schwarzes Haar zurück, das ihm die Augen verdeckte. Er lachte, als er zwei Badehosen hochhielt. »Jetzt sind wir füreinander bereit. Unter Wasser bist du eine Schönheit – sagt man so? Du bist so schön. Es ist unglaublich.«

»Wenn du sie verlierst, müssen wir den ganzen Tag hier bleiben. Komm schon, wir gehen jetzt besser.«

Sie schwammen ans Ufer, wenn auch nicht sehr zügig, und ihre Körper streiften einander. Jean-Claude tauchte und wälzte sich unter ihm hin und her wie eine Schildkröte. Immer wieder berührte er Peters Glied, so daß es hart blieb. Als sie das flache Wasser erreichten, nahm Jean-Claude ihn in die Arme und zog ihn nach unten. Eng umschlungen gingen sie zusammen unter. Auf einmal war Peters ganzer Körper erregt – er näherte sich dem Orgasmus.

Er kämpfte sich an die Oberfläche, schnappte nach Luft und schüttelte das Wasser ab. »He, warte. Setzen wir uns lieber hin, damit wir abkühlen. Wir müssen die Badehosen anziehen.«

Jeannot überraschte ihn wieder, hob ihn hoch und trug ihn ans Ufer. Peter lachte und strampelte, rutschte in seinen Armen herum, halb im Wasser, halb in der Luft. Jean-Claude setzte ihn ab, glitt an seinen Beinen hinunter, die noch halb im Wasser waren, und nahm sein Glied in den Mund. Peters Körper zuckte heftig zusammen, er ließ sich zurücksinken, schloß die Augen und hob die Hüften hoch, um sich Jean-Claudes Liebkosung zu ergeben. Dann fiel ihm plötzlich ein, wo sie waren, er dachte an Anne, und er dachte daran, daß die ganze Welt ihn sehen konnte. Mit einem leisen Schrei befreite er sich, griff nach der Badehose, die Jeannot fallen gelassen hatte, und watete ins Wasser zurück. Fast hätten ihm die Knie nachgegeben, als der Orgasmus ihn zu überwältigen drohte. Aber das Wasser beruhigte ihn, und dann war die Krise vorbei. Sein Herz klopfte wild vor Panik.

Während er weiter ins Meer hinein ging, zwang er sich, einen Blick über die Schulter zum Strand zu werfen, darauf gefaßt, daß die ganze Clique zugeschaut hatte. Anne war noch da, aber niemand sonst. Als er bis zur Gürtellinie im Wasser stand, wartet er, bis der Tumult in seinem Inneren abgeklungen war. Vielleicht würde ihm dies eine Lehre sein. Vielleicht konnte er sich nun von dieser lächerlichen Vernarrtheit befreien. Er war frustriert und zitterte nach dem verhinderten Höhepunkt.

Er hörte ein Plätschern hinter sich, und sein Zittern nahm zu, als Jean-Claude an seine Seite trat. Sein Glied hob sich schmerzhaft, es fühlte sich an, als wolle es ewig steif bleiben.

»Warum hast du es mich nicht zu Ende bringen lassen?« fragte Jeannot vorwurfsvoll.

»Hast du den Verstand verloren? Anne könnte uns sehen.«

»Sie hat mir schon öfter zugesehen. Sie hätte uns gewarnt, wenn jemand gekommen wäre.«

»Mein Gott! Ich stehe nicht auf öffentliche Darbietungen.« Es war unerträglich, Jean-Claude so nahe zu spüren und nichts tun zu dürfen. Sein enttäuschtes Verlangen machte ihn glühend heiß. Fast bedauerte er es, daß er ihn nicht hatte gewähren lassen – offenbar hätte es ohnehin niemand gesehen. Außer Anne. Er war wohl nicht recht bei Trost, wenn er das Mädchen zusehen lassen wollte. »Versteht du nicht?« stieß er hervor. »Jeder könnte jederzeit aufkreuzen. Ich habe dir doch gesagt, daß wir aufpassen müssen.«

Jean-Claude ließ sich sinken, bis das Wasser ihm ans Kinn reichte. Er umrundete Peter und kauerte wieder vor ihm. Vom Strand aus machte das sicherlich einen unschuldigen Eindruck, aber Jeannots Mund an seinem steifen Glied brachte sein Herz erneut zum Klopfen. Schade, daß man es nicht unter Wasser tun konnte.

»Jetzt bist du wütend«, sagte Jeannot zerknirscht. »Ich möchte dich doch nur ansehen.« Seine Hand näherte sich Peters Glied.

»Faß mich nicht an«, warnte Peter ihn hastig. »Ich explodiere fast.«

Jeannots Gesicht hellte sich auf. »Wirklich? Ich auch. Ich glaube, ich könnte kommen, wenn ich dich nur ansehe. Sind alle Amerikaner da so groß?«

»Viele sind größer.« Peter stand mit gespreizten Beinen im nachgiebigen Sand und hatte die Hüften vorgeschoben, so daß sein Glied vor ihm steil emporragte, vergrößert vom Wasser, lang und gerade, ein Pfeil aus Fleisch.

»Unglaublich«, murmelte Jean-Claude.

»Ich glaube kaum, daß du viel Grund zur Klage hast, was das betrifft.«

Jeannot lächelte. »Nein. Wir passen gut zueinander. Ein gutes Paar. Aber gerade das ist ja so erstaunlich. Sonst bin ich überall viel größer als du.«

Peter spürte ein Prickeln in den Lenden. Erneut war er einem Orgasmus nahe. Sollten sie sich zwischen die Bäume verdrücken und ein wenig Befriedigung finden? Nein. Offensichtlich konnte er sich selbst nicht trauen, was die notwendige Vorsicht betraf. Er schob die Hüfte nach vorne, so daß der Kopf seines Gliedes aus dem Wasser ragte. »Raus mit dem Periskop! Keine Torpedos!« Er brach in Gelächter aus und spürte, wie seine Erregung abklang. Er krümmte sich vor Lachen. So war es besser. Das Lachen würde ihn zur Vernunft bringen. Als er Jeannots verdutztes, zögerndes Lächeln sah, lachte er noch lauter. »Hast du Anne wirklich zusehen lassen?« fragte er, als er sich beruhigt hatte.

»Klar, wenn sie zufällig da war. Wir lieben uns, und wir wissen alles übereinander.«

»Wissen und sehen sind zwei Paar Stiefel«, sagte Peter. Eine Erinnerung huschte ihm durch den Kopf, der er immer noch nicht ohne ein Gefühl der Verarmung und der bleibenden Demütigung gegenübertreten konnte. Hastig redete er weiter. »Versuch diesen Trick ja nicht bei mir. Ich wüßte nicht, wie ich mich verhalten soll.«

»Aber das ist doch Unsinn. Sie ist auch in dich verliebt, und sie will, daß wir glücklich sind. Es würde sie glücklich machen, uns zusammen zu sehen. Sie würde dich gerne so sehen wie jetzt. Und ich würde ihr gerne meinen schönen Geliebten zeigen. Ich habe ihr erzählt, was du mir beigebracht hast.«

Abscheu und eine unbekannte Erregung mischten sich in seinen Hunger nach diesem Jungen. Es fehlte nicht viel, und er würde ihn verachten. Er fühlte sich bereits sicherer, der Drang hatte schon nachgelassen. Er spürte, daß er ihn bald ohne jedes Verlangen würde ansehen können. Mit einer Willensanstrengung, zu der er noch vor fünf Minuten unfähig gewesen wäre, wandte er sich von ihm ab, ließ sich ins Wasser sinken und schlüpfte in seine Badehose. Jetzt war seine Erektion wieder an seinem Bauch gefangen. »Zieh dich an«, rief er über die Schulter; dann ließ er sich bäuchlings aufs Wasser fallen und schwamm kraftvoll davon. Die Anstrengung würde sein Glied auf normale Größe schrumpfen lassen.

Als er sich umdrehte, stand Jean-Claude am Strand, züchtig verhüllt, und wartete auf ihn. Peter stapfte aus dem Wasser und beobachtete dabei seine Reaktion. Er hoffte, daß die vergangenen Minuten den Prozeß der Entfremdung beschleunigt hatten. Jeannot stand da, mit einem unsicheren Lächeln auf seinen vollen Lippen, seine Augen waren arglos und einladend. Er sagte nichts, sondern legte Peter den Arm um die Schulter und drückte ihn unbeholfen, jungenhaft an sich. Es war ein so schlichter Ausdruck des Verlangens, daß er Peter sogleich entwaffnete. Er würde also einen weiteren Tag der Tortur erdulden müssen.

Sie gingen die hundert Meter zur Klippe zurück, wo Anne die ganze Zeit gesessen hatte. Peter zwang sich, unbefangen mit ihr zu sprechen und so zu tun, als sei nichts geschehen. Ihre Augen starrten ihn an, als sie bei ihr waren.

»Du bist so hübsch«, sagte sie, ohne sich zu bewegen, und betrachtete ihn vom Felsen aus, auf dem sie sich niedergelassen hatte. »Ihr beide wart einfach göttlich, so ganz nackt. Es muß himmlisch sein, dich zu lieben. Jeannot hat großes Glück.«

Die Tatsache, daß sie seine Intimität mit Jean-Claude so offen akzeptierte, erleichterte ihn. Es ging ihm längst auf die Nerven, unter ihren heterosexuellen Freunden den Hetero zu spielen. Für Charlie war es immer ganz natürlich gewesen, ihr Zusammenleben zu verbergen, und er hatte stets darauf bestanden. Als ob sie jemanden täuschen konnten. »Ich weiß nicht, ob man von Glück reden kann«, sagte er. Es war das erste Mal, daß er offen mit ihr redete. »Jeannot weiß, daß ich es nicht soweit kommen lassen wollte.«

»Wäre dein Freund sehr wütend, wenn er es wüßte?«

»Ja, sehr. Schlimmer noch. Ich verlange nicht, daß Jeannot Geheimnisse vor dir hat, aber du darfst es niemandem sagen.«

»Natürlich nicht. Aber ihr müßt auch vorsichtiger sein. Ich habe es Jeannot schon gesagt. Wenn er dich liebt, müssen deine Gefühle für ihn Vorrang haben, und er muß dankbar sein, wenn er dich bekommt, und sei es nur für eine Nacht.«

Peter schaute dem sonderbaren Kind ins Gesicht. Seine Augen wanderten zu ihren Brüsten unter dem Oberteil ihres Bikinis, dann trafen sie ihren merkwürdigen Blick. Plötzlich empfand er ein wenig Zärtlichkeit für sie. »Du bist wirklich lustig«, sagte er lächelnd.

»Nein. Ich weiß Bescheid über Liebe und Liebesschmerz. Ich habe Jeannot geraten, dich deinem Freund zu lassen, aber dann sagte er mir, daß du ihn auch haben willst. Ich war froh, daß du es letzte Woche einrichten konntest.«

Er sah Jeannot an und begegnete dunklen Augen voller Verlangen. Anne entfachte die Flamme – das Feuer war noch nicht erloschen. Die unerklärliche Leidenschaft, die ihn seit ihrer ersten Begegnung erfaßt hatte, wallte in ihm hoch. Seine kleine Badehose wurde schmerzhaft eng. Die Anwesenheit einer Zeugin war seltsam befreiend, sie verlieh ihrer Liaison den Stempel der öffentlichen Anerkennung, die er bei klarerem Kopf lieber vermieden hätte. Nun aber gab sie dem Augenblick einen einzigartigen Reiz. Wie unter einem Zwang griff er nach Jeannots Hand. Der Kontakt war wie ein Schlag, und fast hätte er das Gleichgewicht verloren.

Seine Brust hob und senkte sich heftig, und sein hartes Glied glitt unter der Badehose nach oben. »Ja, ich will ihn«, sagte er. »Und er weiß es.«

Anne lachte leise. »Es ist unverkennbar, daß ihr beide scharf aufeinander seid. Aber jetzt sollten wir zurückgehen. Küßt euch wie Liebende, und dann brechen wir auf.«

Er schaute in Jeannots hypnotische Augen und spürte einen Drang, Annes Rat zu befolgen. Aber ihm war klar, daß es nicht bei einem Kuß bleiben würde. Annes Anwesenheit war kein Hindernis – im Gegenteil, sie machte ihn heiß. Anscheinend verlor er in seinen alten Tagen den Verstand. Fast hätte sein Glied sich freigekämpft, als er sich vorstellte, wie er Annes Bruder nahm und sie dabei zusah. Langsam schüttelte er den Kopf.

»Nein«, murmelte er. Dann drehte er sich abrupt um und stieg auf einen Felsen, der über das Wasser ragte. »Geht ihr beide schon vor«, sagte er. »Ich möchte –«

Er befahl seinen Muskeln zu gehorchen und tauchte ins Wasser. Es war kalt und dämpfte seine Erregung sofort. Er war nicht sehr stolz auf sich. Was war das für ein exhibitionistischer Zug? Anne zusehen lassen! Vor ihr eine Erektion bekommen. Wenn er ein öffentliches Spektakel aus sich machen wollte, warum dann nicht mit Charlie? Er war es, dem er gehörte, dem er immer gehört hatte und immer gehören würde. Es wäre schön, wenn ihre Beziehung als Ehe anerkannt würde, denn genau das war sie.

Er hatte ausgerechnet, daß er exakt 146 Tage seines aktiven Geschlechtslebens von Charlie getrennt gewesen war, wenn man davon ausging, daß er geglaubt hatte, sie würden nie wieder zusammen sein. So lange hatte Charlies Ehe mit einer Frau gedauert. Das eine Jahr in der Armee zählte er nicht mit, weil er in dieser Zeit ein totales Neutrum gewesen war, egal wie sie geendet hatte. In diesen 146 Tagen hatte er etwa 200 Jungs gehabt. Wenn er Lust auf Experimente gehabt hätte, dann hätte er damals Gelegenheit dazu gehabt. Was versuchte er zu beweisen? Daß er jemanden so haben konnte, wie Charlie ihn hatte? Toll. Das hatte er nunmehr eindeutig bewiesen und dabei riskiert, daß sein ganzes Leben in die Brüche ging. Morgen früh würde er wahrscheinlich zu Jeannot gehen, weil er es ihm mehr oder weniger versprochen hatte. Außerdem mußte es nach dem heutigen Tag ein letztes Mal geben. Er wollte aufhören, solange er sicher war, daß seine Leidenschaft für Jeannot nicht seine Liebe zu Charlie bedrohte.

Er schwamm energisch, um vor Jeannot und Anne bei der Gruppe zu sein.

Charlie sah die Courtins sofort, als sie die Klippe entlanggingen. Wahrscheinlich waren sie die ganze Zeit zusammen gewesen. Jean-Claude war eben auf der anderen Seite des Felsens gewesen, wo man ihn nicht hatte sehen können. Peter war noch nicht aufgetaucht. Zweifellos befand er sich allein auf einem seiner Streifzüge, die er so liebte. Charlie holte tief und erleichtert Luft. Es war töricht, so verstört auf Guys dumme, hinterhältige Bemerkung zu reagieren. Er hätte sich zum Narren gemacht, wenn er den drei nachgelaufen wäre, wie er es zunächst vorgehabt hatte. Peter war nicht Schuld daran, daß Jean-Claude so offensichtlich in ihn vernarrt war. Immer wieder verliebten sich Männer in ihn. Wer konnte es ihnen verübeln? Mit einem Lächeln auf den Lippen wandte er sich wieder der Clique zu und begegnete Harrys Blick. Harry reagierte, als gelte das Lächeln ihm, und Charlie sah, wie der Trotz ein wenig aus seinem Gesicht wich.

»Dir hier gefällt, okay?« fragte Harry und versuchte auf seine reservierte und säuerliche Art, höflich zu sein.

»O ja, es ist herrlich«, sagte Charlie kühl. Er täuschte nie vor, jemanden zu mögen. Er mußte im Leben ohnehin genug Theater spielen, nur um ein wenig akzeptiert zu werden.

»Du nicht lange hier? Paar Monate?« Harry begann mit einer schroffen Attacke auf die Lebensverhältnisse in Frankreich – die Streiks, die Lebensmittelknappheit, die gemeinen Kaufleute. »Jedenfalls«, schloß er, »hier kein Ärger mit Personal. So wie zu Hause.«

Charlie verbarg seine Belustigung. Personal ... Es hätte ihn nicht überrascht zu erfahren, daß Harrys Eltern Diener waren. »Bedienstete sind in der Tat nicht mein größtes Problem«, räumte er höflich ein.

»Guy läßt sich von ihnen auf Nase rumtanzen. Gefällt mir nicht. Will Service, nicht Mist.«

»Ja, natürlich«, stimmte Charlie mit unterdrückter Heiterkeit zu. Wieder warf er einen Blick zum Strand und sah Jean-Claude und Anne immer noch herankommen. Er machte sich ein wenig Sorgen um Peter. Dann sah er ihn. Sein Goldschopf bewegte sich im Wasser auf das Lager zu, und er würde vor den Courtins hier sein. Er schwamm zügig, strengte sich richtig an. Charlie ließ ihn nicht aus den Augen. Sein Anblick war ihm noch willkommener als sonst, weil er einen Moment Angst um ihn gehabt hatte. Er beobachtete, wie er aus dem Wasser lief. Sein schöner, ebenmäßiger Körper glitzerte in der Sonne. Er blieb stehen, rief den Geschwistern etwas zu und rannte dann den Strand entlang, flink und geschmeidig und strotzend vor Jugend. Eine große Woge der Liebe erfaßte Charlie.

Peter ging um die anderen herum und ließ sich neben ihm auf die Knie nieder. Charlie betrachtete die Wölbung an der Badehose, den flachen, muskulösen Bauch, der sich leicht senkte und hob, und die breite, völlig haarlose Brust mit den gut ausgebildeten Muskeln. Dann sah er ihm in die lächelnden blauen Augen. Peters Blick war hingebungsvoll und rührte Charlie sehr, weil er an seinem Freund gezweifelt hatte.

»Ich bin die ganze Zeit geschwommen«, sagte Peter. »Es war herrlich.«

»Du bist auch herrlich«, sagte Charlie bewußt beiläufig, aber dabei berührte er ihn leicht mit dem Arm.

Peter hob ein wenig die Brauen. Nach dem, was er durchgemacht hatte, wäre es ihm lieber gewesen, wenn Charlie ihn umarmt und auf den Mund geküßt hätte. Er kicherte, als er daran dachte, wie unwahrscheinlich das war, und legte eine Hand auf Charlies Schulter, während er den Kopf an sein Ohr senkte. »Du bist schön. Hat jemand ans Mittagessen gedacht? Ich sterbe vor Hunger.«

»Ich glaube, es ist bald soweit. Ich könnte einen Drink vertragen.«

»Ich auch. Komm, reden wir mit den anderen.« Peter lachte leise. »Guy brauchst du nicht lange zu bitten.«

Charlie spürte eine unterdrückte Erregung in Peter. Lag es an der körperlichen Bewegung an diesem Morgen? Sexy. Ihm ging es genauso. Vielleicht hatten sie vor dem Essen Zeit, etwas dagegen zu tun. Er musterte Peters Hand, die auf seinem Schenkel lag – langfingrig, mit großen Knöcheln, kräftig – und atmete den sauberen, salzigen Duft seiner Haut ein, vermischt mit dem schwachen moschusartigen, animalischen Geruch, der ihn schon immer fasziniert hatte. Wie gerne wäre er jetzt allein mit ihm. Er mußte sich zusammenreißen, um ihn nicht am ganzen Körper zu berühren und zu liebkosen. Als er die großen, weichen Nippel betrachtete, lächelte er in sich hinein – er wußte, wie Peter reagieren würde, wenn er sie anfaßte. Dann hob er den Blick und schwelgte in dem außergewöhnlich hübschen Gesicht, das so lebendig und ausdrucksvoll war, unfähig jeglicher Tücke. Es war kaum zu glauben, daß er immer noch aussah wir der Junge unter zwanzig, den Charlie verführt hatte und dessen erster Geliebter er gewesen war. Es war Charlies eigene Schuld, daß er nicht sein einziger Geliebter geblieben war. Die meisten Leute schätzten ihn nur ein oder zwei Jahre älter als Peter ein, was ja auch zutraf; darum nahm er an, daß er sich ebenfalls recht gut gehalten hatte.

Sie lehnten aneinander, steckten die Köpfe zusammen und murmelten, als Jean-Claude und Anne eintrafen. Jean-Claude schaute düster auf sie herab, aber keiner von ihnen blickte auf. Anne nahm ihn am Arm und führte ihn hinüber zu Guy und Madeleine.

Allmählich kam Bewegung in die Gruppe. Sie tauchten ein letztes Mal ins Wasser, sammelten ihre Sachen ein und machten sich auf den Weg durch die Bäume zum Gasthaus, wie eine Gruppe frisch gewaschener Zigeuner. Guy hatte das halbe Dutzend Zimmer im Lokal für diesen Tag gemietet, und sie gingen alle nach oben, um zu duschen und sich umzuziehen.

Sobald sie allein in ihrem Zimmer waren, wo sie eine kleine Reisetasche abgestellt hatten, streifte Charlie seine feuchte Badehose ab. Peter fühlte sich sofort unbehaglich und wartete mit dem Ausziehen, als habe der Morgen ein verräterisches Mal an seinem Körper hinterlassen. Er hatte so heftig und prompt auf Jean-Claude reagiert, und er haßte den Gedanken, Charlie weniger zu geben, so wie neulich. Also lief er geschäftig herum, wich Charlie aus und sah in nicht an. Er hob Charlies Badehose vom Boden auf und breitete sie auf dem Fensterbrett aus. Dann öffnete der die Tasche, die er für sie gepackt hatte.

»Mann, bin ich durstig«, sagte Charlie hinter ihm.

»Ja, ich auch. Am besten spülen wir das Salz ab und gehen in die Bar.« Sobald klar war, daß sie nicht lange im Zimmer bleiben würden, entspannte sich Peter. Er zog die Badehose aus und legte sie neben Charlies Hose. Dann warf er frische Hemden und Shorts aufs Bett. »Welche willst du?« fragte er. Sie tauschten ihre Kleider aus, genauer gesagt, sie besaßen ihre Garderobe gemeinsam.

»Ist mir egal. Ich nehme dieses blaue Hemd, wenn du es nicht willst. Wie läuft dein Flirt mit Jean-Claude?«

Peters Ohren forschten sofort nach einem Unterton in Charlies Worten, fanden aber keinen. Charlie sprach ganz beiläufig und neckend. Peter lachte. »Wie steht's mit dir und Guy?«

»Ich mußte ihn heute Morgen zurechtweisen. Er machte ein paar Andeutungen über deine Fahrt nach Paris letzte Woche.«

Peters Herz setzte einmal aus. »Was meinst du damit?«

»Ach, er sagte, Jean-Claude sei am Mittwochabend weggegangen, und er bezweifelte, daß du wirklich im Zug warst. Ich weiß nicht, was das soll.«

Peters Wangen färbten sich rot. Seine Hände zitterten, als er sich über die Tasche beugte und vorgab, etwas zu suchen. »So ein Idiot«, sagte er und hoffte daß seine Stimme normal klang. »Wie bin ich denn seiner Meinung nach zurückgekommen?«

»Keine Ahnung. Aber ich nehme an, du hättest ein Flugzeug nach Nizza nehmen können. Klingt kompliziert, sogar für einen erfahrenen Reisenden wie dich. Von Nizza wärst du dann nach St. Raphael gefahren, um das Auto zu holen. Aber was wäre gewesen, wenn ich dich am Bahnhof abgeholt hätte? Fast hätte ich es übrigens getan. Außerdem hättest du jemandem begegnen können, den wir kennen.«

Peters Haare sträubten sich, als ihm klar wurde, was für ein Risiko er eingegangen war. Er fummelte immer noch in der Tasche herum, aber Charlies präzise Beschreibung seiner Reise am Mittwochnachmittag und Donnerstagmorgen hatte ihm Zeit gegeben, sich zu fangen. Er war sicher, daß sein Erröten unter der Bräune nicht zu sehen war. »Guy muß ganz schön verrückt nach dir sein«, sagte er mißbilligend. Wo ist der verdammte – oh, da ist er ja.« Er zog den Kamm heraus, den er schon eine ganze Weile in der Hand gehabt hatte, ließ die Tasche fallen und drehte sich um. Charlie lachte.

»Stimmt, er ist in mich verknallt. Er hat mir einen unverblümten Antrag gemacht. Ich soll Harrys Platz einnehmen.« Charlie stand lässig am Fuße des anderen Bettes, nackt, eine Hüfte vorgeschoben wie Michelangelos David, und seine purpurnen Augen lächelten Peter an. Ihre Blicke trafen sich. »Wir sind eben unwiderstehlich«, sagte er. »Du auf jeden Fall.«

Peter verspürte einen Anflug ängstlicher Reserviertheit. Er griff nach einem Hemd, um sich zu bedecken. »Zufällig liebe ich dich, falls du es noch nicht weißt. Wie wär's nun mit dem Drink?« Selbst als er Charlies Blick erwiderte, hatte er das Gefühl, daß sich alles so entwickelte, wie er es sich wünschte. War er endlich vernünftig geworden, weil Charlie der Wahrheit so nahe gekommen war? Er betrachtete Charlies herrlich gebräunten Körper. Er sah fast so aus wie vor elf Jahren, abgesehen von ein paar Haaren auf der Brust. Und er war immer noch seine erste und einzige Liebe. Sein Glied hob sich und schob das Hemd nach vorne. Nichts konnte sich damit vergleichen. Er betrachtete Charlies imposantes Glied, das er so gut kannte. Bereit für eine Erektion, lag es schwer und verheißungsvoll an einem Schenkel. Er warf den Kopf zurück und lachte vor Freude darüber, daß sich alles zum Besten entwickelte; dann warf er das Hemd weg.

Charlie sah ihn wohlwollend an. »Das ist mein Kleiner. Ich würde ihn überall erkennen. Willst du so an die Bar gehen?«

»An die Bar?« fragte Peter lachend. »Zufällig habe ich dieses Zeug da mitgebracht – der ewige Optimist.« Er holte die Tube aus der Tasche und ging zu Charlie. Dabei warf er einen Blick auf sein dickes Glied, das sich von den Schenkeln löste, schon aufreizend lang und dick, und den dunkel glänzenden Kopf hob.

»Willst du damit sagen, daß der Drink warten muß?« Charlie hob in gespieltem Grimm die Augenbrauen. Sein Lächeln war selbstsicher und besitzergreifend. Er legte eine Hand auf Peters Nacken und hielt ihn fest.

»Genau das.« Peter nahm Charlies Glied in die Hand. Es wuchs rasch unter seiner Berührung. »O, o«, murmelte er. »Ich werde es wohl nie wirklich glauben. Ich habe gesehen, wie dich heute morgen alle angeglotzt haben. Wenn sie ihn jetzt sehen könnten, würden sie in Ohnmacht fallen.«

Charlie lachte. »Du bist noch nie in Ohnmacht gefallen, wenn ich mich recht erinnere.«

»Eines Tages könnte mir das passieren. Ich glaube, er wächst.« Er drückte ein wenig Gleitmittel auf die Handfläche. »Er ist so heiß und hart und riesig.«

Charlie lachte erneut, nahm sich ebenfalls von dem Gleitmittel und rieb es Peter zwischen die Hinterbakken. Mit der anderen massierte er Peters Glied.

Peter knurrte tief in der Kehle, preßte sich an ihn und legte die Stirn an seinen Kopf. »Was tun Sie mit mir, mein Herr?« flüsterte er. Es war ein vertrauter Scherz, und sie schüttelten sich beide vor Lachen, während sie sich eng aneinander schmiegten und ihre Erregung zunahm. Peter wollte, daß Charlie ihn berührte, er wollte sein Gewicht auf sich spüren, er wollte die dicke Säule aus Fleisch in seinem Körper spüren, sie sollte in ihm wüten und explodieren. Er wollte, daß Charlie ihn nahm, benutzte, ganz besaß, so wie nur er ihn besitzen konnte. Seine Beine begannen zu zittern, als Charlies Hände ihn dem Orgasmus näherbrachten.

»Ich glaube, ich komme in drei Sekunden«, sagte er leise kichernd. »Mach weiter, solange du kannst, Liebster. Laß mich zweimal kommen. Das wird himmlisch.«

Bald darauf hörten die anderen Mitglieder der Gruppe lustvolles Stöhnen und ersticktes Lachen im Zimmer der beiden Amerikaner. Einige Zeit später folgten mehrere rauhe, triumphierende Schreie.

Guy sah Harry mit ironischem Lächeln an. »Kaum

zu glauben – nach zehn Jahren. Sie haben anscheinend die Wahrheit gesagt. Glücklicher Peter. Ich würde sagen, er wird ordentlich gefickt. Schade, daß du nicht so gut ausgestattet bist. Dann würde ich dir manches andere verzeihen.«

Als die Geräusche einsetzten, stampfte Jean-Claude im Zimmer herum und warf mit Kleidungsstücken um sich. Als sie weitergingen, sank er auf die Bettkante und kauerte sich zusammen. Anne summte eine Melodie und versuchte zu übertönen, was nebenan vor sich ging. Dann waren Schreie zu hören, und Jean-Claude raufte sich die Haare und brach in Tränen aus. Er hatte Peters Stimme erkannt. Anne ging zu ihm, bückte sich und streichelte ihm beruhigend den Kopf.

»Er hat dir gesagt, wie es ist«, sagte sie.

Madeleine und Geneviève lagen auf den Betten, um sich ein wenig auszuruhen. Geneviève sprang wütend auf.

»Ich muß schon sagen –«, rief sie. »Ich finde das eklig. Warum warten sie nicht, bis sie in ihrem eigenen Bett sind?«

»Es sind Amerikaner, meine Liebe.« Madeleine kicherte heiser. »Sie sind nicht so empfindlich wie wir. Hast du Charles heute morgen nicht gesehen? Was erwartest du von ihm – mit dem Apparat? Es wird immer einer da sein, der damit spielt.«

Später versammelte die Gruppe sich in einer Laube des Küchengartens und trank Pastis, während Guy eifrig mit dem schmuddeligen kleinen Koch verhandelte, der zugleich der Eigentümer war. Alle Blicke waren auf Charlie und Peter gerichtet, entweder neidisch oder eifersüchtig oder mißbilligend. Die blonden Götter strahlten vor Zufriedenheit. Alle sahen, daß Peter sich immer wieder an Charlie schmiegte. Guy kam bald zu ihnen und führte Charlie in die Mitte einer Szenerie, die allmählich einer Hexenküche glich. Ein Holzfeuer brannte in einem offenen Steinofen, und darunter stand ein großer Kessel auf einem Rost. Eine ganze Schar von Leuten wieselte herum – aus ihrem Alter konnte man schließen, daß es die Familie des Besitzers war –, legte Brennholz nach, schleppte Töpfe hin und her, hackte Tomaten und Zwiebeln.

»Wie ihr seht, muß alles kurz vor dem Verzehr zubereitet werden«, erklärte Guy. Er deutete auf einen Tisch, auf dem ein Haufen glitzernde, kopflose Fische lagen. »Manche hier kochen den Fisch mit den Köpfen. Man braucht sie für das Aroma, aber es ist kein schöner Anblick. Darius kocht sie separat und macht daraus Soße. Nur ein Detail, aber wichtig.«

Charlies Augen wurden von Mustern und Formen gefesselt. Instinktiv drehte er den Kopf, um Peter etwas zu zeigen, aber der war nicht da. Es war wirklich langweilig, immer mit den anderen zusammen zu sein. Er hörte Guy höflich zu, der ihm die französischen Namen der vielen Fische und Meeresfrüchte nannte – da war der obszön scharlachrote *rascasse*, der graue *loup de mer*, der *congre*, die *langouste*, Krabben, die Spinnen glichen, und eine sonderbare kleine Muschel, die Charlie noch nie gesehen hatte.

»Wir sind acht«, fuhr Guy fort, ganz in Gedanken versunken. »Wenn weniger Leute da sind, lohnt es sich nicht, sonst hätte ich nur dich eingeladen, mit Peter natürlich. Man braucht mindestens ein Dutzend Fischsorten.«

Die Geschäftigkeit nahm zu. Kinder hackten Kräuter und zerquetschten Knoblauch in einem Mörser. Darius trat mit einem langen, gefährlich aussehenden Messer an den Fisch und hackte die größeren Stücke gekonnt in dicke Scheiben. Der Kessel begann zu brodeln und platschende Geräusche von sich zu geben. Eine Frau legte mehr Holz ins Feuer. Das Brodeln beschleunigte sich, der Kessel begann zu singen. Die Küchenbrigade eilte herbei und brachte Töpfe und Kupferdosen, deren Inhalt in den Kessel wanderte. Darius trippelte ihnen nach und leerte einen Teller Langusten und Fischscheiben in den Kessel.

»So«, sagte Guy mit einem Seufzer der Erleichterung. »Es ist äußerst wichtig, daß man nicht alle Fische zugleich kocht, sonst ist die Hälfte zu gar. In genau fünfzehn Minuten essen wir.« Er wandte sich Darius zu, der sich die Stirn mit einem großen weißen Taschentuch abwischte. »*La rouille est déjà préparée?*«

»*Mais bien sûr, monsieur le comte. Tout est prêt.*«

»*Bien.*« Strahlend drehte er sich zu Charlie um wie ein mittelalterlicher Prinz, der seinen Haushalt regelt. »Du wirst dich wundern. Ich habe das alles nur für dich arrangiert. Nach dem, was ich vorhin gehört habe, muß ich mich wohl damit abfinden, daß ich meine Zeit vergeude, aber was soll's?«

»Was hast du denn gehört?«

»Meine Güte!« Guy lächelte ein dünnes, aristokratisches Lächeln. »Oben ... was für ein orgiastisches Zeter und Mordio, was für ein ekstatisches Stöhnen!«

Charlie wurde rot. »Mein Gott – ihr habt uns gehört?«

»Natürlich – aber mach nicht so ein Gesicht. Es war ein Vergnügen, zwar indirekt, aber die Phantasie trieb Blüten. Habt ihr zwei vielleicht manchmal Interesse an ... Gruppensex nennt ihr es, glaube ich. Ich wäre schon froh, wenn ich euch nur zusehen könnte.«

Charlie dachte an das Jahr, als er allein in New York und Peter in der Armee gewesen war. Wieder errötete er. »Ich fürchte, nein.«

»Nicht? Nun ja, Geduld, Geduld. Ich wollte, das wäre das Motto der Sainvals. Aber in Wahrheit lautet unsere Devise: Die Letzten holt der Teufel. Eine grobe Übersetzung. Ich nehme an, du könntest nicht der Teufel sein?«

Charlie lachte. »Bist du denn der Letzte?«

»Mit Vergnügen!« sagte Guy und lächelte verführerisch.

Sie mischten sich unter die anderen, während ein letzter Pastis kredenzt wurde. Madeleine hatte Peter mit Beschlag belegt. Charlie hörte, wie ihre volle Stimme ihn bearbeitete. »Auf der Party heute Abend muß ich mit Clo-Clo über dich reden. Aber wie töricht von mir. Ich vergesse immer wieder, daß du *der* Peter Martin bist. Du siehst so unglaublich jung aus. Kaum zu glauben, daß du schon ein gewiefter Geschäftsmann bist!«

Charlie ging Anne und Jean-Claude aus dem Weg und scherzte ein wenig mit der ziemlich unzufrieden dreinblickenden jungen Frau namens Geneviève. Er wußte nichts von ihr, außer daß sie irgendwie mit Madeleine liiert war. Er spürte, daß sie ihn von oben herab behandelte, was er nicht verstand – bis er an Guys Worte dachte. Sein Kiefer spannte sich vor Ärger. Schnitt sie ihn, weil er schwul war? Wofür hielt sie eigentlich ihren Gastgeber? All seine abwehrende Aggressivität war geweckt. Sicher, Peter und er hätten daran denken müssen, daß man sie hören konnte. Ohne diese schrecklich überwältigende sexuelle Atmosphäre hätten sie sich nicht ganz so gehen lassen. Sie waren nicht schwul wie die anderen. Sie waren zwei junge Männer, die einander liebten und ein anständiges Leben führten. Warte nur, Lady, dachte er kampflustig, bereit anzugreifen, wenn sie auch nur die leiseste zweideutige oder abwertende Bemerkung machte.

Augenblicke später rief Guy sie alle zum Essen. »*Allons, mes enfants. A table. Nous sommes servis.*« Sie gingen in einen dunklen, kühlen Speisesaal, ganz aus geschwärztem Holz und Kupfer, und versammelten sich um den einzigen Tisch, der gedeckt war. Guy nahm Charlie am Arm und bestand darauf, daß er sich zu seiner Rechten auf den Ehrenplatz setzte. Die anderen überließ er sich selbst. Charlie sah, daß Jean-Claude sich an Peter heranschob, aber als sie sich setzten, nahm Anne zwischen ihnen Platz. Ob sie wohl ihren Bruder davor bewahren wollte, sich selbst zum Narren zu machen? Oder wollte sie Peter für sich selbst haben? Einerlei, Charlie machte sich keine Sorgen mehr.

Eine dampfende Terrine wurde hereingetragen. Das Aroma der Suppe löste ein Seufzen und Stöhnen aus. Dann folgten Platten mit Fisch, den sie mit Löffeln in die dicke Bouillon legten. Obendrauf kamen dicke, geröstete Scheiben französischen Brotes, bedeckt mit »Rost«, der rostfarbenen, mit Knoblauch gesättigten *rouille*. Nach einer spannungsgeladenen Pause – alle starrten ihre dampfenden Schalen an – forderte Guy seinen Nachbarn mit einer Geste auf anzufangen und füllte selbst den ersten Löffel. Alle taten es ihm nach und stießen im Chor anerkennende Rufe und ein gieriges Grunzen aus, als sie das köstliche Durcheinander kosteten. Schweigend machten sie sich darüber her, und die einzigen Laute waren das Klicken der Löffel an der Keramik und das Schmatzen der Lippen. Anne durchbrach die Stille mit plötzlichem Gelächter, und alle stimmten ein.

»*Quels cochons que nous sommes*«, verkündete Guy entzückt.

»Es ist phantastisch«, keuchte Charlie und schnappte nach Luft. Sie begannen fröhlich zu plaudern. Sie aßen, aßen noch mehr und spülten alles mit gekühltem Rosé aus der Provence hinunter. Als Charlie keinen Bissen mehr hinunterbrachte, versank er in eine zufriedene, benommene Lethargie. Er strahlte mit der Sonne und schwelgte in der Erinnerung an Peters Körper in seinen Armen. Die satte, ungewöhnlich gesund aussehende Gruppe hatte endlich eine bekömmliche Harmonie erreicht. Er lächelte Guy fast zärtlich an.

»Du hast recht gehabt. Es war perfekt! Du bist ein Prinz unter den Menschen.«

»Aha! Siehst du? Ich habe dich gewarnt. *Der* bouillabaisse kannst du nicht widerstehen.«

Als die Teller abgeräumt und durch eine riesige Schale mit Weintrauben, Feigen und Pfirsichen ersetzt wurden, spürte er vage, daß die Harmonie sich auflöste. Guy sah gedankenverloren aus. Die anderen rutschten unruhig hin und her und zupften am Obst herum, ohne zu essen. Charlie riß sich zusammen und dachte an andere Mahlzeiten mit Guy. Sofort wurde ihm klar, was er vorhatte, aber es überraschte ihn, daß dieser »Gang« hier auf dem Menü stand. Lässig nahm er ein paar Trauben und stopfte sie in den Mund. Er sah, wie Guy Harry ein Zeichen gab und dann aufstand.

»Also, geh und bereite alles vor«, sagte er. Er schaute auf Charlie hinab. »Kommst du mit?«

»Ich weiß nicht, ob ich gehen kann.«

»Wir warten.«

Geneviève war schon auf den Beinen. Madeleine folgte ihr etwas langsamer, und schließlich saßen nur noch Charlie, Peter und die Courtins am Tisch. Charlie sah Peter über den Tisch hinweg an. »Willst du?« fragte er.

Peter schüttelte den Kopf.

»Aber du mußt«, warf Jean-Claude ein. »Es ist eine Wohltat nach dem Essen.«

»Charlie hat keine Lust«, erwiderte Peter. »Und ich erst recht nicht. Es bringt uns beiden nichts.«

Peter warf einen Blick auf Jeannot und sah, daß er sehr enttäuscht und verletzt war. Er blieb nicht unberührt davon. Seit dem herrlichen Zwischenspiel mit Charlie vor dem Essen fühlte er sich viel selbstsicherer. Er konnte es sich leisten, dem Jungen eine sanfte Abfuhr zu erteilen, ohne daß sich das auf ihn und Charlie auswirkte. Er wollte diese seltsame, ungewollte Episode hinter sich bringen, ohne jemandem zu schaden. »Ach, zum Teufel«, sagte er. »Ich finde, als Gäste haben wir auch unsere Pflichten. Für Guy ist das sehr wichtig. Schließen wir uns den anderen an.«

Sie erhoben sich alle, Charlie als letzter. Er hatte bemerkt, daß Peter die Entscheidung Jean-Claude überlassen hatte, aber er wußte, wie lästig es sein konnte, immer wegzulaufen, wenn einem jemand nachlief. Eine harmlose Beschwichtigung.

Er folgte den anderen die Treppe hinauf und in Guys Zimmer. Das lackierte Kästchen mit den Pfeifen stand schon geöffnet auf dem Tisch, die Petroleumlampe brannte, und Harry erhitzte und formte das Opium mit Miniaturinstrumenten. Die anderen lagen ausgestreck auf den Betten. Guy strahlte Charlie an, nahm ihn bei der Hand und zog ihn neben sich. Er fügte sich Guys Wünschen, wie Peter es bei Jean-Claude getan hatte. Was konnte es schaden? »Am besten lockerst du deine Shorts«, schlug Guy vor.

»Sie sind locker genug.« Charlie stopfte ein Kissen hinter den Rücken, so daß er halb lag, und setzte einen Fuß auf den Boden. Peter ließ sich auf dem anderen Bett nieder, und Jeannot legte sich sogleich neben ihn. Anne leistete Geneviève Gesellschaft, die Harrys Vorbereitungen mit hungrigen Augen verfolgte. Das Opium zischte auf dem Feuer, und Harry schüttete es in die kleine Schale der langen, geraden Pfeife, die er den Gruppe anbot. Guy winkte Geneviève lässig zu. Sie griff gierig nach der Pfeife und nahm mit geschlossenen Augen einen Zug. Harry wandte sich wieder der Flamme zu. Charlie drehte sich nach Peter um, und ihre Blicke trafen sich. Sie hoben ein wenig die Augenbrauen – eine Geste der tiefen Solidarität, die sie von allen anderen trennte. Sie waren völlig zufrieden miteinander, unzerstörbar und glücklich als Außenseiter. Charlie schloß befriedigt die Augen. Das konnte noch eine Weile so weitergehen – nur zwei Pfeifen für acht Leute, von denen einige an vier oder fünf Pfeifen je Sitzung gewöhnt waren. Als die nächste fertig war, berührte Guy ihn an der Schulter. Aus seinen Bewegungen schloß Charlie, daß er seine erste Dosis bereits intus hatte.

»Für dich«, sagte Guy verträumt. »Es ist sehr gut. Das beste, was ich in letzter Zeit hatte.«

Charlie paffte pflichtschuldig und sog den Rauch tief

in die Lungen. Er wünschte, etwas Wunderbares möge geschehen. Aber bis jetzt geschah gar nichts. Wenigstens konnte er nun schlafen. Er wartete, bis die Pfeifen die Runde gemacht hatten und hoffte, daß er aussah, als befinde er sich in einer mystischen Trance. Als er wieder an der Reihe war, wehrte er ab. »Nein, mir reicht's.« Er zog sich hoch. »Ich brauche ein Nickerchen«, sagte er zu niemandem bestimmten. Er ging an Peter vorbei und berührte ihn leicht am Hinterkopf. Dann sah er, daß er Jean-Claudes Hand in der seinen hielt, versteckt zwischen ihren Schenkeln. Sein Unterkiefer fiel herab. Er holte tief Luft, und sein Herz pochte schmerzhaft. Sein Blick fiel auf Peters Schoß und suchte nach verräterischen Anzeichen für eine Erregung, aber er sah nichts.

»Ich komme gleich nach«, sagte Peter.

Charlie zwang sich, das Zimmer zu verlassen. Kaum hatte er die Tür geschlossen, wollte er zurückgehen, Peter auf die Füße ziehen und mitschleifen. Gewiß, Händchenhalten bedeutete in dieser Situation gar nichts. Das taten sie alle ständig. Er konnte nicht verlangen, daß Peter vor den anderen eine Szene machte. Er selbst hatte Guy kleine Intimitäten erlaubt, einfach deshalb, weil eine Weigerung prüde ausgesehen hätte. Trotzdem gefiel es ihm nicht. Wieder verspürte er Abscheu. Sie gehörten nicht hierher. Niemand hier hatte eine Ahnung von Anstand und Treue und Hingabe. Er wünschte, sie könnten sich irgendwo allein vor der Welt verbergen. Taumelnd ging er in ihr Zimmer, warf sich aufs Bett und schlief sofort ein.

Als er aufwachte, suchten seine Augen sofort nach Peter. Das Bett neben ihm war leer. Im Nu war er auf den Beinen und schaute sich verwirrt um. Er wußte nicht, wie spät es war. Er fuhr sich mit den Fingern durchs Haar und schlüpfte in die Shorts, während seine Erektion abklang. Dann eilte er hinüber zu Guys Zimmer und klopfte an die Tür. Als niemand antwortete, öffnete er sie und schaute hinein. Dann fiel ihm ein, daß Anne und Jean-Claude das Zimmer neben dem ihren belegten. Er klopfte auch dort. Stille. Er öffnete die Tür. Niemand da. Sein Herz raste, als er die Treppe hinunterrannte. Er platzte mitten in die Gruppe, die draußen vor dem Gasthof unter einem Vordach saß, bereit zum Abmarsch. Abrupt blieb er stehen und starrte die Gefährten verwirrt an. Peter lachte.

»Ratet mal, wer ausgeschlafen hat. Ich wollte dich eben wecken.«

Er sah, daß Peter dieselben Kleider trug wie beim Essen. Er sah frisch und strahlend aus. »Hast du nicht geschlafen?«

»Ich war nach dem Essen so voll, daß ich noch mal schwimmen gehen mußte.«

Charlie nickte, aber sein Blick fiel auf die nassen Schwimmsachen, die über den Rand von Annes Korb hingen – ihre eigenen und die ihres Bruders. Eine interessante Komposition. »Wart ihr alle schwimmen?« fragte er.

»Nur diese drei Kinder der Tiefe«, sagte Guy giftig. »Wir anderen folgten deinem vernünftigen Beispiel. Kannst du dir vorstellen, was ein Sprung ins kalte Wasser nach so einem Mahl mit deinem Verdauungssystem anrichtet? Wenn ihr Badezeug nicht naß wäre, würde ich es nicht glauben.«

Die Andeutung war alles andere als versteckt. Charlie sah Peter an und erhaschte einen Anflug von Ärger in seinen Augen. Jetzt war Solidarität angezeigt. »Oh, Peter kann Hufnägel verdauen«, sagte er und wurde von Peters dankbarem Blick belohnt.

Die Party, zu der sie an diesem Abend alle gehen wollten, wurde von den Graumonts gegeben, draußen am anderen Ufer der Halbinsel jenseits von St. Tropez. Peter und Charlie waren nach dem langen Ausflug kaum in ihrer gemieteten Villa angelangt, als es auch schon Zeit war, sich für den Abend umzuziehen. Die Graumonts waren prominent. Sie hatten nichts mit dem zunehmend beliebteren St. Tropez der Klatschspalten zu tun, sondern gehörten zu der kleinen, fast unsichtbaren Schicht von schwerreichen Leuten, die ihre großen Ferienvillen in den zwanziger oder dreißiger Jahren erworben hatten. Die Mills-Martins, wie Charlie und Peter sich im Scherz nannten, waren von Peters Klienten in diesen exklusiven Zirkel eingeführt worden. Diese Klienten übertrafen sich gegenseitig, um seine Gunst zu erringen; denn von ihm hing es ab, ob ein wertvolles Stück Eingang in die Sammlung des einen oder anderen fand. Charlie als kaum bekannter amerikanischer Maler mußte sich ein wenig anstrengen, damit man ihn beachtete. Peter wurde hofiert. Da sie anständig erzogen worden waren, wie man so schön sagt, überraschte es sie nicht, daß sie sich ungezwungen in diesen elitären Kreisen bewegen konnten. Die einzige Überraschung, vor allem für Charlie, war die Tatsache, daß man sie überall als Paar akzeptierte. Ihre Täuschungsmanöver wurden einfach beiseite gewischt, und man lud »Sie und Ihren gutaussehenden Freund« ein oder »Sie beide natürlich – ich bin sicher, Sie lassen einander nicht aus den Augen«. Die Mills-Martins waren zur gesellschaftlichen Realität geworden. Peter hatte damit begonnen, sie dementsprechend vorzustellen, mit entzücktem Lachen.

Sie zogen für die Party helle Hosen, bunte Schals und malerische Fischerhemden an. Das galt in dieser Ecke als formelle Abendkleidung. Sie fuhren in dem Cabriolet, das sie gekauft hatten und mit in die Staaten nehmen wollten. Charlie saß am Lenkrad.

»Hör mal, Kleiner«, sagte Charlie unterwegs. »Ich hoffe, du läßt dich heute Abend nicht von Jean-Claude mit Beschlag belegen. Ich mag es nicht, wenn er soweit geht, daß Guy sich spitze Bemerkungen erlaubt.«

»Ich weiß. Du hast recht. Ich finde ihn irgendwie anziehend. Er ist ein großer Junge und dennoch ein Baby.«

»Babys können manchmal verdammt lästig sein.«

»Das stimmt. Ich habe ihm bereits gesagt, daß er sich in der Öffentlichkeit zurückhalten soll.«

»Du meinst, unter vier Augen ist es in Ordnung?«

Peter lachte, um den verbalen Ausrutscher zu verdecken. »Du weißt, was ich meine. Ich weiß nicht, ob es dir aufgefallen ist, aber er wollte unbedingt meine Hand halten, als wir heute Nachmittag den Stoff schmauchten. Es hätte albern ausgesehen, wenn ich vor den anderen davon ein Aufhebens gemacht hätte. Aber hinterher habe ich ihm gesagt, daß ich das nicht mag.«

Charlie hatte sich gefragt, ob Peter darüber reden würde. Daß er es tat, beruhigte ihn. Trotzdem fand er, es stehe ihm zu, Peter auf etwas hinzuweisen, was er bereits wußte: daß er solche saloppen, promiskuitiven Körperkontakte nicht leiden konnte, nicht so sehr aus Eifersucht, vielleicht überhaupt nicht deswegen, sondern weil es nicht dem Verhaltenskodex entsprach, auf den sie sich geeinigt hatten.

»Als wir uns zum ersten Mal trafen, hat er *mich* angehimmelt. Wie du weißt, nicht sehr lange.«

»Stimmt, du kannst ziemlich abweisend sein. Anscheinend gelingt mir das nicht.«

»Vielleicht weil du es nicht willst.«

»Mag sein – in gewisser Weise. Wie gesagt, er ist irgendwie süß. Ich bin nicht so grob zu den Menschen wie du. Trotzdem muß ich nicht ständig Annäherungsversuche abwimmeln.«

»Händchenhalten betrachtest du nicht als Annäherungsversuch?«

»In diesem Fall nicht. Du weißt das. Schau dir Guy an. Er geht dir nicht gerade aus dem Weg.«

»Guy ist ein zäher, erwachsener Mann. Er weiß verdammt genau, daß er bei mir nicht die geringste Chance hat.«

»Okay, okay, du hast ja recht. Das nächste Mal schlage ich ihn k. o., wenn er mich nur ansieht.«

»Hör mal, ich habe keinen Spaß gemacht.«

»Das weiß ich, Champion.« Er beugte sich zu Charlie und legte ihm die Hand aufs Knie. »Mach dir keine Sorgen. Ich habe ihm schon klar gemacht, daß du der einzige Mensch bist, der mir etwas bedeutet. Und ich werde darauf achten, daß er es nicht vergißt.«

»Schön. Genau darum geht es mir.«

Peter stieß innerlich einen kleinen Seufzer der Erleichterung aus. Er hatte Charlie nie belogen. Schon vor langer Zeit hatte er sich geschworen, daß er das nie tun würde, aber er war auch noch nie so nahe daran gewesen, seinen Vorsatz zu brechen. Er wußte nicht, was er tun würde, wenn Charlie ihn irgendwann wirklich zur Rede stellte. Vermutlich die Wahrheit sagen und die Folgen auf sich nehmen. Deshalb war es um so wichtiger, sich so schnell wie möglich von Jeannot zu lösen. Der Junge hatte ihm heute Nachmittag Angst eingejagt. Er war verschlossen und mürrisch gewesen, und als Peter ihn davor gewarnt hatte, mit einem Treffen am Morgen zu rechnen, hatte er ihm einen Blick zugeworfen, als sei er zu allem fähig. Diese Instabilität hatte Peter nicht erwartet. Er mußte behutsam mit ihm umgehen, damit er keine Szene machte, in die Charlie hineingezogen würde. Dann würde die ganze Geschichte auffliegen. Peter spürte einen Anflug von Panik. Heute Mittag war es mit Charlie so aufregend, so perfekt gewesen. Es hatte ihn davon überzeugt, daß er eine ernsthafte Krise abgewendet hatte. Er durfte nicht zulassen, daß jetzt noch etwas schiefging. In den nächsten Tagen mußte er sich sehr zusammennehmen. Es war jetzt schon anstrengend, die Wahrheit zu sagen und dabei die enorme Lüge zu verschleiern.

Sie fuhren nun in der einsetzenden Dämmerung durch Weingärten und Olivenhaine. Gelegentlich konnte man das Meer sehen, wenn die Straße anstieg. Allmählich wurde sie schmaler und holpriger.

»Weißt du, wohin wir fahren?« fragte Peter.

»Ich glaube schon. Guy hat mir den Weg ziemlich genau erklärt. Bald müßte eine Linkskurve kommen. Anscheinend gehört ihnen der ganze Hang. Das Haus steht auf der anderen Seite.«

Sie kamen an die Abzweigung und durchquerten einen Wald. Charlie schaltete die Scheinwerfer ein. Es war fast dunkel. Vor ihnen bewegten sich Lichter auf der Straße. Die Straße wand sich nach oben und machte immer wieder Rechtskurven. Charlie bewältigte sie mühelos und freute sich über seine Geschicklichkeit. Als sie den Kamm erreichten, breitete sich vor ihnen das Panorama des Meeres aus. Ferne Lichter erinnerten sie daran, wo sie gegessen hatten. Jetzt ging es bergab, und nach einigen weiteren Kurven sahen sie unten, auf einer hohen Klippe über dem Meer ein ausgedehntes Dach, umgeben von Lampen.

»Das müßte es sein«, sagte Peter. »Groß genug ist es.«

»Die Reichen sind so verdammt reich hier. Alle haben phantastische Häuser. Hast du das Buch von Veblen gelesen? Prestigekäufe müssen hier erfunden worden sein.«

»Nach all dieser Grandeur wird uns die Heimat furchtbar mickrig vorkommen.«

»Ich ziehe die Heimat allemal vor.»

»Ich auch.« Wieder lege Peter die Hand auf Charlies Knie und knuffte es.

Die Straße machte noch eine ganze Menge Drehungen und Wendungen; dann hielten sie auf einem mit Kies bestreuten Platz vor einer riesigen, nackten, mit Flutlicht beleuchteten Fassade im italienischen Stil, lediglich verziert mit einem Säuleneingang. Etwa zwanzig glitzernde Autos standen bereits ungeordnet davor. Als sie eintraten, begegneten sie einem uniformierten Diener, der *»Bonsoir, messieurs«* sagte, sich verbeugte und ihnen mit einem Arm die Richtung wies. Sie gingen durch stattlich möblierte Empfangsräume und gelangten auf eine weite Terrasse über gepflegten Gärten und einem Schwimmbecken, das ins Meer ragte. Die Gastgeberin (sie besaß sogar einige Theater) löste sich von einer Gruppe neben der Tür und begrüßte sie. »Da sind Sie ja. Ich freue mich, daß Sie kommen konnten – die beiden attraktivsten jungen Männer an der Küste.« Sie reichte ihnen eine schlaffe Hand, damit sie den Handrücken küßten. Diese Sitte hatten sie beide noch nicht übernommen. »Mein Mann ist irgendwo in der Nähe. Er wird entzückt sein, Sie zu sehen. Ich hoffe, Sie finden alles, was Sie möchten. Ah, René ... das sind zwei sehr gute amerikanische Freunde.« Sie nannte ihre Namen, und sie standen vor dem vertrauten Gesicht eines Politikers, der vor kurzem einige Wochen lang Premierminister gewesen war. Sie plauderten kurz und mischten sich dann unters Volk.

Die Leute flanierten auf der Terrasse und gingen im Garten um das Schwimmbecken herum. Irgendwo spielte Musik. Sehr viele außergewöhnlich attraktive Frauen und elegante, tadellos gekleidete Herren waren anwesend. Ein Diener präsentierte ihnen ein Tablett mit Getränken. Peter wählte Champagner, Charlie Whisky. Sie sahen Guy und schoben sich zu ihm hinüber. Er stand bei einem gefeierten Drehbuchautor mit einer erstaunlichen Aureole aus weißem Haar, der sich sogleich angeregt mit Peter unterhielt. Guy legte eine Hand auf Charlies Arm. »Komm, ich muß dich vorstellen. Alle wollen dich unbedingt kennen lernen. Ah, da ist Edwige.« Er führte ihn zu einer gutaussehenden Frau, die, wie er erklärte, eine bekannte Schauspielerin war. Charlie war beinahe Schauspieler geworden und liebte das Theater und die Theaterleute. Er fand die Frau betörend, obwohl er nicht viel über das französische Theater wußte und ihr Name ihm nichts sagte. Dann mußte er zweimal hinschauen – denn er sah Marlene Dietrich in der Mitte einer benachbarten Gruppe. Instinktiv drehte er sich um und wollte Peter auf sie hinweisen, aber der war nirgendwo zu sehen.

Unaufhörlich wurden Getränke serviert, ebenso Berge von grauem Kaviar. Die Leute taten sich zu Gruppen zusammen, trennten sich, mischten sich neu. Alle hatten viel zu sagen, meist etwas Kluges oder Witziges. Sie wechselten ohne Mühe ins Englische, als sie merkten, daß Charlies Französischkenntnisse begrenzt waren. Er hatte ein langes, aufschlußreiches Gespräch mit einem berühmten Maler, und ab und zu sah er Peter, einmal zusammen mit der Dietrich. Einige Zeit später wurden die Gäste an ein enormes Büffet am Ende der Terrasse gebeten, beladen mit Hummer, getrüffelter *foie gras*, Schinken, Räucherlachs und raffinierten Salaten. Er war erfreut, dort Jack und Martha Kingsley zu begegnen.

»Noch ein blinder Passagier!« rief Jack aus. »Ich dachte schon, wir seien die einzigen gemeinen Amerikaner, die man hereinließ.«

»Man läßt sie herein, und ehe man sich versieht, übernehmen sie das Kommando«, sagte Charlie. Sie kannten sich flüchtig aus New York und kamen sich daher wie alte Freunde vor, als sie einander zufällig auf dem Flughafen begegnet waren. Jack war in irgendeine Pleite in der Madison Avenue verwickelt und hatte nun eine Menge Geld und keinen Job. Anstatt sich mit Gerichten herumzuschlagen, hatte er sich eine Yacht gekauft und war auf und davon gesegelt. Nach der Atlantiküberquerung lag sie jetzt im Hafen.

»Wo ist Peter?« fragte Martha. Sie war eine hübsche, lockere Blondine, die viel jünger als ihr Mann aussah. Er hatte ein wettergegerbtes Gesicht, wie es sich für den Besitzer einer Segelyacht ziemte, und kurzgeschnittenes Haar, das an den Schläfen grau wurde.

»Er muß hier irgendwo stecken. Bei Marlene Dietrich, nehme ich an.«

»Sie steht auf Jünglinge, nicht wahr? Würde einige

der Babys hier ganz gerne im Kino sehen. Martha läßt mich gar nicht mehr aus den Augen.«

»Nun, jetzt ist Charlie da. Jetzt brauche ich dich nicht mehr. Also lauf rum und amüsier dich.«

»Vielleicht hätte ich nie heiraten sollen, Charlie-Boy.«

»Ich habe meinen Fehler bereits hinter mir«, sagte Charlie lachend. Mit Leuten wie ihnen war er vertraut. Sie behandelten ihn und Peter, als wären sie einfach nur gute Freunde, und machten nie die geringste Andeutung über den wahren Charakter ihrer Beziehung.

»Habt ihr beiden über unseren Vorschlag noch einmal nachgedacht?« fragte Jack.

»Ich hab es mir überlegt, Jack. Eigentlich denke ich den ganzen Tag daran. Aber im Grunde bin ich hier Peters Gast. Er hat das Haus drei Monate im voraus bezahlt. Man kann ihm keinen Vorwurf machen, wenn er etwas davon haben will.«

»So sollte er es nicht sehen. Bei uns an Bord macht er es wieder wett – auf hoher See kann man kein Geld ausgeben. Und denken Sie nur ... zwischen den griechischen Inseln zu segeln! Ein Erlebnis, das Sie nie vergessen werden. Es ist sehr nett hier, aber zum Teufel, das können wir auch an einem Dutzend anderer Orte haben.«

»Sie wissen ja, daß ich gerne dabei wäre. Ich wollte schon immer einmal nach Griechenland fahren. Und Segeln – das wäre herrlich. Aber ich bin nicht sicher, ob Peter abkömmlich ist. Er arbeitet an einem großen Geschäft und muß es im Auge behalten.«

»Nun, wir möchten auf jeden Fall euch beide mitnehmen. Wir müssen zu viert sein, um das Schiff zu bedienen, andernfalls ist es fürchterlich anstrengend. Zum Teufel, uns haben Dutzende von Leuten gefragt, ob sie mitfahren dürfen, aber wir finden, wir vier wären genug. Wir wollen kein anderes Paar. Ein Mädchen reicht.«

»Vielleicht sind sie nicht so verrückt nach uns wie wir nach ihnen«, warf Martha schelmisch ein.

Charlie lächelte sie an. »Sie sollten mich morgens sehen. Wie dem auch sei, ich muß ebenfalls arbeiten. Darum haben wir das Haus gemietet, anstatt zu reisen. Nächsten Winter habe ich eine Ausstellung.«

»Denkt noch mal darüber nach«, drängte Jack. »Wir sind noch ungefähr eine oder zwei Wochen hier. Wir hätten euch wirklich gerne dabei.«

»Wie wär's, wenn Sie mit Peter reden würden? Ich hätte es ihm fast selbst vorgeschlagen, aber er soll nicht denken, daß es mir hier nicht gefällt. Wenn Sie mit ihm reden, bin ich sofort dabei. Zur Hölle mit der Arbeit. Ich werde die Zeit schon irgendwie aufholen.«

Sie verließen das Büffet mit beladenen Tellern. Charlie sah die Courtins und nickte ihnen lächelnd zu. Peter war nicht bei ihnen. Er ging mit den Kingsleys zu einem der vielen Tische, die auf der Terrasse und im Garten standen, und aß mit ihnen, während Jack nicht müde wurde, die Schönheit der geplanten Reise zu beschreiben. Charlies Begeisterung wuchs. Er war sein Leben lang mit kleinen Schiffen gefahren und liebte das Segeln. Griechenland war ein ferner, lang gehegter Traum. Er hatte nie im Ernst daran gedacht, daß er das Land je sehen würde. Ein Angebot unter derart günstigen Bedingungen war einfach unwiderstehlich. Er fühlte sich bei den Kingsleys wohl. Jacks Art, mit ihm von Mann zu Mann zu reden, gefiel ihm. Und Martha war nicht so wie die meisten anderen Frauen. Wenn er ganz natürlich mit ihnen umging, hatten sie bald Flausen im Kopf, und er mußte einen hastigen Rückzieher machen. Wenn er zu kühl zu ihnen war, erzählten sie überall herum, er sei schwul. Mit Martha schien eine schlichte Freundschaft möglich zu sein. Vermutlich waren die Kingsleys eine Rarität – ein glückliches Paar wie die Mills-Martins. Wenn sie ihn und Peter durchschauten, und das war sehr wahrscheinlich, dann störte es sie offenbar nicht. Mit solchen Leuten konnte man bestimmt einen oder zwei Monate verbringen. Das wäre nicht so schön, wie mit Peter allein zu sein, aber es war eine saubere, wirksame Arznei gegen die Dekadenz, die er hier spürte. Er wußte nicht, was Peter von der Idee hielt – sie hatten in den Letzten Tagen keine Zeit gehabt, sich ernsthaft zu unterhalten. Die Einladung der Kingsleys hatten sie abgelehnt, weil sie nicht in ihre Pläne paßte.

»Ihr müßt zu uns zum Essen kommen«, sagte er. »Ich kläre es mit Peter ab, und wir treffen uns morgen oder übermorgen. Dann könnt ihr mit ihm reden.« Wenn es seine Geschäfte nicht stört, bin ich dabei.«

Peter hatte im Laufe des Abends weitere Einladungen angenommen – ein Dinner in Cannes, das Angebot, ihn Picasso vorzustellen, der irgendwo in der Gegend von Antibes war, und eine spezielle Gala in Monte Carlo. Jeannot war er pflichtschuldig aus dem Weg gegangen, darum war er nicht darauf vorbereitet, sich erneut mit seinem privaten Konflikt zu befassen, als der Junge plötzlich neben ihm auftauchte.

»Komm. Ich muß mit dir reden«, sagte Jeannot abrupt. Er hatte einen unsteten Blick, und das Haar fiel im ein wenig über die Stirn. Er sah aus, als habe er eine Menge getrunken. So aufgewühlt und gefährlich aussehend – im Gegensatz zu seiner üblichen Gemütsruhe –, war er faszinierend attraktiv. Peter riß sich zusammen.

»Wir können uns hier nicht privat unterhalten. Sei nicht albern«, sagte er ruhig, aber bestimmt. Sie standen am Rande einer Gruppe, die sich an einem Ende des Beckens versammelt hatte und darüber diskutierte, ob man schwimmen sollte.

»Aber ich muß mit dir reden. Ich halte es nicht mehr aus.«

Peter sah sich rasch um. Charlie war nirgends zu sehen. Es war wohl besser, Jeannot wegzubringen, ehe er Aufmerksamkeit erregte. Wieder hatte er das Gefühl, daß der Junge zu allem fähig war. Er sah ihn an und nickte. »Na gut«, sagte er.

Jeannot drehte sich um und verschwand hinter den Umkleidekabinen. Peter schaute sich noch einmal in aller Eile um und folgte ihm dann. Jeannot wartete auf ihn, legte ihm den Arm um die Schulter und führte ihn zu einem Weg unter den Bäumen.

Nach wenigen Augenblicken kamen sie auf eine kleine Lichtung oberhalb einer Treppe zum Meer. Die Lichter der Party flackerten herüber. Jeannot blieb stehen, zog Peter an sich und küßte ihn leidenschaftlich.

Peter wich zurück und lachte leise. »Sachte, sachte. Ich bleibe nur eine Minute.«

»Das überrascht mich nicht. Den ganzen Abend flirtest du mit allen, aber mir gönnst du nicht einmal einen Blick.«

»Red keinen Unsinn. Zu den Leuten auf einer Party höflich zu sein hat nichts mit Flirten zu tun. Außerdem geht es dich nichts an. Wir werden keinen Hausstand gründen, also komm mir nicht auf dumme Gedanken.«

»Du gehörst mir.« Er schob eine Hand zwischen Peters Beine und packte sein Glied. Peter zog die Hand resolut weg, ehe er noch erregter wurde. Jeannot platzte heraus: »Warum tust du das? Du willst mich, aber du tust so, als sei nichts. So geht das den ganzen Tag.«

»Den ganzen Tag? Und was war heute morgen? Fast wäre ich vor Anne gekommen. Was habe ich da vorgetäuscht? Also los, sag mir, was du sagen willst.«

»Warum können wir jetzt nicht irgendwo hingehen? Ich kann nicht bis morgen warten.«

»Du bist wirklich verrückt. Du weißt, daß das unmöglich ist. Charlie schöpft allmählich Verdacht. Ich bin nicht einmal sicher, ob es morgen klappt.«

Jeannot packte ihn am Arm und schüttelte ihn. »Was soll das heißen? Du hast es versprochen. Du hast gesagt, Einkaufen sei immer ein guter Vorwand.«

Peters erster Impuls war, sich loszureißen und Jeannot eine Ohrfeige zu geben. Aber er wußte, daß es sicherer war, ihn bei Laune zu halten. »Ich habe nur gesagt, es sei nicht sicher«, sagte er beschwichtigend. »Man kann nie wissen, ob etwas dazwischen kommt. Wahrscheinlich kann ich es einrichten, aber wir wissen beide, daß die Sache keine Zukunft hat. Du darfst das nicht so ernst nehmen.«

»Ich muß es ernst nehmen. Ich bin in dich verliebt. Und ich will, daß du dich in mich verliebst, damit wir immer zusammen sind.«

Sein Griff an Peters Arm wurde härter. Er war stärker, als Peter gedacht hatte. »Du kannst Liebe nicht nach Belieben an- und abschalten. Das weißt du auch«, sagte Peter, als spreche er zu einem Kind. »Ich habe dir gesagt, daß es aus ist, sobald Charlie auch nur ein bißchen mißtrauisch wird. Du bist mir wirklich keine Hilfe.«

»Wenn du versuchst, Schluß zu machen, erzähle ich Charlie alles. Ich warne dich.«

»Jeannot, so etwas darfst du nicht sagen. Du bist doch kein mieser Kerl, sondern ein netter Junge. Es war schön mit dir. Lassen wir's dabei.«

»Du redest, als sei es zu Ende.« Die Spannung in ihm war deutlich zu sehen. Seine Instabilität, die Peter bereits vorhin aufgefallen war, kam in seiner heftigen, abgehackten Redeweise zum Ausdruck. »Ich weiß, was los ist. Du bist nicht zufrieden. Du willst, daß ich dich ficke. Charlie fickt dich. Er hat dich vor dem Essen gefickt. Was glaubst du wohl, wie ich mich dabei gefühlt habe? Alle konnten es hören. Ich habe es auch gehört. Ich werde dich ficken. Und du wirst genauso schreien wie heute Mittag.«

Peters Verlangen, ihm ins Gesicht zu schlagen, war schier unwiderstehlich; aber ihm war klar, daß er damit alles noch schlimmer machen würde. »Verdammt noch mal«, sagte er grob. »Du weißt genau, daß wir beide es gerne anders hätten. Aber zum Teufel – wenn du experimentieren willst, gut ... wir werden sehen. Aber jetzt genug davon. Warte bis morgen. Ich muß zur Party zurück.«

Mit einer raschen Bewegung packte Jeannot Peters Hemd am Kragen und zog. Knöpfe flogen, und das Hemd war bis zur Taille offen. »So. Jetzt geh zu deiner Party«, schrie er.

Peter trat zurück und hob die Faust. In dem Sekundenbruchteil, den er zum Zielen benötigte, stellte er sich die Folgen vor. Er glaubte nicht, daß Jeannot ein ebenbürtiger Gegner war, aber er konnte nicht sicher sein. Wenn sie sich wirklich prügelten, waren sie beide nicht mehr in der Lage, es zu verbergen. Er brauchte Zeit, um darüber nachzudenken, wie er aus diesem Schlamassel herauskam. Er mußte erreichen, daß Jeannot zurückging, damit Charlie wenigstens wußte, daß sie nicht zusammen waren. Er ließ die Hand sinken, aber seine Fäuste blieben geballt. »Du bist also doch ein mieser Kerl«, schrie er wütend.

»Ist mir egal«, schrie Jeannot wild. »Es ist mir lieber, wenn du mich haßt, als so weiterzumachen.« Er pakkte Peters Hose mit beiden Händen und zerrte daran. Noch mehr Knöpfe sprangen ab, und das Geräusch zerreißenden Stoffes war zu hören. Ein flinker, schmerzhafter Griff, und das kurze, seidene Ding, das er als Unterhose trug – es war noch knapper als seine Badehose –, war nur noch ein Fetzen. Die Hose rutschte auf die Knöchel hinunter. Peter zitterte vor Wut, aber er dachte nur noch daran, daß Jeannot zurück zur Party gehen mußte. Die verbotene Erinnerung schoß ihm durchs Gehirn. Jahrelang hatte er sie sorgsam verdrängt. Aber im Grunde waren es eher verdrängte Reflexe, ausgelöst von der körperlichen Bloßstellung – und sie verlangten nach Rache. Fast wünschte er, jemand würde sie so überraschen – das wäre ein Grund anzugreifen. Seine Fäuste schmerzten, so sehr sehnten sie sich danach, in Fleisch zu schlagen. Auch das war ein Teil der Erinnerung, zusammen mit der erzwungenen, beschämenden Unterdrückung des Impulses zurückzuschlagen.

Jeannots Stimme klang ruhiger, als er sagte: »So, jetzt bist du nackt, genau wie ich dich haben will.« Ich habe dich noch nie nackt gesehen, ohne daß du hart warst. Du bist so schön.«

»Ich glaube kaum, daß du mich jemals wieder hart sehen wirst.« Peter war überrascht, daß er trotz seines unbändigen Zorns sprechen konnte. »Bitte, Jeannot. Hier kannst du nichts mehr tun. Geh zurück zu den anderen.«

»Nein.« Er fummelte am zerfetzten Hemd herum, riß es weg und warf es auf den Boden. Seine Hände waren überall, sie erforschten alle Stellen, an denen Peter empfindlich war, wie er entdeckt hatte. Peters Körper war gefühllos, außer der rasenden Wut, die ihn vom Kopf bis zu den Füßen beben ließ. Jeannot öffnete seine Hose, holte sein Glied heraus und massierte es. »Jetzt sind wir zusammen. Jetzt wirst du gleich hart sein.«

»Bitte, Jeannot. Wir sind schon zu lange hier.« Seine Stimme war verzweifelt. »Ich bitte dich. Geh zurück, damit alle dich sehen.«

Jean-Claudes Hände betasteten ihn weiter, hielten ihn fest, als er sich hinter ihn stellte. Er ließ die Hände an Peters Schenkel hinabgleiten und zog ihn fest zu sich heran. Peter spürte das harte, nackte Fleisch zwischen seinen Hinterbacken. Verdammt! Glaubte dieser eklige Stinker etwa, er könne es mit Charlie aufnehmen? »Siehst du?«, murmelte Jeannot. »Ich werde dich ficken. Es wird dir gefallen.«

»Na schön. Morgen. Morgen darfst du tun, was du willst. Aber jetzt geh.«

»Nein, ich will dich hart machen.«

»Dann stehen wir die ganze Nacht da. Glaubst du etwa, das hier macht mir Spaß? Ich bin noch nie im Leben so wütend gewesen. Wenn du nicht willst, daß ich nie wieder ein Wort mit dir rede, dann verschwinde jetzt, um Gottes willen!«

»Du darfst nicht wütend sein. Ich tue das alles nur, weil ich dich liebe. Ich blase dir den Schwanz. Das hast du gern.«

»Wie kann ich dir nur klarmachen, daß ich jetzt gar nichts mehr tun kann? Es gibt nur einen einzigen Grund, warum du noch am Leben bist – ich will, daß du zurückgehst.

»Und ich will, daß du hart wirst, wenn wir zusammen sind.«

»Oh, verflucht. Vergiß es. Ich bin jetzt zu wütend. Hör zu. Vielleicht müssen wir nicht bis morgen warten. Ich versuche, heute abend zu kommen.«

»Ja, heute abend ... jetzt.« Er drehte Peter um und drang mit der Zunge tief in seinen Mund ein. Wieder zuckten seine Fäuste. Aber er wartete eine Weile, damit sein Abscheu nicht zu offensichtlich war, und zog dann den Kopf zurück.

»Das reicht. Geh jetzt.«

»Versprichst du, daß du heute abend kommst?«

»Ich komme, wenn es irgendwie möglich ist. Ich muß warten, bis Charlie schlafen geht. Sonst komme ich morgen früh, das schwöre ich.«

»Nein, heute abend. Versprich es.«

»Na schön. Ich verspreche es.« Die abstoßende Idee, daß Jeannot in ihre Villa kommen könnte, ging ihm durch den Kopf. Aber er mußte zunächst die akute Gefahr abwenden. »Es kann sehr spät werden. Warte einfach auf mich.«

»Ja, ich warte. Anne sagt, ich muß zuerst an dich denken.«

»Mach deine Knöpfe zu«, befahl Peter brüsk. »Und jetzt paß auf. Du gehst sofort zurück. Sorge dafür, daß Charlie dich sieht. Geh zu ihm und frag ihn, ob wer weiß, wo ich bin. Mach ihm klar, daß du mich gesucht hast. Kapiert?«

Jeannot zog den Bauch ein und schloß seine Hose. Sein Haar war nicht unordentlicher als vorhin. »Natürlich, Liebster. Und was tust du?«

»Das ist mein Problem. Geh einfach.«

»Ich kann mich auf dich verlassen?«

»Auf jeden Fall«, versicherte er, damit Jeannot sich auf den Weg machte. Er würde so weit gehen wie möglich, um ihm zu beweisen, daß er nie wieder etwas tun konnte, um Peter zu erregen. Damit dürfte der Fall endgültig erledigt sein.

Jeannot zögerte, streichelte Peters Glied ein letztes Mal und ging den Pfad hinauf. Peter zog seine Hose hoch, hob sein zerfleddertes Hemd auf und zog es an, so gut es ging. Er mußte alles zumachen. Die kleine Unterhose war nicht mehr zu retten. Er ließ sie liegen. Immer noch schüttelten ihn Wutanfälle, aber er hatte jetzt keine Zeit, ihnen nachzugeben. Er würde morgen mit Jean-Claude abrechnen.

Was ihm wie ein endloser Alptraum vorgekommen war, hatte nicht länger als fünf Minuten gedauert. Wenigstens etwas Positives. Er mußte versuchen, sich fortzuschleichen, ohne daß ihn jemand sah, sich zu Hause umziehen und so schnell wie möglich zurückkommen. Während der Fahrt hatte er Zeit, sich eine Geschichte für Charlie auszudenken. Wenn ihn jetzt jemand sähe, wüßte er nichts zu sagen. Ein Sturz? Nicht sehr überzeugend. Mit dem offenen Hosenschlitz und dem zerrissenen Hemd sah er schlicht und einfach wie ein Vergewaltigungsopfer aus.

Mit geballten Fäusten ging er vorsichtig hinter Jean-Claude her. Als er den Umkleidepavillon vor sich sah, verließ er den Pfad und entfernte sich vom Schwimmbecken. Es war anstrengend. Der Weg führte nach unten und stieg dann wieder an. Das Unterholz war ziemlich dicht und bremste ihn. Jede Wurzel, die ihm ein Bein stellte, jeder stachelige Ast, der an seiner Hose zerrte, fachte seine brennende Wut an. Wenn er an Jean-Claude dachte, der unbeschädigt geblieben war und sich nun auf der Party amüsierte, während er mit zerlumpten Kleidern in der Dunkelheit herumstolperte, hätte er am liebsten vor Zorn geschrien. Immerhin dürfte er inzwischen Charlie gefunden haben. Wenn er Jean-Claude sah, würde er für eine Weile nicht auf falsche Gedanken kommen. Und wenn Peter es schaffte, in weniger als einer Stunde zurück zu sein, würde Charlie vielleicht gar nicht merken, daß er weg gewesen war – vorausgesetzt, Jean-Claude tat, was er ihm gesagt hatte, ohne Zeit zu verlieren. Wie in aller Welt sollte er Charlie das erklären? Als er versuchte, eine plausible Geschichte zu konstruieren, merkte er, daß er die Wahrheit würde sagen müssen, ein wenig frisiert vielleicht, aber dennoch die Wahrheit. Er mußte zugeben, daß er mit Jean-Claude in die Dunkelheit gegangen war. Wenn ihm dafür eine gute Ausrede einfiel, konnte er sich als unschuldiges Opfer hinstellen. Genau das war er gewesen, verdammt noch mal. Charlie würde wütend auf Jean-Claude sein. Es bestand die Gefahr einer heftigen Konfrontation, und dabei konnte die ganze Wahrheit herauskommen. Sollte er einen anderen Täter erfinden, einen unbekannte Fremden, um Jean-Claude aus dem Spiel zu lassen? Nein, nicht mit Charlie. Er stolperte über einen Stein und fluchte wild.

Jetzt hatte er die letzte Steigung vor dem großen Haus erreicht. Er brach aus den Bäumen hervor und stand ein paar Sekunden lauschend am Rande der großen Lichtung. Durch die hellen Fenster sah er Leute in der Küche arbeiten. Hier war er vor Gästen sicher. Er lief den letzten Abhang hinauf, um die Seite des Hauses herum und über den Parkplatz zum Auto. Sein Herz klopfte, als er daran dachte, daß Charlie möglicherweise die Schlüssel eingesteckt hatte. Aber gewöhnlich tat er das nicht, wenn sie beide wegfuhren, damit jeder den Wagen benutzen konnte. Mit angehaltenem Atem öffnete er die Tür – die Schlüssel baumelten am Armaturenbrett. Er sprang hinein und startete.

Zum Glück herrschte kaum Verkehr. Soweit er sich erinnerte, bestand keine Gefahr, eine Abzweigung zu verfehlen. Er fuhr so schnell, wie er sich traute. Während der Hinfahrt hatte er nicht aufgepaßt, wie lange sie unterwegs gewesen waren. Er schätzte die Fahrtzeit auf etwa zwanzig Minuten, als er durch den Weinberg und vor die Villa fuhr. Er rannte die Treppe hinauf, streifte seine Kleider ab, war in wenigen Minuten gewaschen und angezogen und lief zurück zum Auto. Bei diesem Tempo würde er nicht länger als fünfundvierzig Minuten weg sein. Unterwegs geriet er einige Male in Panik, weil er Kreuzungen und Gabelungen sah, an die er sich nicht erinnerte. Er hatte das Gefühl, daß diese Fahrt viel länger dauerte. Endlich kam die letzte Abzweigung nach links, die er kannte, und triumphierend raste er zwischen den Bäumen den Hang hinauf.

Als er wieder unter den hellen Lampen der Terrasse stand, kam es ihm vor, als sei er tagelang fort gewesen. Sollte er sich unter eine Gruppe mischen, als sei nichts geschehen, und sich von Charlie finden lassen, oder war es besser, gleich zu ihm zu gehen? Charlie nahm ihm die Entscheidung ab. Er hatte offensichtlich auf ihn gewartet und stand sofort vor ihm.

»Aha, du hast dich entschlossen, zurückzukommen.« Seine Stimme klang unheilverkündend ruhig und sein Gesicht war starr, als er die frischen Kleider musterte. »Du hast dich umgezogen? Was war los?«

»Ich mußte nach Hause fahren. Es ist alles in Ordnung. Ich erzähle es dir später.«

»Ich denke, wir sollten jetzt gehen.«

»Ich bin doch eben erst gekommen. Ist es nicht zu früh?«

»Einige Leute sind schon gegangen. Wir sind also nicht die ersten. Ich weiß, daß du nicht mit Jean-Claude weg warst. Er war hier. Wer war bei dir?«

»Das ist doch lächerlich – niemand. Ich mußte mich nur umziehen.«

»Einfach so? Ich wüßte gerne, was los ist.«

»Sollen wir uns von Madame Graumont verabschieden?«

»Warum hast du mir nicht gesagt, was du vorhattest? Ist es dir nicht in den Sinn gekommen, daß ich mir vielleicht Sorgen mache?«

»Es tut mir leid, Kumpel. Es ging nicht anders. Du wirst es verstehen, wenn ich es dir erzähle.«

»Also gut. Gehen wir.«

Die Atmosphäre war gespannt, als sie ihre Gastgeberin verließen und zum Wagen gingen. Peter wußte nicht, wie er anfangen sollte, ohne Charlies Ärger sofort zu vergrößern.«

»Die Geschichte wird dir nicht gefallen«, sagte er, als Charlie den Motor anließ. »Mir gefällt sie übrigens auch nicht. Ich bitte dich nur, reg dich nicht mehr darüber auf, als die Sache es wert ist.«

»Das klingt ja sehr geheimnisvoll. Du verläßt eine Party, fährst nach Hause und ziehst dich um. Also, erzähl mir, was geschehen ist.«

»Das will ich ja. Es hat natürlich mit Jean-Claude zu tun.«

»Ach so.« Charlie fühlte sich, als hätte ihm jemand in den Magen geboxt, aber er zeigte es nicht. »Dann rate ich dir, vorsichtig zu sein und mir die Wahrheit zu sagen. Ich finde es heraus, wenn du lügst.«

»Es gibt keinen Grund für diesen Ton. Aber egal. Nachdem, was du gesagt hattest, beschloß ich, ihm an diesem Abend aus dem Weg zu gehen. Aber schließlich erwischte er mich und wollte mit mir reden. Ich weigerte mich, aber er bestand darauf. Nun, warum sollte ich die Gelegenheit nicht nutzen um ihm zu sagen, daß er mich in Ruhe lassen soll? Außerdem war er betrunken und irgendwie rabiat, und ich hatte Angst vor einer Szene. Wir standen am Schwimmbecken, und ich ging mit ihm ein Stück weiter zwischen die Bäume und auf eine Art Lichtung. Dort gibt es eine Treppe hinunter zum Meer. Und dort geschah es.«

Charlie umklammerte das Lenkrad fester, als Peter fortfuhr. Er achtete auf jedes Wort, wog es ab, suchte nach verborgenen Bedeutungen und Widersprüchen. Die Brust und der Magen taten ihm weh, während Zweifel und Wut, Vertrauen und Verzweiflung mit ihm kämpften. Der Gedanke, daß ein anderer an Peter herumgefummelt, ihn sogar mißhandelt hatte, versetzte ihn in Zorn. Wenn Peter die Wahrheit gesagt hatte, würde er Jean-Claude mit Vergnügen umbringen. Konnte er ihm glauben? War das wirklich überzeugend?

»Ich hatte keine andere Wahl, als mit ihm vernünftig zu reden, damit er abhaute.« Peter beendete seinen Bericht rasch und wies darauf hin, daß Jean-Claude ihn nur angesehen, aber nicht angefaßt habe, nachdem er ihm die Kleider zerrissen hatte. »Ich mußte verschwinden und mich umziehen. Es gab keine Möglichkeit, dich zu informieren.«

»Und du erwartest von mir zu glauben, daß er das alles tat, ohne daß du ihn dazu ermutigt hättest?«

»Wie könnte ich jemanden zu einer solchen Frechheit ermutigen?«

»Ich meine nicht heute abend. Ich meine in den letzten Wochen. Du erlaubst ihm, deine Hand zu halten. Was hast du ihm noch erlaubt? Hat er dich zum Beispiel geküßt?«

Peters Instinkt riet ihm, die Wahrheit zu sagen, aber er zögerte einen fatalen Augenblick. War es so schlimm, einen Kuß einzugestehen? »Du weißt doch, daß ich nicht herumlaufe und mich abküssen lasse«, protestierte er ein wenig zu spät.

»Nennst du das eine klare Antwort? Ich finde, der ganze Rest wäre ein wenig glaubhafter, wenn du ja sagen würdest.«

»Ich weiß, daß es schwer zu glauben ist. Ich war wie gelähmt. Warte nur, bis du meine Kleider siehst.«

»Kleider sehen nun mal ein wenig abgegriffen aus, wenn du unter den Bäumen gefickt hast. Warum hat er so ordentlich ausgesehen? Hat er vielleicht seine Kleider ausgezogen?«

»Ich habe dir doch gesagt, er hat an mir herumgezerrt. Ich habe ihn nicht angefaßt.«

»Auch das ist seltsam. Wenn jemand versuchen würde, meinen Hosenladen aufzureißen, würde ich ihm in die Schnauze hauen. Außer natürlich, es gefiele mir.« Sein Atem klang wie ein Seufzer, als er das sagte. Er bohrte mit einem Messer in seiner eigenen Wunde. Er konnte das Schlimmste nicht glauben, aber er hatte Peters Zögern bemerkt und war jetzt sicher, daß er Jean-Claude irgendwie ermuntert hatte. Wenn Peter wirklich log, hätte er sich eine bessere Geschichte ausgedacht; aber er hatte die Tatsachen bestimmt geschönt. Es machte ihn krank, daß so etwas hatte geschehen können, selbst wenn er Peters Rolle im rosigsten Licht sah.

»Ich wollte ihm eine runterhauen«, fügte Peter mit überzeugender Leidenschaft hinzu. »Aber ich fürchtete, einmal sei womöglich nicht genug. Er ist stärker, als er aussieht. Wenn wir uns geprügelt hätten, wären alle aufmerksam geworden. Und das hätte dir ebensowenig gefallen wie mir.«

»Stimmt. Also, wandeln wir die ganze Szene einmal ab, und nehmen wir an, Guy bittet mich, die Party zu verlassen und mit ihm einen kleinen Spaziergang zu machen. Ich weiß genau, was er vorhat, und darum sage ich nein. Aber gehen wir mal davon aus, daß ich vorübergehend den Verstand verliere und einwillige.« Es war offensichtlich, daß er im Grunde mit Peter redete, aber er fuhr unversöhnlich fort. »Wir stehen also im Dunkeln da, und wenn ich ihn so nahe an mich heranlasse, daß er mir das Hemd zerreißen kann, weiß ich, was auf mich zukommt. Er greift nach mir, und ich bin darauf vorbereitet, schnell zu reagieren. Wenn ich ihn aus irgendeinem Grund nicht schlagen will, laufe ich weg, und schon bin ich wieder auf der Party – etwas außer Atem, aber intakt.«

»Es hilft uns nicht weiter, wenn du einen miesen Scherz daraus machst.«

»Nicht doch. Das war kein Scherz. Es war die völlig vernünftige Rekonstruktion einer uns völlig vertrauten Situation.«

»Na schön, so wäre es mit dir und Guy gelaufen. Aber verstehst du denn nicht, was ich mir gedacht habe? Wir hatten eben erst über Jean-Claude gesprochen. Bei einer Prügelei hätte es ausgesehen, als hätte ich dir gar nicht zugehört. Ich wollte ihn nur beruhigen und so schnell wie möglich loswerden, bis ich mit dir gesprochen hatte.«

»Trotzdem habe ich das Gefühl, daß du etwas verschweigst«, sagte Charlie kühl.

»Was? Ich habe dir gesagt, daß ich ihn irgendwie attraktiv finde. Ich weiß, er glaubt, er sei in mich verliebt, das gebe ich zu. Vermutlich fühle ich mich geschmeichelt. Aber ich wollte ihm helfen, darüber hinwegzukommen. Vielleicht hätte ich das nicht tun sollen. Aber ich schwöre bei Gott, ich hätte mir nie träumen lassen, daß er zu so etwas fähig ist.«

»Nun, das hört sich ein wenig ehrlicher an. Vielleicht möchtest du noch ein paar Dinge zugeben.« Eigentlich wollte er nichts mehr hören. Er wollte nur noch anhalten, aus dem Auto springen und laufen, vor dieser ganzen Geschichte weglaufen. Aber er wußte, daß Peter im Grunde ehrlich war, und wollte diesen Umstand nutzen, die ganze Wahrheit zu erfahren. Ihm war, als hänge die ganze Zukunft davon ab. Also riß er sich eisern zusammen und meinte leichthin: »Du kannst ruhig auch zugeben, daß er dich küssen durfte.«

»Also ... ja. Ich –«

»Ich möchte keine Liste all dessen zusammenstellen, was du vielleicht getan hast. Er hatte einen guten Blick auf deinen Schwanz. Ich kann mir nicht vorstellen, daß er dir die Hose auszieht, ohne ein bißchen mit ihm zu spielen. Hat er dir auch seinen Schwanz gezeigt?«

»Na schön, wenn du alle schmutzigen Einzelheiten hören willst. Ja, er hat seine Hose geöffnet. Er hatte einen Ständer. Ich nicht. Das ist der Unterschied.«

»Wie reizend. Du bist dir doch wohl darüber im klaren, daß ich ihn morgen windelweich prügeln werde? Sag mir eines: Könntest du dir unter anderen Umständen vorstellen, mit ihm ins Bett zu gehen?«

»Nicht nach –« Er erforschte sich selbst. Die Frage war so formuliert, daß er sich leicht herausreden konnte. Aber er wußte, daß ein Versuch, ehrlich zu antworten, auf größeres Verständnis stoßen würde. Er begann von neuem. »Mein Gott, wie soll ich so eine Frage beantworten? Du weißt, du bist der einzige Mensch, der mich je interessiert hat. Aber, zum Teufel – manchmal passiert eben etwas. Verdammt selten. Eigentlich fast nie. Zwei- oder dreimal in zehn Jahren. Es ist nur eine Art chemische Reaktion. Es hat nichts zu bedeuten, aber es ist schwer zu unterdrücken. Ich gebe zu, er hat mich eine Weile ziemlich geil gemacht, aber das ist vorbei. Nicht nur wegen heute nacht. Was wir vor dem Mittagessen getan haben, war echt. Das weißt du doch. Alles, was ich will, bist du. Und ich will, daß du tust, was du heute getan hast.«

Charlie preßte die Kiefer krampfhaft zusammen. Er hatte das Gefühl, als könne er das Lenkrad mit den Händen zerbrechen. Die Sache war noch nicht zu Ende. »Nun, ich nehme an, ich müßte dir dafür danken, daß du die Wahrheit gesagt hast«, sagte er gelassen. »Aber ich kann nicht so tun, als gefalle sie mir. Anscheinend kenne ich dich gar nicht. Manchmal passiert eben was! Willst du damit sagen, daß du mit zwei oder drei anderen im Bett warst?«

»Du lieber Himmel, nein! Ich rede davon, daß mir manchmal ein anderer gefällt.«

»Mir passieren solche Dinge nicht. Ich lasse es nicht zu. So ist es immer gewesen. Daran habe ich immer geglaubt. Wenn ich herausfände, daß du fremdgegangen bist, wäre alles aus.«

»Du weißt doch, daß ich genauso denke.« Peters Herz klopfte laut. Charlies Worte klangen so kalt und unerbittlich. Er mußte ihn um Verzeihung bitten, falls der Fall sich weiterentwickelte. Zögernd fügte er hinzu: »Aber wenn du etwas mit einem anderen hättest, würde ich mich, glaube ich, irgendwie damit abfinden. Ich kann mir ein Leben ohne dich nicht vorstellen.«

»Ich kann mir ein Leben ohne dich auch nicht vorstellen, solange du der Mensch bist, für den ich dich immer gehalten habe. Wenn sich daran etwas ändert – zum Teufel damit. Ich brauche dich. *Dich*. Nicht jemanden, der sich auf eklige Spielchen mit hysterischen Knaben einläßt. Vergiß das nicht.«

Peter wußte nicht, was er sagen sollte. Obwohl er große Angst hatte, analysierte er rasch Charlies Worte und die Situation. Am wichtigsten war, daß Charlie immer noch glaubte, daß er nicht mit Jean-Claude im Bett gewesen war. Wie sollte er den Jungen zum Schweigen bringen? Charlies Drohung, ihn zu verprügeln, war kein leeres Gerede – es war durchaus seine Art, ihre Ehre zu verteidigen. Er hörte eine Zeitbombe in Gestalt von Jean-Claude ticken. Sie konnte ihr Leben zerstören. Natürlich mußte er am Morgen zu ihm gehen. Er wußte, er konnte ihm beweisen, daß er ihm in sexueller Hinsicht nichts mehr bieten konnte. Würde das reichen? Wenn nicht, mußt er Anne bitten einzugreifen. Sie hatte Einfluß auf ihren Bruder.

Den Rest der Fahrt legten sie schweigend zurück. Als sie das Haus erreichten – es war hell erleuchtet, wie Peter es zurückgelassen hatte –, kletterte Charlie wortlos aus dem Wagen, ging hinein und mixte sich im Wohnzimmer einen Drink. Die Küchenhilfe, die zum Mietvertrag gehörte, hatte dort Flaschen und Eis zurechtgestellt. Charlie kochte immer noch. Seine Hand zitterte, als er das Glas zum Mund führte. Er ging damit auf die Terrasse und setze sich in einen Liegestuhl. Er wußte, daß Peter ihm folgte.

Peter ging zu ihm, legte ihm die Hand auf den Nakken und streichelte ihn. »Es tut mir leid. Es war schrecklich, aber wir können es jetzt vergessen. Ich glaube, ich habe etwas daraus gelernt, aber solche Dinge kommen so selten vor, daß ich eigentlich nichts zu lernen brauche. Mein schöner Geliebter – es ist wieder alles in Ordnung, nicht wahr? Bitte nimm es nicht zu ernst.«

»Ich weiß nicht. Vielleicht kannst du mich morgen früh davon überzeugen, daß du mir alles erzählt hast. Jetzt möchte ich nicht weiter darüber reden.«

»Möchtest du, daß ich bleibe und ein Glas mit dir trinke?«

»Nicht unbedingt.«

Peter stand unglücklich da. Es war so schrecklich. Allmählich empfand er tiefe Scham, aber er wußte nicht, was er hätte anders machen gekonnt. Vorige Woche war Jean-Claude eine echte Bedrohung für alles gewesen, was er für Charlie empfand. Heute morgen vor dem Essen hatte er bewiesen, daß er die Gefahr gebannt hatte. Jetzt durfte nichts mehr schiefgehen. Vielleicht hatte Charlie morgen alles verarbeitet, und sie konnten sich versöhnen. Im Augenblick konnte er nicht zu ihm vordringen. Sehnsüchtig berührte er ihn noch einmal am Kopf. »Gut, dann gehe ich rauf. Bleib nicht so lange.«

Als er weg war, trank Charlie sein Glas in mehreren langen Zügen aus und stand auf, um sich noch einen Drink zu holen. Dann ging er zurück auf die Terrasse, setzte sich und stützte den pochenden Kopf auf die Hand. Vergiß es, riet er sich selbst, als der zweite Drink ihn langsam beruhigte. Falls Peter log, dann nur, weil er und Jean-Claude eine Affäre hatten. Aber das war einfach nicht möglich. Nein, alles ist möglich, wenn man scharf darauf ist. Da waren Guys Andeutungen über die Rückfahrt von Paris. Wenn Peter arbeitete, war er stundenlang am Tag fort. Er und Jean-Claude waren heute morgen so lange weg gewesen, daß alles hätte geschehen können. Ein Grund mehr dafür, daß es unmöglich war. Wenn etwas wäre, würde Peter sich große Mühe geben, ihm keinen Anlaß zum Mißtrauen zu geben. Trotzdem, er mußte sicher sein. Er hatte nicht die Absicht, mit seinen Zweifeln zu leben. Er sprang auf. Sollte er zur Party zurückgehen und sich Jean-Claude vorknöpfen? Um noch eine kleine schwule Szene zu provozieren? Er ging hinein, füllte sein Glas, kehrte auf die Terrasse zurück und setzte sich. Morgen würde er die Sache klären. Und wenn Peter mehr oder weniger die Wahrheit gesagt hatte, wovon er fast überzeugt war, würde er Jean-Claude eine Abreibung verpassen, die er nie vergessen würde. Mein Gott, wie er die Schwulen haßte!

Früher, während der Phasen, in denen es Probleme zwischen ihnen gegeben hatte und ihm das Leben bisweilen unerträglich erschienen war, hatte er stundenlang über die Vergangenheit gegrübelt, eine Fallgeschichte konstruiert, zu verstehen versucht, warum sein Leben diese Wendung genommen hatte. Er war bei jedem kleinen Meilenstein stehengeblieben, hatte alles chronologisch geordnet. Irgendwo mußte er doch die Erklärung dafür finden, warum sich sein ganzes Leben um einen einzigen Mann drehte, warum er völlig von ihm abhängig war. Aber er hatte die Antwort nie gefunden.

Natürlich hatte alles in der Schule begonnen. Seit er sechzehn gewesen war, hatte sein Glied Aufsehen erregt. Lange Zeit hatte er nicht gewußt, ob er darauf stolz sein oder sich schämen sollte. Jedenfalls sorgte sein Glied für Gesprächsstoff, und aus Scherzen und Anspielungen wurden schließlich Taten. Eines Tages – es hatte etwas mit einem Jungen zu tun, der sich mit ihm »messen« wollte – wurde er in einen geheimen Zirkel eingeführt, dessen Mitglieder einander masturbierten. Ein anderer Junge murmelte etwas wie »Tun wir's« und brachte ihn in einen dunklen, staubigen Kellerraum, in dem Sportgeräte lagerten. Dort öffneten sie sich gegenseitig die Hosenschlitze, befreiten die inzwischen steifen Pimmel und wichsten einander rasch bis zum Orgasmus. Das war alles. Danach wurde er regelmäßig angesprochen und wiederholte die Prozedur mit einigen anderen. Es war eine Tagesschule am Rande von Philadelphia, und die Begegnungen fanden immer auf dem Schulgelände statt. Obwohl sie geheim waren, kam er nicht auf die Idee, daß er etwas Böses tat, weil alle anderen es ja auch taten – die Sportler, die Anführer, die gutaussehenden Jungen, die er bewunderte.

»Mach's doch mal mit McClelland«, sagte einer seiner ständigen Partner eines Tages, als sie ihre Hosen zuknöpften. »Seiner ist fast so groß wie deiner.«

Er hatte nie sonderlich auf die Größe geachtet, abgesehen von seiner eigenen. Im Grunde interessierte es ihn nicht. Aber es freute ihn, daß Eddy McClelland zum Club gehörte. Er war Kapitän der Fußballmannschaft, ein Held der Schule, nicht unbedingt sein Freund, aber einer, dessen Aussehen und Stil er bewunderte und der immer gut angezogen war. Charlie wartete darauf, daß Eddy ihn ansprach – so war es immer gewesen, und es wäre ihm nie in den Sinn gekommen, den ersten Schritt zu tun. Ein großer Teil ihres letzten Schuljahres war vorbei, als sie endlich allein im Umkleideraum waren. Eddy berührte ihn an der Hand und führte ihn zum Parkplatz zu seinem Auto.

»Steig ein«, befahl er. Sie fuhren ein paar Straßen weit und hielten in einer Wohngegend. Dort spielte sich das vertraute Ritual ab. Charlie schaute meist gar nicht hin; aber jetzt warf er einen heimlichen Blick auf das, was er in der Hand hielt. Er war überrascht und kam sich fast minderwertig vor – Eddys Glied war größer als seins.

Danach ließ er sich mit keinem anderen mehr ein. Das erste Anzeichen des Wunsches, einen Partner zu haben? Er wußte nicht, ob Eddy ebenso empfand wie er; aber es gelang ihnen immer wieder, allein zu sein, mitunter mehrere Male am Tag, an gefährlichen und originellen Orten, draußen im Gebüsch, in einem leeren Klassenzimmer. Also nahm er an, daß ihre Beziehung etwas Besonderes war. Er wußte damals nicht, warum es so lange gedauert hatte, bis sie zusammengekommen waren: Eddy hatte nie zuvor einen Annäherungsversuch gewagt.

Am Abend nach dem Examen löste er sich von der Familie und ging zu Eddy. Der schien das selbstverständlich zu finden. Als die Menge sich allmählich zerstreute, stupste Eddy ihn wie üblich an der Hand, und sie verließen rasch die Turnhalle, wo die Feier abgehalten worden war. Draußen ging Eddy über den dunklen Schulhof auf die Squashplätze zu. Dort öffnete er zu Charlies Überraschung eine Tür, von der er anscheinend wußte, daß sie nicht abgesperrt war, und sie traten ein. Jetzt befanden Sie sich hinter den Spielplätzen. Schwaches Licht kam von irgendwoher; aber es war ziemlich dunkel.

»Zieh dich aus«, murmelte Eddy. »Du kannst deine Kleider hier auf die Bank legen.« Er legte ihm eine Hand auf den Arm und führte ihn; dann spürte Charlie, wie er sich neben ihm auszog. Charlie tat es ihm nach. Als sie nackt waren, schob sich Eddy an ihn heran, befummelte ihn, und brachte ihn irgendwie dazu, sich auf einer harten Matte auf den Rücken zu legen. Eddy legte sich auf ihn. Das hatte nichts mehr mit dem simplen Ritual zu tun, an das er gewöhnt war. Jetzt lag ein nackter Körper auf seinem; es war ein intensiver

Akt der Intimität und der Einheit. Es kam unerwartet und plötzlich, und Charlie war die ganze Zeit über wie benommen. Hinterher erinnerte er sich daran, daß seine Lippen während des Orgasmus einen Kuß auf Eddys Wange gedrückt hatten – hoffentlich hatte Eddy es nicht gemerkt.

Wieder ein Meilenstein? Hatte keiner der anderen, mit denen er »es getan« hatte, von einem Kuß geträumt? Reagierte etwa ein festgefügtes, abnormes Element in seinem Inneren, das die anderen nicht besaßen, auf diese kindischen Spiele? Für ihn waren diese Spielchen ein Teil der Schulzeit gewesen, und er hatte erwartet, daß sie nach dem College aufhörten. Nie wäre er auf den Gedanken gekommen, so weiterzumachen. In den ersten paar Wochen in Princeton war er jedoch zunehmend auf einen Jungen aufmerksam geworden, dem er regelmäßig im Waschraum des Wohnheims begegnete. Er wußte, daß er eine Klasse über ihm war und ihn daher nicht ansprach; aber er bewunderte sein unnahbares, sinnliches, aristokratisches Gesicht und seinen hübschen, schlanken Körper, den er anscheinend trainierte – Reiten, Squash, Schwimmen –, so daß er muskulös, aber nicht wie der Körper eines Arbeiters aussah. Es tat ihm leid, daß die Etikette es ihm als Neuling verboten, den jungen Mann kennenzulernen; aber an mehr zu denken erlaubte er sich nicht.

Eines Morgens war Charlie in der Dusche, und der Junge – der, wie er später erfuhr, Hal hieß – stand nur ein paar Meter entfernt und trocknete sich ab. Wie gewöhnlich bewunderte Charlie die herrlichen Konturen seines Körpers, als er sich bewegte. Plötzlich drehte der andere sich um, und ihre Blicke trafen sich. Charlie wollte wegschauen, aber die Augen des Jungen fesselten ihn, drangen durch seinen Körper hindurch und trafen ihn in den Lenden. Etwas geschah, was er verbergen mußte, indem er sich umdrehte – aber nicht ohne zu bemerken, daß Hal die betroffene Körperstelle anstarrte und sein Glied sich in aller Öffentlichkeit zu versteifen begann. Charlie drehte den Kaltwasserhahn auf, um sich abzuregen, und beendete die Dusche rasch. Als er sich umdrehte, war Hal weg. Offenbar hatte es nicht das bedeutet, was er geglaubt hatte. Nach einem Augenblick der Enttäuschung entschied er, daß es ihm egal war. Er hatte gewußt, daß diese Dinge hier nicht weitergehen würden. Das war vorbei. Es wäre auch lächerlich gewesen, da sie jetzt erwachsene Männer waren. Er ging hinauf in seine beiden Zimmer, die er Dank seiner Familie nicht mit einem Mitschüler teilen mußte. Wäre dies die High School, hätte er darauf hoffen können, daß der Junge ihn unterwegs abfing. Warum daran denken? Im Schlafzimmer zog er den Bademantel aus und merkte, daß er immer noch zitterte – dieser lange Blick hatte ihn erregt. Sein Glied rührte sich. Er streichelte es, und es versteifte sich in seiner Hand. Da klopfte es an die Tür. Er griff nach einem Handtuch und ging durchs Arbeitszimmer, um zu öffnen. Aber er wußte schon vorher, wer es war. Hal trat wortlos ein, streifte seinen Mantel ab, und schon lagen sie sich in den Armen. Hals Mund berührte Charlies geschlossene Lippen, seine Zunge strich über sie. Er brauchte eine Sekunde um zu begreifen, was der andere von ihm erwartete; dann öffnete er den Mund, und sie begrüßten einander mit den Zungen. Die leichte Rauheit ihrer frisch rasierten Haut kam ihm etwas sonderbar vor, aber im Rausch des ungewohnten Küssens dachte er nicht mehr daran. Sein Besucher drückte ihn aufs Sofa, und sie fielen beide mit strampelnden Beinen darauf, genossen den Druck ihrer Körper und die forschenden, gierigen Hände.

»Mein Gott!« murmelte Hal, als es vorbei war. Er sprang auf und wischte sich mit Charlies Handtuch ab. Dabei drehte er sich ein wenig um. »Bist du heute abend zufällig zu Hause?«

»Ja, klar.«

»Soll ich gegen halb elf kommen?«

»Ja, das wäre großartig.«

Hal zog seinen Bademantel an und ging ebenso stumm, wie er gekommen war. Charlie blieb in einer Trance der Glückseligkeit zurück. Es war also nicht alles zu Ende. Im Gegenteil, hier konnte er sogar die Feinheiten erlernen. Das Küssen eröffnete ihm eine ganz neue Dimension des Entzückens. In dieser Nacht zeigte ihm Hal zum ersten Mal, wie man sich mit dem Mund befriedigt. Das Licht brannte, und sie lagen frei von Hemmungen auf dem Bett. Charlie hätte sich nie träumen lassen, daß jemand sein Glied in den Mund nehmen wollte; aber Hal tat es, und die Empfindungen waren atemberaubend. Als er an der Reihe war, tat er es ohne Begeisterung – er fürchtete sich vor der Ejakulation. Wie würde es schmecken? Da Hal sein Sperma geschluckt hatte, mußte er es wohl auch tun. Als es soweit war, schaffte er es, wenn auch ohne Lustgefühle.

Wenn er noch daran gezweifelt hatte, daß sein üppiges Glied ein großer Schatz war, dann waren sie jetzt zerstreut. Hal kam jeden Abend und betete es an. Er wollte es überall spüren, im Mund, an den Wangen, in den Achselhöhlen, auf der Brust, an den Nippeln und zwischen den Beinen. Er brachte Charlie ein kunstvolles Ballet aus wechselnden Positionen bei, und er massierte sich den ganzen Körper mit Charlies Glied. Charlie war geschmeichelt und erregt, aber auch verlegen, weil Hals Glied ihn nicht so verrückt machte, obwohl es auf seine Art ebenfalls ansehlich war. Im Rückblick wunderte er sich darüber, daß ihm damals so vieles gleichgültig war, was ihn später in Freude und Ekstase versetzte. Hatte er seinen Körper gezwungen, dort Vergnügen zu finden, wo er es von Natur aus nicht gesucht hätte? Wenn er rechtzeitig zurückgeschreckt wäre, hätte sein Geschlechtstrieb dann eine andere Richtung eingeschlagen? Er und Hal hatten sich etwa eine Woche lang jeden Abend getroffen, als Hal eines Tages mit einer Tube kam. Kaum waren sie im Bett, griff er danach und schmierte Charlies Glied mit einer Öligen Substanz ein. Charlie hielt das für eine weitere Folge seines Phalluskultes – er wollte es wohl glitzern sehen und besser über seinen Körper gleiten lassen.

»Ich bin schon soweit«, murmelte Hal. Charlie verstand nicht, was er meinte. Sie sprachen selten im Bett und weder vorher noch nachher über das, was sie darin taten. Rasch drehte Hal sich um, und seine Position und seine ungeduldig führenden Hände machten Charlie klar, daß er in ihn eindringen sollte. Alles in ihm sträubte sich davor. Er wußte vage, daß es so etwas gab (hatte er etwas über Oscar Wilde gelesen oder in einem Wörterbuch geblättert?). Doch schon bei dem Gedanken, sich zu beschmutzen, wäre sein Glied beinahe erschlafft. Doch Hals Verlangen war offensichtlich derart stark, daß er fast gezwungen war, sich zu fügen.

Als er spürte, wie er eindrang, packten ihn seltsame neue Empfindungen. Er glitt tiefer und spürte plötzlich eine Lust, den anderen zu besitzen. Dieser schöne Körper gehörte ihm. Alles, was Hal war, gehörte ihm. Er stieß zu, und Hal schrie auf. Sein Glied schien gewaltig anzuschwellen, als er Hal in Besitz nahm. Hal akzeptierte es, seine Hüften hoben sich und zuckten, wollten mehr. Er unterwarf sich ihm völlig. Charlies Glied wuchs weiter, als er es wuchtig hineintrieb, und Hals Schreie der Lust verrieten seine totale Hingabe. Beim wilden Orgasmus hatte Charlie das Gefühl, er selbst dringe in den anderen ein. Er schrie, als er in den Jungen hineinflutete. Dann brach er auf ihm zusammen, ausgelaugt und triumphierend. Endlich hatte er die wahren Freuden seiner Sexualität kennengelernt. Er hatte sich oft gefragt, ob alles anders verlaufen wäre, wenn sich ihm damals ein Mädchen angeboten hätte, so total und hingerissen wie Hal.

Von da an sehnte er sich nach mehr. Er wollte die ganze Welt besitzen. Jeder, dem er begegnete, wurde zu einem potentiellen Bettgenossen, aber er begann rasch, Unterschiede zu machen, was er in der Schule nie getan hatte, bevor Eddy McClelland gekommen war. Er studierte die Textur der Haut und des Haares, die Form der Hände, die Kurve der Lippen, die Augen und natürlich die Form der Hose an der Gabelung und das, was sie versprach. Er versuchte nie, sich zu nehmen, was er haben wollte, vielleicht deshalb, weil es auch hier einen »Zirkel« gab, in den Hal ihn einführte, so daß er viele Eroberungen machte. Immer neue Möglichkeiten taten sich auf, und er zeigte seine sexuelle Einstellung offener. Manche spielten ziemlich deutlich darauf an. Er nahm die erste Liebeserklärung entgegen, die ihn verblüffte und die er als töricht und übertrieben zurükkwies; aber sie erinnerte ihn erstaunlicherweise an Eddy. Die Folge war ein Briefwechsel zwischen Princeton und New Haven und eine nächtliche Begegnung in New York. Seine Vorfreude war größer, als die Vernunft es rechtfertigte. Ob Eddy auch etwas dazugelernt hatte? Beim Gedanken, ihn zu küssen, zitterte er innerlich.

Aber Eddy küßte ihn nicht, und darum versuchte er nicht, ihn zu küssen. Rasch stellte sich heraus, daß sie beide die gleiche Idee hatten. Eddy zuliebe legte er sich auf den Bauch und versuchte mit verspannten Muskeln, ihn zu befriedigen – aber er hatte nicht die Absicht, ihn zum Sieger machen. Die Idee stieß ihn ab und erschreckte ihn. (Er hatte auch das schon probiert, wenn auch nicht oft – einmal mit Peter und einige Male, als Tony ihn während Peters Militärzeit zum Gruppensex mitnahm.)

Die Nacht mit Eddy war kein Erfolg, aber er war die ganze Zeit über nahe daran gewesen, Liebesworte zu flüstern. Natürlich war es unvorstellbar, daß er und nicht Eddy sie zuerst aussprach, und sie erstarben für immer, als Eddy beim Abschied sagte: »Wenn wir nicht aufpassen, verlieben wir uns noch ineinander.« Dabei lachte er, und Charlie zwang sich mitzulachen.

Hätte er den Mut gehabt, offen zu reden, wäre ihm dann angesichts der Hoffnungslosigkeit seiner Gefühle bewußt geworden, in welche Gefahr er sich begeben hatte? Hätte er erkannt, daß seine einzige Chance darin lag, sich der Realität anzupassen, solange die Welt Liebe zwischen Männern verbot? Er war mit einer qualvollen Sehnsucht zum College zurückgekehrt und mit einer noch größeren Verachtung für süße Worte. Mit allen, die sie benutzten, ging er kein zweites Mal ins Bett. Aber er lernte, beim Sex zu reden und zu lachen und zu scherzen – dann machte es ihm noch mehr Spaß. Seine stumme Paarung mit Hal kam ihm allmählich ebenso unvollständig vor wie sein gescheitertes Spiel mit Eddy. Dennoch traf er sich während seines ersten Jahres jeden Abend mit Hal.

Als er das College abgeschlossen hatte, war er ein erfahrener Mann und für diejenigen, die ihn so haben wollten, wie er es mochte, ein ziemlich atemberaubender Liebhaber. Da sich alles im Rahmen eines normalen Schülerlebens abgespielt hatte, ging er nicht davon aus, daß er sich für eine Zukunft des Lasters oder der Perversion entschieden hatte. Er war keine Tunte, kein warmer Bruder. Er kannte ein paar von der Sorte, und sie stießen ihn ab. Als er im Sommer nach seinem Examen Peter als Gast seiner Großmutter begegnete, hatte er nicht das Gefühl, einen Unschuldigen zu verderben, als er ihn in Freuden einweihte, die Peter mit seinen fast zwanzig Jahren selbst hätte entdecken können. Es war nur ein harmloses Vergnügen, abgesehen davon, daß der Junge es schaffte, mit der Zeit alle seine Vorbehalte zu überwinden. Peter verliebte sich so offen und leidenschaftlich in ihn, daß er ihm seine eigene Leidenschaft einfach nicht verheimlichen konnte. Er hatte dagegen angekämpft, ging sogar eine Ehe ein, die in einer Katastrophe endete; aber er hatte nur sehr kurz daran gezweifelt, daß er mit Peter zusammen bleiben mußte. Und als die Worte ausgesprochen waren, konnte er sie nicht mehr zurücknehmen. Sie hatten ihn elf Jahre festgehalten. Das konnte sich nicht ändern. Peter würde das nicht zulassen.

Er lehnte sich im Sessel zurück, starrte hinauf in den sternklaren Himmel und stellte sich vor, unter ihm nach Griechenland zu segeln. Der garstige kleine Vorfall heute abend hatte sie von den Dingen abgehalten, die wirklich wichtig waren. Er würde nächsten Morgen mit Jean-Claude abrechnen und dann zum Schiff der Kingsleys gehen, um sie zum Essen einzuladen. Aber wenn sich herausstellte, daß an der Geschichte mehr dran war, als Peter zugab? Wenn er daran dachte, verkrampfte sich immer noch sein Magen, und sein Herz klopfte. Er brauchte noch einen Drink. Also stand er auf und ging hinein, um die Flasche zu holen. Vergiß nicht, ermahnte er sich selbst, während er das Glas großzügig füllte, du bist auch nicht immer so treu gewesen, wie du gerne behauptest. Aber damals war Peter fort, verteidigte er sich. Und er hatte vor Einsamkeit und Sehnsucht nach ihm schier den Verstand verloren. Gut, aber wenn sein Leben mit einem Mann so wundervoll war, wie er ebenfalls gerne vorgab, wenn es ihm so schwerfiel zu verstehen, daß Peter einen hübschen Burschen anziehend fand – warum hatte er sich damals kein Mädchen gesucht, wenn er Gesellschaft brauchte? Das hätte Peter viel leichter akzeptieren können, wenn er es je herausgefunden hätte. Und nach seiner Heirat fand Charlie Mädchen nicht mehr so unnahbar wie als Heranwachsender. Aber nein, es mußten Jungen sein. Er dachte daran, wie er Hal in einer Bar getroffen hatte. Peter war erst seit ein paar Monaten fort, und Charlie lebte immer noch konsequent zölibatär. Die Bar war als Schwulentreffpunkt bekannt, aber er war nicht auf Sex, als er sie besuchte – er wollte nur eine weitere Nacht ohne Peter überstehen. Hal war der erste, den er sah, als er eintrat. Er trug eine vorzüglich geschnittene Hauptmannsuniform. Sie hatten sich seit fast fünf Jahren nicht mehr gesehen und fielen sich in die Arme. Die Begrüßung war intimer, als sie anderswo hätte sein können; sie hielten sich sogar eine Weile an den Händen.

»Ich hätte nie gedacht, dich an einem Ort wie diesem zu treffen«, sagte Hal. »Ich dachte, du bist verheiratet.«

Charlie hatte vergessen, wie schön seine Stimme war, vermutlich weil er nie viel gesagt hatte. Ansonsten war Hal derselbe junge Mann, den er so herrlich besessen hatte. Der Blick seiner grünen Augen elektrisierte in immer noch wie an jenem Morgen im Waschraum; das zurückhaltende Lächeln, die feine Sinnlichkeit des Mundes forderten ihn heraus, erneut ihr Herr und Meister zu werden. »Ich *war* verheiratet«, antwortete er. »Etwa vier Monate lang. Und was ist mit dir?«

»Das fragst du ausgerechnet mich! Bis du immer noch Zivilist?«

»Ich hatte als Kind eine leichte Polio. Ein Bein ist ein paar Millimeter kürzer als das andere. Keiner will mich haben. Das macht mich verrückt.«

Sie unterhielten sich über ihr Leben nach der Abschlußprüfung. Charlie erzählte, er habe seinen Job in einem Verlag gekündigt und sei Maler geworden. Dadurch führte er Peter in das Gespräch ein, weil es dessen Idee gewesen war und weil Peter ihn aushielt. Sie lachten darüber, daß er als Princeton-Absolvent kein eigenes Einkommen hatte. Peter war in Kalifornien stationiert. Hal ebenfalls. Sie wunderten sich über diesen Zufall. Plötzlich starrte Hal ihn an.

»Du liebe Güte – sprichst du etwa von Peter Martin?«

»Klar, sagte Charlie stolz.«

»Allmächtiger! Dieses göttliche Geschöpf. Wenn einer es schaffen könnte, dich aus meinem Kopf zu verdrängen, dann er. Er ist in meiner Einheit. Natürlich, jetzt verstehe ich. Er sieht aus wie du. Ich wußte doch, daß mich etwas umtrieb, aber ich konnte es nicht einordnen. Dieses goldene Haar! Du bist ein Glückspilz.«

Charlie lachte leise. »Da hast du recht.«

Hal wollte alles über ihn wissen. Warum war er kein Offizier? Charlie erklärte ihm, Peter wolle das nicht. Sein Vater sei General, und Peter sei gegen das Militär. Aber warum hatte er nicht das College besucht?

»Er wollte nach West Point gehen, als wir uns trafen. Er hat ein paar Schuljahre versäumt. Wir beschlossen, zusammen zu bleiben, und er sagte sein Vorstellungsgespräch ab. Aber er hat eine Menge Kurse an der Columbia belegt.«

»Das ist eine der Geschichten, die ich gerne höre. Es gibt nicht viele davon. Ihr werdet wohl bis ans Ende eurer Tage miteinander glücklich sein? Treueschwüre und so weiter? Ich brauche wohl nicht zu erwähnen, daß ich keinen wie dich gefunden habe. Darum bin ich noch auf der Suche. Eines Tages vielleicht ...« Er schwieg eine Weile, und seine grünen Augen versetzten Charlie noch einen Schlag. »Ich schätze, du weißt, woran ich denke.«

»Ich denke dasselbe.«

»Besteht die Möglichkeit, daß wie mehr tun, als daran zu denken?« Charlie schüttelte zögernd den Kopf, aber Hal fügte hinzu: »Es wäre keine richtige Untreue. Ich habe dich zuerst gefunden.«

Daran hatte Charlie auch schon gedacht. Es war ein Unterschied, aber er genügte nicht. Was wäre, wenn Peter mit einem seiner ehemaligen Freunde ins Bett ging? Nein, das durfte er sich nicht erlauben. »Mein Gott, Hal – führ mich nicht in Versuchung. Jetzt, wo wir ein bißchen Erfahrung gesammelt haben, wären wir ein phantastisches Paar. Das weiß ich.«

»Bist du denn kein Patriot? Was ist mit der Moral der Truppe und all dem? Nach einem oder zwei Tagen mit dir könnte ich die Deutschen mit einer Hand besiegen. Du versuchst das Unmögliche, alter Freund. Für Peter ist es leichter, weil er wenig Gelegenheit hat herumzuspielen. Aber du ... Wenn du nicht mit mir schwach wirst, passiert es dir früher oder später mit einem anderen. Ich habe dich immer bewundert. Darum wäre ich gerne derjenige, welcher.«

»Ich hoffe, du irrst dich. Wenn ich zu dir nein sagen kann, dann erst recht zu anderen.« (Die berühmten letzten Worte. Kaum einen Monat später hatte er Tony getroffen.)

»Danke, daß du es so ausdrückst. Na ja, da ich Peter kenne, verstehe ich dich sogar. Ich würde gerne meine Hauptmannsmütze abgeben, wenn ich bei ihm eine Chance hätte.«

»Hast du nicht.«

»Bist du dir bei ihm so sicher?«

»Sicherer als bei mir selbst, leider.«

»Ihr Glücklichen!«

Dieser Bastard, dachte Charlie, während er ruhelos auf der mondbeglänzten Terrasse auf und ab ging und seinen Drink leerte. Hal war auch einer, den er am liebsten in der Luft zerreißen würde, wenn er ihn erwischte. Peter hatte offenbar Talent darin, ohne eigenes Verschulden in Schwierigkeiten zu geraten. So erklärte er es jedenfalls immer. Nein, das war unfair. Am Ärger mit Hal war er fast zerbrochen. Charlie hatte nie an seiner Geschichte gezweifelt. Außerdem waren sie damals getrennt. Mit Jean-Claude verhielt es sich anders. Alles spielte sich hier ab, genau unter seiner Nase! Selbst wenn Peter ihn ein wenig ermuntert hatte, war es unverzeihlich, daß Jean-Claude glaubte, Charlie werde tatenlos zusehen, wie er Peter angriff und praktisch unter den Augen der ganzen Party zum Sex nötigte. Einerlei, wie es dazu gekommen war – es würde ihm noch leid tun.

Charlies Glas war fast leer. Er dachte daran, es erneut zu füllen, entschied sich aber anders. Er wollte früh aufstehen, noch bevor Peter erwachte. Er nahm den letzten Schluck und ging ins Wohnzimmer. Dort knipste er das Licht aus und streckte sich in voller Kleidung auf dem Sofa aus. Er hatte nicht vor, zu Peter zu gehen. Er konnte ihm nicht nahe sein, solange er zweifelte.

Er schlief unruhig, schreckte hoch, suchte nach Peter und schlief wieder ein. Düstere Vorahnungen machten ihn nervös. Die Sonne war noch nicht lange aufgegangen, als er den Versuch aufgab weiterzuschlafen, und auf Zehenspitzen nach oben ging. Er wollte sich sorgfältig auf den Tag vorbereiten. Peter schlief meist bis halb neun oder neun. Er konnte ihn also nicht früher aufsuchen. Er hatte Zeit, viel Zeit.

Ihre Kleider waren in Schränken und Kommoden in mehreren Zimmern verteilt, und er fand Shorts, ein T-Shirt und Sandalen, ohne ins Schlafzimmer zu gehen. Er durfte Peter nicht aufwecken. Das würde womöglich seine Entschlossenheit untergraben. Als er ein leichtes Frühstück verzehrt hatte, war es immer noch zu früh; also ging er eine Zeitlang ruhelos in dem Raum umher, den er im Erdgeschoß als Studio eingerichtet hatte. Halbfertige Gemälde standen an den Wänden, auf Stühlen und das Bild, mit dem er vorgestern begonnen hatte, auf einer Staffelei. Er konnte sie nicht ansehen. Sie sahen alle falsch aus. Sein Herz schlug unregelmäßig, und sein Brustkorb und sein Magen waren seltsam verkrampft. Die Frau, die bei ihnen arbeitete, kam um acht, aber er konnte nicht länger warten. Er schrieb eine Notiz für Peter – er wolle in der Stadt eine Farbe kaufen, die er brauche – und verließ das Haus.

Er fuhr um die Stadt herum, bog dann auf die Küstenstraße ein und nahm die Abzweigung, die zu den Courtins führte. Auf dem ersten Hang sah er das Haus und die Einfahrt. Man hatte es ihm mehrere Male gezeigt, aber er war noch nie dort gewesen. Er hielt in der Nähe eines umgebauten Bauernhauses unter einer großen Eiche und stieg aus. Die Stille, die Häusern eigen ist, in denen Menschen schlafen, hüllte ihn ein. Er ging leise einen Kiesweg entlang und fragte sich, ob er die Stille durch Klopfen oder Rufen brechen sollte. Eine adrette alte Frau kam aus einer Tür und begrüßte ihn. »*Ah, bonjour monsieur*«, sagte sie lächelnd mit gedämpfter Stimme. »Monsieur Jeannot hat mir gesagt, daß ich Sie gleich raufschicken soll. Er erwartet Sie.«

Charlie starrte sie an, ohne sie zu sehen. Eine tiefe, kalte Leere drohte ihn zu verschlingen. Die Alte hielt ihn für Peter.

Also war alles vorbei. All die Jahre der Hingabe und der Zufriedenheit waren ausgelöscht. Er überlegte, ob er der Frau danken und sich verabschieden sollte. Aber sie sah ihn fragend an. Er mußte absolut sicher sein. Also riß er sich zusammen und zwang sich, mit steifen Lippen zu lächeln. »Wir wollen sehen. Wo ...?« Peter war also hier gewesen, aber er konnte nicht so oft gekommen sein, daß sich eine Routine entwickelt hatte.«

»Oben, gleich rechts, sagte die Frau und deutete auf die Tür, durch die Charlie eine Treppe sah. »Die Tür am Ende des Ganges. Ich habe sie Ihnen doch neulich gezeigt.«

»Ja, richtig. Danke.« Er zwang sich zu gehen. Sein Verstand arbeitete allmählich wieder normal. Es war vorbei, aber er würde ihr ganzes Leben auf seine Weise zum Einsturz bringen. Peter würde sich noch wünschen, ihn nie getroffen zu haben. Er erreichte den Fuß der Treppe. Dort hielt er einen Augenblick inne. Jetzt mußte er sich völlig in der Gewalt haben. Er hatte Angst vor dem, was geschehen würde, wenn er Jean-Claude traf. Er zwang sich, die Stufen hinaufzusteigen. Als er oben war, packte ihn die Wut. Peter war hier gewesen und war gierig und lüstern durch diesen Korridor gegangen. Der Zorn machte ihn frei. Rasch ging er zur Tür und versuchte behutsam, sie zu öffnen. Sie ging auf, und er trat leise ein. Jean-Claude lag auf einem großen Bett und wandte ihm den Rücken zu. Die Decke hatte er über die Hüften gezogen. Charlies Blick fiel auf eine Tube mit Gleitmittel auf dem Nachttisch. Er schloß die Tür mit einem Klick.

»Peter«, murmelte Jean-Claude mit schwerer Zunge, als spreche er im Schlaf.

»Nicht ganz.« Eine Sekunde lang herrschte Stille, dann drehte Jean-Claude sich rasch um und sah ihn an. Unter der Decke war seine Erektion erkennbar. Er stemmte sich mühsam hoch und saß jetzt auf einer Hüfte. Sein Gesicht war gerötet, und er war noch schlaftrunken. Jetzt? Ihn anspringen, aus dem Bett zerren und zu Boden schlagen? Er sah Furcht in Jean-Claudes Augen kriechen, eine animalische Furcht. Charlie trat einen Schritt vor, und Jean-Claude schreckte zurück.

»Was ist ...? Du?« murmelte er mit starrem Blick.

»Laß dir ruhig Zeit, um wach zu werden.«

»Ich war schon auf. Bin wohl wieder ins Bett gegangen.« Er fuhr sich mit der anderen Hand durchs Haar.

»Du wartest wohl auf Peter?« Charlies Blick wanderte zum Gleitmittel und zurück.

»Ich verstehe nicht. Was –«

»Ich dachte, es sei an der Zeit einzugreifen.«

»Einzugreifen? Weiß Peter, daß du hier bist?«

»Keine Ahnung. Vielleicht kann er es erraten. Aber ich bin hier, um mit dir zu reden.«

»Warum? Ich verstehe nicht –«

»Warum hat die Haushälterin mich gleich zu dir geschickt?« Er nahm sich zusammen, so gut er konnte. Der Drang, dem Jungen ins Gesicht zu schlagen, war schier übermächtig, aber er wußte jetzt, daß der Kerl damit zu billig davonkäme. »Findest du es nicht ganz normal, daß ich mich für jemanden interessiere, der mit Peter ins Bett geht?« Er atmete schwer, hatte sich aber fest in der Gewalt.

»Das ist doch verrückt. Du glaubst doch nicht –«

»Schon gut. Du brauchst es nicht abzustreiten. Ich weiß alles. Du warst letzte Woche mit ihm in Nizza.«

Jean-Claude sah in einen Augenblick prüfend an. Was er sah, schien ihn zu beruhigen, und er entspannte sich. »Er wollte mich auch. Ich bin in ihn verliebt«, rechtfertigte er sich.

»Das dürfte eine ziemlich schmerzliche Erfahrung für dich werden.«

»Das ist mir egal. Ich will, daß er bei mir ist. Ich will ihn dir wegnehmen.«

»Du bist ja ganz schön ehrgeizig! Und wie denkt Peter darüber?«

»Ich weiß nicht. Er kämpft dagegen an.«

»Ich frage mich, warum er das tut.« Charlie spürte, daß seine Anspannung nachließ, und er überlegte wieder, was er tun sollte. Seine Blicke wanderten über die Gestalt auf dem Bett. Nicht schlecht – der große, sportliche, braungebrannte Rumpf mit den schweren Schultern, auf einen Arm gestützt, das weiße Bettuch, auf dem er lag, die weiße Decke über seinen Beinen, die bis zur Taille reichte. Die Beine bildeten ein interessantes Muster auf dem Leintuch. Der andere Arm lag neben ihnen. Die geschwungenen Brauen waren wirklich hübsch. Die großen Augen und der volle Mund sahen dunkel und einladend aus. Ein attraktiver Junge, eine bemalte Statue. Alle Linien flossen sanft ineinander wie ein hellenistisches Werk, leicht hermaphroditisch. Nur das Haarbüschel gehörte nicht auf seine Brust.

»Willst du mir keinen Platz anbieten?« fragte er.

»Oh, ja. Natürlich.« Er verschob die Beine ein wenig.

Jean-Claudes Blick fiel auf Charlies Shorts, als dieser ans Bett herantrat und sich auf die Kante setzte. Es spürte die sanfte Fügsamkeit des Jungen, die gar nicht zu dem Gleitmittel auf dem Nachttisch paßte. Was hatten die beiden vorgehabt? »Erzähl mir davon. Warum glaubst du, du kannst ihn mir wegnehmen?«

»Er liebt mich. Ich weiß es.«

»Hat er es gesagt?«

»Nein. Aber nur, weil er dagegen ankämpft. Ich gebe ihm etwas, was er von dir nicht kriegt.«

»Zum Beispiel?«

Er hob trotzig den Blick. »Er fickt mich gerne.«

»Ach so«, sagte Charlie. Das war es also. Dieser große, üppige Junge hatte in Peter einen schlummernden maskulinen Trieb geweckt. Was seine Schuld ein wenig milderte. »Das überrascht mich nicht. Wer würde dich nicht gerne ficken?«

Jean-Claude sah in verdutzt an. »Du meinst, du –«

»Genau das meine ich. Was war das für ein Theater gestern abend?«

»Du weißt davon? Ich war ziemlich durcheinander. Wir alle haben gehört, was du gestern mit Peter gemacht hast. Ich wollte ihm sagen, daß ich ihn auch ficken kann.«

»Und deshalb zerreißt du ihm die Kleider? Das gefällt mir nicht.« Wieder flackerte der rasende Zorn in ihm auf. Er schaute den Jungen an, spürte, daß er vor ihm dahinschmolz, und erkannte, welche Macht er über ihn hatte. Er konnte ihm den Verstand rauben. Danach würde er sich um Peter kümmern. Er zwang sich zu einem verführerischen Blick. »Als wir uns zum ersten Mal sahen, dachte ich, du wärst an mir interessiert.«

Jean-Claudes große Augen wurden weich. »Das stimmt. Zuerst war ich in euch beide verliebt. Aber du warst nicht an mir interessiert.«

»Woher weißt du das? Ich zeige meine Gefühle nicht immer. Peter hat dich gehabt, ich glaube, jetzt bin ich an der Reihe.

»Aber das geht so nicht. Ich liebe ihn. Er wäre wütend.«

»Na und? Mach ihn eifersüchtig. Das ist immer gut, wenn jemand so tut, als liebte er dich nicht.«

»Du bist sehr aufregend. Wenn du meinst –« Seine freie Hand kroch zu Charlies Schenkel und gab ihm ihre Zustimmung. Charlie schob sie beiseite, griff nach der Decke und zog sie weg. Jean-Claude wollte sie festhalten, aber Charlie hatte bereits ein Bein vom anderen geschubst, so daß das Glied sichtbar wurde. Es hüpfte nach vorne und legte sich steif auf den Bauch. Wohlgeformte Hüften und Hinterbacken kamen zum Vorschein.

»Oh, was haben wir denn da?« sagte Charlie. »Bin ich daran schuld, oder hast du an Peter gedacht?« Er schaute Jean-Claude in die Augen.

»Nein, an dich«, murmelte der Junge. Seine Augen verlangten nach Charlie. Sein Herz klopfte sichtbar, seine Lippen teilten sich. Charlie betrachtete den Körper und spürte, wie begehrenswert er war. Es würde ihm ein perverses Vergnügen bereiten, dort einzudringen, wo Peter eingedrungen war.

Gegensätzliche Gefühle kämpften in ihm. Er wollte Peter und seinen Geliebten erniedrigen, und gleichzeitig wollte er weglaufen. Aber auch ein alter, lange vergessener Durst regte sich in ihm – einen Fremden zu besitzen und in arglosen, befriedigten Augen einen Gefährten zu erblicken.

Jean-Claude beugte sich vor, erwartete einen Kuß. Seine Hand glitt an Charlies Schenkel hinauf. Charlie stieß sie weg, stand langsam auf und zog sich das Hemd über den Kopf. Dann schüttelte er die Sandalen ab. Wie lange war es her, daß er sich vor einem Fremden ausgezogen hatte? Milly war der letzte gewesen. Milly war bei ihm gewesen, als Peters Telegramm angekommen war und ihm die Katastrophe verkündet hatte. Einen Augenblick schaute er auf Jean-Claude hinab und sah Milly vor sich, den süßen Milly, den lustigen, gertenschlanken Milly, der jedes Haar an seinem Körper entfernt hatte, abgesehen von einem sauberen Dreieck aus Schamhaaren für seine Auftritte als Transvestit. Charlie öffnete seine Shorts und ließ sie auf den Boden fallen. Sein Glied spannte den Seidenslip, den er trug.

»Komm her, laß mich sehen«, bat Jean-Claude und starrte darauf.

Charlie trat zurück an die Seite des Bettes. »Bediene dich.« Er stemmte die Hände in die Hüften, während Jean-Claude den Slip herunterzog. Sein Glied bog sich schwer vor ihm, es war teilweise geschwollen – nicht wegen Jean-Claude, sondern wegen der Erinnerungen. Jean-Claude rutschte über das Bett, setzte die Füße auf den Boden und nahm das Organ in den Mund. Laß ihn ruhig arbeiten, dachte Charlie. Dieses Vorspiel war das größte Hindernis, was seine Absichten betraf. Er war sich immer noch nicht sicher, ob er bei Jean-Claude funktionieren würde. Aber Jean-Claudes Lutschen zeigte Wirkung, und Charlie dachte wieder an Milly und seine Erektion, bevor er mit ihm ins Bett gegangen war. Milly war Laufbursche in einem Hotel gewesen, in dem Charlie sich eine Nacht lang vergnügt hatte. Damals war alles Sex. Milly war erschienen, als Charlie den Zimmerservice verlangt hatte. Er hatte eine Brille getragen. Seine samtige, fast bartlose Haut lag straff über fein modellierten Knochen, und sein schlanker, strammer Körper war in der engen Uniform äußerst attraktiv. Charlie ließ wie zufällig den Morgenmantel fallen, während er etwas bestellte. Darunter war er nakkt. Milly war in wenigen Minuten zurück. Charlie öffnete ihm die Tür, und er schlüpfte flink ins Zimmer.

»Entschuldigen Sie, wenn ich es so unverblümt ausdrücke, Sir«, sagte Milly ohne zu zögern. »Dürfte ich noch einmal Ihren Schwanz sehen?« Sein Gesicht war gelassen, sein Blick ruhig.

Charlie brach in Gelächter aus. Die Frage kam so unerwartet und war so elegant formuliert. »Noch einmal?« fragte er.

»Ja, Sir. Ich bin mir dessen bewußt, welche Gunst Sie mir vorhin erwiesen haben, aber sie hat mich aus dem Gleichgewicht gebracht. Gehe ich recht in der Annahme, daß Sie mich einluden, mit Ihnen ins Bett zu gehen?

In diesem Fall ist es um so wichtiger, mich zu vergewissern, daß Sie meinen hohen Ansprüchen genügen. Das ist eine fixe Idee, Sir.«

Charlie lachte erneut, belustigt von dieser würdevollen Ausdrucksweise.

»Mir scheint, du kannst kein Urteil fällen, bevor ich eine Erektion habe.«

»Ließe sich das nicht arrangieren, Sir?«

(Die Erinnerung an diese groteske Herausforderung erregte ihn immer noch, und er spürte, wie sein Glied sich rührte, als Jean-Claude seine Bemühungen fortsetzte.)

»Wie denn?« fragte er. »Indem ich hier stehe und du mich anstarrst wie eine Eule?«

»Ich muß mich für meine Brille entschuldigen, Sir. Privat trage ich sie nicht. Ich weiß nicht, ob es schon erkennbar ist, aber ich bekomme eine Erektion. Ich wäre entzückt, wenn ich auf Sie die gleiche Wirkung hätte.«

Charlies Blick fiele auf die enge Hose. Sie hatte einen deutlichen Bug. »Den hast du.« Wieder öffnete er seinen Bademantel und ließ ihn fallen. »Das verschafft dir einen ersten Eindruck«, sagte er. Eine Weile herrschte Stille. Charlie sah, daß die Beule an der straffen Hose wuchs.

»Mein Wort«, sagte der Junge, der den Atem angehalten hatte. »Ich kann mir nicht vorstellen, daß jemand zögern würde, damit zu spielen. Ich bin in dieser Hinsicht nicht so gut ausgestattet, aber ich habe einen sehr hübschen Hintern.«

»Stimmt. Ich hoffe, ich habe die Prüfung bestanden.«

»Du liebe Güte, Sir. Sie müssen mir verzeihen. Ich komme mir wie ein Idiot vor.«

Der Gedanke an Milly, der die gezierte Sprache abgelegt hatte, die er während seiner Arbeit benutzte, und glücklich plaudernd in seinen Armen lag, half Charlie nun bei Jean-Claude. Sein Glied wurde langsam hart. Er dachte an Millys Lachen während des Orgasmus. Es war ein Lachen der freudigen Hingabe, und die Erinnerung daran brachte sein Glied endlich zu seiner vollen Blüte. Jean-Claude ließ ihn keuchend los. »Ich kann nicht mehr. Er ist so riesig.«

»Peter kann«, sagte Charlie schroff. »Aber egal. Genug davon.«

»Sieh mal.« Jean-Claude hielt ihn senkrecht an Charlies Körper. »Er reicht fast bis zur Brust.«

Charlie zog Jean-Claudes Hände weg, packte sein Glied an der Wurzel und schwenkte es vor dem Gesicht des Jungen hin und her. »Ich kann dich sogar damit schlagen.«

»*Aie!*« schrie Jean-Claude entzückt. »Er ist so hart. Das tut weh.«

»Da hast du verdammt recht.«

»Du bist wie ein Bulle.« Jean-Claude starrte ihn fasziniert an. »Ich wußte nicht, daß ein Mann so groß sein kann. Es ist furchterregend und geil. Peter ist nicht so. Glaubst du, ich kann ihn ganz aufnehmen?«

»Da bin ich sicher. Du bist für Schwänze geboren worden – je größer, desto besser.«

Jean-Claude lächelte selbstgefällig. »Ich glaube, ich werde es probieren. Du bist doch vorsichtig, oder?«

»Mit dir?« Er sah ihn kalt an und bemerkte, daß ein leichter Schauer der Erwartung den Körper des Jungen überlief. Er hielt ihm das Gleitmittel vor die Nase. »Mach dich jetzt lieber fertig.«

»Das bin ich schon.«

»Dann reib mich ein. Nicht zuviel. Du sollst es spüren.« Er wartete, während Jean-Claude die Salbe liebevoll und mit vor Lust geöffnetem Mund auftrug. Alle seine Muskeln zitterten dem großen Augenblick entgegen. Charlie würde ihn fertigmachen und dann nach mehr schreien lassen. Er sollte bis ans Ende seines Lebens keinen Frieden mehr haben. Jetzt.

Er schlug ihm die Tube aus der Hand, packte ihn an den Haaren und drehte ihn um. Dann zog er ihn ein

Stück weiter aufs Bett, kniete mit gespreizten Schenkeln über ihn und führte sein Glied zwischen die Hinterbacken. Jean-Claude schrie auf, als er in ihn eindrang, aber sein Körper schob sich ihm entgegen. Charlie stieß kraftvoll zu, bis er auf das Hindernis traf, das er kannte und erwartet hatte. Er wußte nicht viel über Anatomie, aber es gab immer einen Punkt, den er überwinden mußte, bevor sein Glied sich ungehindert in seinem Partner bewegen konnte. Normalerweise ging er bis dahin behutsam vor, aber nicht jetzt. Er zog sich zurück und stieß noch heftiger zu. Jean-Claude schrie erneut. Charlie hielt den enormen Druck aufrecht, und Jean-Claude kreischte, als er die Barriere durchbrach und fast ganz in ihn eintauchte.

»Du bist so groß«, wimmerte Jean-Claude.

»Das ist noch nicht alles.« Er umklammerte die Hüften des Jungen, um bis zum Anschlag eindringen zu können.

»Sogar noch größer, als er aussiehst«, jammerte Jean-Claude.

Charlie stieß noch einmal kräftig zu und spürte, daß sein Glied jetzt mit seiner vollen Länge vom anderen Besitz ergriff. Er machte eine kurze Pause und wartete, bis Jean-Claudes zu stöhnen aufhörte. Dann zog er sich langsam zurück. Der Junge wimmerte. Charlie erzwang ein langes, flüssiges Eindringen und nahm den Burschen erneut in Besitz.

»Du bist ein Stier, der mich vergewaltigt«, schrie Jean-Claude in Ekstase.

Diese klassische Symbolik gefiel Charlie. Er setzte sich auf die Fersen und zog die Hüften des Jungen zu sich heran. Jetzt breitete der Körper sich vor ihm aus, und die Arme waren in totaler Unterwerfung gestreckt. »So. Jetzt hast du ihn ganz. Das gefällt dir doch, oder?«

»O Gott! Du hast mich zerrissen. Du bist ein Schwert aus Stahl. Du bringst mich noch um.«

»Das würde dir wohl gefallen?« Er schob und zog die Hüften mit den Händen, so daß Jean-Claude auf seinem Glied ritt, als würde er gepfählt. Charlie setzte sich zurück, ließ sich benutzen. Füße schlugen auf seinen Rücken. Der Junge murmelte französische Worte und immer wieder »*amour*«. Klar – Liebe war für ihn ein großer Schwanz im Arsch. Jean-Claude begann seine Hüftbewegungen mit rhythmischem Stöhnen zu begleiten. Rasch wurden aus dem Stöhnen laute Schreie, und plötzlich verkrampfte sich der ganze Körper im Orgasmus.

»Oh, komm! Komm in mir. Komm!« schrie er.

Charlie legte sich auf ihn und stieß hart zu, bis der Junge wieder schluchzte. Dann vollendete er die Notzucht mit einem Orgasmus.

Er zog sich heraus und ging ins Badezimmer, das er durch die offene Tür gesehen hatte. Dort fand er eine Duschkabine. Er wusch sich blind und dachte an den wimmernden Jungen auf dem Bett. Jetzt konnte er mit ihm machen, was er wollte. Er war sein Sklave. Das Wort rief Erinnerungen wach. Tony, der Stricher mit dem Gesicht eines Engels von Boticelli, der behauptete, er sei der beste Schwanzlutscher der Stadt. Mit Tony hatte er Peter zum ersten Mal betrogen, mit Milly zum letzten Mal. Was dazwischen lag, hatte er nicht gezählt. Tony war noch nie so genommen worden, wie Charlie es bevorzugte, aber er bat darum.

»Jesus!« hatte er geseufzt, als es vorbei war. »Das würde ich den wenigsten Jungs erlauben. Ich komme mir vor wie dein Sklave.«

»Warum das?«

»Mein Gott – wie du gebaut bist. Als du in mir warst ... Jesus. Wer das zuläßt, muß dein Sklave sein.«

Für eine Weile hatte er Charlie tatsächlich gehört. Charlie brachte ihn dazu, sein Haar einfacher zu frisieren. Er zeigte ihm, wie er sich anziehen sollte. Tony schlug auch vor, noch ein paar Jungs mitzubringen und

»wilden Sex« zu haben, um zu verhindern, daß er sich in Charlie verliebte. »Es ist nicht gut für einen Schwulen, sich zu verlieben. Jedenfalls nicht für diesen Schwulen. Ein Stricher muß frei sein. Es würde mich geil machen, dir zuzusehen, wie du andere fickst. Wir könnten ein wenig experimentieren.«

Das war der Beginn einer Art Sex-Delirium.

Er stand unter der Dusche und rief Jean-Claudes Namen. Der Junge kam sofort und starrte ihn mit Tränen der Ehrfurcht an. Dann trat er vor, hielt Charlie fest und küßte ihn. Charlie wich zurück und gab ihm eine kräftige Ohrfeige. »Wenn ich will, daß du mich küßt, sage ich es dir.«

»Ja, *mon amour*«, murmelte Jean-Claude. »Du bist wirklich überwältigend. Das nächste Mal komme ich nicht so schnell. Ich will, daß es ewig dauert. Ich habe dich oft angeschaut, aber ich hätte mir nie vorgestellt, daß es so ist. Ich spüre dich immer noch in mir. Es tut weh. Ich will nie mehr einen anderen haben.«

Charlie lächelte. »Außer du findest jemanden, der einen noch größeren hat.«

»Das ist unmöglich.«

»Oh, da wäre ich mir nicht so sicher. Ich habe einige gesehen, die dich verblüffen würden.« Er hob die Faust. »Hättest du gerne so etwas in dir?«

Jean-Claude öffnete die Lippen. »Bitte, *mon amour*. Ich will nur an dich denken.«

»Nicht an Peter?«

»O nein. Ich wußte ja nicht ... Er war der erste. Aber ich wußte nicht, daß es *so* sein kann.«

Charlie schob ihn unter die Dusche und seifte den hübschen Körper gründlich ein. Später zog er ihn heraus und reichte ihm ein Handtuch. Jean-Claude ließ sich behandeln wie ein Kind. Sie trockneten sich ab. Jean-Claude ließ kein Auge von ihm.

»Es ist wunderbar, dich anzusehen. Du bist so stark.«

»Stark genug«, sagte Charlie. Als nächstes stand die Peitsche auf der Tagesordnung. Plötzlich hatte er eine Idee. Er ging zum Waschbecken und fand ein Rasiermesser. »Komm her.«

Jean-Claude gehorchte sofort. »Was tust du?«

Charlie seifte den kleinen Haarpelz auf Jean-Claudes Brust ein und entfernte ihn mit wenigen Bewegungen. Er wischte die Brust mit einem Handtuch ab. »So. Du siehst aus wie eine Statue. Statuen haben keine Haare.« Er hob einen Arm und begann die Achselhöhle einzuseifen.

Der Junge versuchte, den Arm wegzuziehen. »Nicht da. Man wird es sehen und mich auslachen.«

»Sei nicht albern. Klar wird man es sehen. Na und?«

Jean-Claude protestierte nicht mehr, und Charlie rasierte weiter. Dabei dachte er an Millys unbehaarten Körper. Milly war schon seit Jahren tot. Millard Potowski. Im Kampf gefallen. Man hatte Charlies Namen und Anschrift bei ihm gefunden – mit der Bitte, ihn zu benachrichtigen. Er hatte sich oft gefragt, wie Milly sich als Soldat gemacht hatte. Auf jeden Fall mußte er davon begeistert und sogar bereit gewesen sein, zu sterben. Als Charlie mit den Achselhöhlen fertig war, hielt er beide Arme hoch und betrachtete das Ergebnis. »Großartig. Jetzt siehst du aus, wie du aussehen sollst. Deinen Körper dürfen keine Haarbüschel verunstalten. Komm her.« Er würde seine Spuren überall hinterlassen, bevor er ihn verließ. Er setzte sich auf die Kante des Bidets und zog Jean-Claude zu sich heran. Als der Junge merkte, was er vorhatte, trat er hastig zurück. »O nein. Da nicht. Das darfst du nicht.«

»Dein Schwanz sieht dann viel größer aus. Du bist ein starker Bursche, und du mußt überall stark aussehen.«

»Aber ich werde lächerlich aussehen.«

»Wer sieht dich denn?« Er schaute Jean-Claude in die Augen. Der Junge hielt ihm nur einige Momente stand, dann gab er nach. Er stand artig da, während Charlie ihn einseifte. Sein Glied begann unter der Berührung länger zu werden. Charlie hielt inne und wichste es, bis es steif war. »So geht es besser. Ich will ihn ja nicht abschneiden.«

»Solange ich deinen habe, ist es mir egal.«

Charlie setzte seine Arbeit mit dem Rasiermesser fort. Er war erstaunt über die Wirkung, die er erzielte, als die Haare fielen. Die Genitalien sahen jetzt verblüffend plastisch aus. Das hochragende Glied mit den beiden Kugeln, die an die Wurzel gepreßt wurden, glich einer futuristischen Rakete, die jeden Augenblick vom Körper abheben konnte. Die Haare hatten sie verankert. Als er fertig war, sprang er auf und trat zurück, um sein Werk zu begutachten. Der Körper als Geschlechtsapparat war nun völlig entblößt – prachtvoll und doch seltsam abstoßend. Charlie spürte, wie eine Welle der Befriedigung in ihm aufstieg. »Du siehst wirklich gut aus.«

»Gefalle ich dir so?«

»Du bist eine Schönheit, vor allem mit einem Ständer. Mal sehen, wie lange er hart bleibt.«

»So lange, wie ich dich ansehe. Ich will dich wieder hart sehen. Es ist unglaublich.«

»Na, dann –«

Jemand klopfte an die Tür des benachbarten Zimmers. »*C'est toi, chérie?*« rief Jean-Claude. »*Entres.*«

»*Tu est seul?*« Es war Annes Stimme.

»*Mais non. Tu vas voir.*« Er lächelte Charlie an. »Komm. Ich möchte, daß sie dich sieht.«

»So?« Charlie warf einen Blick auf Jean-Claudes grotesk nacktes Glied, das unermüdlich emporragte.

»Klar. Es wird sie geil machen. Ach so, du meinst mich? Sie hat mich schon oft so gesehen. Ich bin neugierig, wie ich ihr ohne Haare gefalle. Komm schon.«

Charlie war nie bescheiden gewesen, was seinen Körper betraf. Na schön, dachte er, schauen wir mal, wo das hinführt. Er erlaubte Jean-Claude, ihm einen Arm um die Schultern zu legen und zurück ins Schlafzimmer zu führen. Als sie es betraten, schienen sie den Raum mit männlicher Nacktheit zu füllen. Anne hatte dagegen eine zierliche, kindliche Figur und trug einen bodenlangen Morgenrock. Aber das schien sie nicht zu stören. Ihre verzehrenden Augen umwölkten sich, als sie Charlie ansah.

»O nein. Du? Das ist falsch.« Ihr Blick wanderte zu Jean-Claude, und sie holte vor Erstaunen tief Luft. »Was hast du mit dir gemacht? Das ist obszön. *Mon pauvre Jeannot*, das ist sehr schlecht.«

»Du meist das hier?« fragte Jean-Claude und strich sich mit den Händen über den Unterleib. »Was soll daran schlecht sein? Er sagt, ich bin eine schöne Statue.«

»Er irrt sich. Hat er das gemacht?« Sie wandte sich wieder Charlie zu, ihre Augen sahen vorwurfsvoll aus. »Ich dachte, du bist kein Freund meines Bruders. Warum ist Peter nicht hier?«

»Du verstehst nicht«, warf Jean-Claude ein und zog Charlie an sich. »Er ist mein Geliebter.«

»Das kann nicht sein. Du bist in Peter verliebt. Mit der Liebe darf man nicht spielen.«

»Das ist kein Spiel. Du hast noch nie einen wie ihn gesehen. Keiner könnte ihm widerstehen. Ich habe nie zuvor empfunden, was ich bei ihm empfunden habe.«

Annes Blick schweifte zu Charlie und kehrte dann zu ihrem Bruder zurück. »Ich glaube, du wirst noch viel zu erleiden haben.«

Kindermund tut Wahrheit kund, dachte Charlie.

»Leiden!« rief Jean-Claude. »Er ist vielleicht der größte Mann der Welt. Es ist ein herrliches Leiden.«

»Peter ist groß genug und sehr schön« , entgegnete Anne.

Woher weiß sie das? dachte Charlie. Hatten sie es alle zusammen getrieben?

»Du hast ja keine Ahnung, solange du Charlie nicht

gesehen hast«, beharrte Jean-Claude. »Ich mache ihn für dich hart.«

Charlie spürte die Hände des Jungen an sich und schlug sie beiseite. »Bist du wirklich daran interessiert?« fragte er und ging einen Schritt auf Anne zu.

»Wenn Jeannot es will. Größe ist nicht alles. Das muß er verstehen. Aber natürlich bin ich neugierig. Ich interessiere mich für alles, was Männer betrifft.« Sie sprach auf ihre typische ausdruckslose Art.

»Du hast Peter so gesehen?« Da er sie direkt ansprach und ihr in die Augen sah, wurde er sich seiner Nacktheit deutlicher bewußt, und sein Glied reagierte darauf.

»Nur aus einiger Entfernung. Mir kam er sehr groß vor. Aber das gilt auch für Jeannot. Vielleicht hält ein Mädchen alle Männer für groß. Ich wünschte, sie hätten immer eine Erektion – es ist so erregend.«

»Du machst mich schneller hart als Jeannot.« Er wußte, daß er keine Schandtat begehen konnte, die sie nicht erwartet und im voraus akzeptiert hätten. Anne senkte die Augen, und unter ihrem prüfenden Blick wuchs sein Glied schneller.

»Das ist umwerfend. Darf ich ihn anfassen?«

»Klar.« Sein Körper zuckte unter der Berührung ihrer kleinen Hand leicht zusammen, und sein Glied schwoll weiter an. Sie streichelte es langsam und verwundert, fast furchtsam. Etwas an ihr löste zärtliche Gefühle in ihm aus. Sie war so klein und zerbrechlich. Ihre mütterliche Besorgtheit für Jean-Claude rührte ihn. Er streckte die Hand aus und berührte eine der kleinen, runden Brüste, die er bereits bewundert hatte. Er hatte vergessen, wie süß und sanft ein Mädchen sein konnte. Sie brachte sein Glied zur vollen Erektion. Sie nahm es in die Hand und schaute zu ihm auf. Er sah, daß sie errötete.

»Warum tust du das? Du liebst doch Jungs.«

»So einfach ist das nicht immer.« Sie sahen einander

in die Augen. Vielleicht konnte er die Marterung ihres Bruders noch etwas verfeinern. »Sollen wir ins Bett gehen?« fragte er.

»Ich habe immer davon geträumt, einen von Jeannots Geliebten zu haben. Dann wäre ich erst recht ein Teil von ihm. Wann besuchst du ihn wieder?«

»Warum nicht jetzt?«

»Ich muß mich auf dich vorbereiten. Du siehst aus, als könntest du mir mühelos ein Baby machen. Kannst du später noch einmal kommen?«

Ein Baby? Er spürte einen kleinen, pochenden Schmerz in seinem Glied, als sie es liebkoste. »Natürlich. Ich habe noch etwas zu tun. Ich möchte, daß Jeannot mitkommt. Er kann mich dann zurückbringen.«

»Du bist doch nett zu ihm? Er ist sehr empfindsam. Er ist ... sein Geist ist zart.«

»Ich weiß, was du meinst.«

Jean-Claude schob sich neben sie und legte seine Hand ebenfalls auf Charlies Glied. »Siehst du, *chérie*? Ist er nicht unglaublich? Warte nur, bis du ihn in dir spürst. Du wirst ihm auch gehören. Wir beide werden ihm gehören.«

»Ich muß jetzt gehen«, sagte Anne. »Wenn Charlie dich ohne Haare haben will, hat er vielleicht recht. Ihr seid beide sehr erregend. Ich werde auf euch warten.« Sie drehte sich um und ging.

Jean-Claude umklammerte sein Glied und sah ihn sehnsüchtig an. »Komm. Du bist so hart. Nimm mich noch einmal.«

Charlie schob seine Hand weg. »Das hat Anne gegolten. Zieh dich an. Wir müssen gehen.«

»Wohin gehen wir?«

»Ich will das Auto nach Hause bringen. Du fährst in deinem. Dann erzählen wir Peter, was geschehen ist.«

»Du willst es ihm sagen?«

»Natürlich. Wir werden es ihm gemeinsam erzählen. Er soll wissen, daß alles vorbei ist, was ihn betrifft.«

»Du wirst ihn verlassen?«

Charlie hielt den Atem an und biß die Zähne zusammen, bis der Anfall vorüber war. »Komm jetzt, verdammt. Willst du mich oder Peter?«

»Dich natürlich.«

»Gut, dann müssen wir ihn aufklären.« Er begann seine Kleider aufzusammeln. Anne hatte ihm eine kräftige Erektion verpaßt. Er rauchte eine Zigarette und wartete darauf, daß er ihre Hand nicht mehr spürte, damit er die Shorts anziehen konnte. Plötzlich hatte er die Orientierung verloren. Es war, als habe er einen Anfall von Geisteskrankheit überwunden. Wenn alles vorbei war, was ihm im Leben wichtig war, weshalb sollte er diese häßliche kleine Komödie weiterspielen? Er zog sich an. Jean-Claude war im Badezimmer verschwunden. Er überlegte, ob er einfach verschwinden sollte, aber Jean-Claudes Unterwürfigkeit stachelte ihn an. Er wollte Peters Nase in den Schmutzhaufen tunken, den er aus ihrem Leben gemacht hatte. Er rief, und der Junge erschien vollständig angezogen in der Badezimmertür.

»Hast du deine Schwimmsachen?« fragte Charlie und schaute an ihm vorbei. »Ich will ein wenig an den Strand gehen. Du mußt diese weißen Stellen an dir ebenso bräunen wie den Rest.«

»Gehen wir irgendwo hin, wo alle uns zusammen sehen können?«

»Klar.«

»Oh, *mon amour*-«

»Na los, komm schon.«

Sie gingen hinaus in die Hitze des Tages. Jean-Claude fuhr sein Auto aus einer Garage an der Seite des Hauses, und sie brachen auf. Charlie fuhr voraus, um die Stadt herum und durch den Weinberg zu der gemieteten Villa. Als er sich ihr näherte, begann sein Herz so schnell zu schlagen, daß er Mühe hatte, den Wagen zu bändigen. Er stieg mühsam aus und wartete auf Jean-Claude. Gemeinsam gingen Sie zum Haus. Peter wartete auf sie unter dem Weinstock, der einen Teil der Terrasse bedeckte.

»Aha, ich hätte es mir denken können«, sagte er zu Charlie, ohne Jean-Claude anzusehen. »Ich glaube, ich habe es geahnt, als Yvonne sagte, du wärst in die Stadt gefahren. Also?«

»Oh, wir hatten unsere Stunde der Wahrheit. Ich wollte Jeannot windelweich prügeln, aber es hat sich herausgestellt, daß du die Prügel verdient hast.«

»Bist du deshalb zurückgekommen?«

»Nein. Prügeln macht keinen großen Spaß. Ich habe mir etwas Interessanteres ausgedacht. Sag ihm, was passiert ist, Jeannot.«

»Heute morgen? Alles?«

»Sicher. Nur weil er ein Lügner ist, müssen wir es nicht auch sein.«

»Er hat es mir besorgt. Es war das tollste Erlebnis, das ich je hatte. Jetzt gehören wir alle ihm – du, ich und sogar Anne.«

Peter hatte die Augen nicht von Charlie gelassen. »Du mußtest unbedingt Punkte sammeln, stimmt's?« sagte er. »Ein friedlicher Tod genügt dir wohl nicht? Du mußt auf der Leiche herumtrampeln und sie in Stücke schneiden.«

»Ich nehme an, du sprichst von deiner traurigen kleinen Affäre mit Jeannot. Sag ihm, was du jetzt davon hältst, Jeannot.«

»Es ist sehr schwierig. Ich glaube, ich war von Anfang an in Charlie verliebt. Dich habe ich geliebt, weil du ihm gehörst. Ich –«

»Halt den Mund, Jeannot«, sagte Peter, ohne ihn anzusehen.

Charlie sah den tiefen Schmerz in seinen Augen. Er mußte sich zwingen, ihn anzusehen. Tränen traten ihm in die Augen, und seine Kehle tat weh. »Nun, ich denke, damit ist alles gesagt«, brachte er mühsam hervor.

»Wenn ihr zwei euch zum Abschied ein Küßchen geben wollt – ich gehe nach oben und hole ein paar Sachen.«

Er ließ sie allein und kehrte nach wenigen Minuten mit einer Badehose, einem Handtuch und einem sauberen Hemd und Shorts für später zurück. Peter stand mit den Händen in der Tasche an der Tür. Jeannot war auf der anderen Seite der Terrasse und eilte sofort zu Charlie, als wolle er ihn beschützen.

»Was hast du vor?« fragte Peter mit tonloser Stimme.

»Wir werden den Tag zusammen verbringen. Und die Nacht vielleicht auch. Was hältst du davon, Jeannot?«

»O ja, *mon amour.*«

»Wenn du gehst, wirst du mich nicht mehr hier finden.« Peters Stimme klang immer noch tonlos.

»Ich schätze, dieses Risiko müssen wir eingehen. Wahrscheinlich hätte ich letzte Woche das gleiche gesagt, wenn du mich in deine Pläne für Nizza eingeweiht hättest. Komm, Jeannot.«

»Charlie!« schrie Peter.

Die Stimme stach ihm ins Herz. Er nahm Jean-Claude beim Arm und ging schneller. Im Auto holte er lange und tief Luft. »Fahren wir nach Tahiti und ein Stück weiter. Dort müssen wir nichts anziehen«, schlug er vor und gab sich Mühe, damit es so klang, als läge ihm wirklich daran.

Sie legten sich am weiten Strand nackt in die Sonne. In der Ferne sahen sie andere nackte Gestalten, Gruppen von Männern und Mädchen, Paare in verschiedenen Kombinationen. Charlie wartete darauf, daß die Sonne seinen Schmerz betäubte. Es hatte ihn beschämt und entwaffnet, Peter zu sehen. Alles war vorbei, und es konnte nie wieder so werden, wie es war. Trotzdem tat es ihm in tiefster Seele weh.

Das Leben war vorbei, aber er lebte immer noch. Was sollte er mit der Zeit anfangen, die ihm noch blieb?

Er hatte sich bereits vorgehalten –und hätte damit fortfahren können –, daß er Peter eine einzige Untreue vergeben sollte, weil er selbst so oft untreu gewesen war. Aber hier ging es nicht so sehr um Vernunft. Gefühle ließen sich nicht erzwingen, und er konnte sich nicht zwingen, Peter immer noch zu begehren. Wenn er daran dachte, daß Peter diesen großen, gestörten Jungen in den Armen gehalten hatte, wußte er, daß er Peter nie wieder begehren würde. Und woher sollte er wissen, daß Jean-Claude der erste war? Der Vertrauensverlust war am schmerzlichsten, die Entdeckung, daß das totale gegenseitige Vertrauen, an das er immer geglaubt hatte, eine Illusion war. Wenn Peter hier eine Affäre gehabt hatte, dann konnte er in New York viele gehabt haben. Der Schmerz war echt; seine Ursache waren das wild pochende Herz und sein Magen, aber auch seine Denkblockade, die schwere Last auf seiner Seele. Alles tat ihm weh; es war ein dumpfer, schier unerträglicher Schmerz.

Er bewegte sich im Sand, berührte dabei Jean-Claude und zuckte zurück, obwohl er kaum wahrnahm, wessen Körper neben ihm lag. Dann kreisten seine Gedanken, nein eher seine Gefühle wieder um Peter. Er hatte ihm weder insgeheim noch offen jemals Vorwürfe für das gemacht, was er während ihrer Trennung getan hatte. Peter war viel zu pingelig, um herumzuhuren; aber als er während Charlies unglücklicher Ehe in der Stadt gewesen war, hatte er sich nicht gescheut, teure Geschenke von seinen Liebhabern anzunehmen. Er hatte es sogar erreicht (Charlie hatte nie erfahren, wie), daß ein reicher Gönner ihm einen sehr großen Geldbetrag überschrieb. Charlie hatte diesen Gönner gesehen, und er wußte, daß Peter sich bestimmt nicht aus Spaß körperlich mit ihm eingelassen hatte. Damals konnte also ein wenig Hurerei im Spiel gewesen sein; aber Peter war zu dieser Zeit solo, und Charlie fand, daß die Sache ihn nichts anging.

Später hatte Charlie dann die homosexuelle Welt erforscht, auch weil er eine Kluft in ihrer gemeinsamen Erfahrung überbrücken wollte. Er ging in die Bars, von denen Peter gesprochen hatte. Wenn er eine neue fand, fragte er sich, ob Peter sie kannte. Er beobachtete die endlose Jagd nach neuen Partnern, und er wies die Avancen vieler attraktiver junger Männer zurück. So gewann er seine ersten Einblicke in das Leben, das Peter für kurze Zeit geführt hatte, während sie getrennt waren. Selbst wenn Peters Schuld an der bösen Geschichte mit Hal größer gewesen wäre, als er immer geglaubt hatte, hätte er ihn verstanden. Einsamkeit zermürbt jeden Widerstand, und Trost ist so leicht zu finden. Ein Grund mehr, hohe Normen zu setzen und, zumindest solange das Leben normal war, sie auch einzuhalten. Und ein Grund mehr, warum er Peter jetzt nicht vergeben konnte.

Als Peters verzweifeltes Telegramm aus Kalifornien gekommen war, hatte er Milly sofort weggeschickt. Milly war sehr verständnisvoll gewesen – er hatte Charlie bereits einen Vortrag über Treue gehalten. »Ich bin froh, daß es mit mir passiert ist, aber eigentlich hätte es mit niemandem passieren dürfen. Ich habe ein schlechtes Gewissen, weil es mir soviel Spaß gemacht hat.«

Das Telegramm hatte ihn an Tonys Antwort erinnert, als er ihn gefragt hatte, wie er es geschafft habe, der Einberufung zu entgehen. »Ich habe ihnen gesagt, daß ich schwul bin. Jeder, der das nicht tut, ist bekloppt. Sie erwischen dich mit einem Schwanz im Mund, und du wanderst für den Rest deines Lebens ins Gefängnis. Nein danke.«

Furcht packte ihn. Das Telegramm klang in diesem Punkt beruhigend, aber zum ersten Mal in seinem Leben wollte er beten und Buße tun, damit Peter heil aus der Geschichte herauskam. Am nächsten Tag kam Tony vorbei – er kam zu jeder Tages- und Nachtzeit.

»Ich fürchte, wir können uns nicht mehr sehen«, sagte Charlie, als sie in Peters modernem Wohnzimmer saßen.

»Ach, verbringst du jetzt deine ganze Zeit mit deinem neuen Jungen, diesem Milly?«

»Von ihm habe ich mich gestern verabschiedet.« Er reichte Tony das Telegramm und beobachtete ihn, während er las. Er konnte nie genug von Tonys Schönheit bekommen. Die schräge Nase, die vorstehenden Wangenknochen, die Mulde unter ihnen, die vollen roten Lippen, die lange Linie des Kiefers, unterbrochen von einem Grübchen im Kinn – das alles war voller unerwarteter Windungen und Wendungen und Winkel, als hätte eine nervöse Hand es rasch gezeichnet und dennoch vollkommene Harmonie erreicht. Sein üppiges kastanienbraunes Haar lag glatt am Kopf, im Gegensatz zu der grotesken Mähne, die er getragen hatte, als sie sich kennenlernten. Tony hob seine ausdrucksvollen Augen.

»Mein Gott, Schatz. Genau das, was ich immer gesagt habe. Kennst du den anderen Kerl?«

»Er ist ein alter Freund. Ein Offizier.«

»Ein Offizier? Dann ist es wahrscheinlich in Ordnung. Ich kenne solche Fälle. Sie versuchen meist, sie zu vertuschen. Zwei gemeine Soldaten sind übel dran. Es tut mir leid.« Er stand auf, ging zu Charlie und setzte sich auf die Sessellehne. »Na ja, ein Mann wie du bleibt ohnehin nicht ewig mit einem Stricher zusammen. Wir haben ein paar heiße Erlebnisse gehabt. Ich habe nie zuvor einen wie dich gekannt. Du hast mir eine Menge beigebracht. Wie man besser spricht. Wie man sich anzieht, sofern man die Knete hat. Die Frisur.« Er lachte. »Vielleicht finde ich einen reichen Kerl, der mich aushält. Du hast mir zu neuen Ideen verholfen. He, Charlie –«

»Was?«

»Nichts. Ich spreche eben deinen Namen gerne aus.

Du bist ein wunderbarer Kerl. Weißt du, was ich gerne tun würde?«

»Wenn du mich so ansiehst, kann ich es mir denken. Nein, Sklave!«

»Okay, Herr.« Sie lachten. »Es wird mir nicht schwerfallen, mich daran zu erinnern. Das war's also? Keine Spielchen mehr? Keine Sorge, ich bin sicher, wir werden es überstehen. Wie wär's mit einem Kuß?«

»Das ist was anderes. Es wäre eine Sünde wider die Natur, diesen Mund nicht zu küssen, wenn er sich anbietet. Du hättest es gar nicht vorzuschlagen brauchen.«

Als Charlie ihn losließ, lachte Tony wieder. »Ein Glück, daß ich mich nicht in dich verliebt habe. Darf ich dich in einer Woche anrufen und mich erkundigen, wie es Peter ergangen ist?«

»Danke, Süßer. Das wäre nett.«

Seit diesem Augenblick wäre es ihm nie wieder in den Sinn gekommen, sich mit irgend jemandem außer Peter einzulassen. Er fragte sich, was aus Tony geworden war. Nach zehn Jahren mußte sogar seine unglaubliche Schönheit langsam verblassen. Hoffentlich hatte er seinen reichen Freund gefunden.

Er spürte Jean-Claudes Hand und schob sie beiseite. Wie sollte er einen ganzen Tag mit diesem jämmerlichen Knaben überstehen? Vielleicht war es nicht zu schaffen – aber nach Hause gehen würde er auf keinen Fall. Er dachte an Peters Drohung, ihn zu verlassen. Sollte er doch. Seine Wut, seine Lust auf Rache war zu einer schmerzlichen Ablehnung all dessen geworden, was sie zusammen gekannt und getan hatten. Aber verlassen konnte Peter ihn nicht. Sein Leben war zu sehr mit seinem verwickelt. Es würde Tage dauern, nur um die finanziellen Angelegenheiten zu regeln. Peter hatte im Laufe der Jahre eine ganze Menge Geld unter Charlies Namen angelegt, damit er wenigstens das Gefühl hatte, unabhängig zu sein. Charlie hatte nicht die Absicht, es zu behalten, aber Peter mußte ihm erklären, wie er es zurückzahlen sollte. Er verstand nicht das Geringste von Aktien und dergleichen. Zum Glück hatte er im Herbst eine Ausstellung. Er konnte ohne Peter zurechtkommen, der ihm Porträts und Gelegenheitsbilder verbot – genau das, was Geld brachte. Auf Liebe verzichten. Spartanisch leben. Arbeiten. Sein Verstand billigte diese Aussicht, aber sein Schmerz ließ nicht nach.

Er setzte sich auf, wischte sich den Schweiß aus den Augen und schaute sich um in der Hoffnung, jemanden zu sehen, den er kannte. Aber niemand war so nahe, daß er ihn erkannt hätte. Drei männliche Gestalten schlenderten am Ufer entlang in seine Richtung. Er beobachtete sie und identifizierte einen von ihnen als einen hübschen amerikanischen Jungen, den sie hier und da getroffen hatten. Als sie in Rufweite waren, hob Charlie einen Arm und winkte. Alle drei winkten zurück, und der Amerikaner rief etwas. Jean-Claude hörte es und richtete sich auf. Er griff nach seiner Hose und wand sich hinein.

»Zieh deine auch an, *mon amour*«, sagte er.

»Warum?«

»Du gehörst jetzt mir. Ich will nicht, daß jeder dich sehen kann.«

»Du weißt, daß du kein Exklusivrecht hast. Außerdem bin ich bedeckt.«

»Das glaubst du vielleicht. Ich sehe eine ganze Menge.«

»Vielleicht wollen es andere auch sehen.«

Die drei hatten sie fast erreicht. Der Amerikaner lief die letzten Meter und ließ sich zwischen ihnen auf die Knie fallen. Dabei richtete er es so ein, daß ein Bein fast Charlie berührte. Er begrüßte sie beide, ließ aber Charlie nicht aus den Augen. Er hatte ein lebhaftes Gesicht und einen strammen, geschmeidigen Körper, und seine Hose zeigte vorne eine angriffslustige Wölbung. Jean-Claude kannte die beiden anderen – sie waren Holländer – und er stellte sie vor. Sie plauderten über das Wetter und über Partys, auf denen sie gewesen waren oder die sie noch besuchen wollten.

»Wo ist dein Freund?« fragte der Amerikaner Charlie. »Sonst habe ich euch immer nur zusammen gesehen.«

»Stimmt. Muß allmählich langweilig sein.«

»Ihr seid ein schönes Paar. Hat dein Freund natürliches Haar?«

»Klar.«

»Du bist herrlich braun. Und so gleichmäßig.« Das war für den Amerikaner ein Vorwand, ihn genauer anzusehen, auch sein nachlässig bedecktes Glied. Als er aufschaute, lag in seinen Augen eine offene Einladung. Charlie lächelte ihn an. Mein Gott, dachte er, wird das Leben jetzt wieder so sein? Wahrscheinlich konnte er ein paar aufregende Stunden mit diesem Jungen im Bett verbringen. Aber was dann? Mit den beiden Holländern etwa auch? Mit einem von ihnen bestimmt – er verschlang ihn ebenfalls mit den Augen. Und danach mehr Experimente von der Sorte, wie Tony sie arrangiert und Guy sie gestern vorgeschlagen hatte? Verzweiflung und Furcht packten ihn. Er mußte sich irgendwie retten. Der Amerikaner legte ihm eine Hand aufs Knie, als wolle er das Gleichgewicht bewahren, und dann glitt sein Bein nach unten und berührte ihn. Charlie bewegte sich ein wenig, so daß die Hose von seinem Glied rutschte. Die Hand auf seinem Knie verstärkte ihren Griff, und die Finger begannen mit einer unsichtbaren Liebkosung. Jean-Claude sah es und hob einen Arm, um sich nervös übers Haar zu streichen.

»Sieh mal«, rief einer der Holländer, »Jean-Claude hat sich die Achselhöhlen rasiert.«

Jean-Claude ließ den Arm rasch fallen, und Charlie lachte. »Das war ich. Ist es nicht sexy?«

»Ich habe auch schon daran gedacht, mich aber nicht

getraut«, sagte der Amerikaner. »Gefällt es dir wirklich? Dann tu ich's auch.«

»Siehst du, Jeannot? Ich habe dir doch gesagt, daß du eine neue Mode kreierst. Warum habt ihr eigentlich Badehosen an? Niemand trägt welche an diesem Ende des Strandes.« Er griff nach der Badehose, die zwischen seinen Beinen lag, und warf sie weg.

»Du hast recht«, sagte der Holländer, der ihn so ausgiebig gemustert hatte, und zog sich prompt die Hose aus.

»Ich weiß nicht recht«, murmelte der Amerikaner.

»Komm schon. Es ist viel bequemer.«

»Der Amerikaner bückte sich und flüsterte: »Es ist wegen dir.«

»Sehr schmeichelhaft. Aber daran stört sich hier niemand.«

Der Amerikaner gehorchte und wandte den anderen den Rücken zu. Sein Glied ragte steif nach vorne. Charlie warf einen Blick darauf und lächelte. »Sehr hübsch«, sagte er.

»Ist es nicht zu –?«

»Bestimmt nicht. Du bist immer noch anständig. Na los, Jeannot. Alle anderen sind im Adamskostüm. Worauf wartest du?«

Jeannot sah ihn durchdringend an. »Nein, nein, *mon amour*. Du weißt doch –«

»Sei nicht albern. Wenn du die Hose anbehältst, bringst du uns in Verlegenheit.«

»Nein. Nein, ich –«

»Kommt her, Männer. Er verbirgt etwas vor euch. Zufällig weiß ich, was es ist. Ihr müßt es sehen.« Er sah den Amerikaner an. »Schnapp ihn dir.« Er tat so, als greife er nach Jean-Claudes Badehose. Der Amerikaner schob sich nahe an ihn heran, so daß sein Glied ihn streifte, während Jean-Claude die Hose festhielt und wegzurutschen versuchte. Die zwei Holländer griffen ein und hielten Jean-Claude an den Armen fest. Der

Amerikaner tat so, als zerre er an der Hose; aber er nutzte die Gelegenheit, rasch Charlies Körper zu berühren.

»Los, pack ihn«, flüsterte Charlie. »Wir machen später weiter.«

Als Jean-Claude sich immer heftiger sträubte, erwärmten die anderen sich für ihre Aufgabe. Sie schrien und lachten alle. Der Amerikaner hatte verstanden und gab sich jetzt redliche Mühe. Charlie sah, daß sie alle beschäftigt waren, machte einen Sprung zur Seite und zog seine Badehose an. Dann sammelte er mit einem Schwung seine Sachen auf und rannte fort.

»Schar-lie«, rief Jean-Claude ihm nach. Er hörte Schreie und Gelächter, dann nur noch das Stampfen seiner Füße, die sich schnell und gleichmäßig bewegten.

Die Anstrengung gab ihm das Gefühl, sauber und frei zu sein, zumindest frei von Jean-Claude. Der Junge würde sich zweifellos in alle drei verlieben, bevor das Handgemenge vorbei war. Charlies Rachedurst war gestillt, Jean-Claude interessierte ihn nicht mehr. Er ließ den Blick über den Strand schweifen und versuchte, die niedrige Hütte von Tahiti Beach zu finden, an der die Straße zur Stadt endete. Es war ziemlich weit, und er konnte nicht die ganze Zeit laufen. Würde er rechtzeitig da sein? Rechtzeitig wofür? Peter würde nirgendwo hingehen. Er wußte nicht, wie lange er weg war, aber es konnte kaum länger als eine Stunde gewesen sein. Wenn er teils rannte, teils ging, sollte er das Haus in einer halben Stunde erreichen. Das waren dann zwei Stunden. Zeit genug für Peter, um endlich zu begreifen, was er getan hatte und was sie beide verloren hatten. Was würde diese Erkenntnis bewirken? Er würde überleben. Er war zu lebenslustig, fröhlich und selbstsicher, um sich auch nur im Traum etwas anzutun, auch wenn er seine Selbstsicherheit zum Teil ihrer Beziehung verdankte. Aber er würde leiden, sehr leiden.

Charlies Beschützerinstinkt regte sich bei diesem Gedanken. Er wollte schnell zu ihm gehen, um ihn zu beruhigen. Womöglich fuhr er in einem Augenblick der Verzweiflung mit dem Auto davon, nur um etwas zu tun. Er fuhr ohnehin oft zu schnell. Ein Unfall ...

Charlie versuchte, noch schneller zu laufen, aber seine Besorgnis erschwerte das Atmen zusätzlich. Seine Brust hob und senkte sich bereits schmerzhaft. Dieser verdammte Kerl. Wie konnte er ihn trösten? Die Tatsachen waren nicht zu ändern. Und wer sollte ihn trösten? Er hoffte, nie wieder etwas für einen Menschen zu empfinden.

Als er die Gebäude am Strand erreichte, bog er zur Straße ab und schaute weder nach rechts noch nach links, damit niemand ihn aufhielt. Einmal rief jemand seinen Namen (Guy?), aber er hielt nicht an. Um nicht außer Atem zu kommen, begann er auf der Straße zu gehen, aber er zwang sich ein forsches Tempo auf, obwohl er schon keuchte. Er hatte immer noch einige Meilen vor sich. Plötzlich hörte er einen Motor und sah einen alten Rolls Royce, der sich ihm näherte – voll mit lachenden, rufenden, jungen Leuten. Der Wagen bremste an seiner Seite ab, und viele Hände wollten ihn hineinziehen. Er sprang auf das Trittbrett, und das Auto beschleunigte. Immer noch zerrten die Hände an ihm.

»Nein«, schrie er. »Gleich nach dem Colette-Haus muß ich runter.« Im Rolls waren etwa acht Leute, alle purzelten durcheinander, alle waren jung und attraktiv, gebräunt und fröhlich. Ein Junge legte ihm den Arm um die Taille, ein Mädchen hielt ihm die Hand. Er riß sich los. Er hatte es satt, befummelt zu werden. Als er die Straße durch den Weingarten sah, atmete er erleichtert auf und gab dem Fahrer ein Zeichen. Sobald der Wagen langsamer fuhr, schrie er »Danke!«, sprang ab und lief durch den Garten. Nach wenigen Augenblicken sah er das Haus durch die Bäume, dann das Auto genau an der Stelle, wo er es seiner Erinnerung nach zurückgelassen hatte – also hatte es wahrscheinlich niemand benutzt. Natürlich war Peter nicht gegangen. Er saß einfach da und vertraute darauf, daß Charlie zurückkam. Vermutlich war ihm gar nicht bewußt, was er angerichtet hatte. Er erwartete wohl ein paar zornige Worte und eine tränenreiche Versöhnung. Damit wäre der Fall für ihn erledigt. Aber so würde es nicht laufen. Charlie begann erneut wütend zu werden. Er hätte länger wegbleiben und Peter leiden lassen sollen, ihm vor dem endgültigen Bruch ein wenig mehr von seiner eigenen Medizin geben sollen. Nach seinen herausfordernden Worten beim Abschied machte er sich jetzt zum Narren, wenn er so früh zurückkam.

Er blieb abrupt stehen und wartete, bis sein Atem sich beruhigt hatte. Der Ärger brodelte in ihm, und er versuchte nicht, ihn zu dämpfen. Jetzt würde er Peter ein für allemal sagen, was er von ihm hielt, und dann wieder weggehen. Er hätte bei der ausgelassenen Gruppe im Rolls bleiben sollen, anstatt zu einer ekligen häuslichen Szene zu eilen. Verheiratet. Verdammt, er hatte die Schnauze voll von allem.

Das Haut war still, als er sich näherte. Er stieg auf die Terrasse und ging hinein. Peter war nirgendwo zu sehen. Panik mischte sich in seine Wut. War er oben und packte? Hatte er etwas Dummes getan? Er lief zur Treppe und rannte hinauf. Als er oben war, kam Peter aus dem Schlafzimmer. Die Erleichterung überwältigte ihn schier, und er brauchte einen Moment, um erneut die kalte, feindselige Maske aufzusetzen, hinter der er seien Gefühle verbergen wollte. Peter Gesicht hellte sich auf, aber er verkniff sich ein Lächeln. Einen lange, stummen Augenblick standen sie sich mit forschenden Blicken gegenüber. Peters Augen sahen bittend aus, doch Charlie kümmerte sich nicht darum.

»Ich dachte, du wolltest gehen«, sagte er schließlich schroff und spöttisch.

»Ich dachte, du kommst erst morgen zurück, wenn überhaupt.«

»Mein Gott, hast du wirklich geglaubt, ich verbringe mit diesem Scheißkerl die Nacht? Eine Stunde war schlimm genug.«

»Ich weiß, was du meinst. Letzte Woche habe ich mir überlegt, daß ich nur einen Tag mit ihm zusammen sein müßte, um jedes Interesse an ihm zu verlieren. Ich schätze, er ist ziemlich schlimm.«

»Ja, das ist er«, sagte Charlie mit kaum verhülltem Zorn. »Trotzdem hast du wegen ihm alles kaputt gemacht. Du wolltest ihn haben, egal was aus uns wird. Und jetzt findest du ihn ziemlich schlimm.«

Peters Kinn hob sich trotzig. »Denk noch einmal darüber nach, wer von uns alles kaputt macht. Was du getan hast, war widerlich, viel schlimmer als alles, was ich mir vorstellen konnte.«

»Ich hätte mir denken können, daß du es so hindrehst. Du bist unschuldig, und ich bin der Bösewicht. Allmächtiger Gott!«

»Du weißt genau, daß ich das nicht meine.« Peter schaute ihn mit funkelnden, ehrlichen Augen an. »Jetzt kann ich es dir ja sagen. Okay, ich war nach ihm verrückt. Ich konnte nichts dagegen tun. Ich bekam einen Ständer, wenn ich ihn nur ansah. Bei ihm war es genauso. Wir sind keine Riesen wie du; trotzdem war es nicht leicht, das zu verbergen. Nachdem das ein paarmal passiert war, hatte ich das Gefühl, mit ihm im Bett gewesen zu sein. Ich wollte einfach darüber hinwegkommen und ihn vergessen. Gestern vor dem Essen, als wir zusammen waren, da wußte ich, daß alles lief wie gewünscht. Wenn er gestern abend nicht verrückt gespielt hätte, hättest du nie etwas erfahren. Es war bereits vorbei.«

»Für dich war das also nur eine kleine Affäre, die ganz harmlos gewesen wäre, wenn ich nichts mitgekriegt hätte. Das wirklich Schlimme habe ich getan.

»Ja, genau!« schrie Peter, der jetzt ebenfalls wütend wurde. »Du mußtest beweisen, daß du ihn besser fikken kannst als ich, als ob es daran einen Zweifel gäbe. Ich habe dich richtig gehaßt, als du es mir gesagt hast. Es ist abstoßend. Aber ich hatte Zeit, darüber nachzudenken, und jetzt bin ich froh, daß du es getan hast. Als Yvonne mir heute morgen sagte, daß du weggefahren bist, war ich ziemlich sicher, warum. Ich wußte, daß du wahrscheinlich alles herausfinden würdest, und ich schämte mich so, daß ich mich nicht traute, dir jemals wieder in die Augen zu sehen. Ich dachte, ich müsse verschwinden oder mich umbringen. Nun, das ist vorbei. Ich hasse dich auch nicht mehr. Ich bin bereit zu akzeptieren, daß wir beide Menschen sind, und ich bin bereit, alles in Ordnung zu bringen.«

»Das ist verdammt anständig von dir«, grollte Charlie. »Wer hat etwas von Menschen gesagt? Wir sind ein schwules Paar. Wir müssen Supermänner sein, um durchzuhalten. Ich dachte, das seien wir vielleicht sogar. Aber nein – du lügst, du betrügst, du gehst zu dem Affen ins Haus und spielst mit ihm vor den Augen seiner Schwester herum und riskierst, daß andere Leute dich auch noch dabei sehen. Du belügst mich immer wieder – alles einem großen, blöden Jungen zuliebe. Was für ein Supermann!«

Peter verspannte sich und bot ihm die Stirn. »Ich habe nicht gelogen«, sagte er. »Du hast recht, was den großen, blöden Jungen betrifft. Wenn solche Geschichten vorbei sind, versteht man nicht mehr, warum sie überhaupt passiert sind. Aber gelogen habe ich nie. Zugegeben, du hast es mir leicht gemacht, weil du wenig direkte Fragen gestellt hast. Aber ich wußte, ich muß dir die Wahrheit sagen, wenn du mich stellst. Ich hatte schreckliche Angst, aber ich hatte nie vor, dich zu belügen.«

Charlie sah in an. Peters Gesicht war ernst, aber gefaßt, und es strahlte Aufrichtigkeit aus. Charlies Ärger legte sich vorübergehend. »Mhm«, knurrte er und ging ins Schlafzimmer. Peter folgte ihm. Das Zimmer war aufgeräumt. Nichts deutete darauf hin, daß jemand gepackt hatte. Seine Wut kehrte zurück. Es war genauso, wie er es erwartet hatte: Peter hatte angenommen, daß alles weitergehen würde, als sei nichts geschehen. Charlie wollte diese Selbstgefälligkeit erschüttern, er wollte ihn leiden sehen. Er merkte, daß seine Hände zitterten, und steckte sie in die Taschen. Peter kam näher, und er wandte sich ab und trat zurück.

»Bitte, Kumpel«, sagte Peter hinter seinem Rücken. »Können wir nicht darüber reden? Wir haben über gewisse Dinge nie geredet. Ich weiß nicht, ob es davon besser wird, aber – na ja, vielleicht verstehst du es dann. Ich bin viel schwuler als du. Wir wissen das. Ich bin viel neugieriger auf die Körper von Jungs. Ich habe mich nie für ein Mädchen interessiert. Du wärst vielleicht nie schwul geworden, wenn ich nicht wäre. Das hast du selbst gesagt. Ich komme in Versuchungen, von denen du gar nichts weißt. Ich kann ihnen widerstehen, verdammt. Das habe ich immer getan. Diesmal ist etwas zerbrochen.«

»Das kann man wohl sagen.« Charlie drehte sich um und sah ihn an. »Verstehst du nicht, daß man nichts mehr reparieren kann, wenn etwas so Wichtiges zerbrochen ist? Es ist aus. Überleg mal, was geschehen ist. Du hast gesagt, du hättest ihn nur einmal haben müssen, um ihn zu vergessen. In Nizza hast du ihn gehabt. Warum also hast du weitergemacht?«

»Das müßtest du doch jetzt wissen. Du weißt, was er will. Das war nie mein Ding, weiß Gott – aber auf einmal wollte ich es auch. Einmal in meinem Leben gehörte jemand wirklich mir. Ich wollte nicht weitermachen, aber es war alles so neu für mich, daß ich ein paar Tage brauchte, um mich in den Griff zu kriegen. Es wird nie wieder vorkommen.«

Charlie ballte die zitternden Hände in den Taschen zu Fäusten. Er konnte das nicht länger ertragen. »Warum nicht? Vielleicht hast du endlich herausgefunden, was du im Bett wirklich willst. Anscheinend hast du keine Ahnung, was ich will. Ich bin nicht so schwul wie du? Was für ein Quatsch! Wo sind die Frauen in meinem Leben? Ich war vier Monate verheiratet – eine enorme Zeit! Was glaubst du wohl, was ich gemacht habe, als du in der Armee warst?«

Einen Augenblick bohrten sich ihre Blicke in die Augen des anderen. In Peters Augen lag Schmerz, und er wandte den Blick ab. »Andere Jungs?«

»Ich weiß gar nicht mehr, wie viele. Jungs, Jungs, Jungs. Manchmal sechs oder acht auf einmal. Aber es gab einen Unterschied. Du warst fort, und ich habe schier den Verstand verloren. Das ist nie wieder passiert. Ich erlaube es mir nicht, neugierig auf die Körper anderer zu sein. Wir hatten uns beide. Wahrscheinlich wirst du mir gleich erzählen, daß du nach Sex gehungert hast.«

Sie schwiegen eine Weile, bevor ihre Augen sich wieder trafen. Peter sah unerwartet friedlich aus. »Danke. Vielleicht kommen wir jetzt weiter. Wenn ich das gewußt hätte, wäre das alles vielleicht nie passiert. Wenn ich gewußt hätte, daß da noch andere waren, hätte ich mit dir reden können. Verstehst du denn nicht? Du bist mein ganzes Leben, seit ich neunzehn war. Ich habe dich geliebt, ich habe mich dir hingegeben und alles genommen, was du mir gegeben hast. Ich hätte nie bewußt etwas tun können, um das zu ändern. Ich brauche dich. Du bist der einzige Grund, warum ich lebe. Wenn irgend etwas diese Beziehung zu bedrohen schien, geriet ich in Panik, ich fühlte mich verloren. Hätte ich mit dir reden können, wäre es wahrscheinlich nicht geschehen. Aber so fiel mir nur ein, daß ich ihn besitzen mußte, damit mit uns alles wieder ins Lot kommt. Und ich hatte recht.«

»Recht?« Die ruhige Überzeugung, mit der Peter das Wort ausgesprochen hatte, war eine Provokation zuviel. Charlie zog die Hände aus den Taschen und schlug

Peter ins Gesicht. »Du kleiner Bastard. Glaubst du etwa, ich will noch etwas mit dir zu tun haben? Was soll daran richtig sein?«

Peter taumelte ein wenig und stützte sich auf eine Stuhllehne. Er beugte sich darüber und hob eine Hand ans Gesicht. Einen Augenblick lang wollte Charlie zu ihm eilen und ihn umarmen und sich vergewissern, daß er nicht ernstlich verletzt war. Peter schüttelte den Kopf und richtete sich auf. In seinen Augen funkelten Tränen. »Es ist fies von dir, mich zu schlagen, wo du genau weißt, daß ich nicht zurückschlage.«

»Dann würde ich dich umbringen.« Der Zorn löschte den kurzen Anfall von Mitgefühl aus. Charlie ballte wieder die Fäuste. Alle seine Muskeln waren verkrampft und sehnten sich danach, etwas zu zertrümmern. Er griff nach einer Vase auf dem Tisch neben ihm und warf. Peter trat beiseite, und sie knallte an die Wand.

»Tu das nicht. Wir müssen dafür bezahlen.«

»*Du* mußt dafür bezahlen. Du hältst *mich* aus, erinnerst du dich?«

»O Gott, fang nicht wieder damit an!«

»Warum nicht? Willst du die Wahrheit nicht hören? Glaubst du etwa, es macht mir Spaß, von dir abhängig zu sein? Ich könnte einen anständigen Beruf haben. Aber nein, ich muß Maler sein, damit wir bis ans Ende unserer Tage wie Mann und Weib zusammen leben können. Wir müssen mit unseren Familien brechen, weil unsere Liebe zu groß und rein ist, um sie zu verstecken. Tja, jetzt kann ich nicht mehr auf eigenen Füßen stehen, weil ich zehn Jahre lang dein bezahlter Hengst war. Man braucht nur ein bißchen zu huren, und schon ist die Karriere gesichert. Verdammt!« Jetzt griff er an, was Peter am meisten schätzte, und er sah, daß er damit Wirkung erzielte. Peter verzog schmerzlich das Gesicht, seine Augen weiteten sich protestierend. Er fand einen Aschenbecher und warf ihn der Vase nach.

»Hör auf damit!«

»Ich werde sogar bald damit aufhören!« schrie Charlie. »Wenn du nicht gehst, dann gehe ich. Ich habe genug. Genug von dir und deinen Lügen und dem schmutzigen Witz, den du aus uns gemacht hast. Der einzige Grund, warum ich zurückgekommen bin, ist dein verdammtes Geld. Ich wollte mit dir besprechen, wie ich es zurückzahle.« Er packte einen Stuhl und warf ihn Peter krachend zwischen die Füße.

»Verdammt noch mal!« schrie Peter. Er stellte den Stuhl auf die Beine. Kampfeslust lag in seinen Augen. »In all den Jahren hast du offenbar nie daran gedacht, daß mir irgendwann der Kragen platzt und ich dich windelweich prügle. Ich warne dich.«

»Endlich bist du ein harter Bursche. Erzähl mir mal von deinem Dienst am Vaterland, harter Bursche.« Das war ein Schlag unter die Gürtellinie, und Charlie hielt den Atem an, als er es gesagt hatte. Er wollte Peter verletzen, aber irgend etwas hielt ihn immer noch davon zurück, den Bruch endgültig zu machen.

Peter zuckte zusammen und legte sich eine Hand auf die Stirn. Er war auf Charlies Zorn vorbereitet gewesen, und da er ihn verdient hatte, war er bereit, jede Strafe auf sich zu nehmen. Wenn die Wut verraucht war, wollte er alles tun, um die unvermeidlichen Wunden zu heilen. »Bitte, Kumpel«, sagte er versöhnlich, als er sich wieder gefangen hatte. »Du weißt, ich möchte nicht daran denken.«

»Du hast doch gesagt, wir können jetzt über alles reden, seitdem wir wissen, daß wir beide verrückt nach Schwänzen sind.« Charlie wischte alles vom Schreibtisch, was darauf stand. Es krachte und schepperte, als die Kerzenständer aus Porzellan, zwei Aschenbecher und eine Sammlung kleiner Glastiere zu seinen Füßen zerbarsten. Der Krach besänftigte ihn ein wenig, und er drehte sich zu Peter um. »Sollen wir über heute morgen reden? Wie kommst du darauf, daß ich Jean-Claude nicht wollte? Es war sehr erregend zu sein, wo du warst, und die paar Zentimeter weiter vorzudringen, die ihm anscheinend wichtig sind. Du bist nicht der einzige, der einen Ständer kriegt, wenn er einen anderen anschaut. Du hättest sehen sollen, was ich vorhin am Strand mit einem hübschen amerikanischen Jungen gemacht habe. Er genierte sich, seine Badehose auszuziehen, bis ich ihn dazu überredete. Wahrscheinlich gehe ich zurück und schnappe ihn mir, wenn ich mit dir fertig bin. Soll ich dir von Tony und Milly und all den Matrosen und Soldaten erzählen, mit denen ich Dreier gemacht habe? Hast du das jemals probiert? Vermutlich willst du mehr von den Burschen mit den größten Schwänzen hören. Der hübsche Knabe vom Strand käme durchaus in Frage, obwohl ich ihn nicht so beeindruckt habe, wie du Jean-Claude beeindruckt hast. Ich muß ein wenig nachhelfen, damit es klappt, aber er war sehr vielversprechend.« Er redete weiter, wartete darauf, daß der Abscheu ihn fortspülte und sie beide beschmutzte. Vielleicht würde der Unrat das unter sich begraben, was ihn noch daran hinderte, das letzte Wort zu sagen. Dann wäre er frei. »Tja, jetzt sind wir beide allein. Fröhliches Jagen! Vielleicht teilen wir uns sogar unsere Bettgenossen, wie Jean-Claude es vorgeschlagen hat.«

»Mein Gott, ich halte das nicht mehr aus«, murmelte Peter. Er ging nervös hin und her, bevor er sich wieder Charlie zuwandte und mit gequälter Stimme sagte: »Vergib mir, in Gottes Namen. Ich habe dir schon vergeben, was du heute getan hast. Jetzt bitte ich dich, mir zu vergeben.«

»Dir vergeben? Und was dann? Meinst du etwa, wir können so weitermachen wie zuvor? Du hast alles kaputt gemacht.« Er zwang sich zu diesen Worten. Immer noch hielt ihn etwas davon zurück, die Grenze zu überschreiten, die ihm keine Rückkehr mehr erlauben würde.

»Aber du warst mir doch auch untreu, um Himmels willen«, schrie Peter, als wolle er um Wahrheit und Vernunft flehen.

»Oh, das war ich. Hunderte von Malen. Bis ich es haßte – und mich selbst. Aber ich war so verdammt einsam ohne dich. Ich glaubte wirklich, wir könnten zusammen etwas Gutes und Anständiges aufbauen.«

»Das haben wir. Wer von unseren Bekannten hat das geschafft? Ich meine nicht nur die Schwulen. Ich meine alle. Schau dir die Ehepaare an, die wir kennen.«

»Ja, bis vor einer Woche konnten wir uns schon etwas einbilden. Jetzt sind wir wie alle anderen. Und schwul obendrein.« Er merkte, daß seine Wut verraucht war. Er spürte nur noch eine große Müdigkeit und Leere tief in seinem Inneren. Düster fügte er hinzu: »Es gibt keine Zukunft. Geht das nicht in deinen Kopf?«

»Nein, ich kann mir nicht vorstellen, daß wir nicht für immer zusammen sind.«

»Ein Leben lang aneinander gefesselt, egal, was wir einander antun? Ich bin nicht der Meinung, daß es so war oder daß es so sein sollte. Liebe ist für mich etwas Ausschließliches. Sobald du dich einem anderen hingibst, ändert sich alles. Ich bin ein für allemal fertig mit der Liebe, und daran bist du schuld.«

Sofort war Peter an seiner Seite. Er spürte, daß sein Zorn abgeflaut war; aber die müde Hoffnungslosigkeit erschreckte ihn fast noch mehr. Er mußte irgendwie zu ihm durchdringen. Zögernd legte er ihm die Hand auf den Arm. »Nein, das bist du nicht. Das würdest du nie schaffen. Es ist zu tief in uns beiden drin.«

Charlie stieß ihn weg und wich zurück. »Ich will nicht, daß du mich berührst. Ich habe das alles satt. Wie könnte es mir etwas bedeuten, wenn ich weiß, daß du einen anderen genauso anfassen kannst? Wenn ich daran denke, wie wir beide mit deinem großen, rührseligen Freund herumgezogen sind, könnte ich dich umbringen. Und wenn ich daran denke, was Sex aus uns machen kann, möchte ich nicht, daß wir einander jemals wieder anfassen.«

Peter sackte in sich zusammen. Er schleppte sich zu einem Sessel, ließ sich hineinfallen und starrte den Fußboden an. »Was also sollen wir tun?«

»Ich weiß es nicht.«

»Du hast doch nicht wirklich vor, mich zu verlassen, oder?«

»Im Augenblick spielt es keine Rolle, ob ich gehe oder bleibe. Von jetzt an wird alles absterben. Willst du, daß ich hier ewig herumhänge? Ich glaube kaum, daß ich ein guter Gesellschafter wäre.«

»Selbst wenn du recht hast, will ich, daß du bleibst. Das weißt du. Aber es wird nicht so sein, wie du glaubst. Es ist nichts kaputt. Jetzt, wo ich weiß, daß du auch fremdgegangen bist, begreife ich, daß ich dich wirklich verlieren kann. Wir sind uns ähnlicher geworden. Wir haben unsere Geheimnisse gehabt. Ich will sie nicht mehr haben.« Er hob den Blick und sah, daß Charlie ihn am anderen Ende des Zimmers anschaute. »Bitte komm her«, sagte er. Er sah, wie Charlie zögerte und mit sich selbst kämpfte, und lächelte ihm schwach zu. Charlies Gesicht verhärtete sich.

»Nein.«

Tränen traten Peter in die Augen und liefen die Wangen hinunter. Aber sein Gesicht blieb gefaßt. »Du strafst mich wirklich hart. Ich habe es verdient. Bestrafe mich, wie du willst, aber hör bitte auf, dich selbst zu bestrafen. Ich halte es nicht mehr aus.«

»Das kommt ein bißchen spät. Trotzdem danke für deine Rücksicht.«

Peter stand auf. »Bitte denk daran, wie sehr ich dich liebe. Wenn wir uns nur eine Minute umarmen würden, wäre alles wieder gut, und das weißt du auch.«

»Nein.«

»Schön, vielleicht gehe ich besser nach unten oder

irgendwohin. Wenn ich hier bleibe, weine ich nur oder ich versuche, dich zu berühren. Du weißt, ich kann nicht mit dir zusammen sein, ohne daß ich dich andauernd berühren will. Das ist die schlimmste Strafe.«

»Dein Auge ist ein wenig geschwollen. Am besten tust du was drauf.«

»Es tut ein bißchen weh, aber das geht vorbei. Ich habe Yvonne weggeschickt. Wollte niemand bei mir haben. Soll ich sie zurückholen?«

»Wozu?«

Peter wischte sich die Tränen von den Wangen. Er zögerte zu gehen, wollte aber auch nicht bleiben. Es war ihm gelungen, Charlie zu beruhigen, aber jetzt kam er ihm fast zu ruhig vor. So hatte er ihn noch nie gesehen. Er wirkte irgendwie lethargisch und doch, als könnte er jedem Moment explodieren. Es war furchterregend. Sollte er ihn allein lassen, damit er Ordnung in seine Gefühle bringen konnte? Oder sollte er bleiben und ihm gut zureden? »Ich könnte ein Bier vertragen«, sagte er im Bemühen, Normalität einkehren zu lassen. »Soll ich dir eins bringen, oder kommt du runter?«

»Ich weiß nicht.«

»Also, dann melde dich, wenn du was brauchst.« Er ging zur Tür.

»Warte!« Charlie sah, daß Peters Gesicht sich aufhellte, als er sich umdrehte. Jetzt, wo der Zorn und die Spannung nachgelassen hatten, wurde ihm klar, daß er zum ersten Mal ernsthaft an eine Trennung dachte. Vorhin, als Eifersucht und Rachedurst ihn angetrieben hatten, war dieser Gedanke nur ein Sicherheitsventil gewesen. Nun schien eine friedliche Trennung nicht mehr unwirklich zu sein. Wie konnten sie zusammen bleiben? Er hatte recht gehabt: Vertrauen war unerläßlich. Es hatte sie in ihrem ständigen inneren Kampf gegen die öffentliche Mißbilligung ihres Verhältnisses gestärkt. Würde er sich jedes Mal Gedanken machen, wenn sie unerwartet eine Stunde getrennt waren? Würde jeder Telefonanruf ihn mißtrauisch machen? Würde er versuchen, Peter in Widersprüche zu verwickeln? Jeder Tag wäre unerträglich. Vielleicht fühlte er sich deshalb so abgestumpft, weil er erkannt hatte, daß ihr gemeinsames Leben wirklich vorbei war. Hatte er, ohne es zu merken, das Wort ausgesprochen, das jeden Weg zur Versöhnung verbaute? Der Gedanke an eine einsame Zukunft war unerträglich. Wenn er überhaupt noch etwas wollte, dann wollte er die Situation in den Griff bekommen, bis er Zeit hatte, über alle Folgen nachzudenken. Peter stand erwartungsvoll vor ihm. »Zieh dich aus«, sagte Charlie.

Peter sah ihn verblüfft an. »Was?«

»Zieh dich aus. Ich will dich nackt sehen. Wenn irgend etwas bewirken kann, daß ich dich wieder haben will, dann das.«

»Bitte, Kumpel – willst du, daß ich mich wie die billige kleine Tunte vorkomme, die ich angeblich bin? Das sagst du ja so gerne.«

»Du weißt, ich meine nichts so, wie ich es sage, wenn ich wütend bin. Nein, vielleicht hast du recht. Vielleicht ist Sex der einzige Ausweg. Ich will wissen, ob du in meinen Augen anders aussiehst, weil ich weiß, daß du mit einem anderen im Bett gewesen bist. Wenn nicht – wie könnte sich dann etwas geändert haben, um dich zu zitieren?«

Peter sah ihn prüfend an. »Willst du mich nicht küssen und dann vielleicht ganz normal mit mir ins Bett gehen, wie wir es immer machen? Ich will dich so sehr.«

»Nein. Ich habe dir gesagt, daß ich dich nicht anfassen will. Vielleicht ändert sich das. Also, zieh dich jetzt aus.«

Peter sah ihn einen weiteren Augenblick zögernd an; doch die düsteren, brütenden Augen verrieten nichts. Er senkte den Blick, knöpfte sein Hemd auf und streifte es ab. Dann schleuderte er die Sandalen weg und zog sich ganz aus, ohne die Augen zu heben. Unterwürfig stand er vor Charlie.

»Du bist so verdammt schön«, stellte Charlie nach einer Weile nüchtern fest. Für seine Augen war es ein rein ästhetisches Entzücken, den anmutigen, bronzefarbenen Körper zu betrachten. Die Lenden waren nur wenig heller, ein subtiler Farbton bis hinab zu den goldenen Locken und den besonders attraktiven Proportionen des Gliedes. Es war sehr auffällig und männlich, aber nicht so aufdringlich sexuell, wie er seines empfand. Peters enorme körperliche Reize waren auf jeden Quadratzentimeter verteilt. Sie kamen in seinem goldenen Haar zum Ausdruck, das über die breite Stirn fiel, in den Linien des Halses und den breiten, aber nicht massiven Schultern, in der sanften Wölbung der glatten, muskulösen Brust, im aufregend flachen Bauch, in den fein geschwungenen Hüften und den langen, wohlgeformten Beinen. Diese Körper hatte so lange ihm allein gehört. Versuchte er jetzt, ihn nicht mehr zu begehren? Er bemühte sich, innerlich locker zu werden, damit er ganz natürlich reagieren konnte. Es spürte, daß jede Hoffnung auf eine Zukunft von diesem Augenblick abhing, er hatte Peter zurückgeholt, als dieser einer der begehrtesten und willigsten Jungen in New York gewesen war. Und nachdem Charlie eine ähnliche Phase durchgemacht hatte, war ihre Wiedervereinigung ebenso ekstatisch gewesen. War Treue eine Idee des Intellekts, die der Körper nicht anerkannte? War es falsch, so großen Wert darauf zu legen? Die Erinnerungen, die dieser Tag in ihm geweckt hatte, hatten ihn auch mit einer jungen, dynamischen Intensität erfüllt, die er während seiner friedlichen Beziehung mit Peter möglicherweise verloren hatte. Vielleicht hatte er sich zu viele neue Erfahrungen vorenthalten. Wenn Peter so sehr auf Jean-Claude reagiert hatte, so war dies vielleicht der Beweis dafür, daß sie sich nur mit anderen erneuern konnten. Ein überraschender, folgenschwerer Gedanke.

Als sein Blick zu Peters Glied zurückkehrte, sah er, daß es anschwoll. Es sah nie unschön aus, weil es immer gleichmäßig und gerade wuchs, bis sein Kopf sich munter hob. Auch jetzt starrte Charlie es an wie ein Wunder – wer hatte es erregt? Er ahnte nichts von der nakkten, sehnsüchtigen Liebe in seinen Augen. Dann sah er Peter an und spürte, wie sein Körper zum Leben erwachte. »Danke«, sagte er.

»Gleichfalls – und Gott segne Narcissos«, erwiderte Peter, der versuchte, die Fröhlichkeit, die ihre Intimität stets begleitet hatte, wieder einzufangen. »Wir sind uns so ähnlich, daß du genauso gut in die spiegelnde Quelle schauen könntest.«

Charlie lächelte schwach und schüttelte den Kopf. »Ich kenne die Unterschiede. Ich bin ganz einfach und solide, wo du elegant und schön bist. Geh ins Bett.«

Nach kurzem Zögern drehte Peter sich gehorsam um. Charlies Blick haftete an den anmutigen Kurven der sich bewegenden Gesäßbacken. Peter streckte sich aus, und als sein Glied auf den Bauch fiel und zur Brust hinauf zeigte, war ein leises Klatschen zu hören. Charlie stand einen Augenblick regungslos da und musterte den Körper, der auf dem Bett lag und auf ihn wartete. Untreue hatte ihm seine Herrschaft streitig gemacht. Plötzlich spürte er eine unbändige Lust, sein Exklusivrecht erneut geltend zu machen. Wenn er wieder der Herr dieses Körpers war, würde er möglicherweise freiwillig abdanken und Peter sich selbst überlassen. Ihre selbst gesetzten Regeln lösten sich auf. Ihm war, als stehe er vor einer leeren Leinwand mit unendlich vielen Möglichkeiten.

Er ging an die Seite des Bettes und stand über ihm. Peters Glied machte einen kleinen Hüpfer. Er hob eine Hand und führte sie zu Charlies Glied, das in den Shorts verborgen war.

»O Gott, da ist es, riesig und hart. Nimm mich. Immer. Behalte mich für immer.«

Charlie schaute hinab in sein Gesicht; es war gespannt vor Verlangen und Liebe. Einen Moment empfand er Verachtung (für Peter? für sich selbst?), während er darauf wartete, daß die huschenden Hände ihm die Kleider auszogen und ihn auf den Akt vorbereiteten.

Als sie geduscht hatten, banden sie sich Handtücher um die Taille und gingen hinunter, um belegte Brote zu essen. Peter wußte, daß noch nicht alles in Ordnung war – ihr Liebesspiel war überhaupt nicht fröhlich gewesen. Charlie hatte ihn wild genommen, fast als sei es das erste Mal. Es war seltsam erregend gewesen, wie eine erste Verführung, aber auch einsam. Trotzdem war er so froh darüber, daß sie die größte Hürde übersprungen hatten, daß er munter drauflos plapperte, wobei er seine Erleichterung hinter der Freude verbarg. In ein paar Tagen würden sie diese unangenehme Geschichte vergessen haben, und ihr Leben würde sich normalisieren.

»Weiß du was?« fragte Charlie, als sie zu essen begannen. »Ich will weg von hier. Ich habe genug davon.« Schon diese Worte gaben ihm ein immenses Gefühl der Freiheit. Zum Teufel mit all den Plänen und mit Peters Geld. »Ich hatte ein langes Gespräch mit den Kingsleys.« Fast hätte er gesagt »gestern abend«, aber das erschien ihm zu abrupt. Darum fügte er hinzu: »Bei den Graumonts. Ich möchte mit ihnen fahren.«

Peter fröstelte ein wenig, weil Charlie in der Einzahl sprach, aber er wußte natürlich, daß er sie beide meinte. Er wollte fragen, ob die Entscheidung etwas mit den Ereignissen dieses Morgens zu tun hatten, verzichtete aber darauf. »Wirklich? Tja, wenn du es willst – ich habe nichts dagegen.«

»Ich sagte den Kingsleys, daß du vielleicht aus geschäftlichen Gründen hier bleiben mußt.«

Wollte er damit andeuten, daß er alleine abreisen würde? Peter dachte an Paris und Nizza und wünschte, er hätte nie etwas von dem Geschäft gehört. Es konnte platzten, wenn er nicht erreichbar war, aber das war ihm egal. »Alles ist so gut wie abgeschlossen. Was sagten sie doch gleich, wie lange wir weg wären?«

»Etwa sechs Wochen, vielleicht acht. Praktisch den ganzen Sommer. Na ja, ich geriet schon in Versuchung, als sie zum ersten Mal davon sprachen. Aber ich dachte, es komme wegen deiner Arbeit nicht in Frage.«

»Das ist das einzige Problem. Ich habe mit vielen Dingen angefangen, und es läuft ganz gut. Wenn wir die Sachen zurückschicken und sofort nach der Kreuzfahrt nach Hause fliegen, müßte ich es schaffen. Ich werde wie verrückt arbeiten müssen, aber das macht nichts.«

Peter war froh, daß er nicht gefragt hatte, ob er ohne ihn fahren wolle. Es war zur Zeit besser, nicht zu viele Fragen zu stellen. Er legte die Hand auf Charlies Hand. »Natürlich weiß ich nichts über Schiffe, außer den Segeltouren, die wir zusammen unternommen haben. Und daß ich dich ständig anfassen will, ist auch ein Problem. Werden wir eine eigene Kabine haben? Können wir miteinander ins Bett gehen?«

Charlie verschränkte ihre Finger und drückte Peters Hand. »Auf dem Schiff wahrscheinlich nicht. Aber Jack sagt, wir werden fast jeden Abend in einem Hafen sein, außer auf der langen Fahrt von Sizilien zum Golf von Korinth, wo immer das sein mag. Wir können ja absprechen, daß wir von Bord und in ein Hotel gehen. Sie wollen bestimmt auch mal allein sein.«

»Ja, das ist wahr. Ich habe vergessen –« Er wollte sagen: »- daß andere Leute auch Sex haben«, aber das hätte den Sex zu sehr betont, und darum schloß er: »- daß andere auch Wert auf Privatsphäre legen.«

»Es ist eine Schande, die Miete zu vergeuden, die wir hier gezahlt haben. Aber Jack meint, wir werden unterwegs so wenig ausgeben, daß wir unter dem Strich nichts verlieren.«

»Ach, das ist nur Geld. Ich möchte, daß wir tun, was du tun willst.«

Fast hätte Charlie einen Scherz darüber gemacht, wie reich Peter war; aber er verkniff es sich. Er hatte genug darüber gesagt, daß Peter ihn aushielt, und er versuchte immer noch, mit dieser nervtötend neuen Situation fertig zu werden. Er wollte Peter jetzt nicht unnötig verletzen – eines Tages mußte er ihm vielleicht den großen, irreparablen Schlag versetzen. Allmählich fiel es ihm ebenso schwer wie Peter, sich eine Trennung vorzustellen, aber nachdem er ernsthaft über diese Möglichkeit nachgedacht hatte, wußte er nicht, wie er sein altes, blindes Vertrauen je wiederherstellen sollte. Selbst wenn sich mit der Zeit herausstellte, daß sie diese Krise unbeschadet überwinden konnten, würde sich in ihrer Beziehung vermutlich einiges ändern müssen. Der neue, quälende Drang, sich von ihr zu befreien, war immer noch da. Die Kreuzfahrt war plötzlich weit mehr als ein aufregendes Urlaubserlebnis – sie versprach Rettung, und sie bot ihnen die Chance, einander auf die Probe zu stellen. Der enge Raum würde ihnen eine Art Trennung aufzwingen, eine gewisse Distanz. Vielleicht würde ihn das auf die wahre Trennung vorbereiten, falls es darauf hinauslief. Er wußte es nicht; er wußte nur, daß ein abrupter, sofortiger Bruch nicht mehr in Frage kam. »Wir könnten heute abend zu ihnen gehen«, sagte er. »Und ich finde, wenn nichts Unerwartetes dazwischen kommt, sollten wir es tun.«

»Das ist wunderbar. Hast du eine Ahnung, wann sie abreisen wollen?«

»Ich glaube, nächste Woche.«

»O je. So früh? Dann muß ich gleich ein paar Termine absagen und Briefe schreiben. Wir hatten übernächste Woche einiges vor, zum Beispiel ein Abendessen in Cannes. Nun ja ... nach Griechenland Segeln – phantastisch. Wirst du mir beibringen, wie man segelt?«

»Klar. Wir müssen alle mit dem Schiff umgehen können. Es ist aufregend und friedlich zugleich. Es wird dir gefallen.«

»So wie du das sagst, würde ich am liebsten morgen aufbrechen.«

»Vielleicht kann ich sie dazu überreden, früher zu starten. Ich kann es mir nicht leisten, Zeit zu vergeuden.«

Peter stand auf um den Tisch abzuräumen, aber zuerst ging er zu Charlie, legte ihm die Hände auf die nackten Schultern und küßte ihn auf den Scheitel. »Du hast mir verziehen, nicht wahr? Ich bin so völlig dein, daß ich unmöglich glauben kann, daß all diese schrecklichen Dinge wirklich geschehen sind. Ich muß wissen, ob du mir verziehen hast.«

Statt einer Antwort zog Charlie seinen Kopf nach unten und küßte ihn auf den Mund. »Ich liebe dich, mein Schatz«, sagte er.

Den ganzen restlichen Tag über behandelten sie einander, als müßten sie sich von einer schweren Krankheit erholen und jede Aufregung meiden. Hinter Charlies Höflichkeit spürte Peter jedoch eine gewisse Distanz, einen kühlen, grüblerischen Rückzug, der ihm neu war, obwohl er Charlie und seine Launen seit langem kannte. Aber er nahm es einfach hin – als Strafe für seine Sünde. Solange sie zusammen waren, war es Peter egal, wie lange er brauchen würde, um die dunkle Wolke aufzulösen, die immer noch über ihnen schwebte.

Bei Sonnenuntergang kleideten sie sich in adrettes Weiß und fuhren zum Hafen, um den Kingsleys ihre Entscheidung mitzuteilen. Charlie parkte das Auto am Kai, ein Stück von Senéquiers Café entfernt, dem gesellschaftlichen Mittelpunkt der Stadt. Er wollte eine zufällige Begegnung mit Jean-Claude vermeiden. Die Gebäude entlang der Küste begannen eben erst aus dem Schutt aufzutauchen, den die Deutschen vor fünf Jahren zurückgelassen hatten. Ein großer, häßlicher Kran sah aus, als habe ihn jemand am Hafeneingang vergessen. Sie stiegen aus und schlenderten an den vertäuten Jachten, schlanken Rennbooten und großen, motorisierten Luxuskreuzern vorbei und hielten nach den Kingsleys Ausschau. Sie fanden das Schiff versteckt hinter einem Miniaturdampfer mit Schornstein. Das Deck war verlassen.

Das Schiff war ein zwanzig Meter langer Doppelender mit schwarzem Rumpf und Decks aus Teakholz. Die Jolle hieß *Kassandra*, damit die Besatzung nie vergaß, ihre Warnungen zu beachten, wie Jack reichlich ungeschickt erklärt hatte. Sie war alles andere als schnittig und lag solide und breit im Wasser. Das Bugspriet verlieh ihr ein verwegenes, piratenhaftes Aussehen. Charlie hatte sie gleich gefallen, als er sie zum ersten Mal gesehen hatte.

Peter hatte das Schiff bisher kaum beachtet, aber nun, als er an die kommenden sechs oder acht Wochen dachte, kam es ihm ziemlich klein vor. Sie standen am Fuße der Laufplanke, und Charlie schrie: »Ahoi, *Kassandra*!« Sofort tauchte Jack Kingsleys Kopf aus dem offenen Luk auf. Als er sie sah, kletterte er flink an Deck.

»Ist dies das Schiff, das nach Griechenland fährt? Brauchen Sie eine Mannschaft?« fragte Charlie.

Jack lachte. »Kommt an Bord. Ihr seid eine verdammt stattliche Crew. Und so modisch. Ich fürchte, der alte Kahn kann da nicht mithalten.« Sie versammelten sich alle auf dem schmalen Heck, lachend und schulterklopfend. »Meint ihr es wirklich ernst?« fragte Jack. »Haben wir euch endlich überzeugt?«

»Am besten sprechen wir die Einzelheiten noch einmal durch. Aber ich glaube, wir können es einrichten«, sagte Charlie. »Wir sind fest entschlossen, stimmt's, Pete?«

Peter nickte, erfreut darüber, daß Charlie ihn fragte, und erfreut über den Kosenamen, obwohl Charlie damit anzudeuten pflegte, daß sie sich der heterosexuellen Welt anpassen und Zärtlichkeiten vermeiden mußten.

»Also, darauf müssen wir einen trinken«, rief Jack. Er sah wie ein erfahrener Seemann aus mit seinen Jeans, die zu Shorts geschnitten waren, und dem ergrauenden Haarpelz auf der Brust. »Schaut euch den Lack an«, sagte er mit einer ausladenden Handbewegung. »Sie ist fast reisefertig. He, Marty.«

Martha tauchte im Niedergang auf. Sie trug einen adretten blauen Baumwollanzug und strahlte sie an. »Ich kann es kaum glauben. Was für eine herrliche Überraschung. Ihr wollt wirklich mit uns segeln?« Ein paar Minuten redeten sie alle gleichzeitig, dann setzten die drei Männer sich in das geräumige Cockpit, während Martha Getränke holte.

»Ich weiß, daß keiner von euch es bereuen wird«, sagte Jack. »Und für uns löst es ein großes Problem. Man kann nicht irgend jemanden auf eine solche Fahrt mitnehmen. Ihr zwei Burschen kommt offensichtlich gut miteinander aus. Ich bin wirklich entzückt.«

»Jawoll, Käpt'n«. Sie lachten alle. Martha steckte den Kopf aus der Kajüte. Sie trug ein Tablett mit Eis, Gläsern und einer Flasche Pastis. Charlie sprang auf, um ihr zu helfen. Sie lächelte ihn dankbar an. Während Jack die Drinks eingoß, nahm sie Charlie bei der Hand und schaute ihm in die Augen.

»Ich kann dir gar nicht sagen, wie ich mich freue. Ich glaube, wir werden eine wunderschöne Zeit haben.«

»Ich wüßte nicht, wie wir das verhindern könnten.« Er lächelte zurück. Ihr Aussehen gefiel ihm. Es erinnerte ihn an einen holländischen Künstler – er wußte nicht mehr, an welchen –, der Frauen mit Marthas sehr weiblichem und dennoch nüchternem Flair gemalt hatte. Ihr schweres, blondes Haar, ihre offenen blauen Augen, ihre runden Wangen, ihre hübschen, gerne lächelnden Lippen und ihr sportlicher, aber üppiger Körper riefen vergangene, disziplinierte Zeiten wach. Er fragte sich, ob Anne immer noch auf ihn wartete. Sie hatte ihn an seine Frau erinnert – beide waren klein, dünn und mädchenhaft. Martha war eine blühende Frau, tüchtig und unabhängig. Wieder spürte er, daß sie Freunde sein konnten, ohne Mißverständnisse. Die Art, wie sie ihn ansah und seine Hand hielt, drückte nur offene, unkomplizierte Sympathie aus.

Gläser wurden herumgereicht. Sie erhoben sie und prosteten einander zu. »Auf eine schöne Reise«, meinte Martha. Peter und Charlie tauschten einen Blick aus, der den glücklichen Moment festhielt. Jack schwenkte sein Glas. »Ich hoffe, ihr erwartet all dieses Drum und Dran nicht auf See. Soviel ich weiß, ist Eis ein Problem in Griechenland. Seit dem Krieg gibt es nicht mehr viele Yachten in diesen Gewässern.«

»Hatten sie dort nicht eine Revolution?« fragte Peter. Ein reicher griechischer Klient hatte so etwas gesagt.

»Es gab irgendwelche Unruhen«, bestätigte Jack. »Aber das ist einige Jahre her.«

»Ich finde, es ist jetzt am wichtigsten, daß wir entscheiden, wann wir aufbrechen«, warf Martha ein. »Wann sind wir bereit, Schatz?«

Jack kratzte sich die ergrauende Schläfe. »Es dauert keine Woche mehr. Sagen wir Montag. Ich möchte Charlie nicht vom Malen abhalten, aber wenn Peter uns ab und zu helfen könnte, ginge es noch schneller.«

»Um mich braucht ihr euch keine Sorgen zu machen«, sagte Charlie. »Ich brauche nur ein paar Tage, um einiges zu erledigen. Je früher wir abfahren, desto besser, was mich betrifft. Meinst du nicht auch, Peter?«

»Absolut.«

Sie beschlossen, spätestens am Samstag abzusegeln. Dann wandten sie sich anderen Themen zu – den Vorräten, die Verteilung der Kosten (die Kingsleys würden den Treibstoff besorgen, die Hafengebühren sollten geteilt werden und so weiter) und um die Reiseroute. Wenn es um Segeln und Navigation ging, hielt Peter den Mund und beobachtete erfreut, wie Charlie sich veränderte: Seine Augen glänzten, sein Gesicht verriet Eifer und Interesse – er war wieder völlig er selbst. Peter war sehr dankbar für dieses Wunder. Charlie hatte gewußt, was er wollte und hatte es ausgesprochen, ohne dem gemieteten Haus nachzutrauern. Das Haus war ein Fehler gewesen. Wenn Peter gewußt hätte, daß sie zu einer so unverhüllt schwulen Gruppe stoßen würden, hätte er etwas anderes ausgesucht. Er spürte, daß dieses nette, heterosexuelle Paar auch langweilig sein konnte; aber das war immer noch besser als die Risiken, denen er sich ausgesetzt hatte.

Während die anderen jede Einzelheit der Reise besprachen, hatte er das Gefühl, daß sie bereits segelten, und er musterte das Schiff mit neuen Augen, betrachtete das Deck, auf dem für ihn fremdartige Dinge herumlagen, und ließ den Blick am Mast und seinem schweren Tauwerk hinaufwandern. Allmählich wurde ihm bewußt, wie vollständig das Schiff sie von der Außenwelt abschirmen würde. Er wünschte, Charlie und er hätten allein segeln können, nur sie beide, von nichts und niemandem gestört.

»Also, das hört sich alles großartig an«, sagte Charlie begeistert, nachdem sie noch ein paar Gläser geleert hatten. Er sah Peter an und lächelte, lächelte ihm wirklich tief in die Augen. Das hatte er seit den Vorfällen in Porquerolles nicht mehr getan. »Was meinst du dazu, Peter?«

Peter lachte dankbar und glücklich. »Ich sage, pakken wir's an. Ich verstehe gar nicht, daß wir je nein sagen konnten.«

»Sind wir uns darüber einig, daß acht Wochen für uns das absolute Maximum sind?« fragte Charlie die Kingsleys.

»Vollkommen«, bestätigte Jack. »Und es macht euch

nichts aus zurückzufliegen, falls wir dort überwintern oder aus irgendeinem Grund aufgehalten werden und euch nicht rechtzeitig hierher zurückbringen können, stimmt das so?«

»Genau.« Sie leerten ihre Gläser und erhoben sich. Peter erklärte sich eifrig bereit, am nächsten Morgen wiederzukommen und auszuhelfen, wo er nur konnte. Die Kingsleys begleiteten sie zum Heck, blieben oben an der Laufplanke stehen und winkten ihnen nach.

»Ich glaube nicht, daß sie andersrum sind, egal was die Leute sagen«, meinte Martha, als die beiden außer Hörweite waren.

Jack lachte. »Frauen können nie glauben, daß ein Mann schwul ist. Sie können den Gedanken nicht ertragen, daß ein Schwanz ihnen widerstehen kann.«

Martha runzelte die Stirn, während sie ins Cockpit zurückgingen und sich noch einen Drink einschenkten. »Sei nicht vulgär. Nein, Peter hat vielleicht als Schuljunge mal für Charlie geschwärmt. Offensichtlich verehren sie einander. Mehr ist es wahrscheinlich nicht. Die Leute haben immer schmutzige Gedanken.«

»Willst du sie auf die Probe stellen?« fragte Jack, nahm ihr die Flasche ab und goß sich noch einmal ein.

»Was meinst du damit?«

»Daß du dich vorsehen sollst. Ein kleines Schiff ist nicht der richtige Ort für Geplänkel. Wir wollten sie doch mitnehmen, *weil* sie schwul sind.«

»Sei nicht albern. Wir wollten sie mitnehmen, weil sie uns gefallen.«

»Ach so. Nun, sie sind schwul, das kann ich dir versichern. Darum brauchen wir diesmal wohl nicht zu befürchten, daß es Ärger gibt.«

»Ach, Jack«, sagte Martha schwach. Sie nahm mehrere lange Züge aus ihrem Glas. »Es ist schon seltsam, daß du immer wieder damit anfängst. Und wie kannst du deiner Sache so sicher sein? Vielleicht willst *du* es herausfinden?«

Jack lachte. »Ich denke, ich hätte mehr Erfolg als du. Leider haben wir keine Geheimnisse voreinander, darum brauchen wir keine Zeit mit versteckten Andeutungen zu vergeuden. Aber ein Flötensolo ist ein Flötensolo. Und wenn einer von ihnen mir ein Angebot macht, sage ich nicht unbedingt nein. Vor allem nicht bei Peter. Er ist der leckerste Knabe, den ich je gesehen habe. Diese Augen. Er könnte jeden Mann schwul machen.«

»Er ist sehr süß.« Sie trank ihr Glas aus.

»Du ziehst natürlich Charlie vor. Ich kenne deinen Typ. Er ist sehr gut bestückt, wie man sieht. Na, es ist wohl besser, du schlägst dir das aus dem Kopf. Wir haben uns zwei nette Schwule geangelt, die einander anhimmeln. Lassen wir es dabei. Wir wollen ja eine angenehme, ruhige Fahrt haben.« Er schenkte ihr noch einmal großzügig ein.

In den folgenden Tagen waren Peter und Charlie mit den Reisevorbereitungen vollauf beschäftigt. Charlie fühlte sich bei den Kingsleys äußerst lebendig und abenteuerlustig. Wenn er mit Peter allein war, spürte er manchmal noch Leere in sich. Er wußte nicht, was es war. Aber irgend etwas war weg, irgend etwas war zerbrochen. Er hatte keine Ahnung, ob die Zeit es heilen konnte, aber es machte ihn neugierig. Das Leben wer jetzt interessanter, als es lange Zeit gewesen war. Wenn seine Neugier abflaute, fiel er in lange depressive Phasen, und nichts konnte ihn daraus befreien – glaubte er. Aber Peter konnte es, mit seiner Zärtlichkeit, seiner strahlenden Vitalität, seiner offenkundigen Entschlossenheit, so zu tun, als sei alles in Ordnung. Charlie ertappte sich dabei, daß er mit der gleichen Freude lachte, die er immer empfunden hatte, wenn sie zusammen waren. Trotzdem freute er sich auch auf das Schiff. Dort wollte er nüchtern über die Zukunft nachdenken.

Peter wurde sofort zu Jacks geschicktem und bevorzugtem Helfer. Er lernte viel schneller als Charlie, der sich mit dem Motor beschäftigte. Er konnte sogar flink den Mast hinaufklettern. Charlie war immer gerne mit ihm im Freien gewesen. Sie hatten Tennis gespielt, waren schwimmen gegangen oder hatten samstags gelegentlich mit Nachbarn Fußball gespielt. Das schien die Last der verbotenen Beziehung zu lindern. Er war erfreut darüber, daß Jack und Peter so gut miteinander auskamen.

Jacks Vorbereitungen verwandelten eine zunächst gewöhnlich erscheinende Kreuzfahrt in ein ernstes, komplexes Unterfangen. Charlies Erfahrung beschränkte sich auf Segelregatten vor der Küsten. Ab und zu hatte er eine kurze Tour entlang der Küste von Neuengland gemacht. Er war fasziniert von den Navigationsgeräten, die er nicht bedienen konnte, und von all den anderen Dingen, die man auf einer Jacht brauchte: genaue Karten mit Angaben der Meerestiefe, das Lotsenbuch des Mittelmeeres, in dem die Lichter und Docks jedes Hafens, den sie besuchen wollten, sorgfältig beschrieben waren. Er fand es erstaunlich, daß die Regierungen der Welt es den Yachtschiffern erlaubten, Treibstoff, Spirituosen und Zigaretten zollfrei zu kaufen. Wenn er seinen Augen trauen durfte, würde eine Flasche vom besten Scotch an Bord einen Dollar und fünf Cents kosten!

Nach drei Tagen war aus ihnen ein Team geworden, und das Schiff war zur Abfahrt bereit. Da es in St. Tropez kein Geschäft gab, das zollfreie Ware verkaufen durfte, wollte Jack zunächst Antibes ansteuern, bevor sie richtig in See stachen. In Cannes gab es ein paar Leute, die Peter geschäftlich sprechen wollte. Darum würden sie diesen ersten kleinen Abschnitt ihrer Reise am nächsten Tag getrennt zurücklegen, Peter und Charlie im Auto und die Kingsleys im Schiff. Am Tag darauf wollten sie sich in Antibes treffen.

»Vergeßt nicht, einige Pullover einzupacken«, mahnte Jack beim Abschiedsdrink.

»Wirklich? Warum?« fragte Peter.

»Es kann nachts kühl werden. Ich nehme an, ihr habt keine wetterfesten Kleider. Macht nichts – wir haben genug an Bord.«

»Jack kann seine Atlantiküberquerung einfach nicht vergessen«, sagte Martha und lächelte Charlie an.

Charlie lächelte zurück. »Wer könnte es ihm verdenken? Ich glaube nicht, daß ich das probieren will.«

»Wirklich?« Martha sah ihn erfreut an, als habe sie unerwartet einen Verbündeten gefunden. »Jack hielt mich für einen Feigling, weil ich ihn nicht begleitet habe.«

Der überschwengliche Abschied wäre einer endgültigen Trennung angemessen gewesen – in den letzten paar Tagen waren sie gute Kameraden geworden. Martha küßte Peter und Charlie auf beide Wangen, wie es in Frankreich üblich war, dann folgte eine liebevolle, unerotische Umarmung. Sie schüttelten sich die Hände, klopften einander auf die Schultern und versicherten, man werde übermorgen in Antibes wieder zusammen sein.

Als Charlie und Peter das Schiff verließen, trafen sie Guy de Sainval. Er grüßte sie mit eleganter Höflichkeit.

»Ich habe euch beide überall gesucht. Wo habt ihr bloß gesteckt? Ich habe öfter angerufen, als ich zugeben möchte. Wenn ihr euch zurückzieht, brauche ich nicht länger hierzubleiben.«

Sie erzählten ihm von der bevorstehenden Reise mit der *Kassandra*.

»Mit diesem amerikanischen Paar? Wie ist das möglich? Sie haben keine Crew. Ich reise selbst gerne mit einer Yacht, aber nur, wenn ein Heer ergebener Stewards mich begleitet. Ihr seid wirklich tapfer und spartanisch. Und ihr brecht so bald auf? Ein Glück, daß ich euch getroffen habe. Madeleine gibt heute abend eine Party für mich. Ich wollte euch unbedingt dabeihaben.«

Charlie und Peter sahen einander an und gaben gleichzeitig bedauernde Laute von sich.

»Aber ihr müßt kommen. Sie findet Harry zu Ehren statt, der mich wieder einmal verläßt, ich glaube zum achten Mal. Er wird zurückkommen, aber man soll feiern, solange man kann. Alle, die ihr kennt, werden da sein. Wir werden daraus eine Abschiedsfeier für euch machen. Ich habe sogar ein paar junge Burschen mit sehr schlechtem Ruf eingeladen, damit Jean-Claude kommt. Er ist derzeit ziemlich verrückt. Gestern abend soll er eine absolut zauberhafte Orgie veranstaltet haben.« Guy sah Peter an. »Noch vor ein paar Tagen hätte es genügt, deinen Namen zu nennen, und er wäre herbeigeeilt. Mir scheint, Treue ist euer Privileg.«

»Tut mir leid, Guy«, unterbrach Charlie ihn hastig. »Wir haben einfach keine Zeit für Partys. Wir fahren morgen sehr früh los.«

»Aber das geht doch nicht!« Guy legte die Hand auf Charlies Arm. »Ihr wolltet doch diesen Sommer mit mir verbringen. Die Bouillabaisse war nur das Vorspiel zu einer ganzen Reihe von absolut phantastischen Ereignissen. Warum sollte Jeannot als einziger eine göttliche Heimsuchung genießen?« Er grinste anzüglich. »O ja, ich fürchte, Jeannot und *la petite soeur* Anne haben geplaudert. Es hat mich enorm aufgemuntert. Der Gedanke, euch beide zu haben – das scheint ja eure Vorstellung von Treue zu sein –, macht mich ganz schwindelig.«

»Du darfst nicht alles glauben, was du hörst«, sagte Charlie kühl, zwang sich zu einem schwachen Lächeln und unterdrückte seine Ärger.

Guy hob beschwichtigend die Hand. »Oh, ich will das nicht. Einige Details über dich sind ... gar zu köstlich, wenn auch nicht sehr überraschend. Morgen früh. Dann werde ich ebenfalls gepackt haben. Ich glaube nicht, daß Griechenland mein Fall ist, aber es muß doch einen Ort geben, wo die Weiden noch grüner und die Männer euch ähnlicher sind.«

»Ich hoffe, du findest ihn. Wir müssen gehen.« Charlie streckte die Hand aus, und Guy schüttelte sie. »Nochmals vielen Dank für neulich. *Au revoir.*«

»*Au revoir.* Du hast recht – wir werden uns wiedersehen. Da bin ich ganz sicher.«

Charlie zog seine Hand zurück und ging zum Auto, bevor Peter sich richtig verabschieden konnte. Er eilte ihm nach und verwünschte Guy voller Abscheu. Stumm kletterten sie in den Wagen.

»Mein Gott«, murmelte Charlie, ehe er startete. »Bist du mit dir zufrieden?«

»Klar. Mir ist, als hätte ich mir noch einmal in den Arsch getreten. Es tu mir leid, und ich bin froh, daß du uns von hier wegbringst.«

Charlie dachte das gleiche. Es war gemein, was er mit dem französischen Jungen gemacht hatte, aber Peter war an der Situation schuld, dic dazu geführt hatte. Das Schiff war ein Gottesgeschenk. An Bord würde er schon herausfinden, wie stark die Bande zwischen ihm und Peter noch waren. Wenn er eine Schwachstelle finden sollte, würde er ein für allemal Schluß machen.

Sie verließen Cannes still und verstohlen wie Verbrecher, die vom Tatort fliehen. Als sie auf der Straße waren, besserte sich ihre Stimmung. Sie hatten das Gefühl, die Vergangenheit hinter sich zu lassen. Charlie nahm eine Hand vom Lenkrad und legte sie auf Peters Hand. »Endlich draußen«, sagte er. »Ich möchte nie wieder etwas mit einer Schwulengruppe zu tun haben.«

»Ich auch nicht, Schatz. Oh, ich muß mir noch angewöhnen, dich nicht mehr so zu nennen.«

»Mein Kleiner. Ich werde es denken, auch wenn ich es nicht sagen kann.« Sie drückten einander die Hand.

Gegen Mittag des folgenden Tages fuhren sie zum schmuddeligen Hafen von Antibes, nachdem sie ihr Auto und drei Koffer mit Kleidern untergestellt hatten.

Die *Kassandra* sah zwischen den Fischerbooten noch viel größer aus. Ihr Wiedersehen mit den Kingsleys war ebenso überschwenglich, wie der Abschied es gewesen war. Sie kamen sich wie die vier einzigen Menschen auf der Welt vor. Charlie und Peter trugen ihre Koffer die schmale Laufplanke hinauf, die an der Kombüse begann. Jetzt, wo das Schiff ihr Zuhause war, schauten sie sich um, als hätten sie es nie zuvor gesehen, und nahmen es in Besitz. Die Kombüse war recht geräumig und gut ausgestattet; auch Jacks Navigationsinstrumente waren darin untergebracht. Von dort aus betraten sie den Salon, der wie ein Wohnzimmer eingerichtet war. Helle Decken und Kissen verwandelten die Kojen, die sie benutzen würden, in Diwans. Da standen Bücherregale, die Luken hatten Vorhänge, und auch Messinglampen und ein in der Mitte befestigter Tisch, den man zu einem Eßtisch verlängern konnte, waren vorhanden. Weiter vorne war die Pütz mit einem tiefen WC, auf der anderen Seite Jacks und Marthas Kabine.

Sie versammelten sich im Salon zwischen dem Gepäck. Martha hatte Getränke vorbereitet. Es war sehr heiß. Die Kingsleys erzählten, ihre Fahrt am Tag zuvor sei ohne besondere Ereignisse verlaufen.

»Wir haben heute morgen alles gekauft, was wir brauchen«, verkündete Jack. »Ich habe vor, bei Sonnenuntergang nach einem frühen Abendessen aufzubrechen. Dann sollten wir morgen gegen Mittag in Korsika sein. Ich fahre nicht gerne nachts in fremde Häfen. Je nach den Windverhältnissen dürften wir ungefähr sechzehn Stunden brauchen.«

Er hatte bereits eine Plan für die Wache. Peter war von acht Uhr bis Mitternacht dran, Charlie von Mitternacht bis vier Uhr, Jack von vier bis acht Uhr. Das klang vernünftig. Charlie konnte Peter ein wenig im Auge behalten, der von ihnen am wenigsten Erfahrung hatte, und wenn Peter um acht Uhr Jack ablöste, konnte ihm Martha helfen, wenn es nötig war.

»Wenn uns nichts Besseres einfällt, können wir auf der ganzen Fahrt bei dieser Einteilung bleiben«, sagte Jack und beugte sich mit seinem wettergegerbten Gesicht über das Blatt Papier. »Tagsüber ist es nicht so wichtig, solange Charlie und ich genügend Schlaf bekommen. Theoretisch lösen wir einander alle vier Stunden ab. Martha habe ich nicht eingeteilt, weil sie kocht und bei Bedarf tagsüber aushilft. Sind alle damit einverstanden?«

»Wir werden ja ganz schön verwöhnt«, sagte Peter zu Martha.

»Jack meint wohl, wir brauchen unseren Schönheitsschlaf. Ich beklage mich nicht.«

»Ich denke, das ist gut so«, sagte Charlie zu ihrem Kapitän. »Es ist verdammt anständig von Ihnen, den schlimmsten Teil zu übernehmen.«

»Die Wache während der Dämmerung? Ich liebe sie! Wie dem auch sei, unser Leben wird sich ab heute komplett ändern, ihr werdet schon sehen. Keine vornehmen Diners um halb zehn mehr, wie ihr sie gewohnt seid.«

»Gott sei Dank!« sagte Charlie.

»Wollen wir uns die Karten ansehen?« Jack und Charlie standen auf und gingen ins Kartenzimmer.

»Ich werde unsere Sachen auspacken«, sagte Peter, als sie weg waren. Er wandte sich Martha zu. »Würdest du mir zeigen, wo ich sie verstauen kann?«

Charlie und Jack beugten sich über die Karte, die Korsika und einen Teil der französischen Küste bei Antibes zeigte. Jack hantierte mit einem Gerät, das wie zwei Lineale aussah, die von zwei drehbaren Stangen zusammengehalten wurden. Er schob sie mal nebeneinander, mal getrennt über die Karte zu einem aufgedruckten Kompaß. »Das alles ist natürlich ein alter Hut für dich. So verläuft unser Kurs.«

»Klar«, sagte Charlie, der seine Unwissenheit nicht eingestehen wollte. Er hatte solche Karten nie benutzt.

Jack wirbelte einen Kartenzirkel herum, der aussah wie ein Mensch auf Stelzen, und führte ihn von Antibes zum nördlichen Teil Korsikas. »Sechzehn Stunden, wenn wir Glück haben. Bei gutem Wind machen wir fünf, sechs, sieben Knoten. Um schneller zu sein, bräuchten wir einen Sturm, aber darauf kann ich verzichten. Hast du schon einmal ein Log benutzt?«

»Nein«, antwortete Charlie. Er wußte nicht einmal, wovon Jack sprach.

Jack deutete auf ein röhrenförmiges Ding mit einem kleinen Propeller am Ende, das über dem Schreibtisch hing. Eine lange Schnur war daran befestigt, sauber zusammengerollt, und am anderen Ende befand sich ein Instrument, das einer Uhr glich. Es hatte ein kleines Fenster mit Ziffern, die sich offenbar wie bei einem Tachometer drehten. Jack tippte mit dem Finger auf das Zifferblatt. »Notiere dir immer die Zahl der Meilen, die Zeit und die neue Kompaßstellung, wenn du den Kurs änderst. Ich meine, wenn der Wind sich dreht oder so. Nur dann kann ich unseren Kurs genau feststellen. Entschuldige, wenn ich dir Dinge erzähle, die du schon längst weißt.«

»Nein, ich bin immer mit Koppelnavigation gesegelt. Zeit, Kompaß und dieses Ding ... das müßte ich schaffen.« Er fühlte sich bei Jack körperlich wohl. Wenn ihre Schultern sich berührten, dann lag es allerdings am knappen Raum. Nach den vergangenen Wochen war es eine Wohltat, einen anderen Mann ohne Zweideutigkeiten berühren zu können.

»Ich werde es auch Peter erklären«, sagte Jack. »Aber vermutlich erklärt er es *mir*, ehe ich fertig bin. Es ist erstaunlich, wie schnell der Junge lernt.«

»Ja, er ist schnell von Begriff. Ich glaube, es wird ihm Spaß machen.«

Sie gingen zurück in den Salon, und Martha ließ sie allein, um das Essen zuzubereiten. Peter verstaute Sachen aus einem Koffer in einem Spind über einer Koje. »Ich stopfe das Zeug einfach hinein«, verkündete er fröhlich.

Martha servierte ein leichtes Mittagessen mit kaltem Fleisch, Salat und Obst. Peter und Charlie hielten sich zurück, als müßten sie auf ihr Gewicht achten; die Kingsleys langten kräftiger zu.

»Ein bißchen mehr müßt ihr schon essen«, meinte Jack. »Wir haben doch vereinbart, die Verpflegungskosten durch vier zu teilen. Ihr verschenkt euren Anteil!«

»Diesen Preis müssen wir zahlen, damit wir unsere Klamotten weiterhin tragen können«, sagte Peter. »Ihr gehört anscheinend zu den Leuten, die soviel essen können, wie sie wollen, ohne daß sie zunehmen.«

»Jack ist furchtbar«, klagte Martha und sah Charlie an. »Ich möchte dauernd fünf Pfund abnehmen, aber er ... Laßt euch von ihm nicht anstecken. Ihr habt beide eine tolle Figur.«

»Danke, Madame, sagte Charlie lächelnd. »Wenn ich das gleiche von dir sage, hört es sich wie eine Höflichkeitsfloskel an. Aber es stimmt. Du hast genau die Figur, die ich gerne zeichnen würde. Wirklich phantastisch.« Er sagte es ernsthaft, aber sachlich, und sie akzeptierte es im gleichen Geist und mit einem geschmeichelten Lächeln, das nicht im geringsten kokett war.

Nach dem Essen saßen sie beisammen und plauderten eine Weile. Peter bot Martha an, ihr beim Geschirrspülen zu helfen. Dann ging Jack hinaus, um bei der Hafenbehörde die Papiere in Ordnung zu bringen. Martha ging nach vorne in ihre Kabine und schloß die Tür. Peter und Charlie lächelten einander anschauten sich rasch um und gaben sich einen schnellen Kuß.

»Tja, ich schätze, wir fahren nach Griechenland«, stellte Peter fest.

»Wer hätte das je gedacht?«

»Wir haben ein phantastisches Leben. Und jetzt wird es besser denn je. Wir haben das alles hinter uns gelassen, nicht?«

»Ich denke schon. Ich will es jedenfalls.«

»Ich auch. Außer, daß es mir immer noch schrecklich leid tut, weil ich es zugelassen habe.«

»Ich weiß, daß es dir leid tut, Kleiner«, sagte Charlie, dann wechselte er das Thema. »Wir können das Auto genauso gut in die Garage zurückbringen und dort lassen.«

Als sie zu Fuß zurückkehrten, war Jack an Bord. Er streifte ruhelos durch das Schiff – man merkte, daß die Abfahrt unmittelbar bevorstand. Eine Weile verschwand er im vollgestopften Maschinenraum hinter dem Niedergang. Dann tauchte er am Bug wieder auf, und sie hörten ihn hämmern. Sie gingen zu ihm hinauf, um ihm behilflich zu sein. Er überprüfte gerade das Rettungsboot, das am Dach des Kabinenhauses befestigt war. Die sanften Hügel der Stadt warfen jetzt ein wenig Schatten aufs Deck. Jack führte Peter zum Hauptmast und erklärte ihm, wie man Segel setzt und refft. Charlie warf einen Blick durch die Bodenluke und sah Marthas Kopf. Er hockte sich auf die oberste Stufe des Niedergangs, und Martha schaute ihn lächelnd an.

»Wahrscheinlich kommt ihr euch vor wie im Kindergarten, weil wir so früh essen. Ich schon«, sagte sie, während sie das Geschirr in einen Schrank räumte. »Möchten Sie einen Martini?«

»Lieber nicht. Zu stark.«

»Wir trinken immer einen vorm Abendessen. Eine schlechte Gewohnheit, die wir aus New York mitgebracht haben.«

»Sieht so aus, als bekämen wir eine schöne Nacht«, meinte Jack. »Das Barometer ist ein bißchen gefallen, aber in dieser Gegend will das nicht viel heißen. Wir haben einen herrlichen Tag nach dem anderen, und das Barometer steigt und fällt, als würde es dafür bezahlt.«

Martha reichte einen Shaker mit Eis und Gläser hinauf. »Trinkt Peter einen Martini?« fragte sie.

»Nein, wir trinken Whisky. Ich komme runter und schenke uns einen ein, wenn Sie mir zeigen, wo die Sachen sind.« Charlie stieg in den Niedergang und stand neben ihr. Sie zeigte ihm die Kühlbox und die Flaschen. Er schabte Eis ab und legte es in die Gläser. Dann pumpte er Wasser in einen kleinen Krug und holte eine Flasche Whisky. Dabei streifte er Martha immer wieder – hoffentlich dachte sie nicht, es sei Absicht. Er stellte alles oben am Niedergang aufs Deck und gesellte sich zu den anderen ins Cockpit.

Er goß für sich und Peter Drinks ein, und sie tranken und schwatzten, während die Sonne allmählich unterging. Später kam Martha, und Jack gab ihr einen Martini und füllte sein Glas erneut. Die Kingsleys leerten ihre Martinis rasch. Sie hatten schon drei getrunken, als Charlie und Peter sich einen zweiten Whisky gönnten. Charlie war bereits aufgefallen, daß sie eine ganze Menge tranken, aber er hatte erwartet, daß sie sich an diesem Abend zurückhielten. Es war nicht klug, ein Boot in betrunkenem Zustand durch die Nacht zu steuern, und die beiden wurden eindeutig blau. Sie sprachen schon ein wenig schleppend, und Martha lachte immer hemmungsloser. Charlie und Peter warfen einander Blicke zu und hoben die Augenbrauen. Martha füllte Jacks Glas noch einmal auf und leerte dann die letzten Tropfen in ihr Glas.

»Na, dann hole ich mal was zu essen«, meinte sie schließlich. Sie zog sich hoch und ging überaus geschickt den Niedergang hinab, wobei sie ihr randvolles Glas mit übertriebener Vorsicht balancierte. Charlie beglückwünschte sie insgeheim, fragte sich aber, wie sie zurechtkommen würde, wenn sie das letzte Glas auch noch geleert hatte.

Das Abendessen war herzhaft. Es gab Suppe und Eintopf, den Martha am Morgen vorbereitet hatte. Das versicherte sie jedenfalls nachdrücklich, obwohl niemand Zweifel äußerte. Sie beschlossen, im schwindenden Licht des frühen Abends auf Deck zu essen, und spülten die Bissen mit reichlich Wein hinunter. Als sie

Kaffee tranken, ging Charlie hinunter und half Martha beim Abwasch. Sie schwankte ein wenig am Spültisch, hielt sich aber gut, wenn man berücksichtigte, was sie alles getrunken hatte.

Als sie wieder an Deck gingen, stand Jack auf. Charlie beobachtete ihn genau. Er sah etwas unstabil aus, hielt sich aber mit einer Hand am Baum über seinem Kopf fest. »Sind alle bereit?« fragte er. Charlie nickte. »Schön, dann können wir ja die Laufplanke einholen.« Ohne zu stolpern überquerte er das Achterdeck, auf dem eine Menge Zeug lag, und ging sicher die Laufplanke hinab. Charlie hatte sich offenbar unnötige Sorgen gemacht – Jack wußte, was er vertragen konnte. Gekonnt löste er eine der Heckleinen und warf sie an Bord. Dann band er die andere auf und warf Peter ein Ende zu. Peter fing das Seil auf und hängte es in Schlingen an den Poller. Flink lief Jack die Laufplanke hinauf und hob sie mit ihren Davits hoch. Nachdem er sie vom Deck abgekoppelt hatte, trugen alle drei sie den Dollbord entlang und zurrten sie fest. »Adieu, Land!« rief Jack und klopfte Charlie auf die Schulter. »Auf geht's, Kumpel, holen wir den Anker ein.« Er beugte sich über eine Schalttafel hinter dem Rad, legte einen Schalter um und drückte auf einen Knopf. Der Motor erwachte zum Leben. Jack drehte sich zu Charlie um. »Du bleibst am Rad. Peter kann diese Leine fieren und sie an Bord holen, wenn wir abgelegt haben.« Er führte ihn nach vorne, und sie begannen an einer großen Ankerwinde zu drehen. Die Kette rasselte laut. Charlie war beeindruckt. Alles wurde schnell und fachmännisch erledigt. Er konnte kaum glauben, daß sie gleich abfahren würden. Martha erschien im Luk, und er grinste sie an.

»Geht es los?« schrie sie, um das Rattern der Maschine und das Kettengerassel zu übertönen. Charlie winkte dem Land zum Abschied zu. Langsam fuhren sie hinaus ins Hafenzentrum, die Leine verlängerte sich hinter ihnen. Als sie zu Ende war, schleuderte er sie achtern raus und zog sie rasch an Bord, wobei er darauf achtete, daß sie nicht in die Schraube geriet.

Einen Moment lang erschien ihm alles unwirklich; dann machte er sich klar, daß er auf einem Schiff war und mit zwei fast fremden Menschen aufs Meer hinausfuhr. Wie war es dazu gekommen? Dann packte ihn wieder die Aufregung. Jack und Peter schienen Schwierigkeiten mit der Ankerwinde zu haben. Die Kette klemmte. Jack war am Bugspriet und zog an irgendetwas herum. Peter stemmte sich noch einmal gegen die Winde, und die Kette rasselte zum letzten Mal. Jack gab achtern ein Signal mit der Hand. Martha, die an Deck gekommen war und zusah, ging nach vorne zu Charlie, zog an einem Hebel und stellte das Gas ein. Jetzt bewegte der Motor das Schiff. Martha blieb neben dem Rad stehen, während Charlie einen weiten Bogen um das Ende des Wellenbrechers machte und auf die offene See steuerte. Sobald sie draußen waren, gerieten sie in hohe Wellen. Nach einigen Minuten fuhren sie wieder im hellen Sonnenlicht, aber die Sonne stand nur knapp über der gezackte Silhouette der Estérels. Es wehte ein angenehmer Südwind. Charlie warf einen Blick auf den Kompaß an der Steuersäule und auf den Wimpel am Mast, der die Windrichtung anzeigte. Sie würden eine hübsche Strecke zurücklegen, wenn die Brise anhielt.

»Setzen wir die Segel«, rief Jack, der mit Peter vorne stand.

Charlie schaute über die Schulter zur Küste zurück. Sie waren schon ein ordentliches Stück vom Hafen entfernt. Er nickte Martha zu, und sie beugte sich vor und nahm das Gas zurück, während er den Bug behutsam in den Wind drehte. Dort hielt er ihn, und das Schiff hob und senkte sich in den Wogen. Peter lief nach hinten und löste einen Stopper nach dem anderen, als habe er sein Leben lang nichts anderes getan. Er schaute zu Charlie hinüber und winkte. Dann rannte er nach vorne und begann mit Jack das Großsegel zu hissen. Als es sich öffnete, mußte Charlie das Schiff gegen den Wellengang auf Kurs halten. Er wußte nicht, was Martha tat. Überall klapperten Ausrüstungsgegenstände. Als das Segel langsam hochstieg, fierte er die Großschot, und der Großbaum begann sich schwer zu drehen, gefährlich nahe an seinem Kopf. Es dauerte eine weitere Minute, bis sie mit dem Gaffelsegel fertig waren. Charlie hielt sich am Steuerrad fest, während das Schiff schwankte. Jack und Peter packten eine andere Flaggleine und setzten einen großen Klüver, der das Bugspriet verlängerte. Er neigte sich zum Wasser, aber sie zogen ihn rasch hoch, und dann tauchte Martha auf und begann mit der Schot zu kämpfen. Jack und Peter liefen nach achtern, als er das Rad nach Backbord drehte und die Schot packte. Er reichte sie Peter, der das Stagsegel hochzog. Martha beugte sich vor und stellte den Motor ab. Der Bug pflügte durchs Wasser, das Schiff stellte sich gerade und schoß vorwärts. Das Meer zischte am Rumpf. Dem zeitweiligen Chaos folgte ein tiefer, dröhnender Frieden. Charlie sah Peter an und lachte fröhlich. Er zitterte vor Aufregung.

»Na, wie war's?« fragte er.

Peters Augen glänzten. »Mann! Es war toll. Mir scheint, ein Kapitän hat es ganz schön gut, aber die Crew muß richtig arbeiten.«

»Willst du das Hintersegel nicht setzen?« fragte Charlie und warf einen Blick auf den Mast hinter ihm.

»Nachts mag ich es nicht besonders. Wenn die Verhältnisse sich ändern, muß man sich noch um etwas kümmern.«

Charlie zuckte mit den Schultern. »Ich möchte wissen, woher diese verdammte schwere See kommt.«

»So ist das Mittelmeer«, sagte Jack. »Alle möglichen Wetterverhältnisse vermischen sich. Es ergibt nie einen Sinn.«

»Wie wär's, wenn wir eine Flache Wein aufmachen

würden? Mir ist nach Feiern zumute.« Noch bevor er den Satz beendet hatte, bereute Charlie seinen Vorschlag. Jack wußte, was er tat. Mit einer unerfahrenen Mannschaft hatte er sich hervorragend geschlagen. Vielleicht konnte er vor dem Essen eine ganze Flasche Gin leeren, ohne daß man es ihm ansah.

»Ich hole eine«, meldete sich Peter. Jack und Martha rollten die Schoten fein säuberlich auf, so daß man sie leicht lösen konnte.

»Am besten du reffst das Großsegel ein wenig«, schlug Charlie vor. »Das ist der richtige Kurs. Wir liegen fast am Wind.« Jack tat wie geheißen, bis das Segel sich ein wenig luvwärts drehte. »Etwas weniger. Ja, so ist es gut.«

»Ist der Klüver in Ordnung?«

Charlie nickte. Jack schaute sich um, schnippte mit den Fingern und ging nach unten. Peter kam mit einer geöffneten Flasche Wein und drei Gläsern zurück. Jack folgte mit dem Log. Er trug ihn zum Heck und warf ihn über Bord. Dann fierte er die Leine ein wenig und befestigte die Uhr am Heckstag. Er warf einen Blick auf seine Armbanduhr, beugte sich über Charlie, um den Kompaß zu kontrollieren, und ging wieder nach unten.

»Jack mag keinen Wein«, erläuterte Peter.

»Für mich auch keinen«, sagte Martha. »Vielleicht nehme ich später einen Schlummertrunk.« Sie saß zusammengekauert auf der Bank im Cockpit und betrachtete den Sonnenuntergang. Auf einmal war sie still und nachdenklich. Sie waren jetzt weit genug auf See, so daß die Sonne nicht mehr hinter den Bergen stand, sondern unmittelbar ins Meer tauchte.

Peter füllte zwei Gläser, und sie sahen einander an und tranken sich stumm zu. Charlie hatte sich auf dem gepolsterten Sitz hinter dem Rad niedergelassen. Der Platz reichte gerade noch, um sich neben ihn zu quetschen.

»Willst du mal probieren, wie es sich anfühlt?« fragte Charlie. Er nahm beide Gläser und stand auf, so daß Peter das Rad übernehmen konnte. Kaum hielt er fest, drehte das Schiff in den Wind ab. Charlie lachte und brachte sie mit dem Fuß wieder auf Kurs.

Peter hielt das Rad einige Minuten konzentriert fest. »Aha«, sagte er dann. »Man muß die ganze Zeit aufpassen. Ich bin immer noch nicht ganz sicher, wie ich das Rad drehen muß, damit die Kompaßnadel in die korrekte Richtung zeigt.«

»Stell dir einfach vor, beide seien Gegensätze. Wenn du das Rad so nach oben drehst, fällt die Kompaßnadel so nach unten. Das muß zu einem Reflex werden. Aber du gewöhnst dich schon daran.«

»Am besten übe ich es morgen. He, jetzt bin ich ja mit der Wache dran, nicht wahr?«

»Sei nicht albern. Die übernehme ich heute nacht. Du kannst hier bleiben und lernen, wie man's macht.« Sie berührten sich heimlich, als Charlie Peters Glas zurückgab und sich wieder hinters Rad setzte. Das Land hinter ihnen, das weite Panorama der Küstenstädte vor den fernen Gipfeln der Alpen begann im Dämmerlicht zu verschwimmen. Die Sonne war eine glühende Kugel, die den Rand des Meeres berührte. »Sonne am Abend erquickend und labend«, erinnerte er sich.

Zu Charlies Überraschung frischte der Wind auf. Er hatte erwartet, daß er am Abend nachließ. Das Ruder übte jetzt ganz schön Druck aus, und aus der Dämmerung wurde plötzlich Nacht. Er suchte den Horizont nach Hinweise zur Wetterlage ab. Alles war grau – ein grauer Himmel begegnete dem dunkleren Grau der See. Charlie freute sich auf die nahe Nacht. Es mußte herrlich sein, bei dieser Brise unter den Sternen zu segeln, trotz der unruhigen Wogen.

Jack kam an Deck und stellte sich neben sie. »Na, wie macht sie sich?« fragte er mit dem Stolz des Besitzers.

»Großartig. Ich gewöhne mich langsam daran.

Wenn dieser verdammte Wellengang nicht wäre, könnte ich mehr aus ihr rausholen. Der Wind wird immer stärker.«

»Das Barometer ist ziemlich gefallen«, meinte Jack mit besorgtem Unterton. »Aber das muß nicht unbedingt etwas bedeuten.«

Martha schreckte aus ihren Tagträumen hoch. »Was hast du gesagt? Meinst du, wir sollten zurückfahren?«

»Fang nicht wieder damit an!« erwiderte Jack scharf.

Charlie war erstaunt. Martha meinte, was sie sagte. Sie wußte, daß sie tagelang ohne Pause auf See sein würden – zumindest während der Fahrt von Sizilien zum Golf von Korinth –, ohne einen Hafen anlaufen zu können. Sie würden nicht sehr weit kommen, wenn sie wirklich zurückfuhren.

»Was ist denn los?« fragte Peter, der verdutzt aussah.

»Nichts«, beruhigte ihn Charlie. »Jack meint, wir kriegen schlechtes Wetter, das ist alles.«

»Mir kommt es schön vor.«

Charlie musterte erneut das Meer und den Himmel. Es waren keine Wolken zu sehen. Allmählich nahm er einen seltsamen, dunklen Fleck weit vorne am Horizont wahr. Jetzt merkte er erst, daß er ihn schon vor einiger Zeit gesehen hatte; doch nun schien er intensiver zu werden. Er hatte keine Form oder Größe – ein schwarzer Klecks, wie er ihn nie zuvor gesehen hatte. Er sah so unnatürlich aus, daß Charlie dachte, mit seinen Augen sei etwas nicht in Ordnung. Er blinzelte, aber der Fleck war immer noch da. Dann schaute er weg und ließ den Blick langsam den Horizont entlang wandern, um festzustellen, wo und wie der Fleck anfing. Aber er sah keine klaren Umrisse – der Klecks war einfach da und wurde dunkler. Und sie hielten genau auf ihn zu. »Siehst du dort vorne auch etwas Merkwürdiges?« fragte er Jack.

Jack streckte sich und schaute zum Horizont. »Du

meinst, dort wo es dunkel wird? Ist das nicht die einbrechende Nacht?«

»Ich habe noch nie gesehen, daß die Nacht an einem einzigen Punkt beginnt.«

»Ich verstehe, was du meinst.«

Charlie beobachtete, wie der Fleck noch schwärzer wurde und ein wenig anschwoll. Er hörte etwas, was wie tausend schlagende Flügel klang, und schaute besorgt hinauf. Ein heftiger Windstoß fegte über sie hinweg. Sofort gab Charlie dem Ruder etwas Spielraum, um das Schiff aufzurichten; aber die Böe war bereits vorbei. Dann sah er, wonach er Ausschau gehalten hatte: das dunkle Grauweiß des unruhigen Wassers in der Ferne, und er begrüßte es, weil es ihm vertraut war. Es war ihm lieber als das unheimliche schwarze Nichts, das sie vorhin bedroht hatte.

»Da kommt was auf uns zu«, sagte er. Er kontrollierte die Großschot und überzeugte sich davon, daß sie mit einem Slipstek geknotet und somit schnell zu lösen war.

»Glaubst du?« fragte Jack. »Zum Teufel, ich schätze, wir müssen den verdammten Klüver einholen. Komm mit, Kumpel.«

Bevor er und Peter einen Schritt machen konnten, waren sie mitten drin. Der Wind heulte in den Wanten und drückte das Schiff wieder nach unten. Doch dieses Mal war es keine einzelne Böe. Die aufgewühlte See schlug mit überraschender Stärke gegen den Rumpf. Jack packte Peter am Arm, und sie eilten nach vorne.

»Ich kann euch nicht viel helfen«, schrie Charlie, der mit dem Steuerrad kämpfte. »Ich kann sie bei diesem Wellengang nicht im Wind halten. Willst du nicht die Maschine starten?«

»Wir sind Seeleute, keine Touristen«, brüllte Jack.

Sprach der Alkohol aus ihm? Es kam Charlie töricht vor, sich an Deck abzurackern, ohne die Hilfe zu nutzen, die ihnen zur Verfügung stand. Die Drohung des

Meeres war klar und eindeutig. »Definitiv keine Maschine?« schrie er.

»Zum Teufel, nein! Mach den Klüver los.«

»Noch nicht«, befahl er Martha rasch. Sie starrte ihn an, als erkenne sie ihn nicht; aber sie blieb regungslos stehen. Das Herz schlug ihm bis zum Hals, als er sah, wie die beiden Männer sich vorwärts kämpften und sich an die Reling klammerten. »Halt um Gottes Willen durch, Peter«, flehte er stumm. Er sah keine Möglichkeit, den Klüver herunterzuholen, ohne daß er ins Wasser fiel. Er ließ soviel Wind in die Segel, wie er konnte, damit sie nicht ganz vom Kurs abkamen.

Als sie den Mast erreichten, nickte Charlie Martha zu. »Jetzt. Holen sie die Klüverschot runter.«

Sie mußten sich mächtig anstrengen. Als die Leinwand frei war, knallte sie wuchtig auf Jack und Peter. Jack packte sie und zog sie mühsam nach vorne. Charlie war ihm dankbar dafür, daß er Peter am Mast zurückließ, wo er sich um das Fall kümmerte. Jack nahm das Bugspriet zwischen die Beine und plagte sich mit der flatternden Schot ab, als der Klüver sich langsam senkte.

Der Druck des Ruders ließ für kurze Zeit nach. Sie waren fast in den Wellen mit den weißen Kappen. Charlie stand auf und bereitete sich innerlich darauf vor. Die erste große Welle schlug zu. Das Bugspriet hob sich beängstigend, deutete zum Himmel hinauf, fiel krachend hinunter und bohrte sich ins Wasser. Jack verschwand unter der kochenden See. Der Bug schaufelte Gallonen von Wasser auf, als das Bugspriet sich wieder hob. Jack hatte es immer noch zwischen den Beinen, während eine Welle nach achtern übers Deck rollte. Charlies Herz klopfte laut vor Schrecken, als er sah, wie Peter einen Satz zum Bugspriet machte, um Jack zu helfen, der mit dem Klüver rang. Der Bug sackte ab, und die beiden verschwanden in der schäumenden See. Martha beugte sich über das Deck und übergab sich.

»So verliert sie wenigstens einen Teil des Schnapses«, dachte Charlie ohne Mitleid. Allmählich entwickelte er ein Gefühl für das Schiff, auch unter diesen widrigen Umständen. Es war vertrauenswürdig zäh – ohne Klüver schwankte es unangenehm, aber er konnte es segeln. Das Großsegel hätte wahrscheinlich gerefft werden sollen, aber dafür war es jetzt zu spät. Martha versuchte, auf die Füße zu kommen, fiel jedoch zurück. Beim dritten Versuch schaffte sie es und ging rutschend übers Deck.

»Schließ den Lukendeckel!« schrie er, als sie sich in den Niedergang hinabließ. Er achtete nicht darauf, ob sie gehorchte, sondern konzentrierte sich auf die beiden Männer vorne. Hoffentlich wurden sie mit dem Klüver fertig und kamen bald zurück. »Laßt das verdammte Ding doch los!« dachte er. Sein Herz setzte jedes Mal aus, wenn Peter im Meer versank. Er machte sich solche Sorgen um Peter, daß er nicht merkte, wie schnell es Nacht wurde. Schließlich sah er, wie Peter sich taumelnd vom Bugspriet löste, als der Bug aus dem Wasser schoß, und schwankend und rutschend zurück aufs Deck kletterte. Sein goldenes Haar klebte am Kopf, die tropfnassen Kleider am Körper. Er sah nackt und schön aus.

»Geh nach unten«, schrie Charlie ihn an.

Statt einer Antwort knallte er ans Cockpit, wurde gegen das Schanzkleid an der Leeseite geschleudert und übergab sich ins Wasser. Er zitterte vom Kopf bis zu den Füßen. Charlie rannte zu ihm, packte ihn an den Handgelenken und zog ihn heran. Er fiel vor ihm auf die Knie.

»Geh nach unten«, schrie Charlie. »Trockne dich ab. Wickle dich in Decken. Bleib dort.«

Peter schaute mit einem erschöpften, aber munteren Lächeln zu ihm auf. »Ich muß bei dir bleiben.«

»Sei kein Narr. Niemand kann jetzt etwas tun. Ich rufe dich schon, wenn ich dich brauche.«

»Versprochen?«

Charlie nickte und gab ihm einen kleinen Schubs. Er rutschte fast auf Händen und Knien übers Deck, knallte gegen die Luke und plumpste in den Niedergang. Charlie atmete erleichtert auf, dann fiel ihm Jack ein. Er schaute nach vorne und sah ihn halb achtern zusammengesunken auf dem Deck. Auch er erbrach sich über Bord. »Betrunkener Bastard«, dachte Charlie. »Komm hier rüber!« schrie er.

Jack kroch zurück und brach im Cockpit zusammen. »Der Klüver ist sicher«, stammelte er.

»Ruh dich aus«, schrie Charlie. »Schalte die Positionslampen und komme zurück, wenn es dir besser geht.«

Erst als er allein war, bemerkte Charlie, wie dunkel es war. Er stand vorsichtig auf und starrte nach vorne. Er hatte eine Gänsehaut und wurde allmählich am ganzen Körper kalt.

Sein erster Gedanke war, daß er durch die Pforten der Hölle segelte. Aus dem dunklen Fleck war eine brodelnde schwarze Masse geworden, die dabei war, sie zu verschlingen. Er schaute sich um. Hinten war immer noch ein wenig graues Licht zu sehen. Seine Hände zitterten am Steuerrad. Sollte er umkehren? Aber alleine würde er das nie schaffen. Würde der Motor helfen? Vielleicht, aber als er sich vorstellte, die Brecher an die Breitseite zu bekommen, packte ihn die Angst. Er versuchte, vernünftig zu denken. Es war nur ein Unwetter. Das hatte er schon als Kind erlebt. Jetzt war er im sonnigen, blauen Mittelmeer, und dieses komische Wetter mußte einfach bald vorbei sein – aber hoffentlich bekam das Schiff nichts ab.

Charlie packte das Rad und setzte sich. Er knirschte mit den Zähnen, und schaute sich noch einmal um. Ihm war, als blicke er in einen blubbernden Teerkessel. Es zischte und brodelte. Er bemühte sich, sein Entsetzen zu unterdrücken, als er hineinfuhr und das Gefühl hatte, den Kopf in ein Tintenfaß zu stecken. Das Schiff stieg wie ein Aufzug und sackte dann ab. Eine Tonne Wasser schwappte auf ihn. Das Meer wirbelte um seine Knie. Gingen sie unter? Er mußte zu Peter gehen. Plötzlich zuckte hinter ihm ein riesiger Blitz, und er duckte sich, als der Donner schier seine Ohren zerriß. Das Wasser floß ab; jetzt reichte es nur noch bis zu seinen Füßen. Richtig – Jack hatte gesagt, das Schiff haben ein selbstlenzendes Cockpit.

Er warf einen Blick auf das schwach glühende Kompaßhaus und sah, daß sie fast fünfzig Grad südlich vom Kurs abwichen. Sollte er die Entfernung messen und die Zeit notieren? Seine Zähne klapperten, und er biß sie zusammen. Wieder stieg das Schiff empor, so hoch, daß er das Gefühl hatte, es erhebe sich aus dem Wasser; dann sackte es ab und krachte erneut aufs Wasser. Er spürte mehrere leichte Stöße – als knirsche der Rumpf über Felsen. Unter sich hörte er Gegenstände fallen und klappern und aufeinanderknallen. Das ganze Schiff bebte; dann fing es sich und schoß vorwärts. Er sah gar nichts mehr. Er richtete sich beim Steuern nach dem Wind, der ihm ins Gesicht blies, und nach dem Druck des Steuerrads, den er jedoch nur gelegentlich richtig beurteilen konnte. Wieder zuckte ein Blitz, und gleich darauf dröhnte der Donner. Im kurzen, blendenden Licht sah er, daß der Mast und das Segel noch immer da waren. Er hielt das Rad fester, straffte die Schultern und verfluchte die Elemente. Jetzt hatte er keine Zeit mehr, Angst zu haben. Alle seine Muskeln waren angespannt, und er konzentrierte sich darauf, die furchtbare Macht des Wassers und des Windes abzufangen. Seine größte Sorge war, daß der Großbaum zu schwingen begann und den Mast mitriß. Er rackerte sich so mit dem Rad ab, daß er Peter erst sah, als dieser an seine Seite stolperte. Er trug eine Art Mantel, aus dem seine nackten Beine hervorguckten.

»Mein Gott, was ist los?« schrie er Charlie ins Ohr.

»'Ne Menge«, schrie Charlie zurück. »Ich freue mich, dich zu sehen. Es ist einsam hier oben.«

Peter legte einen Arm um ihn und lehnte sich an seinen nassen Rücken. »Ich habe etwa fünfzehn Minuten gebraucht, um hier raufzukommen«, schrie er. »Werden wir's überstehen?«

»Bete, mein Kleiner. Ich tue mein Bestes. Wird Jack, dieser Scheißkerl, mir helfen?«

»Martha sagt, er ist krank. Kann ich dir helfen?«

Charlies Antwort ertrank in der nächsten Wasserwand, die auf sie fiel. »Geh runter, Kleiner«, schrie er, als er wieder sprechen konnte. »Du lenkst mich hier nur ab. Aber sei um Gottes Willen vorsichtig. Wünsche Jack süße Träume.«

»Ich will hier bleiben. Vielleicht brauchst du mich.«

»Ich brauche nur jemanden, der das Rad übernimmt. Das kannst du nicht. Also geh nach unten.«

»Ich wünschte, ich wüßte mehr darüber.«

»Keine Sorge, ich bin okay. Wenn etwas wirklich Schlimmes geschieht, kommst du so schnell wie möglich hier rauf. Danke, daß du gekommen bist. Ich würde dich umarmen, wenn ich dieses verdammte Rad loslassen könnte.«

Peter schlüpfte aus seinem Mantel. Der Wind packte ihn, aber er half Charlie, erst mit einem, dann mit dem anderen Arm hineinzuschlüpfen. Charlie sah, daß es einer dieser modischen Regenmäntel für die Stadt war. Das Ding war völlig durchnäßt. Peter trug nur noch Shorts.

»Ich komme wieder«, schrie er.

Charlie schaute zu, wie seine bleiche Gestalt über das Deck wankte und verschwand. Obwohl er am ganzen Leib zitterte, fror er eigentlich nicht. Der nasse Mantel schützte immerhin ein wenig vor dem Wind. Er war Peter dankbar – wenigstens einer, auf den er sich noch verlassen konnte. Allmählich reagierte er automatisch auf den wilden Tanz des Schiffes. Es gelang ihm jetzt, die schlimmsten Sprünge ein bißchen zu dämpfen. Aus allen Richtungen attackierte ihn das Wasser. Es wirbelte übers Deck, floß ins Cockpit, krachte von oben und hinten auf ihn herab. Vielleicht regnete es auch, aber er war sich nicht sicher. Seine Augen erkannten allmählich trübe Formen – das Segel und das Kabinenhaus. Der Lärm war ohrenbetäubend: das Grollen der See, das Krachen und Rasseln des Tauwerks, die seltsamen Stöße von unten.

Auf einmal sah er hoch über sich etwas Weißes, das auf ihn zukam. »Das kann nicht sein«, protestierte sein Verstand. »So hoch kann keine Welle sein.« Das Blut gefror ihm in den Adern, und er war vor Entsetzen wie gelähmt. Ein Chaos packte das Schiff – es stieg, es fiel krachend hinunter, kam bebend zum Stehen, schüttelte sich und sackte erneut ab. Charlie verkrampfte die Hände am Steuerrad; er war über ihm zusammengesunken und hatte die Augen geschlossen. Da er in Wasser getaucht war, konnte er nicht mehr atmen. »Gott schütze Peter« war sein einziger klarer Gedanke. Er war nur noch ein Paar zupackende Hände; sein restlicher Körper hatte sich mit dem Weltuntergang abgefunden. Dann merkte er langsam, daß er noch lebte. Er konnte wieder atmen. Auch das Schiff war noch da und pflügte durchs Wasser. Ein neues Geräusch drang durch das Getöse, ein sporadisches, gewaltiges Hämmern irgendwo vorne. Entweder lebte er noch, oder er befand sich in der Hölle und diese war ein tobendes Meer. Ein greller Blitz zuckte, und diesmal war ein Schlag vor dem Donner zu hören. Peter war wieder neben ihm; er trug einen anderen Mantel.

»War das sehr schlimm?« schrie er.

»Wenn es noch schlimmer wird, sind wir erledigt. Was ist da unten los?«

»Alles ist ein Schlachtfeld. Eine Menge Wasser ist durch die Luke gekommen. Es stand mir bis zu den Knien, aber es ist irgendwohin abgelaufen.«

»Und was machen diese verdammten Kingsleys?«

»Ich schätze, sie sind völlig seekrank.« Das starke Hämmern unterbrach ihn. »Was zum Teufel ist das?«

»Keine Ahnung.« Charlie kniff die Augen zusammen und sah, daß die Form des Kabinenhauses sich geändert hatte. An der Seite befand sich eine Beule, die vorher nicht dagewesen war. »Das gottverdammte Schlauchboot – es hat sich gelöst!«

»Soll ich es festmachen?«

»Nein, zum Teufel! Laß es sausen.«

»Ich bin dort unten schier gestorben vor Angst. Ich bleibe lieber bei dir.«

»Vielleicht hast du recht. Ich konnte die ganze Zeit nur an dich denken.«

»Wenn wir ertrinken müssen, möchte ich mit dir ertrinken.«

Es war ein so großer Trost, Peter bei sich zu haben, daß Charlie seinem Kampf ein grimmiges Vergnügen abgewann. Nichts veränderte sich, außer daß die Abstände zwischen den Blitzen und dem Donner um eine oder zwei Sekunden länger wurden. Das Schiff setzte seinen wilden Tanz fort, und das Meer krachte immer noch auf sie herab. Peter legte ihm einen Arm um die Taille und klammerte sich an ihn.

»So ist es also hier oben?« schrie er.

»So und noch schlimmer.«

»Du bist phantastisch. Ich hätte schon längst aufgegeben.«

»Wenn wir durchkommen, trinke ich eine ganze Flasche Whisky.«

Charlie hatte jedes Zeitgefühl verloren. Der unaufhörliche Wellenschlag zermürbte ihn. Er begann sich Sorgen zu machen, die ihn gar nicht unmittelbar betrafen. Wie würde es den größeren Schiffen ergehen? Es mußte Liniendampfer von und nach Korsika geben. Er bemerkte ein schwaches Glühen, wo die Positionslampen sein sollten. Er nahm an, daß sie von vorne hell genug waren – aber konnte man in diesem Sturm überhaupt Lichter sehen? Er konnte seinen Kurs nicht viel ändern, einerlei, was geschah. Womöglich würde ein Schiff sie nach seinem endlosen Kampf in zwei Hälften schneiden!

»Sag mir in Gottes Namen, ob du da draußen etwas siehst!« schrie er Peter zu. Sie steckten die Köpfe zusammen.

»Ich kann das Wasser nicht vom Himmel unterscheiden«, rief ihm Peter ins Ohr.

»Das ist das Problem. Ist dir nicht mehr schlecht?«

»Ich gewöhne mich daran. Hast du so etwas schon einmal durchgemacht?«

»Du liebe Güte, nein. Aber keine Angst, wir schaffen es.«

Peter umarmte ihn. In Charlies Augen brannte Salz, und sie begannen zu schmerzen – wie lange starrte er jetzt schon in die pechschwarze Nacht? Immer wieder sah er vor sich dunkle Formen, die verschwanden, wenn er blinzelte. Er wußte nicht, wie lange er am Steuerrad klebte. Eine Stunde? Fünf Stunden? Als die Hoffnung auf ein Überleben stieg, flatterten ihm die Nerven noch mehr. Würde er durchhalten? Er mußte, und wenn es die ganze Nacht dauerte. Nicht nur, weil Leben von ihm abhingen, sondern auch weil er die Herausforderung angenommen hatte. Eine weitere Stunde – oder waren es fünf? – verging, und alles, was sie bereits durchgemacht hatten, wiederholte sich: das heftige Schwanken, der Aufstieg in den Himmel, der rasende Sturzflug. Charlie wußte nicht, wann ihm auffiel, daß die Wellen nicht mehr so heftig auf ihn einschlugen. Das war zweifellos ein Fortschritt. Einige Zeit später merkte er, daß er sich weniger anstrengen mußte, um auf seinem Platz sitzen zu bleiben. Er hob den Blick und stieß einen triumphierenden Schrei aus. Peter schreckte aus dem Halbschlaf auf.

»Was? Was ist?«

»Schau dir den Himmel an!« schrie Charlie. »Da ist ein Stern.«

»Das ist gut, nicht wahr?«

»Gut? Mein Gott, das ist das Wunderbarste, was ich je gesehen habe! Heilige Jungfrau! Wir kommen da raus. Mein Kleiner, der verdammte Sturm muß fast vorbei sein.«

Allmählich bemerkten sie noch günstigere Zeichen. Die Luft hörte auf, mit frenetischer Gewalt an ihnen zu zerren. Die Wellen waren immer noch gewaltig, aber das Schiff hob und senkte sich weniger heftig – das Gefühl, in einem Aufzug zu sein, legte sich. Weitere Sterne tauchten auf. Schließlich fierte Charlie vorsichtig die Schot und näherte sich wieder seinem Kurs. Da sie während dieser fürchterlichen Stunden ohnehin kaum vorangekommen waren, gab er sich keine Mühe, den Rückstand aufzuholen. Vielleicht würden sie die Küste ein paar Meilen weiter südlich erreichen, als Jack erwartet hatte. Was machte das schon? Sie lebten, und das Schiff trug sie sicher.

Wieder verging eine unbestimmte Zeit, und sie segelten nun unter dem Sternenhimmel. Das Meer blieb rauh, der Wind stark, aber das waren erträgliche Bedingungen, und das Schiff war offensichtlich für sie gemacht. Es schoß vorwärts, krängte kaum und nahm sehr wenig Wasser auf.

Charlie holte tief Luft und straffte die Schultern. Er spürte, daß seine verkrampften Muskeln sich langsam lockerten. Er hatte ganz vergessen, daß sein Körper sich auch geschmeidig bewegen konnte. »Los, Kleiner, hol uns eine Flasche Whisky«, rief er. Er mußte immer noch laut sprechen, aber nicht mehr schreien. »Laß die Gläser, wo sie sind, sie würden ohnehin überschwappen. Ich will den Stoff in mir haben. Zieh dir einen trockenen Pullover an, und bring mir auch einen. Und schau nach, wieviel Uhr es ist, ja?«

Peter küßte ihn auf die Wange und ging. Er kehrte

mit allem zurück, was Charlie verlangt hatte. Charlie nahm einen langen Zug aus der Flasche; dann streifte er rasch seinen Mantel und sein Hemd ab und schlüpfte in den Pullover, während er das Rad mit den Füßen festhielt.

»Mehr Whisky! Wie spät ist es?«

»Etwa zehn nach zwei.«

»Soll das ein Witz sein? Ich dachte, es sei eine Woche vergangen!«

»Ich weiß. Normalerweise würden wir jetzt ins Bett gehen. Es ist unglaublich. Immerhin bist du fast seit sieben Uhr hier. Das sind sieben Stunden. Ich weiß nicht, wie du das geschafft hast.«

»Manchmal habe ich es selbst nicht geglaubt.« Der Whisky entspannte seine Nerven. Plötzlich verspürte er Stolz auf seine Leistung. Verdammt wenigen Männern wäre das gelungen – und dem männlichen Passagier da unten bestimmt nicht.

»Ich wünschte, ich könnte dich ablösen. Du mußt völlig ausgepumpt sein.«

»Nein, mir geht es wunderbar. So liebe ich es. Merkst du, wie wir durch die Wellen schießen? Schau dir den Himmel an – herrlich.«

Peter lachte. »Du bist wirklich ein alter Seebär. So habe ich dich noch nie gesehen.«

»Ich liebe es, und ich bin gut, verdammt noch mal. Vor einer Stunde habe ich geschworen, nie wieder ein Schiff zu besteigen, wenn ich durchkomme. Hör mal, ich glaube, über dem Kartentisch hängt eine Taschenlampe. Hol sie und kontrolliere das Schlauchboot, ja? Sei aber vorsichtig. Das Schiff schwankt immer noch sehr stark.«

»Das macht mir nichts aus. Es ist schön.« Er ging, und Charlie sah einen Lichtstrahl an der Seite der Kabine, bevor er zurückkam. »Ich glaube, es ist in Ordnung«, berichtete er. »Es hat sich in der Reling verkeilt, und eine Leine hält es mehr oder weniger fest.«

»Mein Gott, Jack weiß nicht einmal, wie man ein Schlauchboot befestigt. Morgen muß ich alles genau überprüfen und nachsehen, worum man sich kümmern muß.« Er nahm die Lampe und richtete sie auf das Log hinter ihnen. Dreizehn Meilen. Das paßte. Vielleicht acht oder neun in den ersten anderthalb Stunden, danach das stetige Auf- und Abhüpfen. Korsika war noch weit entfernt. Auch wenn Jack nachts nicht gerne fremde Häfen anlief, Charlie hatte nichts dagegen. Wenn der Wind anhielt, konnten sie die Küste morgen vor Sonnenuntergang erreichen. Nein – heute.

Er überredete Peter, sich auf der Bank neben ihm auszustrecken, da er nicht wieder nach unten gehen wollte. Bald war er eingeschlafen. Der Whisky machte auch Charlie schläfrig, und lange Zeitabschnitte wurden zu formlosen Tagträumen. Es war anscheinend noch ziemlich früh, als der Himmel heller wurde. Dämmerte es schon? Es mußte nach vier Uhr sein. Er überlegte, ob er Peter bitten sollte, Jack aufzuwecken, ließ es aber bleiben. Er wollte ihn nicht hier oben haben. Sein schöner Wachplan war gleich am Anfang gründlich durcheinander geraten. Wenn sie sich auf ihn verlassen hätten, lägen sie jetzt alle auf dem Grund des Meeres. Er und Peter konnten das Schiff ohne die Hilfe der anderen steuern.

Er streichelte den goldenen Kopf, der im zunehmenden Licht weiß aussah. Die Haare waren fast trocken und kräuselten sich leicht über den Ohren. Peter lachte im Schlaf. »Mein Geliebter«, dachte Charlie, »mein Gefährte.« Er war der einzige Mensch, den er in seinem Leben tief und leidenschaftlich geliebt hatte. Hingebungsvoll, treu, ehrlich – und zum Betrug fähig. Jetzt konnte er ohne Schmerz daran denken. Er fühlte sich innerlich sicherer denn je. Wenn er die Elemente bezwingen konnte, dann konnte er wohl auch sich selbst bezwingen. War dies ihr Schicksal – ein Band, das sich langsam und schmerzlos auflöste? Er schaute hinauf zu den Segeln und überlegte, ob er die Schot noch etwas fieren sollte.

Im Osten wurde der Himmel heller. Dann erschien ein schmaler goldener Streifen am Horizont, und schließlich ging die Sonne so schnell auf, als habe sie große Eile. Innerhalb von Minuten befand er sich in einer funkelnden Welt aus blauer See und taumelnden Wellen mit weißem Kamm. Land war nicht in Sicht. Charlie hatte das Gefühl, als würde ihm die Brust vor Freude und Dankbarkeit bersten. Er hatte sich so nach diesem Tag gesehnt. Jetzt war er von Angst und Erschöpfung befreit. Er fühlte sich wunderbar. Erneut berührte er Peter am Kopf und zupfte ihn sanft am Haar. Peter öffnete die Augen, sah ihn an und lächelte.

»He, schau dir das an.« Er sprang auf die Füße und zeigte ihm seine Erektion. Dann schaute er an sich hinab, lachte, und zog die engen Jeans zurecht. »Hab von dir geträumt. Mein Gott, was für ein Tag. Um uns herum das Nichts.«

»Falsch. Wir sind auf dem Meer.«

»Kann ich das Rad jetzt übernehmen? Du mußt halb tot sein. Willst du nicht pinkeln?«

»Ich platze fast.« Er rutschte auf die Seite, und Peter setzte sich hinter das Rad. »Jetzt ist es kein Problem. Bleib einfach auf Kurs.« Charlie stand ungelenk auf und streckte sich. Dann ging er zum Heck und erleichterte sich. Seine Shorts waren noch naß, aber jetzt brannte die Sonne auf ihn herab. Sie würde ihn bald trocknen. Er kehrte zu Peter zurück. »Meinst du, du kriegst den Klüver alleine hoch?« fragte er.

»Klar. Da ist doch nichts dabei. Runterholen ist das Problem.«

Charlie lachte. »Ich hoffe, es wird nicht mehr so schlimm. Am besten ziehst du den Pullover aus – du wirst ein bißchen naß werden.«

Peter übergab ihm das Rad und schlüpfte aus dem Pullover. Charlies Augen folgten dem anmutigen Körper, der über das Deck lief. »Bring zuerst die Schot zurück«, erinnerte er ihn. Sie würden zuerst das Deck an der Leeseite vom Rettungsboot befreien müssen, bevor sie den Klüver hochziehen konnten. Hoffentlich schaffte Peter es allein. Er wollte, daß das Schiff gut in Schuß war, ehe jemand aus der Kabine kam. Diese Nacht hatte ihm ein Eigentumsrecht verschafft. Er wollte das Steuerrad niemandem außer Peter – unter seiner Aufsicht – überlassen, aber vermutlich würde er früher oder später schlafen müssen. Peter war für einige Zeit am Bug beschäftigt, dann führte er die Schot auf der Leeseite des Decks nach hinten und kletterte über das Schlauchboot. Sein nasses T-Shirt klebte ihm am Leib.

»Da vorne herrscht ein ziemliches Chaos«, berichtete er. »Ich glaube, das Ding muß ich aus dem Weg schaffen, nicht?«

»Ja, wenn du kannst.«

»Na ja, meine Knoten sind nicht sehr seemännisch, aber ich kann es zumindest vorläufig befestigen.« Er kehrte zum Boot zurück und fummelte daran herum. Dann hob er es aufs Dach und band es fest.

»Großartig«, rief Charlie. »Ziehen wir den Klüver rauf, und zwar flott.« Er packte das Ende der Schot, und sobald Peter am Mast war und das Fall in der Hand hatte, drehte Charlie am Rad, und das Schiff schlingerte hart an den Wind. »Zieh sie schnell rauf!« schrie er. Kaum war der Klüver am Ende des Stags und flatterte im Wind, holte er die Schot ein, während er das Rad mit den Knien festhielt. Das Seil zog hart, und er merkte, wie nahe er der völligen Erschöpfung war. »Komm her!« schrie er wütend.

Peter drehte sich um, hörte mit seine Arbeit auf und rannte zu ihm. »Ich wollte nur die Leine aufwickeln«, erklärte er.

»Tut mir leid, Kleiner. Nimm das verdammte Ding. Es reißt mir die Arme aus.« Als Peter es packte, steuerte Charlie das Schiff wieder auf seinen alten Kurs, und es drehte sich wieder in den Wind. Seine Müdigkeit hatte er vergessen. »Jetzt kommen wir voran, bei Gott!«

Peter machte Kaffee, den sie großzügig mit Whisky auffüllten. Charlie überließ Peter erneut das Steuer, setzte sich neben ihn und gab ihm Hinweise. Als die Sonnenhitze zunahm, entblößten sie den Oberkörper. Charlie legte Peter den Arm um den Rücken und eine Hand auf die Brust. Er streichelte die Nippel und zupfte daran, und er spürte, wie die Muskeln arbeiteten. Peter kicherte.

»Segeln ist sexy«, sagte er.

Die Sonne stand ziemlich hoch am Himmel, als die erste der »Passagiere« auftauchte, wie Charlie sie jetzt verächtlich nannte. Martha blinzelte verhärmt und zerknittert ins helle Morgenlicht. Charlies Hand lag immer noch auf Peter Brust. Er ließ sie ohne Eile fallen, zog aber nicht den Arm weg. Martha kletterte an Deck, schlurfte zu ihnen und lies sich auf die Bank neben ihnen fallen. Dann schaute sie sich mit leidenden Augen um. »Sind wir nicht in der Nähe von Korsika?« fragte sie.

»Wir kommen schon noch hin. Heute nacht waren wir nicht besonders schnell.«

Sie schauderte, streckte sich und verschränkte die Arme. Dann sah sie Charlie an, und etwas wie Ehrfurcht lag in ihrem Blick. »Du hast uns aus dieser Hölle gerettet«, sagte sie.

»Peter hat mir geholfen.«

»Ha!« rief Peter aus. »Was für eine Hilfe! Ich habe ein paar Stunden hier auf der Bank geschlafen.«

»Aber du warst da, als ich dich brauchte.«

Peter bemerkte den stählernen Ton in Charlies Stimme und schwieg unbehaglich. Suchte er Streit mit den Kingsleys? Martha hatte offenbar kapiert. »Jack war schrecklich krank«, sagte sie, um sich zu verteidigen.

»Das kann jedem passieren, schätze ich. Trotzdem,

wenn euer Schiff sinkt, sollte man meinen, daß ihr etwas dagegen tun wollt.«

»Was hätte ich denn tun können?« fragte sie bittend, immer noch mit Respekt in den Augen. »Du hast uns das Leben gerettet.«

»Ich habe nicht dich gemeint. Egal, mir hat es Spaß gemacht. Gott sei Dank war Peter da.« Er hob den Arm, strich mit der Hand über Peters Schultern, kniff ihn leicht in den Hals und ließ den Arm liegen.

Peter konzentrierte sich auf den Kompaß. Seine Wangen glühten, und sein Herz begann zu klopfen. Charlie war in einer gefährlichen Laune. Er zitterte für Jack; aber Charlie hatte das Recht, sich zu ärgern, nach dem, was er durchgemacht hatte.

»Es ist so seltsam still«, sagte Martha kläglich. »Fahren wir in einen zweiten Sturm?«

Charlie lachte. »Du liebe Güte, schau dich um. Es ist ein schöner Tag. Wo soll da ein Sturm herkommen?«

»Aber ist ein so starker Wind hier normal?«

»Weiß ich nicht. Ich weiß nur, daß wir gute Fahrt machen.«

»Ich bin völlig verschreckt. Nach der letzten Nacht, kann ich auf keinen Fall weiterfahren. Ich wäre nur eine Last. Ich werde euch in Korsika verlassen, und ihr drei segelt ohne mich weiter.«

»O nein.« Charlie lächelte und schüttelte entschieden den Kopf. Sie stand jetzt unter seinem Kommando, und er duldete keine Desertion. Als nächstes wollte Jack womöglich umkehren. Dafür hatte er ihr Schiff nicht gerettet. »Die vergangene Nacht war echt wild. Du wirst keine Last sein, sondern mit uns deine Arbeit zu dieser Fahrt leisten.«

»Aber ich hasse es. Ich habe es immer gehaßt. Mit Jack kann ich darüber nicht vernünftig reden.« Ihre Augen füllten sich mit Tränen. »Darum wollte ich diesmal unbedingt Leute mitnehmen, die ich mag.«

Charlie sah ihr in die Augen, und sein Gesichtsausdruck wurde weicher. »Nun, jetzt sind wir ja alle beieinander. Beruhige dich und werde wieder das nette, vernünftige Mädchen, das du vorher warst. Schließlich habt ihr *uns* zu dieser Reise überredet.«

»Ich werd's versuchen. Nach dieser Nacht traue ich dir alles zu. Das lindert meine Angst ein wenig.« Sie schaute ihn bewundernd an. »Jetzt bin ich wohl eine Vaterfigur«, dachte Charlie.

»Also, wie wär's mit ...« begann er.

»Verrate bloß Jack nicht, was ich gesagt habe«, unterbrach sie ihn leise. Anscheinend hatte sie im Augenwinkel eine Bewegung gesehen. In der Tat tauchte Jack aus der Niedertür auf. Er stützte sich auf den Rand der Öffnung und schaute sich um. Charlie nahm die Hand von Peters Hals.

»Wer hat den Klüver gesetzt?« fragte er unwirsch.

»Das war Peter«, erwiderte Charlie. Er fand, daß Jack unerwartet gut aussah – aber er hatte sich ja auch lange ausgeruht.

»Wir haben verdammt viel Segelfläche bei diesem starken Wind.«

»Rede keinen Unsinn. Wir segeln wunderbar.«

»Das ist leicht gesagt. Aber Peter und ich müssen sie einholen, wenn wir Schwierigkeiten bekommen.«

»Das mache ich, Jack «, sagte Charlie gelassen. »Ich möchte, daß Peter heute so lange wie möglich am Steuerrad ist. Ich glaube, nach so einer Nacht sind wir uns alle darüber einig, daß es besser ist, wenn noch einer mit diesem Ding umgehen kann. Bist du einverstanden, Peter?«

»Klar. Allmählich macht es mir Spaß.« Er hielt den Atem an und wartete. Würde Charlie Jack so leicht davonkommen lassen? Er hatte alles im Griff, und wenn er nicht zu weit ging, konnte Jack nicht viel dagegen tun.

»Ich glaube, eines wissen wir alle«, sagte Jack ernst und ließ sich auf eine der Bänke nieder. »Sogar da unten haben wir gemerkt, daß du hier Übermenschliches geleistet hast. Dir gebühren alle Medaillen. Es tut mir leid, daß ich weggetreten war. Ich weiß nicht, was mit mir los war.«

»Ein kranker Mann kann nicht helfen. Das Schlimmste ist ohnehin während meiner und Peters Wache passiert«, meinte Charlie großzügig. »Würdest du prüfen, ob das Rettungsboot fest ist? Es hat sich letzte Nacht losgerissen. Wir hätten es fast verloren. Melde dich, wenn du Hilfe brauchst.« Charlie war offensichtlich als Kommandant anerkannt. Heimlich strich er mit dem Daumen über eine kitzlige stelle an Peters Seite, während Jack ging, um seinen Auftrag auszuführen. Peter beugte sich über den Kompaß und unterdrückte ein Lachen. Charlie wandte sich Martha zu. »Ich wollte dich fragen, ob du uns etwas zu essen machen könntest. Es ist mir egal, ob es Frühstück, Mittagessen oder Abendbrot ist. Ich könnte alles zusammen verdrücken.«

Sie lächelte ihn bewundernd an und ging. Charlie und Peter blieben zusammen am Rad. Nachdem er das Schlauchboot befestigt hatte, warf Jack einen Blick auf das Log und fragte Charlie nach dem Zeitablauf gestern Nacht. Dann ging er, um sich mit seinen Notizen und Berechnungen zu beschäftigen. Charlie legte wieder den Arm um Peter, liebkoste ihm die Brust und den Bauch und drückte ihn an sich. Nach überstandenem Schrecken ärgerte er sich über Schwäche und Unfähigkeit aller Art. Er konnte sich die Kommentare der Kingsleys vorstellen, wenn er oder Peter sich wie Jack aufgeführt hätte: »Was kann man von Schwulen auch anderes erwarten?« Hoffentlich hatte er ihnen gezeigt, was sie erwarten durften: Pflichtgefühl, Mut und Zähigkeit. Vor den Kingsleys brauchte er sich nicht mehr zu schämen. Er hatte das Recht erworben, Peter zu umarmen, wann immer er wollte. Sie hatten die Nacht gemeinsam durchgehalten. Peter war nicht von seiner Seite gewichen. Er spürte, wie Peters ganzer Körper auf seine Hand reagierte. Warum sollte er die tiefe, unteilbare Kameradschaft nicht ausdrücken, die er jetzt für ihn empfand? Er küßte Peters Rücken und zog ihn mit der anderen Hand an seine nackte Brust. Peter gab leise, schnurrende Laute der Lust von sich.

Charlie änderte seine Haltung nicht, als Martha kam, hörte aber auf, Peter mit den Fingern zu liebkosen. Als sie mit zwei Tellern das Cockpit erreichte, ließ er Peter los, lächelte Martha an und nahm die Teller entgegen. »Hier, Kleiner. Nimm und iß«, sagte er. »Ich kann das Rad mit den Füßen halten.«

Peter traute seinen Ohren nicht, aber er ließ das Rad los und nahm sein Essen in Empfang. Martha setzte sich auf die Bank neben ihnen. Die Zubereitung des Essens hatte sie offenbar aus dem seltsamen Zustand der Auflösung gerissen, in den sie schon kurz nach ihrer Abreise geraten war. Sie hatte sich frisiert und Lippenstift aufgetragen und war wieder die hübsche, nette Frau, die sie kannten. Nur die Art, wie sie Charlie ansah, war neu. Ihre Blicke sagten, daß er nichts falsch machen konnte.

Auf den Tellern lagen Schinken mit Ei, Sandwiches aus französischem Brot und Hamburger – unter diesen Umständen eine vernünftige Mahlzeit und leicht zu essen. Sie stopften es in den Mund und lachten viel über ihre groben Tischmanieren. Als sie fertig waren, lekkten sie sich die Finger ab, grunzten vor Vergnügen und rühmten das Essen lauthals.

»Es ist so schön, euch zuzusehen«, sagte Martha und schaute dabei Charlie an. »Ihr habt anscheinend immer Spaß miteinander.«

Charlie fuhr mit den Fingern durch Peters Haar, packte es und zog seinen Kopf hin und her.

»Wundert Sie das bei einem Kerl wie dem da? Mann, du bist ja mit Salz verkrustet.« Er beugte sich zu ihm, stützte seinen Hinterkopf mit einer Hand, leckte den Zeigefinger der anderen Hand ab und begann vorsichtig Salz von den Augenwimpern zu wischen. »Deine verdammten pelzigen Wimpern.« Er wandte sich an Martha. »Haben Sie diese Wimpern gesehen? Sie sind erstaunlich.«

»Ich weiß. Sie machen mich grün vor Neid«, sagte Martha, ohne Charlie aus den Augen zu lassen.

Peter wurde abwechselnd rot und blaß und hoffte, daß man es unter seiner Bräune nicht sah. Er hatte sich so sehr danach gesehnt, daß zwischen ihnen alles wieder normal wurde, und er hatte sich jedes Mal gefürchtet, wenn Charlies Stimmung umgeschlagen war. Aber das jetzt war so aufregend, daß er sich darin fügte und gar nicht erst versuchte, es zu verstehen. Er nahm an, daß Martha nichts Sexuelles darin sah, doch er wußte, daß Charlie ihre Beziehung öffentlich zur Schau stellte. Das widersprach allem, was Peter an ihm kannte. Selbst die Anrede »Kleiner« mochte ihr unschuldig vorkommen, aber es war Charlies intimster Ausdruck der Zuneigung. Und das in Gegenwart eines anderen? War es nur ein Versehen? Nein, solche Versehen unterliefen Charlie nicht, und außerdem hatte er Peter dabei noch gestreichelt. Er hatte es also sagen wollen. Peter setzte sich wieder ans Steuerrad. Er war froh, daß er sich an etwas festhalten konnte und nicht in Versuchung geriet, die Zärtlichkeiten zu erwidern. Wer weiß, wie weit sie noch gegangen wären.

»Rutsch ein klein wenig nach vorne«, sagte Charlie. »Mal sehen, ob ich ein Bein auf deinen Sitz legen kann. Dann kann ich mich vielleicht ein bißchen ausstrekken.« Peter tat es, und Charlie legte das Bein auf das Polster. Er zog Peter an der Hüfte zwischen seinen gespreizten Beinen nach hinten, so daß er spürte, wie Charlies Glied sich zu rühren begann. »Gut so. Wie ist es?« fragte Charlie mit einem Anflug von Heiterkeit.

»Großartig« sagte Peter mit Mühe und hoffte, daß sein Keuchen nicht zu hören war. Er packte das Rad und wartete darauf, daß sein Puls sich beruhigte. Charlie legte ihm eine Hand auf die Schulter und gab ihm Hinweise, wie er mit dem Schiff umgehen sollte. Martha schickte er los, um Schoten richtig zu stellen, während er Peter zeigte, wie man in den Wind steuert, das Tempo drosselt und beidreht. Für irgendwelche Spielchen war der Wind zu stark. Als Charlie sich vorbeugte, um den Kompaß zu kontrollieren, richtete sein Glied sich auf und preßte sich an Peters Rücken. Ihre Köpfe streiften sich an den Seiten. Anscheinend wollte Charlie ihn verrückt vor Lust machen. Als Peter einen Vorwand fand, um zu lachen, prustete er los, um seine aufgestaute Erregung zu lindern. Charlie fiel ein. Martha setzte sich wieder und betrachtete sie mit wohlgefälligem Lächeln.

»Es ist herrlich, euch beiden zuzusehen«, sagte sie. »Ich habe noch nie zwei so attraktive Männer gesehen.«

Am späten Vormittag, als Charlie sicher war, daß Peter unter normalen Bedingungen das Schiff führen konnte, beschloß er, sich ein wenig auszuruhen.

»Bleib einfach am Rad«, sagte er, nachdem er Martha unter einem Vorwand nach vorne geschickt hatte. »Wenn du Hunger kriegst, soll Martha dir etwas bringen. Sollte das Wetter sich ändern, schrei nach mir. Ich möchte ihnen zeigen, daß wir allein zurecht kommen.«

»Allein?« murmelte Peter. »Wenn wir es nur wären. Du weißt bestimmt, daß ich jeden Moment deine Kleider zerreißen könnte.«

Charlie kicherte, stand auf und strich Peter kurz mit den Fingern über die Schultern, dann ging er nach unten. Er zwängte sich durch das Gerümpel in der Kabine, ließ sich in eine Koje fallen und schlief ein.

Als er aufwachte, machte er sich in der engen Pütz flüchtig zurecht und zog frische Shorts an. Dann stieg er hinauf und schaute sich in der Niedertür um. Vor sich sah er mit ungläubigem Entzücken eine lange, bewaldete grüne Insel – Korsika. Sie hatten es geschafft.

Das Land sah solide und gastfreundlich aus. Die See war ruhiger, und der Wind war ein wenig abgeflaut, aber sie kamen immer noch gut voran. Er schaute nach hinten, wo die drei sich im Cockpit versammelt hatten. Peter und Martha begrüßten ihn mit einem fröhlichen Lächeln. Jack schien stramm zu stehen, als wolle er einen möglichst wachen und kompetenten Eindruck machen. Charlie stellte sich hinter das Rad und tippte Peter auf die Schulter.

»Ich übernehme jetzt«, sagte er. »Du brauchst auch etwas Schlaf.«

»Eigentlich kommt jetzt meine Wache«, sagte Jack.

»Du kommst auch gleich dran. Ich möchte alles an Deck überprüfen.«

»Ich schätze, wir sind vor sechs Uhr da, wenn der Wind nicht schwächer wird. In der Nacht möchte ich nicht einfahren.«

»Keine Sorge, Jack. Wir haben alle Informationen. Nach der Karte gibt es bei Calvi eine große, offene Bucht mit viel Ankerplatz. Es ist also nichts dabei. Wie wär's mit dem Besan?«

»Meinst du, es lohnt sich?«

»Ja, wenn Sie ankommen wollen, bevor es dunkel wird.« Er schaute sich nach Peter um und winkte ihm zu. »Geh runter und schlaf ein bißchen.«

»Du bist unverwüstlich«, stellte Martha fest. »Du hattest kaum drei Stunden Schlaf.«

Kurz nach fünf segelten sie in die Bucht von Calvi. Das ruhige Wasser war wie ein Schock – sie hatten sich so an ein schaukelndes Schiff gewöhnt. Sie refften die drei Segel, und Charlie schaltete den Motor ein und fuhr auf den Kai zu. Als sie nahe genug waren, schaltete er den Motor aus und ließ er das Schiff in die Ankerposition gleiten.

»Anker!« rief er Peter und Jack am Bug zu. Das laute Rasseln der Kette schallte über das friedliche Wasser. Das Heck schwang herum. Charlie schaltete in den

Rückwärtsgang. Da er mit dem Motor nicht vertraut war, fiel ihm der Umgang damit schwerer als mit den Segeln, und er fluchte in sich hinein, während er vor und zurück fuhr.

Jack kam zurück und stellte sich neben ihn. »Am besten läßt du mich jetzt ran«, sagte er.

Charlie verfluchte ihn stumm. »Ich muß es lernen, Jack«, erwiderte er sachlich. Ein paar Müßiggänger hatten sich am Kai versammelt. Als sie nahe genug waren, warfen Martha und Peter ihnen Bugleinen zu. Jack war wieder am Bug und fierte die Kette. Als sie an den Kai gezogen wurden, schaltete Charlie den Motor ab. In der plötzlichen Stille atmete er tief und heftig. Er fühlte sich sicher. Daß man sich derart sicher fühlen konnte, hatte er gar nicht mehr gewußt. Sein Blick schweifte über das ruhige Wasser der breiten Bucht und über den Berg im Hintergrund, dessen Gipfel immer noch mit Schnee bedeckt war. Hier fühlte er sich völlig eingehüllt und geschützt. Er verstand, warum Martha den Hafen nicht gerne verließ. Aber er wußte auch, daß er viel geleistet hatte. Davon wollte er noch mehr haben. Daß die Natur noch etwas Schlimmeres für sie bereithielt, konnte er sich nicht vorstellen. Er wollte Kommandant sein. Er riß sich zusammen und schaute achtern. Peter war an Land gesprungen und sicherte die Leinen. Charlie löste die Laufplanke und kuppelte sie ans Deck. Als Peter wieder an Bord kam, rollten sie gemeinsam die schweren Segel ein. Es war eine harte Arbeit, und sie schwitzten, als sie fertig waren.

»Ich könnte einen Drink vertragen«, meinte Jack.

»Natürlich«, dachte Charlie, aber er sagte: »Ich auch. Dann verdrücken wir uns.«

»Ihr geht an Land?«

»Klar. Hier muß es ein Hotel geben.«

»Es ist immer noch viel zu tun. Unten herrscht Chaos.«

»Komm, Jack. Man kann nicht gerade sagen, daß die

Fahrt bisher für dich sehr anstrengend war. Ihr werdet doch allein zurechtkommen.«

»Wie ihr wollt.« Martha brachte Gläser, Eis, Whisky und den Shaker mit dem Martini. Nach einem Glas gingen Peter und Charlie nach unten, um ihre Toilettentaschen, frische Shorts und Hosen zu holen.

»Hör mal«, sagte Peter, als sie außer Hörweite waren. »Vielleicht sollten wir heute nacht hier bleiben. Es ist unser erster Aufenthalt. Offenbar erwarten sie es.«

»Zum Teufel, nein. Wir haben klipp und klar vereinbart, daß wir im Hafen von Bord gehen. Ich habe im Moment genug von den beiden. Ich will bei dir sein.«

Dem konnte Peter nicht widersprechen. Sie kletterten zurück aufs Deck, sagten den Kingsleys gute Nacht und verließen sie. Martha sah einsam aus, Jack grollte.

In der Stadt war nicht viel los. Gegenüber des Kais stand eine Reihe von niedrigen Häusern. Ein langes weißes Gebäude auf der anderen Seite der Bucht sah wie ein Hotel aus, aber so weit wollten sie nicht gehen. Sie fanden ein Restaurant, das Zimmer vermietete und gingen hinauf, um sich vor dem Essen zu waschen und umzuziehen.

»Mein Gott – ein Bett«, rief Charlie, als sie allein waren. »Mir ist, als hätte ich tagelang keines gesehen. Laß mich nicht in seine Nähe, sonst stehe ich nicht mehr auf.«

»Spürst du etwas im Kopf? Ich kann kaum noch gerade gehen.«

»Stimmt. Ich schwanke auch. Wie auf dem Meer.«

»Ist das normal? Ich dachte schon, mit mir stimmt was nicht.«

Charlie lächelte und ging zu ihm. Er nahm ihn in die Arme und zog ihn an sich. »Mit dir ist alles in Ordnung, Kleiner. Mann, du warst gut gestern Nacht.« Er küßte ihn aufs Ohr.

»Ich wollte, ich hätte etwas tun können.«

»Du hast viel getan. Ich glaube nicht, daß ich es ohne dich geschafft hätte.«

»Keine Sorge, ich werde immer da sein.«

Charlie umarmte ihn, dann legte er ihm einen Arm um die Schulter, während er ihre Sachen auspackte. Peter hatte nie daran gedacht, daß sich ihre Gefühle und ihre Beziehung ändern könnten, aber dieser Tag schien einer der denkwürdigsten seines Lebens zu werden. Er wollte Charlie sagen, was er in seinen Armen vor Marthas Augen empfunden hatte, aber er wollte Charlies Spontaneität nicht stören und dadurch alles verderben. Also beschloß er zu warten. Vielleicht würde Charlie irgendwann andeuten, warum er das getan hatte. Es hatte unerotisch ausgesehen, außer als er ihn zwischen seinen Beinen nach hinten gezogen hatte. Er verspürte die Erregung immer noch, ermahnte sich aber, Charlie die Initiative bei dieser ungewohnten öffentlichen Zurschaustellung körperlicher Intimität zu überlassen. Solange er nicht durchblickte, war die Gefahr groß, einen Fehler zu machen.

Feminine Passivität war ihm nicht fremd, und er hatte ja gegenüber sich selbst und Charlie darauf bestanden, daß Jeannot nur ein Ausrutscher war. Er war sich seiner starken weiblichen Persönlichkeitszüge bewußt und neigte dazu, sie amüsiert zu akzeptieren – schließlich tat er damit niemandem weh außer sich selbst. Aber als Manager ihres Lebens hatte er genug Möglichkeiten, seine Männlichkeit auszuleben: Er verdiente das Geld und hatte sich in einer hart umkämpften Branche durchgesetzt. Er wußte mit Geld umzugehen und genoß sein Wissen. Mit Charlie war er streng, was dessen Arbeit anging, und er bestand darauf, daß Charlie seine ganze Zeit dafür opferte. Peter hatte sich zum Schutzengel seines Talents ernannt, und er beobachtete mit Befriedigung, daß man Charlie immer mehr Beachtung schenkte.

Andererseits hatte er keine männlichen Schuldgefühle gehabt, als er das Geschäft mit den Bellevilles vorläufig platzen ließ, obwohl er es so gut wie in der Tasche gehabt hatte. Sein Mann hatte ihn gerufen, und er hatte gehorcht, obwohl er sich ausgerechnet hatte, mit einigen Teilen der Sammlung – vorzüglichen Bronzen und antiken Gläsern – einen Profit von bis zu fünfzigtausend Dollar zu machen. Er glaubte zwar nicht, daß der Deal endgültig scheitern würde, weil er abgereist war; aber selbst wenn es so wäre, würde er kein tiefes Bedauern verspüren. Er hatte immer eine heitere und gelassene Einstellung zum Leben gehabt, obwohl seine Kindheit nicht sonderlich glücklich gewesen war (ein bigotter, aber unfähiger Vater und Schulen, bei denen es wie beim Militär zuging). Was zählte, kam erst danach. Charlie hatte ihn verführt und ihm die wahre Natur seines sexuellen Appetits gezeigt, und das in einem Alter, wo er unter weniger günstigen Umständen daran gelitten hätte – vielleicht sein Leben lang. Sein Optimismus war nur zweimal auf die Probe gestellt worden. Einmal hatte Charlie ihn zurückgewiesen, um zu heiraten. Aber das hatte nur ein paar Monate gedauert und ihm die Gelegenheit verschafft, seine Sexualität gründlich zu erforschen, was zweifellos notwendig und nützlich gewesen war. Der zweite Vorfall war so schlimm gewesen, daß er ihn verdrängt hatte; aber damals war er fast daran zerbrochen. Charlie hatte ihn gerettet, sein Mann, sein Ehemann, der jetzt aus unerfindlichen Gründen die größte Krise ihrer Beziehung durchmachte und gleichzeitig nahe daran war, öffentlich das anzuerkennen, was Peter im Vergleich zur Ehe der meisten anderen Leute immer für eine bessere Ehe gehalten hatte.

Charlie hatte immer noch den Arm um ihn gelegt, während er zögernd ihre Toilettenartikel sortierte. Er umarmte ihn noch einmal, dann trennten sie sich, um sich zu waschen und anzuziehen. Kurz bevor sie hinunter zum Essen gingen, strich Charlie ihm zärtlich übers Haar und gab ihm einen sanften Kuß auf den Mund. »Du siehst phantastisch aus«, stellte er fest.

Peter warf ihm ein strahlendes Lächeln zu. »Du weißt, wie man einem Burschen den Kopf verdreht.«

Als sie hinuntergingen, legte ihm Charlie wieder den Arm um die Schulter. Als sie gegessen und zwei Flaschen Wein getrunken hatten, tat Charlie so, als breche er zusammen. Dann raffte er sich lächelnd auf.

»Ich bin wirklich am Boden. Wahrscheinlich ist es noch nicht einmal neun, aber ich glaube, ich muß ins Bett gehen.«

»Du hast sein gestern morgen nur drei Stunden geschlafen. Das sind – mein Gott, das sind ja über sechsunddreißig Stunden. Ich bin auch todmüde.«

»Okay, Partner. Mal sehen, ob ich von diesem Stuhl aufstehen kann.« Der brütende Blick, der Peter in den letzten drei Wochen so vertraut geworden war, kehrte in seine Augen zurück. Das hatte Peter nicht erwartet, und es gefiel ihm nicht. »Das bist du doch, oder? Mein Partner?« fragte Charlie mit seltsamer Eindringlichkeit.

»Das will ich meinen.«

»Ich zähle auf dich, vor allem in den nächsten paar Tagen. Seit der letzten Nacht traue ich Jack nicht mehr. Ich möchte, daß du lernst, mit dem Schiff ebensogut wie ich umzugehen. Zum Teufel mit den Wachen. Wir müssen so oft wie möglich zusammen am Steuer sein. Wir können im Cockpit schlafen und einander ablösen. Das wird eine höllische Kreuzfahrt für die Passagiere!«

Peter verstand nicht, warum ihm das so wichtig war, aber die Aussicht erregte ihn. Sie spielten zusammen in derselben Liga. Da war ein ganz neuer Aspekt ihrer Beziehung.

Sie stiegen hinauf in ihr Zimmer, streiften die Kleider ab und fielen ins Bett. Peter drehte sich auf die Seite, und Charlie legte den Arm um ihn und zog ihn zu sich heran, bis sie wie Teile eines Puzzles aneinander lagen

– Peters Rücken an Charlies Vorderseite. Peter schob die Hüften nach hinten, bis Charlies mächtiges, schlaffes Glied sich an seine Hinterbacken preßte.

»Ich schlafe schon, Kleiner«, murmelte Charlie.

»Mein Charlie. Liebling. Liebster. Ich auch.« Sie schliefen, zu erschöpft, um von ihrer ganz privaten Nacht zu profitieren.

Bei der Lagebesprechung am nächsten Morgen – Jack schien seinen Groll überwunden zu haben – vereinbarten sie, einen ruhigen Tag zu verbringen und unter Deck einige notwendige Reparaturen zu erledigen. Am Abend wollten sie wieder auslaufen. Bonifatio lag an der Südspitze der Insel, falls sie einen Hafen brauchen sollten; ansonsten würden sie nach Sardinien segeln und dann weiter nach Capri. Als das geklärt war, ging Charlie an die Reling und musterte den Himmel. Martha stellte sich neben ihn.

»Was sind das für Wolken?« fragte sie. »Was bedeuten sie?«

Im Westen waren tiefe weiße Haufenwolken zu sehen. Charlie kicherte. »Ich habe nicht die geringste Ahnung. Aber sie sehen hübsch aus.«

»Hast du denn nie Angst? Nicht einmal letzte Nacht – ich meine, die Nacht davor?«

»Du liebe Güte, ich war starr vor Angst. Aber die Wahrscheinlichkeit, daß sich das wiederholt, ist gleich null.«

Ihre Hände streiften sich an der Seite. Sie nahm seine Hand und verschränkte ihre Finger darin. »Ich würde bestimmt nicht weiterfahren, wenn du und Peter nicht dabei wäret. Ich weiß nicht warum, aber seit ihr auf dem Schiff seid, kommt es mir sicherer vor denn je.«

»Das freut mich.« Er drückte ihr die Hand und löste sich von ihr. »Du wirst sehen, es wird wundervoll.«

»Vielleicht erreichst du, daß es so aussieht. Du ahnst ja nicht, wie sehr ich dieses Schiff hasse. Es ist Jacks

Spielzeug. Aber ich weiß nicht, wie ich je davon loskommen soll. Wir haben eine Menge Geld hineingesteckt, und es ist praktisch unsere Heimat geworden.«

»Das klingt nach einem Problem.«

»Es ist eines, aber wahrscheinlich kein sehr interessantes. Vielleicht verstehst du jetzt, warum es mir so viel bedeutet, zwei Männer zu kennen, die offenbar alles genießen, was sie zusammen tun. *So* eine Freundschaft muß herrlich sein.«

»Das ist sie.« Versuchte sie, ihn auszuhorchen? Er glaubte es nicht. Sie sprach freimütig und meinte anscheinend, was sie sagte. »Ich würde mich freuen, wenn du die Fahrt mit uns genießen könntest«, sagte er. »Am Wetter kann ich nichts ändern, aber ich verspreche dir, daß wir nicht auslaufen, wenn es gefährlich aussieht. Zufrieden? Sage es mir, wenn wir irgend etwas tun können, um es dir leichter zu machen.«

Sie schaute ihn aus klaren blauen Augen bewundernd an. »Du bist ein sehr netter Mann.«

Sie legte ihm kurz die Hand auf den Arm und ging.

Sogar Charlie war ein wenig aufgeregt, als sie sich an diesem Abend darauf vorbereiteten, den Anker zu lichten. Das Mittelmeer war einfach zu schön. Er würde diesem lächelnden Antlitz trotzdem nie wieder trauen.

Die Nacht war so perfekt, wie er es gehofft hatte. Eine günstige Brise, weder zu stark noch zu schwach, sorgte für gute Fahrt. Gleich nachdem sie den Hafen verlassen hatten, ging Jack schlafen, nicht ohne vor dem Essen seine übliche Menge Martinis zu konsumieren. Martha setzte sich eine Weile allein auf eine Bank im Cockpit, Peter und Charlie teilten sich den Sitz hinter dem Rad. Charlies Pranke lag fest auf Peters Körper. So sehr Peter das gefiel, er wunderte sich immer noch darüber. Er trug einen schwarzen Pullover, und die Hand war selbst in der Dunkelheit klar zu sehen. Sie tat nicht viel; sie bewegte sich nur auf seiner Brust und massierte manchmal seine Schultern und seinen Nakken. Peter hatte das Rad übernommen, und Charlie machte Martha mit seiner freien Hand auf Sternschnuppen aufmerksam. Als sie ging, legte er beide Hände auf Peter, schob ihn ein wenig nach vorne, legte wieder ein Bein auf das Polster und zog Peter zu sich heran. Peter legte kurz den Kopf zurück, um Charlies Kopf zu berühren.

»O Gott, halte mich immer so«, murmelte er. Er nahm eine Hand vom Rad und tastete hinter sich nach dem dicken Glied unter der prallen Wölbung. »Darf ich deine Hose aufmachen?«

»Lieber nicht, Kleiner. Es ist zu riskant. Außerdem sollst du dich aufs Segeln konzentrieren.«

»Mein Lehrer ist mir eine große Hilfe.«

Charlie strich mit den Händen über Peters Schenkel, legte sie auf die Gabelung, und zog Peter näher an sich heran. »Bleiben wir einfach so. Fühlt sich gut an.«

»Gut? So stelle ich mir das Paradies vor! Der Himmel, die plätschernden Wellen, der Wind und deine Hände ... Wie du gesagt hast, es ist friedlich und erregend zugleich. Ich bin so verdammt glücklich, daß ich weinen könnte.«

Später in der Nacht bestand Charlie darauf, daß Peter ein wenig schlief. Peter streckte sich auf der Bank neben Charlie aus und legte ihm eine Hand aufs Knie. Als Jack um vier Uhr auftauchte, gab ihm Charlie die üblichen Informationen und ließ ihn ans Steuerrad. Er weckte Peter, und sie gingen nach unten. Charlie wollte nicht lange bleiben. Gleich nach Tagesanbruch war er zurück und drängte Jack, keine Zeit mit einem Besuch in Bonifacio zu vergeuden. Da das Wetter schön war, widersprach Jack ihm nicht, und sie segelten durch die Meerenge und hielten auf Capri zu, das über zweihundert Meilen entfernt war.

Der normale Zeitablauf war ausgesetzt. Ihre Zeit wurde von den Bedürfnissen des Schiffes und dem Rhythmus der Wachen bestimmt. Sie aßen gierig, wenn sie Hunger hatten, und schliefen, wann immer es nichts zu tun gab. Das Wetter blieb gut, so daß Martha lächelte und offensichtlich zufrieden war. Der Wind war wechselhaft und nie stark genug, um flott zu segeln. Als sie Gegenwind hatten, berechnete Jack einen Kurs nach der Himmelsrichtung, die sie nahe am Wind einhalten konnten, und gab ihnen Hinweise, wann sie beidrehen sollten. Peter fiel es nicht schwer, Jacks Methode zu befolgen, während Charlie, der an Regatten gewöhnt war, bei denen man aufkreuzte, wann immer es möglich war, um beim leichtesten Wechsel des Windes Vorteile herauszuholen, dieses System einengend fand und der Versuchung nicht widerstehen konnte, zu wenden, sobald es ihm gerechtfertigt erschien, trotz der damit verbundenen Arbeit mit den Schoten. Er notierte die Zeit und die Entfernung peinlich genau, so daß Jack sich nicht beklagen konnte. Jack war stolz darauf, daß er ihnen auf seinen vorzüglich geführten Karten ihre genaue Position zeigen konnte. Peters Langstrecken- und Charlies Zickzackkurs sahen auf der Karte aus wie die Verkaufskurve eines Produkts der Madison Avenue.

Martha, Charlie und Peter trugen tagsüber ihre knappste Badekleidung und waren bald mahagonibraun. Martha hatte einen hübschen Körper, kurvig und geschmeidig und mit blühender Haut. In besonders ruhigen Phasen fertigte Charlie Skizzen von ihr an, während sie an Deck lag. Die Bikiniteile verdarben die Linien, und er wünschte, es ginge ohne sie. In ihre mädchenhafte Bewunderung mischte sich jetzt vielleicht ein wenig Verlangen; er war sich nicht sicher. Er merkte immer wieder, daß sie ihn anstarrte. Sie begegnete seinem Blick, ohne die Augen niederzuschlagen, und auf ihren Lippen lag ein leichtes Lächeln. Alles war so offen und entspannt, daß es ihn nicht störte. Schließlich betrachtete auch er ihren Körper eingehend, ohne ihn zu begehren. Einerlei, was sie für ihn empfinden mochte, es machte sie zu einer angenehmen Gefährtin. Sie lachte über seine Witze und ergriff bei jeder Diskussion seine Seite. Aber sie machte nicht den Fehler, seine Aufmerksamkeit allein für sich zu beanspruchen. Sie bezog Peter in ihre Gespräche mit ein. Nur Jack sonderte sich ein wenig ab. Er verbrachte viel Zeit mit seinen Berechnungen und schlief mehr als die anderen. Einmal kam er in seinen zerfransten Shorts an Deck und beschäftigte sich mit dem Sextanten. Es sah sehr professionell aus. Charlie fand es gut, daß wenigstens einer von ihnen sich darum kümmerte, wo sie waren.

Als Charlie am frühen Morgen des dritten Tages das Rad an Jack übergab, hatte er in der Ferne Lichter gesehen, wußte aber nicht, ob es Land war oder Schiffe. Ein paar Stunden später kam er wieder auf Deck und stellte fest, daß sie um Inseln herumsegelten. Jack sah sehr zufrieden aus.

»Sie sind wohl genau dort, wo du sie erwartet hast?« fragte Charlie liebenswürdig.

»Stimmt. Das dort ist Ischia. Capri liegt irgendwo vor uns. Wir müßten gegen Mittag dort sein.«

Jacks Voraussage erwies sich als ziemlich genau. Als es Zeit für die Drinks war, machten sie im überfüllten Hafen von Capri fest. Weit über ihnen war die Ausläufer der Stadt zu sehen. Peter und Charlie hatten einen Koffer mit ihren feinsten Sommerkleidern gepackt und freuten sich aufs Land. Sie waren beide noch nie in Capri gewesen. Pflichtschuldig nahmen sie mit den Kingsleys einen Drink und verabschiedeten sich.

»Geht ihr rauf in die Stadt?« fragte Jack.

»Natürlich.«

»Touristen haben es wirklich gut.«

»Gehen Sie denn nicht?«

»Jemand muß auf das Schiff aufpassen. Soviel ich weiß, ziehen die Leute dich hier bis aufs Hemd aus, wenn du ihnen eine Chance gibst.«

»Sollen wir abwechselnd Wache schieben?«

»Nein, nein. Wir haben vereinbart, daß ihr abends

an Land geht. Genauer gesagt, daß ihr im Hotel übernachtet. Vielleicht sollten wir zuerst etwas essen und ihr geht danach ein Hotel suchen.«

Charlie fragte sich, ob er damit nicht recht habe; aber Martha nahm ihm die Entscheidung ab.

»Nein, Schatz«, sagte sie besänftigend. »Nicht heute abend. Ich erinnere mich, daß es hier von Touristen wimmelt. Wir können ja morgen früh einen Spaziergang machen, wenn die Jungs früh genug zurückkommen.« Sie sah Charlie an, und er lächelte ihr dankbar zu.

»Schön. Wir sind um neun zurück, wenn es euch recht ist.«

Dabei beließen sie es. Peter und Charlie fanden ein Taxi und fuhren auf der kurvigen Straße zur Stadt hinauf.

»Einige Minuten habe ich mir schon Sorgen gemacht«, sagte Peter. »Ich schätze, er hätte darauf bestehen können.«

»Unsinn. Die Hafenpolizei paßt auf. Er wollte uns nur auf die Probe stellen. Der guten alten Martha sei Dank.«

»Es ist hilfreich, daß sie in dich verliebt ist.«

»Glaubst du?«

»Glauben? Sie ist offensichtlich verrückt nach dir. Ich weiß genau, wie sie sich fühlt.«

Charlie legte ihm die Hand aufs Knie, und sie lachten zusammen. Auf einem großen Platz am Rande einer Klippe stiegen sie aus. Von da aus führte eine Straße in die Stadt. Es sah zumindest wie eine Stadt aus. Kaum waren sie aus dem Taxi gestiegen, umschwärmte sie eine Horde von kleinen Jungen in Uniformen und Abzeichen, auf denen Hotelnamen standen. Sie schrien durcheinander und schnappten nach ihrem Koffer. Lachend versuchten sie, den Angriff abzuwehren.

»In welches Hotel sollen wir gehen?« fragte Charlie.

»Laß sie es auskämpfen. Der Sieger kriegt uns.«

Der Taxifahrer gestikulierte und rief ihnen etwas zu. Charlie gab ihm einen Dollar. Er vollführte einen Zaubertrick damit, fuhr aber fort, zu gestikulieren und zu rufen. Als habe er auf sie gewartet, erschien Guy de Sainval vor ihnen. Mit ein paar Kommandos stillte er den Aufruhr. Dann schaute er sie an und lächelte.

»Das Schicksal ist uns hold. Ich habe noch nie im Leben etwas so Schönes gesehen. Was habt ihr mit euch gemacht?« Er wandte sich Peter zu. »Anscheinend habe ich dir zu wenig Aufmerksamkeit geschenkt. Du siehst toll aus.«

Sie schüttelten ihm die Hand und begrüßten ihn wie einen alten Freund, dem man nach langer Zeit wiederbegegnet. Sie hatten das Gefühl, ihn seit Wochen nicht gesehen zu haben. »Was machst du denn hier?« fragten sie im Chor.

»Harry ist nicht zurückgekommen. Meine Freunde fanden, ich solle mich trösten. Ich bin gestern angekommen und bleibe vielleicht für immer hier. Wartet nur, bis ihr die Schönheiten der Insel seht. Man kann den armen alten Tiberius gut verstehen. Aber was ist mit euch? Warum seid ihr nicht in Griechenland?«

»Wir sind ja erst eine knappe Woche unterwegs.«

»Sag uns, in welchem Hotel wir absteigen sollen«, bat Peter.

Guy sah in einen Augenblick an und wiegte sein aristokratisches Vogelgesicht hin und her. »Göttliche Worte, von einem göttlichen Mund gesprochen. Warum nicht in meinem? Dann habe ich euch wenigstens unter demselben Dach. Das wäre ein Anfang.« Er musterte die drängelnden Jungen und schnippte mit den Fingern vor dem, der das richtige Abzeichen trug. Er sprang vor, ergriff Charlies Koffer und rannte damit weg, als fürchte er, die anderen könnten ihn ihm wegnehmen. Guy klatschte mit den Händen und deutet auf Charlie. »Wie merkwürdig. Gestern abend unterhielt ich mich mit einem alten Freund von dir. Der Himmel weiß, wie wir auf dich gekommen sind. Ich will nicht mehr sagen, außer daß du anscheinend immer einen untadeligen Geschmack gehabt hast.

»Worüber redest du eigentlich?«

»Über einen der Schönen, mein Lieber, Vielleicht *den* Schönen. Ich spreche natürlich von der hiesigen Fauna. Exoten wie dich zähle ich nicht mit. Apoll, aus dem Meer steigend. Es ist erschütternd, zwei Apolls zu sehen, zumal Apoll nie in die Nähe des Meeres ging – das war der andere, der furchterregende Poseidon.«

Guy führte sie in die Stadt. Sie überquerten einen Platz, der so dicht umschlossen war, daß er einem Saal glich. Überall standen Tische und Stühle, meist besetzt von jungen Männern in bizarren, bunten Kleidern – Netzhemden, goldenen Sandalen, Hosen mit sonderbaren Schlitzen und Spitzen. Hier und da sah man auch ein paar germanisch aussehende Touristen mit vernünftigen Schuhen, Hüten und Sommeranzügen. Köpfe drehten sich, als sie vorbeigingen, und Gespräche in einem Dutzend Sprachen wurden unterbrochen.

»Ich glaube, ich werde bald noch begehrter sein, als ich es ohnehin schon bin«, sagte Guy. »Die Leute werden an meine Tür hämmern, um euch vorgestellt zu werden.«

Sie gingen durch gewundene Straßen, gesäumt von Läden, die mit Lederwaren, Obst und Touristenschmuck vollgestopft waren. Plötzlich standen sie vor einer schlichten Glastür unmittelbar am Straßenrand und traten ein. Ein opulentes Hotel mit Garten tat sich vor ihnen auf. Der Manager begrüßte sie persönlich und geizte nicht mit »*Oui, monsieur le comte*« und »*Non, monsieur le comte.*«

»*Eh bien*«, sagte Guy, nachdem sie sich angemeldet hatten. »Wir gehen sehr bald zu einer Party bei Dino. Dino di Lorenze. Kennt ihr ihn?«

»Ich weiß, wer er ist«, sagte Peter.

»Ah ja, natürlich. Er hat ein oder zwei gute Bilder.

Sehr reich. Könnte sich lohnen, wenn du ihn triffst. Essen und Getränke bei ihm sind exquisit. Die schönsten Burschen diesseits der Himmelstür werden euch umwerben. Sie sind schrecklich teuer, aber das ist ja für euch uninteressant.«

»Kennst du hier eine Amerikanerin namens Peggy Guggenheim?« fragte Peter. »Soviel ich weiß, ist sie meist eine Zeitlang hier.«

»Ich habe von ihr gehört. Sie hat hier einen Freund – den, der sich um Norman Douglas kümmert. Der müßte mehr wissen. Paßt euch halb neun? Wir treffen uns hier unten. Und glaubt ja nicht, daß die Drinks, die euch gleich gebracht werden, von der Hotelleitung sind – sie sind von mir.« Er wandte sich an Charlie. »Sei auf eine Überraschung gefaßt. Dein Freund kommt natürlich auch.«

Sie dankten ihm und wurden von einem hübschen Pagen in ihr Zimmer geführt. Charlie dachte kurz an Milly. Als sie allein waren, gab Peter Charlie einen Kuß, dann lachte er und schüttelte den Kopf.

»Wo sind wir? Es ist unglaublich. Das muß ein Traum sein. Wir sind doch mit einer Yacht gekommen, nicht? Und nun ... Mann, du hattest recht. Es ist etwas dran am Segeln und an der Sonne und am Meer. Erst haben wir alte Kleider oder gar nichts an, und jetzt befinden wir uns in einem erstklassigen Hotel. Mit der üblichen Art zu reisen ist das nicht vergleichbar.«

Vom Fenster aus sahen sie Villen und Terrassengärten, die zum Meer hin abfielen. Die Sonne ging langsam unter. Charlie schaute hinaus, sah nichts Ungewöhnliches und drehte sich um. »Ich wußte, daß es dir gefällt, Kleiner«, sagte er.

Jemand klopfte an die Tür, und ein Tisch wurde hereingerollt. Er trug eine Flasche Whisky, eine Flasche Champagner in einem Eiskübel und eine Schüssel Kaviar auf Eis.

»Wünschen Sie, daß ich die Flasche öffne, *signori*?«

fragte der Kellner. Sie nickten, und er tat es und ging. Peter führte Charlie zum Tisch.

»Guy ist erstaunlich«, meinte er. »Er hat sogar daran gedacht, daß ich auf Partys gerne Champagner trinke. Und Kaviar! Wie sollen wir ihm danken?«

»Indem wir ihm noch ein Bild von mir verkaufen.« Sie lachten und schenkte ein.

»Willst du wirklich zu dieser Party gehen?« fragte Peter. Der Gedanke an eine Horde schöner Jungs machte ihn etwas nervös. Wenn man sie mit Aufmerksamkeiten überhäufte, war es schwierig, Gleichgültigkeit vorzutäuschen. Charlie hatte zugegeben, daß er nicht unempfänglich war. Damit hatte Peter nie gerechnet. Er wußte nicht, wie er jetzt reagieren würde, wenn Charlie auch nur ein flüchtiges Interesse an einem attraktiven Burschen zeigte. Alles in allem zog er es vor, der Versuchung nicht zu widerstehen, sondern ihr ganz aus dem Weg zu gehen. »Du weißt doch, wie es sein wird. Du hast schwule Partys nie gemocht.«

»Weil gewöhnlich alle so scheußlich unattraktiv sind.« Charlie lächelte ihm über sein Glas hinweg zu. »Ich sehe gerne schöne Jungs. Und da wir auch schwul sind, ist es Zeit, daß wir unseren Spaß daran haben.«

Peter lachte erstaunt. Charlie hatte sich noch nie so heiter und offen mit Schwulen auf eine Stufe gestellt. War die Offenheit, nach der er sich immer gesehnt hatte, womöglich mit Gefahren verbunden? »Ich frage mich, wer dieser mysteriöse Freund von dir ist. Guy legte ja Wert darauf, daß er *dein* Freund ist. Vermutlich hast du ihn schon lange nicht mehr gesehen.«

»Ich habe keine Ahnung. Einer aus Princeton? Aber ich kenne keinen aus Princeton, der Schönheitskönig von Capri sein könnte.« Es gab so wenige Möglichkeiten, daß Charlie bereits einen Verdacht hatte. Aber er sah keinen Grund, Peter einzuweihen, solange er sich nicht sicher war.

»Wahrscheinlich einer dieser Dutzende von Geliebten, die du hattest, während ich weg war«, sagte Peter kühn, um Charlies neue Freizügigkeit zu testen. Charlies Liebhaber gehörten so sehr der Vergangenheit an, daß es möglich sein mußte, scherzhaft darüber zu reden – aber bisher hatten sie nie solche Scherze gemacht. Er mußte ein paar ängstliche Augenblicke warten, bis Charlie antwortete.

»Könnte sein«, sagte er beiläufig. »Es waren einige Schönheiten darunter.«

»Darauf möchte ich wetten.« Peter grinste und spürte eine neue Leichtigkeit in ihrer Intimität. Endlich ließ Charlie alle Hemmungen fallen. Falls damit eine Gefahr verbunden war, wurde diese von der Verheißung eines reichen Lohnes begleitet. »Zum Glück ist das alles lange her. Sie müssen jetzt alt und klapprig sein.« Er lachte überschwenglich und füllte sein Glas erneut.

Er sprach dem Champagner tüchtig zu, während sie sich vorbereiteten. Seine Ausgelassenheit wuchs, und sie war ansteckend. Sie lachten so viel, daß sie Mühe hatten, sich anzuziehen. Sie trugen beide Seidenanzüge und helle, seidene T-Shirts mit offenem Kragen. In Charlies Haar waren goldene Strähnen, die es beinahe mit Peters weiß-goldenem Haar aufnehmen konnten. Ihre Haut reagierte gleich auf die Sonne und war daher auch bei beiden gleich braun. Ihre Ähnlichkeit war verblüffend.

»Ich habe keine Lust, euch immer wieder zu sagen, wie schön ihr seid«, erklärte Guy, als sie in der Lobby aufkreuzten. »Ich erreiche damit nichts, und ihr freut euch noch mehr aneinander.«

Charlie legte den Arm um Peters Schulter, als sie Guy für sein Geschenk dankten.

»Ich dachte, du schickst uns Getränke«, sagte Charlie. »Aber es war gleich die ganze Bar. Peter ist schon betrunken. Wenn er uns blamiert, ist es deine Schuld.«

»Ich werde mit Guy durchbrennen. Du kaufst mir nie Kaviar.«

»Na, dann komm. Wir gehen zuerst zur Party und brennen hinterher durch.«

Sie entfernten sich auf einem Stufenweg von der Stadt, vorbei an Gärten und Villen. Palmen und Zypressen zeichneten sich vor dem dunklen, schimmernden Himmel ab. Nach einiger Zeit kamen sie an ein schmuckes Tor und folgten einem Säulengang, den Weinreben umrankten. Partygeräusche begleiteten sie und wurden lauter, als sie näherkamen. Schließlich befanden sie sich auf einer großen, hell erleuchteten Terrasse mit Säulen am Meeresufer. Die Gesellschaft war überwiegend männlich, aber einige piekfein gekleidete Frauen bildeten das Dekor. Man reichte ihnen Getränke, als sie dem Gastgeber vorgestellt wurden. Guy war sofort von Freunden umgeben. Er stellte seine Begleiter vor, und bald war Peter der lachende Mittelpunkt seiner eigenen Gruppe. »So soll es auch sein«, dachte Charlie. Er freute sich darüber. Auf dem Schiff hatte er seinen Anspruch auf ihn bekräftigt. Peter würde seine hartnäckigen Hände nicht vergessen.

Charlie blieb bei Guy. Die jungen Männer waren in der Tat ungewöhnlich gutaussehend, aber alle folgten dem gleichen Muster: dunkel, mit glänzenden Augen, rubinroten Lippen, perlenden Zähnen. Auch ihre Gespräche spielten sich nach dem gleichen Schema ab. Sie betonten die gleichen Worte übertrieben stark, als stünden sie kurz vor einem hysterischen Anfall.

»Komm, wir müssen deinen alten Freund suchen«, sagte Guy und führte ihn fort. Sie überquerten die Terrasse, ständig aufgehalten von jungen Männern mit rubinroten Lippen, denen er Charlie vorstellte. Charlie fragte sich, wie er sie auseinanderhielt. Ihre glänzenden Augen betrachteten ihn ausgiebig, wenn er sie höflich anlächelte. Sie betraten ein riesiges Wohnzimmer mit Türen, die auf die Terrasse führten. Charlie wurde einer eleganten Frau vorgestellt, und sie gingen weiter. Dann sah er ihn.

Obwohl er ihm den Rücken zuwandte, erkannte er ihn sofort. Er hatte richtig vermutet. Charlie berührte Guy am Arm und nickte in die Richtung des Mannes. Guy schaute hinüber und lächelte bestätigend.

Charlie näherte sich ihm von hinten und sagte seinen Namen. Tony wirbelte herum und starrte ihn an. Er hatte sich kaum verändert, nur seine Gesichtszüge waren etwas hagerer. Die Wangenknochen traten deutlicher hervor, die Mulden darunter waren tiefer, die lange Linie seines Kiefers war frei von überflüssigem Fleisch. Der Mund war immer noch verführerisch. Das Haar war nach hinten gekämmt, genau wie Charlie es vor langer Zeit frisiert hatte. Tonys Körper sah in der gut geschnittenen weißen Jacke vornehm und elegant aus.

»Ich glaub's nicht«, murmelte Tony.

Sie lächelten und gingen aufeinander zu. Tony hob den Kopf, und seine Lippen teilten sich erwartungsvoll. Charlie legte einen Arm um ihn, und ihre Lippen trafen sich zu einem langen, verzehrenden Kuß. Charlie merkte, das die Gespräche verstummt waren. Ob Peter wohl zusah? Er würde es ihm später erklären. Es gab einiges, was er erst allmählich verstand und Peter erklären mußte. Noch einmal klebten ihre Lippen kurz aufeinander, dann lösten sie sich.

»Dieser Mund«, flüsterte Charlie und sah ihn an.

»Habe ich je etwas über deinen Mund gesagt?« fragte Tony. »Du bist es wirklich. Der eine und einzige. Erst gestern abend habe ich von dir gesprochen.«

»Ich weiß. Guy hat es mir erzählt, aber er wollte mir nicht sagen, mit wen er geredet hat. Ich dacht mir schon, daß du es bist.«

»Wirklich? Warum?«

»Er sagte, er sei der Schönste in Capri. Ich konnte mir keinen anderen vorstellen, auf den dieses Etikett gepaßt hätte.« Sie lachten, und Charlie trank sein Glas aus, das er in der anderen Hand gehalten hatte, ohne etwas zu verschütten. Tony hatte kein Glas. Charlie war erstaunt darüber, wie seine Stimme und sein Akzent sich verändert hatten. Die Rauheit war verschwunden. Er rollte das *r* ein wenig, und seine Vokale klangen fremd. Hätte er ihn zum ersten Mal getroffen, wäre er nicht sicher gewesen, einen Amerikaner vor sich zu haben.

»Ich war niedergeschmettert, als ich hörte, daß du St. Tropez verlassen hast«, berichtete Tony. Wir wollen später in der Saison hingehen, und ich hätte es nicht ertragen, dich um ein Haar zu verfehlen.«

»Wir?«

Tony lächelte spitzbübisch. »Hast du es nicht gehört?« Er lachte und nannte den Namen des Königs eines kleinen europäischen Landes, der den Thron durch den Krieg verloren hatte und in den Klatschspalten der Zeitungen oft erwähnt wurde.

»Du bist bei ihm?« fragte Charlie verwundert.

»Ich bin eine Tunte. Wer hätte es gedacht? Wie lange wirst du hier sein? Ich wollte gerade gehen. Seine Majestät leidet an Arthritis.«

»Wir sind mit einer Yacht gekommen. Morgen reisen wir ab.«

»O nein!« protestierte Tony. »Ich muß mit dir reden. Du bist immer noch mit Peter zusammen, ja? Das ist wunderbar. Muß eine Art Rekord sein. Könntest du eine Weile mit mir weggehen?«

»Warum nicht?«

»Würdest du das tun? Das wäre der Himmel. Es ist ganz nah. Ich muß dafür sorgen, daß seine Majestät gut gefüttert wird. Wir können plaudern und dann zurükkkommen.«

»Gehen wir«, sagte Charlie sofort. Er schaute sich nach Peter um, als sie sich durch die Menge auf der Terrasse zwängten, sah ihn aber nicht. Egal. Es war Zeit, daß sie aufhörten, aneinander zu kleben. Dann erblikkte er Guy.

»Sag Peter, daß ich mit Tony weggehe. Ich bin bald zurück.«

»Treue, Treue. Ich wußte nicht, daß dieses Wort so viele Bedeutungen hat.«

Charlie lachte. »Sag ihm, daß ich bei einem alten Freund bin – nicht mit einem alten Freund im Bett.« Er holte Tony ein. Sie schlenderten zurück in die Stadt und erreichten nach wenigen Minuten ein Tor. Ein Polizist stand davor und salutierte kurz, als sie durchgingen.

»Ich bin verblüfft«, sagte Charlie. »Der kleine alte Tony hat sein Glück gemacht.«

»Das verdanke ich dir. Du hast mir die Ideen in den Kopf gesetzt. Ich bin seit Kriegsende hier. Es ist ein Paradies für Stricher. Tja, das ist vorbei. Ich glaube, weiter kann ich es nicht bringen – es sei denn, ein *regierender* Monarch macht mir Avancen.«

Sie gingen durch einen Garten zu einer breiten Treppe, die zu einer üppig möblierten Terrasse führte. Oben blieb Tony stehen. »Wir können gleich hier blieben. Ich sehe mal nach seiner Majestät. Habe versprochen, ihm von den Gästen zu berichten. Ich schicke jemanden mit Drinks.« Tony ging in ein prächtiges Wohnzimmer. Charlie sah Diener im Haus hin und her huschen und hatte das seltsame Gefühl, daß sich irgendwo da drinnen etwas Unsichtbares verbarg. Tony blieb stehen, sprach mit einem livrierten Diener und deutete auf die Terrasse. Der Mann kam heraus und fragte Charlie, was er trinken wolle.

Tony kam bald zurück. Er stand im Türrahmen und sah Charlie lange an. »Charlie. Weißt du noch, was mit mir passierte, wenn ich nur deinen Namen sagte? Du bist attraktiver denn je.« Er sprach wieder wie ein Gassenjunge. »Na, willste mir ficken?« Sie lachten beide. Dann verdüsterte sich Tonys Gesicht. »Netter Scherz. Wenn du wüßtest, wie oft ich daran gedacht habe. Nur noch ein einziges Mal ... Ich weiß, man soll nichts überstürzen – aber gibt es eine Chance? Bist du wenigstens ein kleines bißchen interessiert?«

»Was würde seine Majestät dazu sagen?«

»Oh, er gesteht mir ein Privatleben zu. Was das betrifft, sind wir hier schrecklich zivilisiert.«

»Tja, dann muß ich nein sagen, so leid es mir tut. Ich wette, du hörst dieses Wort nicht oft.«

»Schätze, dieser Kuß hat mich auf dumme Gedanken gebracht. Ich dachte, da sei etwas gewesen.«

»Du hast recht. Wer weiß, was passiert wäre, wenn wir nicht unter Leuten gewesen wären. Aber ... verdammt, Süßer, das alles war für mich vorbei, als wir uns verabschiedeten.«

»Was ist mit Peter? Wird er sich jetzt nicht schon Gedanken machen?«

»Vielleicht. Ich gebe zu, daß ich damit eine Art Präzedenzfall schaffe.«

»Es wird Klatsch geben, das garantiere ich dir. Ich bin hier nicht als guter Gesprächspartner bekannt.« Tony lachte, ging an den Tisch, auf dem der Diener die Getränke gestellt hatte, und goß sich ein Glas Soda ein. »Seine Majestät wird erbost sein. Ein Korb für den Gefährten des Königs. Ich muß das Gerücht streuen, daß wir eine Stunde der Glückseligkeit miteinander verbracht haben. Oh, Charlie. Ich habe so oft an dich gedacht. Ich wollte, daß du weißt, wie weit dein kleiner Strichjunge es gebracht hat. Ich kann gar nicht glauben, daß du es bist. Wie wär's mit einem ruhigen Abendessen hier? Die Party wird die ganze Nacht dauern. Ich muß hier bleiben, bis ich seine Majestät ins Bett gesteckt habe.«

Charlie willigte ein, und Tony rief einen Diener und gab ihm Anweisungen.

»Hast du dem Alkohol abgeschworen?« fragte Charlie.

»Ich bin fast dreißig, mein Schatz. Man muß Opfer bringen, wenn man in dem Alter noch ein gutes Leben führen will. Wir dürfen keine Tränensäckchen und Fältchen haben. Seine Majestät kann mich nicht rauswerfen, dafür habe ich gesorgt. Aber ich muß auch an meine Freizeit denken. Ich möchte mich nicht an das Wort gewöhnen müssen, das du eben gesagt hast.«

Sie aßen in einer kleinen Bibliothek neben dem Wohnzimmer. Tony hatte erklärt, das Eßzimmer sei zu groß, um Privatsphäre zu bieten. Er erzählte Charlie die Geschichte seines Lebens in Europa. Im wesentlichen ging es darum, daß er von einem Reichen zum nächsten weitergereicht wurde und dabei die gesellschaftliche Leiter hinaufkletterte. Schließlich war er bei einem König gelandet. Sie kehrten auf die Terrasse zurück und tranken einen Brandy. Unterwegs zeigte Tony ihm eine Reihe von Fotos von bekannten gekrönten Häuptern. Die Bilder trugen Namenszeichen steckten in silbernen Rahmen. »Es ist kaum zu glauben, daß ich durch das Bett mit allen von ihnen verwandt bin. Nicht schlecht für einen Stricher.«

Die Erinnerung an den zähen, kleinen Straßenjungen verschwamm angesichts dieser adretten, eleganten Schönheit. Charlie war froh, daß er ihn begleitet hatte. Er hatte nie verheimlicht, daß er die Welt der Homosexuellen verabscheute – aber sie hatte ihm Tony zugeführt, ihre Leben hatten sich gekreuzt, und er hatte viel zu dem beigetragen, was Tony heute war. Er war kein schlechtes Werk. Gewiß, für rechtschaffene Leute war er das Ziel schmutziger Witze, aber wenn er eine Frau gewesen wäre, hätte man ihn erfolgreich genannt. Er war eine Hure, aber eine königliche Mätresse und somit Teil einer alten Tradition. Charlie sah nicht ein, daß alles anders sein sollte, nur weil er ein Mann war. Was war aus seinen Grundsätzen geworden? Wie dem auch sei, das alles betraf Peter nicht im geringsten. Es war richtig und vernünftig, daß sie ihren Horizont erweiterten und nicht ständig beisammen waren. Er stand auf und drehte eine Runde auf der Terrasse.

»Willst du wieder auf die Party gehen?«

»Oh, ich werde mal vorbeischauen. Seine Majestät möchte wissen, welche neuen Bindungen geknüpft werden. Außerdem möchte ich Peter kennenlernen. Guy sagt, er ist entzückend und sieht aus wie du, außer daß er schön ist und du gutaussehend. So hat er es ausgedrückt. Ich schätze, darum fliegen wir Mädels so auf dich.«

»Ich habe in den letzten Tagen nicht viel geschlafen. Ich glaube, ich lasse es sein. Du findest sicher jemanden, der dir Peter vorstellt. Sag ihm, daß ich im Hotel bin.« Peter sollte ruhig die ganze Nacht für sich haben. Das würde ihm guttun, einerlei, was geschah.

Tony erhob sich und stand vor ihm. Charlie legte ihm die Hände auf die Schultern und betrachtete den herrlichen Mund. Tony zog ihn an sich und hob den Kopf, und ihre Lippen trafen sich erneut und öffneten sich. Tony schmiegte sich an ihn und strich ihm mit den Händen über den Rücken. Dann zog er atemlos den Kopf weg und legte die Stirn auf Charlies Schulter. Charlie fuhr mit der Hand durch sein Haar.

»Klar«, sagte er leise, »es könnte wieder passieren, aber es wird nicht passieren. Du bist doch nicht wirklich traurig, oder?«

Tony schüttelte den Kopf und lächelte ihn an. »Ich gehe zurück auf die Party, finde einen Freier, und schon ist die Bestie in mir gezähmt. Wenn ich viel Glück habe, ähnelt er dir ein wenig. Ab und zu kommt das vor.«

Charlie strich ihm mit dem Zeigefinger über den Mund. »Eines der Meisterstücke der Natur. Ich hoffe, ich sehe es wieder. Wir bleiben in Verbindung, ja? Wir können uns wenigstens Weihnachtskarten schicken. Ich freue mich wirklich für dich.«

Sie umarmten sich kurz, lächelten und trennten sich. Charlie begann die Treppe hinunterzugehen.

»Charlie.« Er blieb stehen und drehte sich um. »Eines wollte ich dir schon immer sagen. Ich war wirklich eine kleine Weile in dich verliebt. Das habe ich mir nie wieder erlaubt. Aber es ist geschehen, und ich werde es nie vergessen.«

»Paß auf dich auf, Kleiner.« Er ging durch den Garten und durch das Tor. Der Polizist salutierte. Er fand das Hotel ohne größere Schwierigkeiten und war überrascht, als er sah, daß jemand den Zimmerschlüssel geholt hatte. Er ging hinauf. Das Licht brannte, und Peter lag in einem der Betten auf dem Bauch.

»Du bist ja schon da.« Er sprach leise, für den Fall, daß Peter schlief.

»Peter rollte herum und legte sich auf den Rücken. Einen Augenblick herrschte Stille. »Warum hast du das getan?« fragte er mit tonloser Stimme.

»Was getan?«

»Diesen Jungen geküßt. Und den Rest.«

»Du hast es gesehen? Weil ich es wollte.«

»Er ist wirklich schön. Was wolltest du noch tun?«

»Ich wollte mit ihm reden.« Charlie zog sich langsam aus. »Zuerst wollte ich zurück zur Party und zu dir gehen, aber ich habe es mir anders überlegt. Er sollte es dir sagen.«

»Das ist alles?«

»Alles? Ich kann mit einem Kerl – sogar mit einer Schönheit – reden, ohne mit ihm ins Bett zu gehen, wenn du das meinst. Vielleicht hast du recht – kann sein, daß ich nicht sehr neugierig auf den Körper junger Männer bin, obwohl das in diesem Fall kaum zutrifft. Aber ich habe meine Neugier schon vor etlichen Jahren befriedigt. Er war bereit, wieder anzufangen. Ich lehnte ab.«

»Mein Gott. Du küßt einen Kerl leidenschaftlich vor einer Menschenmenge, dann läufst du mit ihm fort, und ich soll dir glauben, daß du mit ihm nur ein wenig plaudern wolltest.«

»Ach? Kommt es denn darauf an, was wir glauben, wenn wir einander etwas erzählen? Innerlich wissen wir, was wir getan haben.«

»Aha – die chinesische Wasserfolter.« Peters Stimme klang jetzt positiver, als er fortfuhr. »Ich habe dich einmal betrogen. Ich werde es nie wieder tun, egal, was geschieht. Du weißt, es ist wichtig, daß wir einander vertrauen.«

»Ich habe vieles für wichtig gehalten, was es möglicherweise nicht ist. Ich bin noch dabei, es herauszufinden.«

»Und dazu gehört, daß wir tun, was uns Spaß macht, ohne Rücksicht auf die Gefühle des anderen?«

»Was ist daran falsch? Ist es nicht so, wie es immer gewesen ist? Hast du nicht alle möglichen heimlichen Wünsche unterdrückt, die mit mir nichts zu tun haben? Außer denen, von denen du mir erzählt hast, natürlich.«

Peters düstere Ahnungen wurden erschreckend schnell bestätigt. Was ihn verletzte, waren weniger Charlies Worte als die brutale Distanz, die darin zum Ausdruck kam. In den letzten Tagen waren sie sich nähergekommen. Warum konnte Charlie ihn jetzt vor Marthas Augen anfassen – weil er keine tiefen Gefühle mehr für ihn hatte? Peter hatte Angst und fühlte sich verloren. »In dieser Woche war alles so wundervoll zwischen uns«, sagte er, um sich selbst zu beruhigen. »Warum willst du das kaputt machen?«

Charlie hatte sich ausgezogen. Peters Blicke wanderten über den sportlichen Körper, als er zum anderen Bett ging und sich darauf ausstreckte. »Ich habe das kindische Getue satt. Du gehörst mir. Du hast deinen Körper einem anderen gegeben. Das lasse ich nicht mehr zu.«

»Deshalb hältst du mich die ganze Zeit fest?«

»Vielleicht. Meist halte ich dich, weil ich es gerne tue. Mir ist endlich klar geworden, daß es keinen Grund gibt, es nicht zu tun. Ich versuche herauszufinden, wie wir in Zukunft alles richtig machen können. Komm her.«

»Warum?«

»Weil ich es will.«

»Ich bin nicht sicher, ob ich will.«

»Ach, komm schon. Natürlich willst du. Egal, ich komme zu dir.« Er stand auf, ging zu Peters Bett und ließ sich neben ihm nieder. Dann nahm er ihn in die Arme und küßte ihn. Peter öffnete den Mund, und ihre Zungen trafen sich und spielten miteinander.

Charlie zog Peters Kopf zurück und schaute ihm in die Augen. »Vorhin habe ich Tony so geküßt. Etwas von seinem Speichel ist wahrscheinlich noch in meinem Mund – und jetzt auch in deinem. Stört dich das?«

Peters Augen weiteten sich entsetzt. »Ja«, keuchte er.

»Hast du nie Jean-Claude und hinterher mich geküßt? Menschen sind Keimträger. Hast du nicht allerlei mit deinem Körper gemacht und ihn dann mir angeboten? Vielleicht hast du mich deinen Schwanz küssen lassen, nachdem du Jean-Claude gefickt hast. Hab ich recht?«

Peter riß sich von ihm los, kroch aufrecht zur Bettkante und bedeckte das Gesicht mit den Händen. Seine Schultern hoben und senkten sich, und er stieß einen heiseren Schrei aus. »Mach weiter«, sagte er. »Bis ich mich so schmutzig fühle, daß ich dir nie mehr erlaube, mich anzufassen.«

Charlie richtete sich neben ihm auf, packte ihn an den Handgelenken und zog ihm die Hände vom Gesicht. »Nein. Ich will dich immer noch. Das ist es ja, was mich manchmal fast anwidert. Zuerst dachte ich, es sei nicht so – das weißt du ja. Aber jetzt besteht kein Zweifel mehr daran. Schauen wir den Tatsachen ins Gesicht. Du hast etwas angefangen, was nicht so schnell aufhören kann. Vielleicht nie. Ich dachte daran, dich zu verlassen – nur vorübergehend und meist dann, wenn ich wütend war, aber eine Weile war es mir ernst damit. Ich will dich nicht verlassen, verdammt noch mal, aber ich will auch nicht bei dir bleiben, wenn das bedeutet, alles zu verstecken, was wir wirklich sind. Ich habe Tony geküßt, weil ich es wollte. Mein Gott – was für eine Heuchelei. All diese Schwulen, die sich mit den Augen verschlangen, obwohl sie lieber zugelangt hätten. Nun, ich habe zugelangt. Zufällig wollte ich nicht mehr von ihm, aber darum geht es nicht. Vielleicht will ich irgendwann einen anderen haben. Was soll ich dann tun? Ich weiß es nicht, aber ich bin bereit, es herauszufinden, so wie du. Ich bin es so verdammt satt zu heucheln, und ich bin sicher, dir geht es genauso. Ich weiß, du hast dir immer gewünscht, daß ich nicht so zugeknöpft bin. Also, jetzt bin ich's nicht mehr. Du solltest die Folgen verdammt gut ertragen können.«

Peter sank in sich zusammen und wartete mit geschlossenen Augen darauf, daß er sich von der plötzlichen Vertreibung aus seinem Narrenparadies erholte. Er hatte geglaubt, die Wunden seien verheilt, aber Charlie hatte sie entblößt, und sie bluteten noch. Er richtete sich auf, öffnete die Augen und sah Charlie an. »Ich bin zu allem bereit, wenn wir es gemeinsam tun.«

»Wir können nicht alles gemeinsam tun. Das ist auch so ein Punkt. Wir sind dabei zu ersticken. Wir haben unseren großen Traum von der Liebe gelebt, aber wie sich herausstellte, hast du die ganze Zeit gegen Versuchungen gekämpft. Ich weiß nicht, was du hättest tun sollen, weil es vieles gibt, was ich erst allmählich verstehe. Aber irgend etwas stimmt nicht. Bisher hat unsere Beziehung so überlebt, weil wir jung, verdammt attraktiv und ineinander verknallt sind. Ja – wie Narziß. Aber wir werden nicht jung bleiben, und die Dinge ändern sich. Ich weiß nicht wie, aber ich werde ganz bestimmt darüber nachdenken. Und ich werde tun, was notwendig ist. Darum halte ich dich fest, wenn Martha dabei ist, und darum bin ich heute mit Tony weggegangen. Strohhalme im Wind. Falls du es nicht gemerkt hast – ich fasse dich nicht an, wenn Jack dabei ist. Nicht weil ich schüchtern bin, sondern weil er dann wahrscheinlich einen seiner Witze reißen würde, und das wäre das Ende der Segeltour, weil ich ihn grün und blau schlagen würde. Eines weiß ich, seitdem die Geschichte mit Jean-Claude zu Ende ist: Ich empfinde so viel für dich und diese Gefühle sind so sehr ein Teil von mir, daß sich nichts daran ändern würde, selbst wenn wir nie wieder zusammen ins Bett gehen würden. Es ist gut, das zu wissen, aber es ist auch ein Problem, weil ich nicht will, daß alles andere deshalb zu kurz kommt. Wir brauchen Luft zum Atmen, Kleiner. So. Willst du, daß ich dich so küsse, wie ich es wirklich fühle?«

In Peters Augen standen Tränen. Er holte tief und mühsam Luft und lächelte. »Mein Gott, du kannst einen wirklich in die Mangel nehmen. Ich weiß nie, ob ich drinnen oder draußen bin. Ja, ich will immer, daß du mich küßt. Der Rest kann warten.«

»Genau.« Charlie legte Peter eine Hand auf den Kopf und zog ihn an sich. Ihre Lippen trafen sich, und sie bissen vor Verlangen die Zähne zusammen. Sie streichelten sich langsam, bis ihnen das Atmen schwerfiel. Dann trennten sie sich.

»Laß mich –« flüsterte Peter.

»Ja, mach schon. Schnell.« Charlie holte tief Luft, und sein Blick verschmolz mit Peters Blick. »Ich will dich lieben. Mein Gott, was für ein Ausdruck. Als ob du ihn erfunden hättest. Ich will in dir ertrinken.«

Am nächsten Tag überquerte die *Kassandra* die Bucht von Neapel, um Wasser und frischen Proviant aufzunehmen. Für Charlie und Peter war es wie eine Rükkehr nach Hause, als sie wieder an Bord waren, und Charlie fühlte sich sogar Jack irgendwie verwandt. Martha wollte alles über ihren Abend an Land wissen, und sie erzählten ihr von Guy und der Party – alles war ganz sauber und gutbürgerlich. Sie übernachteten in einer häßlichen Ecke des lauten Hafens und brachen am nächsten Tag zur Straße von Messina auf. Wieder eine zweihundert Meilen lange Fahrt. Charlie war froh, nicht mehr an Land zu sein. Er übernahm wieder das Steuerrad, brauchte aber nur zu entschieden, ob die Segel gesetzt oder gerefft werden sollten.

Sie glitten in den vertrauten Tagesrhythmus zurück. Der Wind blieb schwach, Griechenland lag immer noch in weiter Ferne. Charlie und Peter hatten Bücher von Homer und Herodot und Thukydites mitgebracht und hatten nun Zeit, sie zu lesen. Charlie fand, daß die Ilias besonders gut zum Rhythmus der See paßte. Die Reise gewann eine neue, poetische Tiefe, die ihn packte, wenn er wach war, und ihm in den Ohren dröhnte, wenn er schlief.

Sie segelten jetzt auf einer vielbefahrenen Route und mußten lernen, den Kurs anderer Schiffe einzuschätzen und Abstand zu halten. Das war nicht immer leicht, vor allem nachts. Ohne Anhaltspunkte wie auf dem Land war ein Urteil oft schwer. Eines Tages steuerte Jack ungeniert auf Kollisionskurs mit einem großen Dampfer, und Charlie mußte ihn fast vom Rad wegreißen, bevor er ihn von seinem Irrtum überzeugen konnte.

Mit Homer im Kopf und der wachsenden Verantwortung für das Schiff konnte er nur selten länger als ein paar Stunden hintereinander schlafen. Die Morgenstunden gleich nach seiner Wache waren dem Schlaf vorbehalten, aber auch dann sah er gelegentlich an Deck nach dem Rechten. Eines Morgens ging er frühzeitig hinauf, nur eine Stunde nachdem Jack ihn abgelöst hatte. Das erste, was er im Dämmerlicht vor dem Sonnenaufgang sah, war der Rumpf eines Frachters, der erstaunlich nah an ihrem Bug vorbeifuhr. »Mein Gott!« rief er und schaute nach dem Steuerrad. Jack war nicht da.

Er sprang aus der Niedertür und sah ihn – er hatte sich gleich hinter dem Sitz ein Nest aus Kleidern und Decken gebaut und schlief tief. Charlie rannte nach hinten und brüllte: »Verdammter Hundesohn! Wach auf, du blöder Bastard. Von allen idiotischen ...«

Jack setzte sich benommen auf. »Was ist denn los?«

»Du bist eingeschlafen, das ist los, du Scheißkerl.«

»Nur keine Aufregung.« Jack schüttelte die Decken ab und setzte sich hinters Rad. »Ich bin vielleicht eine Minute eingedöst.«

»Eingedöst? Du hast dir hier ein verdammtes Bett gebaut. Allmächtiger! Manchmal glaube ich, du willst dein Schiff versenken.«

»Was soll all das Geschrei? Es ist praktisch kein Wind. Es kann allein segeln –«

»Und was ist damit?« schrie Charlie und deutete auf den Tanker. »Das Schiff kann selbst in diesen Brocken hineinsegeln? Ist es das, was du willst?« Er sah, daß Jack das Rad festgebunden hatte. Er riß den Strick weg und hielt ihn Jack vors Gesicht. »Wenn einer hier angebunden sein sollte, dann bist du es.«

»Ich habe diesen Frachter schon vor einer Stunde gesehen. Und er hat uns gesehen. Dafür haben wir Lichter. Glaubst du etwa, er versucht uns zu rammen?«

»Es ist idiotisch, am Steuer zu schlafen. Du hast nur vier Stunden am Tag, in denen du dich nützlich machen sollst. Wenn dir das zuviel ist, sage es mir. Ich führe das verdammte Schiff ohnehin.«

»Weil du es so wolltest. Es gefällt mir, wenn ein Mann einen Job so gut erledigt, den er mag. Aber was das Navigieren angeht, möchte ich mich nicht auf dich verlassen müssen.«

»Ach wirklich? Du segelst nach Süden, du segelst nach Osten, du fährst wieder nach Süden. Und das nennst du Navigation.«

»Warum benimmst du dich wie ein Bastard, Charlie?« fragte Jack im Plauderton. »Ich weiß, du bist ein netter Junge. Warum bist du an der Oberfläche so ungehobelt?«

Charlie musterte ihn kurz. Der Schädel sah stark aus,

ebenso das wettergegerbte Gesicht. Aber er bemerkte eine leichte Schwäche um den Mund herum und verachtete ihn dafür. Er wandte sich ab und betrachtete den Horizont. Die Sonne hatte ihren spektakulären Aufstieg am Himmel begonnen. Er ließ sich auf eine der Bänke fallen und streckte die Beine aus. »Es kommt Wind von Nordosten. Du sollst dich darauf vorbereiten, den Baum querzustellen. Ich helfe dir mit den Schoten. Ab sofort bleibe ich bis Sonnenuntergang hier. Dann kannst du übernehmen. Peter kann auch etwas später schlafen gehen.«

»Ich hätte gerne eine Antwort auf meine Frage. Warum spielst du immer den Bastard? Warum glaubst du, damit durchzukommen?«

Charlie warf ihm einen Blick zu. Knorrig. Zäh aussehend. Er gehörte noch nicht zur Kategorie der »älteren Herren«, mit denen Charlie der Fairneß halber nicht kämpfen wollte.

»Tatsache ist, *daß* ich damit durchkomme«, sagte er kühl.«

»Aber was liegt dir daran? Das ist es, was mich interessiert. Weißt du, manchmal kommst du mir gar nicht mehr so menschlich vor. Vorhin glaubte ich tatsächlich, du würdest über mich herfallen. Das hätte ich verstehen können. Es wäre menschlich.«

»Wovon zum Teufel redest du?« fragte Charlie schroff. Alle seine Muskeln verkrampften sich, aber er behielt seine scheinbar entspannte Haltung bei.

»Als wir noch in St. Tropez waren, fandest du mich anscheinend sympathisch. Ich weiß natürlich über dich Bescheid. Ich dachte, du wolltest mich anmachen, und ich hätte es verstanden. Es hätte mir nichts ausgemacht. Es wäre eine absolut menschliche Reaktion gewesen.«

Nur die Möglichkeit, daß Jack auf seine dumme Art versuchen wollte, eine offene Aussprache herbeizuführen, hielt Charlie davor zurück, ihm eine runterzuhauen. »Ob ich ein Schwanzlutscher bin oder nicht, ist meine Sache«, sagte er ruhig. »Aber eines sage ich dir – wenn ich es sein sollte, wärest du der letzte Mann auf Erden, an den ich mir heranmachen würde.«

»Wirklich? Ich dachte, für Leute wie dich ist ein Schwanz ein Schwanz. Ich habe das Gefühl, Peter könnte interessiert sein. Wir sind gute Kumpel.«

»Du Hundesohn. Willst du damit andeuten, daß du das willst? Willst *du* etwa jemanden anmachen?«

»Das wäre etwas übertrieben. Marty ist schließlich verdammt gut im Bett. Ich muß mich nirgendwo schadlos halten. Trotzdem, es hat noch niemandem geschadet, ab und zu eine Chance zu nutzen.«

»Verdammt noch mal! Ich sollte dich über Bord werfen«, sagte Charlie, der sich kaum noch beherrschen konnte. Wenn er sich gehen ließ, würde er seine Drohung womöglich wahr machen.

»Siehst du? Du kannst nicht aufhören, stimmt's? Ich versuche dir zu sagen, daß ich dich verstehe. Ich dachte, wir könnten Freunde sein.«

»Bis jetzt hast du kein Wort gesagt, das darauf schließen ließe, daß du irgendetwas verstehst. Und ich bin nicht auf der Suche nach Freunden.«

»Wie du willst. Aber all das maskuline Getue – das Schiff steuern und so weiter. Du machst das verdammt gut. Aber glaubst du nicht, daß du ein wenig überkompensierst? Du wirst dich noch selbst k. o. schlagen.«

Charlie ballte die Hände zu Fäusten und knirschte mit den Zähnen. »Tu's nicht«, ermahnte er sich. Ein Kampf auf dem Schiff war zu gefährlich. Er sprang auf und lehnte sich an die Niedertür. Die plötzliche Bewegung ließ ihn am ganzen Leib zittern. Er holte einige Male tief Luft, bis er sicher war, sprechen zu können. Dann schaute er nach hinten. »In ein paar Minuten kommt der Wind«, sagte er. »Kümmere dich selbst um die Schoten.«

Er legte sich in seine Koje, immer noch bebend vor

Wut. Er konnte ihnen allen das Leben retten – aber Jack interessierte sich nur dafür, daß er schwul war, und er mußte es ihm unter die Nase reiben. Charlie dachte an Martha. Er konnte sie jederzeit haben, dessen war er sich jetzt sicher. Er sollte sie anständig durchficken und es hinterher Jack erzählen. Dieser Scheißkerl. Ein unfähiger Trunkenbold. In seinem Nest zusammengerollt wie ein Baby. Charlie schlug mit der Faust ins Kissen. Konnte er die Reise fortsetzen? Zum Teufel, ja. Er würde einfach seine Herrschaft ausdehnen und festigen, bis Jack sich nur noch mit seinen Karten beschäftigte. Wieder dachte er an Martha. Es wurde immer deutlicher, daß sie ihn haben wollte, obwohl sie so gelassen, offen und anspruchslos blieb, daß er nie das Gefühl hatte, bedrängt zu werden. Sie war sein treuer Leutnant, fast so verläßlich wie Peter. Andere Frauen hatten etwas Räuberisches an sich, aber bei ihr war davon nichts zu spüren. Sie war die attraktivste Frau, mit der er je auf so engem Raum zusammen gewesen war. Ihr Körper war herrlich, ihr Gesicht süß und anziehend, ihre Augen wundervoll. Er hatte das Gefühl, daß Sex mit ihr ein beruhigendes, luxuriöses körperliches Vergnügen sein würde. Es war eine Überlegung wert. Eine derart selbstlose Liebe hatte er nie gekannt. Sie verlangte Aufmerksamkeit und erinnerte ihn daran, was er zu Peter gesagt hatte: daß sie Luft zum Atmen brauchten. Jack würde er damit in seine Schranken weisen; ihm würde nichts mehr übrigbleiben als das juristische Eigentum am Schiff.

Sie war da, nur ein paar Meter entfernt am Schott. Er spürte die starke Versuchung, jetzt zu ihr zu gehen. Hier waren sie so sicher wie in einem Hotelzimmer. Jack konnte das Deck nicht verlassen, und wenn, wäre es Charlie egal gewesen. Peter schlief, und ihm würde es nichts ausmachen. Zwischen ihnen war immer klar gewesen, daß Charlie eines Tages vielleicht ein Mädchen haben wollte. Es war bisher nicht vorgekommen, aber es konnte vorkommen. Er stellte sich vor, wie freudig sie ihn empfangen würde, und er zog an seinem silberfarbenen Slip und deckte sich zu, damit sein Glied sich frei entfalten konnte. Das tat es auch, als er daran dachte, wie oft sie es anstarrte und er sie dabei ertappte.

Weder er noch Peter zogen sich an Bord ganz aus, wenn sie in die Koje gingen. Und beide wachten immer mit einer Erektion auf, die von der knappen Unterhose kaum verborgen wurde. Oft verrutschte die Decke – und Martha kam und ging, während sie schliefen, und hatte sie sehr wahrscheinlich in all ihrer Pracht gesehen. Wenn ja, war ihre Neugier nicht befriedigt. Ihre Augen ruhten ständig auf ihm; manchmal suchten sie seinen Blick, öfter noch seinen Mund, wenn er sprach, oder sie wanderten über seinen Körper und machten an seiner Gabelung halt. Ja, es war möglich. Aber würde es Jack überhaupt etwas ausmachen?

Am frühen Nachmittag sichteten sie den Stromboli. Er war leicht zu erkennen, denn eine schwarze Rauchwolke stand über dem hohen Gipfel. Innerhalb einer Stunde war der Morgenwind völlig abgeflaut. Sie lagen in einem flachen, bleiernen Meer, so regungslos, als wäre das Schiff in Zement gelegt. Nur das Tauwerk knarrte leise.

So blieben sie den ganzen Tag liegen, und der Stromboli rauchte in der Ferne. Obwohl Charlie und Jack es für eine Unsitte hielten, von einem nicht verankerten Schiff wegzuschwimmen – einer der wenigen Punkte, in denen sie übereinstimmten –, warfen sie eine Leiter über die Seite und schwammen oft in der Nähe, denn es war drückend heiß.

Auch die ganze Nacht über lagen sie still. Am Himmel über dem Stromboli war ein schwaches Glühen zu sehen. Am folgenden Morgen hatten sie alle das Gefühl, als werde der Wind nie wieder auffrischen. Sie waren bis in alle Ewigkeit auf diesem flachen Meer gefangen. Der schwarze Rumpf steckte im bleiernen Wasser fest, und am Horizont spuckte der Vulkan Rauch aus. Charlie spannte eine Markise aus einem Ersatzklüver über einen Teil des Cockpits. Er wartet, bis sie alle beim Essen saßen, bevor er die Frage stellte, die sie alle im Kopf hatten.

»Wie lange wollen wir hier noch liegenbleiben?«

»Wir haben kaum eine Wahl«, meinte Jack.

»Ich finde, wir sollten uns ein Limit setzen. Heute abend, spätestens morgen früh.« Charlie sprach Peter und Martha an – direkte Gespräche mit Jack vermied er, wann immer es möglich war.

»Und was können wir tun?« fragte Jack.

»Den Motor anwerfen, mein Gott! Dafür ist er doch da.«

»Das kommt nicht in Frage«, entgegnete Jack. »Ich brauche den Sprit, um in die Häfen und aus ihnen herauszufahren und für echte Notfälle.«

Charlie sah Martha an. »Wieviel Treibstoff ist an Bord?» fragte er.

»Ich weiß es nicht genau«, antwortete Jack. »Ich habe den Motor so selten benutzt, daß ich nie herausgefunden haben, wie lange wir mit einer Gallone fahren können.«

»Alle Yachtmotoren, von denen ich je gehört habe, verbrauchen nicht viel mehr als eine Gallone pro Stunde. Die Straße von Messina ist etwa fünfzig Meilen entfernt. Ich habe auf der Karte nachgesehen. Wie schnell ist das Schiff mit dem Motor? Sechs oder sieben Knoten? Sagen wir sieben oder acht Stunden mit Motor – höchstens. Acht Gallonen Treibstoff habt ihr doch wohl an Bord.«

»Klar haben wir das«, warf Martha ein. »Der Tank ist enorm groß.«

»Darum geht es nicht«, erwiderte Jack. »Es geht darum, daß wir Sprit sparen müssen für den Fall, daß wir ihn wirklich brauchen. Ich habe gehört, es sei sehr schwierig, zwischen den griechischen Inseln zu segeln.«

»Wir sind nicht in Griechenland, und bei diesem Tempo werden wir nie hinkommen«, erklärte Charlie. »Du kannst in Catania Treibstoff tanken. Das steht im Lotsenbuch.«

»Charlie hat recht, Schatz«, sagte Martha. »Wir werden alle verrückt, wenn wir noch einen Tag stilliegen.«

»Oh, ich weiß, daß ihr mich überstimmen könnt. Charlie ist unser Hausgott. Wenn er sagt, wir schalten den Motor ein, dann schalten wir den Motor ein. Aber über diesen Punkt lasse ich nicht abstimmen.«

»Seien Sie nicht albern, Jack«, sagte Peter. »Wir wissen, daß du der Kapitän bist, wenn es darauf ankommt. Es ist dein Schiff, zum Teufel. Ich verstehe nichts davon, aber willst du etwa eine Woche lang hier liegen?«

»Es ist nicht entscheidend, was ich will. Das hier ist ein Segelschiff, keine Motoryacht. Man tut, was der Wind erlaubt. Jeder kann mit einem Motor nach Griechenland fahren.«

»Mein Gott, das Mysterium der See«, sagte Charlie mit triefendem Spott. Er sah Peter an und hob eine Augenbraue.

»Du verstehst nicht, worauf Charlie hinauswill«, sagte Martha zu Jack, aber sie sah Charlie an. »Er will doch nur unsere Warterei begrenzen. Wir könnten uns entspannen und aufhören, nach dem leisesten Wind zu horchen.«

Charlie schaute ihr in die Augen und nickte fast unmerklich. Die Blicke, die sie tauschten, waren vielsagender, als Charlie es beabsichtigt hatte. Er hatte sich entschieden. Ihre Lippen teilten sich, und sie senkte die Augen und errötete vermutlich, obwohl es unter ihrer Bräune nicht zu sehen war. Die Frage war nur, ob er es wirklich wollte.

»Ihr verschwendet eure Zeit«, sagte Jack in bestimmtem Ton. »Diesmal wird es gemacht, wie ich will. Dafür habe ich absolut vernünftige Gründe. Kein Motor.«

Charlie sprang auf, rannte zum Bug und hechtete ins Meer. Er schwamm auf den Stromboli zu. Er wollte möglichst weit weg vom Schiff und von Jack sein. Jack war unerträglich. Er schwamm mit kraftvollen Zügen und kam schnell vorwärts. Als seine Lungen zu schmerzen begannen, schwamm er trotzdem weiter. Er war ein guter Schwimmer und hörte erst auf, als er nach Luft japste. Seine Bronchien rasselten, während er lange und tief einatmete. Er konnte kaum die Arme und Beine bewegen, um sich über Wasser zu halten. Nachdem er innehielt, schaute er zurück und erschrak – die Yacht sah winzig aus. Es war so weit entfernt, daß er keine Bewegungen an Bord erkennen konnte. War er imstande, so weit zurückzuschwimmen? Keine Panik. Einfach daliegen, sich treiben lassen und wieder zu Atem kommen. Sein Brustkorb hob und senkte sich heftig, und er schnappte immer noch nach Luft.

Das Meer sah unendlich weit und tief aus. Furcht packte ihn. Vor seinem geistigen Auge sah er die Ungeheuer Homers in der Tiefe lauern. Er zwang sich in eine senkrechte Position.

Er atmete nur noch keuchend und gleichzeitig fühlte er sich unendlich klein. Es war unnatürlich und beängstigend. Solange er sich im Verhältnis zum Schiff bewegte, waren die Proportionen teilweise wiederhergestellt. Hin zum Schiff. Fort vom Schiff. Er durfte sich nicht darum kümmern. Wenn er sich zwang, ein wenig weiterzuschwimmen, würde sein Körper rebellieren, und er könnte den Kopf nicht mehr über Wasser halten. Dann wäre bald alles vorbei. Er würde es kaum merken.

Er spürte, wie er sich innerlich entspannte. Der Tod. Das Nichts. Warum weitersuchen? Welchen Unterschied machte es schon? Alles loslassen. In der Vergangenheit hatte er ein- oder zweimal daran gedacht, sich umzubringen, aber nur, weil er verzweifelt gewesen war. Das hier war etwas anderes. Es war die totale Hingabe an die Verlockung des Nichts, in dem es keine Schmerzen gibt. Warum weiter an Peters Leben stoßen und zerren? Warum gegen Jack kämpfen? Wie konnte er auch nur halbherzig an eine Affäre mit Martha denken? Es war alles so unwichtig. Er wurde sich seines schmerzenden Körpers und seiner keuchenden Lungen bewußt. Zurückschwimmen war zu anstrengend. Er würde warten, bis er sich wieder besser bewegen konnte. Dann das Vergessen. Er fühlte sich so friedlich, daß er vergaß, die Arme und Beine zu bewegen, und sein Kopf sank unter Wasser. Hustend und würgend kam er hoch. Wenn er noch länger hier draußen blieb, brauchte er keine Entscheidung mehr zu treffen. Plötzlich sah er im Meer etwas Goldenes schimmern, irgendwo zwischen ihm und dem Schiff.

Der Frieden, der ihn einhüllte, wurde sofort erschüttert. Peter durfte nicht wissen, daß er sich übernommen hatte. Er durfte nicht wissen, woran er gedacht hatte. Und vor allem durfte er nicht so weit hinausschwimmen. Charlie war sich nicht sicher, ob sie beide das Schiff wieder erreichen würden. Er sammelte alle Energie, die ihm geblieben war, und zwang sich zu einem langsamen Brustschwimmen in Richtung Schiff. Er hätte wissen müssen, daß Peter ihm nachschwimmen würde, so wie er Peter nachgeschwommen wäre. Wenn sie schon ertrinken mußten, dann zusammen. Er würde Peter niemals zurücklassen. Als sie sich trafen, schüttelte Charlie den Kopf, um klarzumachen, daß er weder sprechen noch aufhören konnte. Peter sah erschöpft aus. Er umkreiste ihn und fing ebenfalls an Brust zu schwimmen.

»Du bist verrückt, so weit hinauszuschwimmen«, schrie er.

Charlie versuchte nicht zu antworten. Das Schiff sah

immer noch sehr klein aus, so abstoßend fern, daß er keine Lust hatte, zurückzuschwimmen. Das einzige, was ihn antrieb, war seine Entschlossenheit, Peter nicht merken zu lassen, in welchen Schwierigkeiten er steckte. Er spürte seinen Körper nicht mehr, aber er mußte das Schiff erreichen. Die letzten fünf Minuten schwamm er wie in Trance. Er sah nichts mehr. Als er ans Schiff prallte, tastete er nach der Leiter. Peter führte ihn hin und half ihm, die Arme über eine Sprosse zu legen. Er hing mit gesenktem Kopf daran und wartete darauf, daß seine Sinne wieder zu arbeiten begannen und die Luft seine gequälten Lungen heilte. Er hörte Stimmen, verstand aber nicht, was sie sagten.

Schließlich hörte er Jack gutmütig fragen: »Was wolltest du diesmal beweisen, Jonny Weissmüller? Hast du gedacht, ich lasse den Motor an, um dich zu retten? Ich weiß, du bist sehr wohl in der Lage, selbst auf dich aufzupassen.«

Charlie spürte, wie ein Lachen seinen geschundenen Körper schüttelte. Was für ein Spaß wäre es gewesen, wenn er ertrunken wäre! Als Eigentümer eines Schiffes mit einem fehlenden Passagier hätte Jack wahrscheinlich wochenlang im nächsten Hafen warten müssen. Es gelang ihm, allein die Leiter hinaufzuklettern; dann fiel er aufs Deck, immer noch heftig atmend, aber mit einem Lächeln auf dem geöffneten Mund.

»Ich habe immer gedacht, ich sei ein ebenso guter Schwimmer wie du«, sagte Peter. »Aber mein Gott – was hast du dir dabei gedacht?«

»Ich wollte ... einen Szenenwechsel«, stieß Charlie mühsam zwischen keuchenden Atemzügen hervor. Martha kniete neben ihn, hob seinen Kopf hoch und legte ein Kissen darunter. Die Hände ließ sie auf seinen Schultern liegen.

»Er ist völlig erschöpft«, sagte sie scharf, vermutlich zu Jack. »Ich habe dir doch gesagt, du sollst wenigstens das Schlauchboot ins Wasser lassen.«

»Ich wußte, daß er nichts tut, was er nicht bewältigen kann«, erwiderte Jack.

Charlie lag regungslos auf dem Deck, immer noch unter dem Eindruck des möglichen Todes. Sein kurzer Flirt mit dem Nichts hatte ihn neugierig gemacht. Wollte er sterben? Er glaubte es nicht, aber diese Antwort kam nicht so schnell und klar, wie er es noch vor einer halben Stunde erwartet hätte. Dieser Augenblick des empfindungslosen Friedens hatte seinen Blickwinkel geändert und dem, was er derzeit über sich selbst lernte, ein weiteres Stück Wissen hinzugefügt. Seltsamerweise fühlte er sich dem Leben jetzt besser gewachsen, als habe er eine neue Quelle der Kraft und neue Möglichkeiten in sich entdeckt. Es war sinnlos gewesen, auf Peters Untreue so empfindlich zu reagieren. Liebe brauchte die Fesseln nicht, die er ihr angelegt hatte. Es gab eine höchste Form der Freiheit ...

Eine leichter Wind rettete sie an diesem Abend. Zum Glück kam er von Norden, und so fuhren sie am nächsten Morgen in die Straße von Messina ein, die Strömung war genau richtig. Jetzt brauchten sie die Hilfe des Motors, und Jack hatte Gelegenheit zu erläutern, daß er für eben diesen Zweck Treibstoff sparte. Das Meer brodelte seltsam – Homers Scylla und Charybdis. Man brauchte nicht viel Phantasie, um zu erraten, wie dieser Mythos entstanden war. Sie legten in Catania an, nicht um zu tanken, sondern um Wasser, Eis und Proviant zu kaufen. Früh am Morgen segelten sie der aufsteigenden Sonne entgegen in Richtung Griechenland, das etwa vierhundert Seemeilen entfernt war.

Ein paar Tage hatten sie ideales Segelwetter mit kräftigen Brisen und leichtem, wechselhaftem Seegang. An einem Tag rollten sie hilflos in schwerer See, weil nur ein schwacher Wind das Schiff stabilisierte. Der große Baum schwang unheilverkündend über ihre Köpfe, manchmal mit großem Getöse bis zur Grenze der Schoten, wobei das ganze Schiff bebte. Das war ein klarer

Fall für den Motor, aber Charlie sagte nichts. Wenn Jack den Mast verlieren wollte, war das seine Sache. Sie würden es wahrscheinlich überleben, und wenn nicht – nun, es gab Schlimmeres.

Eines Nachts grollte südlich von ihnen ein Gewitter und weckte unerfreuliche Erinnerungen an ihre erste Nacht auf dem Meer. Aber es kam nicht näher. Martha blieb ziemlich lange an Deck, setzte sich zu Charlie und Peter, schaute zu und griff nach Charlies Hand, wenn ein besonders greller Blitz zuckte.

Charlie lachte sie an. »Du weißt doch genau, daß ein Gewitter erst dann nah ist, wenn Blitz und Donner praktisch zusammenfallen.«

»Ja, aber wenn der Blitz heller wird, kommt das Gewitter näher, nicht?«

»Das muß nicht sein. Es hat etwas mit den Wolken zu tun. Komm schon, Peter – fällt dir nichts Meteorologisches ein, das Martha beruhigen könnte?«

Peter lachte in der Dunkelheit. »Für mich ist das einfach. Wenn Charlie sagt, das Gewitter kommt nicht, dann glaube ich ihm. Man muß Vertrauen haben.«

»Ich weiß«, stimmte Martha zu. »Was würden wir ohne ihn tun?« Sie hielt Charlies Hand fest, und er überließ sie ihr.

Da er aufgehört hatte, sie zu entmutigen, hatte sie es sich schnell angewöhnt, ihn häufig zu berühren – eine Hand auf seinem Arm, wenn er vorbeiging, eine Hand auf seiner Schulter oder seinem Rücken, wenn sie umeinander herumgingen. Nur wenn ihre Hand ihn vorsichtig streichelte, warf er ihr einen mahnenden Blick zu, um ihr Einhalt zu gebieten. Seine und ihre Augen unterhielten sich offen über die Situation, die Martha herbeigeführt hatte. Ihre Augen waren hoffnungsvoll und demütig, seine waren seit dem leichten, bedeutsamen Nicken vor einigen Tagen unverbindlich. Er mochte sie immer mehr und fand sie körperlich ungemein anziehend, aber er wollte nicht, daß sie ihn zu einer kleinen sexuellen Begegnung verführte, die keinen Sinn hätte. Nichts würde geschehen, solange es nicht wichtig für das große Bild war, das anscheinend irgendwo knapp unterhalb seines Bewußtseins eine vage Form anzunehmen begann. Vielleicht spielte sie dabei eine Rolle, manchmal hoffte er es, obwohl er es sich nicht vorstellen konnte.

Seine Braut war das Meer. Die See und der Himmel hatten kaum aufregende Formen zu bieten; aber die feinen, ständig wechselnden Grau- und Blautöne waren eine Herausforderung für seine Augen. Er studierte sie aufmerksam und schärfte dadurch seine Sinne und sein Gespür für das Wetter. Die wechselnden Farben um ihn her sagten ihm das Wetter voraus. Ein milchgraues Meer mit seltsamen Schatten aus dunklerem Grau, hellblaue See mit dunkelblauen Streifen, das Indigo am Horizont – das alles hatte für ihn eine Bedeutung. Sonnenaufgänge und Sonnenuntergänge waren für ihn ein faszinierendes Schauspiel, großartige Lichtorgeln in voller Lautstärke; aber was ihn immer wieder erregte und ihm die meisten Aufschlüsse lieferte, waren die grauen, blauen und mitternachtsblauen Schattierungen.

Peter war erstaunt über die mannigfache Befriedigung, die das Meer und die Reise seinem Freund schenkten. Peter, der sich allmählich zum Seemann entwickelte, fand einfach Freude am Segeln und noch mehr an der Harmonie zwischen ihnen, wenn sie zusammen Segel setzten oder das Ruder bedienten. Er war enorm beeindruckt, als Charlie einen Wechsel der Windrichtung vorhersagte und eine Stunde später recht behielt. Wenn er Geschichten von Thukydites über die todgeweihten Athener in den Gruben von Syrakus erzählte oder ihn ehrfürchtig darauf aufmerksam machte, daß schon Odysseus auf seiner langen Reise nach Ithaka – irgendwo vor ihnen im Norden – diese Strekke gesegelt sein mußte, spürte Peter, daß diese Tour für

Charlie eine ganz besondere Bedeutung hatte, und wurde von seiner Erregung angesteckt. Die Reise war für ihn zu einem großen Experiment geworden, an dem sie beide teilnahmen. Noch ein unzerbrechliches Band, für die Zukunft geschmiedet.

Außer für Jack, der zweifellos wußte, daß es keinen von ihnen interessierte, welches Datum sie hatten oder wie lange sie schon unterwegs waren. Am Morgen des fünften oder sechsten Tages stand Charlie am Rad, während die Sonne sich über ferne, zerklüftete Berggipfel schob. Einen Augenblick hatte er die Berge für Wolken gehalten, doch dann merkte er, daß sie sich dem Land näherten. Er sprang auf die Füße, und sein Herz klopfte vor Aufregung. Jack hatte zwar gesagt, daß es bald soweit war, aber das echte Griechenland und die fernen blauen Berge im blendenden Morgenlicht waren ein Anblick, auf den nichts ihn vorbereiten konnte. Er beugte sich vor und zauste Peters Haar.

»Wach auf, Kleiner. Schau!« rief er triumphierend.

Peter setzte sich sofort auf. Als er Charlie stehen sah, erhob er sich ebenfalls und schaute nach vorne. »Mein Gott – ist es das? Haben wir's wirklich geschafft?« Er sah Charlie strahlend an.

»Wenn es nicht Afrika oder sonstwas ist. Aber ich schätze, wir können Jacks Navigation vertrauen. Ist das nicht fabelhaft? Junge, Junge – Griechenland!«

Als die Sonne am Himmel emporstieg, wuchs die Landmasse und erhob sich terrassenförmig hinter einer Formation, die wie eine doppelte Landspitze aussah und ihnen viel näher war. Er wußte von der Karte, daß zwei Inseln den Eingang des Golfes von Korinth bewachten. Wenn das hier diese Inseln waren, hatte Jack gute Arbeit geleistet. Als er kam, um ihn abzulösen, begrüßte Charlie ihn mit einem fröhlichen Lächeln. Alle Differenzen waren für einen Augenblick vergessen.

»Was meinst du dazu?« fragte er und deutete nach vorne.

Jack schaute. »Würde es dir etwas ausmachen, noch fünf Minuten hierzubleiben?« fragte er. Dann ging er wieder nach unten und kehrte mit einem Fernglas und dem Lotsenbuch zurück. In dem Buch waren Reliefzeichnungen des Golfeingangs. Jack musterte das Land mit dem Fernglas und verglich es mit den Abbildungen.

»Alles okay?« fragte Charlie, der Jacks Leistung anerkannte.

Jack drehte sich mit zufriedenem Lächeln um. »Das ist Cephalonia und dort liegt Zante. Wir fahren zwischen ihnen durch.«

»Phantastisch. Es stimmt haargenau. Du hättest es nicht besser machen können, wenn wir Wegweiser gehabt hätten.«

Sie lachten alle. Jack übernahm das Rad, aber Peter und Charlie gingen nicht nach unten. Sie setzten sich an den Bug und beobachteten, wie Griechenland vor Ihnen Gestalt annahm.

Am nächsten Morgen in der Dämmerung fuhren sie mit dem Motor in Patras ein, ihrem ersten griechischen Hafen. Martha hißte achtern die amerikanische Fahne.

»Nur eine Woche seit Sizilien. Nicht schlecht«, sagte Jack, als er den Motor abstellte.

Für die anderen war eine Woche bedeutungslos – ein Moment oder eine Ewigkeit. Charlie hatte das Gefühl, sie seien in der Zeit zurückgereist, in eine neue, mythische Welt. Als die Sonne aufging, versammelten sich Kinder und junge Männer am Fuße der Laufplanke und starrten die Fremden stumm an. Sie tranken Kaffee zum Frühstück, als einige Beamten, teils in Uniform, teils in Zivil, das Schiff bestiegen, salutierten, sich verbeugten und wortreich in einer Sprache redeten, die vermutlich Griechisch war. Jack führte sie nach unten. Sie hatten auch in Italien offiziellen Besuch gehabt, und Jack hatte etwas über einen Beamten gesagt, der in Calvi an Bord kommen würde. Aber diese Konferenz dauerte fast zwei Stunden, während die drei an Deck saßen oder hin und her gingen und sich fragten, was los war.

»Der Hafen ist ziemlich abstoßend, aber ich will an Land gehen«, meinte Charlie. »Vielleicht ist die Stadt eine Besichtigung wert. Aber vermutlich müssen wir das Ende der Versammlung da unten abwarten.«

»Ich glaube schon«, sagte Martha. »Wegen der Pässe und so weiter.«

Endlich tauchte das Enterkommando wieder auf, strahlend und mit ein paar englischen Bemerkungen. »Wie geht es Ihnen?« sagte einer, bevor sie gingen.

Jack schüttelte ihnen an der Laufplanke die Hand und ging ins Cockpit zurück. »Sie waren alle sehr nett. Aber langsam, mein Gott! Sie schauten sich alle Papiere mindestens sechzehn Mal an. Ich mußte ihnen immer die richtige Seite zeigen. Anscheinend sind wir die erste amerikanische Yacht, die seit dem Krieg hier anlegt.« Sie waren mit sich selbst zufrieden und hatten das unbestimmte Gefühl, Geschichte zu schreiben.

Charlie und Peter zogen Hose und Hemd an, winkten den Kingsleys zu und gingen die Laufplanke hinunter auf griechischen Boden. Ein Junge trat aus der Menge, die immer noch am Ufer ausharrte. »Sie wollen?« fragte er.

»Geld. Bank«, sagte Charlie und zeigte ihm Reiseschecks.

Der Junge nahm ihn bei der Hand und führte ihn weg. Charlie war zunächst verdutzt, aber nachdem er sich daran gewöhnt hatte, fand er es süß. »Ich habe einen neuen Freund«, murmelte er. Sie lachten. Der Junge schien ein wenig betrunken zu sein, und ihnen steckte das Schwanken des Schiffes noch in den Knochen. Sie überquerten den aufgerissenen Boden bis zur Straße, die den Hafen umringte, gingen an schäbig aussehenden Gebäuden vorbei und stiegen Stufen zu belebten Gassen hinauf. Dort sahen sie Männer, die Hand in Hand spazierengingen.

»Meinst du, das hat etwas zu bedeuten?« fragte Peter.

»Weiß der Himmel. Vielleicht ist Sokrates nicht umsonst gestorben.«

Schließlich kamen sie an einen verlassen wirkenden Platz. Frauen gingen vorbei, einige mit Schal über dem Mund und der Nase. Niemand saß vor den Cafés. Überall redeten Leute, andere Geräusche gab es nicht. Beladene Esel trotteten die Straße entlang. Alte Männer mit weiten, sackartigen Hosen und dicken, um die Taille gewickelten Wolldecken standen herum. Als sie vor einem Gebäude mit unlesbaren Buchstaben an einer Glastür standen, sagte der Junge: »Bank«.

Charlie dankte ihm und wollte ihm ein Trinkgeld geben; aber der Junge hielt ihnen die Tür auf und trat ebenfalls ein. Wollte er warten, bis sie Geld gewechselt hatten und sie bestehlen? Er führte sie an einen Schalter, und sofort waren sie der Mittelpunkt endloser Geschäftigkeit. Sechs Männer versammelten sich hinter dem Tisch, reichten Charlies Schecks und seinen Paß von Hand zu Hand weiter und diskutierten ausgiebig. Dann suchten sie nach Formularen, legten sie zurecht und vergaßen, wo sie waren. Leute kamen von der Straße und beteiligten sich am Gespräch. Zwischendurch wurden ihnen Kaffee, Eiswasser und kleine Süßigkeiten serviert. Als alles vorbei war und Charlie seinen Paß und die nicht eingelösten Schecks sowie eine Handvoll Drachmen in der Hand hielt, schüttelten sich alle die Hände und strahlten. Die Griechen sagten immer wieder »Amerika« und »Amerikani«. Charlie und Peter versuchten, sich zu bedanken, dann führte der Junge sie hinaus. »Sie wollen?« fragte er.

»Hotel«, sagte Charlie. »Das beste. Sehr gut.« Der Junge nickte und führte sie um dem Platz herum.

»Anscheinend gibt es eins«, sagte Peter.

»Das will ich schwer hoffen. Wie lange ist es her?« Charlie nahm ihn bei der Hand, und sie gingen weiter.

»Warum sollen wir von den hiesigen Sitten nicht profitieren?« fragte er.

»Was sagt man dazu? Nach zehn Jahren halten wir endlich Händchen auf der Straße!« Peter lachte entzückt und drückte Charlie die Hand.

Sie gingen ein kleines Stück auf einer Seitenstraße, dann wollte der Junge sie in ein offensichtlich altmodisches, aber ansprechend aussehendes Hotel führen. »Fein«, sagte Charlie. »Später.« Er tat, als trage er einen Koffer. Jetzt zum Schiff.« Der Junge schien zu verstehen, und sie gingen zurück zum Hafen. Sie hatten nichts Schönes gesehen. Im Gegenteil, die Häßlichkeit war allgegenwärtig, aber sie kam ihnen allmählich reizvoll vor. Mitten im Chaos der Bank war der Kaffee eine rührende und aufmerksame Geste gewesen. Die malerischen Esel, die zu weiten Hosen und die vermummten Frauen ergaben zusammen ein friedliches Bild. Also hielten sie sich an den Händen und genossen den allgemeinen Gleichmut. Als das Schiff in Sichtweite war, ließen sie einander los. Am Fuße der Laufplanke holte Charlie einige griechische Münzen aus der Tasche und bot sie dem Jungen an. Der wich bestürzt zurück. »Nein, nein, nein«, protestierte er.

Charlie fragte sich, ob die Münzen wertlos waren und zog einen Schein heraus. Den lehnte der Junge erst recht ab. »Das war anscheinend ein Fauxpas«, murmelte Charlie. Er deutete auf das Schiff. »Willst du an Bord kommen? Schiff sehen?«

Der Junge grinste glücklich. Er sagte ein paar schroffe Worte zu den Kindern, die immer noch herumlungerten, scheuchte sie mit Gesten fort und marschierte stolz die Laufplanke hinauf.

Als der Junge sich verabschiedet hatte, schlug Jack vor, später am Tag weiterzufahren. Es war erst zehn Uhr morgens. »Auf der anderen Seite des Golfs ist ein alter venezianischer Hafen, der nach dem Lotsenbuch ziemlich gut sein soll. Wir sollten alle mal anständig schlafen. Hier dürfte es morgens sehr laut sein – all diese Fischerboote. Ziemlich heiß und staubig ist es auch.«

»Wir würden gerne im Hotel übernachten«, wandte Peter ein.

»Genau das meine ich. Die Leute vom Zoll versprachen, uns vor Mittag Wasser zu schicken. Wir könnten zu Mittag essen und dann rüberfahren. Es sind knapp fünfzehn Meilen.«

Martha wollte an Land gehen und Obst und Gemüse kaufen. Sie sah Charlie an, als sie den Vorschlag machte, aber der drängte Peter, sie zu begleiten – mit der zutreffenden Begründung, daß er seit einem Tag nicht geschlafen hatte. Da sie jetzt öfter anhielten und vom Schiff nicht mehr so abhängig waren, wollte er nicht allein mit ihr weggehen, solange er nicht wußte, was daraus werden sollte.

Sie folgen Jacks Programm und segelten an der schmalsten Stelle über den Golf zu einem winzigen, romantischen Hafen mit den Überresten venezianischer Festungen. Das Wasser war erst am Nachmittag gebracht worden, darum ging bereits die Sonne unter, als sie mit dem Einrollen der Segel fertig waren. Eine Schar von Kindern versammelte sich am Fuße der Laufplanke, und ein Matrose kam herauf, fragte nach ihren Papieren und nahm sie mit. Martha hißte die Flagge, dann nahmen sie ihre Drinks. Auf dem schmucklosen, weiß getünchten Platz, der dem Hafen gegenüberlag, gingen ein paar Lichter an. Im Zentrum stand die Statue eines militärisch aussehenden Mannes. Es war fast dunkel, als Charlie aufstand.

»Wir sollten uns ein Hotel suchen«, sagte er.

»Die Stadt ist viel kleiner, als ich erwartet habe«, meinte Jack.

Dieser Gedanke war Charlie und Peter auch schon gekommen. Sie vereinbarten, daß sie zurückkommen und ihre Sachen holen würden, sobald sie ein Hotel gefunden hatten; aber sehr hoffnungsvoll war keiner von ihnen. Als sie über den Platz gingen, lösten sich drei Jungen aus dem Schatten und schlossen sich ihnen an.

»Hotel«, sagte Peter. Die drei berieten sich, nickten und deuteten mit den Fingern. Einer von ihnen nahm Peters Hand. Sie gingen weiter. »Na also. Mein Griechisch wird allmählich recht gut.«

»Wenigstens scheint es hier ein Hotel zu geben. Ich hatte schon meine Zweifel.«

»Ich auch.«

Eine Straße verlief am anderen Ende des Platzes parallel zur Küste. Dort brannten Lichter, aber nichts deutete auf ein Hotel hin. Sie gingen an einigen schwach beleuchteten, leer aussehenden Läden vorbei und bogen in eine Seitenstraße, die tiefer in die Stadt hineinführte. Das wiederholte sich einige Male. Alle Häuser waren geweißt und ragten blaß in die Dunkelheit empor. Die Straßen waren tadellos sauber. Sie kamen an einen anderen kleinen Platz, auf den man Bäume gepflanzt hatte. Helles Licht drang aus einem großen Saal, dessen Tür weit geöffnet war. Drinnen und in einer Weinlaube davor standen unbemalte Tische und Stühle. Man hörte Gesang. Ihre Eskorte übergab sie einem knorrigen alten Mann, der sich mühsam erhob, als sie eintraten.

»Hotel?« fragte Peter erwartungsvoll.

»Sie Amerikaner? Ich auch Amerikaner. Aus Cairo, Ihlinoys. Woher ihr?« Der Alte hielt ihre Hände und sank auf seinen Stuhl zurück. Er drängte sie, sich ebenfalls zu setzen. Sie taten es. Ihre Begleiter verschwanden. Andere alte Männer, die im Saal verstreut saßen, zogen ihre Stühle näher heran umringten sie. Der Alte aus Cairo rief nach Ouzo. Die Sänger waren zwei Männer im Hintergrund, die einander anstarrten, während sie einen seltsamen Klagegesang von sich gaben. Anscheinend sangen sie sich gegenseitig zu. Ein kupferner Humpen wurde auf den Tisch gestellt, dazu Teller mit Oliven und Tomatenscheiben. Mit zittriger Hand goß der alte Mann eine klare Flüssigkeit in kleine Gläser. »Sie mögen Ouzo? Griechisches Getränk. Gut.« Er spießte eine Tomatenscheibe auf und hielt sie Peter vor den Mund. Peter aß sie. Die nächste Scheibe bekam Charlie. Dann stieß der Alte mit ihnen an, und alle tranken. Peter und Charlie hatten nie zuvor Ouzo getrunken. Er schmeckte streng und süß. Der alte Mann überhäufte sie mit Fragen, während die Zuschauer dasaßen und beifällig nickten. Wie gut ihr Freund englisch sprach! »Woher kommt? Habt Kinder? Frauens? Was tut hier?«

Das schien eine passende Einleitung zum geschäftlichen Teil zu sein. »Wir suchen ein Hotel«, erklärte Peter.

»Kein Hotel hier. War eins. Geschlossen. Pleite. Wollt Zimmer? Schlafen?«

»Ja, darum geht es.«

»Habe gutes Zimmer. Vier Betten. Drei übrig.«

»Drei übrig? Was meinen Sie damit?«

»Ein guter Mann schläft schon. Ihr nehmt zwei. Eins übrig.«

Charlie und Peter sahen einander naserümpfend an. »Ich fürchte, das ist es nicht, was wir wollen«, sagte Charlie.

»Amerikaner wollen Zimmer, Bad. Weiß schon.« Er kicherte. »Nix hier. Nehmt zwei Betten. Schlafen. Gut schlafen.«

»Vielen Dank, aber wir wollten eigentlich ein Bad, um uns zu waschen.« Charlie sah Peter an und nickte in Richtung Tür. Es war nicht leicht, sich zu verabschieden. Der Alte bestand darauf, daß sie den Ouzo austranken. Sie waren schon ein wenig betrunken, als er ihnen von seinem Laden in Cairo erzählte und sie weiter mit Tomaten fütterte. Er was seit zwanzig Jahren in Griechenland und hatte sowohl den Krieg als auch den Bürgerkrieg mitgemacht, der erst vor kurzem zu Ende gegangen war. »Sehr schlecht. Noch Unruhen. Regierung nix gut.«

Schließlich gelang es ihnen aufzustehen. Charlie zog seine Geldbörse aus der Tasche, um die Getränke zu bezahlen. Der alte Mann lehnte entrüstet ab, und auch die anderen murrten.

Hastig steckte Charlie das Geld wieder ein. Hier war »Geld« anscheinend ein schmutziges Wort, und sie hatten bisher keine Drachme ausgegeben. Sie dankten dem Alten, nickten den anderen lächelnd zu und gingen.

»Verdammter Jack«, sagte Peter auf der Straße. »Diesmal könnte *ich* ihn umbringen. Ich habe mich so auf diese Nacht gefreut.«

»Ich weiß. Wir hatten keinen Grund, Patras zu verlassen.«

»Trotzdem, es gefällt mir hier. Alle sind so unglaublich nett.« Peter wollte den Platz überqueren.

»Wir sind von dort gekommen«, sagte Charlie und deutete nach rechts.

»Weiß ich. Aber wir können ja auf einem anderen Weg zurückgehen. Ich möchte den Rest der Stadt sehen. Es ist erstaunlich, wie Tünche die Nacht erhellt.«

»Dann mach dich auf die Socken, Kleiner. Du streifst doch gerne allein herum. Ich bin ziemlich groggy. Ich werde Martha sagen, daß wir etwas essen wollen. Verlauf dich nicht.«

»Ich gehe einfach Richtung Hafen. Findest du zurück?«

»Wenn nicht, versammelt sich bestimmt die halbe Stadt, um mir zu helfen.«

»Okay, mal sehen, wer zuerst da ist.« Sie faßten sich kurz an den Händen und trennten sich.

Peter überquerte den Platz und spazierte eine schmale Gasse mit vielen Windungen entlang, die aber anscheinend zum Meer führte. Dieser Teil der Stadt schien weitgehend verlassen zu sein. Viele Dächer und Mauern waren verfallen, und in der Nacht sahen sie sehr interessant aus. Er hörte Schritte in der Nähe, und plötzlich war er von dunklen Gestalten umringt. Charlie hatte recht. In Griechenland schienen Eskorten üblich zu sein. Jemand hielt ihm ein Streichholz vors Gesicht und löschte es gleich wieder. Männer unterhielten sich mit gedämpfter Stimme. Waren es Soldaten? Oder Polizisten?

»Ich bin auf dem Weg –« stammelte er.

Seine Stimme brachte Bewegung in die Gruppe. Sie kamen näher und schubsten ihn in die Richtung, aus der er gekommen war. Er spürte keine Bedrohung, nur eine Art rauhe Ungeduld. Er versuchte stehenzubleiben und ihnen zu erklären, daß er zum Hafen gehen wollte; aber sie drängten ihn weiter. Er wußte nicht, wie viele es waren. Drei? Vier? Sie bogen in eine andere Gasse, die aus der Stadt hinauszuführen schien. Hier standen noch mehr Ruinen, aber es gab auch Lücken dazwischen. Schließlich betraten sie ein verfallenes Haus, und er stolperte über Steine. Peter mußte sich so sehr auf den Weg konzentrieren, daß er um sich herum nichts wahrnahm, bis er hörte, wie ein Schlüssel sich in einem Schloß drehte und man ihn in einen Raum stieß. Die Tür schloß sich hinter ihnen, und jemand knipste eine Taschenlampe an. Der Strahl wanderte umher und machte auf einem Tisch Halt. Bestimmt nicht die Polizei. Eine Lampe wurde mit einem Streichholz angezündet. Alle begannen auf einmal zu reden. Sie gingen im Zimmer hin und her und setzten sich schließlich. Sie trugen eine Art Uniform. Zumindest hatten sie alle schäbige Hosen und schwarze Rollkragenpullover an, die nicht in die Jahreszeit paßten. Sie waren nur zu dritt.

Der Raum war schmutzig und sah schäbig und unbenutzt aus. In der Mitte standen ein großer Tisch und einige Stühle, an den Wänden mehrere kahle Betten mit Brettern anstelle der Matratzen, an einem Ende waren Küchengeräte zu sehen. Peters Blick fiel auf zwei Gewehre, die an der Wand lehnten. Er war zu erstaunt gewesen, um sich zu fragen, was sie eigentlich von ihm wollten. Jetzt begann er sich viele Fragen zu stellen. Hoffentlich hielten sie ihn nicht zu lange auf, sonst würde Charlie sich Sorgen machen. Mehrere Minuten lang kümmerten sie sich nicht um ihn, sondern unterhielten sich. Er hatte also Zeit, sie genauer zu betrachten. Sie waren vermutlich jünger, als sie aussahen, wahrscheinlich viel jünger als er. Einer von ihnen sah düster und gefährlich aus, aber auch sehr attraktiv. Seine grimmigen Augen waren etwas schräggestellt und verliehen ihm ein orientalisches Aussehen. Seine harten, flachen Wangen machten den Mund kühn und groß. Die anderen zwei hatten etwas Militärisches an sich, als lagerten sie hier in einer Kampfpause; gleichzeitig machten sie trotzdem einen wilden und undisziplinierten Eindruck.

Der Gutaussehende ging ans andere Ende des Zimmers und kehre mit einem strohbedeckten Krug und einigen dicken Gläsern zurück, die er auf den Tisch stellte. Er goß eine helle Flüssigkeit in ein Glas und trank. Dann näherte er sich Peter mit freundlichem Lächeln. Peter war größer als die drei, was sein Selbstvertrauen stärkte. Aller hier waren so nett und hilfsbereit gewesen – er hatte nichts zu befürchten. Das Problem war die Sprache. Wie sollte er herausfinden, was sie wollten? Der attraktive junge Mann sagte ein Wort, das Peter nicht verstand, dann fügte er hinzu: »Dollari« und rieb dabei den Daumen am Zeigefinger. Sie lächelten immer noch fast schmeichlerisch. Wollten Sie ihn nur ausrauben? Was für eine Zeitverschwendung.

»Ich habe nichts«, sagte Peter und stülpte seine Hosentaschen um. Dann fiel ihm die Gesäßtasche ein, und er tat mit ihr das gleiche. Er trug einen hautengen Matrosenanzug, unter dem er nichts verbergen konnte. Er streckte die Arme aus und zuckte mit den Schultern.

Der Gutaussehende nahm ihn beim Arm, führte ihn zu einem Stuhl und lächelte ihn erneut an. Peter lächelte zurück und setzte sich. Vielleicht hatte er sie mißverstanden, und sie wollten gar kein Geld. Der hübsche junge Mann setzte sich neben ihn und füllte ein Glas. Die anderen ließen sich auf die Stühle gegenüber fallen. Der Gutaussehende schenkte noch ein Glas ein und reichte es Peter. Er deutete auf sich.

»Janni«, sagte er. Er zeigte auf seine Gefährten. »Costa. Stavros.« Dann zeigte er noch einmal auf sich und wiederholte »Janni«, und schließlich deutete er auf Peter. Der begriff und antwortete: »Peter«.

»Pee-« Jannis hatte Mühe mit dem Namen, doch auf einmal erhellte sich sein Gesicht, und er rief: »Petros.« Er hob ein Glas und stieß mit Peter an. »Petros. Janni.« Mit einer Geste forderte er Peter zum Trinken auf.

Peter trank. Die Flüssigkeit war scharf und schmekkte nach Kiefern – wie ein alkoholisches Badeöl. Er bemühte sich, nicht das Gesicht zu verziehen. Vermutlich war es Retsina, der griechische Wein, von dem er gehört hatte. Es sah Janni an und sagte das Wort in fragendem Ton.

Der Erfolg war umwerfend. Janni lachte ausgelassen und wiederholte das Wort nickend. Er legte Peter einen Arm um die Schulter. Dann sprach er mit den anderen und wiederholte das Wort mehrere Male. Er legte die Hand auf Peters Knie und ließ sie dort, während er die Gläser wieder füllte und noch einmal »Retsina« sagte. Das war mehr als Kameraderie. Peter merkte schnell, daß die Hand zärtlich war. Er hatte es bereits vermutet, als der Grieche ihm den Arm gehalten hatte. Jetzt gab es keinem Zweifel mehr: Janni war schwul. Vielleicht hatten die Berührungen etwas zu bedeuten, vielleicht hatten er und Charlie ihr Land gefunden. Peter schaute in funkelnde Augen und gab durch ein Lächeln zu erkennen, daß er im Bilde war. Die Hand streichelte sein Knie. Er war sich der verrinnenden Zeit bewußt, aber seitdem die Situation etwas Vertrautes an sich hatte, fühlte er sich sicherer. Er wollte sich nicht an einer Party beteiligen, wie es in Griechenland üblich zu sein schien, aber er konnte sich ein paar Minuten mehr leisten, um herauszufinden, ob das Rätsel gelöst würde. Die zärtliche Hand auf dem Knie war nicht unangenehm. Janni war verdammt attraktiv. Sein Körper sah unter den schäbigen Kleidern kräftig und wohlgeformt aus, und auch seine Hände waren hübsch. Sein Mund war aufregend hungrig.

Die drei hatten ein munteres Gespräch begonnen, aber Janni sah Peter immer wieder an und lachte vielsagend. Peter fragte sich allmählich, warum sie ihn in dieses Haus gebracht hatten.

Nach einigen Minuten setzte er sein Glas geräuschvoll ab und unterbrach sie bestimmt. »Ich muß gehen.« Er deutete auf sich, dann auf seine Uhr und auf die Tür. Janni beugte sich zu ihm und ergriff seine Hand. Er drehte sie um und schaute auf die Armbanduhr. Dann nahm er die Hand von Peters Knie, legte sie ihm auf den Arm und streichelte ihn ganz offen. Er sagte etwas, berührte die Uhr und zeigte auf sich. Peter zuckte verständnislos mit den Schultern. Hatte er noch nie eine Armbanduhr gesehen? Janni hob Peters Hand hoch, öffnete den Riemen der Uhr und reichte die Uhr über den Tisch. Peter schüttelte seine Hand ab und griff nach der Uhr, aber es war zu spät. Das war es also. Sie wollten ihn nur ausrauben, aber er hatte sonst nichts, was sie im abnehmen konnten. Er stand auf. Janni sagte nur ein Wort, und die zwei anderen standen sofort neben ihm und drückten ihn wieder auf den Stuhl.

Janni drehte seinen Stuhl herum und sah Peter an, dann lehnte er sich zurück, rutschte mit den Hüften vor und legte die Hände auf die Schenkel. Der dicke Stoff seiner Hose war zwischen den Beinen deutlich gewölbt. Er bewegte die Finger über der Beule hin und her und sagte etwas. Alle drei lachten.

Peter wurde allmählich wütend. Er verfluchte sich selbst, weil er so liebenswürdig gelächelt hatte – sie faßten es offensichtlich als Einwilligung in ihre Pläne auf.

Jetzt lächelte er nicht mehr. Janni spielte weiter mit seiner Gabelung und sah Peter erwartungsvoll an, als rechne er mit einer Reaktion. Wenn er so selbstgenügsam war, warum schickte er dann die anderen nicht weg? Mit ihm allein würde Peter schon fertig werden, davor hatte er keine Angst. Auf einmal spürte er, daß sie ihren Plan, was immer er sein mochte, zu dritt ausführen wollten. In den Händen der anderen hatte er allerdings keine Zärtlichkeit gespürt. Eine Gruppenvergewaltigung? Sein Zorn wuchs, und er ließ den Blick schweifen und suchte nach einem Fluchtweg. Wieder sagte Janni etwas, und Peter wurde gepackt und zwischen seinen Beinen auf die Knie gezwungen. Janni fuhr mit den Fingern in Peters Haar und zog ihm den Kopf nach hinten. Peter mußte den Mund öffnen, und sofort beugte Janni sich vor und schob seine Zunge hinein. Peter biß kräftig zu und wurde mit einem Schmerzensschrei losgelassen. Er schlängelte sich durch drei Paar Beine, taumelte auf die Füße und stand ihnen mit geballten Fäusten gegenüber. Wütend kam Janni auf ihn zu und griff nach ihm, als wolle er ihn umarmen. Peter trat zur Seite und schwang die Faust. Er war aus dem Gleichgewicht und streifte den anderen nur, aber Janni stolperte mit überraschtem Gesichtsausdruck zurück. Dafür gingen die zwei anderen auf ihn los.

Er schüttelte sie ab und schlug nach ihnen, aber sie drangen schreiend und lachend auf ihn ein, so daß er keinen Manövrierraum mehr hatte. Er spürte eine Art törichter Unschuld in ihnen – es war ein sadistisches Gerangel zwischen Schuljungen. Da sie sich an seine Arme klammerten, versuchte er, ihnen die Knie in die Eier zu stoßen. Er überlegte, ob er einen Satz zu den Gewehren machen sollte, aber er verwarf diesen Gedanken sofort. Das war kein Film. Er wollte weder jemanden töten noch getötet werden.

Jetzt beteiligte sich auch Janni am Kampf. Er nahm Peter von hinten in den Schwitzkasten und bewegte die

Hüften an seinem Hintern hin und her. Peter spürte sein Glied. Sie zerrten und schoben ihn zu einem der Betten, während Janni zwischen seinen Beinen herumfummelte, offenbar verblüfft über die Balgerei. Das alles ergab nur Sinn, wenn sie dachten, er sei willig und wehre sich nur zum Schein – wie ein Mädchen. Vielleicht hatte Janni damit geprahlt, wie leicht Peter zu erobern sei, und die anderen glaubten ihm immer noch. Wie hätten sie sonst annehmen können, mit ihm wäre auf einem Bett etwas anzufangen? Er dachte an Jeannot und erwartete, daß sie versuchten, ihm die Kleider auszuziehen. Die verdrängten Erinnerungen überfluteten ihn, und er sah ein fleischiges, höhnisches Gesicht vor sich. Er tobte vor Wut, sein Körper wand und krümmte und bog sich in erbittertem Widerstand. Sie würden ihn betäuben müssen, bevor er es zuließ, sich von ihnen ausziehen zu lassen. Ihr Griff war hart, als sie sich dem Bett näherten. Janni hielt sein Bein fest, und er verlor das Gleichgewicht. Sie purzelten alle nach vorne und knallten kurz vor der Bettkante auf den Fußboden. Ein Ellbogen bohrte sich in sein Auge, und sein Kopf brummte vom Aufprall auf dem Boden. Sie waren eine schwitzende, keuchende Masse von ineinander verschlungenen Leibern. Peters Gesicht wurde an einen Brustkorb gepreßt, eine Hand steckte unter einem Bein. Das alles erinnerte ihn an die Raufereien während seiner Schulzeit, die seine Kraft auf die Probe stellten und für ihn immer riskant waren. Er hatte immer dazu geneigt, bei engem körperlichem Kontakt mit anderen Jungen eine Erektion zu bekommen. Was das bedeutete, erfuhr er erst, als er Charlie traf. Im Gegensatz zu ihm hatte er stets die Abenteuer gescheut, in die seine Neigungen ihn hätten führen können.

Jetzt bestand keine Gefahr, daß er eine Erektion bekam, obwohl ihn schon wieder eine Hand befummelte. Was hatte er getan, um eine solche Hartnäckigkeit heraufzubeschwören? Der Brustkorb drehte sich von seinem Gesicht weg. Er bekam seine Hand frei, wand sich aus dem Knäuel von Armen und Beinen heraus und sprang auf die Füße. Janni ging zu ihm und griff nach dem Rand seiner Hose. Er schlug die Hand weg, trat zurück und stolperte über etwas, als er nach dem Griechen schlug. Wieder streifte er ihn nur, aber er wich immerhin etwas zurück. Die anderen beiden hatten sich aufgerappelt und stürzten sich auf ihn. Er ging in Kampfstellung und knallte die Faust wuchtig auf das nächste Kinn. Er spürte den Aufprall bis hinauf zur Schulter. Ein Knirschen belohnte ihn, und der Angreifer brach auf dem Boden zusammen. Peter drehte sich rasch um und rammte das Knie in die Gabelung des anderen. Der Grieche stieß einen schrillen Schrei aus, taumelte zurück, fiel auf eines der Betten und krümmte sich vor Schmerz. Vielleicht war das doch ein Film. Die Körper waren malerisch im Zimmer verteilt. Nur der, den er anziehend fand, war noch auf den Beinen. Peter atmete schwer, und das geschwollene Auge schien sich langsam zu schließen, aber er dürstete nach Kampf. Argwöhnisch beobachtete er Janni, der sich wieder näherte und schmeichlerisch lächelte. Etwa einen Meter vor ihm blieb er stehen, deutete auf sich und dann auf Peter.

Machte er sich immer noch Hoffnungen? Peter zeigte zur Tür. »Ich gehe jetzt. Verstanden?«

Janni deutete auf sich und Peter, dann zur Tür und sagte etwas.

Wollte er etwa mitgehen? Peter schüttelte den Kopf. »Ich verschwinde. Mach's gut«, sagte er und drehte sich um. Er hatte gerade noch Zeit, den mörderischen Blick der finsteren Augen zu sehen, bevor Janni ihn ansprang und ihm mit der Faust auf den Mund schlug. »Du Hundesohn«, murmelte er, als er sein Gleichgewicht wiederfand. Er schüttelte sich und ging mit Fäusten auf den Griechen los. Schnell merkte er, daß Janni keine Ahnung hatte, wie man sich verteidigt. Er begegnete Peters Attacke, indem er weit ausholte und seine Deckung völlig entblößte. Peter bearbeitete sein Gesicht systematisch mit den Fäusten und trieb ihn quer durchs Zimmer, bis ihm die Hände und Arme weh taten. Schließlich fiel Janni vor ihm auf die Knie, umklammerte seine Hüften und begrub das Gesicht in seinem Schoß. Peters Glied schwoll triumphierend an. Er hatte den Griechen unterwürfig geprügelt, jetzt gehörte sein Körper ihm. Er merkte, daß der Schauder der Grausamkeit, der ihn durchrieselte, eine Folge seines Verlangens war. Er wollte ihn noch mehr demütigen. Sein Glied wuchs an dem zerschundenen Gesicht, das sich an ihn preßte.

»Verdammt, ich sollte dich durchficken, bis du nicht mehr gerade sehen kannst«, sagte er heiser. Seine Brust hob und senkte sich immer noch heftig. Er dachte an Charlie, der auf ihn wartete und sich Sorgen machte. Grob riß er die Arme des Griechen weg und schleuderte ihn zu Boden. Stumm schluchzend lag Janni auf dem Bauch. Peter stand noch einen Moment vor ihm, während sein Glied schrumpfte. Seine Grausamkeit wich dem Mitleid. Armer Bastard. Er mußte wirklich scharf auf ihn gewesen sein, wenn er das alles mitmachte. Schwule hatten es scheinbar überall schwer.

Er drehte sich um und lief zur Tür. Der große Schlüssel bereitete ihm einige Schwierigkeiten, aber nachdem er ihn in dem quietschenden Schloß hin und her gedreht hatte, ging die Tür auf, und er war draußen. Er stolperte über den löchrigen Boden zur Straße und ging schnell weiter. Hoffentlich drehte Charlie nicht vor Angst durch. Der Kampf hatte ihm das Zeitgefühl geraubt, aber er glaubte nicht, daß die ganze Sache länger als eine halbe Stunde gedauert hatte. Das war nicht zu lange. Wahrscheinlich begann Charlie gerade erst, sich Sorgen zu machen. Seine Wunden schmerzten, und sein Kopf dröhnte, aber er ging nicht langsamer. Mit dem rechten Auge sah er nur noch verschwommen, und es war fast zugeschwollen. Der Mund schmerzte stärker – vermutlich waren einige Zähne durch die Lippen getroffen worden. Die Lippen waren steif und fühlten sich an einer Seite riesig an. Er öffnete etwas den Mund, um die Schmerzen zu lindern. Wenn er auf dem Schiff war, würde das Sprechen ihm wohl schwerfallen. Schade – er brannte darauf, Charlie alles zu erzählen.

Die Erinnerungen, die er seit Jahren in einem Winkel seines Gehirns versteckt hatte und die während des Kampfes wieder zum Vorschein gekommen waren, überschwemmten ihn erneut, und zum ersten Mal wehrte er sich nicht dagegen. Nach zehn Jahren war seine Ehre wiederhergestellt worden. Die drei Griechen waren ein würdiger Ersatz für den Feldwebel. Er hatte Hal vor Jahren beinahe vergeben. Diesem Hundesohn.

Von Anfang an war ihm klar gewesen, daß sein Offizier scharf auf ihn war, obwohl er nichts sagte oder tat, was darauf hingedeutet hätte. Erst als Hal von einem Urlaub zurückkehrte und ihm von seiner Begegnung mit Charlie erzählte, kam alles heraus.

»Ich sagte ihm, ich würde alles tun, um dich zu bekommen«, gestand Hal lächelnd. Er hatte Peter unter einem Vorwand in sein Büro rufen lassen, um ihm von dem Treffen zu erzählen.

»Was hat er gesagt?«

»Er sagte, ich hätte keine Chance.«

Peter lachte stolz. »Das ist mein Charlie. Ich bin froh, daß er das weiß.«

Monate vergingen, und sie machten Witze darüber. Immer wenn Peter Wochenendurlaub gehabt hatte, ließ Hal ihn rufen und fragte ihn aus.

»Warst du ein braver Junge? Bist du der Versuchung nicht erlegen?«

»Das ist ja das Erstaunliche. Ich gerate nie in Versuchung. Ich treffe Jungs, die mich normalerweise umhauen würden, aber nichts passiert. Leute wie dich zum

Beispiel.« Er lächelte die faszinierenden grünen Augen an.

»Ich frage mich, was Charlie macht.«

»Ich weiß es. Es ist bei uns beiden das gleiche. Schätze, wir sind füreinander geboren.«

Monate vergingen, und Peter sehnte sich danach, daß Charlie nach San Francisco zog, wo sie wenigstens am Wochenende hätten beisammen sein können. Aber sie hatten sich vor seiner Einberufung darauf geeinigt, daß eine saubere Trennung leichter zu ertragen sei als kurze, unregelmäßige Begegnungen. Er hielt das immer noch für richtig, doch die Gespräche mit Hal machten es ihm schwer, die militärische Routine zu ertragen. Gleich nach seiner Geburt war er dafür bestimmt worden, in West Point zu dienen, und er hatte den Gedanken immer verabscheut. Darum hatte er nicht gezögert, auf die Berufung zu verzichten, um mit Charlie zu leben. Aber da sein Land Krieg führte, war er stolz, eine Uniform zu tragen. Er tat seine Pflicht und teilte die Erfahrung seiner Generation. Er wünschte, man würde ihn nach Europa schicken, damit er nicht ständig davon träumen konnte, Charlie nahe zu sein.

An einem Samstag schlug er in der Stadt die Zeit tot, so gut es ging, als er in einer offensichtlich schwulen Bar Hal traf. Er merkte sofort, daß sein Feldwebel viel getrunken hatte.

»Ich habe dich gesucht«, sagte Hal. »An solchen Orten hältst du dich also auf.«

»Klar. Ich mag solche Kneipen. Hier geht es so verrückt zu. Hast du auch ein freies Wochenende?«

»Nein. Wie gesagt, ich habe dich gesucht. Morgen früh bin ich Offizier vom Dienst. Ich habe mit ein paar Kameraden einen oder zwei Drinks gekippt, und plötzlich konnte ich es nicht mehr ertragen, nicht zu wissen, was du machst. Es wird immer schlimmer, Soldat.« Er leerte sein Glas, klapperte mit dem Eis, und ließ sich noch einmal einschenken.

Selbst wenn er betrunken war, verlor er sein aristokratisches Aussehen nicht. Peter fand seine Stimme erregend, tief und melodiös, voller schwermütiger, dunkler Resonanzen. »Willst du heute Nacht zurückfahren? Dann solltest du lieber nicht zuviel trinken.«

»Der Vorschlag kommt etwas zu spät. Ich bin schon ziemlich blau. Du gehst also nicht auf Freiersfüßen? Und das soll ich dir abnehmen?«

»Es stimmt, ehrlich. Ich habe mit einem sehr netten Paar gegessen, das ich hier kennengelernt habe – Schwule, meine ich. Sie gehen nicht in Bars. Jetzt spaziere ich herum und warte darauf, daß ich schläfrig werde.«

»Also, da bin ich. Ich bin kein schlechter Ersatz, wenn die Bekanntschaften weg sind.«

»Du solltest deine Zeit nicht mit mir vergeuden. Warum machst du keinen Rundgang? Es gibt hier ein paar sehr attraktive Burschen.«

Hal hatte einen neuen Drink bekommen. Er trank ihn in einem Zug halb aus, erhob sich leicht schwankend und sah Peter an. »Nein. Ich will dir was sagen. Wenn du mir hilfst, mein Auto zu finden, fahre ich zurück. Wollte mich nur offenbaren. Hatte plötzlich das seltsame Gefühl, daß heute Abend der richtige Zeitpunkt ist, um deine Meinung zu ändern. Wollte verfügbar sein, für den Fall des Falles. Du kannst nicht behaupten, daß ich dir bisher nachgestellt habe.«

»Nein. Es hätte dir nichts genützt, aber ich weiß es zu schätzen. Okay. Gehen wir – in militärischer Haltung. Auf den Straßen wimmelt es von MPs.«

Hal trank sein Glas aus, wieder in einem Zug. Sie legten Geld auf die Bar, bekamen Wechselgeld und gingen. Hal ging gerade, mußte sich aber sehr anstrengen. Er schien nicht zu wissen, wo sein Auto stand, und offenbar war es ihm ziemlich egal. Sie gingen langsam hin und her, bogen schließlich in eine Seitenstraße und fanden ihn. Hal bot Peter an, ihn ins Hotel zu bringen und setzte sich ans Steuer. Peter setzte sich neben ihn. Nichts geschah. Hal saß sehr aufrecht, hatte aber die Augen geschlossen.

»Du lieber Himmel.« Peter rüttelte an seinem Arm, und er zuckte zusammen. »In diesem Zustand kannst du nicht zwei Stunden fahren.«

»Vielleicht sollte ich im Auto ein Nickerchen machen.«

»Du spinnst ja. MPs mögen es nicht, wenn Offiziere im Auto schlafen. Wenn sie dich finden, wecken sie dich, und du mußt fahren.«

»Hast du ein zweites Bett?«

»Ja, aber –« Peter zögerte, aber er sah nichts Falsches daran, und es gab keine andere Möglichkeit. »Na schön. Du kannst mitkommen. Hör mir gut zu – ich weiß mir zu helfen, wenn jemand zudringlich wird! Aber ich hab dich zu gern, um dir das anzutun. Also keine Zicken. Versprochen?«

»Großes Pfadfinderehrenwort.«

»Okay, laß mich fahren. Er stieg aus, ging ums Auto herum und stellte fest, daß Hal immer noch mit dem Lenkrad kämpfte. Peter gab ihm einen hilfreichen Schubs und stieg ein. Er wohnte in einem bescheidenen Hotel beim Crystal Palace Market. Etwas Besseres konnte er sich nicht leisten. Die Zinsen seiner Geldanlagen hatte er Charlie überlassen, damit er sich ganz auf seine Malerei konzentrieren konnte.

Er fuhr zum Hotel und parkte. Hal hatte die Augen wieder geschlossen. Er stupste ihn mit dem Ellbogen. »He! Obergefreiter Martin meldet sich zur Stelle.«

»Bin nur einen Moment eingepennt, Soldat«, murmelte Hal.

»Ich kann mir einfach nicht meine Zimmernummer merken. Warte hier, Ich bin gleich zurück. Hörst du zu? Ich gehe zuerst rauf, dann kommst du nach.«

Hal nickte, und Peter ließ ihn allein und ging ins Hotel. Er nannte seinen Namen und bekam den Schlüssel.

Soldaten gingen ein und aus. Er und Hal würden keinen Verdacht erregen. Peter war auf dem Weg zur Tür, als er Hal starr in einer Ecke der Lobby stehen sah. Er ging zu ihm, flüsterte seine Zimmernummer und ging sofort zum Aufzug. Kaum hatte er im Zimmer das Licht angeknipst, klopfte Hal. Er ließ ihn rein, und sofort nahm Hal ihn in die Arme. Es war angenehm, umarmt zu werden, und Peter drückte ihn kurz an sich, bevor er sich von ihm löste.

»Genug davon. Geh lieber ins Bett. Du mußt aufstehen, wenn es hell wird.«

»Peter spürte, wie seine Nerven sich anspannten, als Hal anfing, seine schöne Jacke auszuziehen. Er mochte ihn. Er sah wundervoll aus. Er wollte seinen Körper sehen. War das alles? Er hatte seine Einladung ausgesprochen, weil er fest glaubte, unerschütterlich zu sein. Jetzt wurde ihm plötzlich klar, daß es sich selbst auf die Probe stellte. Er würde nicht schwach werden, und wenn er sich im Bad einschließen mußte. Er wollte die klare, beständige, besitzergreifende, allem anderen vorrangige Beziehung mit Charlie nicht antasten. Er hatte sich immer verzweifelt bemüht, nicht das geringste Verlangen nach einem anderen zu spüren – das hätte den strahlenden Glanz seiner Liebe befleckt.

Dennoch sah er zu, wie Hal seine Kleider nachlässig fallen ließ. Er schien viel weniger betrunken zu sein als vor ein paar Minuten. Sein Hemd, die Socken und die Schuhe lagen auf dem Boden. Er stand auf, machte eine flinke Bewegung mit den langen Beinen und blieb nackt vor ihm stehen.

»Keine Annäherungsversuche, stimmt's?« sagte er und kam näher.

Peter schaute in eine andere Richtung. Dennoch entging ihm seine umwerfende Schönheit nicht. Aber er dachte an Charlie. Er zog die Hose aus, behielt aber den Slip an. Hal blieb kurz vor ihm stehen und lächelte.

»Ist das nicht herrlich? Du hast ja keine Ahnung, wie oft ich davon geträumt habe. Du bist genau so atemberaubend, wie ich es mir vorgestellt habe, es ist kaum zu glauben. Willst du dieses kleine sexy Ding nicht ausziehen?«

»Nein. Ich glaube nicht, daß Charlie damit einverstanden wäre.« Peters Nerven beruhigten sich. Eine tiefe, ekstatische Zufriedenheit breitete sich in ihm aus. Er wollte wirklich nur Charlie. In wenigen Augenblicken würde er imstande sein, Hal ohne Gemütsregung anzusehen.

»Sei nicht albern. Dutzende von Kerlen sehen dich jeden Tag nackt. Was stimmt nicht mit mir?«

Um sich selbst zu beweisen, daß diese Situation sich nicht vom Duschen in der Kaserne unterschied, schälte er das Stückchen Seide ab und warf es weg. »Es ist fast ein Jahr her, daß ich mit einem gutaussehenden Burschen allein im Schlafzimmer war. Schau mich an – nichts. Ist das etwa keine wahre Liebe?«

»Herrlich, Peter, mein Schatz. Aber was du mit mir machst, wird dich kaum überraschen.«

Peter schaute in die grünen Augen und lachte. »Ich werde nicht hinsehen, aber ich habe ein ziemlich gutes Bild aus dem Augenwinkel. Es ist sehr schmeichelhaft, aber ich habe dir ja gesagt, du solltest deine Zeit nicht mit mir verschwenden. Am besten decken wir dich zu. Geh ins Bett.« Er drückte ihm den Arm, als er an ihm vorbei ins Bad ging. Als er zurückkam, lag Hal ohne Decke auf dem Bett. Sein steifes Glied ragte in die Höhe.

»Mann!« rief Peter aus, der jetzt sicher war, keiner Verführung mehr zu erliegen. »Es ist eine Schande, daß niemand davon profitieren kann. Du und Charlie habt bestimmt viel Spaß zusammen gehabt.«

»Hat er dir davon erzählt?«

»Klar. Er sagte, du hast ihm manches beigebracht, als er noch ein Neuling war. Du hast gute Arbeit geleistet.

Er ist fabelhaft.« Peter schlug die Decke seines Bettes zurück und schlüpfte darunter.

»Das hat er gesagt? Erstaunlich. Ich hielt ihn für den erfahrensten Jungen, mit dem ich je im Bett gewesen war.«

»Tja, das ist Charlie. Er tut gerne so, als sei er allen anderen einen Schritt voraus.«

»Dieser verblüffende Schwanz. Der ist allen anderen bestimmt einen Schritt voraus. Ist er wirklich so groß, wie ich ihn in Erinnerung habe?«

»Er ist groß, das steht fest. Aber um die Wahrheit zu sagen, ich habe größere gehabt. Aber keine besseren. Und das will etwas heißen, wenn jemand sich so gerne ficken läßt wie ich.«

Hal schwang die Füße auf den Boden, stand auf und ließ sich auf die Kante von Peters Bett fallen. Peter setzte sich sofort auf und rutschte auf die andere Seite, bereit zur Flucht.

»Was soll das, Süßer? Denk an dein Versprechen und geh dahin, wo du hingehörst.«

»Können wir nicht einfach hier liegen und reden?«

»Einfach hier liegen? Liebe Tante Matilda! Glaubst du etwa, ich bin aus Holz? Einer der attraktivsten Jungs, die ich je gesehen habe, wedelt mit diesem Ding vor meinem Gesicht. Ich würde gerne etwas damit tun. Ich könnte es sogar tun, ohne einen Ständer zu kriegen. Es wäre nicht einmal Untreue. Ich würde es tun, weil ich dich mag und weil dein Schwanz phantastisch ist. Aber ich tue es nicht. Ich will zu Charlie genau so zurückkehren, wie ich ihn verlassen habe – keine neuen Erfahrungen, keine kleinen, geheimen Versuchungen, nichts. Es ist wahrscheinlich schwer zu verstehen, wie es ist, so sehr in jemanden verliebt zu sein.«

»Darf ich wenigstens eine Weile hier sitzen?«

»Wenn du das da zudeckst.«

Hal beugte sich zu seinem Bett hinüber, packte das Kissen und legte es sich auf den Schoß. Peter ließ sich wieder zurücksinken. Hal streichelte ihm die Wange. »Wenn ich sonst nichts haben darf, möchte ich dich mit einem Ständer sehen«, sagte er. »Läßt sich da etwas machen?«

Peter lachte. »Warte bis morgen. Alle Jungs in der Kaserne wachen damit auf. Wir vergleichen sie. Es ist sehr militärisch.« Peter spürte die warme Kameradschaft und die streichelnde Hand und war sich der Tiefe seiner Sehnsucht nach Charlie mehr denn je bewußt. Wie sollte er ein weiteres Jahr durchstehen? Oder gar zwei? Tränen traten ihm in die geschlossenen Augen. Er holte tief Luft.

»Ihr zwei quält euch wirklich«, sagte Hal. »Das habe ich Charlie auch gesagt. Es ist eine nette Idee, aber es kann nicht gutgehen. Wenn du so weitermachst, wirst du durchdrehen.«

»Hast du probiert, ihn ins Bett zu kriegen, als du ihn in New York getroffen hast?«

»Klar.«

»Es tut mir fast leid, daß du es nicht geschafft hast«, sagte Peter kichernd. »Wenn es dir gelungen wäre, könnte ich jetzt auch etwas mit dir anfangen. Mit unserem Lehrer.« Er nickte kurz ein und schreckte wieder hoch. »Was?« fragte er benommen.

»Ich sagte: Hast du es schon mal umgekehrt versucht?«

»Einen Mann gefickt? Nein. Oh, einmal Charlie. Aber das kam so plötzlich und unerwartet, daß es nicht zählt. Was Sex angeht, bin ich ein Mädchen. Daran gab es nie einen Zweifel.«

»Willst du es nicht mal ausprobieren, damit du weißt, wie es ist?«

»Eigentlich nicht. Hast du's probiert?« Wieder nikkte er ein.

»Bisher nicht.«

Peter nahm Hals Hand und drückte sie leicht an sein Gesicht. »Wir wollen beide einen Mann namens Charlie«, murmelte er. »Und wir sollten einander nicht mit ihm verwechseln.«

Hal sagte etwas, aber Peter hörte ihn nicht. Ihm war, als falle er. Er fiel immer tiefer und tiefer, dann schlief er ein.

Er erwachte, weil ihm Licht in die Augen drang. Er blinzelte und sah Hals Nacken auf dem Kissen. Als der Nebel des Schlafes sich lichtete, merkte er, daß er auf der Seite lag und sich an Hals Rücken schmiegte. Sein steifes Glied lag zwischen Hals Oberschenkeln. Gleichzeitig spürte er eine Bewegung im Zimmer und richtete sich alarmiert auf. Hal drehte sich herum, tastete blind nach ihm und versuchte, sein Glied in den Mund zu nehmen.

»Verdammt noch mal!« rief Peter.

Sie rappelten sich beide hoch, aber Hal griff immer noch nach ihm, als wolle er ihn zurück aufs Bett ziehen. Dann ließ er die Arme sinken. Beide standen nackt und mit einer Erektion vor zwei Militärpolizisten.

»Aha, ein schwules Pärchen«, sagte einer von ihnen. Er war groß, hatte einen Stiernacken und grinste mit dünnen Lippen. Er berührte ihre schwindende Erektion leicht mit dem Knüppel. »Wie schade. Wir haben sie unterbrochen. Sie sind wirklich ein hübsches Paar, meinst du nicht auch, Ed?«

»Nehmen Sie sich in acht, Feldwebel«, sagte Hal bestimmt. Es gelang ihm, Erstaunen und Autorität in seinen Worten anklingen zu lassen. Dann nannte er seinen Namen und seinen Rang.

»Oh, Verzeihung Sir, ich habe Ihr Abzeichen nicht gesehen.« Der Feldwebel wandte sich Peter zu und grinste noch breiter. »Und du bist wohl ein General, Schwesterherz?« Peter identifizierte sich. Sein Herz pochte so laut, daß er die Worte kaum herausbrachte. Der Feldwebel nickte. »Ein Offizier und ein Wehrpflichtiger. Ihr sitzt ganz schön in der Tinte. Ihre Leute mögen Sie, nicht wahr, Hauptmann?«

Peter sah seine Shorts auf dem Fußboden und wollte sie aufheben. Der Feldwebel machte einen schnellen Schritt nach vorne und schob ihm den Knüppel zwischen die Beine, als er sich bückte. Peter richtete sich auf, und der Feldwebel lachte schallend.

»Na, würde dir diese Größe gefallen, Schwesterchen?«

Mit geballten Fäusten ging Peter einen Schritt auf ihn zu. Die beiden MPs kniffen die Augen zusammen, das Lächeln wich einer kampflustigen Miene. Peter riß sich zusammen. Vielleicht konnten sie sich immer noch herausreden. Es würde ihm nichts nützen, wenn er den Kerl schlug. Möglicherweise wußte Hal, was zu tun war – er hatte ihnen diesen Schlamassel eingebrockt. Er hatte Lust, auch ihm eine zu verpassen. Er wich zum Stuhl zurück, auf dem seine sauber zusammengelegte Uniform lag. Erleichtert sah er, daß der Feldwebel ihm nicht folgte.

Er und Hal zogen sich stumm an, ohne einander anzusehen. Als sie fertig waren, ging der Feldwebel wieder zu Peter und knuffte ihn mit dem Knüppel. »Okay, Schwester. Wir nehmen dich mit zum Standort. Deine Freundin hier – oh, Verzeihung, Sir. Sie werden vom Kommandanten der Militärpolizei hören.«

»Mein Gott, warum müssen Sie uns denn melden, Feldwebel?« fragte Peter bittend. »Wir haben nichts getan.«

»Ich habe den Eindruck, daß ich mit dem Feldwebel meine Zeit verschwende«, sagte Hal. Ich bringe die Sache in Ordnung, sobald ich zurück bin.« Hal schien wieder nüchtern zu sein und sah in seiner Uniform sehr schneidig aus. Mit der Herablassung eines Mannes, der ans Befehlen gewöhnt war, sagte er zu dem Feldwebel: »Wenn Sie glauben, einen Bericht schreiben zu müssen, möchte ich etwas klarstellen. Gefreiter Martin und ich sind alte Freunde. Wir kannten einander schon vor unserer Einberufung, also ist es keine Fraternisierung. Wir hatten zusammen ein paar Drinks, und danach wollte ich vorsichtshalber nicht mehr fahren. Darum bin ich hier raufgekommen, um ein wenig zu schlafen. Das ist alles.«

»Verstehe, Sir. Ich glaube, ich brauche nicht zu erwähnen, daß Sie sich am Portier vorbeigeschlichen haben, ohne sich anzumelden. Aber wie steht es damit, daß Sie beide nackt in einem Bett lagen und Sie seinen Schwanz im Mund hatten? Wie soll ich das in meinem Bericht formulieren, Sir?«

»Hat er nicht!« platzte Peter heraus. »Wir haben beide geschlafen, als sie reinkamen. Wie reagieren Sie, wenn man Sie plötzlich aufweckt? Wir versuchten aufzustehen, und dabei sind wir irgendwie übereinandergefallen.«

»Tja, vielleicht läßt meine Sehschärfe nach. Womöglich muß ich mich pensionieren lassen.« Das höhnische Grinsen schien auf den dünnen Lippen festgefroren zu sein. »Ich dachte wirklich, ihr hättet im selben Bett gelegen.«

»Das bestreitet doch niemand, verdammt noch mal«, erwiderte Peter standhaft. Er wollte dem Feldwebel immer noch ins Gesicht schlagen, aber die Tatsache, daß er mit ihnen diskutierte, gab ihm Hoffung. »Wir waren beide betrunken. Ich bin sofort zu Bett gegangen. Was danach geschehen ist, weiß ich nicht. Vielleicht hat er nicht gemerkt, daß hier noch ein Bett steht. So war es doch, Sir?«

»Ich habe keine Lust, mit dem Feldwebel zu streiten. Aber wie Gefreiter Martin eben sagte – er schlief ein, während wir redeten. Ich drehte das Licht aus und stolperte herum und stieg in das Bett, das ich fand. Und als ich drin war, hielt ich es nicht für nötig, nach dem anderen Bett zu suchen. Wir haben früher schon in einem Bett geschlafen, wenn nur eines vorhanden war.«

»Natürlich«, bestätigte Peter.

»Na schön, Schwesterherz. Du erzählst deine Geschichte und ich meine. Der Kommandant soll entscheiden.«

Peter gefror das Blut in den Adern. Er hatte bereits damit gerechnet, aber nachdem die Worte ausgesprochen waren, hätte er fast vor Angst und empörter Unschuld geschrien. »Warum sagen Sie das? Sie machen viel Lärm um nichts. Warum können Sie es nicht einfach auf sich beruhen lassen?«

»Weil du eine verdammte kleine Tunte bist, deshalb«, knurrte der Feldwebel. Peter verlagerte sein Gewicht und hob erneut die Fäuste, aber der Feldwebel war darauf vorbereitet. Er setzte ihm den Knüppel auf die Brust und schob ihn zurück. »Wenn du irgendwelche Tricks probierst, kriegst du dieses Ding auf den Kopf. Dieses modische Höschen, das du anhast. Dieses blonde Haar. Dein beschissener langer Schwanz. Anständige Männer haben keine solchen Schwänze. Wie ihr beide. Entschuldigung, Sir. Ich sage nicht, daß man alle Schwulen erschießen sollte. Wäre Munitionsverschwendung. Aber man sollte sie irgendwohin abschieben, wo sie echte Männer nicht belästigen können. Beweg dich, Freundchen!«

Peters Mut sank. Er war nur selten mit dem Hohn und der Feindseligkeit der Welt konfrontiert gewesen, und die Verachtung des Feldwebels traf ihn wie ein Peitschenschlag und brachte ihn den Tränen nahe. Er kämpfte dagegen an, und er kämpfte gegen die hirnlose Verurteilung, die ihn zu zermalmen drohte. »Einen Augenblick«, sagte er mit verzweifelter Entschlossenheit. »Wenn Sie daraus eine Affäre machen wollen, sollten Sie ein paar Beweise sammeln. Warum schauen Sie sich nicht die Handtücher und Bettlaken an? Wenn sich hier etwas abgespielt hat, müßte es doch Spuren geben.«

»Soll ich dir etwa den Magen auspumpen lassen, um festzustellen, wieviel von seinem Saft du geschluckt hast? Los jetzt!«

Als er am nächsten Morgen wieder in seine Garnison gebracht wurde – den Rest der Nacht hatte er auf einer Bank auf einem MP-Posten verbracht –, mußte er feststellen, daß man seine Sachen bereits durchsucht hatte. Seine Briefe von Charlie waren beschlagnahmt worden. Zuerst war er starr vor Entsetzten. Wie konnten sie einen so persönlichen und kostbaren Besitz antasten? Sie durften Charlie nicht hineinziehen.

Er hatte sich seinem ersten Geliebten mit einer leidenschaftlichen Unschuld hingegeben, die ihr kurzes gemeinsames Leben geprägt hatte. Alles, was mit Charlie zu tun hatte, war für ihn schön – sein Körper, sein Gesicht, seine Persönlichkeit, sein Talent, seine aufrechte Männlichkeit. Alles an ihm war schön. Mit ihm den Tag zu verbringen, zu essen, zu lachen, wichtige Dinge zu besprechen, in der Stadt oder auf dem Land spazierenzugehen, zu spielen und zu arbeiten: alles machte ihn glücklich. Während er aufwuchs, war ihm das Tabu nicht entgangen, mit dem die Homosexualität behaftet war, aber er war nie auf den Gedanken gekommen, daß sie ebenfalls davon betroffen waren. Dieses Tabu richtete sich doch gegen die Typen in den Schwulenbars, die weibischen Männer, die Schuljungen verführten, die Jungen, die Make-up trugen und auf alles scharf waren, was Hosen trug. Selbst als er für kurze Zeit und in gewissem Umfang ein Teil dieser Welt gewesen war, als Charlie ihn zurückgewiesen und geheiratet hatte, war er sich nie schwul vorgekommen. Er hatte viele Partner, aber er ging nur mit jungen Männern ins Bett, die ihm gefielen und die ihn haben wollten. Daran war nichts Schmutziges. Er hatte Geschenke angenommen, aber sie waren ihm freiwillig und aus Dankbarkeit gegeben worden. Ein einziges Mal hatte er vor einem reichen Mann masturbiert, der später sein Freund und Gönner wurde; aber damals war er so betrunken gewesen, daß es ihm wie ein Akt geschlechtsloser Unschuld vorgekommen war. Es war eine traurige Zeit gewesen, aber nichts hatte ihm Schuldgefühle oder Scham eingeflößt.

Zum ersten Mal in seinem Leben war er in der vergangenen Nacht entschlossen gewesen, zu lügen und Hal zu beschützen – aber die Briefe konnte er nicht abstreiten. Im Grunde tat es ihm nicht leid. Er wollte seine Liebe nicht leugnen. Und wenn er seine wahre Persönlichkeit offenbarte, würde seine Geschichte bestimmt noch überzeugender klingen.

Später schickte man ihn zu seinem ersten Gespräch mit einem Psychiater. Der war ein gepflegt und tüchtig aussehender, dunkelhaariger, jungenhafter Mann, der eine Brille mit breitem Rand trug. Sein Ausdruck war neutral, und er stellte ihm in sachlichem Ton Fragen zu dem Vorfall im Hotel. Er wollte auch mehr über seine Freundschaft mit Hal wissen. Da Charlies Briefe bekannt waren, würde es Hal nicht helfen, ein intimes Verhältnis anzudeuten.

»Hat Hauptmann Bohlen nicht gesagt, Sie hätten schon einmal ein Bett geteilt?«

»Ja. Ich erinnere mich aber nur vage daran. Es war nach einer Hausparty vor ein paar Jahren. Die Jungs mußten zusammenrücken, um Platz für die Mädchen zu schaffen. Wir waren viele. Sonst weiß ich nichts mehr.«

»Sie geben zu, daß sie zusammen nackt waren?«

»Ja.«

»Leugnen Sie, daß Hauptmann Bohlen an Ihnen Fellatio verübt hat?«

»Was ist das?«

Der Psychiater zögerte und sah ungeduldig aus. »In der Umgangssprache sagt man Blasen dazu. Schwanzlutschen.«

»Natürlich bestreite ich das. Ich versuchte, im Halbschlaf aus dem Bett zu steigen, genau wie Hauptmann Bohlen. Wir fielen übereinander. Vielleicht sah es so aus, als sei mein Schwanz seinem Mund nahe, aber das ist alles. Halten Sie uns für verrückt? Die MP war ja schon im Zimmer.«

»Soll das heißen, Sie wären dazu bereit gewesen, wenn Sie allein gewesen wären?«

»Ich meine nichts dergleichen. Er hat nie die leiseste Andeutung gemacht, daß er an so etwas interessiert wäre. Und wenn, dann hätte ich mich geweigert.«

»Wirklich? Eine Weile herrschte Stille. Dann zog der Psychiater eine Schublade auf und legte einen Packen Briefe auf den Tisch.

Peter sah im in die Augen. »Na also. Sie wissen, warum ich mich geweigert hätte.«

Der Psychiater schien mitfühlender zu werden, als er Peter über Charlie ausfragte. Peter war jetzt selbstsicherer und erklärte, Charlies bloße Existenz mache sein Geschlechtsleben zu einer rein akademischen Angelegenheit. »Ich würde einen anderen nicht mal mit einer drei Meter langen Stange berühren«, sagte er in entschiedenem Ton.

»Nun, es ist Sache der Rechtsabteilung, diesen Fall zu beurteilen. Ich kann nur psychologische Ratschläge geben. Vielleicht wollen sie daraus ein Verbrechen machen und eine Gefängnisstrafe beantragen.«

»Gefängnis?« wiederholte Peter erschrocken.

»Ich möchte Sie nicht unnötig beunruhigen. Ich werde auf der Grundlage Ihrer Aussage eine Stellungnahme schreiben. Entscheidend ist, daß Sie ein überzeugter Homosexueller sind. Das genügt für eine sofortige Entlassung aus der Armee.«

»Aber das will ich nicht«, erwiderte Peter und stand auf. »Ich bin in jemanden verliebt. Welchen Unterschied macht es für die Armee, ob es ein Mann oder eine Frau ist?«

»Ich bitte Sie. Selbst Ihnen ist klar, daß es hier auch um ein gesellschaftliches Problem geht. Wir haben festgestellt, daß Homosexuelle sich dem Wehrdienst nicht zufriedenstellend anpassen.«

»Das ist lauter dummes Zeug. Ist es mein Fehler, daß Hauptmann Bohlen betrunken war und ins falsche Bett stieg? Das hat er doch selbst gesagt. Was ist mit meinem bisherigen Verhalten?« Er wiederholte, daß mit Hal nie etwas gewesen sei, daß Charlie mit der Sache nichts zu tun habe und daß die Armee kein Recht habe, ihn hineinzuziehen. Weder an diesem Tag noch später sah Peter in dieser Episode eine Chance, schnell entlassen zu werden und bald zu Charlie zurückzukehren. Er hatte beschlossen, Soldat zu werden, und mußte bei seiner Entscheidung bleiben; nur dann konnte er weiterhin Respekt für seine Liebe fordern.

Er war einer der beliebtesten Kameraden der Kompanie. Seine Aufgaben erfüllte er gut und peinlich genau, und er war stolz darauf. Niemand hatte das Recht, daran zu zweifeln, daß er sich anständig benehmen würde, selbst in einer zugegebenermaßen feindseligen Atmosphäre.

»Nun, wir brauchen jetzt nichts zu entscheiden«, sagte der Psychiater. »Ich setze eine Erklärung auf, die Sie bitte unterschreiben. In ein, zwei Tagen sehen wir uns wieder.«

»Soll ich mir einen Anwalt nehmen?«

»Darüber reden wir, wenn es Zeit ist.«

Bald war nicht mehr zu übersehen, daß die Geschichte sich herumgesprochen hatte. Egal, wo Peter hinging, die anderen gingen ihm aus dem Weg. In der Dusche und am Waschbecken stellte sich niemand neben ihn. Die oft obszönen Spielchen unter der Dusche hörten auf, sobald er kam. Die Männer, die offen mit ihm geflirtet hatten, mieden ihn nun. Nur ein unverhohlen weibischer, kinnloser junger Mann war eine Ausnahme. »Laß dich nicht unterkriegen«, sagte er, als Peter ihm am nächsten Tag begegnete. »Du hast Glück gehabt. Du hast diesen leckeren Hauptmann gehabt und trägst bald wieder Zivil. Was könnte ein Mädchen sich sonst wünschen?«

Das war kein großer Trost, aber Peter erkannte die gute Absicht an. Zwei Tage verbrachte er in stumpfer Verzweiflung, und ab und zu packte ihn Entsetzen, wenn ihm das Wort »Gefängnis« durch den Kopf ging. Sein zweites Gespräch mit dem Psychiater war kürzer, und der Mann war schroffer.

»Ich will es Ihnen sagen, wie es ist. Ich habe hier eine Erklärung für Sie zum Unterschreiben. Sie kommen vor Gericht und werden unehrenhaft entlassen. Sie werden mit einem blauen Auge davonkommen, weil es der Moral der Truppe schaden würde, wenn das Ansehen des Offiziers Schaden nähme. Hauptmann Bohlen wird gestattet, um seine Entlassung zu ersuchen. Würde man Ihnen beiden unnatürliche Handlungen vorwerfen, könnte er sich nur mit seiner Trunkenheit und sein Erstaunen über die Zudringlichkeit eines erfahrenen Homosexuellen rechtfertigen. Der Feldwebel, der Sie festgenommen hat, sagte aus, seinem Eindruck nach hätten Sie versucht, ihren Penis in Hauptmann Bohlens Mund zu schieben, und er habe sich gewehrt. Aber selbst wenn man ihn freispräche, wäre seine Brauchbarkeit für die Armee erheblich eingeschränkt. Trunkenheit ist keine Entschuldigung für einen Offizier. Man würde Sie wahrscheinlich zu einer saftigen Gefängnisstrafe verurteilen und die ganze Geschichte würde in vielen Mündern einen üblen Nachgeschmack zurücklassen. Darum rate ich Ihnen zu unterschreiben.«

Peter überflog die Erklärung, obwohl seine Augen sich zu weigern schienen. Er bekam aber mit, daß er zugeben sollte, homosexuell zu sein und einen Offizier ins Bett gelockt zu haben, um seine sexuelle Lust zu befriedigen. Ob er auch erklären sollte, es sei ihm gelungen, wußte er nicht.

»Hat die Sache keinen Haken?« fragte er. Sein Mund war so trocken, daß er die Worte kaum herausbrachte. »Sie wollen mich nicht zu einer Unterschrift überreden und mich dann fertigmachen?«

»Ich versichere Ihnen, daß alle Beteiligten die Angelegenheit so schnell und unauffällig wie möglich vom Tisch haben wollen.«

»Bekomme ich meine Briefe zurück?«

»Sie werden Ihnen selbstverständlich bei der Entlassung übergeben.«

Peter nahm den Füllhalter in seine gefühllosen Finger, kritzelte seine Unterschrift auf das Papier und lehnte sich zurück. Die Welt, wie er sie kannte, war untergegangen.

In den paar Tagen vor seiner Verhandlung legte sich die Betäubung, und er wurde wütend. Er war äußerst empfindlich und lauerte auf den geringsten Affront. Hätte jemand ein abfälliges Wort gesagt, hätte er Peters Frustration in voller Härte zu spüren bekommen. Er wollte alle und jeden verprügeln. Aber in der Leere, die ihn einhüllte, gab es niemanden, den er hätte schlagen können. Überall hielt er Ausschau nach dem Feldwebel. Er wußte genau, was er mit ihm machen würde – er würde ihn anspringen und mit bloßen Händen erwürgen, falls er dabei nicht selbst ums Leben kam.

Am Tag der Verhandlung zog er sich sorgfältig an. In tadelloser Uniform, rasiert, gewaschen und mit gezähmtem, ordentlich frisiertem goldenem Haar sah er wie der Idealtyp des amerikanischen jungen Mannes aus. Er wußte es, und es erfüllte ihn mit einer gewissen zornigen Befriedigung. Die Richter begnügten sich damit, ihn mit abstoßenden Worten zu beschreiben. Daß solche Ausrücke je auf ihn angewandt würden, hätte er sich nie träumen lassen. Er war pervers, ein Sodomit, ein verstockter sexueller Abweichler. Ihm war, als lade man allen Schmutz der Welt auf ihn ab. Dennoch straffte er die Schultern, hob den blonden Kopf und lächelte leicht. Er hatte bemerkt, daß einer der Richter hartnäckig versuchte, Blickkontakt mit ihm aufzunehmen. Die Welt war ein Sündenpfuhl, und er hatte kein Recht darin zu leben. Er war eine Schande für seine Uniform und für sein Land, und alles, woran er geglaubt hatte, war widerlich.

Nur Charlies wütende, liebevolle Loyalität, die er in seinen Briefen ausdrückte, hielt ihn über Wasser. Hätte Charlie, als sie wieder vereint waren, auch nur den kleinsten Zweifel an seiner Darstellung geäußert, hätte Peters Wut auf die Menschheit ihn weggefegt. Aber seine fast entschuldigende Besorgtheit machte ihn zu einem Fels des Glaubens, an den Peter sich klammerte.

Jetzt rannte er durch die gefährliche Nacht an schimmernden, geweißten Häusern vorbei und bezahlte für seine Hast mit zunehmenden Schmerzen, die er jedoch gerne erduldete, um Charlie unnötige Sorgen zu ersparen. Er war verwundert darüber, wie erfolgreich er die Erinnerungen an diese düstere Episode verdrängt hatte. Er wußte mehr oder weniger, was geschehen war und was am schlimmsten gewesen war; aber es gab große Lücken in der Reihenfolge der Ereignisse, und jetzt besaß keines mehr die Macht, ihm weh zu tun. Was ihn scheinbar zu zermalmen drohte, war nicht eingetreten, und in den folgenden Jahren hatte er sich kaum jemals als Ausgestoßener gefühlt.

Als er wieder mit Charlie vereint gewesen war, hatte er zunächst nur einen Gedanken gehabt: sich zu wappnen, um sein Überleben zu sichern. Von seinem Einkommen konnten sie kaum leben, trotzdem wollte er nichts davon hören, daß Charlie sich wieder einen Job suchte. Er war ein Jahr lang allein gewiesen, und seine Malerei hatte erstaunliche Fortschritte gemacht – sie war ein unerläßlicher Bestandteil der Vision, die Peter vor Augen hatte. Er wollte, daß sie beide das Beste aus ihrem Leben machten und keine Rücksicht auf Konventionen nahmen. Und er war fest entschlossen, sich ebenfalls nie um einen Job zu bewerben, denn er hatte keine Lust, sich über seine Dienstzeit bei der Armee ausfragen zu lassen. Er steuerte aus seinem Kapital etwas zu ihren Einkünften bei und beschäftigte sich wieder mit der Börse. Geld schien ein Schutz vor der Verdammung durch die Gesellschaft zu sein. Er war früher schon verblüffend erfolgreich mit seinen Kapitalanlagen gewesen, und jetzt verbrachte er jeden Tag einige Zeit bei seinem Broker, sammelte Informationen und ließ sich Tips geben.

Charlies Großmutter – das einzige Mitglied seiner Familie, das er tief verehrte und das ihn wegen seiner Beziehung zu Peter verstoßen hatte – starb plötzlich und hinterließ Charlie symbolische zehntausend Dollar aus dem großen Vermögen, das ursprünglich für ihn bestimmt gewesen war. Für Peter war die Verwaltung des Geldes eine Herausforderung. Er konnte Charlie nicht so reich machen, wie er geworden wäre, wenn er auf ihre Liaison verzichtet hätte; aber er konnte das Beste daraus machen. Er ging Risiken ein, er hatte Glück und Verstand, und gegen Ende des Krieges hatte er ein bescheidenes Vermögen erwirtschaftet. Nebenher hatte er Kurse besucht und sich zum Kunsthändler ausgebildet. Das Startkapital war vorhanden. Er hatte gelernt, daß die Leute sich nicht um sein Geschlechtsleben kümmerten, solange sie eigene Interessen verfolgten, wenn auch einige versucht hatten, ihn damit unter Druck zu setzen, um daraus Vorteile zu ziehen. Er hatte dafür gesorgt, daß die Betreffenden ihr Verhalten bedauerten. Als er mit Geld einen Schutzwall rings um ihre Beziehung errichten konnte, schwand seine Verbitterung, und seine lockere, fröhliche Einstellung zum Leben setzte sich allmählich wieder durch. Wenn die schlechten Erfahrungen ihn härter gemacht hatten, dann handelte es sich um eine Härte, die jeder brauchte, der den Anforderungen des Lebens genügen wollte. Peter war eisern entschlossen, seine Liebe zu beschützen und zu verteidigen, wenn er diese Härte auch unter seiner sanften, bewundernden Unterwürfigkeit verbarg.

Ihm war, als laufe er schon stundenlang durch die dunklen Straßen. Endlich erreichte er eine Querstraße mit einigen Lampen. Sie kam ihm vertraut vor. War der Hafen nicht gleich dort drüben? Seine Stimmung besserte sich, und er legte einen weiteren Spurt ein. Nach ein paar Minuten sah er den Platz vor dem Hafen. Das Schiff war da. Er hielt an, um Atem zu holen. Charlie hatte offenbar auf ihn gewartet; er rief seinen Namen.

»Komm her«, rief er zurück und wartete. Charlie rannte die Laufplanke hinab und auf ihn zu. Seine Augen weiteten sich, als er einen ersten Blick auf Peters Gesicht warf. Peter nahm ihn beim Arm und führte ihn in den Schatten neben dem Platz.

»Um Himmels willen, was ist mit dir passiert?« fragte Charlie mit besorgter Stimme. »Ich war schon krank vor Sorge.«

»Ich weiß. Es tut mir leid.« Kaum waren sie im Schatten, blieb Peter stehen. »Mein Gesicht sieht wohl übel aus?«

»Das ist ja schrecklich. Mein armer Kleiner. Erzähl mir alles.«

»Du solltest mal die anderen sehen!« sagte Peter und lachte durch fast steife Lippen. Er berichtete, was vorgefallen war, obwohl das Sprechen ihm schwerfiel.

»Wenn sie dich nur ausrauben wollten, warum haben sie dich in dieses Haus gebracht?« fragte Charlie, als Peter fertig war. »Das ergibt doch keinen Sinn.«

»Weiß ich. Darüber wundere ich mich auch. Vermutlich wollten sie von Anfang an Sex. Ich habe den Eindruck, das ist hier nichts Besonderes. Du weißt schon, man streift herum und verschafft sich ab und zu einen Orgasmus. Sie hielten es anscheinend für selbstverständlich, daß ich mitspielen würde. Diese Bastarde! Dieser Janni wollte wohl mehr. Vielleicht mußte er seinen Kumpeln erst ihr Vergnügen lassen, ehe er an der Reihe war.«

»Aber warum haben sie dich zusammengeschlagen, gütiger Gott?«

»Haben sie nicht.« Peter lachte unter Schmerzen. »Ich habe *sie* zusammengeschlagen. Sie wußten nicht einmal, wie man sich wehrt. Das mit dem Auge war ein Unfall. Dieser Janni hat mich erst am Mund erwischt, nachdem ich ihm ein paar saftige Schläge verpaßt hatte. Ich war selbst überrascht, wie schnell er zusammenklappte.«

Charlie hörte Befriedigung aus seiner Stimme heraus. »Allmächtiger – ich bringe sie um. Wo sind sie? Weißt du, wo ihr wart?«

»So ungefähr. Im Dunkeln sah alles gleich aus. Sicher bin ich nicht.«

»Wir müssen die Polizei verständigen. Brauchst du einen Arzt?«

»Was für einen Arzt können wir hier wohl finden? Außerdem ist es nur ein blaues Auge und eine geplatzte Lippe. Vielleicht hat Martha etwas an Bord. Erzähl den Kingleys nichts von Sex – sie würden glauben, das sei passiert, weil ich schwul bin.«

»Das rate ich ihnen nicht, verdammt noch mal!« Charlie nahm ihn an den Händen. Sie fühlten sich seltsam an, und er hob sie hoch. »Mein Gott – die sind ja ganz geschwollen!«

»Klar. Kommt vom Boxen. Schade, daß du mich nicht gesehen hast. Ich war ganz schön in Fahrt.«

Charlie umarmte ihn. »Das weiß ich, Kumpel. Mein Gott, ich war so froh, dich zu sehen. Daß dich hier jemand überfährt, konnte ich mir nicht vorstellen. Aber ansonsten habe ich mir alles mögliche ausgemalt. Komm jetzt. Wir verpflastern dich, und dann gehen wir zur Polizei.«

»Lohnt sich nicht. Ich habe ihnen eine Abreibung verpaßt. Die belästigen hübsche Fremde bestimmt nie wieder.«

»Auf einmal machst du alle verrückt! Anscheinend

stehst du jetzt in voller Blüte, und ich habe es gar nicht bemerkt.«

Sie lachten, und Peter dachte erneut an Jeannot. Ein Glück, daß sein Gesicht so gezeichnet war. Diesmal konnte Charlie ihn nicht verdächtigen, mitgemacht zu haben. »Vermutlich sehe ich nur wie ein leichtes Opfer aus«, sagte er. »Goldlöckchen. Gut, daß ich diese Militärschule besucht habe. Weiß Gott, ich habe dort nicht viel gelernt – außer Boxen.«

Arm in Arm erreichten sie den Fuß der Laufplanke. Als Peter hinaufging, tauchte Martha auf. Sie schnappte nach Luft und schlug die Hände vors Gesicht.

»Oh, du Ärmster!« stöhnte sie. »Was ist geschehen? Komm, wir müssen etwas für dich tun.«

Charlie schob ihn mit den Händen an den Hüften hinauf. Als sie auf das schmale hintere Deck traten, stellte er sich neben ihn, legte ihm einen Arm um die Schulter und hob seinen Arm zum Zeichen des Sieges hoch.

»Drei Ganoven haben ihn überfallen. Er hat sie tüchtig verprügelt. Ist er nicht phantastisch? Du mußt erst einmal seine Hände sehen.«

»Das tut bestimmt weh«, rief Martha aus. »Ich habe etwas, was dir helfen müßte. Wir versorgen dich erst einmal, dann muß ich alles wissen.«

»Setzt dich hier hin, Kleiner.« Charlie führte ihn zu einer der Bänke im Cockpit und drückte ihn darauf. »Ich hole dir einen guten, kräftigen Drink, während Martha dich verarztet.«

Sie gingen hinunter, und Peter blieb ganz benommen vor Freude zurück. Charlie hatte schon wieder in der Öffentlichkeit Kosenamen benutzt. Das war eine bessere Arznei als alles, was Martha ihm geben konnte. Er spürte die Schmerzen gar nicht mehr. Er streckte sich auf der Bank aus und fühlte sich wie ein Held. Charlie kehrte mit einem Whisky zurück – und mit einem Beutel, der sich als ein Geschirrtuch mit Eis entpuppte.

»Martha sagt, du sollst das aufs Auge legen. Aber nimm zuerst einen tüchtigen Schluck.« Charlie setzte sich neben ihn, während er einen langen Zug von dem scharfen Drink nahm. Dann legte er den Eisbeutel auf und ließ die Hand auf Charlies Schenkel sinken. Es war das erste Mal, daß er sich eine so intime Geste in der Öffentlichkeit erlaubte. Selbst als Martha mit einer Schüssel kam, ließ er die Hand, wo sie war.

»Trink aus, und bade dann deine Hände hier drin«, sagte sie.

Charlie drückte ihm kurz die Hand, um ihm zu zeigen, daß er sie gerne spürte; dann führte er sie ihm an den Mund. Peter trank sein Glas leer, Charlie nahm es ihm ab und legte einen Arm um ihn.

»Ich halte dir den Beutel ans Auge.« Er bettete Peters Kopf in seine Armbeuge und hielt den Eisbeutel, während Martha ihm die Schüssel auf den Schoß stellte. Er tauchte die Hände in die warme Flüssigkeit, die nach Arznei roch. Martha setzte sich an die andere Seite und rieb ihm den Mund behutsam mit einem warmen Lappen ab. Er war ein Ritter, der von Knappen bedient wurde.

»Das muß ganz schön geblutet haben«, sagte sie sanft. »Es bildet sich bereits Schorf. Ich werde etwas Penizillin auftragen, dann lassen wir der Natur ihren Lauf. Du wirst die Würste nicht essen können, die ich für euch beide zubereitet habe.«

»Aber eine Suppe wäre gut, nicht?« schlug Charlie vor. »Wie wär's mit weichgekochten Eiern? Wir könnten ihn damit füttern.«

Peter spürte eine Solidarität zwischen ihnen, die dank Charlie auch ihn einschloß. Die beiden verhielten sich beinahe wie Eltern, tröstend und beruhigend. So gesehen paßte es ganz gut, daß Jack nicht dabei war – vermutlich schlief er bereits.

»Peter, mein Schatz«, sagte Martha und verabreichte seinem Mund einen letzten Tupfer. »Ich ertrage es nicht, diesen schönen Mund so geschwollen zu sehen. Ich mache eine Dosensuppe auf. Klare Fleischbrühe ist wohl am besten. Er sollte den Mund so wenig wie möglich bewegen. Und sorge du dafür, daß er seine Hände gründlich badet.« Sie erhob sich und ging.

»Allmählich geht es mir viel besser«, sagte Peter. »Ich danke dir, mein Schatz. Du bist so verdammt nett zu mir.«

»Natürlich sind wir das.«

Peter hatte Charlie danken wollen, aber es wunderte ihn nicht, daß Charlie auch für Martha sprach. Sie hatten ihn als Paar versorgt. »Sie ist wirklich süß, nicht wahr?«

»Ja, das ist sie. Und sie weiß genau, was zu tun ist.«

»Das weißt du anscheinend auch. Sie ist ganz schön verrückt nach dir.«

Charlie kicherte. »Was immer sie für mich empfindet, sie würde mir nie lästig fallen. Ich habe noch nie ein Mädchen wie sie gekannt.«

»Wirst du etwa schwach?«

»Könnte sein. Ab und zu schon, wenn sie klar und deutlich zeigt, was sie will. Es würde dir doch nichts ausmachen, oder?«

»Eigentlich nicht – so lange du mich nicht links liegen läßt.«

»Charlie legte ihm eine Hand auf den Arm und streichelte ihn. »Keine Sorge. Ich bezweifle, daß etwas passiert, aber selbst wenn – es hätte nichts mit uns zu tun.«

»Sei nicht albern. Alles, was du tust, hat etwas mit uns zu tun. Aber ich weiß, was du meinst. Außerdem sitze ich selbst im Glashaus.«

»Jetzt bist du albern. Es ist alles vergessen, Kleiner. Wir treten in eine ganz neue Phase ein.«

»Was –« Neue Phasen konnten gefährlich sein; aber der Ton, in dem Charlie gesprochen hatte, versetzte Peter in Erregung – er schien ihm wirklich verziehen zu haben. Gerne hätte er mehr über die neue Phase erfahren, aber in diesem Moment kam Martha zurück.

Sie sah, wie Charlie den Arm um Peters Schulter gelegt hatte, damit er ihm das Eis ans Auge drücken konnte. Und sie sah, wie er ihn mit der anderen Hand streichelte. Die beiden waren ein so schönes Paar. Sie empfand Zärtlichkeit für sie. Charlies sanfte, liebevolle Fürsorge machte sie manchmal schwach in den Knien. Da er seinen Freund so offen berührte und an sich drückte, bezog er Martha in den Zauberkreis der Liebe mit ein. Sie stellte das Essen auf die andere Bank.

»Auf geht's.« Sie leerte die Schüssel ins Meer und reichte Peter ein Handtuch. »Hat es ein wenig geholfen?«

Peter bewegte die Finger. »Und wie. Vielen Dank, Schätzchen.«

»Später mache ich noch eine Schüssel warm.« Sie hielt ihnen einen Teller voll Essen und eine Schale mit Suppe hin. Peter übernahm den Eisbeutel von Charlie, und sie lösten sich voneinander. Marthas Aufmerksamkeit war ganz auf Peter gerichtet. Sie setze sich neben ihn. »Ich habe die Suppe nur gewärmt. Ich möchte nicht, daß du dir den Mund auch noch verbrühst.«

»Sie ist genau richtig. Du bist wunderbar.»

»Die Eier sind auch gleich fertig.«

»Bitte auch Wein, gnädige Frau«, meinte Charlie scherzhaft.

»Oh, natürlich. Ich hole ihn gleich. »Peter sollte nicht sprechen, aber ich möchte wissen, was passiert ist.«

Sie verbrachten noch eine oder zwei Stunden an Deck, und Peter war der Mittelpunkt des Geschehens. Sie diskutierten eine gekürzte Version seiner Geschichte. Martha kam und ging mit Salben und heilenden Bädern. Charlie und Peter waren ein wenig beschwipst vom Wein. Dann gingen sie zusammen nach unten.

Martha knipste die Decklampe aus. »Jack sagt, wir brauchen hier kein Ankerlicht.«

»Strom sparen!« sagten Peter und Charlie im Chor, und sie lachten alle. Martha küßte sie beide auf die Wange, wünschte ihnen gute Nacht und ging in ihre Kabine. Charlie zog sich bis auf die Shorts aus.

»Ich hoffe, dir wird in diesem Pullover nicht zu heiß, Kleiner. Aber wir können ihn dir nicht ausziehen, ohne dir weh zu tun.«

»Nein, es geht schon.« Peter zog die Hose aus und ging in die Pütz. Als er zurückkam, streckte er sich auf seiner Koje aus. Charlie schaltete die einzige trübe Lampe aus und kniete sich neben ihn. Er küßte ihn auf die Stirn und auf das unverletzte Auge und auf die Wange.

»Ich würde dich so gerne küssen«, flüsterte Peter.

»Bald, du Schläger«, sagte Charlie leise, aber nicht flüsternd. »Und ich will noch viel mehr.« Er spürte, wie Peters Hand sein Glied aus dem Slip holte und festhielt, während es länger und härter wurde. So kühn war Peter nie zuvor gewesen. Charlie lächelte insgeheim. Er schob eine Hand unter die Decke und griff nach Peters bereits steifem Glied. Gleichzeitig knabberte er an seinem Ohr. »Es stört mich nicht, wenn sie uns so überraschen. Aber ich möchte ihnen nicht unbedingt alles zeigen.« Er kletterte in die Koje, nahm Peter in die Arme und deckte das Laken über sie. Peter zog ihn zu sich heran. Ihre Glieder berührten sich.

»O Gott«, flüsterte Peter. Sein Herz raste. »Ich kann es nicht glauben. Seit Wochen will ich dich hier haben, aber ich habe mich nicht getraut, auch nur daran zu denken.«

Charlie streifte den Pullover unter den Achselhöhlen hoch und küßte Peters Nippel. Dann beugte er sich nach unten und küßte sein Glied, während Peter ihn umklammerte und ihm das Haar zauste.

»Nein, Liebling, tu's nicht«, flüsterte er. »Bitte. Wir dürfen das nicht.«

Charlie richtete sich auf und legte sich wieder neben

ihn. »Ist mir egal, wer uns sieht«, murmelte er. »Aber du hast wahrscheinlich recht.«

»Trotzdem, ich will alles haben. Bleib bei mir.« In seinem Flüstern lag ein ungewohnt fordernder Ton.

Charlie lächelte erneut in der Dunkelheit und strich Peter übers Haar. »Alles, was du willst, Kleiner. Schlaf jetzt, mein Süßer. Du hast einen harten Tag hinter dir.«

»Das kann man wohl sagen. Ich habe diese Kerle wirklich windelweich geprügelt.« Sein Glied zuckte ein wenig, als er das sagte, und er strich mit der Hand über Charlies Hinterbacken und zog ihn näher an sich heran. Charlie lächelte immer noch, als er noch einmal Peters Stirn küßte und sein Haar weiter liebkoste. Der große Plan, den er am Rande seines Bewußtseins hegte, schien sich zu entfalten.

Charlie wachte im Morgengrauen auf. Vorsichtig und ohne Peter zu wecken, kletterte er aus der Koje und ging zu seiner eigenen hinüber. Vermutlich war von den Kingsleys noch keiner durchgegangen; aber es war ihm egal. Der Kapitän hatte umfangreiche Rechte; er durfte auch mit der Mannschaft schlafen. Er zog die Dekke über sich und schlief noch eine Stunde.

Sie standen alle früh auf. Jack mokierte sich über Peters zerschundenes Gesicht, als sie gemeinsam im Cokpit Kaffee tranken.

»Jetzt siehst du wie ein richtiger Seemann aus, Peter, mein Junge. Urlaub an Land, Prügeleien ... ein Wunder, daß du kein Frauenzimmer mit an Bord gebracht hast!«

»Oh, das habe ich. Sie war eine schüchterne Maid. Ich hab sie ans Ufer zurück gebracht, bevor sie dir in die Hände fallen konnte.«

»Kluges Bürschchen.« Jack lachte. »Weißt du, es ist lustig. Als ich heute nacht an Deck ging, dachte ich tatsächlich, jemand sei in deiner Koje.«

»Habe ich das bestritten?«

Charlie warf Martha einen Blick zu. Sie sah ihn an,

und er blinzelte ihr zu. Peter zog ihn am Arm auf den Platz neben ihm.

»Ist meine Schönheit nicht atemberaubend? Ich habe mich eben im Spiegel betrachtet. Habt ihr je solche Farben gesehen?« Sein Auge zeigte in der Tat eine erstaunliche Vielfalt an Purpur- und Brauntönen, aber die Schwellung war stark zurückgegangen. Er konnte auch besser sprechen. Seine Hände waren steif, taten aber kaum weh. Er konnte nicht mit den Leinen umgehen, aber das Steuerrad würde ihm nicht zu schwer fallen. Darum wurde er zum Steuermann des Tages ernannt. Sie waren bald auf See. Charlie und Jack hißten die Segel, und sie fuhren der aufgehenden Sonne entgegen.

Nach all den Tagen auf dem offenen Meer hielt Charlie diese Tour in der Nähe des Festlandes für ein Kinderspiel. Aber er kannte diese Gewässer nicht. Der Golf von Korinth breitete sich majestätisch aus, als sie sich ihm näherten. Er war von fernen, hohen Bergen gesäumt, deren Gipfel immer noch Schnee trugen. Vor ihnen war kein Land zu sehen. Innerhalb einer Stunde erhob sich ein steifer Südwestwind, der den ganzen Morgen wehte. Schwere Wellen rollten von hinten auf sie zu. Sie bekamen den Wind gut querschiffs, was ideal zum Segeln war, und Charlie stellte die Schoten so ein, daß sie eine maximale Geschwindigkeit ermöglichten. Die See kam aus einer etwas anderen Richtung, hob das Schiff hoch und ließ sie in tiefe Täler sinken. Doch Peter hielt die *Kassandra* geschickt auf Kurs, und es schwappte nur wenig Wasser an Bord. Charlie ging schwankend nach achtern und ließ sich neben Peter auf die Bank fallen. Sie strahlten einander an.

»Na, ist das nicht ein flottes Tempo?« fragte Charlie.

»Ich habe das Gefühl, ein bockendes Pferd zu reiten.«

»Du machst das wunderbar, Kleiner. Laß mich eine Weile ran, und gönne deinen Händen eine Pause.«

»Das ist zwar nicht nötig, aber wie du meinst.«

Sie tauschten den Platz, und Charlie übernahm das Rad. Peter legte den Arm um ihn und hielt ihn, so wie Charlie ihn in den letzten paar Wochen oft gehalten hatte. Einen Augenblick kam er sich reichlich kühn vor, aber Charlie versteifte sich nicht, wie er es sonst tat, wenn er ihn in der Öffentlichkeit berührte.

»Was war heute nacht?« Peter lachte, ohne die Lippen zu bewegen. »Ich schätze, Jack hat uns gesehen.«

»Klar. Na und?«

»Du machst mich verdammt stolz.« Jetzt konnte er darüber reden. Charlies Verhaltensänderung war offenbar doch kein Zufall, kein launisches Nachspiel zu Jean-Claude, sondern eine neue, verläßliche Einstellung. »Weißt du, so habe ich es mir immer gewünscht. Daß die Leute uns so nehmen, wie wir sind – ein Paar, Liebende, Verheiratete, verdammt noch mal!«

»Dann ist es höchste Zeit, daß du kriegst, was du willst. Warte mal – gütiger Himmel! Halte deine Mütze fest. Da kommt ein Riesenbrecher.«

Peter hatte gerade noch Zeit, nach achtern zu schauen. Eine Wasserwand schien sie zu überragen, und sie wurden in schwindelerregende Höhen emporgehoben, ehe sie wie ein Surfbrett an der Seite der Woge hinabsausten. Charlie drehte das Rad hin und her, um auf Kurs zu bleiben. Der Absturz endete jäh, und der Bug hob sich, schaufelte Wasser auf und ließ es über das Deck schwappen. Unten war ein Krachen zu hören.

»Soll das etwa wie in der ersten Nacht werden?« fragte Peter.

Charlie ließ den Blick über den kristallklaren Himmel und die funkelnden Wellen mit den weißen Hauben schweifen und schüttelte den Kopf. »Das ist kein Sturm. Es ist nur ein kräftiger Wind. Erstaunlich, daß es hier so hohe Wellen gibt. Der Wind läßt sogar etwas nach.«

Jack kam den Niedergang herauf. Er hielt sich nur

mühsam auf den Beinen. »Sollen wir nicht ein bißchen reffen?« rief er.

»Bist du verrückt? Wir haben gute Fahrt.«

»Ich hab's nicht gern, wenn das Schiff derart krängt.«

»Dazu sind Schiffe da, Jack. Willst du etwa den Motor einschalten?«

»Bei diesem Tempo sind wir kurz nach Einbruch der Dunkelheit im Kanal.«

»Was spricht dagegen?«

»Ich habe gehört, er ist schwer zu sehen. Du weißt, daß ich nachts nicht gerne auf eine unbekannte Küste zufahre.«

»Ich habe im Lotsenbuch nachgesehen. Es gibt genügend Licht. Außerdem bleibt der Wind nicht mehr lange so stark.«

»Wenn du es sagst.«

Jack hielt sich noch eine Weile an Deck auf und ging dann wieder nach unten. Dann brachte Martha ihnen etwas zu essen. Sie sah besorgt aus. »Ist alles in Ordnung?« fragte sie.

»Es ist wunderbar«, versicherte ihr Charlie. »Außer, daß es nicht mehr lange so bleibt.«

Ihr Gesicht hellte sich sofort auf. Von ihrer Angst befreit, erkannte sie, was in ihr leichtes Mißfallen ausgelöst hatte: Peter umarmte Charlie zum ersten Mal. Es kam ihr unangemessen vor – es schmälerte Charlies Männlichkeit. Sie war froh, daß Peters Hände jetzt etwas anderes zu tun bekamen. Sie setzte sich neben die beiden – in dem Bikini, der in Charlie immer den Wunsch erweckte, sie auszuziehen, um ihren Körper genauer studieren zu können. Sie lachten über Peters Bemühungen zu essen, ohne daß ihm der Mund weh tat.

Die Sonne ging langsam unter, als der Wind, wie Charlie es vorausgesagt hatte, abzuflauen begann. In der Ferne war das flache Land gerade noch erkennbar.

Die See blieb schwer, und das Schiff, das jetzt keine Fahrt mehr machte, wurde hin und her geworfen. Jack kam nach oben, um das Rad zu übernehmen, und Charlie schickte Peter zu einem Nickerchen nach unten.

»Ich nehme an, du weißt, wo wir sind«, meinte er zu Jack.

Jack warf einen Blick auf das Log und schaute nach vorne. »Etwa fünfzehn Meilen westlich des Kanals.«

»So nah und doch so fern. Hör mal, Jack – könnten wir nicht den verdammten Motor benutzen, nur dieses eine Mal? In ein paar Stunden könnten wir dort sein. Andernfalls schaffen wir's nicht einmal bis morgen früh. Es ist unangenehm, hier hin und her zu rollen.«

»Immer mit der Ruhe! Ich bin sicher, daß das bald aufhört. Bis morgen früh müssen wir eben durchhalten.«

»Mann! Wir vergeuden zwölf Stunden, nur weil du deine Gepflogenheiten nicht ändern willst!«

»So ungefähr. Ich weiß, du kannst es nur schwer akzeptieren, aber das ist mein Schiff, und wenn es um den Motor geht, setze ich meinen Kopf durch.«

»Selbst wenn du unrecht hast. Gütiger Himmel! Vorhin wolltest du die Segel reffen, obwohl wir wunderbar vorankamen.«

»Ich habe nicht darauf bestanden, aber es gibt Dinge, auf die ich bestehe. Wenn wir schon beim Thema sind – ich möchte nicht, daß dieses Schiff zu einem Bordell für Männer wird. Halte dich von Peters Koje fern, verstanden?!«

»Bordell?« wiederholte Charlie ruhig. »Glaubst du, wir bezahlen einander? Was ist los, Jack? Bist du eifersüchtig? Warum bietest *du* Peter kein Geld an? Würde mich interessieren, was hinterher noch von dir übrig ist.«

»Denke daran, ich habe dich gewarnt.«

»Ach so. Nun, dann möchte ich dir folgendes sagen:

Ich schlafe bei Peter, wann immer es mir paßt. Ich habe darüber nachgedacht, und ich finde, was Peter und ich tun, schadet niemandem.«

»Mein Gott, hast du denn kein Gefühl für Anstand?«

»Bringt es dich wirklich so aus der Fassung, wenn du zwei Männer miteinander schlafen siehst? Vielleicht solltest du zum Arzt gehen.«

»Was ist, wenn ihr mal nicht schlaft, und ich durchgehe?«

»Glaubst du wirklich, wir lassen dich dabei zusehen? Das ist zu gut für ein Publikum.«

»Ist es dir egal, was Martha von euch hält?«

»Warum fragst du Martha nicht danach? Okay? Wenn wir abends im Hotel wären, wie du es versprochen hast, gäbe es kein Problem. Die Koje ist übrigens zu eng, um daraus eine Gewohnheit zu machen. Aber wann immer ich bei meinem Freund schlafen will, werde ich es tun, kapiert?«

»Du liebe Güte! Du hältst dich wohl für einen Gott, nicht wahr?«

»Nein, nur für einen Mann, der lernt, in dieser Welt zurechtzukommen. Du bist doch derjenige, der ein Theater daraus macht, daß ich schwul bin. Also, jetzt hast du mich mit Peter im Bett gesehen. Man sollte doch meinen, du könntest dir alles zusammenreimen.«

»Ich glaube, wir haben genug über dieses Thema geredet.«

»Schön. Ich nehme deine Entschuldigung wegen des Bordells an. Wenn du so stur bist, den Motor nicht anzumachen, kann ich ja ein wenig schlafen. Und zwar allein, damit deine Neugier dich nicht verzehrt.« Er lächelte fröhlich und ging breitbeinig übers Deck zum Niedergang.

Bei Tagesanbruch waren sie alle an Deck, um mit Motorkraft durch den langen, geraden, ehrfurchtgebietenden Kanal zu fahren. Gegen Mittag legten sie in Turkolimino an, im Yachthafen bei Piräus. Jacks Navigation hatte sich gelohnt – sie waren genau in den Eingang des Kanals gesegelt, obwohl dieser selbst aus einer Entfernung von wenigen Meilen noch nicht zu sehen war. Sie fanden den kleinen Yachthafen, noch bevor Charlie das große Tor von Piräus im Durcheinander der steilen, befestigten Küste ausgemacht hatte. Er hatte erwartet, daß die Akropolis ein deutlich erkennbares Wahrzeichen sei, konnte aber keine Spur von ihr entdecken.

Sie waren noch dabei, die Segel einzurollen und das Deck zu säubern, als sie offiziellen Besuch bekamen. Die Beamten waren anscheinend weniger an den Schiffspapieren interessiert als an der Tatsache, daß dies die erste amerikanische Yacht in griechischen Gewässern seit Kriegsende war. Ein Abgesandter des königlichen Yachtclubs erschien und bot ihnen während ihres Aufenthalts kostenlose Nutzung der Einrichtungen des Clubs an. Jack strahlte. Da die Formalitäten schnell erledigt waren, sprach nichts dagegen, daß Peter und Charlie sich in ihrer Kabine umzogen, ein paar Kleider in eine Reisetasche stopften und eine beträchtliche Menge Wäsche zusammenrafften. Als sie aufs Deck zurückkehrten, warteten Martha und Jack im Cockpit mit Drinks. Sie tranken und gratulierten sich selbst zu ihrer erfolgreichen Reise. Bevor sie in die Ägäis aufbrechen würden, hatten sie zwei Tage für sich. Martha sah Charlie so sehnsüchtig an, daß er sich bereit erklärte, am nächsten Tag zum Schiff zu kommen und mit den Kingsleys vielleicht einen Ausflug zu machen. Peter nahm ihn unbekümmert an der Hand.

»Komm jetzt, Kumpel. Ich werde den ganzen Nachmittag in der Badewanne liegen.«

Nach ausgiebigen Abschiedsgrüßen gingen Charlie und Peter an Land. Sie fanden ein verbeultes Taxi und wiesen den Fahrer an, sie nach Athen zu bringen. Schon das Wort bewirkte, daß Charlie ein Schauer über den Rücken lief. Er beugte sich zum Fenster, durch das ein heißer Wind blies, während sie auf einer Straße mit vielen Schlaglöchern fuhren, und suchte erneut nach der Akropolis. Als er sie endlich sah – der Parthenon kauerte gelassen auf einem kleinen Hügel – erlebte er einen Schock. Ihm war, als habe er sie schon immer gekannt. Er lehnte sich zurück und nahm Peter bei der Hand.

»Mein Gott!« rief er aus. »Da ist sie. Jetzt hat die Reise sich wirklich gelohnt.«

»Das ist wahr. Wir sind zu Hause. Diese Menschen wußten über das Leben Bescheid. Männer liebten einander, und Frauen bekamen Kinder. Wenn es heute auch so wäre, wäre vielleicht sogar ich ein Hetero.« Er konnte die Lippen immer noch nicht bewegen, wenn er lachte.

Kaum waren sie allein in einem großen, altmodischen Zimmer im Grande Bretagne, begann Peter sich auszuziehen.

»Ich werde eine Stunde im Bad bleiben. Am besten bestellst du das Essen aufs Zimmer. Und danach – dreimal darfst du raten. Wie nett von dir, ein Doppelbett zu verlangen.«

Das hatte Charlie eigentlich nicht getan. Der Portier hatte ihnen die Wahl zwischen zwei Betten und einem Doppelbett gelassen, und Charlie hatte gesagt, ein Doppelbett genüge ihnen. Als Peter nackt war, ging er zu Charlie und nahm ihn kurz in die Arme.

»Verdammt sei mein Mund! Betrachte dich als geküßt«, sagte er und eilte ins Bad. Charlie bestellte telefonisch kalten Hummer mit Salat und dazu Wein. Er ging an ein langes Fenster mit geschlossener Jalousie und schaute hinaus. Der Parthenon erstrahlte in der Sonne; die Ruinen sahen aus, als habe sie jemand äußerst präzise geplant. Sie waren in Athen, und sie näherten sich dem Augenblick, auf den er sich, wie er jetzt erkannte, seit St. Tropez vorbereitet hatte.

Ein elektrischer Ventilator auf dem Schreibtisch wirbelte die ansonsten stille Luft ein wenig auf. Er stand im Luftzug und begann sich auszuziehen. In den letzten Tagen hatte er jede Bewegung Peters genau beobachtet, und er spürte in ihm eine neue, mutige Selbstsicherheit, die er auf die Episode mit Jean-Claude zurückführte. Das war kein isoliertes Phänomen, sondern Ausdruck eines gesunden, sich entwickelnden Bedürfnisses. Der Kampf hatte diesen Vorgang unterstützt. Etwas in Peter befreite sich von der Dominanz, die Charlie mit seinem Einverständnis jahrelang über ihn ausgeübt hatte. Charlie wußte nicht, wohin das führen würde, aber er war davon überzeugt, daß ihnen weitere, noch wichtigere Entwicklungen bevorstanden. Jetzt, wo der große Moment nahte, war er noch aufgeregter, als er erwartet hatte. Er kicherte leise. Was würde Peter demnächst einfallen?

Er zog einen Morgenmantel an, und als jemand an die Tür klopfte, ließ er einen Pagen mit ihrem Essen herein. Er war versucht, sich Peter im Badezimmer anzuschließen, ließ es aber sein. Dabei konnte einiges passieren, und er wollte seinen Plan nicht gefährden. Er schwenkte den Wein im Eiskübel und wartete.

Schließlich kam Peter heraus. Er trug ein Handtuch um die Hüften, und sein Haar war dunkel und glatt vom Wasser. Sein Auge und sein Mund waren nicht mehr entstellt, sondern seltsam provozierend. Die Wunden betonten seine Schönheit.

»Ich bin bestimmt der sauberste Freund, den du je haben wirst«, verkündete er. »He! Das Essen. Hummer. Wunderbar.«

Charlie ging zu ihm, zog das Handtuch weg, küßte ihn auf den Hals und strich mit der Hand über die kühle Haut. »Ich brauche nicht lange«, sagte er.

»Nein, bitte nicht, du schöner Mann. Mir ist, als sei es Monate her.«

Charlie rasierte sich, duschte schnell und kam im Morgenmantel zurück. Peter lag ausgestreckt auf dem Bett, ebenfalls im Morgenmantel. Er sprang auf.

»Das Bett ist herrlich. Dieser arme Hummer weiß gar nicht, wie groß die Gefahr für ihn ist, völlig ignoriert zu werden.«

Sie setzten sich an den Tisch, aßen und lachten. Peter warf ihm kokette Blicke zu, als hätten sie sich eben erst kennengelernt. Charlie dachte nicht mehr an seinen Plan; er wollte Peter ganz einfach haben. »Kein Wunder, daß alle verrückt nach ihm sind«, dachte er.

»Auf den Kaffee verzichten wir, oder?« fragte Peter, als sie den Hummer verdrückt hatten.

»Ja – außer wir lassen ihn uns im Bett servieren.«

Peter warf ihm ein schiefes Lächeln zu. »Ich bin ungefähr zehnmal stärker in dich verliebt als je zuvor. Das hätte ich nie für möglich gehalten. Ich mache mich fertig.«

Charlie griff nach seiner Hand. »Nein, ich. Ich bin an der Reihe, Kleiner.«

»Was meinst du damit?«

»Was ich sage. Ich will dich so haben.«

»Wie bitte?« Peter war wie vom Donner gerührt.

»Klar doch. Verkehrt herum und von der Seite. Ich habe tagelang darüber nachgedacht.«

»Aber das kann ich nicht!« protestierte Peter.

»Warum denn nicht? Du hast es schon getan.«

»Einmal. Vor hundert Jahren, als ich nicht mehr wußte, was ich tat.«

»Bei Jean-Claude hattest du keine Probleme.«

Peter wurde sofort hellhörig. War die Strafe noch immer nicht vorüber? »Warum bringst du ihn ins Spiel?«

Charlie lachte. »Es ist schon in Ordnung, Kleiner. Wir können darüber reden. Wir brauchen nicht so zu tun, als sei nichts geschehen.«

»Ich möchte nicht so tun. Aber ich schäme mich dafür und möchte, daß du es weißt.«

»Du brauchst dich nicht zu schämen. Ich wette, du hättest es auch mit diesem Griechen tun können, den du verprügelt hast.«

Peter starrte ihn an. »Du wirst mir unheimlich. Woher weißt du das? Es war eine Art sadistische Idee, nur für eine Sekunde. Aber du hast recht. Ich hätte es tun können, wenn ich es wirklich gewollt hätte, wenn du verstehst, was ich meine.«

»Klar. Was also stimmt nicht mit mir?«

»Du hast dich verändert. Du bist du. Ich bin verrück danach, daß du mich so nimmst, wie du es immer tust. Alles andere ergibt keinen Sinn.« Peters Herz schlug schnell. Er konnte nicht glauben, daß Charlie es ernst meinte. Sie hatten noch keine Zeit gehabt, über die »neue Phase« zu reden. Hatte er das gemeint? Er witterte Gefahr, als befände er sich in einem Auto ohne Bremsen. »Bitte, Schatz. Bitte nimm mich. Ich will dich so sehr.«

»Ich dich auch. Ich habe zehn Jahre dafür gebraucht, verdammt. Ich will, daß ein Preisboxer mich nimmt.« Er stand auf, stellte sich hinter Peter, schob die Hände unter den Morgenmantel und strich über die Brust und den Bauch. Peter verlagerte sich ein wenig auf seinem Stuhl, und sein Geschlecht schnellte zwischen den Schenkeln hoch. Charlie hielt es in beiden Händen und lachte. »So ein Schwindler! Behauptest du immer noch, daß du es nicht kannst?«

»Das ist es nicht. Ich meine – na ja, wahrscheinlich komme ich schon bevor ich richtig anfange.«

»Dann fangen wir eben noch einmal an.«

Peter lehnte den Kopf an Charlie und hielt ihn umarmt, während er versuchte, diesen überwältigenden Vorschlag zu verdauen. War das wirklich so unkompliziert, wie Charlie es darstellte? Nichts weiter als Verlangen? Einerlei, welche Risiken damit verbunden waren – er wunderte sich darüber, wie sehr er es sich wünschte. Er wollte Charlie haben. Als er sich vorstellte, wie er in ihn eindrang, ihn unterwarf, schlug sein Herz schneller. »Mein Gott, ich bin so aufgeregt, daß ich kaum atmen kann. Meinst du es wirklich ernst?

Glaubst du, ich bin lang genug, um es so zu machen, wie du es mit mir machst?«

»Hast du es bei Jean-Claude so gemacht?«

»Natürlich nicht. Ich habe nur – du weißt schon, die altehrwürdige Art.«

»So will ich es haben. Ich will, daß du mich fickst, Kleiner, und nicht an meinen Schwanz oder an sonstwas denkst. Nimm mich ganz egoistisch. Ich bin besser als dein französischer Freund.«

»O Mann! Sag das nicht, Liebster. Ich explodiere gleich.«

»Reiß dich zusammen.« Charlie ließ Peter los und gab dem Tisch einen Schubs, so daß er zur Tür rollte. Dann schob er ihn hinaus auf den Flur, schloß die Tür und ging ins Bad. Als er zurückkam, war er nackt. Sein Glied war schwer und geschwollen, aber noch nicht steif. Peter hatte die Stühle an die Wand gestellt und zog die Bettdecken ab. Charlies Augen folgten der Kurve seiner Hinterbacken, und sein Glied begann sich aufzurichten. Peter drehte sich um und wartete neben dem Bett. Er beobachtete das vorstehende, wippende, hart werdende Fleisch. Er griff danach und vervollständigte die Erektion mit den Händen.

»O Gott. Ich muß ihn einfach haben. Unser Plan ergibt keinen Sinn.«

Charlie hielt das Gleitmittel in der Hand und trug es auf. »Wir haben genug über meinen Schwanz geredet«, sagte er. »Deiner ist sensationell. Du willst mich doch, oder nicht?«

»Ob ich dich will? Du machst mich verrückt! So habe ich mich noch nie gefühlt.«

Charlie lachte. »Wunderbar. Komm her. Vergewaltige mich. Ich werde für dich der beste Fick aller Zeiten sein.« Er ließ sich aufs Bett fallen und zog Peter am Glied zu sich heran. Dann legte er sich auf die Seite, wandte Peter den Rücken zu und wartete auf ihn. Er führte sein Glied und bewegte die Hüften, damit er es aufnehmen konnte. Peter schrie auf, als er einzudringen begann.

»Ich hab's dir gesagt! Ich komme gleich.«

»Nein, Kleiner. Hol tief Luft. Jetzt. Gib's mir. Mach dir keine Sorgen um mich. Ich halte es aus.« Einen Augenblick steckte Peter fest, aber Charlie bewegte erneut die Hüften, und Peter stieß zu. Charlie hielt den Atem an – die Schmerzen waren ungewohnt.

Peters Brust hob und senkte sich heftig, und er keuchte laut. »Ich bin in dir drin. Gütiger Himmel! Ist alles in Ordnung?«

»Klar doch. Jetzt bist du am Zug. Nimm mich, Kleiner.«

»Das mußt du mir nicht zweimal sagen!« Er drehte Charlie auf den Bauch und biß ihn in die Schultern, während er sich hinkniete und Charlies Hüften zu sich heranzog, damit er tiefer eindringen konnte. Charlie spürte den starken Griff, und seine Erregung wuchs.

»Ja, Kleiner! Mann, du bist phantastisch.« Er legte die Stirn auf die verschränkten Arme und gab sich ganz dem harten Schaft aus Fleisch hin, der weiter vorstieß. Die Schmerzen vergingen, und die vertauschten Rollen versetzten ihn in Ekstase. Peters Erregung fachte die seine an. Triumphierend benutzte Peter Charlies Körper, um seine Lust zu befriedigen. Charlie schauderte vor Entzücken, als Peter ihn an den Schultern packte und langsam ritt. Nach einer Weile hatte er das Gefühl, daß ein Pfahl in jeden Teil seines Körpers eindrang. Er schrie vor Freude, als Peter die Penetration mit einem abschließenden Stoß beendete und nun zwischen verkrampften Schenkeln feststeckte. Er war ein Mann, der seine Männlichkeit in vollen Zügen genoß. Charlie spürte, daß er mit ihm nicht nur vereint, sondern eins war. Die Kraft, die in ihm zuckte, wühlte ihn derart auf, daß er dem Orgasmus nahe war.

»Allmächtiger«, schrie er ungläubig. »Jetzt hast du mich soweit, daß ich abspritze.«

»O Gott, ja. Ich komme auch.« Peters Hände waren überall; dann grub er die Finger in Charlies Hüften und durchpflügte ihn mit langen, schonungslosen Stößen. Charlie hob die Hüften an, um Peter zu empfangen, und ihre Körper bewegten sich in wilder Harmonie. Sie lachten und schrien, als die Spannung wuchs.

»Ja, ja. Du bist unglaublich.« Charlie japste nach Luft. »Das wußte ich nicht. Oh, bitte –« Er brach mit einem lauten, erstickten Schrei ab, und ein heftiger Orgasmus erschütterte seinen Körper.

Peter schlang die Arme um ihn, preßte sich an seinen Rücken und schrie noch einmal. Charlie wußte, daß er sich in ihn ergoß. Er fiel flach aufs Bett, Peter lag auf ihm, und ihre Körper zuckten und wanden sich gemeinsam in den Nachwehen des Orgasmus. Dann lagen sie still. Peter wollte sich zurückziehen, aber Charlie hielt ihn davon ab.

»Nein, bleib so. Ich mag das.«

»Wirklich?« Peters Stimme klang schwach. »Ich werde dich nie verstehen. Und ich kann es nicht glauben. Du hast es wirklich gewollt, nicht wahr?«

Charlie kicherte. »Das ist der Eindruck, den ich erwecken wollte.«

Peter brach in Gelächter aus, und sein Glied zuckte heftig. »Wie wundervoll. Das nächste Mal werde ich weniger keuchen und schnaufen und nicht mehr so zaghaft sein.«

»Du liebe Güte. Wenn das zaghaft war ... Ich frage mich, mit wem du sonst noch geübt hast.«

Peter lachte entzückt. »Bin ich wirklich gut? Das nächste Mal kommen wir nicht so schnell. Ich will ewig weitermachen.«

»Mann, das hast du doch getan. Was für ein Schwanz! Ich habe das Gefühl, er ist eine Meile lang.« Er spannte die Muskeln an, und sie lachten beide.

Peter preßte sich an Charlies Rücken. Sein Glied regte sich wieder. »Dann kannst du dir vorstellen, wie deiner sich anfühlt. Oh – merkst du, was passiert, wenn ich nur an ihn denke?«

»Oh, mein kleiner Boxer. Ich bin wirklich verblüfft. Ich wußte nicht, daß ich mich so sehr als Teil von dir fühlen kann.« Seine Hand fand Peters Kopf, und er wickelte seine Haare um die Finger.

»Mein Liebster. Charlie, mein Schatz«, flüsterte Peter. »Spürst du, was du mit mir machst? Ich hätte nicht gedacht, daß ich so bald wieder kann. Willst du's wirklich noch mal haben?«

»Als ob ich dich aufhalten könnte! Er ist schon wieder eine Meile lang. Was für ein Kerl. Mach weiter. Ich will wieder ein Teil von dir sein.«

Die Entdeckung unbekannter Züge ihrer Persönlichkeit verzauberte ganz Athen. Sie schlenderten Hand in Hand, Arm in Arm umher oder legten einander die Arme um die Schultern, ohne die bewundernden Blicke der Einheimischen zu bemerken. Überall in den ärmlichen Gassen sahen sie Schönheit und Magie. Obwohl sie fast gleich groß waren, hatte Peter sich nie so groß wie Charlie gefühlt. Jetzt überragte er ihn und sah ihm aus luftiger Höhe in die Augen. Er behandelte ihn mit der besitzergreifenden Selbstsicherheit, die bisher Charlies Privileg gewesen war. Als er den Liebesakt in der vergangenen Nacht wiederholt hatte, war er ganz hingerissen von der Tatsache, daß er dabei so erfolgreich war, aber es bestärkte seinen Verdacht, daß er sich nur dann natürlich und vollständig fühlte, wenn sie die Rollen vertauschten. Tief in seinem Inneren sehnte sich etwas danach, besessen zu werden. Er fühlte sich wie ein Kind mit einem neuen Spielzeug. Es war atemberaubend, und er wollte mehr davon haben; aber er wußte, daß er sich bald wieder nach seiner alten Rolle sehnen würde. Wenn er nur daran dachte, empfand er den Frieden, den er in Charlies Armen immer gefunden hatte.

Charlie war fasziniert vom Aufruhr in ihrer Beziehung, den er herbeigeführt hatte. Für ihn war es nicht nur eine sexuelle, sondern auch eine kreative Befriedigung. Er hatte Peters Persönlichkeit eine neue Grundlage gegeben. Peter war nie weibisch gewesen, aber seine Sanftheit wurde nun von neuem Stolz überlagert. Charlie hatte ihn in seine Männlichkeit eingeführt. Das brachte sie einander näher und sorgte gleichzeitig für Distanz – die Distanz der Selbständigkeit. Zum ersten Mal spürte er in Peter die Bereitschaft, der Welt allein gegenüberzutreten. Darin lag die Freiheit, über die er nachgedacht hatte. Sie eröffnete neue Möglichkeiten, die er in seinen größeren Plan einbeziehen konnte.

Am nächsten Morgen schliefen sie lange, und sie waren so gierig aufeinander, so voneinander gefesselt, daß Charlie das Versprechen vergaß, das er Martha gegeben hatte. Darum kehrten sie erst am späten nachmittag zum Schiff zurück. Inzwischen hatten sie derart viel unternommen, daß sie sich nicht gewundert hätten, wenn die Yacht fort gewesen wäre. Aber sie war noch da, und Martha freute sich so über ihre Rückkehr, daß Charlie kein schlechtes Gewissen bekam.

Sie spürte sofort, daß sie sich verändert hatten. Zuerst merkte sie es Peter an. Seine Augen strahlten, wenn er sie ansah, und seine Umarmung war so kräftig, daß sie sich zum ersten Mal seiner erotischen Anziehungskraft bewußt wurde. Er war körperlich so dynamisch, daß sie sich fragte, warum ihr das nicht früher aufgefallen war. Das änderte nichts an ihrer Leidenschaft für Charlie, aber jetzt fühlte sie sich in Peters Gegenwart nicht mehr als Mutter, sondern als Frau. Es mißfiel ihr nicht mehr, wenn er Charlie die Hand auf die Schulter legte. Beide waren so herrlich männlich.

Nachdem sie sich begrüßt und keusch geküßt hatten, redeten alle einige Minuten durcheinander. Dann ging Martha nach unten, um Drinks zu holen. Auch Jack kam an Deck. Er sah eher wie ein Besucher eines Country-Clubs aus als wie der Seebär, an den sie gewöhnt waren. Er trug eine lange Hose und ein Sporthemd. Er begrüßte Peter ausgiebig und war freundlich zu Charlie.

»Das heilt aber gut, Kumpel«, sagte er, nachdem er Peters Gesicht gemustert hatte. »In ein paar Tagen bist du wieder von Mädchen umschwärmt. Wir sind schon berühmt. Ein paar Reporter waren hier. Im Club sind alle sehr hilfsbereit. Für heute abend sind wir beim Ministerpräsidenten zum Essen eingeladen. Oder ist es der Ex-Ministerpräsident? Ich fürchte, ich weiß nicht viel über die griechische Politik.«

Martha brachte die Drinks, und sie ließen sich im Cockpit nieder und unterhielten sich über ihre Besichtigungstour – sie alle waren in der Akropolis gewesen und hatten sich nur um eine Stunde verpaßt – und über die geplante Abreise am folgenden Morgen. Martha fiel auf, daß auch Charlie sich verändert hatte, aber sie wußte nicht genau, inwiefern. Lag in seinen Augen eine neue Entschlossenheit, wenn er sie ansah, oder bildete sie sich das nur ein? Die möglichen Aussichten machten sie leichtsinnig, und sie trank schneller, als es gut für sie war. »Die Leute hier haben mir ein paar sehr interessante Tips gegeben«, berichtete Jack. »Anscheinend steht ein besonders schöner Tempel in Ägina, allerdings ein Stück vom Hafen entfernt, oberhalb einer ziemlich verlassenen Bucht. Ich vermute, es gibt dort kaum Übernachtungsmöglichkeiten für euch zwei.«

»Ägina? Das ist ganz in der Nähe der Stelle, wo der peloponnesische Krieg begann«, sagte Charlie interessiert. »Ist es hier in der Nähe?«

»Sicher. Etwas weiter südlich. Man kann es von hier aus sehen. Gestern morgen sind wir offenbar auch an Salamis vorbeigesegelt, aber ich war so damit beschäftigt, den Hafen zu finden, daß ich nichts gemerkt habe. Wir sind also genau da, wo alles begann. Wie dem auch sei, die andere Möglichkeit wäre eine Insel namens Poros. Wir können innerhalb eines Tages dort sein. Dort gibt es angeblich ein gutes Hotel. Es liegt an euch, ob ihr lieber nach Ägina wollt.«

Charlie sah Peter an und wollte sind zu Wort melden, aber Peter kam ihm zuvor. »Jack, wir hatten eine lange Reise, und sie war großartig«, sagte er. »Aber jetzt würde ich es gerne so machen, wie wir es vorhatten – jeden Abend anlegen und ins Hotel gehen. Wenigstens in den nächsten paar Wochen. Später, wenn das Ende unserer Reise naht, wollen wir bestimmt mehr herumstrolchen. Was meinst du dazu, Kumpel?« Peter legte Charlie die Hand aufs Knie und sah ihn erwartungsvoll an.

»Du hast recht, Boxer«, sagte Charlie lächelnd. »Wir können Ägina auch auf der Rückfahrt ansehen.«

»Gut, das wäre also klar«, sagte Jack ohne ein Anzeichen von Mißvergnügen. »Wir können auch die Wache anders regeln. Von nun an sind wir ein Kreuzer.«

»Wie himmlisch«, sagte Martha erfreut und goß sich einen zweiten Drink ein, noch bevor Charlie und Peter die Hälfte ihres ersten Glases geleert hatten. »So habe ich es gern. Wir haben von vielen herrlichen Orten gehört, die man gesehen haben sollte.«

Bald danach verabschiedeten sie sich. Ihre letzte Nacht in Athen hatte begonnen. Charlie lachte, als sie das Schiff verlassen hatten. »Du hättest ihm genausogut sagen können, daß wir miteinander schlafen wollen.«

»Na, so ist es doch. Stört es dich?«

»Natürlich nicht. Ich habe es ihm ohnehin schon gesagt.«

»Tatsächlich?«

»Er wollte, daß ich nicht mehr in deine Koje krieche. Ich habe ihm sinngemäß gesagt, er dürfe nichts Unmögliches verlangen.«

»Wir werden langsam frech. Meinst du, wir kriegen von den Göttern eine aufs Dach?«

»So wie ich die Götter kenne, sind sie auf unserer Seite. Ich werde mich als Zeus verkleiden. Weißt du, manchmal, wenn ich spinne, frage ich mich, ob Jack ein Auge auf dich geworfen hat.«

»Bitte – verschone mich mit deinen grausamen Phantasien. Das ist unmöglich. Ich würde es merken.« Sie scherzten und lachten, während sie im Taxi zurück zum Grande Bretagne fuhren.

Am nächsten Morgen standen sie zeitig auf. Alle Segel hingen schlaff herab, und das Meer war flach und dunstig. Jack legte einen Kurs fest, der sie an der Westspitze von Ägina vorbeiführen würde. Sie ließen sich treiben. Ab und zu schüttelten die Wellen eines Frachters sie gehörig durch. Charlie betrachtete das umliegende Land, konnte es aber nicht einordnen. Überall waren Inseln und verschwommene Kaps und Küsten zu sehen, die zum Festland gehörten, aber man konnte sie nur schwer auseinanderhalten. Sie trieben weiter, und Charlie reduzierte seine Visionen der Vergangenheit auf das, was tatsächlich sichtbar war. Hier waren gewaltige Reiche entstanden und zerbrochen, Flotten aufeinandergeprallt, Heere marschiert. Diese monumentalen Ereignisse beanspruchten eine Riesenleinwand in Charlies Geist. Dort über seiner rechten Schulter war die Großmacht Persien herausgefordert und bei Salamis besiegt worden, so daß Athen aufblühen und ein Staat entstehen konnte, den es heute noch gab. Der diesige Landfinger vor ihnen, Ägina genannt, hatte das Schicksal vieler Generationen von Griechen entschieden. So machte die Antike einen recht gemütlichen Eindruck.

Eine Briese kam vom Land her, und ihre Fahrt wurde schneller. Ihm fiel ein, daß sie Eis an Bord hatten, und er rief nach Martha und Peter, die sich am Bug sonnten. Als sie sich aufrichteten, machte er eine Geste des Trinkens und ließ das Rad allein. Er lief nach unten, um kaltes Bier für alle zu holen. Jack saß am Kartentisch und war schwer beschäftigt. Als Charlie wieder an Deck war, saßen Peter und Martha im Cockpit. Er brachte ihnen das Bier. Als er Martha das Glas reichte, berührten sich ihre Finger, und sie sahen sich an – sein Blick war freundschaftlich und belustigt, ihrer war unverhüllt bewundernd. Er nippte am Bier und stöhnte. »Mein Gott, wie sind wir nur ohne Bier ausgekommen? Es ist Ambrosia.«

Er musterte das Oberteil ihres Bikinis, wo die schwellenden, blassen Brüste dem tiefen Braun der Schultern begegneten. Am liebsten hätte er sie aufgefordert, sich am ganzen Körper zu bräunen – irgendwie fand er die weißen Stellen unästhetisch. Unwillkürlich dachte er daran, wieviel hübscher sie ohne diese Streifen wäre. Nicht, daß es ihn etwas anging. Es sei denn – vielleicht. Ihre Bewunderung war so groß, daß sie nach einem Platz in seinem großen Plan verlangte.

Sie tranken noch mehr Bier und wurden in der Sonne ziemlich schwindelig. Als Martha ihnen ein frühes Mittagessen brachte, lagen sie vor Ägina, und der Wind drehte sich allmählich, bis er von Süden kam. Er frischte nur wenig auf, und Charlie wußte, daß sie von Glück sagen konnten, wenn er bis zum Nachmittag anhielt. Dennoch trimmte er die Schoten. Peter führte den Bug nahe an den Wind heran. Jack kam herauf und nannte einige markante Punkte an Land, nach denen sie sich richten konnten. Anscheinend näherten sie sich keiner Insel, sondern einer langen, ununterbrochenen Festlandküste. Peter lernte langsam, wie Charlie zu segeln – im Stil eines kleinen Rennbootes –, und sie verbrachten einen lebhaften Nachmittag damit, im unzuverlässigen Wind aufzukreuzen. Als sie sich dem Land näherten, drehte der Wind sich mehr nach Westen und wurde fast eine Stunde lang kräftiger, so daß sie zügig auf einen Gebirgssattel zusteuerten, auf den Jack sie hingewiesen hatte. Dann herrschte auf einmal völlige Windstille. Wieder kam Jack nach oben.

»Soll ich dich eine Weile ablösen?« fragte er.

»Dafür gibt es eigentlich keinen Grund, Jack«, erwiderte Charlie. »Wir sitzen fest, wahrscheinlich die ganze Nacht.«

Jack sah sich um. »Nein. Dort liegt Poros. Du hast genau auf die Enge zugehalten.«

»Das ist eine Insel? Ich will verdammt sein. Ich hatte keine Ahnung, was wir hier zu suchen haben, aber ist das der Ort, wo du hinwolltest?«

»Genau. Er liegt gleich vor dem Festland. Wahrscheinlich sieht er erst dann wie eine Insel aus, wenn wir einfahren. Wir benutzen den Motor. Schließlich fahren wir jetzt einen Kreuzer, und ich muß meine Kunden zufriedenstellen. Ich versprach, ihr werdet heute nacht in einem Hotel schlafen, und das werdet ihr auch. Es sind nur etwa fünf Meilen.«

Charlie und Peter schlugen sich auf den Rücken und jubelten. »Bei Gott, er ist doch nicht Kapitän Bligh«, sagte Charlie. »Guter, alter Jack.«

»Ihr zwei habt verdammt gut gearbeitet. Ich hätte nie gedacht, daß wir bei diesem Wind so weit kommen.«

Sie holten die schweren Segel ein und fuhren mit dem Motor auf eine schmale Passage zwischen zwei niedrigen Landzungen zu und dann in eine lange Lagune, die von Olivenhainen gesäumt war. Jack drehte den Bug nach Osten, und jetzt steuerten sie in Richtung einer Stadt. Weiße Würfel, überragt von einem Glockenturm, duckten sich auf einem kleinen Berg. Der Turm schimmerte rosa in der sinkenden Sonne. Jenseits eines schmalen Meeresarms waren weitere zerstreute Gebäude zu sehen.

»Mann, wie herrlich!« rief Peter.

»Phädra«, murmelte Charlie. »Ich habe in einem Reiseführer etwas über Poros gelesen. »Hippolytos. Alles geschah droben in den Bergen ganz in der Nähe.«

»Es ist der schönste Ort, den ich in meinem Leben gesehen habe«, sagte Martha. Sie standen zu dritt neben der Bodenluke und schauten nach vorne, Charlie in der

Mitte. Er legte den anderen die Arme um die Hüften und zog Peter kurz an sich. »So sieht also Griechenland aus? Ich gehe gar nicht mehr weg von hier.« Er sah Peter an und freute sich darüber, daß das Auge kaum noch verfärbt war und der Mund trotz einer leichten Schwellung zum Küssen einlud.

Die Stadt war nicht so fern, wie es zunächst ausgesehen hatte. Sie legten bald an einem Kai unterhalb des Turmes an, und die Menschenmenge, mit der sie bereits gerechnet hatten, versammelte sich am Fuße der Laufplanke. Das Land strahlte große Stille aus, nur unterbrochen vom gelegentlichen Rattern eines alten Autos jenseits der Meerenge. Nur ein paar Meter von der anderen Seite des Kais entfernt sahen sie ein geweißeltes Hotel. Peter und Charlie hatten bereits gelernt, die Buchstaben zu entziffern, die »Hotel« bedeuteten, auch wenn sie nicht wußten, wie man sie aussprach.

»Steigt ihr dort ab?« fragte Martha hoffnungsvoll.

»Es ist bestimmt ein Hotel, und anscheinend hat es auch geöffnet«, sagte Peter. »Ich möchte ein wenig bummeln.«

»Oh, oh – nicht schon wieder!« sagte Charlie lachend. »Diesmal nimmst du besser deine Leibwache mit.«

Sie tranken ein Glas mit den Kingsleys und gingen mit einem kleinen Koffer an Land, als die Sonne unterging. Einen Termin für die Abfahrt hatten sie noch nicht festgelegt. Sofort waren sie von jungen Männern umringt, die eifrig auf sie einredeten. Charlie und Peter wiederholten immer wieder »Hotel«. Das Begrüßungskomitee deutete auf das nahegelegene Gebäude, schüttelte mit den Köpfen und wedelte mit den Händen. Dann zeigten die Burschen auf eine große, altmodische Villa mitten in einem Garten auf der anderen Seite der Lagune, nickten und strahlten und machten Gesten, die offenbar Wohlbehagen ausdrückten. Da der Sprecher der Gruppe sehr gut aussah – er hatte dunkles, glattes

Haar und ein strahlend weißes Lächeln –, neigten Charlie und Peter dazu, ihm zu glauben. Er nahm Charlie bei der Hand, nickte in Richtung Wasser und sah in fragend an. Charlie zuckte mit den Schultern und lächelte. Daraufhin gingen sie allesamt den Kai entlang zu einem kleinen Boot. Der hübsche Junge blieb vor Charlie und Peter stehen.

»Costa«, sagte er nach einigen einleitenden Bemerkungen und deutete auf sich selbst. Er legte die Finger auf die Brust und sprach überdeutlich. Charlie probierte eine Variante aus. »Carlos«, sagte er. Costas Gesicht hellte sich auf und ließ die Zähne blitzen. Er tätschelte sich mit der flachen Hand die Brust und wandte sich an Peter, der rasch »Petros« sagte. Die ganze Gruppe murmelte beifällig, wiederholte die Namen und tätschelte ihnen den Rücken. Costa half ihnen ins Heck des Bootes, zwei andere sprangen vorne hinein, und schon fuhren sie mit knatterndem Motor auf das Bauwerk zu, das hoffentlich ein Hotel war.

»Mir scheint, hier sind Entführungen furchtbar einfach«, meinte Charlie.

»Der Chef der Gruppe sieht toll aus.«

»Ja, nicht schlecht. Und leicht zu haben, vermute ich.«

»Na klar. Verstehst du, was ich meine? Sie sind alle zu haben, und sie finden nichts dabei.«

Als sie ihr Ziel erreichten, holte Charlie Geld aus der Tasche, aber Costa wehrte ab und warf entrüstet den Kopf zurück – das griechische »Nein«. Ihre Eskorte begleitete sie durch den stufenförmig angelegten Garten zu dem großen, etwas schäbigen Bauwerk, das wie ein luxuriöses Privathaus aussah. Eine Schar von Zimmermädchen stob auseinander, als sie das dunkle Foyer betraten, und eine stattlich alte Dame kam auf sie zu. Sie sprach mit Costa, und die drei Griechen zogen sich zurück. Charlie lächelte Costa an und rief ihm »Vielen Dank« nach.

»Ich freue mich über Ihren Besuch. Ich bin Frau Voulganis«, sagte die Frau in perfektem Englisch. »Sie sind mit einer Yacht angekommen? Wie aufregend. Heißt das, daß jetzt wieder Touristen hierher finden? Ich habe mein Haus in ein Hotel umgebaut, und dann kam niemand mehr. Wünschen Sie ein Zimmer oder zwei?«

Ein Zimmermädchen führte sie in einen Raum mit hoher Decke und einem riesigen Doppelbett. Eine große Glastür führte auf einen Balkon über dem Garten. Dahinter lag das Meer. Ins Badezimmer ging man über den Flur – aber es waren keine anderen Gäste im Hotel. Alles war tadellos sauber. Sie beglückwünschten sich dafür, daß sie Costas Rat befolgt hatten, und verstauten ihre Sachen. Es wurde langsam dunkel, darum badeten sie rasch und fragten dann Frau Voulganis, wo sie essen sollten.

»Ich serviere kein Essen mehr. Aber wenn Sie bleiben und es mich morgen früh wissen lassen, lasse ich Ihnen selbstverständlich etwas zubereiten. Costa wird Ihnen zeigen, wo Sie speisen können.«

»Costa?«

»Der junge Mann, der Sie gebracht hat. Er wartet auf Sie.«

Charlie und Peter sahen sich erstaunt an. »Arbeitet er für Sie, oder sollen wir ihn bezahlen?« fragte Charlie.

»Oh, er würde nicht einmal im Traum Geld von Ihnen nehmen. Daß Sie hier sind, ist für die jungen Leute ein großes Ereignis. Ich bin sicher, Sie haben einen angenehmen Abend.«

Charlie und Peter eilten durch den Garten nach unten zum Boot. Costa sah sie kommen und schnippte seine Zigarette ins Meer. Die beiden anderen lagen im Heck und hielten sich in den Armen. Costa nahm Charlie beim Arm, als sie an Bord stiegen, und ließ ihn nicht los, während er lebhaft auf ihn einredete. Er sagte mehrere Male »Petros« und deutete über das Wasser. Peter und Charlie sahen sich an und lächelten hilflos. Costa warf den Motor an. Die Nacht brach herein, als sie zurück zur Stadt tuckerten. Der Glockenturm war beleuchtet, und am Kai hingen Lampen.

»Vielleicht sollten wir einen Freund für mich suchen«, sagte Peter. »Ihr andern seid ja schon Pärchen.«

Charlie lachte und legte den Arm um ihn. Sie umfuhren die *Kassandra* und bogen dann in die Passage zwischen Insel und Festland ein. Andere kleine Boote schaukelten auf und ab.

Costa stellte den Motor ab, sie trieben ans Ufer und legten gegenüber einem Gemüseladen an, der von Tomaten und Zitronen überquoll. Sie kletterten an Land, Costa nahm Charlie wieder bei der Hand und führte ihn.

Sie gingen um eine Ecke auf einen Platz, der ganz ähnlich aussah wie der, auf dem der Mann aus Cairo sie mit Ouzo bekannt gemacht hatte. Männer saßen in Gruppen an Tischen. Sie fanden einen leeren Tisch und setzten sich. Costa nahm den Stuhl neben Charlie und rief nach einem dicken Mann in einer schmutzigen weißen Schürze. Andere junge Leute kamen herein, als seien sie ihnen gefolgt, und setzten sich zu ihnen. Namen wurden genant, die weder Peter noch Charlie behalten konnten. Sie sahen nicht besser aus als irgendeine andere Gruppe junger Männer. Von den zehn oder zwölf, die sich bald um den Tisch versammelt hatten, konnten nur wenige mit Costa mithalten. Einige von ihnen sahen sehr unscheinbar aus, aber sie hatten alle den Vorzug, eine tiefbraune Haut, weiße Zähne und stämmige Körper zu haben. Alle drängten sich aneinander, lehnten sich gegenseitig auf die Schultern, drükkten sich die Hände. Es war eine nette Versammlung, die ein Gefühl der Wärme und Kameradschaft verbreitete.

Essen wurde auf den Tisch gestellt: Tomatenscheiben, Gurken, weißer Käse, Tintenfisch in Öl und dazu

Wein in metallenen Humpen. Alle begannen sich gegenseitig zu füttern, und alle hielten Gabeln mit Fleischbrocken in der Hand. Costa füllte zwei kleine Gläser für Peter und Charlie und stieß mit ihnen an. Sie tranken. Peter wußte, was kam. Er sah, wie Charlie würgte, und brach in Gelächter aus. Er legte ihm den Arm um die Schulter, und Costa tat es ihm nach.

»Er ist gut, wenn du dich daran gewöhnt hast«, versicherte er ihm.

»Soll das heißen, daß man dieses Zeug tatsächlich trinkt?« Er probierte es und schauderte.

Auf einmal erfüllte kratzende Musik den Saal, eine seltsame, schwermütige kleine Melodie. Ein Junge an einem anderen Tisch stand auf und begann, an einem Ende des Raumes zu tanzen. Niemand schenkte ihm große Beachtung, außer Charlie und Peter, die der langsame Tanz faszinierte. Der Junge streckte die Arme seitlich aus und ging mit kleinen, präzisen Schritten im Kreis, offenbar äußerst konzentriert. Er machte tiefe Kniebeugen und stampfte auf den Boden, er sprang in die Luft, machte akrobatische Drehungen und klopfte mit den Füßen. An einigen Tischen rief jemand *»uupa«*, und als die Musik zu Ende war, gab es Applaus.

Man brachte noch mehr Essen. Die Humpen wurden geleert und gefüllt. Neue Platten wurden auf den alten Phonographen weiter hinten im Saal gelegt. Weitere Jungen tanzten. Ein Paar an ihrem Tisch führte ein Duett vor. Sie wirbelten zusammen herum, ohne sich zu berühren, und umkreisten einander, bis der eine den anderen mit gestreckten Beinen ansprang und ihn an der Gürtellinie umklammerte. Er schwebte horizontal in der Luft und hielt die Arme über den Kopf, als ergebe er sich, und der andere schwang ihn stolz herum, primitiv wie Pan, während die Musik verklang. Im Gelächter und im Beifall schwang unterdrückte Erregung mit.

Vier oder fünf junge Männer erhoben sich und gingen zu den Tanzenden. Peter spürte eine Hand auf der Schulter. Er schaute auf, und sein Blick fiel auf einen hübschen Mund, der eine kleine Schnute zog, eine wohlgeformte Nase und gerade Brauen über großen, dunklen Augen. Der Junge sprach ihn an und sagte »Petros«. Er war sehr jung, nicht älter als siebzehn oder achtzehn. Ein billiges, dünnes Hemd bedeckte die glatte, jungenhafte braune Brust nur dürftig. Charlie merkte, daß jemand hinter ihm stand, und blickte ebenfalls auf.

»Typisch!« sagte er. »Du kriegst den Schönsten.«

»Wer hat, dem wird gegeben.«

»Er will tanzen. Geh schon. Er ist ein Engel.«

Der Junge streckte die Hand aus. Peter warf einen Blick darauf, als er sie ergriff. Es war eine schöne, sehnige Hand mit langen Fingern. Er erhob sich, stellte fest, daß er einen halben Kopf größer war als der Junge, und folgte ihm zu den Tänzern, die inzwischen eine Reihe bildeten und Taschentücher in den Händen hielten. Der Junge brachte ein ausgefranstes Stück Tuch zum Vorschein, und Peter packte sein Ende und ordnete sich am Ende der Reihe ein. Die Musik begann, und die Reihe bewegte sich im Rhythmus. Die Schritte waren akurat und forsch, und Peter folgte, als die Reihe sich von ihm fortbewegte. Er versuchte nicht zu tanzen, sondern beobachtete die Füße. Die Tänzer drehten sich um, so daß Peter die Führung übernahm. Aber er ließ seinem Partner den Vortritt und ahmte seine Bewegungen nach. Die Reihe schritt vorwärts, stampfte mit den Absätzen auf den Boden und machte eine Art Kniebeuge. Die Schrittfolge sah kindisch einfach aus, und Peter begann mitzumachen. Der Junge nickte und lächelte ihm zu, aber etwas am Rhythmus war ihm offenbar entgangen. Gerade als er glaubte, er habe alles kapiert, machten die Tänzer einen Schritt, den er nicht erwartet hatte, und er stolperte ihnen ungeschickt nach. Der Junge verhakte ihre Zeigefinger um das Taschentuch herum und drückte Peters Hand. Peter schaute auf, ihre Blicke begegneten sich. Er stolperte wieder, als er den einladenden Blick und das Verlangen in den Augen des Jungen sah. Dann war die Musik zu Ende, und Peter schüttelte lachend den Kopf.

Der Junge nahm ihn an der Hand, und sie gingen zurück zum Tisch. »Du glaubst gar nicht, wie schwierig das ist«, sagte er zu Charlie, als er sich setzte.

»Du hast uns nicht zuviel Schande gemacht.«

Der Junge hatte einen Stuhl gefunden und quetschte ihn auf der anderen Seite neben Peter. Er griff nach Peters Hand und legte ihm einen Arm um die Schulter. »Petros«, sagte er. Dann zeigte er auf sich und fügte hinzu: »Dimitri.«

»Dimitri.« Peter hielt ihm sein Glas entgegen. Er nahm es, trank und hielt es Peter an die Lippen. Dann sagte er etwas, deutete immer wieder auf sich und auf Peter und schwieg mit einem fragenden Blick, in dem noch mehr Verlangen lag.

Peter lächelte ihn an. »Wenn du das meinst, was ich vermute, lautet die Antwort wahrscheinlich nein. Aber geh nicht weg.«

Dimitri legte ihm eine Hand auf den Schenkel und lehnte sich an ihn. Peter strich ihm leicht mit den Fingern über die Schulter, dann wandte er sich an Charlie: »Sieht so aus, als hätte ich tatsächlich einen Freund.«

»Den Eindruck habe ich auch. Umarme ihn in meinem Auftrag.«

»Das alles ist verrückt. Wie sind wir hier hergekommen? Sollten wir nicht mit den Kingsleys besprechen, was wir morgen tun?«

»Zum Teufel mit ihnen. Wir besuchen Griechenland. Außerdem werde ich langsam betrunken. Dieses Zeug ist ganz schön stark. In meinem Magen tobt ein Waldbrand.«

Dimitri schmiegte sich an Peters Schenkel. Dann zeigte er auf einen Teller, der vor ihm stand, und sagte etwas. Er sah Peter erwartungsvoll an und wiederholte das Wort. Peter sprach es nach, und Dimitri lächelte und nickte aufgeregt. Es war Griechischunterricht. Er lernte, daß der Tisch ein *trapeza* war und daß man das Wort für Stuhl nicht aussprechen konnte.

Die anderen wurden auf das Spiel aufmerksam und beteiligten sich bald. Alle langten über den Tisch, zupften an Charlies und Peters Händen, damit sie aufpaßten, und riefen ihnen Worte zu. Peter lachte hilflos. Dimitri deutete auf seinen Mund und sagte etwas. Dann berührte er Peters Lippen mit den Fingerspitzen und wartete darauf, daß er das Wort wiederholte. Als er es tat, warf Dimitri den Kopf nach vorne und küßte ihn. Es war ein keuscher Kuß mit geschlossenen Lippen und mit einer nur angedeuteten Zunge dazwischen. Die anderen lachten und jubelten, als Peter rot wurde. Er drückte die Schulter des Jungen kurz an sich.

Sie tranken noch mehr Wein, wobei Peter und Dimitri sich ein Glas teilten. Dann herrschte einen Augenblick Flaute, und Peter dachte, die Party sei beendet. Auf einmal waren sie alle draußen. Charlie und Peter wollten Costa Geld aufdrängen und wurden entrüstet abgewiesen. »*Philos, philos*«, wiederholte er immer wieder. Er legte die Arme um beide, zog sie abwechselnd an sich und küßte sie auf die Wange. Alle zwängten sich ins Boot, und im Durcheinander wurde Peter von Charlie getrennt, ohne daß er es beabsichtigt hätte. Zwei junge Männer zogen ihn auf den Sitz und legten die Arme um ihn. Dimitri setzte sich auf den Boden, rutschte zwischen Peters Beine und umklammerte sie. Dann legte er den Kopf an Peters Gabelung und bewegte ihn verstohlen hin und her. Peter konnte nicht verbergen, welche Wirkung das auf ihn hatte, aber er war so beschwipst, daß es ihm ziemlich egal war. Der Junge lachte leise, drehte den Kopf ein wenig und rieb nun die Wange an Peters Hose. Im Schutze der Dunkelheit kraulte Peter ihm das Haar. Der Junge murmelte etwas, schob sich noch näher an Peter heran und hob den Kopf, so daß Peters Glied frei wurde und sich ausdehnen konnte. Dimitri legte den Kopf daneben. Jemand begann zu singen, und die anderen stimmten in das langsame, traurige Lied ein, das sowohl aufregende Pausen als auch großartige Höhepunkte einschloß. Der Gesang übertönte den Lärm des Motors, während sie auf die stille Lagune hinausfuhren.

Peter wurde von Euphorie überwältigt. Charlie war nicht in der Nähe. Die Pracht des Sternenhimmels trieb ihm Tränen in die Augen. Der Junge hatte ihn erregt, aber weiter wollte er nicht gehen. Er streichelte mit einer Hand sein Gesicht. Dimitri fuhr mit der Zunge über die Hand und knabberte an den Fingern, so daß Peter kichern mußte. Es war wie ein Spiel mit einer Puppe. Er strich mit der anderen Hand über die Braue und die Nase des Jungen, streichelte die bartlose Wange mit den Fingerrücken, hielt sein Kinn und fuhr mit den Fingerspitzen den langen Hals entlang. Dimitris Griff an Peters Beinen lockerte sich, und er biß auf seinen Daumen. Peter streichelte die weichen Lippen. Der Mund öffnete sich, und er berührte die Zähne und die Zunge. Der Junge züngelte zwischen Peters Fingern und über seine Handfläche. Peter drückte ihm mit den Schenkeln die Schultern, schob eine Hand unter sein Hemd und spielte mit den Nippeln. So also fühlte sich eine haarlose Brust an. Sie lachten beide über ihr Spiel.

Das Boot schien lange unterwegs zu sein. Als Peter endlich Land erblickte, tauchte ein anderes Boot, gefüllt mit einem halben Dutzend finsteren Gestalten, aus der Dunkelheit auf und rammte sie. Die Insassen beider Boote schrien einander an. Peter sah hohes Schilf und davor einen sandigen Küstenstreifen. Costa schaltete den Motor aus, und sie rappelten sich alle auf. Peter schob Dimitris Schultern sanft von seinen Beinen weg. Der Bug des Bootes schob sich auf weichen Grund, und sofort sprangen zwei Jungen hinaus und zogen es an

Land. Peter und Dimitri standen bei den anderen, aber so dicht beieinander, daß der Junge Peters Geschlecht berühren konnte, ohne daß die anderen etwas merkten. Es reagierte auf den Druck. Charlie erschien neben ihnen.

»Gott weiß, was sie vorhaben, aber ich habe nicht den Eindruck, daß sie uns umbringen wollen. Sie könnten uns alles abnehmen, was wir haben, und der Abend hätte sich trotzdem gelohnt. War es nicht wundervoll?«

»Es war herrlich, und ich bin betrunken.«

»Was macht dein Schätzchen?«

»Hängt immer noch an mir.«

»Braver Junge.«

Die Gruppe sprang an Land. Das andere Boot schob sich neben sie. Charlie ging nach vorne, Peter und Dimitri folgten ihm. Sie erreichten das Ufer als letzte, und als sie einen schmalen Pfad betraten, der durch das Schilf in einen Olivenhain führte, waren sie allein. Peter konnte die anderen hören; sie stimmten immer wieder ein Lied an. Dimitri stolperte neben ihm. Peter streckte die Arme aus, um ihm Halt zu geben. Der Junge schmiegte sich an ihn, und ihre geöffneten Lippen trafen sich, ebenso die Zungen. Dimitris Finger hielten Peters Haar fest, sein Mund wurde zudringlicher. Peter legte ihm die Hände auf die Hinterbacken – sie zuckte unter der Berührung. Die Einladung war unbestreitbar erregend, und einen Augenblick kam es Peter so vor, als drängte Charlie ihn weiterzumachen. Dimitri ließ seinen Kopf los und schob die Hand zwischen ihre Hüften. Peter fragte sich, was er vorhatte; dann merkte er, daß der Junge die Hose herunterließ. Er wollte sich ihm hier im Schilf hingeben. Peter Herz klopfte laut, und er freute sich über den Respekt, der seiner Männlichkeit gezollt wurde. Dennoch packte er Dimitris Hand und zog den Kopf zurück.

»Ich glaube, das reicht jetzt«, sage er und schüttelte sich vor Lachen. Es war aufregend neu für ihn, daß andere ihm diese Rolle zuerkannten und daß er durchaus fähig war, ihr Verlangen zu befriedigen. Aber der Gedanke an Charlie schützte ihn erneut vor jeder Versuchung. Er wollte und brauchte keinen anderen. Jetzt war seine Neugier gestillt, und er trat einen Schritt zurück. Dimitris große Augen sahen ihn sehnsüchtig an. Er kraulte ihm zärtlich das Haar, wartete, bis er die Hose zugeknöpft hatte, nahm ihn beim Arm und eilte mit ihm den Pfad entlang. Weiter vorne war immer noch der Gesang zu hören. Er ging schnell und zog Dimitri mit. Sie hatten die anderen fast eingeholt, als er Licht sah. Der Boden war jetzt hart, und darauf stand eine schäbige Schilfhütte. Das Licht stammte von einer zischenden Lampe, die von der Decke hing. Er sah den Jungen, den er in den Armen gehalten hatte, lange an. Dimitris Augen sogen seine Blicke auf. Einen Augenblick wünschte Peter, mit ihm wieder im Olivenhain zu sein. Er nahm ihn bei der Hand, während sich alle um einen Tisch versammelten, einschließlich der Männer aus dem anderen Boot. Wasser plätscherte in einem Graben am Rand des überdachten Bereichs; offenbar wurde dort etwas angebaut. Eine Zypresse ragte in den Himmel. Die Welt, die er kannte, war weit weg, doch diese einfache Welt wurde allmählich realer. Er beugte sich über den Tisch zu Charlie, den Costa immer noch mit Beschlag belegte.

»Vermutlich sind wir nur hier, weil die Jungs irgendwo hingehen wollten.«

Charlie warf einen Blick auf Dimitri und lächelte. »Ich weiß, warum er hier ist. Er würde dir bis ans Ende der Welt folgen.«

Essen und Wein wurden auf den Tisch gestellt. Die Zeit stand still. Sie sangen und tranken und aßen. Später erhoben sich alle und gingen wieder durch den Olivenhain. Der Himmel wurde heller, die Sterne glichen nicht mehr funkelnden Juwelen. Charlie ging mit Costa und einigen Insassen des zweiten Bootes voraus. Einer von ihnen flirtete seit einer Stunde mit ihm. Er sah fast so jung aus wie Peters Freund, machte aber im Gegensatz zu Dimitri einen selbstsicheren und arroganten Eindruck. Als sie die sandige Küste erreichten, nahm der junge Mann seinen Arm und drängte ihn in Richtung des anderen Bootes. Charlie wich zurück, aber dann hatte er eine Idee. Peter und Dimitri waren anscheinend ein Stück hinter ihm. Er löste die Leine des Bootes von dem Felsen, an dem es jemand befestigt hatte, und gab durch Gesten zu verstehen, daß er abfahren wollte. Der Junge lächelte wissend, sagte etwas zu den anderen, und sie kletterten ins Boot. Sie brachen in Gelächter aus. Charlie watete ins Wasser und schob das Boot vom Ufer fort. Der Junge half ihm, und bald war das Boot frei. Als Charlie hineinstieg, spürte er einen Trennungsschmerz, aber es war richtig, sich von der Szene zu entfernen. Der Motor sprang an, und sie begannen zu fahren. Welchen Sinn hatte es, über Freiheit und Unabhängigkeit nachzudenken, wenn sie nie Gelegenheit hatten, sie zu nutzen? Jetzt hatte Peter die Chance, mit dem verliebten jungen Griechen zu machen, was er wollte.

Der Junge, dessen Namen er nicht kannte, setzte sich neben ihn. Er redete und lachte. Dann spreizte er die Beine und streichelte sich die Gabelung. Charlie machte sich nicht die Mühe hinzusehen. Er merkte, daß sie nicht direkt auf die Lichter der Stadt zufuhren, sondern in Richtung Hotel. Anscheinend wußten alle über sie Bescheid. Die Rückfahrt kam ihm viel kürzer vor als die Hinfahrt. Bald trieben sie auf den betonierten Landeplatz vor dem Hotel zu. Charlie stand auf, und der Junge erhob sich ebenfalls. Er drückte ihn zurück und bedeutete ihm sitzenzubleiben. Als das Boot nahe genug am Ufer war, rief er »*Efharristau*« – so ähnlich lautete das griechische »*Dankeschön*« – und sprang an Land. Der Junge folgte ihm, und das Boot entfernte sich wieder. Charlie ging zur Treppe, die hinauf zum Hotel führte. Der Junge lief ihm nach. Als Charlie stehenblieb, legte er ihm eine Hand auf die Hüfte und begann sie nach hinten zu schieben. Charlie schubste sie weg.

»Petros *philos mau*«, sagte er. »Nicht du.«

»*Awrio?*« fragte der Junge mit wissendem Lächeln. Charlie hatte gelernt, daß das »morgen« bedeutete. »Klar. *Awrio.*«

Der Junge redete lange und gestikulierte. Wollte er ein Rendezvous vereinbaren? Charlie lächelte und nickte. Er sagte »*Kali nikta*« und ging weiter. Er fühlte sich einsam und tugendhaft. Im Bemühen, nicht mehr an Peter und seine süße junge Eroberung zu denken, beschäftigte er sich mit der rätselhaften Martha. Das hatte er schon in Athen ausgiebig getan, aber jetzt war er noch unschlüssiger. Was sollte daraus werden? Er spürte eine wohlige, lustvolle Wärme, wenn er an sie dachte, aber das änderte nichts an dem angenehmen Gefühl, das er in ihrer Nähe immer empfunden hatte, und diese Überlegungen konnten auch nicht das Bild vertreiben, das er vor seinem geistigen Auge sah: Peter und der griechische Junge waren nackt zusammen, und Peter nahm ihn so, wie er offensichtlich genommen werden wollte. Dimitri hätte sich nicht so hartnäckig an ihn geklammert, wenn er nicht den Eindruck gehabt hätte, daß er bei ihm Chancen hatte. Vielleicht hatte ihm Peter das von Anfang an zu verstehen gegeben. Er mußte aufhören, an ihn zu denken. Er hatte ihm freiwillig die Gelegenheit gegeben, sich selbst zu entscheiden. So sollte es von nun an sein, wenn sie nicht in ihrer Beziehung ersticken wollten. Er hatte Freiraum für sie geschaffen.

Er hatte sich ausgezogen, gewaschen und die Zähne geputzt, als er das Knattern eines Motors hörte. Es kam übers Wasser näher. Dann wurde der Motor abgestellt und Stimmen riefen – auch Peters Stimme. Ein Schauder der Erleichterung durchlief ihn. Er hatte gespielt und gewonnen. Ein paar Minuten später rannte Peter ins Zimmer.

»Da bist du ja!« rief er. »Gott sei Dank! Was ist denn passiert?«

»Einer meiner Verehrer hat mich ins andere Boot gelockt, und es fuhr davon.«

Peter lachte. »Der Junge, der dir zum Schluß schöne Augen machte? Ist es nicht erstaunlich? Man kann nicht sagen, daß sie alle schwul sind. Es hat nichts zu bedeuten. Nicht einmal wir sind hier schwul. Sie alle erwarten es und sind dazu bereit, manche vielleicht mehr als andere.«

»Mir scheint, dein Freund war bereiter als alle anderen.«

»Das kann man wohl sagen. Jedenfalls benahm er sich die ganze Nacht so. Aber er schien nicht überrascht oder besonders eingeschnappt zu sein, als ich ihn eben verließ.«

»Tut es dir nicht leid?«

»Was?«

»Daß du nicht bei ihm geblieben bist und ihn gehabt hast. Vorausgesetzt, du hast ihn nicht gehabt.«

»Natürlich nicht. Bist du verrückt? Meinst du etwa, ich will jedes Bürschchen haben, das mich anlächelt?«

»Keine Ahnung«, sagte Charlie beiläufig, obwohl er innerlich triumphierte. Er streckte sich nackt auf dem Bett aus. »Du hast doch bestimmt das eine oder andere Mal daran gedacht.«

Peter begann sich auszuziehen. Worauf wollte Charlie diesmal hinaus? Sein Instinkt sagte ihm, daß es etwas mit ihren sexuellen Experimenten zu tun hatte. Charlie wollte ihm anscheinend eine Freiheit aufdrängen, die er gar nicht wollte. Er dachte an den Kuß, den er Dimitri vor einigen Minuten zum Abschied gegeben hatte. Er war so besorgt um Charlie gewesen, daß er Dimitri auf der Rückfahrt nur die Hand gehalten hatte. Aber nach der Ankunft hatte sich Dimitris Mund dem seinen voller Verlangen geöffnet. Als Peter an Land gesprungen war, hatte er Gelächter gehört und den Jungen in den Armen eines anderen gesehen. Ein befriedigender Abschluß. Der eine kommt, der andere geht. Nichts hatte die klare, heftige Sehnsucht nach Charlie gedämpft, die er jetzt empfand. »Der Gedanke, ihn haben zu können, war erregend, das gebe ich zu«, sagte er und sah Charlie ruhig an. »Ich hätte auch reichlich Gelegenheit dazu gehabt, weiß Gott. Aber aus irgendeinem seltsamen Grund ziehe ich dich vor. Muß ich dir das sagen?«

»Ich möchte nur nicht, daß wir einander im Weg stehen, wenn sich etwas ergibt. Wir haben noch ein langes Leben vor uns.«

»Ich möchte dir sehr wohl im Weg stehen, wenn dir etwas Ähnliches passiert.« So einfach war das, und gerade darum mußte es gesagt werden. Er kannte Charlies Neigung, über ihre Beziehung so lange zu theoretisieren, bis der Zusammenhang mit ihren simplen Wünschen und Bedürfnissen verlorenging. »Ist es etwa falsch«, fügte er hinzu, »wenn wir einander helfen, den Versuchungen des Fleisches zu widerstehen?«

»Zum Beispiel wenn du in deiner ganzen Pracht nackt vor mir stehst?« Sie sahen einander an und lachten. »Wenn du immer noch Lust hast, jemanden zu ficken, dann habe ich einen Vorschlag.«

»Nein, Liebling. Bitte. Umgekehrt. Nimm du mich. Ich brauche es.«

»Es ist nicht verboten, beides zu tun. Du zuerst. Ich will haben, was dein Knabe nicht bekommen hat.« Er sah, wie rasch Peters Glied wuchs, als er ans Bett trat.

Sie schliefen lange, zogen sich hastig an und tranken schnell etwas Kaffee. Eigentlich hätten sie sich längst bei den Kingsleys melden sollen, und sie kamen sich wie ungezogene Kinder vor. Wie sich herausstellte, waren ihre Sorgen unbegründet. Sie fanden Martha und Jack entspannt und zufrieden aussehend vor.

»Bisher herrschte totale Flaute«, sagte Jack. »Aber jetzt scheint sich etwas zu regen. Wollt ihr noch einmal hier übernachten, oder sollen wir aufbrechen, falls eine kleine Briese kommt?«

Charlie sah Peter fragend an. Peter schüttelte den Kopf. »Wir hatten eine phantastische Nacht. Wir werden euch alles erzählen. Ich finde, eine Wiederholung hat wenig Sinn. Fahren wir weiter.« Er dachte vor allem an Dimitri. Er wollte den Jungen nicht noch länger necken. Wenn sie hier blieben, würden sie ihn bestimmt wiedersehen.

»Du hast recht. Man sagt, die Insel Hydra lohne einen Besuch. Sie ist nur ein paar Stunden entfernt. Also essen wir etwas, und dann schauen wir, ob wir es bis heute abend schaffen.«

Charlie betrachtete den Himmel und hielt das Kinn in den Wind. »Ich glaube nicht, daß es reichen wird, Jack. Vielleicht für einen Teil der Strecke.«

»Nun, das macht nichts. Es ist ja nicht weit, und darum habe ich nichts dagegen, den Motor zu benutzen, wenn es sein muß.«

»Bald sind wir ganz normale Touristen«, sagte Charlie lachend zu Martha.

»Ihr müßt mir von der vergangenen Nacht erzählen. »Wir haben euch mit einem ganzen Schwarm junger Männer weggehen sehen.«

»Die Geschlechtertrennung. Es ist erstaunlich. Ich habe kein einziges hübsches Mädchen gesehen. Du bist also um so mehr eine Augenweide.«

Martha lachte und sah ziemlich nervös aus, als sie ihm eine Hand auf den Arm legte.

Sie erreichten Hydra am frühen Abend, nachdem sie den größten Teil des Nachmittags überlegt, ob sie wirklich in die richtige Richtung segelten. Sogar Jack begann an seinen Berechnungen zu zweifeln. Sie hatten wieder eine Briese aus Südwesten, so daß sie nicht dem südwestlichen Kurs folgen konnten, den Jack berechnete, sondern am östlichen Ende der Insel ankamen. Die Fahrt war ziemlich ruhig, Charlie, Peter und Martha plauderten über Poros und tranken im Cockpit kaltes Bier.

»Warum bräunst du dich nicht am ganzen Körper?« schlug Charlie impulsiv vor. Endlich hatte er es gesagt. Wenn er ihren nackten Körper je sehen sollte, dann ohne die weißen Streifen. »Es ist doch viel schöner am ganzen Körper nahtlos braun zu sein. Wir werden dich rechtzeitig warnen, wenn wir raufkommen.«

»Das ist eine gute Idee«, gab sie zu. Sie sahen einander an, und er wich ihrem Blick nicht aus. Ihre Augen waren voller Fragen; vor allem wollte sie wissen, ob er endlich körperlich auf sie reagierte, und sein Blick deutete ein vorsichtiges *Ja* an. Jetzt hatte er einen weiteren Schritt in Richtung einer wohl unvermeidlichen Konfrontation getan. Freudige Zustimmung erhellte ihr Gesicht, als sie sich gehorsam erhob und tat, was er vorgeschlagen hatte.

Der Nachmittag verging. Jack zündete den Motor und dirigierte sie dorthin, wo seiner Überzeugung nach die Stadt sein mußte. »Wir können nur östlich von ihr sein«, versicherte er, als wolle er sich selbst beruhigen. »Wenn wir einfach der Küste folgen, können wir sie nicht verfehlen.«

Zuerst sahen sie ein großes Haus auf einem hohen Kap, dann die Ruinen einer Festung und einen kleinen Leuchtturm auf dem Festland gegenüber. Sie umrundeten eine Landzunge, und nach wenigen Minuten lag die ganze Stadt vor ihnen wie ein vollkommenes Amphitheater, das in Terrassen zum ruhigen, kleinen Hafenrund abfiel. Die oberen Plateaus hatten ockerfarbene Streifen und wiesen auch sonst Anzeichen des Verfalls auf. Nur die Unterstadt war geweißt und sah heil aus. Unten am Hafen, den zwei Landzungen umschlossen, standen überraschenderweise einige italienisch anmutende steinerne Villen. Sie fuhren hinein und legten am Kai in der Stadtmitte an. Hier und da waren massige, fröhlich bemalte Kajiks vertäut.

»Die Reise wird wirklich zum Abenteuer«, meinte Charlie zu Peter, als sie sich auf den Landgang vorbereiteten. »Wir fahren abends in einen Hafen ein und wissen nie wirklich, was uns erwartet.«

»Die Inseln sind so verschieden. Ich habe das Gefühl, daß Poros lange her ist.«

Als sie aufs Deck hinauf gingen, hatte sich das Begrüßungskomitee schon am Fuße der Laufplanke versammelt – eine Schar von Kindern und jungen Männern. Jack und Martha tranken ihre Martinis.

»Wollt ihr nichts trinken?« fragte sie.

»Wir prüfen erst ein wenig die Lage und kommen dann zurück«, sagte Charlie. Sie gingen die Planke hinab und waren sofort von jungen Leuten umringt. Man führte sie zu einem alten Mann, der vor einem Café saß und ein grauenhaftes Englisch sprach. Er bewirtete sie mit Ouzo und erzählte ihnen von seinem Leben in den Vereinigten Staaten, während die Zuschauer sie umringten und lauschten. Schließlich sagte der Alte mit gebieterischer Stimme etwas auf griechisch, und sie durften alle hinüber zum Hotel gehen, das erneut ein großes, umgebautes Privathaus war und ein paar Dutzend Meter unter einer riesigen Magnolie hinter dem wirren Haufen von Bauwerken stand, die den Hafen säumten. Rings herum breitete sich die Stadt auf den steilen Hängen aus. Als sie sich gewaschen hatten, stellten sie fest, daß die jungen Männer unter dem Magnolienbaum auf sie warteten. Eine schmächtige Gestalt mit hängendem Schnurrbart hatte sich ihnen angeschlossen. Er stellte sich als Will Barstowe vor und war sehr englisch. Charlie und Peter nannten ihre Namen, und er war sichtlich beeindruckt.

»Natürlich. Ich habe von Ihnen gehört. Wie außergewöhnlich. Ich bin in gewisser Hinsicht ebenfalls Maler.« Er gab einen griechischen Wortschwall von sich, und die jungen Leute gingen ihrer Wege. »Ich habe ihnen gesagt, daß sie später kommen und Sie anstarren können. Heute abend wird die Stadt feiern.«

Sie schlenderten zurück zum Hafen und gaben ab und zu ein paar Informationen über sich selbst preis. Wie sich herausstellte, hatte Barstowe einig Zeit in Poros gelebt und war in Hydra nur zu Besuch. Costa war sein Freund. Der Ton, in dem er das sagte, ließ keine Zweifel offen.

»Erzählen Sie uns alles«, bat Peter, fasziniert von der geistesverwandten Welt, die sie hier entdeckten. »Wie funktioniert das? Ich meine, woher kommen die Kinder?«

»Oh, sie heiraten alle. Für Costa hat man schon eine Frau ausgesucht. Ich werde ihnen helfen, einen Hausstand zu gründen. Manche setzten ihre Amouren mit Jungs nach der Heirat fort, andere nicht. Niemand kümmert sich darum. Ich glaube, es ist noch alles so wie in der klassischen Zeit. War gestern zufällig ein hübscher Junge namens Dimitri bei Ihnen?«

Charlie lachte. »Er hat sich in Peter verliebt.«

»Das überrascht mich nicht. Ich habe beobachtet, wie er sich entwickelt. Er hat gerade erst angefangen, sich am Männersport zu beteiligen, und ich habe den Verdacht, daß er sich als wirklich schwul entpuppen wird. Das sind nur sehr wenige. Eigentlich ziemlich langweilig im Bett.«

Peter fiel seine amouröse Entführung im Golf von Korinth ein. Da er immer noch nach einer Erklärung suchte, erzählte er Barstowe die Geschichte.

»Ach, wissen Sie, der Bürgerkrieg hat eine gewissen Zahl von Abweichlern zurückgelassen«, meinte der Engländer. »Einige von ihnen streifen immer noch durch die abgelegenen Bezirke. Sie sind meist bewaffnet und passen ihre marxistischen Grundsätze mühelos dem Banditentum an. Und die meisten Griechen betrachten männliche Ausländer ohnehin als leichte Beute. Ich fürchte, viele von uns waren mehr als kooperativ. Sie waren vermutlich sehr erstaunt, als Sie sich weigerten. Ein bißchen Räuberei, ein bißchen Analverkehr – das hält den revolutionären Geist am Leben.«

Sie lachten, und Charlie und Peter luden ihn zu einem Drink aufs Schiff ein und stellten in den Kingsleys vor. Er kannte zahllose Geschichten aus der Zeit der napoleonischen Kriege, als Hydra eine mächtige Flotte besaß, und unterhielt sie damit, während sie im Cokpit saßen und beladene Esel auf zierlichen Füßen an der Laufplanke vorbeitippeln sahen.

»Diese Stille!« rief Peter plötzlich. »Ich habe noch kein Auto gehört, seit wir hier sind.«

»Du lieber Himmel, nein. Keine Straßen, wissen Sie. Nur Treppen. Fast keine Elektrizität. Sie wird bald eingeführt und bis Mitternacht eingeschaltet sein. Keine Telefone. Ein Schiff aus Athen bringt ab und zu die Post. Das ist das wahre Griechenland. Ah – genau wie ich es erwartet habe. Die ausländische Kolonie wird ihren Charme spielen lassen, um an Bord eingeladen zu werden.«

»Bitte laden Sie die Leute unbedingt ein«, bat ihn Jack.

Die ausländische Kolonie war sehr klein: eine junge Ungarin mit einem italienischen Freund, die kürzlich ein Haus gekauft hatten, und ein englisches Paar, das den Sommer über ein Haus mieten wollte. Ihr Charme äußerte sich darin, daß sie an der Laufplanke stehenblieben und Barstowe zuwinkten.

Man bat sie, an Bord zu kommen. Die vier auf dem Schiff durften sich zum ersten Mal, seit sie zusammen waren, als Persönlichkeiten der Gesellschaft, nicht nur als Segelteam betrachten. Martha ließ eine Hand auf Charlies Arm liegen und gab alle Fragen über die Reise an ihn weiter. Jack flirtete mit der Ungarin. Peter bezauberte alle. Als die Sonne untergegangen war und am Ufer ein paar trübe Lichter brannten, gingen sie gemeinsam an Land in eine Seitenstraße, wo man Tische auf das Kopfsteinpflaster gestellt hatte. Man servierte ihnen sehr schlechtes Essen und noch schlechteren Retsina. Peter zahlte. Dann verabschiedete sich die ausländische Kolonie außer Barstowe.

»Hört mal«, sagte Jack. »Die Engländer haben uns für morgen zu einem Drink eingeladen. Ich muß ohnehin am Motor herumbasteln. Sollen wir nicht einen Tag länger hier bleiben und dann richtig loslegen?«

Sie beließen es dabei, und die Kingsleys gingen zurück zum Schiff. Barstowe führte Peter und Charlie durch eine weitere Gasse zu einer Bar namens *Taverna*, die ihnen bereits vertraut vorkam. Die Gäste ähnelten denen, die sie am Tag zuvor getroffen hatten, außer daß es viel weniger waren und keiner es mit Costa oder Dimitri aufnehmen konnte. Die männlich-kameradschaftliche Atmosphäre war die gleiche, ebenso die sexuellen Untertöne. Ihr Eintreten erregte Aufsehen, und bald hatte sich eine Gruppe um ihren Tisch versammelt. Mit Barstowe als Dolmetscher konnten sie wirklich ein wenig Griechisch lernen. Peter gelang es immer besser, Worte aneinanderzufügen und ihre Bedeutung mit den Händen zu unterstreichen. Einige Jungen tanzten anscheinend die gleichen Tänze. Sie tranken zuviel Retsina und schliefen am nächsten Morgen wieder lange.

Als sie zum Hafen zurückkehrten, hatten sie das Gefühl, daß sie schon seit Tagen dort lebten. Die Stadt war so klein und so spärlich bevölkert, daß sie immer wieder Leuten zulächeln und zuwinken mußten, die sie am vorigen Abend getroffen hatten, sowohl der örtlichen Jugend als auch der ausländischen Kolonie. Es war, als wären sie Mitglieder in einem großen Freizeitclub. Martha kam auf sie zu, nahm Charlie an der Hand und schlug vor, schwimmen zu gehen. Peter holte ihre Badehosen und Handtücher, und sie gingen um den Hafen herum. Barstowe schloß sich ihnen an und erklärte, wohin sie gehen sollten. Er zeigte auf ein großes, zerbröckelndes Haus am gegenüberliegenden Arm des Hafens und erzählte, es sei für zweihundert Dollar zu kaufen. Peter wollte sofort zugreifen.

Charlie lachte. »Was in aller Welt sollen wir damit machen?«

»Das ist doch egal. Ich will es haben.«

»Wir sind erst am Anfang unserer Kreuzfahrt, und Häuser gibt es überall. Wir können nicht alle kaufen.«

»Mir gefällt es hier. Was sind schon zweihundert Dollar?«

Barstowe beendete die Diskussion mit dem Hinweis, der Eigentümer sei in Athen und der Kauf lasse sich wohl kaum bis zum nächsten Morgen abwickeln.

»Na schön, dann eben am Ende der Reise. Wenn wir nichts anderes finden. Versprochen?«

»Versprochen«, gab Charlie nach. Barstowe schrieb ihnen den Namen und die Anschrift des Eigentümers auf.

Ein Nordwind erhob sich und peitschte das Meer weiter draußen. Sie schwammen von Felsen aus. Sie aßen. Sie schliefen. Sie stiegen steile Treppen hinauf, nahmen einen Drink mit dem englischen Paar und saßen auf einer herrlichen Terrasse über der Stadt und dem Meer. Peter schwärmte immer noch von dem großen Steinhaufen auf der anderen Seite des Hafens. »Der Sonnenuntergang muß von dort aus herrlich sein«, meinte er bewegt. »Und es liegt nicht so hoch wie dieses Haus. Man muß nicht soviel klettern.«

Es entging Charlie nicht, daß Martha ihm nicht von der Seite wich. An Land kam sie ihm ganz verändert vor – hier schien sie viel eher ein Teil des wahren Lebens zu sein. So betrachtet wunderte es ihn, wie sehr sie sich seit Beginn ihrer Reise von Jack abgenabelt hatte. Ihr einziger Bezugspunkt war Charlie. Sie machte aus ihnen ein Paar, und Charlie war sicher, daß alle es merkten. Es war sehr angenehm, sich dieser süßen, hübschen jungen Frau zuzuwenden und festzustellen, wie ihre Blikke auf ihm ruhten. Sie war stets bereit, ihm zuzustimmen, und immer bemüht, ihn gegenüber allen, mit denen sie sprachen, ins beste Licht zu rücken. Die wohlige Wärme, die er in ihrer Gegenwart spürte, verwandelte sich manchmal in echtes Verlangen. Wenn ihre Blicke etwas zu bedeuten hatten, dann würde sie wahrscheinlich eine bemerkenswerte Partnerin im Bett sein.

Er und Peter gingen nach dem Essen mit Barstowe in der Stadt spazieren. Dann trennten sie sich von ihm wie alte Freunde und gingen früh ins Bett. Die Dämmerung hatte gerade eingesetzt, als sie aufstanden und zum Schiff gingen. Der Nordwind frischte auf.

»Sieht so aus, als bekämen wir eine steife Briese«, meinte Jack, als sie an Bord kamen.

»Ja, der alte Kahn wird sich sputen müssen«, stimmte Charlie mit erwartungsvoll glänzenden Augen zu. Eine Gruppe von Müßiggängern versammelte sich, als sie die Laufplanke einzogen, und sie fuhren lächelnd und winkend aus dem Hafen. Die Wellen warfen sie hin und her, während sie sich mit den Segeln abmühten. Peter lief nach achtern und half Charlie, die Schoten zu trimmen. Der Bug hob sich und pflügte durch die Wogen. Sie warfen einen letzten Blick auf das große Amphitheater, das in der Morgensonne funkelte.

»Wir müssen unbedingt zurückkommen«, sagte Peter.

»Es ist herrlich, nicht? Vielleicht haben wir am Ende der Reise Zeit.«

Der Wind wurde stärker und wühlte hohe Wellen auf. Er blies genau aus der richtigen Richtung, so daß sie nach einem Zwischenaufenthalt in Siros am Abend mühelos Mykonos erreichen konnten. Mit sämtlichen Segeln trieben Peter und Charlie das Schiff wie ein Rennboot voran. Es krängte, und Wasser sprühte auf das Deck. Sie kamen gut voran. Gegen Mittag näherten sie sich den Inseln Kea und Kithnos, die eine Art Tor zu den Kykladen bilden. Dort wollten sie durchsegeln.

Sie waren nach knapp einem halben Tag in Siros. Die Wellen wurden höher, hämmerten an den Rumpf und zwangen das Schiff in Schräglage.

»Was passiert, wenn es schlimmer wird?« fragte Peter. Er mußte schreien, um das Heulen des Windes und das Brausen des Meeres zu übertönen.

»Der Wind gefährdet allmählich unsere Pläne. Ich habe schon daran gedacht, den Klüver runterzuholen, aber dann würden wir stehenbleiben. Das Lotsenbuch sagt, daß wir zwischen diesen Inseln eine Gegenströmung haben. Siehst du diese Brecher? Was soll das werden?«

»Ist es gefährlich?«

»Guter Gott, nein. Es ist nur verdammt langweilig. Diese blöde See. Man weiß in dieser Minute nicht, was man in der nächsten tut. Am besten holst du den Meister der Karten.« Das Land vor ihnen gewann allmählich selbst in Charlies Augen an Reiz.

»Es wird verdammt schwer, da durchzukommen«, schrie Charlie. »Gibt es auf dieser Seite irgendwo einen Schutz?«

Jack deutete auf die Südspitze von Kithnos. »Sieht gut aus. Ich wollte mich nicht einmischen, weil es dort keine Hotels gibt.«

»Wir wollen doch die Hotels nicht zur fixen Idee werden lassen. Ich bin bereit, darauf zu verzichten.« Er drehte sich zu Peter um. »Okay, Preisboxer. Lockern wir die Schoten. Wir werden fliegen. Aus dem Weg, Jack.« Charlie zog das Steuer herum, und sie fielen vom Kurs ab, als er und Peter den Schoten Spiel gaben. Die *Kassandra* stieg hoch und sauste dann in ein Wellental. Charlie kämpfte mit dem Rad. »Verdammter Mist. Immer wenn ich die Schoten lockere, tut es mir hinterher leid. Wahrscheinlich hätten wir uns durchkämpfen können.«

Peter lachte. »Wenn du dich in einen alten Seebär verwandelst, bringst du mich um.«

Martha erschien mit strahlendem Gesicht. »Laufen wir

ein? Ich hatte keine Angst. Ehrlich, ich fürchte mich nie wenn du am Steuer bist. Aber ich will nicht behaupten, daß die letzte Stunde mir Spaß gemacht hat. Soll ich euch etwas zu essen zurechtmachen?«

»Wenn du es in dieser Berg- und Talbahn schaffst. Wir brauchen noch eine Stunde oder länger.«

Die *Kassandra* stieg erneut hoch und raste dann an der Seite einer anderen Welle hinab. »Das ist fast ein Vergnügen im Vergleich zu dem, was wir schon erlebt haben. Ich glaube, ich schaffe es.« Sie wartete auf einen günstigen Augenblick und lief dann zum Niedergang. Dort stand Jack mit einer Karte und starrte zur Küste. Charlie fiel auf, daß sie zu schrumpfen schien, als sie sich an ihm vorbeidrückte und nach unten ging. Jack drehte sich um und nickte.

»Du liegst fast richtig«, rief er. »Es dürfte nicht schwer zu finden sein.«

Er hatte recht. Sie segelten in eine tiefe, von Wald gesäumte, verlassene Buch und wechselten innerhalb kurzer Zeit von der wilden See in stille Gewässer. Der plötzliche Frieden wirkte lähmend. Charlie schaltete kurz den Motor ein, um flacheres Wasser zu erreichen. Die Ankerkette rasselte. Dann war alles ruhig. Charlie streckte sich, um seine verspannten Muskeln zu lokkern, und hörte Zikaden nervös zirpen. Ein angenehmes Landgeräusch. Sie refften gemeinsam die Segel und rollten sie auf. Peter sprang über Bord.

»Ahh!« grunzte er, als er auftauchte. »Es ist herrlich. Kommt alle rein.«

»Wir können trotzdem morgen in Mykonos sein«, sagte Charlie zu Jack. »An Siros ist doch nichts Besonderes, oder?«

»Nicht, daß ich wüßte. Wir können es überspringen und weitersegeln. Es war sehr fair von dir, in die Bucht einzufahren und nicht das Unmögliche zu versuchen. Du nimmst eben doch auf uns Rücksicht. Das weiß ich zu schätzen.«

»Danke, Jack.« Er tat Charlie leid, weil er so überflüssig geworden war. Er fragte sich, warum Jack ihm anfangs derart auf die Nerven gegangen war. Er ließ die Trittleiter hinunter und sprang Peter nach. Martha schloß sich ihnen an.

Als der Nachmittag sich hinzog, fand Charlie das Schiff einfach zu eng. Wenn sie auf See waren und das Ruder und die Schoten bedienen mußten, schien reichlich Platz vorhanden zu sein; aber nun füllte Martha alles aus. Das machte ihn unruhig. Er mied ihren Blick und ihre Berührung. Irgendwie kam ihm die Lage explosiv vor, seitdem sie alle vier so zusammengepfercht waren. Er mußte ihre Reiseroute genauer prüfen, um sicherzustellen, daß sie am Ende des Tages in ein Hotel gehen konnten.

Sie brachen in der Morgendämmerung bei ruhiger See auf. Immerhin kräuselte eine Briese das Wasser, und Charlie wußte, daß sie auffrischen würde. Gegen Mitte des Vormittags glichen die Verhältnisse denen des Vortages, und später, als Siros steuerbord lag, kamen sie in der schweren See kaum noch voran.

Jack kam mit gerunzelter Stirn herauf. »Viel Spaß macht das nicht«, sagte er, als er ins Cockpit platzte. »Dieses *meltemi* oder wie immer es heißen mag geht mir allmählich auf die Nerven.«

Charlie zuckte mit den Schultern. »Da sind wir uns völlig einig. Vielleicht kommen wir nie nach Mykonos. Willst du doch nach Siros segeln?«

»Ich glaube, gestern hast du die richtige Entscheidung getroffen. Heute hat die Lage sich kaum geändert.«

»Du drückst deine Meinung heute aber deutlich aus«, sagte Charlie und lachte. Siros war eine große Stadt, und dort würde es einige Hotels geben. »In Ordnung. Flappen wir noch eine halbe Stunde die Segel, dann legen wir den Klüver um. Ich möchte Peter zeigen, wie man's macht. Komm zurück, wenn du Spaß haben willst.«

»Ich finde die Zeit nicht ideal für Segelunterricht, aber

ich bin sicher, du weißt, was du tust. Jack wankte zum Niedergang und ging nach unten.

Peter ließ die Schoten nach, während Charlie auf einen südlicheren Kurs ging. Jetzt bewegte das Schiff sich geschmeidiger und nahm Fahrt auf. Langsam kam die Stadt Siros in Sicht: zwei Höcker auf einem Kamelrücken, dicht mit weißen Würfeln besetzt, schlicht und ohne Majestät. Als Charlie zu der Einsicht kam, daß sie den Hafen bequem auf Steuerbordbug erreichen konnten, streichelte er Peters Knie.

»Okay, Kleiner. Machen wir's richtig. Paß auf deine Leinen auf. Dieser wuchtige Baum da wird auf uns zukommen und zur anderen Seite schwingen. Sobald er damit anfängt, mußt du mit voller Kraft deine Schot packen, damit du den Baum immer im Griff hast. Wenn alles vorbei ist, kannst du die Schot laufen lassen, aber nicht zu schnell. Wir wollen ja Jacks Deck nicht zerstören.«

Peter sah, daß Charlies Augen vor Aufregung glänzten, und lachte. »Niemand hat eine Schot besser im Griff als ich. Ich bin bereit.«

»Gut, dann fangen wir an.« Er zog den Bug langsam aus dem Wind. Das Schiff stampfte und schlingerte, als die See es packte. Das Hauptsegel flatterte warnend, und der Baum begann zu schwingen. Charlie lockerte die Klüverschot auf der Steuerbordseite und stürzte sich auf die Backbordschot. »Jetzt!«

Das Schiff tauchte atemberaubend ein, als Charlie die Klüverschot einholte und der Baum zur Schiffsmitte schwang. Peter hielt die Schot straff, als der Baum seine Fahrt mit krachendem Blockwerk fortsetzte und ihn beinahe umriß. Er gab der Leine Spiel, ohne sie loszulassen. Der Bug stieß schwindelerregend jäh nach unten, und Charlie kämpfte mit dem Steuer, um das Schiff zu stabilisieren. Als sie Zeit hatten, sich umzusehen, lag Siros knapp neben dem Steuerbordbug. Sie setzten sich und lachten.

»Mann. Das war ganz schön aufregend«, rief Peter. »War alles in Ordnung, Kapitän?«

»Fast perfekt, Maat.«

Jack kam herauf. »Ich wollte euch nicht stören. Anscheinend hat alles sehr gut geklappt. Aber ich muß zugeben, daß mir das Herz in die Hose rutschte.«

»Ich habe mir fast in die Hose gemacht«, gab Charlie zu. »Dieses Schiff ist doch verdammt groß, wenn man mit ihm herumspielt.«

Als es Zeit war, refften Sie die Segel und fuhren mit dem Motor in einen geschäftigen Handelshafen. Dort machten sie an einem überfüllten Kai fest. Peter und Charlie beschlossen, an Land zu essen, und trennten sich von den Kingsleys, nachdem sie versprochen hatten, sich später wieder zu melden. Sie wankten am Kai entlang – nach zwei Tagen rauher See machten ihre Beine sich selbständig. Schon nach wenigen Metern sprach sie ein junger Taxifahrer an, der sie an Costa erinnerte, und bestand darauf, daß sie einstiegen. Er fuhr mit ihnen auf einen sehr städtisch aussehenden, aber charmanten Platz mit elegant beschnittenen Bäumen. Dort zeigte er auf ein prächtiges Hotel aus dem neunzehnten Jahrhundert. Sie bezahlten die kurze Fahrt und überlegten, ob sie schwimmen gehen sollten. Der Fahrer hörte und verstand es. Er streckte eine Hand aus, deutete auf sich selbst und sagte mehrere Male »*Bagno*«. Anscheinend wollte er sie irgendwo hinbringen.

»*Ecki fie?*« fragte Peter, überzeugt, daß das griechisch war. Nach kurzer Verblüffung verstand ihn der Mann. Er strahlte, führte einen imaginären Bissen zum Mund und tätschelte sich den Bauch. Sie gingen hinein, mieteten ein Zimmer und kehrten mit ihren Badesachen zurück. Dann fuhren sie durch die Stadt, zuerst über den Sattel zwischen den beiden Höckern und anschließend durch eine malerische Landschaft wieder nach unten auf die andere Seite der Insel. Der Fahrer saß mit verdrehtem Oberkörper auf seinem Sitz und redete auf seine Passagiere ein, die nur ein paar Worte verstanden. Ab und zu schaute er auch auf die Straße.

Er hielt vor einem kleinen, geweißelten Gebäude am Rande eines langen, verlassenen Sandstrandes. Sie stiegen aus, und der Fahrer ging mit ihnen um eine Weinlaube herum und stellte sie dem Besitzer und seiner Familie vor. Als sie ihm Geld geben wollten, gelang es ihm, dieses unangenehme Ritual hinauszuschieben, indem er erklärte, er werde später zurückkommen, um sie abzuholen.

Sie verzehrten ein einfaches Mahl in der Laube. Es bestand aus winzigen Fischen, die man ganz essen konnte, sowie aus Eiern und Salat. Kleine Kinder starrten sie an, und der Besitzer scheuchte sie von Zeit zu Zeit fort. Sie tranken eine ganze Menge Retsina und gerieten allmählich in eine etwas benommene Euphorie, ohne sich dessen bewußt zu sein, daß die Griechen dieses Wort erfunden hatten.

Sie schwammen, legten sich in die Sonne und dösten. Sie tranken noch mehr Retsina und schwammen wieder und lagen Seite an Seite im Sand, während die Sonne ins Meer hinabstieg. Peter hatte gemerkt, daß Charlie ihn schon den ganzen Machmittag mit großen Augen beobachtete, und es erregte ihn, so im Mittelpunkt seiner Aufmerksamkeit zu stehen. Er tastete nach Charlies Hand und hielt sie fest. Charlie drehte sich um, stützte sich auf die Ellbogen und küßte ihn sanft auf die Lippen.

»Mann«, murmelte Peter. »In aller Öffentlichkeit. Ich muß im Grunde meines Herzens ein Exhibitionist sein. Hoffentlich sitzen die Götter auf dem Olymp und sehen uns zu.«

»Es ist aufregend, nicht?« Charlies Stimme klang seltsam schwermütig. Er strich mit dem Finger über Peters Lippen. »Komm, Kleiner. Ich glaube, wir müssen uns jetzt anziehen. Dieses verrückte Taxi kann jeden Augenblick kommen.«

Sie wurden vor dem Hotel abgesetzt, badeten und zogen sich für den Abend um. Ihr Fahrer wartete auf dem Platz, und sie machten ihm klar, daß sie bald zurükkkommen würden. Dann schlenderten sie hinunter zum Hafen, um die Kingsleys zu besuchen. Überrascht stellte Charlie fest, daß das Wasser unruhig war. Alle Schiffe schwankten in ihrer Verankerung. Männer schrien durcheinander und strafften Leinen. Zwei stattliche Fischerboote befanden sich am Rande der Katastrophe – sie knallten gegeneinander und schienen hoffnungslos verheddert zu sein. Die Sonne war hinter den Höcker verschwunden, und alles lag in einem düsteren graugelben Licht. Charlie ging schneller, und Peter folgte ihm. Auf einmal packte der Wind sie mit wütender Kraft. Vor ihnen schlingerte die *Kassandra* nur so herum. Ihr Großmast beschrieb einen langsamen Bogen vor dem dunkler werdenden Himmel. Charlie und Peter rannten die Laufplanke hinauf und fanden die Kingsleys im Cokkpit, wo sie einsam ihre Martinis tranken. Marthas Gesicht erhellte sich und sie stand auf.

»Schön, daß ihr kommt. Ich bringe euch etwas zu trinken.«

»Was für ein lausiger Hafen«, knurrte Jack.

Charlie brauchte nur eine Minute um zu sehen, daß sie in Schwierigkeiten waren. Er nahm das Glas, das Martha ihm reichte, und schaute zu, wie der Bug nach Steuerbord fiel und sich mit den Wellen hob und senkte. Eine heftige Bö packte ihn am Rücken, und der Atem stockte ihm, als das Schiff sich noch mehr zur Seite legte und das Nachbarschiff nur knapp verfehlte. Gerade wollte er den anderen eine Warnung zubrüllen, als das Schlingern aufhörte und sich dann umkehrte. Das Schiff richtete sich langsam auf und zerrte am Anker wie ein wildes Pferd an seinem Zügel.

»Zum Teufel«, rief er in momentaner Erleichterung aus. »Reitet ihr schon lange so? Der verdammte Anker schleift wahrscheinlich.«

»Ich habe versucht, die Kette ein Stück einzuziehen. Aber der Ankergrund ist hier ganz mies. Das steht auch im Lotsenbuch.«

»Wahrscheinlich hast du den Anker neben uns mitgezogen. Wollt ihr einfach so dasitzen?« Er lief nach vorne und sah, daß die Kette schlaff im Wasser hing. Er rannte zurück. »Wir müssen noch einen Anker ausbringen, um Himmels willen.«

»Dann müßten wir das Boot runterlassen«, widersprach Jack.

»Da hast du verdammt recht. Komm, Süßer, packe wir's an. Jack, bereite du den Reserveanker vor, und zwar mit viel Leine.« Er zog sein frisches Hemd aus. Peter errötete, während er das gleiche tat. Charlie hatte in Jacks Gegenwart noch nie Koseworte benutzt. Charlie lief nach vorne, und Peter blieb ihm dicht auf den Fersen. Sie rackerten sich ab, um das Schlauchboot am Davit zu befestigen – auf dem schlingernden Schiff war das Schwerstarbeit. Dabei versuchte Charlie, den Bug im Auge zu behalten. Wenn der Anker noch einen Meter nachgab, konnte eine kräftige Bö die *Kassandra* an den Kai werfen. Er verfluchte Jack, der im Angesicht dieser offenkundigen Gefahr ruhig Martini trank. Sie zogen und zerrten und hoben, und schließlich hing das Boot am Kran. Dicht neben ihnen lag ein kleiner, rostiger, heruntergekommener Frachter, aber der Platz reichte, um es herunterzulassen. Jack schloß sich ihnen an.

»Der Anker ist bereit. Er hat gut fünfzig Meter Leine.«

»Okay. Lassen wir das Boot runter.« Sie hievten das Boot über Bord, und Peter sprang hinein, ohne daß jemand ihn dazu aufgefordert hätte, und löste das Tauwerk. »Das wird anstrengend, Kleiner. Fahr mit dem Anker hinaus, so weit du kannst, und laß ihn fallen. Du mußt ein gutes Stück windwärts kommen. Und beeil dich, um Gottes Willen. Es wird dunkel.«

Charlie führte das Boot nach vorne, und Jack legte

sich auf den Bauch und ließ den Anker ins Heck hinab. Er hatte das Ende der Leine vorne an einem Poller befestigt. Er warf das sauber zusammengerollte Seil auf den Anker, und Peter begann zu rudern. Es war offensichtlich schwer, denn der Wind wollte ihn immer wieder nach Steuerbord drücken. Er legte sich kräftig ins Zeug und wurde zu einem grauen Fleck auf dem schwarzen Meer. Schließlich sahen sie das Bot wenden und zurückkehren. Charlie lief zum Poller und begann die Leine zu straffen. Ab und zu ruckte er daran, damit der Anker faßte. Er hatte kaum mehr als sechs Meter eingezogen, als der Anker zu halten schien. Dann holte er noch ein paar Meter ein, um den Bug auszurichten, und schaute zu, wie er sich nach steuerbord bewegte. Wieder hielt er den Atem an. Das Schiff stampfte und lag dann kurz still. Der Schwung in die andere Richtung begann viel früher als zuvor. Charlie stieß einen zufriedenen Seufzer aus und betete darum, daß der Anker hielt. Er ging zurück zum Davit und wartete auf Peter. Als das Boot an den Rumpf stieß, ließ er die Blocks fallen. Peter befestigte das Tauwerk und kletterte über die Seite an Bord. Er atmete schwer.

»Junge, Junge, das war hart!«

Charlie legte ihm den Arm um die nackten Schultern und umarmte ihn. »Gut gemacht. He, Jack!« Er wandte sich wieder an Peter. »Geh nach achtern und trink einen Schluck.«

Jack erschien, und er und Charlie hievten das Schlauchboot an Bord und machten es auf dem Kabinendach fest. Charlie stand noch eine Weile da und sah zu, wie der Bug hin und her schwang. Es war jetzt dunkel, aber er sah auf der anderen Seite des Hafens die Silhouette eines Gebäudes – ein guter Anhaltspunkt für die Bewegungen des Bugs. Als er zu den anderen zurückging, standen alle im Cockpit. Martha reichte ihm ein Glas.

»Ist alles in Ordnung?« fragte sie ängstlich.

»So weit, so gut. Hör mal, Preisboxer, du läufst am besten ins Hotel und holst unsere Sachen. Beeil dich. Ich weiß nicht, wie lange wir noch hier bleiben können.«

Peter stellte sein Glas ab, griff nach seinem Hemd und verschwand. Im Licht der Decklampe sah Charlie, daß Martha erschrak.

»Glaubst du, wir –« begann sie.

Er nahm sie beim Arm und streichelte ihn verstohlen. Dann sah er ihr in die Augen. »Beruhige dich. Du brauchst keine Angst zu haben.«

Mit einer krampfhaften Bewegung ihres Armes preßte sie seine Hand an ihre Brust. Er streichelte sie weiter. Ihre Lippen öffneten sich, und sie lächelte ein wenig. »Ja, schon gut. Ich werde mir Mühe geben.«

»Was meinst du damit – du weißt nicht, wie lange wir hier noch bleiben können?« fragte Jack unwirsch.

»Genau das, was ich sage. Im Augenblick sind wir sicher. Ich bete zu Gott, daß der Anker hält. Aber was ist, wenn er nicht hält? Wir könnten den Motor anschalten und die Heckleinen vertäuen. Aber davon halte ich nicht viel. Nicht die ganze Nacht lang.«

»Denkst du etwa daran, bei diesem Wetter rauszufahren?«

Charlie trank sein Glas aus und reichte es Martha, um es noch einmal füllen zu lassen. »Natürlich. Am besten reffen wir das Großsegel vollständig, nur für den Fall des Falles.«

»Das kommt überhaupt nicht in Frage.«

Charlie sah Jack an und zuckte mit den Schultern. »Dann gehen Peter und ich zurück ins Hotel. Es ist dein Schiff. Wenn du es hier im Hafen zerschmettern willst, bitte sehr.«

»Nein, nein, selbstverständlich nicht. Ich bin euch für eueren Einsatz sehr dankbar. Würde es nicht helfen, eine Leine zum Wrack neben uns zu legen?«

»Das würde ich nicht riskieren, Jack. Wenn wir seinen Anker mitschleifen, wälzt es sich auf uns. Dann sitzen wir erst recht in der Patsche.«

»Der Gedanke rauszufahren gefällt mir absolut nicht.«

Martha gab Charlie das gefüllte Glas, und er leerte es zur Hälfte, um seine Nerven zu beruhigen. »Ich bin auch nicht gerade verrückt danach. Aber wir würden bestimmt durchkommen. Könntest du noch etwas zu essen auftreiben, Mädchen? Ich habe das Gefühl, das wird eine lange Nacht.« Er schaute zu, wie der Bug auf seine Landmarke zufiel und in etwa dort Halt machte, wo er es hoffte. Vielleicht waren sie ein bißchen vor Anker getrieben. Er war sich nicht sicher. »Fangen wir mit dem Segel an«, sagte er, als er sein Glas mit dem zweiten Zug geleert hatte.

Sie kämpften mit dem Segel, als Peter zurückkam. Der Wind packte es immer wieder und riß es ihnen aus den Händen.

»He, hilf uns«, rief Charlie, als er Peter sah.

»Was ist denn los? Fahren wir wirklich raus? Ich dachte, wir seien im Hafen sicher.« Er zog sein Hemd aus und kletterte zu ihnen aufs Kabinendach hinauf.

»Ich weiß nicht, ob wir sicher sind oder nicht. Hier – halt das mal.«

Mit Peters Hilfe ging die Arbeit schneller. Charlie behielt den Bug im Auge. Von diesem Blickwinkel aus war die Landmarke nicht mehr zuverlässig, aber er war fast sicher, daß sie wieder vor Anker trieben. Sobald das Segel gerefft war, sprang er aufs Deck und peilte. Es war nicht so schlimm, wie er befürchtet hatte. Der Bug sackte ein wenig über die Landmarke hinaus und blieb stehen. Vorläufig waren sie sicher.

»Am besten holen wir die Laufplanke ein«, sagte er. »Vielleicht müssen wir die Achterleinen fieren.«

Als diese Arbeit getan war, versammelten sie sich im Cockpit, wo Martha mit Sandwiches wartete. Es gelang ihr, ihnen noch einmal Drinks einzugießen. Charlie achtete jetzt mehr auf den Rumpf an der Hafenseite. Der Abstand wurde eindeutig geringer. Die heftigen Böen trieben sie also ans Ufer, so daß nicht einmal mehr Platz für das Schlauchboot blieb. Aber er merkte auch, daß die Böen seltener wurden. Wenn sie bis zur Morgendämmerung durchhielten, würden sie wahrscheinlich ein paar ziemlich ruhige Stunden haben wie an diesem Morgen.

»Warum versucht ihr beiden nicht ein wenig zu schlafen?« schlug er den Kingsleys vor, als sie gegessen und noch ein paar Drinks zu sich genommen hatten. Er hatte bemerkt, daß der Bug über seine Landmarke hinaus schwankte, und er wollte sie nicht um sich haben, wenn er handeln mußte. »Sorgt dafür, daß unten alles gut verstaut ist.«

»Gute Idee«, stimmte Jack zu. »Komm mit, Marty.«

Martha drückte Charlie den Arm, als sie vorbeiging, und sie gingen nach unten. Charlie ließ sich neben Peter auf die Bank fallen und küßte ihn lange auf den Mund.

»Ich fürchte, das war's schon«, sagte er und löste sich von ihm. »Wir werden immer um unsere glückseligen Nächte betrogen.«

»Kann man wohl sagen. Was liegt diesmal an?«

»Wir treiben seit einer Stunde vor Anker. Aber ich glaube, der Wind wird schwächer. Je länger wir warten, desto besser.« Er öffnete die Hose, stand auf und streifte sie ab. »Hier, nimm diesen modischen Kram und hol mir eine Arbeitshose. Und bring die Windjacken mit.«

»Verdammt. Ich dachte schon, du legst einen Striptease hin.« Peter las ihre Kleider auf und ging runter. Charlie blieb stehen und beobachtete den Bug, als er seinen Schwung nach Steuerbord begann. Er bockt an der Landmarke vorbei und hörte erst auf, als der Kai bedrohlich nahe war. Charlies Muskeln spannten sich, und ein Schauer lief ihm über den Rücken. Er lief zum Rad und schaltete den Motor an. Er brachte den Bug zurück und hörte die Achterleinen unter der Belastung quietschen. Dann mußte er das Steuer hastig herumreißen, damit sie nicht auf das Wrack prallten. Peter kam in Jeans zurück und trug Sachen für sie beide auf dem Arm.

»Laß das Zeug fallen«, sagte Charlie. »Ich kann das Rad jetzt nicht loslassen. Wir haben überhaupt keinen Anker mehr. Wahrscheinlich liegen beide unter dem Schiff. Probier mal, ob du den großen Anker einholen kannst.«

Peter rannte nach vorne und arbeitete an der Winde – zu lange für Charlies angespannte Nerven. Endlich kam er zurück.

»Er ist oben«, berichtete er. »Soll ich auch den anderen einholen?«

»Zuerst die Achterleinen. Wir müssen hier raus.« Er stellte den Motor kurz auf Rückwärtsgang, um Peter die Arbeit zu erleichtern.

»Jack tauchte in der Luke auf. »Braucht ihr Hilfe?« schrie er.

Charlie schaute zu Peter hinüber. Der hatte eine Achterleine eingeholt und zog die andere gerade durch ihren Ring. »Holt den Anker ein!« rief er. Als das Heck frei war, begann es zu schwingen. »Den Anker, schnell«, wiederholte er laut schreiend. Der Wind schob sie rasch auf die Schiffe zu, die an der Steuerbordseite verankert waren. Sein Herz schlug schnell. Er sah, wie Peter und Jack den zweiten Anker einholten. Während er gespannt wartete, versuchte er, das Schiff zu stabilisieren. Schließlich richtete Peter sich auf und winkte – sie waren fertig. Charlie holte tief Luft und stieß sie wieder aus, als er das Schiff langsam hinaus in die Hafenmitte steuerte.

»Setzt das Großsegel, wenn ihr fertig seid«, rief er. Jetzt hatte er Gelegenheit, sich nach dem Wetter umzusehen. Der Himmel war klar. Der Wind war immer noch stark, aber stetig und ließ wahrscheinlich nach.

Die See war unruhig, doch das schreckte ihn nicht – er hatte Vertrauen in das Schiff und in seine Fähigkeit, mit ihm umzugehen. Er sah Peter und Jack am Mast hantieren und schwenkte das Schiff in den Wind, als das Segel nach oben stieg. In gerefftem Zustand war es nur ein Stück Tuch. Er zog die Schot ein, so weit es ging. Jack kam nach achtern.

»Wenn du das Steuer eine Minute übernimmst, werfe ich einen letzten Blick auf die Karte«, sagte Charlie. »Wir werden uns aber nur auf und ab bewegen.« Er lief nach unten, kam gleich wieder zurück und zog eine Hose und eine Windjacke an. »Okay, Jack, du kannst ebensogut runter gehen. Es ist sinnlos, wenn wir alle naß werden.«

Peter kam gerannt und ließ sich auf die Bank fallen, während Jack sich verabschiedete. Das Schiff wurde schneller, und sie näherten sich der offenen See. Charlie sah hohe Brecher auf den Hafeneingang zurollen. Er stellte den Motor ab und bereitete sich auf die Wellen vor. Das Schiff glitt am Wellenbrecher vorbei und stoppte mit lautem Krachen. Charlie spürte, daß es im Innersten bebte. Er sehnte sich danach, in die zweifelhafte Sicherheit des Hafens zurückzukehren, aber er biß die Zähne zusammen, packte das Rad und brachte das Schiff behutsam weiter in den Wind. Der Bug stieg hoch und durchpflügte die See. Wasser ergoß sich über sie, aber er spürte, daß das Segel den Wind aufnahm und sie vorwärts trieb. Nach einigen Minuten hatte er sich an die Bewegung und den Druck des Steuers gewöhnt und schaute zurück. Sie befanden sich bereits in sicherer Entfernung vom Land.

»Mann, du bist aber mutig«, schrie Peter. »Freiwillig hier rauszufahren!«

»Denk an die erste Nacht. Dank deiner günstigen Sterne werden wir das nicht mehr erleben.« Erneut schwappte das Wasser über ihnen zusammen. »Fröhliches Kreuzen in der Ägäis!«

Peter torkelte ins Cockpit, sank auf die Bank neben ihm und legte ihm einen Arm um die Schulter. »Was für ein Spaß«, sagte er ihm ins Ohr. »Ich weiß nicht, warum wir dich alle immer noch lieben.«

Charlie dachte an Martha. Seine impulsiv streichelnden Finger waren ein Geständnis gewesen. Sie war jetzt bestimmt sehr zuversichtlich. »Geh runter, Kleiner«, sagte er. »Wir werden eine Weile nur auf und ab tanzen.«

»Ich habe keine Lust zu ertrinken.«

»Dummkopf. Schlaf ein bißchen. Kann sein, daß ich dich später brauche.«

»Wenn du meinst. Meine Elan ist ohnehin ein wenig feucht geworden.«

Sie lachten, küßten sich kurz, und Peter ging.

Langsam beruhigte sich die See, als der Wind erstarb. In der Stunde vor der Dämmerung herrschte fast völlige Ruhe, aber als der Himmel heller wurde, frischte der Wind wieder auf. Charlie konnte das Steuer verlassen, nach vorne laufen und den Klüver setzen. Selbst mit dem reduzierten Großsegel wurden sie allmählich schneller. Er wählte einen östlichen Kurs nach Mykonos. Als die Sonne aufging, sah er, daß sie wieder zurück zur Nordspitze von Siros gesegelt waren und sechs oder acht Meilen von ihr entfernt waren. Nacheinander tauchten die anderen auf. Peter kam zuerst. Er wankte nach achtern und ließ sich neben Charlie auf den Sitz fallen.

»Du bist ein lieblicher Anblick. Soll ich dir das Salz von der Haut lecken? Werden wir zur Abwechslung mal einen angenehmen Tag haben?«

»Ungefähr wie gestern. Ich glaube, wir kommen nie nach Mykonos. Wer hat eigentlich beschlossen, daß wir dorthin müssen?«

Gegen Mitte des Vormittags brachen die Wellen wieder über sie herein, und das schlingernde Schiff wurde langsamer.

Jack kam mit gerunzelter Stirn herauf, als sei das Wetter ein Problem, das er lösen müsse. Er ging im Zikzack nach achtern und setzte sich neben Charlie.

»Die Karte zeigt eine kleine Bucht an der Spitze von Delos«, sagte er. »Sieht wundervoll geschützt aus.«

»Aber wir haben Mykonos doch genau vor uns. In ein paar Stunden können wir dort sein.«

»Ein paar Stunden in dieser See? Martha geht es verdammt schlecht, obwohl sie sehr tapfer ist.«

»Gibt es ein Hotel auf Delos?«

»Ich dachte, du wolltest Hotels nicht zur fixen Idee werden lassen?«

Charlie zuckte mit den Schultern. »Stimmt. Das hier geht mir auch auf die Nerven.« Er fierte resigniert die Schoten, lehnte sich aufs Rad und steuerte die Richtung an, die Jack ihm angab. Sie schlingerten auf Delos zu.

Die Bucht war herrlich, einsam und so gut geschützt, wie Jack es gehofft hatte. Die See rauschte an ihrem Eingang vorbei, und in ihrem Inneren war das Wasser glatt wie Glas. Die Ankerkette rasselte, und erneut senkte sich ein lähmender Frieden auf sie herab. Als sie die Segel gerefft hatten, setzten sie sich zusammen und tranken kaltes Bier. Die Kingsleys hatten in Siros vorsorglich Eis besorgt. Peter war aufgeregt, weil Delos der Geburtsort Apollons war, und er und Jack überlegten, ob sie einen Landausflug machen sollten. Charlies Gedanken wanderten, und die Augen fielen ihm zu. Er riß sich zusammen.

»Wenn wir einen Ausflug machen, lege ich mich vor dem Mittagessen lieber hin. Ich habe seit über dreißig Stunden nicht mehr geschlafen.«

Er ging nach unten und warf sich auf die Koje, ohne die Kleider auszuziehen.

Als er erwachte, fühlte er sich benommen. In der Kombüse klirrte Geschirr, und er versuchte, sich aufzurichten. Mühsam kroch er aus der Koje und ging zur Tür. Martha verstaute einige Sachen in den Schränken.

Sie lächelte ihn an – abwesend oder nervös? Er war immer noch zu schläfrig, um großes Interesse an ihrer Stimmung zu haben.

»Du bist also doch nur ein Mensch«, meinte sie. »Ich dachte schon, du schläfst den ganzen Tag.«

»Ich fühle mich wie nach einem K. O.«

»Dann solltest du zuerst einen Kaffee trinken. Wir haben schon ohne dich gegessen, weil wir der Meinung waren, daß du deinen Schlaf wirklich brauchst.« Sie goß Kaffee in eine Tasse und reichte sie ihm. Er nahm sie und ging zum Niedergang. Sie hielt ihn mit einer kleinen Geste auf. »Jack und Peter sind ans Ufer gegangen.«

Langsam kapierte er – sie waren endlich allein. Er nahm einen großen Schluck von dem heißen Kaffee, und sein Kopf wurde klarer. »Tatsächlich? Wollen sie die Sehenswürdigkeiten anschauen?« fragte er. Er tastete sich behutsam vorwärts und konzentrierte alle seine Sinne auf sie.

»Wenn es dort ein Hotel gibt, haben sie sich jetzt vielleicht in ein Zimmer eingeschlossen.« Sie sprach, als habe sie die Worte geprobt.

Das war so untypisch für sie, daß es ihn rührte. »Ah, der Sex regt sein wuscheliges kleines Haupt. Hältst du das wirklich für möglich?«

»Ich weiß nicht.« Sie sah einen Augenblick verwirrt aus, als habe sie eine andere Reaktion erwartet. Jetzt merkte er, daß ihre Nerven ziemlich angespannt waren. »Ich meine, Jack ist natürlich hetero, aber er ist verrückt nach Peter. Und wenn er eine Chance hat, wird er sie wahrscheinlich nutzen.«

»Ach so – Peter ist schwul, und Schwule sind für jeden da, der eine Hose anhat. Ich weiß, daß Jack so denkt.«

»Er ist ein attraktiver Mann.«

»Wirklich? Das bezweifle ich. Nicht in dieser Hinsicht.«

»Und du? Bist du so schwul, wie alle sagen?«

Er warf den Kopf zurück und lachte. »Na, na, Süße. Entspann dich. Redet man so mit einem Freund? Das paßt gar nicht zu dir. Am besten fangen wir von vorne an. Wenn du wissen willst, ob ich schwul bin, frage mich einfach.« Jetzt war er völlig wach. Er sah ihr in die Augen und merkte, daß ihr Angriffsplan, falls es einer gewesen war, in sich zusammenbrach. Was übrig blieb, war die schlichte, mädchenhafte Bewunderung, die er so gut kannte. Auf diesen Augenblick hatten sie beide gewartet. Sie rührte ihn, und er fand es angenehm. Er spürte, daß Verlangen auf Verlangen stieß.

»Bist du's?« fragte sie leise.

»Ich dachte, ich hätte keinen Zweifel daran gelassen, daß ich Peter liebe.«

»Oh, das verstehe ich schon. Ich sehe euch beide gerne zusammen. Ihr seid so lieb zueinander. Aber ... ich meine, habt ihr auch ...«

Er trank den Kaffee aus, stellte die Tasse auf den Spültisch und lehnte sich an den Türrahmen. »Menschen, die sich lieben, haben normalerweise auch Sex miteinander, wenn es das ist, was du meinst«, sagte er sanft.

Sie griff nach hinten, löste das Oberteil ihres Bikinis und ließ es fallen. »Das bedeutet dir also gar nichts?« fragte sie, immer noch mit bewunderndem Blick.

Es bedeutete ihm sehr viel. Er steckte die Hände in die Taschen und verschob sein Glied, damit es mehr Platz hatte. Er kannte ihren Körper gut, aber die vollen, festen Kurven ihrer nackten Brüste waren erregender, als er erwartet hatte. Sie war nicht eitel genug, um irgendeine Pose einzunehmen. Sie stand einfach nur da und bot sich seinen Blicken an. Er war froh, daß er sie gebeten hatte, sich überall zu bräunen. Der Bikini zeichnete sich noch immer ab, aber nicht mehr so stark, daß er die Linien verdorben hätte. Ihre Brustwarzen waren nicht groß, und das gefiel ihm. Sie zogen die vollen, runden Brüste gleichsam nach oben. Seine Hände wollten das zarte Fleisch berühren. Er schaute ihr wieder in die Augen. »Engelchen, so möchte ich dich gerne zeichnen. Aber bist du sicher, daß das eine gute Idee ist? Es stört mich nicht, wenn Peter es erfährt, obwohl ich nicht unbedingt scharf darauf bin, daß er uns in flagranti ertappt. Aber was ist mit Jack?«

»Heißt das, du willst mich?« Ihre Augen sahen ihn flehend an.

»Was hast du erwartet? Warum hast du denn dieses Stück Stoff fallen lassen? Oh, ich verstehe – weil ich schwul bin? Ist das der Grund?«

»Das bist du nicht. Ich habe es nie geglaubt.«

Er lächelte. »Süße, wenn ich nicht schwul bin, können wir dieses Wort aus unserer Sprache streichen.« Es erregte ihn, so offen mit ihr zu reden. »Ich schätze, die Frage lautet: Willst du mich jetzt noch haben, obwohl ich es dir so offen gesagt habe?«

»Wenn du mich willst – ist es dann noch wichtig, ob du schwul bist?«

»Wahrscheinlich schon. Aber darüber können wir später reden. Ich habe nach Jack gefragt, und du hast mir noch nicht geantwortet.«

»Sie sind erst vor fünfzehn Minuten weggegangen. Wir brauchen uns also keine Sorgen zu machen.« Sie knöpfte ihre Shorts auf und ließ sie fallen. »Es wäre mir egal, wenn er mich so fände.«

Seine Blicke schweiften über ihr Nacktheit. Sie berührte ihn tief. Ihr Körper schien sich nach ihm zu sehnen. Das Schamhaar war blond und lenkte nicht von den herrlich geschwungenen Hüften und Schenkeln ab. Die Kurve des Bauches harmonierte mit den Kurven der Brüste. Sie war eine überaus feminine Frau. »Die göttliche, weibliche Form«, sagte er fast zu sich selbst. Er war so von ihr gefesselt, daß er einen Augenblick lang vergaß, in welche Situation sie sich gebracht hatten. Dann fiel ihm auf, wie unangemessen seine Kleidung war. Er wollte ihrer Weiblichkeit unbedingt seine Männlichkeit entgegensetzen. »Zu diesem Spiel gehören zwei«, sagte er und lachte leise. Er schälte seinen engen Pullover ab und warf ihn hinter sich in den Salon. Dann öffnete er seine Jeans, und sein voll aufgerichtetes Glied hüpfte heraus. Er hob den nackten Fuß, schlüpfte aus den Jeans und den Shorts und richtete sich vor ihr auf. »Adam und Eva«, meinte er und hatte das Gefühl, als seien sie in ihrer Nacktheit füreinander bestimmt.

Ihre Lippen teilten sich, und sie machte große Augen. »O nein«, murmelte sie.

»Es ist ein bißchen viel. Aber das hast du bestimmt gewußt.«

»Natürlich habe ich geguckt. Ich konnte nicht anders. Ich hatte keine Ahnung, daß ein Mann so prachtvoll sein kann.«

»Du bist hinreißend. Ist das alles, was wir tun – einander ansehen?«

Sie kam langsam auf ihn zu, ihre Augen hafteten an seinem Glied. Es bewegte sich leicht, richtete sich auf, als wolle es sie begrüßen. Ihre Knie waren schwach vor Sehnsucht. Erst in den letzten Wochen war ihr klargeworden, wie sehr ihre Gefühle verarmt waren, seitdem ihr Bruder sie mißbraucht hatte. Charlie hatte zum ersten Mal Verlangen in ihr geweckt, den leidenschaftlichen Wunsch, von einem Mann besessen zu werden. Tag für Tag hatte sie das massige Instrument zwischen seinen Beinen angestarrt und beobachtet, wie es anschwoll oder schrumpfte, je nachdem, ob er in der Sonne lag oder aus dem Wasser kam. Und wenn er schlief, hatte sie mit angehaltenem Atem verstohlene Blicke auf die große Säule geworfen, die sich unter der Decke wölbte. Dabei hatte sie eine schreckliche, zunehmende Leere empfunden, die sie krank machte und die nur er heilen konnte.

Sie war erst neun gewesen, als ihr vierzehnjähriger

Bruder sie zum ersten Mal vergewaltigt hatte. Ein Jahr lang hatte er seine Freunde zu ihr gebracht und ihnen erlaubt, sie zu benutzen. Als sie heranwuchs, fand sie alle Jungen gleich lästig, und der Geschlechtsakt war für sie ein erschreckendes und bisweilen schmerzhaftes Eindringen in ihren Körper. Nach ihrer Heirat hatte Jack ihr gezeigt, wieviel Lust sie einander mit dem Mund bereiten konnten, und sie hatte geglaubt, die Quelle der körperlichen Liebe entdeckt zu haben.

Charlie war eine Offenbarung gewesen. Sie hatte sich mit den Augen verliebt, aber er war auch schnell zum Mittelpunkt ihrer Gefühle geworden. Er war ein Gott – schön, stark und verständnisvoll. Kein anderer hätte ihr so gütig über die tolpatschige Eröffnung mit Jack und Peter hinweggeholfen. Sie hatte beabsichtigt, ihn zu einer Reaktion anzustacheln, aber er hatte offenbar jede Bewegung vorausgesehen, die sie machte, und nun ragte sein göttliches Glied vor ihr empor und war ein überwältigender Beweis seines Verlangens.

Sie konnte die Augen nicht davon lassen, und der Anblick faszinierte sie so, daß sie nur noch verschwommen zu sehen glaubte. Es vermittelte den Eindruck großer Masse, und die aufwärts gewandte Kurve, die der dicken Wurzel entsprang, strahlte zermalmende Kraft aus.

Er griff nach ihr, doch sie kniete vor ihm nieder und spürte die Wärme seines Gliedes auf den Lippen und der Zunge. Es schmeckte salzig, und sie füllte ihren Mund damit. Sie stöhnte und erkannte wie betäubt, daß sein Körper endlich ihr gehörte. Sie hörte ihn keuchen und seine Hüften bewegten sich, als sie mit der Zunge zur Wurzel hinunterfuhr und die gespannten Hoden in den Mund nahm. Dann zog sie sich zurück und betrachtete die hoch aufragende Eichel, glänzend und reif, und sie öffnete den Mund und nahm das feste, stark geäderte Fleisch sacht zwischen die Zähne. Erneut wurde ihr schwindelig, als sie daran dachte, es in sich aufzunehmen. Es war ihr gleichgültig, wenn es weht tat – es sollte die quälende Leere füllen.

»Steh lieber auf, wenn du mehr von mir willst«, sagte er nach einer Weile. Es erstaunte ihn, was sie tat und wie geschickt sie es tat. Er hatte immer gedacht, sie werde sich einfach zurücklegen und ihn ruhig und weiblich empfangen. Er hielt ihre Schultern, und als sie aufstand, ohne die Hand von seinem Glied zu nehmen, zog er sie an sich, schaute ihr in die ekstatischen Augen und lächelte. »Ist das nicht herrlich?«

»Du bist so schön. Ich bete dich an. Es gibt so viele Gründe, dich anzubeten.«

Er kicherte. »Gute Pflege und gutes Essen. Dein Mund ist übrigens sehr raffiniert.« Er legte die Hände auf ihre Brüste und küßte ihren Mund. Dann schwenkte er sie leicht hin und her, so daß ihre Nippel einander liebkosten. Ihr Kuß wurde tiefer. Er zog sich zurück und holte tief Luft. »Alles, was wir tun, bringt mich anscheinend dem Orgasmus nahe. Ich glaube, ich will dich haben. Hast du irgendwelche Vorkehrungen getroffen?«

»Nein, aber mach dir darüber keine Gedanken.« Sie hielt immer noch sein Glied in der Hand, als sie in den Salon gingen und sich in der Koje niederließen, die er soeben verlassen hatte. Als er sich auf sie legte, griff sie nach seinen Schultern und wollte ihn nach unten schieben.

»Nein, das nicht«, sagte er.

»Oh, natürlich nicht. Tut mir leid, mein Schatz.«

Er lachte leise. »Schon gut. Mach dir keine Sorgen. Ich hatte nie Interesse daran, das ist alles. Eigentlich lutsche ich auch nicht gerne einen Schwanz. Bin wohl nicht sehr oral veranlagt.«

Sie strich mit den Händen nach unten zu seinem Glied. »Komm in mich rein. Das ist alles, was ich will. Ich habe so lange davon geträumt.«

»Weißt du auch, was du tust? Es ist ein bißchen riskant.«

»O ja. Bitte. Alles andere ist egal.«

Sie spreizte die Beine, hob die Hüften und hielt sein Glied, während er es einführte und langsam in ihr bewegte. Er lächelte auf sie herab und sah, wie ihr Körper sich wand und ihm entgegenkam. Sie stöhnte und gab leise, schluchzende Geräusche von sich, während sie jeden Zentimeter genoß. Er hielt sich zurück, um ihre Lust zu verlängern. Ihre Reaktion machte ihn stolz. Sie schlang die Beine um seine Hüften und zog ihn an sich. Er drang mit einem einzigen Stoß vollständig ein.

»O Gott! Du!« schrie sie. Ihre Augen waren weit und starr. »Ich war noch nie so glücklich. Du hast mich genommen, mein Liebster. Du bist mein. Ich kann es kaum glauben.«

»Ist es ein gutes Gefühl?«

»Wie eine Armee bei der Invasion.« Sie lachte und keuchte. »Ich kann es kaum erwarten, daß das Plündern und vergewaltigen beginnt.« Er zog sich langsam zurück und stieß dann heftig zu. Sie schrie auf, kreischte fast. »Du bist so weit in mir drin«, japste sie. »Niemand ist je dort gewesen. Ich werde ein Kind von dir bekommen, ich weiß es.«

»Willst du das?« fragte er, und sein Körper zitterte vor Erregung. Unklare Gedanken, die ihm seit einigen Wochen durch den Kopf gingen, nahmen Gestalt an und paßten zusammen. Plötzlich ergab alles einen Sinn. Er kannte jetzt die Rolle, die ihr bestimmt war. Freude erfüllte seinen und ihren Körper.

»Ich will es, mein Liebling. Jetzt, wo du hier bist, weiß ich, daß ich davon geträumt habe.«

»Wie wundervoll.« Er öffnete den Mund auf ihrer Brust und spielte mit dem harten Nippel. Ihr Körper zuckte unter ihm. Er stützte sich auf Knie und Ellbogen, so daß sie die Hüften heben und senken und sein Glied in sich bewegen konnte. Wieder stöhnte und schluchzte sie. Er hatte nie Sex gehabt, dessen Ziel ein Kind war. Seine Frau hatte keine Kinder gewollt. Sein

Bewußtsein schien sich in sein Glied zu verlagern, als sei sein ganzes ich in ihr, sprühend vor Leben. Er existierte nur, um seinen Samen in ihr zu versenken. »Machen wir's, wie du es haben willst?« fragte er mit dem Mund an ihrer Brust. »Ich will, daß du kommst. Dann mache ich dir ein Kind.«

»Kannst du nicht warten, mein herrlicher Liebster? Mach weiter, so lange es geht. Ich habe noch nie so etwas erlebt. Es ist so viel von dir in mir drin. Du bist ganz in mir drin. Ich kann nie genug von dir bekommen.« Sie sprach zwischen keuchenden Atemzügen, während sie das Becken tanzen ließ und ihn mit den Händen streichelte. Er hob den Kopf und betrachtete ihren zuckenden Körper. Die Einfachheit ihrer Paarung entzückte ihn. Mann und Frau – wie ein Stecker in einer Steckdose. Er steckte in ihr, aber der Strom würde aus ihm fließen. Seine Lenden waren prall damit gefüllt. Sie senkte die Hüften, packte die Wurzel seines Gliedes und ließ das Becken um den Teil kreisen, der noch in ihr steckte. Ihr Griff war hart, und mit der anderen Hand streichelte sie seine Hoden. Dabei stieß sie mehrere ekstatische Schreie aus.

»O ja, Liebling. Tu das«, drängte er sie. »Du siehst aus, als wolltest du eine Suppe umrühren.«

Sie lachte wild. »O Gott, ich komme gleich. Beinahe. Bald.« Sie verdoppelte die Bemühungen ihres sich windenden Körpers. Mit den Händen tastete sie nach seinem straffen Bauch und strich nach oben über seine Brust. Dann schlang sie die Arme um ihn und preßte sich an ihn, während ihr Becken versuchte, ihn ganz in sich aufzunehmen. Sie ließ sich zurücksinken, packte wieder sein Glied und führte es ein. Er knabberte an ihren Brüsten, bis sie unter seinen Lippen hüpften und bebten. Sie stöhnte und schrie rhythmisch, während ihr Körper sich unter ihm krümmte.

»Jetzt!« schrie sie. »Nimm mich! Tu's jetzt. Ich will, daß wir zusammen kommen.« Sie ließ ihre Beine sinken. Er packte sie an den Schultern, schob die Hüften zurück und begann in sie hineinzustoßen. Sie griff nach seinen Hinterbacken und zog ihn bei jedem langen Stoß heftig zu sich heran. Er atmete schneller. Sie schrie und lachte und schluchzte, und er spürte, wie ihr Körper sich unter ihm auflöste. Immer wieder rammte er sein Glied in sie hinein, und auch er schrie, während er explodierte und sich in sie ergoß.

Sie lagen zitternd in der Koje, und ihr Atem normalisierte sich, als die Erregung abflaute.

»Na ja«, sagte er schließlich. Er hatte den Kopf auf ihre Schulter gelegt. »Dagegen ist nichts zu sagen. Wirst du mich wirklich nicht aus dir herausspülen?«

»Nein, niemals. Es wäre ohnehin sinnlos. Du bist zu tief in mir drin.«

»Dann sollten wir eine Weile so bleiben. Bei dir fühle ich mich so verdammt potent. Wenn wir auf Nummer sicher gehen wollen, machen wir's noch mal.«

»Ich möchte ewig so liegen bleiben. Du fühlst dich immer noch riesig an.« Ihre Hände strichen über seinen Rücken und seine Schultern.

»Warum hast du kein Kind von Jack?« Er hob den Kopf und stützte sich auf die Ellbogen, so daß er ihr ins Gesicht sehen konnte. Es war wirklich hübsch. Die glatte braune Haut glich einem Pfirsich.

»Wir haben uns untersuchen lassen. Er ist unfruchtbar. Wir tun es meist mit dem Mund.«

»Du machst das wunderbar. Aber gefällt es dir auch?«

»O Gott, mit dir schon. So etwas habe ich noch nie erlebt.«

»Wie meinst du das?«

»Ein Mann in mir drin, der mich zum Orgasmus bringt. Zum ersten Mal überhaupt.«

»Das kann doch nicht sein!«

»Wie gesagt, Jack und ich tun es meist mit dem Mund. Und es hat nicht viele andere gegeben, außer vor langer Zeit, aber das zählt nicht. Ich weiß nicht einmal, ob viele Männer gebaut sind wie du.«

»Du meinst meinen Schwanz? Sag es ruhig.«

»Ja, dein herrlicher, großer Schwanz.«

Er lachte. »Spürst du das? Ich glaube, er mag Komplimente.«

»Kriegt er die nicht reichlich? Sind viele Männer so groß?« Sie strich mit den Händen hinunter zu seinen Hinterbacken und drückte ihn an sich.

»Er ist überdurchschnittlich, aber nicht einzigartig.« Wieder paßte alles zusammen. Er hatte Peter auf etwas vorbereitet. Sein großer Plan war noch größer, als er selbst gewußt hatte. Er brauchte mehr Zeit, um darüber nachzudenken. »Peter ist fast so groß und wirklich schön. Hast du das nicht bemerkt?«

»Ich sollte wohl nein sagen – aber ich habe es gemerkt. Er sieht gut aus, aber du bist so ein Mann. Wie konnte ich nur glauben, daß es dir gefällt, wenn ich es mit dem Mund mache!«

»Weil ich schwul bin?«

»Du bist nicht schwul.«

Er lächelte sie an. »Du mußt lernen, das zu sagen, ohne daß es wie eine schreckliche Krankheit klingt. Sex ist fabelhaft mit dir, aber ich habe immer gewußt, daß es so sein wird, wenn ich ein Mädchen wirklich mag. Das braucht dich nicht zu verwirren. Wenn du sagst, ich sei dein – nun, das ist einfach unmöglich. Ich bin einer, der nimmt. Meine Güte, das entwickelt sich zu einem Gespräch über Sex. Mir gefällt es. Sex zwischen einem Mann und einer Frau ist, glaube ich, eher ein gegenseitiges Nehmen und Geben. Alles andere teilt man mit einem Mann viel mehr als mit einer Frau, nur beim Sex ist man wohl einsamer. Egoistischer vielleicht. Eigentlich ist es männlicher, wenn man es so betrachtet. Ich bin ein sehr maskuliner Schwuler, aber trotzdem ein Schwuler.« Er lachte.

»Hör auf, das zu sagen.«

»Du hast damit angefangen.«

»Bitte, sag es nicht. Ich bin in dich verliebt. Das weißt du.«

»Ja. Daran kann niemand etwas ändern. Aber es tut mir leid. Ich will dir nicht wehtun. Ich liebe Peter. Ich habe ihn immer geliebt und werde ihn immer lieben. Bis der Wahnsinn uns scheidet.«

»Wahnsinn?«

»Manchmal halte ich es für möglich, daß ich den Verstand verliere«, sagte er nachdenklich. »Auch jetzt gehen mir ein paar ziemlich verrückte Gedanken durch den Kopf.«

»Erzähl mir davon.«

»Noch nicht. Zu vieles daran ist mir noch unverständlich.«

»Dann warte ich, mein Schatz.« Sie schob die Hand nach unten, fand die Hoden und streichelte sie. Noch nie hatte sie sich einem Menschen so nahe gefühlt. Selbst wenn er von den Grenzen seiner Gefühle für sie sprach, spürte sie seine Liebe und Güte. Vielleicht empfand er mehr für sie, als ihm bewußt war. Sie konnte unendlich lange warten, während sie ihm half, sich aus Peters Griff zu befreien.

Ihre Hände kitzelten seine Eier, und sein Körper zuckte zusammen. »Mach weiter. Ich kriege schon wieder einen gewaltigen Ständer. Spürst du es?«

»Ich dachte, du hättest die ganze Zeit über einen Ständer gehabt. Aber ich spüre, wie er sich bewegt. Es ist himmlisch.«

»Bei Gott, ja. Es ist herrlich, einen Steifen zu bekommen und dabei zu reden und an ein zweites Baby zu denken – alles gleichzeitig. Ich mache dir gerne Babys. Wir werden Zwillinge zeugen. Falls es klappen sollte – wie wird Jack reagieren?«

»Keine Ahnung. Vielleicht sollte ich es in den nächsten ein oder zwei Wochen richtig mit ihm treiben. Dann hält er es für ein Wunder.«

»Nein, tu das noch nicht. Gib mir etwas Zeit. Wir werden darüber reden. Ich will nicht, daß er dich fickt, während wir zusammen sind. Versteht du das?

Sie sah ihn dankbar an. »Ja, Liebster.«

»Ich meine es ernst. Vielleicht sollte Jack wissen, daß ich der Vater bin. Du willst, daß ich dich schwängere. Du bist in mich verliebt, Also warten wir ab, was für uns alle am besten ist. Wir müssen auch überlegen, was für das Baby am besten ist.«

»Wer will denn jetzt irgend etwas entscheiden? Jetzt kann ich nur an deinen wundervollen Schwanz denken. O Gott – diese Armee.«

»Mmmm. Die Invasion ist in vollem Gange.« Er hob sich auf den Knien hoch und zog sein Glied fast ganz heraus. Dann stieß er energisch zu. Sie schrie auf, und ihr Körper bebte unter ihm. Er schaute ihr in die Augen und sah Leidenschaft darin auflodern. Er schluckte hart. »Mein Gott, glaubst du nicht, daß ich dich lieben und Kinder mit dir haben könnte?« rief er in unerwarteter Qual.

»Fick mich, mein wundervoller Geliebter«, beruhigte sie ihn. »Das ist alles, was ich will. Ja. O ja. Besorg's mir noch mal. Oh, du bist der Einzige.«

Sie warteten im Cockpit, angezogen und mit Gläsern in der Hand, als sie Jack und Peter am Spätnachmittag über den kleinen Hügel am Rande der Bucht kommen sahen. Sie gingen nach vorne und winkten, während die beiden das Schlauchboot ins stille Wasser trugen und sich vom Ufer abstießen.

»Mir ist, als ob man es mir von weitem ansieht«, murmelte Martha, als das Boot näherkam. »Ich bin so furchtbar glücklich.«

»Versuch nicht, distanziert zu mir zu sein«, warnte Charlie sie. »Damit würdest du dich erst recht verraten.«

Jack und Peter fingen sofort an zu erzählen, kaum waren sie an Bord. »Es ist phantastisch«, berichtete Peter. »Wie ein großartiges Freilichtmuseum. Ich könnte ein Vermögen verdienen, wenn das meiste davon nicht zu schwer wäre. Trotzdem habe ich ein Auge auf ein paar kleinere Dinge geworfen. Morgen müßt ihr mitkommen. Das ist der aufregendste Ort, den wir bisher besucht haben.«

»Die See ist höher denn je«, meinte Jack. »Ein Glück, daß wir hier sind. Wir hätten keinen besseren Platz finden können, um es auszusitzen.«

Sie unterhielten sich den ganzen Abend über Delos und holten Reiseführer, um einiges nachzulesen. Als Jack und Martha zu Bett gingen, blieben Charlie und Peter noch an Deck, tranken Wein und plauderten.

»Es ist verrückt. Überall Schwänze«, sagte Peter lachend. »Ich kann es kaum erwarten, daß du es siehst. Abgesehen davon ist es wirklich schön – der sanft abfallende Hügel, der herrliche Blick auf die Inseln.«

Sie saßen nebeneinander, und Charlie legte Peter den Arm um die Schulter. Er hätte ihm gerne erzählt, was geschehen war, aber er wußte, daß er warten mußte, bis sie einen oder zwei Tage an Land gehen konnten. Die Atmosphäre war ohnehin gespannt, auch wenn Peter noch nicht Bescheid wußte. Aber er wollte, daß er Bescheid wußte. Er hatte bereits beschlossen, mit Martha über einige Dinge zu reden. Er beugte sich vor und knabberte mit den Zähnen und der Zunge an Peters Lippen.

»Wie du mich in letzter Zeit küßt ...«, kicherte Peter. »Willst du mich etwa verführen?«

Charlie hatte ihn nie zuvor zärtlicher geliebt und war nie zuvor tiefer von ihm bewegt gewesen als jetzt, wo ihm allerlei Gedanken über mögliche Folgen durch den Kopf gingen. Er legte die Hand auf sein goldenes Haar. »Es ist besser, wir gehen ins Bett. Ich muß wirklich eine Menge Schlaf nachholen.«

Als Peter am nächsten Morgen kam, um ihn zu wecken, hatte er schon einige Zeit dem Kommen und Gehen auf dem Schiff gelauscht. Er tat so, als schlafe er und grunzte, als Peter ihn am Fuß zog. »So früh?«

»Es ist nach acht. Wir sind abmarschbereit. Komm schon, Kumpel.«

»Geht schon voraus. Ich brauche noch eine Stunde. Ich schwimme ans Ufer und treffe euch dann.«

»Okay. Wenn du den Strand hinaufgehst, siehst du einen Weg. Dem brauchst du nur zu folgen. Etwas weiter vorne stehen ein paar Mauern mit zwei riesigen Statuen. Du kannst es nicht verfehlen. Ich warte dort irgendwo auf dich. Ruf einfach.«

Charlie legte sich wieder hin und hörte, wie die anderen aufbrachen. Er war sicher, daß Martha eine Ausrede finden würde, um an Bord zu blieben. Das Schlauchboot prallte an den Schiffsrumpf, und Ruder plätscherten. Er wartete einige Augenblicke, dann sprang er aus der Koje, zog seine Shorts aus und begann mit seiner Morgentoilette. Er goß sich eine Tasse Kaffee aus dem Topf ein, der immer noch heiß war, und ging nackt den Niedergang hinauf. Oben schaute er sich um. Der Wind war immer noch kräftig. Das Schlauchboot hatte das Ufer erreicht, aber niemand war zu sehen. Er ging an Deck. Sie lag nackt da, von Handtüchern und Kissen umringt, und bedeckte die Brustwarzen mit den Händen. Er ging mit seiner Tasse zu ihr. Sie setzte sich auf, hüllte sich in ein Handtuch und schob es langsam beiseite, während sie ihn ansah.

»Der Geburtsort Apollons. Wie schön, daß du nack zu mir kommst. Ich hatte schon Angst, ich hätte alles nur geträumt. War es nur eine Ausrede, daß du länger schlafen wolltest?«

Er nickte. »Ich dachte mir schon, daß du bleibst. Was hast du gesagt?«

»Ich sagte, wenn du dich ihnen anschließt, sollte jemand auf das Schiff aufpassen. Dafür ist Jack immer zu haben.« Ihre Blicke tasteten ihn ab und hafteten auf seinem Glied. »Endlich kann ich dich anschauen. Selbst jetzt kann man sich vorstellen, wie groß er wird. Ich habe mir so oft gewünscht, nackt mit dir in der Sonne zu liegen und alles an dir zu sehen.«

»Ist es nicht herrlich, so beisammen zu sein? Ich bin bereit, für dich riesengroß zu werden.« Er stellte die Tasse auf das Dach der Kabine. Sofort kniete sie vor ihm und erregte ihn mit dem Mund. Er lachte, als sein Glied sich hob und hart wurde. Als es in voller Größe aufragte, setzte sie sich auf die Fersen und blickte zu ihm auf.

»Wie er steht! Aus diesem Winkel sieht er köstlich aus. So mächtig. Du mußt wirklich stolz darauf sein. Dieser monumentale Phallus, von dem sie gesprochen haben ... was kann man schon mit einer Statue anfangen?«

Er sank vor ihr in die Knie, und sie hielt sein Glied, während er ihre Brüste mit den Fingerspitzen streichelte. Einige verzückte Augenblicke waren sie ganz in Gedanken versunken.

»Ich überlege, was wir als nächstes tun«, sagte er grinsend. »Komm, setz dich.« Er setzte sich und nahm sie zwischen die gestreckten Beine. Dann legte er ihre Beine auf seine Schenkel und schob sich näher an sie heran. Seine Hände streichelten ihre Schenkel und die volle Kurve ihres Bauches.

»Hier sollte ich noch vier Pfund abnehmen«, meinte sie.

»Mir gefällt es. Es ist ein bißchen Rubens, aber nicht zuviel.» Sie hielt seine Hoden in beiden Händen und drückte sie leicht, so daß sein Glied senkrecht zwischen ihnen stand und ein wenig schwankte. »Tja, was sollen wir damit machen?«

»Zum Beispiel das.« Sie legte die Finger an den Schaft und zog ihn zu sich hinab. »Wie hart er ist. Tut es weh, wenn ich ihn so runterdrücke?«

»Es tut unheimlich gut. Mach weiter.«

Sie sahen beide zu, wie sie nach vorne rutschte, sich

auf seine Schenkel setzte und die Eichel einführte. Dann griff sie nach dem Schaft und bewegte ihn in sich hin und her. Sie atmeten schnell und im gleichen Rhythmus.

»Du rührst schon wieder die Suppe um!« Sie lachten beide.

»Das bringt mich eben auf den Gipfel.«

»Soll das heißen, der ganze übrige Schwanz ist zu nichts nütze?«

»O nein, ich bin ja erst dabei herauszufinden, wozu er gut ist. Immerhin kann ich ihn festhalten, und er kann weit in mich eindringen. Mit tun die Frauen leid, die das so nie gehabt haben.«

»Kannst du wirklich so kommen?«

»Ich könnte.«

»Dann tu's. Ich will es sehen.«

»Willst du wirklich, daß ich es tue? Findest du es nicht schamlos von mir? Wenn du zusiehst und so?«

»Warum sollten wir nicht schamlos sein? Es macht mich geil, wenn ich zusehe, was du mit meinem Schwanz machst.« Er legte ihr die Arme um die Schultern und lehnte den Kopf an ihren Kopf. Sie packte sein Glied und bewegte es heftig in sich hin und her. Ihr Atem wurde schneller.

»O ja«, keuchte sie. »Das habe ich immer gewollt und nie bekommen. Einen großen, harten Schwanz in der Hand halten und mit ihm das tun. O Gott. Sogar dieses Kleine Stück von dir fühlt sich riesig an. Laß mich weitermachen.«

»Klar doch. Ich bin bereit, mit dir zu kommen.«

»Noch nicht. Warte. Bitte.«

»Keine Angst. Ich halte durch.«

Sie setzte die Bewegungen fort, während er ihr den Rücken, die Brüste und die Schenkel streichelte. Sie keuchte und stöhnte. »O ja, ja«, schrie sie nach einiger Weile. Sie ließ sein Glied los, packte ihn an den Hüften und zog sich an ihn heran, bis er ganz in ihr drin war.

Er schob die Arme nach hinten und stützte sich darauf. Dann warf er den Kopf in den Nacken und hob die Hüften an. Er stieß einen Schrei aus, als er tief in ihr explodierte. Sie gab unzusammenhängende Laute der Befriedigung von sich, sank auf seine Brust und umklammerte ihn mit den Armen, während sie sein Glied immer tiefer in sich hineintrieb. Sein Körper verkrampfte sich im Orgasmus. Nach einigen Minuten schob er sie sanft zurück, bis sie wieder auf dem Deck saß.

»Wir haben wirklich Spaß miteinander«, sagte er und kicherte.

»War es schön?«

»Mein Gott, ja, wenn man bedenkt, daß wir einfach einem Impuls gefolgt sind.« Sein Glied glitt langsam aus ihr heraus, dann lag es auf dem Deck. Er griff nach einem Handtuch und wollt es abreiben. Sie nahm ihm das Handtuch und die Arbeit ab.

»Ich hoffe, du erwartest nicht von mir, daß ich damenhaft bin und so tue, als sei ich nicht verrückt danach. Ich kann immer noch nicht glauben, daß ich ihn halten darf, daß er für mich so geschwollen ist, daß er jetzt schlaff wird, weil er mich mit dir gefüllt hat. Am liebsten würde ich so sitzen bleiben, damit ich nicht verliere, was du mir eben gegeben hast.« Sie warf das Handtuch weg, hob die Beine hoch und verschränkte sie. Dann setzte sie sich zwischen seine gespreizten Schenkel und liebkoste sein Glied mit einer Hand, so daß es ein wenig steif blieb.

»Ich muß bald gehen«, sagte er. »Ich habe lange nachgedacht. Wir müssen über so vieles reden.«

»Willst du mir wieder erklären, daß du schwul bist? Das ist nicht sehr überzeugend, so wie du mit mir Sex machst.«

»Oh, ich bin wahrscheinlich bisexuell. Ich glaube, das sind die meisten Menschen, wenn sie es locker sehen. Das ist eines der Dinge, die du verstehen mußt.

Was mich und Peter betrifft, so vermute ich, daß ich unter anderen Umständen eine Affäre mit ihm gehabt und ihn dann verlassen hätte, um eine Familie zu gründen, mit allem Drum und Dran. So habe ich es mir vorgestellt, als es begann. Wir mußten so viele Opfer bringen, um so zu leben, wie wir beide es wollten – zufrieden und gut. Bevor Peter kam, war meine Großmutter der wichtigste Mensch in meinem Leben. Für dich ist das nicht interessant, aber es ist wichtig. Als wir beschlossen, zusammenzuleben, war sie fertig mit mir. Sie hat mich enterbt. Meine Familie verstieß mich, und seine Familie verstieß ihn. Wir mußten uns von vielen Freunden trennen, weil sie uns nicht verstanden hätten. Und wir mußten Leute, mit denen wir zusammenarbeiteten, belügen und täuschen, um es ihnen leichter zu machen. Ausgestoßene klammern sich an alles, was ihnen im Leben wertvoll ist. Selbst wenn wir nicht zusammen bleiben wollten, würden wir wahrscheinlich beieinander bleiben, nur um uns selbst zu beweisen, daß sich das alles gelohnt hat. Das war mein Leben in Kurzfassung. Jetzt mußt du mir von dir erzählen. Von deiner Ehe mit Jack.«

»Was soll ich dazu sagen?«

»Im Ernst. Ich will es wissen. Ihr seid etwa so lange zusammen wie Peter und ich. Also muß es dir etwas bedeuten.«

»Nein. Nichts. Lange Zeit nichts. Als er dieses Schiff kaufte, sagte ich ihm, ich könne nicht mehr mit ihm leben. Es war ihm egal. Ich habe das getan, was viele tun – gewartet, daß etwas passiert, was mich zu einer Entscheidung zwingt. Ich bin froh darüber. Ich bin so glücklich mit dir an Bord. Wenn du gehst, werde ich das Schiff mehr hassen denn je. Ich werde auch gehen. Wahrscheinlich nach Hause. Vielleicht zu meinen Eltern nach Rhode Island, falls ich schwanger werde. Ich weiß, daß ich es bin. Geld ist kein Problem, dem Himmel sei Dank.«

»Und dann?»

»Die Scheidung, natürlich. Ich habe nie etwas gelernt, und darum bezweifle ich, daß ich einen Job bekomme. Ich werde schon zurechtkommen. Mit einem Baby werde ich glücklicher sein als je zuvor.«

Sie stellte überhaupt keine Forderungen an ihn. Und genau deshalb hielt er alles für möglich. »Weißt du auch, was du da sagst? Es kann ziemlich wichtig sein. Ist es wirklich aus mit Jack? Wolltest du ihn auf jeden Fall verlassen?«

»Natürlich. Hast du das nicht gemerkt? Wenn wir diese Kreuzfahrt nicht gemeinsam durchstehen müßten, würde ich es ihm heute noch sagen. Wie du es ausgedrückt hast, ich möchte nicht unbedingt, daß er uns hier in flagranti erwischt, aber nicht einmal das ist sicher. Ich würde ihm gerne zeigen, wie ein Mann aussehen sollte.« Sein Glied reagierte in ihrer Hand, und sie begann es kräftiger zu massieren. Sie wußte, daß sie ihn nur halten konnte, wenn sie ihm ihre Anbetung zeigte. Aber er ließ sich noch schneller aus der Reserve locken, als sie gehofft hatte. Sein Interesse an ihrer Zukunft, die Andeutung, daß er sich freuen würde, wenn sie frei war – das alles hatte etwas zu bedeuten. Sie wählte ihre Worte sorgfältig, um ihn nicht abzuschrecken.

»Du warst immer so lieb zu mir, mehr als alle anderen Männer, die je behauptet haben, mich zu lieben. Willst du das Baby sehen?«

»Mein Gott, ja. Ich habe immer ein Kind gewollt, aber meine Frau wollte nichts davon hören. Peter würde mein Baby anhimmeln. Er wollte immer, daß ich eins habe, aber es muß auch seines sein. Ich will, daß es unseres ist.« Sein Glied wuchs in ihrer Hand und wurde härter. Er lachte. »Das kommt davon, wenn man nack ist. Keine Geheimnisse. Jetzt weißt du, wie aufregend das für mich klingt.«

»Was ist aufregend?«

»Ich will, daß Peter mit dir schläft. Bald. Sofort. Dann wissen wir nicht, wer der Vater ist.«

Sie starrte ihn an. Einen Augenblick konnte sie vor Schreck nicht denken. »Du bist wirklich verrückt«, sagte sie.

»Nein. Verstehst du nicht? Wir sind praktisch ein und dieselbe Person. Ich wäre noch mehr dein, wenn du ihn gehabt hättest. Er ist ein Teil von mir. Ich will, daß er dich zusammen mit mir schwängert.«

Sie merkte, daß sein Glied aufrecht in ihrer Hand stand und sich gebieterisch aufrichtete, als sie es mit den Fingern streichelte. »Es ist zu spät«, sagte sie. »Ich habe die ganze Nacht gespürt, wie du in mir wächst. Ich weiß, daß etwas passiert ist. Du hast es geschafft, daß ich ganz und gar dein bin. Ich kann mir einen anderen nicht einmal vorstellen.«

»Aber das versuche ich dir ja zu erklären. Es wäre kein anderer. Wir drei wären zusammen. Er würde es nie tun, ohne daß ich dabei bin. Du wirst schon sehen. Es wird die Erfüllung sein. Sobald wir in Mykonos sind, arrangieren wir es. Auf dem Schiff geht das nicht. Ich kann mit Peter nicht einmal reden, solange wir alle so zusammengepfercht sind. Wann weißt du es genau?«

»Ob ich ein Kind bekomme? Meine Periode ist in acht oder neun Tagen fällig. Aber ich werde es schon vorher wissen. Es gibt da ein paar Unpäßlichkeiten. Diesmal werden sie ausbleiben.«

»Dann hat Peter eine Menge Zeit.«

»Wie kommst du darauf, daß er es will? Er hat nie die leiseste Andeutung gemacht.«

»Er hat nie eine Frau gehabt. Ich glaube, er sehnt sich allmählich danach, ohne es zu wissen. Du wirst dafür sorgen, daß er es will, und dir wird es auch gefallen. Er ist so schön. Ich liebe seinen Körper. Ich kann es kaum erwarten, ihn mit dir zu sehen.«

Sie wußte, daß sie keine Wahl hatte. Sie konnte nur die Risiken abschätzen und sich darauf vorbereiten, jeden Vorteil zu nutzen, der sich ihr bieten mochte. Lag ihm nicht doch ein klein wenig daran, daß sie ihm gehörte? Wenn er sie mit Peter teilte, würde er womöglich auf jeden Besitzanspruch verzichten. Andererseits konnte sie nicht verstehen, warum er sie seinem Freund gab, wenn er nicht ebenfalls frei sein wollte. Wollte er mit ihrer Hilfe die Bindung an Peter lösen? In diesem Fall war sie bereit mitzumachen. Dann würde er für sie frei sein. »Wirst du nach allem, was passiert ist, noch Sex mit Peter haben?« fragte sie und achtete sorgfältig darauf, daß die Frage nebensächlich klang.

»Natürlich«, sagte er vorsichtshalber, obwohl für ihn gar nichts mehr sicher war. Er hatte immer hartnäckig darauf bestanden, daß ihre Liebe völlig natürlich war, aber er hielt es doch für möglich, daß dies nur für ihre Gefühle galt, nicht aber für die Art und Weise, wie sie diese körperlich ausdrückten – mit endlosen Wiederholungen, die zu nichts führten. Martha hatte ihn in den Rhythmus des Lebens eingeweiht, mit all seinen Wendungen, Verheißungen, Überraschungen. Auf einmal war ihre Menstruation für ihn äußerst wichtig. »Ich weiß nicht, was geschehen wird«, sagte er und legte seine Hand auf ihre Hand, die sich immer noch an seinem Glied auf und ab bewegte. »Niemand von uns weiß es. Zuerst müssen wir wissen, ob du schwanger bist. Ich möchte nicht, daß das Kind Jacks Namen bekommt. Vielleicht solltest du in unserer Nähe leben. Wer weiß? Ich denke über viele Möglichkeiten nach. Aber jetzt müssen wir aufhören. Wir haben keine Zeit mehr. Ich habe Peter gesagt, daß ich noch eine Stunde schlafe.«

Er ließ die Hand sinken, aber ihre Hand packte ihn noch kräftiger. »Laß mich weitermachen. Ich will zusehen, wenn du kommst.«

»Wirklich? Du lieber Himmel, wenn du nicht sofort aufhörst, dauert es nur noch Sekunden.« Er warf den Kopf zurück und schloß die Augen, und sie nahm ihn in Besitz. Dieser an sich sterile Akt gewann an Bedeutung, wenn ihn die Mutter seines Kindes ausübte. Ihr Interesse war legitim. Warum sollte sie nicht ein Teil ihres Lebens werden? Irgendwie mußte sich das einrichten lassen. Einer von ihnen konnte sie sogar heiraten, und sie konnten noch mehr Kinder haben. Ein Kind ganz für Peter. Der Gedanken brachte ihn sofort zum Orgasmus. Seine Hüften bäumten sich auf, und er ergoß sich in die Luft. Sie massierte ihn, bis sein Glied schlaff zu werden begann. Dann spürte er wieder das Handtuch. Er hob den Kopf und sah sie an.

»Du bist wunderbar, wie ein ausbrechender Vulkan«, sagte sie. »Jetzt weiß ich, was geschieht, wenn du in mir drin bist. Kein Wunder, daß ich schwanger bin. Es schießt nur so aus dir heraus. Aber ich werde es nicht mehr tun – was für eine Verschwendung! Ich wollte nur alles sehen, was mit dir zu tun hat.«

»Meine Trickkiste ist ziemlich klein. Ich glaube, das war's.« Er beugte sich vor und küßte sie sanft auf die Lippen. »Und jetzt auf zu den Archäologen. Nichts mehr davon bis Mykonos. Wir müssen Jack aus dem Spiel lassen, bis du sicher bist. Dann liegt alles an dir.« Er stand auf und ging.

Als er zu Jack und Peter stieß, gruben die beiden in der Umgebung der Statuen, die Peter erwähnt hatte. Ihre Augen funkelten vor Habgier.

»Schau mal, was ich schon gefunden habe«, sagte Peter und hielt den vorzüglich gehauenen Kopf eines Vogels hoch. Es konnte ein Schwan, eine Gans oder eine Wildente sein.

»Ich weiß, es ist schrecklich, einfach Dinge mitzunehmen. Eines davon könnte der Schlüssel zu einer ganzen Epoche sein. Aber wenn ich es nicht tue, dann tun es andere. Ich verstehe nicht, warum niemand etwas dagegen unternimmt. Schau, was Jack gefunden hat.«

Jack hatte ein Stück einer Platte freigelegt, ein Fries

mit Tieren. Sie war so schwer, daß man sie nicht bewegen konnte. »Nur ein Kunsthändler findet etwas, was er in die Tasche stecken kann«, sagte er.

Peter führte Charlie mit der Besitzermiene auf dem weiten Gelände herum. Auch Charlie spürte die Magie des Ortes. Der Wind pfiff durch die zerbrochenen Mauern, und große Wellen krachten an nahegelegene Inseln. Alles schimmerte in goldenem Licht, und alles war uralt. Er mußte sich daran erinnern, daß es keinen Grund gab zu flüstern. Peter führte ihn hinunter zu den unheimlichen Löwen und dem großen, abgebrochenen Phallus. Verschwundene Götter. Der Verlust machte ihn schwermütig. Er nahm Peter bei der Hand. Einen Augenblick später wollte Peter seine Hand wegziehen.

»He, das hier ist Griechenland«, sagte Charlie und hielt ihn fest. »Das ist Delos. Hier dürfen Männer sich an der Hand halten.«

»Ich dachte an Jack.«

»Was geht uns Jack an?« Sie schlenderten Hand in Hand weiter.

Auch als sie zum Boot zurückkehrten, hielt Charlie Peters Hand. Es belustigte ihn, daß Jack wahrscheinlich »Schwuler Kerl!« dachte – dabei hatte er soeben Jacks Frau gefickt!

Am Nachmittag schlug Jack vor, Martha den Fundort zu zeigen. Charlie sah Peter bedeutungsvoll an und sagte, er wolle an Bord bleiben.

»Dann leiste ich Charlie Gesellschaft«, sagte Peter.

Sie sahen zu, wie das Paar den Strand hinaufging und auf der anderen Seite des Hügels verschwand. Dann schauten sie einander in die Augen und lächelten.

»Denkst du, was ich denke?« fragte Peter.

»Was sonst? Hör mal, Kleiner, ich weiß, es gefällt dir hier. Aber sollten wir heute Abend nicht versuchen wegzukommen? Die Zeit vergeht, und wir sind jetzt fast einen Monat unterwegs.«

»Erst einen Monat? Mir kommt es wie ein Jahr vor.

Klar, fahren wir weiter. Aber ich dachte, wie warten, bis der Wind abflaut.«

»Das kann ein Jahr dauern. Aber wenn er vor der Dämmerung etwas nachläßt, schaffen wir es in null Komma nichts nach Mykonos. Es gibt noch viel zu sehen.

»Mir ist es recht. Aber nun zu dem, woran ich dachte.«

»Schwimmen wir kurz, dann packen wir's an, Kumpel.«

Sie zogen die Shorts an Deck aus und sprangen über Bord. Charlie wollte einen Bruch in ihrem Sexualleben vermeiden. Wenn er Peter von Martha erzählte, sollte er sie nicht für einen Eindringling halten. Er konnte Peter nicht nehmen, wie er Martha genommen hatte, aber nach dem absolut maskulinen Erlebnis mit Martha erregte ihn der Gedanke, wieder die weibliche Rolle zu übernehmen, die er neulich einmal gespielt hatte. Sonderbar, gewiß. Vielleicht verrückt? Er hoffte, alles werde sich zu dem Plan zusammenfügen, der bisweilen in greifbarer Nähe zu sein schien.

Als er bei einem Drink vorschlug, am nächsten Morgen zeitig nach Mykonos aufzubrechen, weiteten sich Marthas Augen, und sie warf Peter einen raschen Blick zu, bevor sie Charlie fragend ansah. Hatte er Peter etwas gesagt? Er schüttelte leicht den Kopf. Alle stimmten seinem Vorschlag zu.

Er und Peter blieben die ganze Nacht an Deck und schliefen unruhig. Charlie behielt das Wetter im Auge, bis die ruhige Stunde vor der Dämmerung kam, so wie er es erwartet hatte. Er beugte sich vor und weckte Peter sanft.

»Okay, Kleiner. Zum Glück hat Jack uns erlaubt, den Motor anzustellen, bis wir um Delos herum sind. Hol den Anker ein. Auf geht's.«

Eine Stunde nach Sonnenaufgang lagen sie vertäut im Hafen von Mykonos, und der Wind nahm seine unermüdlichen Attacken wieder auf.

»Wir gehen an Land und lassen euch in Frieden«, sagte Charlie, nachdem sie zu viert gefrühstückt hatten.

»Wollt ihr später nicht die Stadt besichtigen?« fragte Martha, deren zunehmend besitzergreifender Blick auf Charlie ruhte.

»Wie lange bleiben wir hier?« fragte er statt einer Antwort.

»Das sollten wir morgen entscheiden«, schlug Jack vor. »Das ist wahrscheinlich der letzte zivilisierte Ort, den wir vor Kreta zu sehen bekommen. Hier können wir Eis besorgen, im Restaurant essen und so weiter. Warten wir ab, was der verdammte Wind macht.«

»Kommt zurück, wenn ihr ein Hotel gefunden habt«, sagte Martha.

»Kann sein, daß ich ein wenig schlafe«, erwiderte Charlie. Er wollte sie etwas hinhalten, damit sie sich nach ihm *und* Peter sehnte. »Aber wir kommen schon.«

In Mykonos gab es mehr Tourismus als an allen anderen Orten, die sie besucht hatten. Das Hotel war neu und modern und lag über dem Hafen unter Kiefern. Charlie verlangte ein Doppelbett, und als er es sah, schwirrten ihm Bilder von Peter und Martha durch den Kopf. Diese Aussichten erregten ihn sehr, trotzdem verschob er das Gespräch mit Peter. Er wollte noch einen Tag im Status quo verbringen, um ihm zu beweisen, daß sich zwischen ihnen nichts geändert hatte.

Als sie am nächsten Morgen wieder zum Schiff gingen, war Jack im Maschinenraum und schmierte den Generator mit einem fettigen Zeug ein.

»Dem Himmel sei Dank – ihr seid meine Rettung«, begrüßte Martha sie. Charlie schaute ihr in die Augen und sah das Verlangen in ihnen. »Er wird stundenlang dort unten sein. Würdet ihr mich mit zu diesen Windmühlen nehmen? Ich finde sie faszinierend.«

Die Insel war mit Windmühlen gesprenkelt, aber Martha zeigte auf drei Exemplare, die knapp außerhalb und über der Stadt in einer Reihe standen. Eine von ihnen arbeitete nicht, die anderen beiden drehten sich fröhlich wie Spielsachen im hartnäckigen Wind.

»Wir hatten ohnehin vor, sie anzusehen. Ich vermute, sie werden mit einem Motor angetrieben«, sagte Charlie. »Willst du gleich gehen? Dann komm.«

Sie rief Jack etwas zu, und dann gingen Sie am Kai entlang, durch die Stadt und auf einer Landstraße zu den Windmühlen. Vor einer der Mühlen weideten Esel. Sie gingen zu der offenen Tür und wurden von einem Höllenlärm empfangen. Ein Mann und ein Junge arbeiteten drinnen. Als der Mann die drei blonden Fremden sah, winkte er sie herein. Sie stellten sich neben ein großes, steinernes Rad, das sich in einer steinernen Schale drehte. An einer Seite wurde Korn hineingeschüttet, an der anderen Seite rieselte das Mehl in einen Sack. Offenbar konnte man das Rad auch heben, senken und bremsen. Alles war aus Stein, gekerbtem Holz, Lederriemen und Stricken gemacht. Es sah aus, als sei es vor Tausenden von Jahren zusammengebaut worden, und sie starrten es ehrfürchtig an. Der Mann suchte sich Peter als Gesprächspartner aus, und augenblicklich waren die beiden in ein lebhaftes Gespräch mit den Händen vertieft. Sie deuteten auf die einzelnen Teile des Mechanismus und machten erläuternde Gesten.

Martha berührte Charlie an der Hand und zeigte mit den Augen auf eine Treppe, die zu einem Loch in der hölzernen Decke führte. Sie ging darauf zu, und er folgte ihr, und sie stiegen hinauf. Der Speicher unter dem steilen Dach war gerammelt voll, so daß sie nur in der Mitte neben dem sich drehenden zentralen Schaft stehen konnten. Angetrieben wurde er von einer Achse, die nach außen zu den langen Speichen führte, an denen die Flügel befestigt waren. Charlie mußte an die Sturmnacht denken. Auch hier bestand alles aus Holz, Leder und Seilen, und alles drehte sich und wirbelte und vermittelte den Eindruck hastiger, gefährlicher Bewegung. Der Lärm war ohrenbetäubend. Charlie blieb auf der Treppe stehen; seine Füße und Waden waren von unten zu sehen. Als Martha merkte, daß er nicht weiterging, kauerte sie sich vor ihm auf den Boden, so daß ihre Köpfe auf einer Höhe waren.

»Ich mußte mit dir reden«, sagte sie. Trotz der lauten Maschinerie hörte er ihre Stimme überraschend klar. »Ich habe über Peter nachgedacht. Ich verstehe, was du meinst. Willst du immer noch, daß wir es zu dritt tun?«

»Ich kann an nichts anderes mehr denken. Hat Jack etwas darüber gesagt, wann wir abfahren?«

»Ich weiß nur, daß er heute nicht aufbrechen will.«

»Gut. Du mußt ins Hotel kommen. Schaffst du das?«

»Ich habe ihm schon gesagt, daß ich gerne eine Nacht im Hotel verbringen würde, um mich auszuruhen und zu baden, bevor wir noch mehr Inseln besuchen.«

»Schlaues Mädchen. Will er dich nicht begleiten?«

»Er würde das Schiff nie allein lassen.«

»Schön, dann komm heute abend. Wir sind in 316. Versuche, ein Zimmer neben uns zu kriegen.«

»Was sagt Peter dazu?«

»Ich habe ihm noch nichts gesagt. Erst heute abend.«

»Was ist, wenn er nicht will?«

»Er wird es wollen. Wann kannst du ungefähr kommen?«

»Jack wird erwarten, daß ich den Abend mit ihm verbringe. Gegen elf. Ich tu's, weil du es willst und weil ich verstehe, was du meinst, wenn du sagst, daß ihr dieselbe Person seid. Ich könnte es nicht tun, wenn ich das Gefühl hätte, dir untreu zu sein. Das weißt du doch, oder? Wirst du mich auch haben?«

»Natürlich. Wir beide. Darum geht es ja.«

»Ich habe wenig damenhafte Gedanken, was dich betrifft. Ich habe keine Sekunde aufgehört, dich zu begehren. Einige Male hätte ich es Jack fast gesagt.«

»Du kannst es ihm noch nicht sagen, außer wir brechen die Reise ab. Warte bis heute nacht, dann –« Er spürte, daß jemand die Treppe betrat. Als er hinunterschaute, sah er Peter kommen. Er lächelte ihn an und wartete, bis er auf der Stufe unter ihm stand. Dann legte er ihm die Hand auf die Schulter. Martha kommt runter. Es ist kein Platz für zwei. Sie ist ganz begeistert von all dem Zeug, das sich dreht.« Er wandte sich wieder Martha zu. »Peter möchte raufkommen.« Er tätschelte Peters Schulter, als er an ihm vorbeischlüpfte und nach unten ging. Martha folgte ihm, und sie lächelten und nickten dem Müller zu und gingen hinaus. Sie fanden eine windgeschützte Mauer, von der aus sie die Tür sehen konnten, und warteten dort auf Peter.

»Was wolltest du sagen?« fragte sie. »Warte bis heute nacht, dann –?«

»Dann wissen wir genauer, wie es weitergeht. Ich wünsche mir wirklich, daß es Peter gefällt. Am besten wäre es, wenn er ein Mädchen fände. Oder sie sogar heiratet. Es würde nichts zwischen uns ändern. Nichts kann etwas zwischen uns ändern. Wir werden immer beieinander bleiben, selbst wenn wir nicht im selben Haus leben.«

»Hast du das ernst gemeint, daß ich in eurer Nähe wohnen soll?«

»Natürlich. Alles hängt von Peter ab. Er wird dich heute nacht schwängern, wenn es mir nicht gelungen ist.«

»Aber es ist dir gelungen. Ich weiß es. Ich spüre, wie du in mir wächst.«

Er lächelte sie zärtlich an. »Ich sehe schon, du willst wirklich in Kind haben. Nun ja, ich auch. Ich würde so gerne ein Kind heranwachsen sehen. Einen Jungen natürlich. Wenn wir möchten, daß er einen Bruder hat, könnten wir sogar heiraten.«

»Ich nehme an, du würdest dich nicht mehr als Ausgestoßener fühlen, wenn du verheiratet wärst.«

»Würdest du mich heiraten, Süße?« fragte er ungläubig und lachte. »Das ist ja das Herrliche daran. Wir brauchen nichts zu überstürzen. Wir zerstören keine glückliche Familie. Ich würde Peter nie unglücklich machen. Das alles ist kein Drama.«

»Abgesehen davon, daß ich dich liebe.«

Charlie schwieg eine Weile. Aber sie wollte ihm keine Schuldgefühle einflößen. Bei den meisten Frauen hätte diese Erklärung wie eine Erpressung geklungen. »Ich weiß, Liebling. Manchmal hört es sich wohl so an, als hielte ich dich für eine Babymaschine. Aber wenn ich dich nicht so verdammt gern hätte, würde ich das alles nicht machen. Und ich habe auch nicht den Eindruck, daß es dir leid tut.«

»Wie könnte es? Ich bin bei dir, und ich bin in dich verliebt. Ich habe deinen wundervollen Körper gehabt. Deinen herrlichen Schwanz. Ehrlich gesagt, dafür würde ich fast alles tun. Ist er zwischendurch einmal so hart geworden wir vorgestern, als wir uns unterhalten haben?«

»Jetzt ist er es. Mann!« Er lachte. »Ich kann die Nacht kaum erwarten. Komm in unser Zimmer, so bald du kannst.«

»Wirst du –«

Peter erschien mit dem Müller in der Tür. Sie schüttelten sich die Hände, gestikulierten und verabschiedeten sich. Charlie stand auf, ging ihm entgegen und hakte sich bei ihm ein. Peter sah ihn erfreut und erwartungsvoll an, aber Charlie führte ihn wortlos zu Martha und blieb vor ihr stehen.

»Siehst du, was ich meine?« fragte er.

»Ja, ich sehe so ziemlich alles.«

»Wovon redet ihr beiden?« fragte Peter. Es sah aus, als habe er einen Witz nicht kapiert.

»Ich habe Martha vorhin gesagt, daß ich dich sehr liebe.«

Peter war verdutzt. »Was soll –« platzte er heraus.

Mehr konnte er nicht sagen. Charlie hielt ihn fest am Arm, Marthas hübsches Gesicht lächelte ihn an.

»Er muß es gar nicht sagen«, meinte sie. »Es ist offensichtlich.«

Als Peter sich gefaßt hatte, brach er in ungläubiges Gelächter aus. »Um Himmels willen – was soll das alles? Na schön, und ich liebe dich. Das ist wohl auch kein Geheimnis.«

Sie stand auf und nahm seinen anderen Arm. »Bestimmt nicht, Peter, mein Schatz.«

Charlie wechselte an ihre Seite, und sie eskortierten sie zurück zum Schiff. Peter spürte, daß zwischen den beiden etwas vorgefallen war, konnte sich aber nicht vorstellen, was Charlie zu einer derartigen Offenheit veranlassen mochte. An Bord nahmen sie einen Drink zu sich und vereinbarten, am folgenden Abend während der Flaute auszulaufen. Martha erzählte beiläufig, daß sie möglicherweise eine Nacht im Hotel verbringen werde. Sie war besonders aufmerksam zu Peter, was dieser schmeichelhaft fand, weil sie sich wochenlang nur mit Charlie beschäftigt hatte. Aber es erstaunte ihn auch. Als sie die Kingsleys verließen, um an Land zu essen, wollte Peter mehr über das Gespräch bei der Mühle wissen; aber Charlie tat, als habe es keine besondere Bedeutung.

»Ich hatte einfach das Bedürfnis, es zu sagen. Ich will es nicht länger geheimhalten.«

»Schade, daß ich nicht dabei war. Wenn es um die Liebe zwischen dir und mir geht, habe ich schließlich auch ein Wörtchen mitzureden.«

Ohne lange Erklärungen, richtete Charlie es ein, daß sie ihr Abendessen etwas früher als sonst einnahmen, und als sie fertig waren, schlug er vor, ins Hotel zurükkzugehen. »Wir haben etwas zu besprechen«, sagte er.

»Das dachte ich mir.« Peter war es nicht entgangen, daß Charlie immer nervöser wurde und seltsam ausgelassen war. Er lachte oft. Der Abend versprach fröhlich zu werden. »Geht es um das, worüber du mit Martha gesprochen hast?« fragte er.

»Genau«, sagte Charlie und lachte.

Als sie in ihrem Zimmer waren, zog Charlie sich aus und wollte, daß Peter ebenfalls die Kleider ablegte. Sie legten sich auf das Doppelbett und Charlie stützte sich auf einen Ellbogen. »Ich sehe dich gerne so, wenn wir uns unterhalten.« Er streichelte die Muskeln auf Peters Brust mit einem Finger, ließ ihn hinunter zum Nabel gleiten, drückte darauf und sagte: »Zimmerservice!« Das war einer ihrer alten Scherze. Sie lachten, und Peter griff nach Charlies Glied. »Also dann«, begann Charlie. »Zuerst einmal – es ist passiert. Martha und ich. Wie ich neulich gesagt habe.«

Peter zog seine Hand zurück und lag ganz still. Einen Augenblick schwiegen sie beide. »Verstehe«, sagte er nach einer Weile. »Bist du sicher, daß du mir davon erzählen willst?«

»Natürlich. Sie kommt ja bald.«

»Wohin?«

»In dieses Zimmer. Darüber wollte ich mit dir reden.«

Peter setzte sich aufrecht hin und warf die Beine über die Bettkante. »Das kommt mir bekannt vor. Das letzte Mal, als ich gehen und dich allein lassen mußte, hast du das Mädchen geheiratet. Was soll ich diesmal tun? Einen Spaziergang um den Block machen oder in ein anderes Zimmer gehen?«

Charlie griff nach ihm und lachte, während er versuchte, ihn wieder neben sich zu ziehen. »Komm her, verdammt. Sie nicht albern, Kleiner. Warum hörst du mir nicht zu? Du wirst nirgendwo hingehen.« Er spürte, daß Peter nachgab und fügte rasch hinzu: »Wir haben es also getan – ohne Vorsichtsmaßnahmen. Sie könnte also schwanger sein. Darum will ich, daß du sie auch hast. Wenn sie ein Baby bekommt, soll es genau so deines wie meines sein.«

Peter sah ihn lange aus offenen, treuen Augen an. »Meinst du das wirklich ernst? Du bist unglaublich. Das ist die beste Nachricht aller Zeiten.« Er legte eine Hand auf die Stirn und schüttelte leicht den Kopf. »Ich kann das nicht, Liebster. Verstehst du nicht – ich mache mir einfach nichts aus Frauen. Ich kriege keinen hoch.«

Charlie zog ihn neben sich. »Klar kannst du, Schätzchen. Wir werden zusammen sein. Dein schöner Schwanz ist zum Ficken gemacht. Ich muß es wissen. Ich werde es auch tun. Wir werden beide in ihr drin sein. Du hast immer gesagt, du kannst mit einem Mädchen, wenn ich dabei bin.« Er spürte, wie Peters Glied in seiner Hand anschwoll. »Siehst du? Du findest es auch sexy, streite es nicht ab.«

»Ich tu's, wenn du es willst. Wenn sie alleine hier wäre, würde gar nichts passieren. Ich mag es nicht, wie Frauen da unten aussehen, alles offen und – nichts da. Ich könnte es nicht. Wie kommst du auf die Idee, daß es mit Martha klappt?«

»Denk doch mal darüber nach. Wir können zusammen ein Baby haben. Es wird unser Kind sein.«

Peter sah ihn verwundert an. »Funktioniert das so? Du meinst, es wird eine Art Mischling sein?«

»Nicht genau. Wir haben es vorgestern getan – nein am Tag davor. Egal, dazwischen liegen nur zwei Nächte. Niemand kann sagen, wer von uns der Vater ist, wenn es so schnell hintereinander passiert.«

»Ach so.« Er lachte kurz. »Ich würde keine Zweifel hegen. Was hält Martha davon?«

»Davon, daß du es mit ihr machst? Alle Frauen finden dich attraktiv, Kleiner. Außerdem glaubt sie, sie sei in mich verliebt. Ich nehme an, sie hat recht. Sie will ein Baby haben. Jack ist unfruchtbar, und sie stehen ohnehin kurz vor der Trennung. Und sie versteht, warum ich dich dabei haben will. Darüber haben wir heute morgen gesprochen. Sie hat diese Art Sex nicht oft gehabt, und sie ist scharf darauf. Du wirst schon sehen – bei dir wird sie richtig in Fahrt sein.«

»Diese Art Sex?«

»Altmodisches Ficken. Sie ist daran gewöhnt, Jacks Schwanz zu lutschen und sich von ihm lecken zu lassen.«

»Ich will verdammt sein! Unsere Martha eine Schwanzlutscherin? Peter schüttelte sich vor Lachen. »Dann willkommen im Club! Ich weiß nicht, Liebster. Ich komme mir so egoistisch vor. Sie muß uns für Spinner halten.«

»Ich habe ihr gesagt, daß ich dich liebe und daß wir immer zusammen bleiben werden. Das ist nicht verrückt.«

»Wenn du so weiterredest, kann ich eine Bergziege ficken. Wer hätte je gedacht, daß wir in unseren alten Tagen noch einen Dreier veranstalten? Ich weiß nicht, was ich davon halten soll. Ich gebe zu, es wäre aufregend, dich mit ihr zu beobachten, aber ich glaube nicht, daß ich es öfter als einmal tun möchte. Das kann doch nicht mit einem Jungen passieren, Schatz?«

»Bestimmt nicht. Du bist der einzige Junge, den ich haben will. Das ist jeden Tag wahrer.«

»Dann ist es in Ordnung. Ich bin wohl nicht für Sexabenteuer geschaffen. Okay – sagen wir, sie bekommt unser Kind. Was dann?«

»Keine Ahnung. Warten wir's einfach ab.«

»Es gibt keine Abmachungen, von denen du mir nichts gesagt hast?«

»Absolut nicht. Sie weiß, daß ich dich liebe, nicht sie. Wir haben alles offen und ehrlich besprochen. Aber wir konnten noch keine großen Pläne schmieden. Zuerst mußte ich dich einweihen. Von nun an werden wir alles zu dritt tun.«

»Du bist wirklich süß.« Peter streckte sich und schob sich näher an Charlie heran. »Bitte, küß mich, bevor unsere Privatsphäre gestört wird.« Plötzlich setzte er sich auf. »Nein, nein. Nein, ich kann das nicht tun. Ich gehe raus, wenn du willst. Ich will an nichts beteiligt sein, was sich zwischen uns schieben könnte.«

»Was kann sich denn zwischen uns schieben? Ich habe es schon getan. Und ich will, daß du es tust. Dann werden wir etwas gemeinsam haben.« Charlies Stimme wurde härter. »Ich meine es ernst, Kleiner. Abgesehen von allem anderen, will ich, daß du ein Mädchen hast. Das ist etwas, was du probieren mußt.«

Peter ließ sich seufzend zurücksinken. »Also gut. Ich werde mich selbst zum Narren machen, wenn du Wert darauf legst. Du wirst schon sehen – es passiert gar nichts. Schau mich doch an. Mir ist, als würde ich nie wieder eine Erektion bekommen. Wann kommt sie denn?«

»Bald. Vielleicht in einer halben Stunde.«

»Dann bestellen wir Wein. Vielleicht hilft es, wenn ich ein bißchen betrunken bin.«

Sie bestellten Wein über das Telefon, warteten, riefen noch einmal an, bekamen den Wein ohne Gläser und verlangten Gläser und etwas Eis. Das dauerte fast eine Viertelstunde. Sie hatten erst ein Glas getrunken, als jemand an die Tür klopfte. Charlie drehte sich auf die Seite und richtete sich auf.

»Zieh dir was an«, drängte Peter ihn leise und zog die Bettdecke hoch.

Charlie lachte. »Du brauchst dich nicht anzuziehen, um zu ficken, Dummerchen.« Er erhob sich, stellte sich hinter die Tür und öffnete sie. Martha schlüpfte hinein, und er schloß die Tür hinter ihr. Sie trug einen langen Bademantel.

Peter Herz klopfte laut in der Brust. Er sah, wie sie einander wissend anlächelten. Er sah, wie Charlie den Mantel nahm, als Martha ihn fallen ließ. Dann standen sie in atemberaubender Nacktheit da, die ideale Frau und der ideale Mann. Sie paßten vorzüglich zueinander. Befriedigt nahm er zur Kenntnis, daß Charlie nicht sofort eine Erektion bekam. Peter fand Marthas Brüste herrlich – voll und zart. Weiter nach unten konnte er nicht sehen. Ein unfreiwilliger Blick hatte ihm schon gezeigt, daß da etwas fehlte, daß etwas falsch war – sie sah verstümmelt aus. Charlie sagte etwas, was Peter nicht verstand, dann lief er zum Bett und warf sich auf ihn. Seine Hände kitzelten alle seine empfindlichen Stellen.

»Seit wann bist du so schüchtern, wenn dich jemand sieht?« fragte Charlie. Er lachte und drehte ihn auf dem Bett um. Peter lachte hilflos und versuchte, den kitzelnden Händen zu entkommen. Er spürte Charlies steifes Glied, als er sich aufrichtete und ihn auf den Hals, auf die Brust und auf die Schultern küßte. Er, nicht Martha hatte Charlie eine Erektion verschafft. Charlie widmete sich diesen herrlichen Intimitäten vor Marthas Augen. Peter krümmte sich vor Lachen, als sein Glied sich ebenfalls aufrichtete, stolz und dankbar. Charlie zog die zerknüllte Bettdecke weg.

»Schauen wir mal, was er vor uns versteckt«, rief er.

Peter spürte weiches Fleisch an seinen Schenkeln, dann geübte Hände und Lippen und eine ebenso erfahrene Zunge an seinem Glied. Er zuckte heftig zusammen. »Oh, Jesus Christus!« rief er.

Charlie streckte sich neben ihm aus und nahm seinen Kopf auf den Arm. »Du wirst vergewaltigt, Kleiner«, sagte er erregt. »Du bist so schön. Laß sie machen, bis du fast kommst. Denk an nichts anderes, nur daß du in ihr drin kommen mußt. Wenn du weißt, wie es ist, kannst du es später auf deine Weise tun.« Er fuhr mit der Zunge neckisch über Peters Lippen.

Peter keuchte und schüttelte den Kopf. »Nein. Oh, Jesus! Jetzt ... schnell!«

»Wirklich?« Charlie lachte triumphierend, packte ihn und zog ihn der Länge nach aufs Bett. Auf einmal war Martha neben ihm, und dann lag er mit geschlossenen Augen auf ihr. Er spürte Hände am ganzen Körper. Sein Glied wurde von einer tiefen, glitschigen Wärme verschlungen, und er stieß einen heiseren Schrei aus, als ihn auch schon ein Orgasmus erschütterte.

Charlie ließ eine Hand zwischen Peters Hinterbakken gleiten. Er spürte seine Ejakulation. Dann kniete er neben ihn und streichelte seinen Hintern, den Rücken, den Nacken und die breiten Schultern. Endlich hatte dieser schöne Körper seine Aufgabe erfüllt. Er empfand eine große, befriedigte Zärtlichkeit für ihn. Sein Glied richtete sich auf, als er daran dachte, in ihn einzudringen, während er in Martha steckte. Vielleicht ein andermal. Peter war ein Mann und jetzt unantastbar.

Nach einer Weile regte sich Peter. »Mein Gott, was für ein Schauspiel«, sagte er. »Ich komme mir vor wie ein Preisbulle – alle stehen herum und wollen mir helfen.« Er hob den Kopf und sah Martha zum ersten Mal in die Augen. »Nett, dich hier zu treffen«, sagte er fröhlich. Sie lachten alle. Dann wälzte sich Peter von ihr herunter und legte sich auf den Rücken, immer noch prustend. Auch Charlie lachte, als er zwischen ihre Knie kroch. Marthas Lachen erstarb. Er ließ sich auf sie sinken, stützte sich auf die Arme und schob die Knie nach hinten, so daß sein Glied sich senkte und sie es einführen konnte. Peter blieb das Lachen im Halse stekken, als Charlie zum ersten Mal zustieß. Die Art, wie sie sein Glied mit beiden Händen hielt, wie er sich bewegte und auf sie reagierte, das alles deutete auf eine wissende Intimität hin. Peter hatte den Eindruck, daß sie es schon oft gemacht hatten. Charlies kräftiger Körper krümmte sich auf ihr, und seine Muskeln spannten sich an, als er sich langsam auf ihre Brüste sinken ließ. Dann stemmte er sich wieder hoch. Sie begann zu stöhnen und Schreie auszustoßen. Beide bewegten sich jetzt schneller. Sie hob die Hüfte und kam Charlie entgegen. Peter spürte ihren verzehrenden Hunger nach dem Schaft aus Fleisch, der in ihr steckte. Er kannte diesen Hunger. Auf einmal merkte er, daß er am ganzen Leib zitterte und daß sein Glied wieder steif war und vor Verlangen schmerzte. Er wollte Charlie haben. Er wollte, daß Martha stöhnte und nach ihm schrie. Ihre Finger umklammerten seinen Rücken, ihre Schreie wurden schriller. Auf ein unsichtbares Signal hin schien Charlie die Führung vollständig zu übernehmen. Ihr Körper war an seinen gefesselt. Sie bebte unter den wuchtigen, rhythmischen Stößen seiner Hüften. Dann begann sie zu wimmern. Das war mehr als der Sex, den Peter kannte, und weniger als Liebe. Es war ein Ritus der Macht, den vielleicht nur ein Mann und eine Frau zelebrieren konnten. Er fragte sich, ob sie auch in ihm die Kraft wecken konnte, die er jetzt in Charlie spürte. Wenn ja, würde er vielleicht doch noch etwas an den Frauen entdecken. Ihr Wimmern steigerte sich und brach mit einem spitzen Schrei ab. Dann schluchzte sie, und ihr ganzer Körper erschlaffte. Charlie ließ sie los, stützte sich erneut auf die Arme, und stieß noch einmal ein halbes Dutzend Male hart in sie hinein, bis sein Körper sich verkrampfte und er sich wieder auf sie fallen ließ. Glücklich registrierte Peter, daß Charlie nicht die ekstatischen Schreie von sich gegeben hatte, mit denen er ihn immer belohnte, sondern nur ein paarmal befriedigt grunzte. Einen Augenblick später streckte er den Arm aus, tastete nach Peters Glied und fand es. Wieder grunzte er. Nach einigen weiteren Sekunden riß er sich zusammen – offensichtlich nur mit Mühe – und zog sich aus Martha zurück. Sein Brustkorb wogte immer noch heftig, und sein Glied war fast voll aufgerichtet. »Komm schon, Kleiner«, sagte er und hockte sich auf die Bettkante. »Sie will es wirklich haben.«

Peter spürte Charlies Hände auf seinen Hinterbakken, als er auf Knien zwischen Marthas Beine rutschte, wie Charlie es getan hatte.

»Schau ihn dir an«, sagte Charlie stolz. »Ich wollte, ich könnte es abkriegen.«

Peter spürte Marthas Blick. Er konnte sie immer

noch nicht überall ansehen, sondern starrte auf ihre Brüste. Sie hielt sein Glied fest und massierte es mit geschickten Händen. Charlie wartete, bis Peter sich auf sie sinken ließ, dann stand er auf und ging ins Bad. Das war eine Initiation, und er wollte, daß Peter seinen Weg allein fand.

Martha merkte, daß Charlie weg war, als sie seinen Liebsten in sich einführte. Charlie zwang sie, sich seiner zweiten Invasion widerstandslos hinzugeben. Er hatte recht gehabt – die beiden waren eine Person, und darum war es ihr nicht peinlich gewesen, daß Peter neben ihr gelegen hatte, als Charlie in sie eingedrungen war. Es war so offensichtlich, daß die beiden eins waren, daß Peters Anwesenheit ihr völlig normal vorkam.

Sie fand seinen Körper exquisit, als ihre Hände die Konturen erforschten. Als sein Glied beinahe so tief vorstieß wie Charlies enormer Schaft, fiel sie in eine Art köstliche Lethargie. Peters Glied füllte sie nicht ganz, so daß seine Bewegungen deutlicher zu spüren waren – es war ein Präzisionsinstrument der Lust. Sie hielt seine Hüften fest und zog ihn an sich und entdeckte eine Bewegung, die sie erstaunt und entzückt aufschreien ließ. Ihr ganzer Körper kam ihm entgegen, und sein Glied war ein Zauberstab. Sein offener Mund lag auf ihrer Brust und sog sie mit elektrisierenden Lippen ein. Er saugte an ihrer Brust, aber sein Mund war sanft und sinnlich und herausfordernd, ein Mund, der beim Verschlingen küßte. Wieder schrie sie, und sein Mund öffnete sich weiter. Seine Zunge war überaus raffiniert.

Ihr Herz klopfte wild, als sie sich vorstellte, wie sein Mund sich an ihr nach unten bewegte und alles an ihr kennenlernte. Sie spürte in ihm eine süße, aufgeschlossene Verspieltheit, als versuche er bewußt, ihr Lust zu bereiten, im Gegensatz zu Charlies meisterhafter Gleichgültigkeit gegenüber allem, was ihm keinen Spaß machte. Er zeigte ihr, wie sie Charlie erobern konnte.

Er variierte den Schwung seiner Hüften, so daß sein

Glied geschmeidig in ihr auf und ab glitt und genau dort Druck ausübte, wo sie es mochte. Sie sah es vor dem geistigen Auge: Es bewegte sich so frei in ihr, daß sie seine Form und Größe genau kannte – lang, schlank, gerade wie ein Schwert und hart wie Stahl, mit einem sondierenden Kopf, der ihr beibrachte, ihn um seiner selbst willen zu begehren, nicht nur als Ersatz für Charlie.

Sie stöhnte ekstatisch und schob die flachen Hände unter seinen Bauch, der sich über ihr hob und senkte, bis ihre Fingerspitzen zuerst die kräftigen, krausen Schamhaare berührten, dann den harten Schaft. »So schön«, murmelte sie. »Du bist – oh, Liebling, du bist wundervoll.«

Er tauchte stolz in sie hinein. Soviel er wußte, mußte man sich einige Mühe geben, damit eine Frau zum Orgasmus kam. Vielleicht hatte Charlie recht. Vielleicht war er wirklich gut. Er lachte laut über sich selbst. Seine Nervosität war verflogen. Es war ein neues, angenehmes Gefühl, daß ihre Körper so gut zueinander paßten. Nichts war von der Anstrengung zu spüren, an die er gewöhnt war. Er freute sich darüber, daß er sie mit den Fertigkeiten befriedigen konnte, die er bei Charlie erworben hatte.

Er stieß für den Feldwebel in sie hinein. Er fickte sie für seinen Vater, für den Hohn und die Demütigungen, die sich im Laufe der Jahre angesammelt hatten. Er hatte nicht gewußt, daß ihn so viele Schuldgefühle belasteten. Jetzt fiel diese Last von ihm ab. Mit dreißig Jahren hatte er seine Unschuld verloren. Das war höchste Zeit, aber er fühlte sich nicht als Eroberer wie bei Charlie. Er war stolz darauf, eine Frau zu nehmen und zu befriedigen. Und er war stolz darauf, daß Charlie ihn an der Vaterschaft beteiligen wollte. Es brachte ihm keine Erfüllung, es führte zu nichts, außer – wenn dies ein Teil von Charlies Plan war –, daß ein paar weitere Begegnungen mit Martha die Hochstimmung verstärken würden, die wohl darauf zurückzuführen war, daß er sich nun als Teil der normalen Welt fühlte.

Charlie trödelte im Bad. Er duschte ausgiebig und lachte leise, wenn er Schreie aus dem anderen Zimmer hörte. Als sie aufhörten, wartete er noch ein paar Minuten und ging wieder hinein. Peter näherte sich gerade der Tür zum Badezimmer. Goldenes Haar fiel ihm über die Augen, und er sah hinreißend erschöpft und zerzaust aus. Sie trafen sich, und Charlie umarmte ihn und küßte ihn kurz auf den Mund. Für Peter war diese Umarmung verheißungsvoller und erregender als alles andere, was an diesem Abend geschehen war. Er hatte getan, was Charlie von ihm erwartet hatte, und jetzt war er wieder dort, wo er hingehörte. Er verstand nicht ganz, worum es eigentlich ging, aber er war bereit, es zu vergessen. Es war beruhigend, daß Charlie ihn wieder vor Marthas Augen umarmte, und es machte ihm Mut. Er strich mit den Händen über Charlies Schultern bis hinab zur Hüfte, zog ihn an sich und küßte ihn noch einmal.

Charlie lachte. »Du siehst aus wie nach einem harten Training, mein Schatz«, sagte er und strich ihm das Haar aus der Stirn.

»Ich war ja auch ziemlich aktiv. Frag Martha.« Er warf den Kopf in den Nacken und stimmte in Charlies Gelächter ein.

Sie lösten sich ein wenig voneinander und drehten sich nach Martha um. Sie stand vom Bett auf, ging rasch zu ihrem Mantel und zog ihn an. Dann kam sie mit liebevollem Lächeln auf die beiden Männer zu. »Ihr seid schuld daran, daß ich mich ungehörig benehme«, sagte sie und sah sie offen an. »Zwei perfekte Liebhaber. Zwei so schöne Körper. Zwei – oh, ihr wißt schon, was ich denke. Ich habe Charlie gesagt, daß ich ihn liebe, aber vielleicht habe ich euch beide gemeint. Ich hätte mir nie träumen lassen, daß so etwas mit mir passiert, aber es ist sehr aufregend. Und ich kann nicht einmal behaupten, daß ich mich schäme.«

Charlie löste einen Arm von Peter und hielt ihr die Hände. »Kleine Mutter. Wenn dich irgend etwas schwängern kann, dann mußt du jetzt schwanger sein.«

»Oh, das bin ich. Daran gibt es keinen Zweifel.« Sie schaute ihm in die Augen und sagte ihm ohne Worte, wer dafür verantwortlich war. Zögernd löste sie den Blick von ihm, wandte sich Peter zu und küßte ihn sacht auf die Lippen. »Ich muß jetzt gehen. Ich brauche wirklich Schlaf in einem echten Bett. Daß ihr zwei seit Wochen diesen Luxus genießen dürft, macht mit grün vor Neid.«

Charlie legte den Arm um sie, brachte sie zur Tür und drückte sie an sich, bevor er sie hinausließ. Dann dreht er sich mit glücklichem Grinsen zu Peter um, ging zu ihm und zerzauste das Haar, das er eben noch geglättet hatte. »Sie ist wundervoll, nicht wahr? Erzähl mir davon.«

»Wovon?«

»Mann Gottes, du hast soeben zum ersten Mal eine Frau gehabt. War es nicht gut?«

»Ich nehme an, es war okay, wenn man Frauen mag. Alles, was wir zusammen tun, ist viel aufregender und befriedigender und – na ja, du weißt schon.« Er ging zum Tisch, schenkte Wein ein und reichte Charlie ein Glas.

»Ja, sicher, Kleiner. Trotzdem – hast du nicht das Gefühl gehabt, daß etwas Besonderes damit verbunden ist, etwas ... wie soll ich sagen – etwas Natürliches? Und dann der Gedanke, daß du es getan hast, um ein Kind zu zeugen!«

»Ich dachte, es geht allein darum – du wolltest mich ebenfalls zum Vater machen, weil du es bereits warst. So weit ist es nett. Ich wußte nicht, daß ich dadurch Lust bekommen sollte, jede Frau zu vergewaltigen, die mir über den Weg läuft.« Er ließ sich aufs Bett fallen.

»Ich bin total erledigt. Das gefällt mir nicht – du könntest daran schuld sein.«

»Aber wir haben einander doch immer, Kleiner. Hier geht es um das Leben und um die Zukunft. Willst du denn keine Kinder haben?«

»Ich habe immer davon geträumt, kleine Charlies zu haben. Aber mein Fortpflanzungstrieb scheint nicht sehr stark zu sein. Ich weiß es nicht. Vielleicht ist die Idee mit den kleinen Charlies ein bißchen albern, wenn man bedenkt, was wir sind. Ich meine, wenn zwei Menschen, die sich lieben, zusammen keine Kinder haben können, sollten sie sich vielleicht damit abfinden, ohne sie zu leben.«

»Jetzt bist du albern. Gibt es nicht auch eine Adoption, um Himmels willen?«

»Peter streckte sich auf dem Bett aus und lachte. »Glaubst du etwa, man würde uns – Mama und Papa – erlauben, ein Kind zu adoptieren?«

»Nein, aber es gibt andere Mittel. So wie heute nacht.«

»Sicher. Wie heute nacht.« Peter nippte an seinem Wein. Je mehr er darüber nachdachte, desto weniger gefiel es ihm. Es war aufgezwungen, extrem und paßte überhaupt nicht zu ihnen allen. Martha war zu vernünftig und nett, um sich mit zwei Schwulen einzulassen, die gar nicht erst so taten, als sei sie ihnen besonders wichtig. Und Charlie war zu gut, um das zuzulassen. Was ihn selbst betraf, hatte er etwas getan, was ihm total gegen den Strich ging. Die einzige Entschuldigung, die ihm dafür einfiel, war, daß er es wenigstens hatte versuchen müssen, um sicher zu sein. »Es läuft darauf hinaus, daß es ziemlich sinnlos ist, Kinder in die Welt zu setzen, wenn man sie nicht selbst großzieht.«

»Das sehe ich genau so.« Charlie holte die Weinflasche, füllte Peters Glas auf und setzte sich ans Kopfende des Bettes.

»Kinder großziehen bedeutet, ihnen ein normales Familienleben ermöglichen. Normal heißt in diesem Fall: mit einer Frau im Haus, dem mütterlichen Element und so weiter.« Peter zuckte mit den Schultern.

»Du hast völlig recht. Daran habe ich auch gedacht. Martha will das Baby. Wir könnten uns um sie und das Kind kümmern und in ihre Nähe wohnen. Ich könnte sie heiraten, wenn es einen Grund dafür geben sollte – oder du. Wir wissen nicht, was geschehen wird. Aber wir richten es immer so ein, daß wir zusammen bleiben.«

Peter setzte sich auch. »Du mußt total verrückt sein«, protestierte er. Ein Teil dessen, was Charlie sagte, schien momentan ein wenig Sinn zu ergeben – aber nur, bis er Zeit hatte, darüber nachzudenken, davon war er überzeugt.

»So verrückt ist das gar nicht. Heute nacht war nur dein erstes Mal. Wenn du es öfter getan hast, gefällt es dir vielleicht sogar.«

»Du verlangst von mir, daß ich es öfter tue?«

»Klar. Bevor die Reise zu Ende ist, wird es noch viele Gelegenheiten geben. Martha macht es offensichtlich Spaß.«

»Vielen Dank. Du kannst meinen Anteil haben.«

»Denk doch an die Alternative, Kleiner. Hast du nicht manchmal Angst vor der Zukunft? Wir kennen doch genug alte Schwule. In fünf Jahren dürfte es uns nicht mehr so leicht fallen, hübsche Jungs wie deinen Dimitri abzuweisen. Und in zehn Jahren werden sie sich überhaupt nicht mehr anbieten. Dann beginnt die Hölle. Wir haben es gesehen. Woher wissen wir, daß es bei uns anders ist? Wie leicht man der Versuchung erliegt, haben wir ja bereits erlebt.«

Peter sah ihn an und sein offener, lebhafter Gesichtsausdruck verschwand. »Jetzt verstehe ich. Ich hätte mir denken können, daß du mir nicht verziehen hast. Darum geht es also.«

»Ich habe dir verziehen, aber das heißt nicht, daß nichts geschehen ist. Wir sollten es als Warnung verstehen. Es spielt keine Rolle, wem von uns es passiert ist. Mir geht es um mehr Stabilität – nein, um eine breitere Basis für unser Leben, so daß wir besser auf das vorbereitet sind, was auf uns zukommt. Was ist denn falsch an einem normalen Familienleben? Es wird uns nicht umbringen, wenn eine Frau im Haus ist, mit der wir beide gut auskommen.«

»Mag sein, aber was bedeutet das für die Frau, vor allem wenn sie zufällig in dich verliebt ist?« Peter hatte den Eindruck, daß die anonyme Frau schon ins Haus eingezogen war.

»Der Mensch ist flexibel. Frauen sind nicht so emotional wie wir. Außerdem wären die Kinder da. Ja, ich rede im Plural – deine und meine. Das würde uns zusammenhalten. Ich rede nicht von morgen oder vom nächsten Jahr. Wir sollten es nur im Auge behalten und vielleicht darauf hinarbeiten. Ich möchte nichts tun, womit du nicht einverstanden bist.«

Peter starrte in sein Glas. Charlie sprach eindringlich, fast bittend. Aber da war dieser Schwermut, der ihm an seinem Freund aufgefallen war, eine tiefe Traurigkeit und noch etwas, was er nicht ganz einordnen konnte. Verdrängte, ungezielte Wut? Etwas sehr Starkes und möglicherweise Gefährliches. Dieser jähe Wandel war selbst für Charlie ungewöhnlich – er hatte immer vor Lebensfreude gesprüht. Peter wehrte sind instinktiv dagegen, daß jemand in ihr Leben eindrang. In einem kurzen Moment der Panik dachte er daran, die Kreuzfahrt abzubrechen; aber die Vorsicht siegte. Das Erlebnis mit Martha hatte offenbar in Charlie die alten Probleme mit seiner sexuellen Neigung wiederbelebt. Er wollte ihm helfen, sie zu überwinden. Er konnte es nicht ertragen, wenn Charlie traurig war. Er fühlte sich so sehr dafür verantwortlich, daß er am liebsten geweint hätte. Dennoch zwang er sich zu sprechen.

»Wenn du es so darstellst, kann ich nicht viel dagegen einwenden, oder?« Er sah Charlie mit schwachem Lächeln an.

»Stimmt. Genau das versuche ich dir zu erklären, Kleiner. Ich finde, was mit Martha passiert ist, hat seine Vorteile. Bitte verzichte nicht darauf. Ich will, daß wir beide davon profitieren. Das soll nicht heißen, daß wir hetero werden, aber wenn du Sex mit ihr hast, dann ist das ein Teil dessen, worüber ich die ganze Zeit rede.«

Erneut hatte Peter das Gefühl, daß Charlie ihm eine Freiheit anbot, die er nicht wollte. Vielleicht mußte er sie akzeptieren, solange Charlie nicht begriff, wohin sie führen konnte. Er empfand Martha nicht wirklich als Bedrohung, aber vielleicht war es keine schlechte Idee, etwas zu unternehmen, ehe das alles zu weit ging. »Wir werden sehen. Ich möchte nur nicht, daß du von Zukunftsangst redest. Schwule ziehen immer über alte Schwule her. Was wird denn mit anderen, wenn sie alt sind? Zum Beispiel mit Jack, wenn Martha ihn verläßt? Wahrscheinlich fängt er an, kleinen Mädchen nachzulaufen. Angenommen, er färbt sich nicht die Haare und trägt keinen Lidschatten auf – deswegen ist er nicht weniger mitleiderregend, höchstens weniger auffällig. Menschen, die nicht das Beste aus dem machen, was sie haben, müssen ja verzweifeln.«

»Sicher, Kleiner. Ich möchte ja nur, daß wir offen für neue Erfahrungen sind, daß wir wachsen. Ich weiß, es ist nicht gut für uns, wenn wir uns hermetisch vor der Außenwelt abschließen. Ich habe dich in Poros absichtlich allein gelassen, damit du deine Chance bei Dimitri hast.«

»Vielen Dank! Ehrlich gesagt, Schatz – was würde ein schneller Fick mit einem griechischen Bürschchen für meine Zukunft tun? Na, komm. Wir trinken den Wein aus und werfen uns in die Falle. Ich muß wohl eine Schlaftablette nehmen, wenn du nicht aufhörst, mir außerehelichen Sex schmackhaft zu machen.«

Am nächsten Abend gingen sie zurück an Bord, um sich auf die Flaute am folgenden Morgen vorzubereiten. Sie kam tatsächlich, und sie brachen auf. Diesmal ging es nach Süden, auf die berühmten Inseln Naxos, Paros und Santorin zu. Das Endziel war Kreta. Innerhalb weniger Stunden lag der grimmige Wind hinter ihnen, und sie hatten eine sanfte südliche Briese, die entspanntes Segeln erlaubte, aber die Entfernung verdoppelte. Sie brauchten den ganzen Tag, um Naxos zu erreichen, und gegen Mittag des nächsten Tages waren sie bereit für die kurze Fahrt nach Paros, zumal sie nichts Interessantes entdeckt hatten.

Sie blieben einen Tag in Paros und besuchten die alten Marmorsteinbrüche. Als sie nach Ios aufbrachen, war der Wind immer noch schwach und kam aus Süden. Charlie war fast ständig am Steuer, während die anderen kamen und gingen, sich sonnten und Nickerchen machten. Er hoffte, noch vor Einbruch der Dunkelheit in Ios zu sein.

Peter kam in einer knappen Badehose nach achtern und warf sich neben ihn auf die Bank. »Unsere Martha ist ganz schön scharf«, sagte er leise. »Ich lag in meiner Koje, und sie kam und wollte mir unbedingt einen blasen. Ich wollte sie davon abhalten, aber sie schwor, daß Jack tief schläft. Sie ist keine Amateurin. Ich bin fast erstickt, weil ich nicht schreien wollte, als ich kam.«

Charlies Lächeln gefror ihm auf den Lippen. Er warf einen Blick auf das Objekt von Marthas Begierde – es zeichnete sich als stramme, verlockende Beule unter der Badehose ab – und war wütend über das, was sie getan hatte. Aber warum eigentlich? Er ärgerte sich über sich selbst, weil er blindlings besitzergreifend reagierte – genau das wollte er ja ändern. Er hatte Martha gebeten, Peter zu zeigen, daß sie ihn begehrte. Also zwang er sich ein überzeugenderes Lächeln auf. »Ich habe ihr ja gesagt, daß sie bald verrückt nach dir sein wird.«

»Wirklich? Es kam mir ein wenig seltsam vor, weil

du nicht dabei warst. Aber ich nahm an, das alles gehört zu dem Plan, von dem du gestern nacht gesprochen hast. Jedenfalls hat es nicht weh getan!«

»War es das erste Mal seit Mykonos?«

»Natürlich. Oh, gestern wollte sie, daß ich ihr die Titten küsse, als wir vorne ein Sonnenbad nahmen. Sie ist anscheinend verrückt danach, aber das war nur eine Sekunde, als die Luft rein war. Ich glaube, sie möchte, daß ich sie untenrum küsse. Hast du das schon mal getan?«

»Nein.«

»Ich verstehe nicht, wie irgend jemand es tun kann – alle diese Haar und –« Peter verzog das Gesicht. »Trotzdem, wenn sie so traumhafte Sachen mit mir macht, muß ich mich wohl revanchieren.«

»Tu einfach, was dir Spaß macht, mein Schatz.« Charlie beglückwünschte sich selbst dafür, daß er sein kurzes, ganz unvernünftiges Mißvergnügen überwunden hatte.

Eine Stunde später segelten sie in eine liebliche, von Wald gesäumte Bucht, die sie mit Hilfe eines Leuchtturms und einer kleinen Kirche – beide wurden im Lotsenbuch erwähnt – als Ios identifizierten. Eine Stadt war nicht zu sehen, und es gab auch keinen Anlegeplatz. Sie ankerten vor einem langen Sandstrand, und als das Schiff versorgt war, ruderten Charlie und Peter an Land. Jack hatte ihnen versichert, daß sich ein Stück landeinwärts eine Stadt befinde; sie sei auf der Karte verzeichnet. Als sie zurückkamen, berichteten sie, daß die Stadt tatsächlich hinter einer Hügelkette liege und daß zwar kein Hotel, wohl aber eine *taverna* mit ein paar Zimmern vorhanden sei. Sie hatten ein Zimmer mit sechs Betten gemietet, um allein zu sein.

»Wenn die Unterkunft zu wünschen übrig läßt«, sagte Jack, »können wir morgen bis zum Abend hierbleiben und dann weiterfahren. Dann haben wir den nächsten Tag für Santorin. Dort würde ich ebenfalls gerne am Abend aufbrechen. Nach Kreta brauchen wir gut einen Tag, und ich möchte nicht nach Sonnenuntergang ankommen. Allerdings müßtet ihr dann zwei Tage hintereinander an Bord bleiben. Würde euch das stören?«

Sie waren einverstanden, und Jack ruderte sie ans Ufer. Am nächsten Morgen nahmen sie Badezeug und Handtücher mit und bummelten durch die Stadt, um einen Platz zum Schwimmen zu suchen. Plötzlich kam ihnen Martha entgegen.

»Ich möchte ein paar frische Vorräte kaufen«, erzählte sie nach einer fröhlichen Begrüßung.

»Ich habe ein paar Gemüseläden gesehen«, meinte Charlie.

»Wir gehen schwimmen. Komm doch mit«, schlug Peter vor.

»Ich habe nichts dabei.«

»Wir finden bestimmt einen Platz, wo das keine Rolle spielt«, sagte Charlie.

Zusammen spazierten sie ans andere Ende der Stadt. Charlie und Peter grüßten jeden, der ihnen begegnete. »Wir hatten gestern Abend die übliche Begrüßungsparty«, sagte Peter. »Jetzt kennen wir jeden Mann im Städtchen.« Die Straße verlor sich, und sie gingen auf einem Pfad Richtung Meer. Er führte steil durch einen Kiefernwald und endete in einem Hain mit einem sandigen Strand zwischen Felsvorsprüngen. Er erinnerte Charlie an etwas – vielleicht an Porquerolles? Das war eine ganze Welt entfernt. Dort vorne hatte Anne gekauert.

»Wie wär's damit?« fragte Charlie. »Hier brauchen wir nichts anzuziehen.« Als sie eine Stelle gefunden hatten, die ihnen gefiel, breiteten sie die Handtücher nebeneinander aus.

»Ihr macht mich noch zu einer Nudistin.« Martha zog ihr einfaches Baumwollkleid aus, und nach ein paar flinken Bewegungen war sie nackt. Während

Charlie sich auszog, bemerkte er zufrieden, daß sie keine weißen Streifen mehr hatte, abgesehen von einer leichten Blässe an der Oberkante der Schamhaare. Peter ließ sich mit dem Ausziehen Zeit.

»Na ja«, sagte er, »ich glaube, wir kennen uns gut genug, um zu wissen, wie ich mich jetzt fühle.« Er streifte die Unterhose ab, und sein Glied hüpfte heraus. Es ragte gerade nach vorne, ein wenig nach unten geneigt.

»Schaut euch den geilen Kerl an!« rief Charlie. Dann bückte er sich und nahm das Glied in den Mund. Es erwachte sofort zum Leben und wurde härter. Er ließ es los und richtete sich auf.

Peters Augen weiteten sich und starrten ihn verblüfft an. »Mein Gott«, murmelte er. Einen Augenblick wünschte er sich, daß Charlie weitermachte und ihn vor Marthas Augen nahm.

»Martha, mein Schätzchen, da ist ein Herr, der anscheinend ein paar Worte mit dir wechseln möchte«, sagte Charlie lachend. Er klopfte Peter auf den Rükken, lief zum Strand und sprang ins Wasser. Er schwamm forsch, bis er müde war. Als er zurückkehrte, sah er die beiden ineinander verschlungen auf den Handtüchern liegen. Sein Peter! Er konnte es kaum glauben. Und sie spielten durchaus nicht. Peter lag auf ihr und ritt sie hart. Selbst aus dieser Entfernung entzückte ihn der pumpende Körper. Wieder dachte er an Porquerolles. Das hier war besser, als sich hinter einer Ecke mit einem abgefeimten Burschen zu verstecken. Es war sauber und gesund. Sein großer Plan nahm allmählich Gestalt an. Bald würde Peter entschiedener als er dafür eintreten, daß Martha bei ihnen blieb.

Er schwamm gemütlich und legte sich im klaren Wasser auf den Rücken. Kurze Zeit später sah er Peter ins Wasser stapfen und hineinspringen. Er schwamm auf ihn zu, und sie schmiegten sich aneinander und küßten sich.

»Das ist mein Preisboxer. Allmählich gefällt es dir, nicht wahr?«

Peter sah nervös aus. »*Sie* ist anscheinend verdammt scharf darauf. Was soll ich denn tun? Aber was dich betrifft – mein Gott, ich bin fast in Ohnmacht gefallen.«

»Warum? Mir würde es nichts ausmachen, wenn du mich fickst und sie zuschaut. Das würde sie richtig geil machen.«

»Treibst du es jetzt mir ihr?«

Charlie lachte. »Nicht alle Leute sind Erotomanen.« Er bespritzte ihn mit Wasser und schwamm ans Ufer. Martha lag ausgestreckt auf den Handtüchern, offenbar noch so, wie Peter sie zurückgelassen hatte. »Willst du nicht schwimmen?« fragte er und blieb vor ihr stehen.

Sie hob eine Hand, um die Augen vor der Sonne zu schützen. Ihr Blick wanderte über seinen Körper und blieb dort haften, wo er es immer tat. »Ich habe auf dich gewartet«, sagte sie. » Willst du nicht –«

»Nicht so kurz nach Peter. Ich will dich haben, wenn du richtig gierig bist. Jetzt bist du ja ganz schlaff vor Befriedigung – du solltest dich selber sehen!«

»Ich tu's nur, weil du es willst.«

»Natürlich. Aber es ist dir nicht gerade unangenehm, oder?«

Langsam hob sie den Blick und sah ihm in die Augen. Seine Stimme klang belustigt, aber sie glaubte, auch eine leise Schärfe herausgehört zu haben. »Nein«, sagte sie. Es war riskant, aber vielleicht hatte es die gewünschte Wirkung.

Er legte sich neben sie, stützte sich auf die Ellbogen und beobachtete Peter, der den Strand entlang spazierte. Jetzt umrundete er die Felsspitze, auf der Anne sitzen könnte. Jeannot wartete ein Stück weiter entfernt auf ihn. Charlie wollte ihm folgen, aber er spürte Marthas Gegenwart und hielt es für unhöflich, sie allein zu lassen. Als ihm bewußt wurde, daß er sich ihr verpflichtet fühlte, setzte er sich auf. Das war ein Eingriff in ihr Leben, den er nicht dulden konnte. Er hatte Peter versprochen, daß sich nichts ändern würde.

»Ich muß bald zurückgehen«, sagte Martha hinter seinem Rücken.

»Wir bringen dich gleich zurück. Ich gehe und hole Peter. Geh voraus, wenn du nicht warten willst.« Er stand auf, schnappte sich ein Handtuch für den Fall, daß ihm jemand unerwartet über den Weg lief, und rannte Peter nach. Er kletterte über Felsen und rutschte in eine andere kleine Bucht hinunter. Ein großer Felsvorsprung endete am Rande des Wassers. Einen Augenblick lang sah er Peter nicht; dann kam er hinter einigen Felsen hervor und entfernte sich von ihm. Charlie lief auf ihn zu. Peter hörte ihn und drehte sich rasch um. Er sah überrascht aus und bedeckte seine Blöße mit den Händen. Als er ihn erkannte, lächelte er ihn strahlend an.

»Nanu, werde ich etwa verfolgt?«

»Ja, zweifellos.«

»Dann mußt du Zeus sein. Mein Name ist Ganymed. Pack mich!«

Charlie lachte und griff nach seinen Handgelenken. »Okay. Du bist festgenommen.« Sein Blick fiel auf Peters Glied. »Ich habe vorhin etwas angefangen, was ich gerne beenden würde. Es tat gut.« Er kniete nieder, nahm das Glied in den Mund und saugte daran, bis es steif war.

»O Gott, wie herrlich. Es macht mich heiß, wenn wir im Freien sind, wo Leute uns sehen könnten.« Peter fuhr mit den Händen durch Charlies Haar, während sein Glied sich hob.

Charlie ließ es los, stand auf und betrachtete ihn. »Mein Gott, Schatz – du bist unglaublich. Wie du hier vor den Felsen und vor dem Himmel stehst. Es ist zu schön für sterbliche Augen.«

Peter lachte und nahm Charlies schweres Glied in die

Hand, das ebenfalls steif wurde. »Das hier soll kein anderer sehen, nur ich. Komm runter.« Er zog Charlie auf den Boden, und sie nahmen wie selbstverständlich die richtige Position ein. Jeder nahm den anderen mit dem Mund. »Charlie, mein Liebster.« Peters stimme war heiser vor Liebe. »Das ist alles, was *ich* will, egal was passiert. O Gott. Du ....«

Charlie hatte ein schlechtes Gewissen. Das war ein Rückfall in die alten Zeiten, die er in den letzten paar Wochen hinter sich gelassen hatte. Wollte er beweisen, daß er es so gut konnte wie Martha? Da er nicht so begierig danach war wie sie, bezweifelte er, daß er ihr ebenbürtig war. Er spürte, daß Peters Orgasmus nahte und war dankbar dafür, daß es so schnell ging. Als es vorbei war, legte er sich zurück und überließ sich den Freuden, die ihm Peters wundersamer Mund bereitete.

Jack ruderte sie zum Schiff zurück, rechtzeitig zu einem frühen Abendessen. Dann legten sie ab. Das Meer war ruhig, der Wind schwach, und der zunehmende Mond ging unter.

Martha hielt Charlie auf, als er durch die Kombüse ging, um für Peter einen Pullover zu holen. Ihre Augen funkelten vor Zufriedenheit.

»Weißt du, was morgen für ein Tag ist?« Sie stand dicht neben ihm und trocknete einen Teller ab. Er schüttelte den Kopf. »Meine Periode ist fällig. Ich bin so sicher, daß sie ausbleibt, daß ich es fast vergessen hätte. Morgen ist es offiziell.«

»Könnte sie sich nicht verspäten?«

»Das ist noch nie passiert. Außerdem wäre es dann fast eine Woche zu spät. Ich spüre es immer ein paar Tage vorher. Die unangenehmen Einzelheiten will ich dir ersparen – aber nichts ist geschehen. Wenn es morgen auch noch so ist, dann wissen wir Bescheid.«

»Ich will verdammt sein. Das ist richtig aufregend.« Charlie merkte, daß sie ihn bereits so von ihre Schwangerschaft überzeugt hatte, daß er gar nicht mehr überrascht war.

»Willst du die Kreuzfahrt fortsetzen?« fragte sie.

»Natürlich. Du mußt jetzt noch nicht auf dich aufpassen, oder?«

»Gütiger Himmel, nein. Ich überlege mir nur, wann ich es Jack sage. Ich kann es kaum erwarten. Natürlich sage ich nichts, solange du an Bord bist. Ich möchte so gerne mit dir reden. Mit euch beiden. Hast du Peter von deiner Idee erzählt, daß ich in eurer Nähe leben könnte?«

»Klar. Er findet, es ist eine Überlegung wert. Ich habe ihm sogar gesagt, daß du vielleicht bei uns einziehst und einen von uns heiratest, wenn wir noch mehr Kinder wollen. Aber das müssen wir natürlich abwarten.«

»Natürlich.« Sie berührte ihn am Arm. »Weißt du, ich habe allmählich das Gefühl, er ist nicht schwuler als du. Wahrscheinlich wird er ein Mädchen finden.«

»Sehr gut möglich«, sagte er und bemühte sich, es nicht abschätzig klingen zu lassen. Alles war in Ordnung. Alles entwickelte sich so, wie er es gehofft hatte. An seiner Potenz gab es keinen Zweifel. Und an Peters Potenz? Kam es darauf an? Er tätschelte ihr die Hand und ging, um Peter den Pullover zu bringen.

Ab und zu fingen sie eine Briese ein, die sie ein paar Meilen vor sich her schob. Dann trieben sie. Einige Zeit nach Mitternacht wollte Charlie, daß Peter nach unten ging.

»Warum gehst du nicht?« entgegnete Peter. »Du schläfst nie genug. Laß mich eine Weile hier sitzen.«

»Nein, ehrlich, Kleiner. Mir gefällt es. Du würdest dich zu Tode langweilen, aber mir macht es Spaß. Gott weiß, warum. Ruh dich schön aus.«

»Wenn du es so willst.« Er küßte Charlie und ging nach unten.

Die Zeit trieb mit dem Schiff dahin. Eine oder zwei Stunden später sah er eine Bewegung im Niedergang und nahm an, Peter sei zurückgekommen. Als er noch einmal hinschaute, sah er Martha aufs Deck steigen. Sie ging in ihrem langen Morgenmantel nach achtern und setzte sich auf den Platz, den sonst Peter einnahm.

»Was tust du hier oben?« fragte er mit gedämpfter Stimme und machte ihr Platz.«

»Ich wollte bei dir sein.« Ihre Hand bewegte sich zu seinem Hosenschlitz und öffnete ihn. Sein Glied regte sich und begann steif zu werden. Es war unbequem, aber sie befreite es aus dem textilen Gefängnis. Kaum war sie damit fertig, ragte es auch schon steil in die Höhe. Sie streichelte es mit den Fingerspitzen, während es weiter anschwoll.

»Na schön«, murmelte er. »Du hast gesehen, was du mit mir anrichten kannst. Das ist genug.«

»Nein«, flüsterte sie. »Nicht annähernd genug. Ich will ihn küssen, bis du kommst.«

»Bist du verrückt? Jack kann jede Minute auftauchen.«

»Wird er nicht. Er schläft wie ein Klotz. Peter hat es mir erlaubt.«

»Klar, aber er sitzt nicht am Ruder. Außerdem will ich es so nicht haben. Niemand außer Peter kann das richtig machen. Ich ficke dich, erinnerst du dich?«

»Dann fick mich.« Sie hielt sein Glied mit beiden Händen fest und beugte sich darüber.«

Er schob eine Hand unter ihr Kinn und hob ihren Kopf hoch. »Wie könnte ich? Daß ich Lust habe, siehst du ja.«

»Ja. Er ist jetzt zu groß und hart, um aufzuhören.«

»Aber wo, verdammt? Hier geht es nicht.«

»Unten. Wo wir es schon einmal getan haben. Peter würde es tun, wenn ich zu ihm ginge.«

»Laß Peter in Ruhe. Ich meine, wir müssen damit aufhören, solange wir an Bord sind.«

»Wie könnten wir aufhören, wenn du so scharf bist? Schau ihn dir an, deinen monumentalen Phallus. Du bist ein Nehmer. Also nimm mich mit deinem Riesenphallus.«

»Also gut, verdammt. Geh runter und weck Peter und sag ihm, er soll sich ans Rad setzen. Aber ich warne dich. Wenn wir's tun, dann gibt es keine Gnade. Ich ficke dich, bis du schreist.«

»Wie schön!« Sie lachte leise. »Ich will, daß du mich zum Schreien bringst. Mir ist nach Schreien zumute, wenn ich ihn nur ansehe. Also los!« Sie schob seine Hand weg, bückte sich und nahm die Eichel in den Mund. Ihre Zähne und ihre Zunge ließen ihn zusammenzucken. Sie ließ ihn los und lief zurück zum Niedergang.

Irgendwie gelang es ihm, sein Glied in der Hose zu verstauen und sie zuzuknöpfen. Sein Herz klopfte heftig. Er hatte das dunkle Gefühl, die Regeln zu brechen, die er selbst aufgestellt hatte. Und es machte ihn wütend, daß er sich schämte, Peter gegenüberzutreten. Peter erschien in wenigen Minuten und zog einen Pullover an.

»Du wolltest, daß ich raufkomme?« fragte er und setzte sich neben Charlie ans Ruder.

»Ja. Übernimm das Rad«, sagte Charlie knapp. »Wir halten auf die Lichter dort zu. Ich bleibe nicht lange.« Er spürte, daß Peter vor ihm zurückwich, als er auf seinen Platz rutschte.

»Und was ist mit Jack?« fragte er nach kurzem Schweigen.

»Du hast dich ja auch nicht von ihm abhalten lassen«, sagte Charlie vorwurfsvoll. Peter schwieg. Charlie haßte sich selbst dafür, daß er es gesagt hatte. Wieder spürte er eine Regung in seiner Hose. Er sprang auf und ging rasch weg, damit Peter seine Erektion nicht sah.

Martha flüsterte seinen Namen, als er den dunklen Salon betrat. Sie entkleidete ihn unterhalb der Gürtellinie, während er den Pullover über den Kopf zog. Sie verhedderte die Finger in seinen Schamhaaren und nahm die Hoden in die andere Hand. Dann hielt sie sein Glied fest und legte sich zurück, und er kletterte auf sie. Ihr leises Stöhnen war jetzt schon zu hören. Als er eindrang, schrie sie auf, und sie schrie noch einmal, als er den langen Stoß beendete. Ihre Bäuche rieben aneinander.

»Schreist du bei Peter auch so?« wollte er wissen. Er sprach leise, machte sich aber nicht die Mühe zu flüstern.

»Nein. O nein. Nur bei dir, mein Liebster.« Sie hatte ihn also eifersüchtig gemacht. Bald würde er sie für sich allein haben wollen. Vielleicht schon nach diesem Erlebnis. »Diesmal machst du alles. Ich werde nicht die Suppe umrühren. Sorg dafür, daß ich komme, nur weil du in mir bist. Du kannst das, Liebster. Nur du. Du und dein herrlicher, großer Schwanz. Er ist so riesig nach Peter. Benutze ihn. Fick mich hart, Schatz.«

Und das tat er. Sie steigerten sich in einen wahren Rausch der Leidenschaft hinein. Sie stöhnten, keuchten, schrien. Trotzdem sah er vor seinem geistigen Auge Peter allein am Steuer sitzen. Er hatte ihn nie zuvor verlassen. Er teilte seinen Schmerz und seine Einsamkeit. Sein Stolz verlangte, daß er Martha zum Orgasmus brachte; aber er sehnte sich danach, bei Peter zu sein.

Die Sonne ging auf, als sie in die große, runde Bucht segelten, die Santorin und die Nachbarinseln bildeten. Es war, als segelten sie über den Krater eines Vulkans, und im Grunde war es auch so. Eine der Inseln rauchte wie ein schwelendes Feuer. Sie schalteten den Motor ein und fuhren zu einer Klippe, an deren Fuß Kajiks vertäut waren. Hoch oben auf der Kante schien eine Stadt zu balancieren. Jack und Peter gingen nach vorne, um das Anlegen vorzubereiten.

»Heute ist der große Tag«, sagte Martha, die neben Charlie am Rad stand. Sie starrte nach vorne und war bereit, ihm mit dem Motor zu helfen. »Ich glaube, Jack hat uns letzte Nacht gehört. Er benimmt sich ein wenig komisch. Egal. Meine Periode kommt nicht.«

Er gab dem Ruder etwas Spiel, als Jack ihm winkte. »Du hast es gewollt, nicht wahr?« fragte er.

»Mein Gott, ja. Wir werden ein Baby haben. Jetzt können wir anfangen, Pläne zu schmieden.«

»Nimm den Motor ein bißchen zurück. Gut so.«

»Ich habe nachgedacht. Du willst ja nicht, daß das Kind Jacks Namen bekommt. Ein guter Anwalt müßte das hinkriegen. Ich kann ein ärztliches Attest beibringen, daß er nicht der Vater ist. Er hat keinen Grund, darum zu kämpfen. Das heißt, falls du mich heiraten willst.«

»Wir haben noch viel Zeit, darüber nachzudenken. Okay. Leerlauf.« Er schwang das Rad herum und lief zur Reling.

In den nächsten fünfzehn Minuten waren sie alle damit beschäftigt, das Schiff festzumachen und in Ordnung zu bringen. Als sie fertig waren, gab es keine Gelegenheit mehr für vertrauliche Gespräche. Sie sprachen über ihre Pläne an diesem Tag und vereinbarten, bei Sonnenuntergang zum Schiff zurückzukehren. Martha sah Peter und Charlie sehnsüchtig an, als sie an Land gingen.

Sie ritten auf schwankenden Eseln die Klippe hinauf. Peter merkte rasch, daß Charlie in einer schwierigen Stimmung war. Er ließ sich auf keine Unterhaltung ein. Sein schlechtes Gewissen nach den Ereignissen der vergangenen Nacht belastete ihn mehr, als Peter es für angebracht hielt. Genau das bewies wieder einmal, daß sie unmöglich alle zusammen leben konnten. Aber er konnte sich noch ein paar Wochen damit abfinden. Als Charlie von Martha zurückgekommen war, war er grimmig um ihn besorgt gewesen und hatte sich indirekt entschuldigt, obwohl Peter ihm gar keine Vorwürfe gemacht hatte. Er hatte das Beste aus

Marthas Avancen gemacht und Charlie damit herausgefordert. Es war ein kalkuliertes Risiko, und er hatte schon am Tag zuvor am Strand gewußt, daß er gewonnen hatte.

In der Antike war die Insel das Zentrum eines Kults gewesen, berühmt für die Schönheit seiner nackt tanzenden Jungen. Die Widmungen ihrer Verehrer hatten, in Stein gehauen, überlebt. Als sie die Stadt auf dem Felsen erreichten, versuchte Peter, Charlie mit Andeutungen über »ihren« Schrein und nackte, tanzende Jünglinge zum Lachen zu bringen – vergeblich.

»Bitte, Peter. Hör um Himmels willen mit diesem schwulen Gerede auf«, sagte er kurz angebunden.

Es kam selten vor, daß er seinen Namen benutzte. Seine Stimmung war also noch schlechter, als Peter vermutet hatte. Männer umringten sie, als sie anhielten und sich nach der antiken Stadt erkundigten. Alle redeten viel über Essen, und sie schlossen daraus, daß sie Proviant mitnehmen sollten. Man eskortierte sie zu einem kahlen kleinen Geschäft, wo sie Brot, Käse, eine Flasche Wein und eine Dose Sardinen kauften. Als sie wieder auf die Straße gingen, warteten Esel auf sie. Noch ehe sie erfuhren, wohin es ging, saßen sie auf dem Rücken der Tiere und bewegten sich im Zockeltrab voran. Ein kleiner Junge auf einem dritten Esel war ihr Führer.

Normalerweise liebten sie solche Expeditionen – improvisiert und anregend fürs Auge, gepaart mit einem Schuß Absurdität, der sie neugierig machte. Aber diesmal ließ Charlie sich nicht aufheitern. Er machte ein paar Bemerkungen über die Landschaft – hohe Hügel und überall der Blick aufs Meer –, fiel aber gleicht wieder in sein Schweigen zurück. So ging das den ganzen langen Eselsritt weiter und änderte sich auch nicht, während sie die Ruinen besichtigten. Peter hütete sich, eine Bemerkung über die tanzenden Knaben zu machen. Sie verzehrten ihr kärgliches Mahl unter einem

Olivenbaum; dann folgte der lange Ritt zurück. Da Peter keinen Grund hatte, sich schuldig zu fühlen, überließ er Charlie seinen brütenden Gedanken. Er würde ihm erzählen, was ihn bewegte, sobald er dazu bereit war.

Als sie wieder auf dem Schiff waren, hatten die Kingsleys gerade einen Shaker Martini geleert. Charlie fuhr Martha brüsk über den Mund, als sie ihm von ihrem Tag erzählen wollte.

»Jack ist besoffen, dieser Scheißkerl«, sagte er, als sie sich unten umzogen. Sein Ton war häßlich.

»Nicht mehr als sonst«, wandte Peter besänftigend ein. »Egal, wir brauchen ihn nicht, um hier rauszufahren.«

Sie gingen zurück aufs Deck und begannen, das Schiff loszumachen, ohne die Kingsleys zu fragen. Als Martha sah, daß sie bereit waren, schaltete sie den Motor ein.

Zum ersten Mal stand Jack eindeutig auf wackeligen Beinen. Sie gingen nach vorne, um die Segel zu setzen. Der nordöstliche Wind flaute ab. Als die Segel oben waren, schwang Jack das Ruder herum, schaltete den Motor aus und steuerte nach Süden. Charlie und Peter blieben vorne und sahen zu, wie die Sonne in dem seltsam bedrohlich wirkenden Kreis aus Felsen versank.

»Es ist richtig unheimlich«, sagte Peter. »Ich bin froh, daß wir aufbrechen, bevor der Sturm ausbricht. Hat es dich deprimiert? Du warst den ganzen Tag irgendwie komisch.«

»Nein, ich bin okay.« Er sah, daß eine Briese aus Westen kam. Er wollte es Jack zurufen, aber es war so offensichtlich, daß es unter Seglern eine Beleidigung gewesen wäre, darauf hinzuweisen. Als er merkte, daß er nicht länger warten konnte, war es zu spät. Ein Windstoß packte sie. Der Großbaum schwang quer über das Schiff und krachte auf der anderen Seite in einen Klüver. Charlie rannte gebückt nach hinten, für den Fall, daß der Baum wieder zurückschwang. Er stieß Jack weg und packte das Steuerrad.

»Du besoffenes Schwein!« schrie er. Er stellte das Hauptsegel richtig und stabilisierte das Schiff. »Wo willst du hier einen neuen Mast herkriegen? Allmächtiger! Warum bleibst du nicht unten, wo du hingehörst?«

»Charlie, bitte –«, begann Martha.

»Du hältst den Mund. Hol den Klüver ein.«

»Kommandiere meine Frau nicht so herum!« protestierte Jack. Er saß auf der Bank, auf die Charlie ihn geschoben hatte und sah benommen aus.

»Ich kommandiere sie herum, wann es mir paßt, verdammt noch mal!« knurrte Charlie.

Peter kam nach achtern und starrte ihn überrascht und mit Beschützermiene an. Charlie wandte sich ihm zu. »Hol uns was zu trinken, Schatz, ja? Ist ja egal, wenn wir alle betrunken sind.«

Peter wurde rot und lief nach unten. Er kam mit Flaschen und Gläsern zurück und goß Whisky mit Soda ein, während die Kingsleys stumm zusahen. Charlie trank durstig.

»Gut. Vielleicht hat Jack recht. Wir werden in Schlangenlinien durchs ganze Mittelmeer segeln. Wir wär's, wenn wir den Besan setzten, Schatz?«

»Was soll dieses schwule Geturtel?« fragte Jack in abfälligem Ton.

»Das sind wir ja auch – ein schwules Paar. Trotzdem – wahrscheinlich sind wir bessere Männer als du je einer sein wirst. Du hast ja gar keine Ahnung.«

»Ich denke, wir gehen besser nach unten«, sagte Martha hastig. »Charlie hat wohl sehr schlechte Laune.«

»Ich gehe, bevor das hier zu weit geht«, fügte sich Jack. »Aber ich glaube, wir werden uns mal ernsthaft unterhalten, wenn wir in Heraklion sind.«

»Jederzeit und überall, am liebsten nüchtern«, schnauzte Charlie. Er leerte sein Glas und reichte es Peter zum Füllen. Martha wartete auf Jack. Er stolperte ein wenig, als er übers Deck ging. Sie verschwanden im Niedergang. Charlie zog Peter zum Rad, ohne etwas zu sagen und ging ans Heck. Als er das dritte Segel gesetzt hatte, kehrte er ans Steuerrad zurück und schubste Peter mit dem Ellbogen weg. Peter setzte sich auf die Bank neben ihn und wartete darauf, daß er etwas sagte. Er hatte keine Ahnung, was ihm als nächstes bevorstand. So hatte er Charlie noch nie gesehen. Er kannte sein Temperament und wußte, daß er die Beherrschung verlieren konnte. Das kam aber selten vor. Jetzt schien er sich aber durchaus wieder im Griff zu haben. Er sah eher angewidert als wütend aus. Peter fühlte sich nicht betroffen und saß daher immer noch zufrieden an seiner Seite. So blieben sie schweigend sitzen, während es dunkel wurde. Sie leerten ihr zweites Glas.

»Ich nehme an, wir sollten etwas essen«, meinte Charlie nach einer Weile. Seine Stimme klang normal, aber müde. »Würdest du mal nachsehen, ob du was findest?«

»Klar, Liebling.« Peter stand auf und legte ihm eine Hand auf die Schulter. Charlie berührte sein Knie und legte den Kopf an seine Hüfte. Peter spürte, daß er zitterte. »Ich mache dir noch einen Drink.« Er tat es und ging nach unten, kam aber gleich wieder zurück. »Martha bringt uns ein paar Sandwiches und Suppe.«

Charlie sagte nichts. Martha erschien in der Bodenluke und stellte das Essen aufs Deck. Peter wollte es holen, aber sie stieg herauf und ging zum Cockpit.

»Findest du es gut, daß du so weit gegangen bist?« fragte sie.

»Ich möchte dich nur eines fragen, dann kannst du wieder gehen«, sagte Charlie kühl. »Hast du diesen normalen Fick mit Jack gehabt, von dem wir gesprochen haben?«

Eine lange Stille trat ein. Er sah, daß sie mit sich kämpfte. Sollte sie die Wahrheit sagen oder nicht? »Ja«, sagte sie schließlich. »Ich mußte es tun. Wir haben noch nicht ernsthaft über die Zukunft gesprochen. Du weißt noch nicht, was du willst, und ich muß an das Kind denken. Vielleicht muß ich Jack einreden es sei seines. Ich weiß nicht, was ich glauben soll. Ich habe darauf gewartet, daß du es mir sagst.«

»Nein, du hast nicht gewartet. Du hast dich nach allen Seiten abgesichert. Sehr schlau. Natürlich hast du recht. Ich habe nie behauptet, daß du auf uns zählen kannst. Egal, damit ist alles klar. Verschwinde nach unten.«

»Was ist klar? Bitte, Liebling –«

»Halt den Mund, verdammt noch mal!« grollte er. »Du hast genau das getan, was ich dir verboten habe. Aber ich war sicher, daß du es tun würdest. So wie es aussieht, spielt es keine Rolle mehr, falls dich das tröstet. Geh nach unten. Ich habe dir nichts mehr zu sagen.«

Ihre Augen glitzerten im Mondlicht. Tränen? Sie zögerte, dann lies sie resigniert die Schultern sinken, drehte sich um und ging.

»Mein Gott!« rief Peter, als sie außer Sichtweite war. »Wie sollen wir nach dieser Szene mit den beiden weitermachen?«

»Wer sagt, daß wir mit ihnen weitermachen?«

»Wir müssen. Wir können sie jetzt nicht im Stich lassen. Was ist eigentlich los, um Himmels willen?«

»Du weißt, was los ist. Jack zum Beispiel.«

»Das ist doch nicht alles. Was hast du zu Martha gesagt?«

»Du hast es gehört. All das Geschwätz über ihre Liebe zu mir – und dann läßt sie sich von Jack ficken, nur um sicherzugehen. Das macht mich krank.«

»Das ist immer noch nicht alles. Seit heute morgen stimmt etwas nicht. Sag's mir, bitte.«

»Da gibt es nichts zu sagen. Vergiß es in Gottes Namen.« Wie konnte er ihm vom Ausmaß seines Versagens erzählen? Er hatte schon zuviel über die Hoffnungen gesagt, die er mit Martha verbunden hatte. Jetzt, wo sie enttäuscht worden waren, kamen sie ihm lächerlich und pervers vor. Wie gerne hätte er alles, was er über Martha gesagt hatte, aus Peters Gedächtnis gelöscht. Er wollte sie nicht in ihrem Leben haben. Er wollte ihr Kind nicht haben. Das hatte er in dem Augenblick gewußt, als sie heute morgen von Heirat gesprochen hatte. Wenn dieses Thema nie zuvor angeschnitten worden wäre, hätte er sie eher verstanden. Aber sie hatte nur seine Worte nachgeplappert. Er war für die ganze Situation verantwortlich. Jede Minute, die sie zu dritt verbracht hatten, hätte ihm sagen sollen, daß seine Vision eines Zusammenlebens nie zu ihrer aller Zufriedenheit Wirklichkeit werden konnte. Warum hatte ein harmloses Wort von ihr ihm endlich die Augen geöffnet? Er hatte den ganzen Tag mit sich gekämpft, sich an seine schwindende Hoffnung geklammert. Aber das Bild von Peter, der allein am Steuerrad saß, war stärker als alle Vernunft – oder es hatte ihn zur Vernunft gebracht. Sein Traum von der Vaterschaft war tot. Das Baby würde den Kingsleys gehören. Er hatte sein eigenes Kind verstoßen. Eine schöner, femininer junger Mann blockierte alle seine natürlichen Instinkte. Nein, nicht feminin, berichtigte ihn ein sachlicherer Winkel seines Gehirns. Seine Schönheit und seine köstliche Jugend zeichnete ihn vor anderen Männern aus; aber es war nichts Weibisches an ihm. Es war nicht weibisch gewesen, wie sie beide Martha genommen hatten. Wäre es so gewesen, wäre vielleicht alles verständlicher. *Er* hatte völlig versagt. *Er* hatte bei allem versagt, was er mit Peter erreichen wollte. Jetzt, wo es vorbei war, wußte er kaum noch, was es gewesen war. Der große Plan war zerbrochen und verschwommen. Sein Versuch, ein Mann wie alle anderen zu sein, war gescheitert. Er haßte sich für das, was er zu Martha gesagt hatte. Er dachte daran, was er am Tag zuvor am Strand getan hatte, und haßte Peter, weil er ihn dazu getrieben hatte. Er haßte sich selbst.

»Gib mir noch einen Drink, Schatz«, sagte er ziemlich ruhig. »Tut mir leid, wenn es sich angehört hat, als sei ich böse auf dich. Das bin ich nicht.«

Peter beeilte sich, seine Bitte zu erfüllen. Als er ihm das Glas reichte, beugte er sich vor und küßte ihn auf den Scheitel. »Mach dir keine Sorgen. Jack ist so betrunken, daß er sich morgen wahrscheinlich an nichts mehr erinnert.«

»Um so schlimmer für ihn. Es ist mir ein Rätsel, warum er das Schiff nicht längst versenkt hat.«

»Soll ich dich eine Weile ablösen? Du mußt dich ausruhen. Du hast seit ewigen Zeiten nicht mehr geschlafen.«

»Nein, mir geht's gut. Der Wind kommt jetzt mehr aus Süden. Am besten holen wir die Schoten ein.«

Als sie damit fertig waren, setzte sich Peter neben Charlie und schmiegte sich an ihn. Er spürte keine Reaktion, außer daß er immer noch zitterte. Es war also nicht alles in Ordnung. Er konnte sich nicht vorstellen, was ihn derart verstört hatte. Hing er vielleicht mehr an Martha, als er geglaubt hatte? Er hatte den Eindruck, daß das kurze, grausame Gespräch mit ihr ein Abschied gewesen war. Das tat ihm natürlich nicht leid, aber er wollte Martha nicht unnötig verletzen. Er empfand eine überraschende und besitzergreifende Zärtlichkeit für sie. Selbst er hatte ihr ein paar Augenblicke der Ekstase geschenkt. Sie war sein Mädchen gewesen. Dadurch war eine Bindung entstanden. Allmählich ergaben Charlies Pläne einen gewissen Sinn. Natürlich hätte sie nicht bei ihnen im Haus wohnen können, aber sie hätten miteinander in Verbindung bleiben, das Kind aus der Ferne aufwachsen sehen und sich um es kümmern können. Es war schon etwas Besonderes, Vater zu sein. Zu seinem Erstaunen bekam er eine Erektion, als er an sie dachte. Er wandte seine Aufmerksamkeit wieder Charlie zu. Sollte er darauf bestehen, daß er runterging und ein wenig schlief? Nach all den Wochen des kurzen, oft unterbrochenen Schlafes mußte er sich ja am Rande der Erschöpfung befinden. Peter legte ihm den Arm um die Brust und drückte ihn an sich, um das seltsame Beben zu lindern, das er in ihm spürte.

Der Wind frischte auf und peitscht die See. Das Schiff segelte hart am Wind, hob den Bug wie ein Rennboot und hüpfte übers Wasser.

»Der alte Kahn bewegt sich wieder«, sagte Charlie nach langem Schweigen, aber es war nur ein schwaches Echo der Begeisterung, die er immer an den Tag gelegt hatte, wenn er mit der Leistung des Schiffes zufrieden war. Ein fast voller Mond vergoldete das wogende Meer. Charlie trank langsam weiter direkt aus der Flasche. Der Alkohol dämpfte seine Gefühle, vertiefte aber seine Niedergeschlagenheit. Peter spürte, wie eine hartnäckige Entschlossenheit sich in ihm sammelte – er würde jetzt bestimmt nicht schlafen gehen. Er küßte ihn auf die Wange, streckte sich auf der Bank an der Leeseite aus und schlief ein.

Charlie war eine am Steuer festgemachte Maschine, die mit dem

Schiff hin und her schwankte und auf ihm dahintrieb. Er hatte keine Ahnung, wie viele Stunden er das Rad festgehalten hatte, als sich am fernen Horizont vor dem blassen Himmel eine Landmasse abzeichnete. Auf der Karte hatte er eine winzige Insel vor Kreta gesehen, östlich ihres Kurses nach Heraklion. Der Wind hatte sie also nach Osten abgedrängt. Wenn das diese Insel war, stand die Dämmerung kurz bevor, und sie hatten eine ordentliche Strecke zurückgelegt. Er steuerte genau darauf zu, suchte dahinter nach den Bergen Kretas, sah aber nichts. Darum beschloß er, näher heranzusegeln, ehe das lange Aufkreuzen vor Heraklion begann.

Er sah, wie der Felsen langsam größer wurde, als er scheinbar auf ihn zuraste. Allmählich war auch eine weiße Linie an seinem Fuß zu sehen – die schäumenden Wellen, die sich an ihm brachen. Jetzt waren seine Nerven ein wenig gespannt, und er rutschte auf seinem Sitz hin und her. Er war nie gerne in Landnähe gesegelt, aber in diesem Fall war es absolut ungefährlich, versicherte er sich selbst. Der Wind würde sie wieder aufs Meer pusten. Wahrscheinlich würde es noch eine Stunde dauern, bis er der Insel wirklich nahe war, und wenn es sich tatsächlich um die richtige Insel handelte, müßte er dann schon Kreta sehen und konnte ihre Position bestimmen.

Er begann mit dem Schiff zu spielen und brachte es bei jeder günstigen Gelegenheit in den Wind, um festzustellen, ob er auf die Windseite der felsigen Landmasse vor ihm zusteuern konnte. Es würde knapp werden. Seine Hände packten das Rad fester. Wenn der Wind ihn überlistete oder wenn er den kleinsten Fehler machte, würden sie an den Klippen zerschellen. Es war dumm von ihm – mit einem Schiff durfte man nicht spielen. Selbst wenn er die Windseite erreichte, war das Risiko zu groß. Für einen vernünftigen Seemann war diese Insel ein Hindernis, von dem er sich fernzuhalten hatte. Dennoch hielt er das Ruder gerade. Die Klippen zogen ihn an. Wieder stellte er sich vor, an ihnen zu zerschellen, und diesmal schreckte ihn der Gedanke weniger ab. Warum nicht? Ein angenehmes Ende einer traurigen Geschichte. Die Kingsleys schliefen. Sie würden nie wissen, was geschehen war. Sein ungewolltes Kind würde ausgelöscht. Er genoß den Frieden, den er beim Gedanken an den Tod schon einmal gefunden hatte. Peter konnte ohne ihn nicht leben. Sie alle würden mit einem großen Knall untergehen. Er dachte an die magischen Augenblicke in den letzten Wochen – die Nächte auf See unter dem Sternenhimmel mit Peter an seiner Seite, der Kuß, den sie ohne Scham am Strand von Siros ausgetauscht hatten, Peter nackt an einem anderen Strand, wie er mit liebevoller Stimme sagte: »Das ist alles, was *ich* will, egal was passiert«. Er wußte, daß diese Momente der Freude nicht zurückkehren würden. Sein Versagen, das Scheitern seines großen Plans hatte etwas in ihm abgetötet. Er war müde, verdammt müde bis in die Knochen. Nichts würde ihm jemals wieder wichtig sein. Mach ein Ende. Mach allem ein Ende.

Er beugte sich vor und starrte in die Ferne. Das Licht veränderte sich, und die Insel schien viel näher zu sein. Schon konnte er die Brandung erkennen. Sein Herz begann schneller zu schlagen, aber seine Hände lagen entspannt auf dem Rad und übten nur den Druck aus, der notwendig war. Es würde bestimmt schmerzlos sein. Wenn die Felsen so scharf waren, wie sie aussahen, und sie mit enormer Wucht aufprallten, würden sie vielleicht kurz mit der See kämpfen und dann – nichts mehr. Er hatte das Schiff im Griff und fand seine Gedanken völlig vernünftig.

Als der Himmel grau wurde, sah er die steilen Felsen deutlicher. Er näherte sich der Windseite einer Felsnase. Dahinter sah er die eigentliche Insel, die er vorhin auszumachen versucht hatte. Er beugte sich vor und berührte Peter an der Stirn. Peter setzte sich sofort auf und gähnte.

»Na, wie läuft's?« fragte er.

»Ich werde das Schiff zerschmettern«, sagte Charlie in gelassenem Ton.

Peter sah ihn an, und der Atem stockte ihm. Die Worte bedeuteten ihm nichts, aber im grauen Licht sahen seine Augen tot aus, der Mund grimmig und das Gesicht seltsam verzerrt. Charlie sah alt aus. Für Peter hatte nie ein Zusammenhang zwischen Charlie und dem Alter bestanden. Das erschreckte ihn mehr als das, was er gesagt hatte. »Wovon redest du?« fragte er, nachdem er tief Luft geholt hatte.

Charlie deutete mit einem Nicken nach vorne. »Sieh selbst.«

Peter stand auf, schaute nach vorne und wirbelte herum. »Wo sind wir? Was ist das?«

»Ein Haufen Felsen. Ich fahre mit dem Schiff darauf.«

Peter versuchte zu lächeln und hielt erneut den Atem an, als er in die leblosen Augen sah. »Komm schon. Was tust du da? Soll das ein Witz sein?«

»Das ist kein Witz. Ich habe es satt.«

»Was hast du satt? Willst du die Kreuzfahrt nicht fortsetzen?«

»Ich will überhaupt nichts mehr fortsetzen. Bald wird alles zu Ende sein.«

»Um Gottes willen – hast du den Verstand verloren? Willst du uns alle umbringen?« Peter streckte die Hand nach ihm aus, zuckte aber zurück, als er seinen sonderbaren Gesichtsausdruck sah. Er setzte sich hin und wandte dem Land, das drohend vor ihnen aufragte, den Rücken zu. »Bitte, Liebling. Sag mir, was das alles soll.«

»Ich wollte, ich wüßte es. Sterben ist so einfach. Willst du denn nicht mit mir sterben? Du hast es doch oft gesagt.«

»Aber die anderen ...«

»Sie sind mir egal.«

»Sie dürfen dir nicht egal sein. Du bist verrückt. Wenn du uns umbringen willst, nehmen wir Tabletten oder sonstwas. Aber nicht das.«

»Mir ist einfach alles egal. Es ist vorbei.«

»Aber warum? Bitte, sag es mir«, flehte Peter ihn an. »Wenn ich etwas getan habe, will ich es wissen.«

»Du hast nichts getan, Kleiner. Und ich auch nicht. Das ist ja das Problem. Ich habe etwas Besseres für uns gewollt. Es taugt nichts.«

»Ich verstehe nicht, wovon du sprichst. Wir müssen vernünftig miteinander reden. Dann tun wir, was immer du willst.« Er sprach in leichtem, aber eindringlichem Ton und kämpfte gegen das Stolpern seines Herzens an. Er wollte nicht, daß Charlie seine Furcht spürte, und er wollte nichts tun, was den Eindruck eines Streites erwecken konnte. Wenn Charlie wirklich irgendwie zusammengebrochen war und den Verstand verloren hatte, war er zu allem fähig, nur um seinen Kopf durchzusetzen. Er mußte ihm das Gefühl geben, als sei er nicht gegen ihn. Aus dem Augenwinkel sah er das Land, das sich zum Hafen hin krümmte. »Du kannst mit uns machen, was du willst. Weißt du das nicht? Aber du darfst die anderen nicht mit hineinziehen.«

»Warum nicht?«

»Du hast auf niemanden das Recht, das du auf mich hast. Es ist nicht fair, so zu tun, als hättest du dieses Recht.« Er näherte sich Charlies Hand am Rad, um seine Entschlossenheit zu prüfen. »Bitte dreh jetzt bei. Verdammt noch mal, wenn ich sterben muß, möchte ich bei dir sein, so wie es immer war. Die anderen haben es nicht verdient, mit uns zu sterben.« Es sah einen Anflug von Interesse in den toten Augen.

»Nimm die Hand vom Rad«, sagte Charlie tonlos.

Peter gehorchte, und sein Herz setzte einmal aus. Einen Augenblick lang hatte er gedacht, er habe gewonnen, weil Charlie dem Rad etwas Spiel gab. Aber es war offensichtlich nur ein Test – er steuerte weiter auf Kollisionskurs. »Verdammt«, platzte Peter verzweifelt heraus. »Ich will es nicht tun, aber wenn ich die Kingsleys hole, siehst du vielleicht ein, daß es unmöglich ist.« Vielleicht würde er sich vor ihnen schämen und wieder vernünftig werden. Peter fragte sich, ob er auch Gewalt anwenden würde, wenn es keine andere Möglichkeit mehr gab.

»Tu, was du willst«, sagte Charlie. Er griff nach dem Spind unter dem Sitz und zog einen Schraubenschlüssel heraus.

Peter sah mit wachsender Angst zu. Er sprang auf und rannte weg. Einen furchterregenden Augenblick blieb er stehen und schaute nach vorne. Die Wellen krachten gegen die zerklüfteten Felsen. Das Wasser schoß in die Luft und hüllte die steilen Klippen dahinter in Nebel. Er spürte die enorme Wucht in den Knochen. Es würde ein gewaltiges Splittern und Krachen geben. Sie alle würden an die Felsen geschmettert und zerrissen und zerfetzt werden. Wieviel Zeit hatten sie noch? Fünf Minuten? Höchstens zehn. Er sprang in den Niedergang. Einen Moment später war er zurück, gefolgt von Jack, der verschlafen und aggressiv an Deck kletterte.

»Was zum Teufel geht hier vor?« fragte er laut. Dann schaute er nach vorne. »Jesus Christus!« schrie er und lief auf das Steuerrad zu.

Charlie hob den Schraubenschlüssel. »Nimm dich in acht, Jack«, sagte er als handle es sich um eine Nebensache.

Jack überlegte einen Augenblick, drehte sich um und rannte zurück zur Bodenluke. Er verschwand und kam mit einem Messer wieder heraus.

»Ich zähle bis zehn«, schrie er. »Wenn du dann nicht beidrehst, schneide ich alle Schoten ab.«

»Das paßt zu dir, du Idiot«, schrie Charlie zurück. »Weißt du nicht, was dann passiert? Wir laufen gegen den Felsen da vorne. Möchtest du lieber langsam sterben?«

Jack zögerte eine Sekunde, dann sprang er ihn an. Charlie schwang den Schraubenschlüssel und traf ihn damit an der Schläfe. Er brach im Cockpit zusammen. Peter lief zu ihm, zog ihn weg und legte ihn auf den Rücken. Er hob das Messer auf und legte es auf eine der Bänke. Dann drehte er sich zu Charlie um.

»Ich übernehme jetzt das Ruder«, sagte er ruhig. Sein Blick suchte Charlies Augen. Charlie starrte weiter geradeaus. Dann wandte er plötzlich den Kopf, und ihre Blicke trafen sich. Peter schrie mit brüchiger Stimme: »Du bist doch kein Mörder, verdammt! Du hast den

Verstand verloren. Ich lasse das nicht zu. Es geht nicht um mich, vielleicht nicht einmal um Martha. Aber um Jack. Wie kennen ihn kaum. Es wäre ein sinnloser Mord.« Er ging auf ihn zu.

Charlie hob den Schraubenschlüssel. »Du hast gesehen, was mit ihm passiert ist.«

»Wir tun einander nicht weh«, versicherte Peter ihm standhaft und griff nach dem Schraubenschlüssel.

Charlie hob das Werkzeug hoch und warf es ins Meer. »Schnapp dir die Klüverschot!« fauchte er. Peter gehorchte. Charlie lief zur Großschot.

»Klar zum Wenden! Hart leewärts!« Er stemmte die Füße auf den Boden und riß das Rad herum. Unerwartete Gefahren lauerten plötzlich überall. Der Schwung des sich beschleunigenden Schiffes brachte sie knapp an Felsen heran, die kaum unter Wasser lagen und die er nicht gesehen hatte. Einen nervenzermürbenden Augenblick hingen sie im Wind, und das Schiff bockte und stampfte, während sie auf die Katastrophe zusteuerten. Dann faßten die Segel beim nächsten Schlag den Wind, der Bug hob sich, und das Schiff schoß vorwärts. Sie fielen hart vom Strich ab, während Charlie das Hauptschot fierte, das Ruder korrigierte und sie auf Kurs brachte. Er sah Martha im Niedergang, blaß und schemenhaft im gespenstischen Licht.

»Geh ans Rad«, befahl er Peter kurz angebunden und ohne ihn anzusehen. »Kreta liegt irgendwo dort drüben. Ich bin erledigt.« Jack rührte sich. Er stieg über ihn hinweg, streifte Martha, die aus dem Niedergang stieg, und ging nach unten.

Er legte sich in die Koje und zitterte vom Kopf bis zu den Füßen und starrte mit offenen Augen ins Leere. Das hielt ihn vom Denken ab, aber nicht vom Gefühl des Versagens, das sich immer mehr in ihm ausbreitete. Er war dem Erfolg so nahe gewesen. Sein Körper zitterte noch immer wie ein Fels in der Brandung. Peter hatte wie immer die richtigen Worte gefunden, um seinen

Willen zu brechen. Jetzt brauchten sie nur noch darüber zu reden und alles in hübsche kleine Einzelteile zu zerlegen. Er wollte nichts davon wissen. Er hatte nichts mehr beizutragen. Er hatte den erlösenden Tod nicht gefunden. Jemand mußte einen neuen Ausgangspunkt suchen.

So lag er mehrere Stunden in seiner Koje. Das Zittern hörte auf, und tiefe Lethargie folgte ihm. Er war sich der Aktivität an Deck bewußt. Einige Male verspürte er den Drang, hinaufzugehen und nachzusehen, ob alles in Ordnung war. Aber das war nur ein Reflex, kein echtes Interesse. Ein paarmal ging Martha an ihm vorbei in die vordere Kabine oder aus ihr heraus. Er sah ihr an, daß sie auf ein Wort von ihm wartete, aber er bewegte keinen Muskeln und versank in seiner Trägheit.

Schließlich hörte er den Motor. Im Geiste manövrierte er das Schiff in die richtige Position, drehte es um, schaltete auf Leerlauf und fuhr weiter. Dann wurde der Motor abgestellt und das Schiff lag stumm und bewegungslos da. Kurze Zeit später war Peter da, beugte sich über ihn und berührte ihn am Knie.

»Bist du in Ordnung?« fragte er mit vorsichtiger Besorgnis. »Ich denke, wir sollten an Land gehen. Den Koffer hole ich später.«

Charlie setzte sich auf und warf die Beine über die Kante der Koje. Peter reichte ihm ein frisches Hemd und eine Hose. Charlie schlüpfte aus den Sachen, die er trug, und zog sich an. Als er fertig war, legte Peter eine Hand auf seinen Gürtel und schaukelte ihn beruhigend. Er schob die Hand weg, ging durch die Kombüse nach achtern und stieg durch die Bodenluke. Von den Kingsleys war nichts zu sehen. Waren sie schon an Land? Peter legte ihm eine Hand auf den Arm, ging zur Laufplanke und erreichte leicht schwankend das Ufer. Charlie sah, daß er sich in einem überfüllten, schmutzigen Hafen in einer Stadt befand. Lastwagen und Loren ratterten in der Nähe. Nach all den Wochen in sonnenverbrannten, geweißelten, vom Meer umgebenen Dörfern hatte er vergessen, daß die Welt so aussah. Sie überquerten eine Straße und einen Platz und betraten ein Gebäude. Peter sprach mit jemandem an einer Theke. Sie stiegen eine Treppe hinauf und traten in ein kahles, heißes Schlafzimmer. Charlie setzte sich auf einen Stuhl. Peter stellte sich hinter ihn und berührte sein Haar. Er legte ihm die Hände auf die Schultern und drückte sie.

»So, da wären wir«, sagte er nach langem Schweigen. »Willst du uns immer noch umbringen? Ich bin fast dazu bereit, wenn ich dich so sehe.«

»Es ist selbst dafür zu spät.«

»Was sollen wir jetzt tun? Jack läßt dich bestimmt nicht mehr an Bord.«

»Die Abneigung beruht auf Gegenseitigkeit.«

»Das Dumme ist, ich kann sie jetzt nicht im Stich lassen. Wenn nicht wenigstens einer von uns bleibt, sind sie hier gestrandet. Wir haben darüber gesprochen. Ich habe ihnen angeboten, mit ihnen zurück nach Piräus zu fahren. Dort können sie einen erfahrenen Kapitän anheuern, wenn sie zurück nach Frankreich fahren wollen. Wir wollten sie ja ohnehin in Piräus verlassen.«

»Armer Peter. Ärgert es dich nicht, daß du die Suppe auslöffeln mußt, die ich eingebrockt habe?«

»Ich tue nur, was du von mir erwarten würdest, wenn du klar denken könntest. Wir lassen niemanden im Stich. Einerlei, wieviel sie über uns wissen, sie verstehen nicht, daß wir im Grunde verheiratet sind. Wenn einer von ihnen über Bord fällt, holt der andere ihn automatisch heraus. Aber bei uns halten sie das nicht für möglich. Für sie ist es selbstverständlich, daß ich bei ihnen bleibe. Ich muß es wohl tun.«

Charlie sprang auf und ging im Zimmer umher. »Du sprichst von Heirat, als sei daran etwas Gutes. Schau dir die Kingsleys an.«

»Wir sind nicht so. Darum fällt es mir so schwer.

Kannst du dir vorstellen, was es für mich bedeutet, mit ihnen allein zu sein?«

»Alles geht vorbei.« Charlie ließ sich aufs Fußende des Bettes plumpsen und versank erneut in Lethargie. »Im Grund ist alles unwichtig. Wann brecht ihr auf?«

»Ich habe ihnen gesagt, daß ich erst komme, wenn ich sicher bin, daß es dir gut geht.«

»Dann wirst du lange warten müssen.«

»Mein Gott, kannst du mir nicht helfen, es zu verstehen? Ich kann nur noch daran denken, daß ich irgendwie schuld bin. War es falsch, wie ich mit Martha umgegangen bin?«

»Natürlich nicht. Es war meine Idee. Frag mich nicht weiter.«

»Ich weiß, ich war nicht sehr begeistert von der Idee, daß sie bei uns leben könnte. Aber gestern abend habe ich darüber nachgedacht, und ich verstehe allmählich, worauf du hinauswillst. Wir können später darüber reden. Ich glaube, sie ist wirklich in dich verliebt.«

»Herrgott noch mal, du verstehst gar nichts. Warum auch? Ich verstehe mich selbst nicht besonders gut. Ich will nicht, daß Martha in mich verliebt ist. Wenn du meinst, es lohnt sich, dann übernimm du sie. Sie ist gut im Bett. Du kannst auf der Fahrt nach Piräus daran arbeiten. Vielleicht gewinnst du dem Ganzen einen Sinn ab. Ich kann das nicht mehr, aber sie ist trotzdem schwanger, und es ist dein Kind so gut wie meines, egal was sie denkt. So mußt du das sehen.«

Peter ließ sich in den Sessel fallen, den Charlie geräumt hatte. »Wirklich? Du sagst, sie ist gut im Bett – aber das war sie nur, weil du da warst und weil du es anscheinend so haben wolltest. Das weißt *du* genau, nicht? Wenn du die Wahrheit wissen willst, es hat mich richtig geil gemacht, nackt bei dir zu sein, eine Erektion zu haben und einander zu küssen – alles vor fremden Augen. Es war, als würden wir endlich in aller Öffentlichkeit erklären, was wir einander bedeuten.«

»O Gott – Körper. Ich bin sie satt. Sie sagen uns nichts von dem, was wir wissen müssen.«

»Unsere haben uns immer eine Menge gesagt – über uns beide. Vergiß das nicht.«

»Vielleicht will ich es ja vergessen. Ehrlich gesagt, ich glaube nicht, daß ich dich jemals wieder anfassen will.«

Peter holte kurz und tief Luft, schluckte hart und biß die Zähne zusammen, um die Tränen zurückzuhalten, die ihm in die Augen traten. »Dann werde ich mich tatsächlich umbringen«, sagte er mit erstickter Stimme. »Ist Martha so gut?«

»Martha? Verstehst du denn nicht? Ich habe nicht die Absicht, sie jemals wieder anzufassen.«

»Aber warum? War ist passiert? Ich hatte nie Angst, dich an eine Frau zu verlieren, aber du hast sie sehr gern gehabt. Du hast mir selbst gesagt, was ein Baby für dich bedeutet.« Peter schaute ihn an und erschrak wieder über das, was er sah. Charlie sah wieder so aus wie auf dem Schiff. Er schaute durch Peter hindurch.

»Ich will das Kind nicht«, sagte er langsam. »Ich will es nie sehen. Das habe ich letzte Nacht herausgefunden.«

Einen Augenblick saß Peter wie angenagelt im Sessel. Dann kniete er vor Charlie und griff nach seinen Händen. »O Gott, warum hast du mir das nicht gesagt? Kein Wunder, daß du uns alle umbringen wolltest.«

Charlie schaute mit neuem Interesse in die treuen Augen. »Du verstehst es?« fragte er ungläubig.

»Ich weiß nicht, was die Ursache dafür ist, aber ich verstehe, wie dir zumute war. Wahrscheinlich hast du mich gehaßt, weil ich existiere, und dich selbst, weil du etwas nicht wirklich wolltest, was deiner Meinung nach so wichtig ist. Den Rest kenne ich nicht. Einiges kann ich erraten, aber ich möchte, daß du es mir sagst.«

Charlie entwand ihm seine Hände und lehnte sich zurück. »Es wäre besser, wenn ich den Mund hielte. Du ziehst garantiert Schlüsse, die alles noch schlimmer machen, falls das noch möglich ist. Hör mir genau zu. Deine Untreue war ein harter Schlag für mich.« Peter zukkte zusammen, stand auf und setze sich wieder in den Sessel. Charlie nickte. »Ja, damit hast du alles in Stükke geschlagen, was ich haben wollte und woran ich glaubte. Ich habe es versucht, aber ich bin immer noch nicht imstande, alles zu reparieren. Es war falsch, so darauf zu reagieren, das wußte ich schon damals – so schwerwiegend war es nicht. Ich wollte neue Wege für uns beide öffnen, und dabei habe ich versagt. Jetzt bin ich wieder da, wo ich angefangen habe: Ich *willl* uns hermetisch vor der ganzen Welt abschließen. Das wurde mir klar, als ich dir neulich am Strand den Schwanz lutschte. Ich will das Baby nicht, ich will nichts haben, was ein wenig frische Luft hereinlassen könnte. Um Gottes willen, Schatz, sitz nicht so da – voller Licht und Liebe. Verstehst du nicht, was das heißt? Es bedeutet, daß ich uns umbringen werde, so wie ich es vor ein paar Stunden getan hätte, wenn du mich nicht daran gehindert hättest. Ich bin krank. Krank vor Liebe. Wenn alle so wären wie du, wäre das Leben vielleicht möglich. Aber wir sind nicht wie du, ich am allerwenigsten. Ich glaube, wir müssen uns trennen, Liebling.«

Peter saß ganz still im Sessel, und die Tränen, die er eben noch zurückgehalten hatte, liefen ihm über die Wangen. »Au«, murmelte er. »Es ist schrecklich, wenn du so etwas sagst und dabei nicht einmal wütend auf mich bist. Hör zu. Du mußt begreifen, daß du zur Zeit nicht du selbst bist. Du bist ausgepumpt. Du kannst erst klar denken, wenn du dich ausgeruht hast. Bitte, laß es jetzt erst einmal gut sein.«

Charlie nickte stumpf. »Ich wüßte nicht, was sich ändern sollte, aber ich bin nicht mehr in Stimmung für ein Melodram. Ich will nichts beweisen – für mich ist alles bewiesen. Aber wir werden bei allem, was wir tun, darauf achten, daß es uns beiden möglichst wenig weh tut. Das verspreche ich.«

»In Ordnung. Aber entscheide bitte nicht für mich. Sprich mit mir.« Peter wischte sich die Tränen von der Wange, erhob sich und setzte sich neben Charlie aufs Bett, ohne ihn zu berühren. »Es gibt vieles zu berüksichtigen. Verschließ dich jetzt nicht vor dem Baby. Wir brauchen noch nichts zu entscheiden. Später stellt sich vielleicht heraus, daß wir in seinem Leben eine Rolle spielen können. Wenn er zwanzig ist, werden wir erst fünfzig sein. Es wird bestimmt ein Junge. Ich wünschte, er würde sich mit dem Heranwachsen beeilen. Ich möchte ihn gerne kennen.«

Charlie stand auf und ging wieder im Zimmer herum. »Genau das will ich nicht. Ich will nicht daran denken.«

»Tut mir leid. Ich meinte natürlich später.«

»Regle es, wie du willst, Schatz. Ich glaube, du kannst wirklich etwas daraus machen. Verschließe *du* nicht die Augen vor dieser Möglichkeit. Es ist auch richtig, daß du mit den Kingsleys weitersegelst.«

»Das eilt nicht. Ich habe ihnen gesagt, daß wir vielleicht ein paar Tage hier bleiben.«

»Nein. Je früher ich reinen Tisch mache, desto besser. Ich muß allein sein, wahrscheinlich lange. Vielleicht für immer.«

»Bitte, sag jetzt nichts mehr. Ich ertrage das nicht.« Peter erhob sich, stellte sich vor ihn und schaute ihm in die Augen. »Bist du sicher, daß du schon allein sein kannst? Versprichst du mir, daß du nicht mehr daran denkst, dich umzubringen oder dergleichen?«

»Ich habe dir immer gesagt, daß ich nicht ohne dich sterben will.«

»Gut. Das wird die Hölle für mich. Du verstehst doch, warum ich es tun muß, oder? Es dürfte nicht länger als drei oder vier Tage dauern. Schlimmstenfalls eine knappe Woche. Bisher haben wir ja getrödelt.«

»Paß auf dich auf. Ich weiß, du kannst mit dem Schiff umgehen, aber du wirst es mit Jack nicht leicht haben. Überrede ihn dazu, den Motor zu benutzen.« Als sie über das Schiff sprachen, kehrte ein gewisses Gefühl von Normalität zurück. Sie waren hilflos und verletzt, aber sie waren immer noch ein Paar. »Ich muß ein Schiff nach Piräus finden. Vielleicht kriege ich heute noch eins.«

»So bald? Willst du in Athen auf mich warten?«

»Ja, ich werde dort sein. Wenn ich irgendwohin gehe, hinterlasse ich eine Nachricht im Grand Bretagne.«

»Versprich mir, daß du dir keine Sorgen um mich machst. Ich schaffe das schon. Jack ist damit einverstanden, daß wir die Route nehmen, die ich aussuche. Wahrscheinlich lasse ich die ganze Zeit den Motor laufen. Ich werde mich heiser schreien, wenn ich da draußen allein bin. Ich weiß, du willst mich nicht berühren – aber gilt das auch für einen Abschiedskuß? Vielleicht haben wir später keine Gelegenheit mehr dazu.«

»O Gott, Kleiner. Ich –« Charlie würgte an einem Wort. Er zog Peter an sich, und ihre Lippen trafen sich zu einem langen, tiefen, seltsam unerotischen Kuß, der vor Liebe glühte. Tränen liefen Charlie über die Wangen, als sie sich voneinander lösten. »Ich habe mich wohl getäuscht, als ich sagte, daß ich nichts mehr fühle«, sagte er. Peter hob die Hand und berührte die Tränen liebevoll und dankbar. Irgendwie würde alles gut werden.

Sie verließen das Hotel und fanden ein Reisebüro. In ein paar Stunden fuhr ein Schiff nach Piräus. Peter ließ Charlie in einem Café zurück, ging zur *Kassandra* und packte einen Koffer für ihn.

»Ich habe ihnen gesagt, daß ich heute abend aufbrechen will«, berichtete er, als er wieder bei Charlie war. »Und wenn ich schon hier bin, gehe ich heute nachmittag nach Knossos. Aber wenn du nicht dabei bist, sehe ich nicht viel.«

Sie aßen stumm. Als sie zum Schiff nach Piräus gingen, nahm Charlie Peter an der Hand. »Danke«, sagte Peter. »Das tut gut.«

Das Schiff war in einer Halle vertäut. Charlie stellte seinen Koffer draußen ab. »Verzichten wir auf eine große Abschiedsszene«, sagte er.

»Einverstanden. Es ist ja kein Abschied. Mir ist zwar zumute, als sei ich bald am Ende der Welt, aber ich habe noch einmal die Karte studiert. Wir werden übermorgen in Milos sein, und von da sind es nur noch ein bis zwei Tage.«

Sie standen da und hielten einander an den Ellbogen. »Geht es dir wirklich gut? Paß gut auf dich auf. Ruh dich aus, Liebling. Du brauchst es. Wir treffen uns im Grande Bretagne. Ich liebe dich. Wenn ich noch eine Minute hier stehenbleibe, tue ich etwas, was selbst die Griechen stören würde.« Er drückte Charlie den Arm, riß sich von ihm los und ging schnell fort.

Charlie schaute ihm nach. Er bewegte sich mit grazler Anmut, und sein goldener Schopf schimmerte in der Sonne. Würde er ihn jemals wiedersehen?

Als das Schiff am nächsten Morgen in Athen anlegte, hatte Charlie sich entschieden. Da Peter so hartnäckig gewesen war, hatte er in seinem Paß den Namen und die Anschrift des Mannes aufbewahrt, dem das Haus auf Hydra gehörte. Er mietete ein Hotelzimmer und suchte ihn auf. Es war ein höflicher alter Bauer, der bei der Familie seines Sohnes lebte. Als er Charlies Anliegen verstanden hatte, hieß er ihn als Überbringer eines großen Vermögens willkommen. Sie suchten Anwälte und Notare auf, und zweihundert Dollar wechselten den Besitzer. Charlie bekam einen riesigen Schlüssel, und sobald das Grundbuchamt von Hydra die Urkunde registrierte, war er offizieller Eigentümer des Hauses.

Mit einiger Mühe fand er ein Schiff, das am nächsten Morgen nach Hydra auslief. In dieser staubigen, unbekannten Kleinstadt wollte er nicht in einem großartigen Hotel wohnen. Er wollte nach Hydra gehen und das Haus in Besitz nehmen, das Peter sich so sehr gewünscht hatte. Dort würde er genug zu tun haben, und es würde ihnen genügend Gesprächsstoff liefern. Er war an einem Punkt angelangt, wo ihm alles recht war, was einen neuen Anfang versprach. Er hatte sein Kapital aufgezehrt. Alles, was ihm einst wichtig gewesen war, hatte sich abgenutzt und war reif für den Müll. Er hatte keine Ahnung, was sie mit einem Haus auf Hydra anfangen sollten, aber da es nur zweihundert Dollar gekostet hatte, spielte das keine Rolle.

Als er sich am nächsten Tag im Hotel abmeldete, öffnete er den Mund, um die Nachricht für Peter zu hinterlassen. Aber er sagte nichts. Es war eine spontane Idee. Er verspürte wieder das wachsende Bedürfnis, auf sich allein gestellt zu sein. Das war etwas Neues. Vielleicht lernte er dabei etwas über sich selbst. Er hatte einen kleinen Koffer gekauft, um Wäsche zum Wechseln unterzubringen. Den Koffer, den Peter für ihn gepackt hatte, ließ er beim Portier.

»Wann dürfen wir Sie zurückerwarten, Sir?« fragte der Mann.

»Ich weiß es nicht. Sagen Sie bitte meinem Freund, Mr. Martin, daß der Koffer hier ist. Er soll ihn mitnehmen, wenn er will. Und sagen Sie ihm, daß ich noch in Griechenland bin.«

Er hatte noch nicht einmal die Lobby durchquert, als ihm bewußt wurde, was er getan hatte. Er hatte alle Bindungen durchtrennt, die er in seinem Leben als Erwachsener geknüpft hatte. Jetzt war er ganz allein. Alles, was er tun, denken oder erleben würde, bezog sich nur noch auf ihn selbst. Das war ein bedeutsamer Schritt. Wenn er zurückkehrte, dann deshalb, weil er zurückkehren mußte. Was würde Peter tun? Er würde verwirrt und wütend sein, aber er geriet nicht so leicht in Panik. Vermutlich würde er schnell erraten, wo Charlie war. Oder er blieb einfach mit dem Koffer im Hotel und wartete auf ihn.

Das Schiff führte ihn an vertrauten Landmarken vorbei. Da war Ägina. Er schaute aufs Meer und in den Himmel und fragte sich, wo Peter jetzt war. Das Wetter war gut – aber würde es so bleiben? Als er sich vorstellte, wie Peter allein mit der trügerischen See kämpfte, bekam er Angst und sehnte sich danach, bei ihm zu sein.

Auf einmal merkte er, daß sie in Poros einliefen. Er ging hinaus aufs Deck, als sie in die lange Lagune einfuhren, und dachte daran, wie sie sich beim ersten Mal vor ihm ausgebreitet hatte. Die weiße Stadt glitzerte einladend in der Sonne. Er dachte an Peters Freund Dimitri, und seine Muskeln spannten sich. Promiskuität bedeutete ihm nichts, aber er hatte den Jungen in Poros überaus anziehend gefunden. Jetzt wußte er nicht mehr, was er wollte – vielleicht würde ein rein körperliches Erlebnis seine Einsamkeit durchbrechen und ihm helfen, wieder klar zu denken.

Das Schiff war jetzt so nahe am Kai, daß er die Menschenmenge sah, die sich dort versammelt hatte. Er lief zu seinem Platz zurück, holte den Koffer und stellte sich dann wieder an die Reling, um Ausschau zu halten. Er war bereit, an Land zu springen, falls er den Jungen sehen und wie damals auf ihn reagieren sollte. Das kleine Schiff glitt mit der Breitseite an den Kai. Das Wasser wirbelte, und der Schiffstelegraph auf der Brücke klingelte aufgeregt. Leinen wurden geworfen. Die Laufplanke war schon unten, und die Passagiere eilten ans Ufer, während andere nach vorne drängten, um einzusteigen. Alle schrien und wimmelten durcheinander, so daß es Charlie schwerfiel, sich auf einzelne Gesichter zu konzentrieren. Allmählich fragte er sich, ob er den Jungen erkennen würde.

Dann herrschte eine kurze Stille, und einige unförmige Bündel wurden ausgeladen. Charlie wollte sich eben abwenden, als er ihn sah. Sein schäbiges Hemd (sein einziges?) war offen und klebte an seinem hageren, unbehaarten Jungenkörper. Sein Gesicht strahlte die frische, unschuldige Leidenschaft aus, die Charlie so unwiderstehlich gefunden hatte. Die großen, dunklen Augen huschten über das Schiff. Charlie stieß einen Schrei aus, als Dimitri ihn sah. Sein Mund öffnete sich zu einem strahlenden, entzückten Grinsen, und er schrie etwas zurück. Charlie rannte nach achtern zur Laufplanke. Passagiere versperrten ihm den Weg. Er hörte eine Pfeife, und der Schiffstelegraph klingelte wieder. Er drängte sich durch die entrüstete Menge, riß seinen Koffer los, der irgendwo hängengeblieben war, und erreichte den Platz, an dem die Laufplanke gewesen war. Sie war bereits eingeholt, ebenso die Leinen. Der Abstand zwischen ihm und dem aufgeregt rufenden Jungen am Ufer wurde größer. Einen verrückten Moment lang dachte er daran, über Bord zu springen. Er preßte sich an die Reling und schrie »Hydra« und deutete hilflos in Richtung der Insel. Der Junge fing an zu laufen, während das Schiff sich immer weiter entfernte. Charlies Blick haftete an seinem fein geschwungenen Hals und an der schlanken Brust, die sich heftig hob und senkte. Er sah, wie Dimitri enttäuscht stehenblieb und ihm zum Abschied winkte, bis das Schiff sich im Kanal drehte und der Junge nicht mehr zu sehen war.

Er war erregt und frustriert. Ganz tot war er also doch nicht. Einen Augenblick lang hatte er sogar verstanden, wie Peter sich bei Jeannot gefühlt haben mußte. Als Dimitri ihm nachgelaufen war, hätte er alles gegeben, um diesen leichtfüßigen jungen Körper zu besitzen, der offensichtlich voller Verlangen war. Konnte er diesen heftigen Drang leugnen, ohne einen Teil seiner Lebenskraft zu verlieren? Diese Frage hatte ihn den ganzen Sommer lang umgetrieben, und er war der Antwort nicht nähergekommen. Wann sollte man ja sagen? Nie? Immer? Manchmal? Wenn die Umstände günstig waren? Seinem disziplinierten Geist gefiel keine dieser Möglichkeiten. Die Erregung verklang und mit ihr das Bedauern, und er ging wieder zu seinem

Platz, um die Reise nach Hydra zu beenden. Er hatte etwas gelernt. Was er bei seinem letzten Gespräch mit Peter nur halbwegs geglaubt hatte, war die Wahrheit gewesen: Er mußte allein sein. Er würde weder Peter noch sich selbst noch sonst jemandem von Nutzen sein, bevor er die Lösung des Rätsels nicht wenigstens erahnte. Da es ihm jedoch unlösbar vorkam, waren die Aussichten bestenfalls trübe.

Es war kein Problem, das Haus in Besitz zu nehmen. Der große, viereckige, schlichte Steinbau dominierte den östlichen Arm des Hafens. Er sah schlimmer aus, als er war. Die Nachricht von Charlies Ankunft verbreitete sich rasch, und eine ansehnliche Delegation begleitete ihn auf seiner ersten Inspektion, bereit, sich nützlich zu machen. Das Haus war bewohnbar im primitivsten Sinne des Wortes. Die Leute machten viel Aufhebens von der gefüllten Zisterne unterhalb des Gebäudes, was Charlie nicht sonderlich interessierte – bis er begriff, daß es auf der Insel keine Wasserversorgung gab. In dem Raum, der einmal eine Küche gewesen war, befand sich ein Brunnen, und er kaufte einen Eimer, den er hinunterlassen konnte. Außerdem besorgte er ein Bett und ein paar grobe Bettücher sowie eine Lampe und einen Kerosinherd mit einem Brenner. Ein Tisch und ein paar Stühle waren bereits vorhanden. Also zog er ein.

Selbst nach seiner unerwarteten Entscheidung, Peter keine Nachricht zu hinterlassen, war er mehr oder weniger davon ausgegangen, daß er in ein paar Tagen zurück nach Athen fahren würde. Aber jetzt war er entschlossen, zu bleiben. Etwas ging in ihm vor. Er war dabei, ins Zentrum seines Wesens vorzustoßen, und er mußte allein sein, bis dieser unangenehme Prozeß beendet war. Er vermißte Peter schrecklich und machte sich quälende Sorgen um ihn. Aber das war der Preis, den er bezahlen mußte, um herauszufinden, was so katastrophal schiefgegangen war.

Der Tag seiner Ankunft und der zweite Tag, an dem er sich einrichtete, vergingen so schnell, daß er beinahe daran glaubte, er könne mit der Einsamkeit zurechtkommen, obwohl er nicht aufhören konnte, an Peter zu denken. Würde Peter das Bett hier hinstellen oder drüben an die Wand, wo man das Meer sehen konnte? Es würde ihm nicht gefallen, daß man nirgendwo die Kleider aufhängen konnte. Wollte er einen richtigen Herd haben, oder wäre es ihm lieber, nicht kochen zu müssen? Mit ihm zusammen zu sein war lebenswichtig.

Am dritten Tag wurde ihm bewußt, daß jetzt vier Tage vergangen waren, seitdem Peter Kreta verlassen hatte, wenn man den Tag in Athen mitzählte. Mit etwas Glück näherte die *Kassandra* sich also Piräus. Gleich nach dem Frühstück ging er in die Stadt und erfuhr, daß am nächsten Tag gegen Mittag ein Schiff kommen würde. Die Möglichkeit, daß Peter auf dem Schiff sein würde, erfüllte ihn mit Hoffnung und Panik. Er sehnte sich nach ihm und wollte wissen, wie es ihm ging. Seine Gegenwart würde Balsam für viele Wunden sein. Aber es war noch zu früh. Was hätten sie einander zu sagen? Er fürchtete, daß irgend etwas ihn zwingen würde, den endgültigen Bruch herbeizuführen.

Er war immer noch voller Scham und Selbsthaß und hatte das Gefühl, kein ganzer Mann zu sein, weil er Martha und das Kind verstoßen hatte. Er war ein Schwuler, der so tat, als sei er ein Mann. Dieser Sommer hatte die letzten Zweifel an seiner sexuellen Neigung beseitigt. Hätte er mit Peter von Anfang an so offen gelebt wie im vergangenen Monat – so wie Peter es sich immer gewünscht hatte –, hätte er sich vielleicht nicht eingeredet, er könne ein Vater sein. In dem unwahrscheinlichen Fall, daß jemand eine Kampagne startete, um die Homosexualität von ihrem Stigma zu befreien, würde er gerne mitmachen. Er war, was er war. Er brach kein Gesetz. So vieles war unsicher, und darum tröstete es ihn, daß er wenigstens diese Frage beantwortet hatte.

Barstowe hatte ihnen gezeigt, wo die Ausländer schwimmen gingen. Also nahm er seine Schwimmsachen mit und ging, nachdem er sich über die Ankunft des Schiffes informiert hatte, in die entgegengesetzte Richtung. Er hoffte, daß ihn dort niemand stören würde. Es war eine zusätzliche Qual, müßig in der Sonne zu liegen. Jedes Mal, wenn er sich umdrehte und erwartete, einen vertrauten Körper zu berühren, oder wenn er die Augen öffnete und damit rechnete, daß Peters Blick auf ihm ruhte, war der Schock noch größer, als wenn er allein im Bett aufwachte.

Die Brandung erinnerte ihn an seinen kurzen Flirt mit dem Tod. Sogar dieser Ausweg war ihm nun verschlossen – Peter hatte ihm klargemacht, daß er sein Recht auf eine so einfache Lösung verwirkt hatte. Er mußte weiterleben, und sei es nur, um Peter zu beweisen, daß sie nicht zusammen leben konnten.

Nach dem Schwimmen blieb er liegen, bis er trocke war, dann flüchtete er vor dem gewaltigen Himmelsauge. Das zerfallende Haus war ein kleiner Teil von Peter, seine Wahl, vielleicht auch seine Bestimmung.

Am nächsten Tag wartete er am Landungssteg auf das Schiff und ließ den Blick über die ankommenden Passagiere schweifen, die ans Ufer gerudert wurden. Schon nach einem Augenblick wußte er, daß Peter nicht dabei war. In seine Enttäuschung mischte sich eine starke Erleichterung. Es war immer noch zu früh. Außerdem waren vier Tage kaum genug für die Reise der *Kassandra*. Wahrscheinlich würden sie erst an diesem Abend ankommen. Er wußte nicht, ob morgen ein Schiff einfahren würde, und beschloß, sich nicht zu erkundigen. Es war sinnlos, Stunden zu zählen und auf Schiffe zu warten; es hielt ihn von der Konfrontation mit sich selbst ab, die der Grund seiner Flucht war.

Nach diesem Entschluß ertappte er sich dabei, daß er

nach einem anderen Gesicht suchte, als die Neuankömmlinge aus den kleinen Booten auf den Kai zu klettern begannen. Dimitri hatte bestimmt gehört, daß er einige Male »Hydra« geschrien hatte. Mit seinen wilden Gesten hatte der Junge ihn wahrscheinlich auffordern wollen, auf dem Rückweg in Poros Halt zu machen; aber sie konnten auch bedeuten, daß Dimitri ihm nach Hydra folgen wollte. Seine Begeisterung deutete darauf hin, daß er dazu fähig war, vor allem wenn er ihn mit Peter verwechselt hatte.

Er blieb, bis er sicher war, daß er keinen der Reisenden kannte; dann schleppte er sich wieder den Hügel hinauf. Er ging steif. Seine Muskeln waren immer noch verkrampft, so sehr hatte das Verlangen ihn überwältigt, als er an Dimitri dachte.

Auf halbem Weg blieb er plötzlich stocksteif in der glühenden Sonne stehen. Eine niederschmetternde Erkenntnis durchbrach alle Barrieren seines Geistes: Er war fast verrückt vor Eifersucht. Das war seine Krankheit. In all diesen Jahren hatte ihn Eifersucht, nicht Liebe beherrscht. Auf einmal war es offensichtlich, und er verstand nicht, warum er das Bedürfnis hatte, den Gedanken zusammenhängend zu formulieren. Es lag so sehr auf der Hand, daß er es seit langem gewußt haben mußte. Eifersucht war das Ungeheuer, das ihn von innen her erstickte. Er hatte vorgetäuscht – sogar gegenüber sich selbst –, daß er sich nie zu anderen jungen Männer hingezogen fühlte, und dabei hatte er gehofft, Peter zu einer ähnlichen Gleichgültigkeit veranlassen zu können. Jeannot, seine Intrigen und Pläne mit Martha und die Tatsache, daß er sie ihm überlassen hatte (ohne Risiko, weil sie kein Mann war) – das alles waren Köder gewesen, mit denen er das Monster besänftigen wollte, Opfer im Namen der vollkommenen Liebe. Er wollte Dimitri nur haben, weil der Junge sich Peter an den Hals geworfen hatte.

Einen Augenblick stand er wie gelähmt da; dann

zwang er sich, die restlichen Stufen hinaufzugehen und fiel auf einen der wackeligen Stühle.

Was nun? Irgendwo in der Ruine der Selbstliebe, die er jetzt zu bewohnen schien, forschte er unablässig weiter. Vielleicht konnten sie ihre tiefe, liebevolle Beziehung retten, indem sie versuchten, dem sokratischen Ideal zu folgen: Liebe ohne Sex. Körperliche Befriedigung durch beiläufige Affären – Jeannots, Dimitris, Tonys. Wahrscheinlich würde er es nicht überleben, wenn Peter so ein Leben freudig akzeptierte – aber er würde sie beide umbringen, wenn er den Dämon nicht besiegte, der in ihm hauste. Das hatte er schon auf Kreta gewußt. Dieser Dämon konnte ihn zum Mörder machen.

Wie sollte er die Eifersucht überwinden? Sie verschanzte sich im Ich, vielleicht in seinem verdammten Schwanz. Konnte er es nicht ertragen, wenn seine Vorherrschaft bedroht war? War es so einfach?

Er hatte keine Lust, sich selbst einer Psychoanalyse zu unterziehen. Ein akutes Problem mußte zuerst gelöst werden, jetzt, wo es Untreue zwischen ihnen gab und vielleicht immer öfter geben würde: Wie konnte er Peter lieben, wie konnte er mit ihm leben, ohne sie beide zu zerstören? Er hatte die Ursache seiner Verzweiflung entdeckt. Konnte er sich ändern, oder mußte er zuerst noch mehr über sich selbst lernen?

Die Tage und Stunden vergingen. Nur noch die Schiffssirene bedeuteten ihm etwas. Manchmal ertönten sie am Tag, manchmal nachts. Da er es ablehnte, sich den Fahrplan einzuprägen, war er immer hellhörig und erwartungsvoll, während er weiter in sich selbst nach einem Schlüssel zur Zukunft suchte. Wenn er in die Vergangenheit blickte, wurde er immer mit Selbstliebe konfrontiert.

Daß er neuerdings bereit war, ihre Beziehung öffentlich zu bekunden, war vielleicht hilfreich, aber dadurch vergrößerte sich die Gefahr, daß alles, was er fürchtete, bloßgestellt wurde. Die Party in Capri, der Abend in Poros waren ihm ein Greuel gewesen.

Also auf den körperlichen Aspekt verzichten? Er mußte immer wieder daran denken. Sie hatten so viel gemeinsam, was über den Sex hinausging. Wenn es keine Untreue mehr war, sondern eine Abmachung zwischen ihnen, müßte er den Gedanken ertragen können, daß Peter mit anderen ins Bett ging. Und mit der Zeit würde sein körperlicher Hunger sich legen.

Näher war er der Lösung des Problems nicht gekommen, das seinen Verstand zu bedrohen schien, als er merkte, daß er schon eine Woche auf Hydra war. Sofort lähmte Panik seine Gedanken. Hatte er die Toleranz zu weit getrieben? Hatte Peter letztlich doch rebelliert und ihn seinem Schicksal überlassen? Noch schlimmer war die Möglichkeit, daß ihm etwas zugestoßen war. Er war davon überzeugt, daß Peter mit der *Kassandra* umgehen konnte, und er hatte Vertrauen zu dem Schiff. Aber auf dem Meer lauerten immer Gefahren. Wie konnte er herausfinden, daß Peter heil und gesund war? Selbst wenn sie nicht zusammen lebten, konnte er nicht in einer Welt ohne Peter leben. Er wollte hinunterlaufen und sich erkundigen, wann das nächste Schiff nach Piräus fuhr. Verzweifelt zählte er die Tage noch einmal. Die Abfahrt von Kreta konnte sich verzögert haben. Als Peter von vier Tagen gesprochen hatte, war das reine Spekulation gewesen. Fünf oder sechs Tage waren viel realistischer. Sie konnten letzte Nacht eingelaufen sein. Wenn sie einen Maschinenschaden gehabt hatten, mochte es sieben oder acht Tage dauern. Stürme hatte es in letzter Zeit nicht gegeben.

Allmählich beruhigte er sich. Einerlei, wie sehr er Peters Geduld strapazierte, er würde nicht ohne ihn abreisen. Wenn er wütend war, suchte er ihn vielleicht nicht, aber er würde auf ihn warten, zumindest bis zum Tag ihrer geplanten Abreise. Er mußte ihm noch ein paar Tage geben. Vielleicht konnte er bis dahin noch einiges klären. Er hatte Peter versprochen, es ihnen beiden leicht zu machen. Wenn er eben angekommen war oder demnächst ankommen sollte, war es nicht zuviel verlangt, ein paar Tage zu warten.

Am nächsten Abend nach dem Essen las er im Schein der Kerosinlampe, als er ein Schiff im Hafen hörte. Wie gewöhnlich versuchte er, nicht darauf zu achten, und wie gewöhnlich konnte er dem Drang nicht widerstehen, hinaus auf die Terrasse zu gehen – nur für den Fall, daß der blonde Haarschopf auftauchen würde. Wie gewöhnlich ging er wieder hinein und überlegte, wie man ihn hier finden konnte: Man suchte einen Dolmetscher, erkundigte sich nach einem blonden Amerikaner, ließ sich erklären, wie man zu dem Haus gelangte. Als genügend Zeit vergangen war und er vernünftigerweise damit rechnen konnte, daß niemand kam, wappnete er sich wie gewöhnlich gegen die Enttäuschung.

Als er Peters schnelle, unverwechselbare Schritte hörte, sprang er auf. Sein Herz klopfte vor Freude, als wolle es in der Brust zerspringen. Sie kamen näher. Einen schrecklichen Augenblick lang glaubte er, sie hätten eine andere Richtung eingeschlagen. Er hörte sie nicht mehr. Waren das nicht Stimmen? Eine Frau schien zu sprechen. Martha? Nein, nein. Er vergaß die Idee, als die Schritte wieder klarer und lauter wurden. Jetzt waren sie fast da.

Als es klopfte, eilte er zur Tür und riß sie auf. Peter stand vor ihm. Sie sahen einander regungslos an. Charlie sehnte sich danach, ihn in die Arme zu schließen, aber sobald die erste Verzückung sich gelegt hatte, wurde ihm klar, daß er einen falschen Anfang vermeiden mußte. Er merkte sofort, daß Peter ebenfalls zurükkhaltend war.

»Ich bin verdammt wütend«, sagte Peter scharf. »Aber das ändert nichts daran, daß ich wissen mußte, wo du bist.«

»Ich bin froh, daß du mich gefunden hast. Hast du keinen Koffer?«

»Ich habe ihn unten gelassen. Ich war mir nicht sicher, ob du mich zum Bleiben aufforderst.«

»Du bist eingeladen, wenn auch vielleicht unter gewissen Voraussetzungen. Aber ich weiß immer noch nicht, unter welchen.«

»Verstehe. Nun, ob ich die Einladung akzeptiere, hängt auch von gewissen Voraussetzungen ab. Hat das gottverdammte Hotel deine Nachricht verloren, oder hast du keine hinterlassen?«

»Ich habe keine hinterlassen. Na ja, ich habe sie gebeten, dir zu sagen, daß ich noch in Griechenland bin.«

Peter sauste an ihm vorbei ins Haus. »Was soll das sein – eine Schnitzeljagd?« fragte er. »Soviel ich weiß, bekommt man dabei Hinweise.«

Charlie schloß die Tür. Peter elektrisierte ihn mehr denn je. Die Männlichkeit, die Peter in letzter Zeit zunehmend an den Tag legte, erregte einen unbekannten, femininen Aspekt in ihm. »Ich wußte, daß du darauf kommst«, sagte er fast entschuldigend. »Ich habe ja meinen Koffer zurückgelassen.«

»Was sollte mir das sagen? Mein Gott, was für ein Urlaub. Ich wäre verrückt geworden, wenn du nicht hier gewesen wärst.«

»Es tut mir leid. Aber du mußt ziemlich sicher gewesen sein, daß ich hier bin. Nur hier haben wir darüber gesprochen, ein Haus zu kaufen. Wohin hätte ich sonst gehen können?«

»Was weiß ich? Ich weiß überhaupt nichts mehr. Hast du es gekauft?«

»Auf deinen und meinen Namen. Da sind einige Papiere, die du unterschreiben mußt.«

Peter schaute sich im großen, kahlen Raum um, und der Anflug eines Lächelns spielte auf seinen Lippen. »Ich bin froh, daß du es nicht mit Möbel vollgestopft hast. Na schön – sag's mir. Was ist dieses Mal los?«

»Wieso? Weil ich dir keine Nachricht hinterlassen habe? Das mußte ich tun. Ich mußte einen totalen Schlußstrich ziehen und herausfinden, wie mir dabei zumute ist. Nur so konnte ich herausfinden, was mit mir nicht stimmt.«

»Was mit *dir* nicht stimmt?« Peter setzte sich auf einen Stuhl am Tisch und sah ihn aus lebhaften Augen herausfordernd an. Selbst wenn er zornig war, strahlte sein Gesicht so viel Liebe und Mitgefühl aus, daß sein Ärger nicht feindselig wirkte. »Ich dachte, ich sei immer derjenige, mit dem etwas nicht stimmt. Einmal war es ja auch so, weiß Gott.«

Charlie setzte sich ihm gegenüber an den Tisch und nickte kurz. »Das ist ein Teil davon. Der wichtigste Teil, schätze ich. Es gibt wichtigere Dinge als Sex, aber Sex ist ganz bestimmt die Ursache der meisten Probleme. Ich habe mich gefragt, ob du wirklich im Unrecht warst. Ich habe versucht, über uns und mich und alles andere nachzudenken. Aber ich drehe mich noch im Kreis. Ich weiß nicht, ob du hierbleiben sollst, aber daß du da bist, hat mir auf jeden Fall eine Last von der Seele genommen.« Er schob eine Hand über den Tisch zu ihm.

Peter schaute sie an, rührte sich aber nicht. »Und wenn ich einfach nach Hause gefahren wäre?«

»Ich wußte, daß du es nicht tust.«

»Du bist dir meiner ziemlich sicher, nicht wahr. Darauf bin ich stolz.«

»Dazu hast du allen Grund. Ich wollte, ich hätte ebensoviel Grund, stolz zu sein. Hat auf der *Kassandra* alles geklappt?«

»Klar. Es war die Hölle. Aber danke der Nachfrage. Wir sind vorgestern angekommen. Das Schiff nach Hydra fuhr erst heute. Es war nett in Athen mit all den Sorgen um dich.«

»Willst du mir bitte glauben? Ich war am Ende. Das war doch offenkundig. Fast hätte ich das Schiff versenkt – mein Gott. Wenn ich nicht hierher gefahren und versucht hätte, mit mir selbst ins Reine zu kommen, weiß ich nicht, was aus mir geworden wäre.«

Mitgefühl lag in Peters Augen; dennoch blieb er unnachgiebig. »Bist du jetzt wieder in Ordnung?«

»Mehr oder weniger. Es hilft, wenn man Entdeckungen macht.« Er schwieg eine Weile und sah Peter mit neuen Augen an. Er spürte eine zähe Kraft in ihm, die früher nicht dagewesen war. Er war körperlich stärker und zäher geworden, und seine Jugendlichkeit schien jetzt eher eine natürliche Folge seiner blühenden Gesundheit zu sein. Charlie kam der Gedanke, daß er vielleicht doch nicht völlig gescheitert war. »Ich glaube, ich habe einiges herausgefunden.«

»Zum Beispiel?« Peters Stimme klang fordernd. Die sanfte Unterwürfigkeit war verschwunden.

Charlie fragte sich, ob er ihn am Ende noch anflehen würde, auch künftig einen Platz in seinem Leben einzunehmen. Auch das versetzte ihn in eine unangenehme Erregung. »Ich weiß, daß ich allein sein mußte. Vielleicht muß ich immer noch allein sein, obwohl es wundervoll ist, bei dir zu sein.«

»Nun, da du mich nicht anfassen willst, ist es wohl auch besser, wenn du allein bist.«

»Es geht nicht nur darum, was ich will. Ich wollte es in dem Augenblick, als ich die Tür öffnete und dich sah.«

»Warum hast du das nicht gesagt?« Peter streckte die Hand aus, und Charlie nahm sie in seine Hände, beugte sich vor und küßte sie. Peter bewegte die Finger und liebkoste ihn kurz. »Das ist schon besser. Was hast du sonst noch herausgefunden?«

»Daß ich ein Mensch bin. Ich versuche nicht mehr, Gott zu spielen. Aber das stellt mich vor neue Probleme.« Charlie hielt inne, dann tauchte er mitten hinein, obwohl er sich nicht sicher war, ob er das Grundproblem herausarbeiten konnte – aber er wollte es zumindest versuchen. »Ich habe deinen Dimitri in Poros auf dem Kai gesehen. Hätte ich rechtzeitig aussteigen können, wäre ich bei ihm geblieben. Eine Minute lang war ich bereit, alles aufzugeben, nur um eine Stunde mit ihm zu verbringen. So muß es dir mit Jeannot ergangen sein. Wie können wir solchen Versuchungen widerstehen und trotzdem lebendig bleiben? Vielleicht warst du gar nicht im Unrecht. Das hat mich zu einigen ziemlich seltsamen Schlußfolgerungen veranlaßt.«

»Moment mal, bevor wir irgendwelche Schlüsse ziehen«, sagte Peter und sein Blick verhärtete sich. »Wie wär's damit? Einer der attraktivsten Burschen, den ich je gesehen habe, hat mich gestern abend in einer Bar angesprochen. Ein Amerikaner. Sensationell. Und verdammt nett. Intelligent. Alles. Ich hätte ihn haben können – auf die altehrwürdige Art. Er hat kein Geheimnis daraus gemacht. Du, Martha – also gut, fangen wir mit Jeannot an. Ich habe nicht gewußt, was ich in all den Jahren versäumt habe. Es ist immer noch neu für mich, und darum ist meine Widerstandskraft nicht sehr stark. Wäre ich allein, hätte ich mich vielleicht unsterblich in diesen Jungen verliebt. Einmal ist besser als nie. Ist es das, wovon du sprichst? Willst du mir sagen, ich hätte mit ihm ins Bett gehen sollen?«

»Ja. *Nein.* Wenn es mir passiert, verstehe ich es. Wenn es dir passiert, ertrage ich es nicht. So ist es, in Gottes Namen. Jetzt können wir zur Sache kommen.« Er schlug mit den Fäusten auf den Tisch und beugte sich vor. »Du reißt mich auseinander. Darum war ich mir meiner so sicher und wußte immer, was für uns am besten ist. Ich bin rasend vor Eifersucht. Ich habe festgestellt, daß ich sogar fähig bin, dich zu töten. Darum habe ich gesagt, daß ich dich verlassen muß. Ich sehe für uns nur eine Hoffnung: Wir hören auf, miteinander ins Bett zu gehen und suchen uns dafür andere.«

»Was faselst du da?«

»Steh auf.«

Peter sah Charlie an, der sich mit einem wilden Funkeln in den Augen über den Tisch beugte. Er zuckte mit den Schultern und stand auf. Charlie sprang auf die Füße und schwang die Faust. Sie landete hart an Peters Kiefer, und er taumelte zurück.

»Das ist für Jeannot«, knurrte Charlie. »Der Klaps, den ich dir in St. Tropez gegeben habe, war gar nichts. Ist will dich grün und blau schlagen, wenn du einen anderen auch nur ansiehst. Willst du so leben?«

Peter schüttelte den Kopf und fand sein Gleichgewicht wieder. Er zog seine leichte Jacke aus. »Ich werde diese Frage später beantworten. Zuerst werde ich etwas erledigen, was ich jahrelang aufgeschoben habe.«

Er ging mit wirbelnden Fäusten auf Charlie los und trieb ihn in eine Ecke. Charlie war schon angeschlagen, bevor ihm klar wurde, daß Peter es ernst meinte. Er wehrte sich und bearbeitete den harten Körper mit seinen Fäusten. Allerdings achtete er darauf, nicht in die Nähe der Augen oder des Mundes zu kommen. Peter war ebenso vorsichtig; doch ansonsten schonten sie einander nicht. Nach einer Weile atmeten sie schwer. Sie grunzten, während ihre Fäuste aufeinander einschlugen.

Peter landete einen harten seitlichen Haken. Charlies Kopf wurde nach hinten geworfen, und einen Augenblick lang konnte er nichts sehen. Peter nutzte diesen Vorteil und setzte mit einem Schlag auf den Solarplexus und unters Herz nach. Das ist ein *Mann*, dachte Charlie erstaunt, als ihm der Atem stockte. Ich liebe einen Mann. Er fiel nach vorne und spürte, wie Peter ihn auffing.

»Hast du genug?« fragte Peter fröhlich, obwohl auch er heftig atmete.

Charlie nickte. Als er wieder einigermaßen atmen konnte, wurde er von hilflosem Gelächter erschüttert. Eine Offenbarung war ihm zuteil geworden. Das war es, was er immer gewollt hatte: einen Mann, an dem er sich festhalten konnte und der ihm Vernunft einprügelte, wenn er sie verloren hatte. Er wußte nicht, warum ihn das so überraschte – ihr ganzes gemeinsames Leben deutete darauf hin. Peter hatte für ihn einen Beruf gesucht und ihn angeleitet. Peter hatte ihm den Unterhalt bezahlt. Peter hatte ihm stets ein solides Fundament gegeben. Charlie hatte sich von seiner sexuellen Rolle irreführen lassen. Der Rollentausch, mit dem er in Athen begonnen hatte, war keine flüchtige Laune gewesen, sondern der Ausdruck eines alten, unerkannten Bedürfnisses. Und Peter hatte ebenfalls davon profitiert, das spürte er daran, wie er ihn jetzt festhielt. Als er sich wieder gefangen hatte, lachte er noch lauter.

»Was ist daran so lustig, du Scheißkerl?« fragte Peter und kicherte. »Du hast mir weh getan. Irgendwie hat es Spaß gemacht, aber ich glaube kaum, daß es uns weiterbringt.«

Charlie rappelte sich hoch und sah ihn an. »Doch, du Preisboxer. Es hilft uns fürs Leben, mein Schatz. Gott, was für ein Mann. Ein Glück, daß ich diesen Mund nicht verletzt habe.«

»Ist das der übliche Abschluß eines Kampfes?«

»Warum nicht?«

Ihre Lippen trafen sich, und sie küßten sich lange und hielten einander fest, obwohl sie ausgelaugt waren und Schmerzen hatten. Dann lachte Peter auf.

»Wie ähnlich können wir D. H. Lawrence werden?« fragte er. Er preßte sich an Charlies Hüften. »Mmm. Alles scheint normal zu funktionieren. Wie war das noch mal mit dem Verzicht auf Sex?«

»Eine meiner brillanten Analysen einer imaginären Situation. Ich habe übersehen, daß du der Mann in der Familie bist.«

Peter sah ihn mit schelmischem Lächeln an. »Ich schätze, das sind wir beide. Auf jeden Fall bin ich nicht so mädchenhaft, wie ich dachte. Ich hatte gestern abend wirklich Lust, es diesem Landsmann zu besorgen. Er war ebenfalls sehr maskulin. Es ist erstaunlich, was du über uns weißt. Und was du über mich weißt. Einiges davon weiß ich selber nicht.«

»Weibliche Intuition, Liebling.«

»So, jetzt bin ich also dein Liebling. Warum nicht dein Kleiner?«

»Weil du jetzt nicht mehr klein bist.«

Sie lachten, und Peter küßte ihn kurz, während er sich von ihm löste. »Komm, zeig mir unser Haus. Hoffentlich ist das Bett stark genug für uns beide. Ich möchte es intensiv testen. Was ist da draußen?«

»Sei vorsichtig. Es sieht teilweise nicht sehr solide aus.« Sie gingen auf die Terrasse oberhalb des Hafens.

»Mein Gott, wie herrlich«, sagte Peter in ehrfürchtigem Ton. »Genau so habe ich es mir vorgestellt.«

»Hier habe ich auf dich gewartet.«

»Was für eine bekloppte Idee. Ich verstehe immer noch nicht, warum du so sicher warst, daß ich auf diesen Ort komme.«

»Ich war nicht sicher. Aber ich dachte, wenn du mich nicht findest, hast du mich nicht verdient.«

»Bastard.« Er nahm Charlies Hand. »Immer ein wenig zappeln lassen. Das macht das Leben interessant. Ich wollte dir noch erzählen, wie sonderbar es war, mit Martha auf dem Schiff zu sein und zu wissen, daß du in ihr wächst. Machen wir uns nichts vor – es ist dein Kind. Ich habe mich fast in sie verliebt. Nachdem du weg warst, war an Sex nicht mehr zu denken, aber – na ja, ich bin froh, daß es einen kleinen Charlie gibt.«

Charlie drückte ihm die Hand. »Wenn ich mich nicht irre, fändest du es gar nicht schlecht, wenn es auch einen kleinen Peter gäbe.«

»Jetzt fängst du schon wieder an. Ja, die Idee gefällt mir langsam. Du hast da etwas angefangen, was ziemlich faszinierend ist. Ich habe sogar kapiert, was du mit der sexuellen Seite gemeint hast. Was mich betrifft, werden Sex und Charlie immer dasselbe sein. Aber es war tatsächlich etwas Besonderes, es mit Martha zu tun – einfach und natürlich und mit dem Gedanken an ein Baby. Wie hört es sich an, wenn ein Schwuler das sagt? Ehrlich – all dieses Geschwätz über männlich und weiblich! Es ist ein Wunder, daß wir nicht zu kreischenden Tunten geworden sind. Übrigens, ich muß dir noch etwas über Martha sagen.«

Charlie erinnerte sich an die Stimmen, und er starrte Peter in der Dunkelheit an. »Um Himmels willen. Sag nicht, daß du sie mitgebracht hast.«

»Deine gute alte Intuition! Ja. Ich war in einem so schlimmen Zustand, daß sie anbot, mich zu begleiten, für den Fall daß ich dich nicht finde und überschnappe. Sie war furchtbar nett zu mir auf der Rückfahrt. Immer da, wenn ich sie brauchte.«

»Du meinst, wir müssen sie hier unterbringen?«

»Nicht heute Nacht, du Dummkopf. Ich habe sie ins Hotel begleitet und bin mit ihr ein Stück heraufgegangen, damit sie weiß, wo wir sind. Und ich habe ihr gesagt, wenn ich nicht zurückkomme, dann deshalb, weil du mich krumm und dämlich fickst.«

»Oder umgekehrt?«

»Na ja, jetzt wo du es sagst – vielleicht auch umgekehrt.«

Sie sahen einander an – im Licht der Lampe war nur das Schimmern der Augen zu sehen – und brachen in Gelächter aus. Charlie wußte, daß er zwischen extremem Optimismus und totaler Verzweiflung schwankte. Aber er glaubte, daß er von jetzt an selbst mit seiner Eifersucht fertig werden würde, weil er Peter nun im Licht seiner wahren Bedürfnisse sah. Trotz der Geschichte mit dem Amerikaner vorige Nacht glaubte Charlie nicht, daß Peter weitere Seitensprünge machen würde. Vielleicht würde es Frauen geben. Er fand den Gedanken erregend, ihn mit Frauen zu teilen. Er schob die Finger in seinen goldenen Haarschopf und hielt ihn fest. »Mein Preisboxer«, sagte er.

Nach einem weiteren Lachanfall wurde Peter nüchtern. Er legte Charlie eine Hand auf den Arm. »Du hast Martha sehr verletzt. Sie strebt eine saubere Trennung von Jack an. Ich möchte ausprobieren, was du selbst vorgeschlagen hast. Ich liebe sie. Ich will, daß sie in unserer Nähe bleibt, solange es sich mit ihren Plänen vereinbaren läßt. Ich will einen kleinen Charlie haben, vielleicht auch einen kleinen Peter von ihr. Dann würde ich sie auch heiraten, es sei denn, du möchtest den kleinen Charlie legalisieren. Ich hoffe, du machst keine Schwierigkeiten.«

»Nein, Liebling. Ich habe keine Angst mehr vor etwas frischer Luft. Du bist der Chef.«

»Wer's glaubt, wird selig. Aber ich werde diese Phase ausnutzen, solange sie anhält. Wenn der Plan funktioniert, müssen wir Martha helfen. Sie ist in dich verliebt und muß darüber hinwegkommen. Wir haben so gut wie alles mit ihr gemacht – vielleicht sollten wir sie zusehen lassen, wenn wir Sex haben. Das dürfte genügen, vor allem wenn wir die Rollen tauschen.«

»Ich hatte diese Idee zuerst.«

»Weiß ich. Ich möchte keine Schau abziehen, aber wir könnten es so arrangieren, daß sie uns sieht. Schockieren wird es sie nicht. Wir haben ja mit ihr über alles gesprochen. Aber vielleicht begreift sie dann, daß unsere Beziehung real ist. Außerdem verspüre ich eine seltsame Sehnsucht nach einer Zeugin. Vielleicht liegt es daran, daß wir nicht in einer Kirche geheiratet haben.«

Charlie fuhr ihm durchs Haar. »Was für ein Spinner!«

»Diese Unterhaltung bringt mich auf eine Idee. Es ist so schön, endlich wieder bei dir zu sein. Wo ist das Bett?« Peter begann sein Hemd aufzuknüpfen. Sie standen nebeneinander und schauten hinab zum stillen Becken des Hafens und hinauf in den sternklaren Himmel.

»Mir scheint, das wird ziemlich spektakulär«, sagte Charlie kichernd. »Ich möchte dir zeigen, wie sehr ich dich liebe.«

»O Liebster, das möchte ich auch. Mit allem, was ich habe.« Peter zog das Hemd aus und ließ es fallen. »Zum Teufel mit dem Bett. Legen wir doch hier eine Matratze hin, verdammt noch mal.« Er lachte, während er die Hose öffnete. »Ich nehme an, die Stadt kann uns nicht sehen. Aber der Clique auf dem Olymp würde ich gerne ein paar Dinge zeigen. Dieser eine ist für die Götter.«